ULLSTEIN

Das Buch

In der Nähe von Salisbury werden drei Menschen tot aufgefunden, ihre Todesursache ist nicht eindeutig zu klären, und auch ihre Wunden geben dem ermittelnden Kommissar Rätsel auf. Bei seiner Suche nach dem Täter geraten jedoch auch er und seine Frau in die Fänge des mysteriösen Mörders. Einzig sein Sohn Robert kann schwer verwundet entkommen und findet Zuflucht bei der schönen Lady Helen in London, die sich liebevoll um ihn kümmert.
Doch der Wunsch, den frühen Tod seiner Eltern zu rächen, läßt den jungen Robert nicht mehr los. Und als er herausfindet, daß seine Ziehmutter und ihr Mann Vampire sind, beginnt er, seinen teuflischen Plan in die Tat umzusetzen.

Der Autor

Tom Holland, Jahrgang 1970, Absolvent der Universitäten von Oxford und Cambridge, begann seine schriftstellerische Laufbahn mit Hörspielen sowie Drehbüchern für Film und Fernsehen. »Die Botschaft des Vampirs« ist der letzte Band in seiner gefeierten Vampir-Trilogie.

Von Tom Holland sind in unserem Hause bereits erschienen:
Der Vampir
Das Erbe des Vampirs

Tom Holland

Die Botschaft des Vampirs

Roman

Aus dem Englischen
von Wolfdietrich Müller

Ullstein

Besuchen Sie uns im Internet:
www.ullstein-taschenbuch.de

Umwelthinweis:
Dieses Buch wurde auf chlor-
und säurefreiem Papier gedruckt.

Ullstein Taschenbuchverlag
Der Ullstein Taschenbuchverlag ist ein Unternehmen der
Econ Ullstein List Verlag GmbH & Co. KG, München
Oktober 2002

First published by Little, Brown and Company
Titel der englischen Originalausgabe: Deliver us from Evil
Übersetzung: Wolfdietrich Müller
Redaktion: Martina Sahler
Umschlaggestaltung: Thomas Jarzina, Köln
Titelabbildung: Mauritius, Mittenwald
Gesetzt aus der Sabon, Linotype
Satz: KompetenzCenter, Düsseldorf
Druck und Bindearbeiten: Ebner & Spiegel, Ulm
Printed in Germany
3-548-25575-2

Teil I

Und nicht nur bei den Römern und Juden, sondern auch bei den Christen gibt es einen ähnlichen Brauch, gewisse Tage als unheilvoll zu betrachten, besonders den Tag der Unschuldigen Kinder ... Wir scheuen uns, am Tag der Unschuldigen Kinder Geschäfte abzuschließen.

John Aubrey (1626–1697)
Vermischte Gedanken zu verschiedenen Themen

Worin festgestellt wird, daß uralte Ängste geringer sein können als gegenwärtiges Grauen

Von alters her heißt es, daß Tiere nicht über vergossenes Blut schreiten. Mr. Aubrey erwog dies, bevor er seinem Pferd ein letztes Mal die Sporen gab. Wieder wieherte das Pferd und scheute vor dem Wall von Clearbury Ring zurück, wobei seine Nüstern unmißverständlich vor Angst flatterten. Mr. Aubrey kratzte sich am Kopf. Dann sprang er auf die gefrorene Erde. Natürlich mußte es Zufall sein. Die Opfer waren vor langer, langer Zeit dargebracht worden. Sein Pferd konnte hier kein Blut mehr wittern. Dennoch gab es, wie er bei seinen Studien oft festgestellt hatte, viele alte Stätten in Wiltshire, denen ein übler Ruf anhaftete, und er hegte Zweifel, daß solche Berichte alle bloß leichtgläubige Erfindungen sein konnten. Denn Mr. Aubrey war beim Studium der nebelhaften, ungewissen Vergangenheit zu der festen Überzeugung gelangt, daß selbst ein Aberglaube einen wahren Kern enthalten konnte.

Warum stand er schließlich hier? Weil er von den Frauen unten im Dorf gehört hatte, daß man in der Weihnachtszeit auf Clearbury Ring Geister sehen könnte. Und nun war Weihnachtszeit – der zweiundzwanzigste des Monats Dezember im Jahre des Herrn 1659 –, und ein bitterkalter, frostiger Tag war es obendrein. Mr. Aubrey schauderte. Dann zog er sein Notizbuch aus dem Rock und schlug es auf. Falls seine Forschungen zutrafen, dann hatten sich die Druiden genau an diesem Tag zu ihren Opferhandlungen versammelt und das Erdreich mit dem Blut der Opfer getränkt, um den Zorn ihres geheimnisvollen Gottes zu besänftigen. Er prüfte seine Notizen ein letztes Mal, bevor er das Buch wegsteckte. Selbstverständlich erwartete er nicht, Geister zu sehen. Dörfler waren immer furchtsam und einfältig – sie begriffen nicht, daß ihre Legende zweifellos nichts anderes als ein Widerhall des alten Druidenbrauches war. Und doch mochten Geister zu sehen sein. Mr. Aubrey spähte in die Dunkelheit des Waldes vor ihm. Vielleicht doch. Er nahm seinen ganzen Mut zusammen. Was auch immer vor ihm lag, es war seine Pflicht als Altertumsforscher, der die Vergangenheit seiner Grafschaft aufzeichnete, es zu untersuchen.

Er kletterte den äußeren Wall hinauf, dann hinunter in den Graben. Währenddessen wurde ihm bewußt, wie reglos die Bäume vor ihm standen. Er glitt in ihren Schatten, und obwohl er leise auftrat, empfand er das Knacken der Zweige und Rascheln der Blätter plötzlich als erschreckend laut. Mr. Aubrey blieb reglos stehen, drehte sich um und blickte in die Runde. Durch die Bäume konnte er gerade noch die Kathedrale von Salisbury erkennen und sah zu seiner Überraschung, wie vollkommen sie in einer Linie mit der alten Hügelstadt Old Sarum lag, die sich geduckt hinter dem Kirchturm auf dem gegenüberliegenden Hügel erhob. Dieses interessante Detail würde er aufschreiben müssen, dachte Mr. Aubrey. Er zog sein Schnupftuch aus der Tasche und machte einen Knoten hinein, um sich zu erinnern. Mit wiedergefundenem Mut und Forschungseifer setzte er seinen Weg fort, indem er sich durch die Brombeersträucher zur Mitte des Rings durchkämpfte.

Er sah keine Geister. Vielmehr wurde zu seiner Erleichterung die Stille, die ihn beim Betreten des Waldes eingehüllt hatte, plötzlich von Vogelgekrächze zerrissen, und nun sah er sie, wie sie auf Ästen hockten oder über ihm kreisten. Er setzte seinen Weg fort und entdeckte bald eine große Schar Raben, die sich, so schien es, auf einem Ast gesammelt hatten. Dann bemerkte Mr. Aubrey, daß die Vögel an etwas pickten, und während er sie betrachtete, sah er einen Raben einen Brocken Fleisch verschlingen. Der Vogel pickte wieder und schien für einen Augenblick ein menschliches Auge im Schnabel zu halten. Mr. Aubrey stieß einen Schrei aus. Er sprang vor, und die Vögel flatterten widerstrebend auf. Nun war die Leiche ganz deutlich zu sehen. Sie lag unter einem Baum, ein alter Mann, völlig entblößt. Wie betäubt vor Grauen bückte sich Mr. Aubrey neben der Leiche. Es war natürlich möglich, daß ihr die Vögel die meisten Wunden beigebracht hatten: Gewiß hatten sie die Augen ausgepickt, die Haut mit den Schnabelspitzen durchbohrt, aber die schlimmsten Verstümmelungen konnten von Menschenhand herrühren. Bauch, Gesicht und Gliedmaßen wiesen gräßliche Schnitte auf, und doch stand Mr. Aubrey vor einem Rätsel, denn die Wunden selbst sahen völlig trocken aus. Das Fleisch war weiß, als wäre jeder Tropfen Blut abgeflossen ... aber als er die Erde unter der Leiche untersuchte, fand er keine Spur von Blut, keinen einzigen Tropfen.

Mr. Aubrey erhob sich wieder. Er zog seinen Rock aus und deckte ihn über die Leiche. Unsicher, ob er vor Kälte zitterte oder vor Angst, begann er zu rennen, stürzte durch das Unterholz und hinaus aufs offene Feld jenseits des Rings, wobei er fortwährend laut um Hilfe rief. Hinter ihm, zwischen den Bäumen, machten sich die Raben wieder an ihr unterbrochenes Mahl. Der Rock behinderte ihre hungrigen Schnäbel nicht lange.

Worin das Essen einer Gans sich auf merkwürdige Weise verzögert

Robert Foxe war bei seinem Vater gewesen, als man den alten Mann fand. Sie waren über die Felder am Fuß des Hügels hinaufgestiegen. Robert durfte nicht zum Clearbury Ring hinaufklettern und die Leiche sehen, aber er wußte auch so, daß der Anblick seinen Vater sehr mitgenommen hatte. Hauptmann Foxe mußte, wie sein Sohn spürte, weitere Nachrichten halb gefürchtet, halb erwartet haben. Und nun, acht Tage später, waren sie anscheinend gebracht worden.

Der Reiter von der Miliz eilte zu seinem Hauptmann und flüsterte ihm etwas ins Ohr. Hauptmann Foxes Gesicht verfinsterte sich ein wenig, doch schien er kaum überrascht. Er murmelte ein kurzes Gebet, griff dann sofort nach seinem Degen und hob seinen Mantel auf. Auf dem Weg zur Tür hielt er inne und blickte sich um. Sein Sohn saß natürlich noch bei Emily Vaughan. Hauptmann Foxe lächelte. Wie so oft dachte er, daß sie sich glichen wie Bruder und Schwester. Beide hatten ein frisches Gesicht und feine Züge, dazu goldenes Haar, das bei Robert kurzgeschnitten, bei Emily dagegen eine ungebändigte Flut aus Ringeln und Löckchen war. Sie hielten sich an der Hand, unzertrennlich wie immer, so schien es, seit sie vor dreizehn Jahren im Abstand von nur wenigen Tagen geboren wurden.

»Ihr müßt hier warten«, befahl ihnen Hauptmann Foxe streng. Er nahm eine Münze aus seiner Börse. »Ihr könnt euch Kuchen bringen lassen«, fügte er mit entschuldigendem Unterton hinzu. Zögernd nahm Robert die Münze und befühlte sie argwöhnisch. Es wurde allmählich spät – beinahe Essenszeit. Eigentlich sollten sie sehr bald nach Woodton aufbrechen. Trotz des Geschenks seines Vaters hatte er keine Lust, sich den Appetit zu verderben: Sie hatten an diesem

Tag in Salisbury schon Lebensmittel gekauft, und Hannah, ihre Magd, würde ihnen eine Gans braten. Es sollte das köstlichste Mahl sein, das sie jemals genossen hatten. Das hatte ihm seine Mutter versprochen. Es sollte seine Belohnung sein – seine Belohnung dafür, daß er ein Stipendium erlangt hatte. Hannah flüsterte ihm das gleiche Versprechen ins Ohr. Als sie nach Salisbury aufgebrochen waren, hatte sie ihm obendrein einen Kuß gegeben. Sie hatte Robert sehr gern – bei dem Gedanken mußte er lächeln –, und er hatte sie gern.

Als ihm aber einfiel, wie die Magd ihn an sich gedrückt hatte, wünschte er sich, sie wäre nicht so ganz so stark. Er mochte starke Frauen nicht. Tatsächlich wurde ihm klar, als er sich Hannahs Größe vorstellte, daß er fast vergessen hatte, wie sie aussah, wenn sie nicht kurz vor der Niederkunft stand. Rasch sprach er ein Gebet, sie möge ihr Baby nicht bereits geboren haben, während er in der Stadt war. Das hatte sie ihm vor seinem Aufbruch versprochen – mußte sie schließlich nicht seine Gans zubereiten? –, aber als er seine Mutter fragte, hatte sie gesagt, daß Babys sich mitunter schwer aufschieben lassen. Diese Auskunft hatte seine dunkelsten Vermutungen nur bestätigt, und den ganzen Tag über war er in Sorge gewesen, die Zeit werde nicht auf ihrer Seite sein, weil das Baby darauf wartete, jeden Moment geboren zu werden. Robert sah seinem Vater finster nach, als dieser die Stube verließ. Er wollte kein Baby – er wollte seine Gans. Ob sie nun lange in Salisbury bleiben müßten? fragte er sich. Er seufzte, da er es vermutete. Denn er hatte sofort erraten, zu welcher Aufgabe sein Vater gerufen worden war.

Er wartete, bis Hauptmann Foxes Schritte verklungen waren. Dann sprang er auf und wandte sich an Emily. »Wir müssen los.«

Emily runzelte die Stirn. »Aber wir sollen doch warten.«

Robert machte eine wegwerfende Bewegung und schnitt ein Gesicht.

Emily starrte ihn noch eine kleine Weile an, dann warf sie den Kopf hoch und rutschte vom Stuhl. Robert merkte, daß er noch immer ihre Hand hielt. Er drückte sie. Zusammen schlichen sie auf Zehenspitzen die Treppe hinunter.

Vor dem Rathaus war alles schneeverhüllt. Der Marktplatz lag nahezu leer. Nur wenige dunkle Gestalten waren auszumachen, die wie Gespenster über den Platz oder ins Halbdunkel der Straßen und Gassen huschten. Robert suchte seinen Vater. Er erkannte ihn gerade noch, einen in einen Umhang gehüllten Schatten, der sich umwandte und in Richtung Poultry Cross verschwand. Hauptmann Foxes Fußspuren zeichneten sich deutlich in dem ansonsten unberührten Schnee vor ihnen ab. Robert und Emily folgten ihnen.

Bald bemerkten sie, daß die Spur zur Kathedrale führte. Robert blickte von den Fußabdrücken seines Vaters auf. Hoch über der stillen verschneiten Stadt wirkte der Turm fast wie eine Vorgaukelung des Nebels, so unkörperlich wie die dunkelnden Wolken. Robert erinnerte sich an etwas, das der Vater ihm erzählt hatte – an eine geisterhafte Schlacht, die er am Himmel gesehen hatte, er und zahllose andere, am Abend vor Naseby, als sie gegen den König gekämpft und seiner Sache ein für allemal ein Ende bereitet hatten. Und nun, dachte Robert, schienen die Kathedrale und die dunklen Straßen genauso gespenstisch, wie jene Vision in den Wolken gewesen sein mußte. Ein unheimlicher Ort. Unwirklich. Er schauderte; dann richtete sich sein Blick wieder auf die Fußspuren im Schnee. Nun konnte er sie kaum noch erkennen, so schmal und dunkel war die Straße. Dann, als sie an St. Thomas vorbeigingen, sah er im Innern der Kirche einen schwachen zuckenden Schein. Er trat beiseite und starrte durch das Portal. Die Kerzen waren gewiß nicht angezündet worden, um das Gebäude zu erhellen; zu klein und dünn waren sie dafür. Neben ihnen knieten Menschen im Gebet.

»Es ist der Tag der Unschuldigen Kinder«, flüsterte Emily.

»Unschuldige Kinder?«

»Als Herodes die Knaben in Bethlehem töten ließ. Die Kerzen – sie sollen an die Babys erinnern.«

»Warum?«

Emily zuckte mit den Schultern. »Das machen wir so.«

Erstaunt schaute Robert sie an. Emilys Eltern waren nicht wie seine eigenen. Ihr Vater hatte einst gegen das Parlament gekämpft – angeblich war er beinahe Katholik. »Wir«, wiederholte Robert langsam. Er blickte wieder in die Kirche auf die Gestalten, die sich vor den Kerzenflammen neigten. »Diese Menschen dort« – er deutete auf sie – »sie verrichten also ihre Andacht in der Weise deiner Eltern?«

Emily zog erneut die Schultern hoch. »Das muß wohl so sein. Wenn sie die Kerzen angezündet haben, meine ich.«

»Aber... in einer Kirche...« Robert blickte finster und schüttelte den Kopf. »Du weißt doch, daß es verboten ist.«

Emily lächelte zaghaft. »Hast du es nicht gehört, Robert? Der König kommt zurück. Das behauptet mein Vater.«

»Nein.« Zornig ging er einige Schritte von ihr weg. »Die Zeit der Könige ist vorbei.«

»Hab keine Angst.« Sie lief ihm nach und nahm wieder seine Hand. »Mein Vater wird für euch sorgen. Genauso wie dein Vater sich um uns gekümmert hat.«

Robert antwortete ihr nicht. Statt dessen blickte er die Straße hinunter zum Kathedralhof. Auch sein Vater mußte die Kerzen im Vorbeigehen gesehen haben. Er war ein freundlicher, toleranter und mitfühlender Mensch. Er war gewiß nicht stehengeblieben, um sich einzumischen. Gewiß, er hatte im Krieg gekämpft, aber nur für das Recht, seine Andacht zu verrichten, wie er es wünschte; es war nicht seine

Sache, hatte er Robert immer erklärt, anderen vorzuschreiben, wie sie zu beten hätten. Doch wie dem auch sei, dachte Robert – er diente in der örtlichen Miliz als Kommissar, und es mußte ihn zumindest gestört haben, die Gesetze so offen mißachtet zu sehen. Seit einigen Tagen machte er einen sehr besorgten Eindruck. Robert hatte angenommen, es seien Erinnerungen an die Leiche, die er gefunden hatte. Aber dann fiel ihm etwas ein, was sein Vater gesagt hatte, als man den Leichnam fortbrachte. »Die Welt geht in die Brüche«, hatte er kaum hörbar geflüstert. Was hatte er in den gräßlichen Wunden des alten Mannes gesehen? Ein böses Vorzeichen der Gerüchte, die sogar Emily gehört hatte, von der Rückkehr des Königs, vom Umsturz der gesamten Ordnung, für die er gekämpft hatte und an die er glaubte? Plötzlich hatte Robert, als er den Fußspuren folgte, Angst um ihn – und vor dem, was hinter den Türen der Kathedrale warten mochte.

Denn er konnte jetzt sehen, daß die Spur seines Vaters sich ohne Umweg über die weite Fläche des Hofs zog. Vorsichtig gingen er und Emily vorwärts, nicht mehr im Schatten von Häusern verborgen, und als sie den verschneiten Hof überquerten, wurden die Wolken dünner und färbten sich plötzlich rosig. Der Schnee, der den Schein der untergehenden Sonne zurückwarf, schien unter dem unerwarteten Licht fast zu schimmern, aber es war niemand da, der sie hätte sehen können, keine Menschenseele unterwegs, und sie erreichten unbemerkt das Portal der Kathedrale. Emily schauderte und klammerte sich an den Arm ihres Gefährten. »Robert«, flüsterte sie, »hier gefällt es mir nicht. Bitte, gehen wir nicht hinein.«

Robert verstand ihre Furcht, spürte er sie doch selbst. Im Dämmerlicht des Mittelschiffs war sie fast greifbar. Aber dann hörte er hinter dem Lettner Stimmen, und er wollte wissen, was sein Vater gefunden hatte. Als sie durch das Seitenschiff nach vorn schlichen, mußte er sich gegen die Angst stemmen wie gegen einen Sturm, und je weiter sie gingen, desto beklemmender wurde das Grauen. Erst als sie das ganze Mittelschiff hinter sich hatten, sahen sie Hauptmann Foxe. Er stand in der Marienkapelle, dem östlichsten und ältesten Teil der Kathedrale. Zwei Pfarrer kauerten neben ihm.

Robert versuchte, ins Dunkel der Kapelle zu spähen, indes das Entsetzen in ihm aufstieg und wuchs, so daß es ihm fast den Atem nahm. Er schluckte, dann würgte er. Hauptmann Foxe blickte sich um; Robert erstarrte, hielt sich tief durchatmend an einer Säule fest, und sein Vater wandte sich endlich wieder ab. Emily klammerte sich ihrerseits an Robert, die Augen aufgerissen, das Gesicht unerträglich bleich, und er spürte ihren Leib an seinem zittern. Sie hatte recht gehabt, dachte er, und wünschte, sie wären nicht hergekommen. Aber obwohl ihn das Grauen im Griff hatte, fragte er sich, was ihm solche Furcht einflößte, und so starrte er doch wieder hin und versuchte, das Dunkel zu durchdringen.

Sein Vater und die beiden Pfarrer kehrten ihm noch immer den Rücken und blickten auf etwas, das vor ihren Füßen lag. Hauptmann Foxe bückte sich, um es genauer zu betrachten. Robert konnte noch immer nicht erkennen, was sein Vater vor sich sah, aber als dieser sich den Pfarrern zuwandte, drückte sein Gesicht Abscheu und Mitleid aus.

»Wer würde – wer konnte – so etwas tun?« murmelte er.

Einer der Pfarrer schüttelte den Kopf. »Und ausgerechnet in der Kathedrale.«

»Es wäre überall höchst grausam«, erwiderte Hauptmann Foxe. Doch Robert wußte, daß auch sein Vater über das Sakrileg erschrocken war, denn er liebte die Kathedrale mit tiefer, heimlicher Leidenschaft, obwohl er oft beteuert hatte, daß alle Orte vor Gott gleich heilig sein müssen.

Nachdem er das, was vor ihm lag, lange angeschaut hatte, erhob er sich. »Und Ihr habt sie gefunden?« wandte er sich an den Pfarrer, der zuvor gesprochen hatte.

»Vor einer halben Stunde erst. Natürlich habe ich sofort nach Euch geschickt.«

»Und wissen wir, wann davor zuletzt jemand hier gewesen ist?«

»Ich, vor einer Stunde«, antwortete der zweite Pfarrer. »Ich zündete die Kerzen an ...«

»Gut«, unterbrach ihn Hauptmann Foxe. »Also können wir sicher sein, daß die Leiche in der halben Stunde danach hier abgelegt wurde.«

»Abgelegt?«

»Ja. Diese Wunden« – er bückte sich wieder – »sind nicht frisch. Sie wurde nicht hier getötet. Fühlt selbst. Sie ist schon mehrere Stunden tot.«

»Ihr glaubt also ... aber ... o nein, o nein.« Der Pfarrer wischte sich mit dem Ärmel die Stirn ab. »Was geschieht hier, Kommissar?« flüsterte er. »Wenn die arme Seele nicht in der Marienkapelle getötet wurde – *warum* wurde sie dann hergebracht? Was hat das zu bedeuten?«

»Das«, sagte Hauptmann Foxe bedächtig, »müssen wir eben herausfinden.«

»Glaubt Ihr ...?« Wieder verlor sich die Stimme des Pfarrers. Er schluckte. »Könnte das ...?«

»Hexerei sein?« Sein Kollege vollendete die Frage, um sie dann ebenso entschieden selbst zu beantworten: »Daran ist kein Zweifel möglich. Eine Leiche zu verstümmeln – jede Leiche, aber vor allem eine wie diese hier – ist das Werk eines Hexenmeisters. Seht her! Was können diese Wunden anderes bedeuten, als daß böse Geister ihren Durst gestillt haben? Oh, Grauen, welch ungeheures Grauen! Heute nacht geht der Böse in der Kathedrale um ...«

»Nein!« Hauptmann Foxe hob nur selten die Stimme. Die

beiden Pfarrer mußten wissen, daß er für seine Gelassenheit bekannt war, denn sie starrten ihn erstaunt an. »Nein«, wiederholte Hauptmann Foxe nicht ganz so heftig. »Bitte« – er richtete seine Mahnung an beide Männer –, »wir dürfen nicht zulassen, daß solche Reden durch diese Mauern nach außen dringen.«

Der Pfarrer, dem er ins Wort gefallen war, blickte nun finster, und Hauptmann Foxe sprach noch leiser weiter. »Ihr wißt«, flüsterte er eindringlich, »wie gefährlich die Furcht vor der Schwarzen Magie sein kann. Sie beunruhigt die Massen, die in ihrem Aberglauben und ihrer Grausamkeit stets Hexen zu finden versuchen, um das Bewußtsein für die eigenen Sünden abladen zu können. Denn selten, wenn überhaupt, sind es die wahren Hexenmeister, die verbrannt werden, sondern nur arme alte Frauen, die vielleicht ein wenig wirr im Kopf erscheinen.« Er verbeugte sich vor dem ersten Pfarrer. »Ich weiß, Sir, daß Ihr mir hierin zustimmt, denn wir haben es schon früher erörtert.«

Der Pfarrer warf einen Blick auf seinen Kollegen, dann neigte er den Kopf. »Es ist wahr«, räumte er ein, »daß ich die Wirkung der Kunde von diesem Verbrechen fürchte.«

»Aber Ihr würdet nicht abstreiten«, rief der zweite Pfarrer entrüstet aus, »daß dies in der Tat das Werk eines Hexers sein muß, denn wer anders als der Böse könnte zu einer solchen Greueltat – einer solchen *Scheußlichkeit* – wie dieser anstiften?«

»Ich würde es nicht abstreiten, Sir«, stimmte Hauptmann Foxe zu. »Es scheint mir sogar äußerst wahrscheinlich. Aber gerade das ist der springende Punkt, denn so höllisch, so unverfroren ist das Verbrechen, daß ich nicht zusehen möchte, wie alte Frauen deswegen gejagt werden, wo doch unser Widersacher eindeutig ein Mann von tödlicher List und Fertigkeit ist.«

»Ihr sagt ein Mann?« fragte der erste Pfarrer. »Ihr habt sichere Beweise dafür?«

»Ja, Sir.«

»Dann ist das nicht der erste Mord dieser Art, auf den Ihr gestoßen seid? Es hat schon einen gegeben?«

Hauptmann Foxes zerfurchtes gutaussehendes Gesicht, das denen, die ihn nicht kannten, beinahe einfältig erscheinen konnte, wirkte plötzlich abgespannt und unergründlich. »Zunächst möchte ich Euch«, fuhr er schließlich fort, »bevor ich mehr sage, die auf der Hand liegende Frage stellen – habt Ihr heute einen Fremden in der Kathedrale gesehen? Er muß kräftig sein. Ein entschlossen wirkender Mann.«

Der erste Pfarrer schluckte. »Muß?« fragte er.

»Nach vorliegenden Beweisen«, erwiderte Hauptmann Foxe. »Im vorigen Fall.«

Der erste Pfarrer schluckte noch einmal. Er zuckte die Achseln. »Ich habe niemanden gesehen.«

Sein Kollege dagegen zog nachdenklich die Stirn in Falten. »Ich erinnere mich«, sagte er schließlich, »daß ich heute morgen einen Mann sah, genau an diesem Ort.«

»An diesem Ort? Ihr meint hier, in der Marienkapelle?«

»Ja. Aber er hatte nichts bei sich, kein Bündel.«

»Beschreibt ihn«, befahl Hauptmann Foxe.

»Das ist schwierig.«

»Warum?«

»Es war dunkel. Seine Augen allerdings, ja, an seine Augen erinnere ich mich. Sie waren stechend, außerordentlich hell. Und seine Kleidung ...«

»Wie sah sie aus?«

»Auffällig bunt, sehr leuchtend, wie seine Augen. Mir fiel auf, daß sie merkwürdig altmodisch wirkte, denn seine Erscheinung erinnerte an die alten Kavaliere, die im Krieg für den König kämpften. Ich hielt ihn für einen, der aus dem Ausland zurückgekehrt war, vielleicht aufgrund der aufwieglerischen Gerüchte, die zur Zeit in Umlauf sind, daß die Republik in Kürze gestürzt werden soll.«

»Möglicherweise«, war alles, was Hauptmann Foxe antwortete. Aber die Worte des Pfarrers schienen ihn sehr zu beunruhigen, und er versuchte nicht, sein Unbehagen zu verbergen.

»Ihr habt demnach Berichte über einen solchen Mann gehört?« fragte ihn der Pfarrer schließlich.

»Möglicherweise«, wiederholte Hauptmann Foxe. Er starrte wieder auf die Leiche zu seinen Füßen. »Letzte Woche wurde ein Mann gesehen, der wie ein Kavalier gekleidet und bärtig war«, murmelte er leise, »bei Clearbury Ring.«

»Clearbury Ring?« wiederholten beide Pfarrer gleichzeitig. Sie schienen mit dem Namen nichts anfangen zu können.

»Dort hat man letzte Woche auch einen alten Mann gefunden. Mr. William Yorke, einen Gelehrten und Altertumsforscher aus meinem eigenen Dorf. Er hatte meinen Sohn in Latein und Griechisch unterrichtet. Ich kannte ihn gut. Allerdings war er tot, als ich ihn zuletzt sah. Er war ermordet worden – auf ganz gräßliche Weise.«

»Der Herr sei uns allen gnädig!« rief der erste Pfarrer aus. »Warum habe ich davon noch nichts gehört?«

»Die Einzelheiten wurden auf meine persönliche Anweisung hin geheimgehalten.«

»Darf ich fragen, warum, Kommissar?«

Hauptmann Foxe verzog das Gesicht und blickte wieder auf seine Füße. »Aus dem gleichen Grund«, sagte er schließlich, »aus dem wir auch die Kunde von diesem Todesfall verheimlichen müssen.«

»Nein!« Der Pfarrer begann die Hände zu ringen, und seine Stimme klang fast weinerlich, als er weitersprach. »Doch nicht auch dort Zeichen von Hexerei?«

»So sah es aus.«

»Und was für Zeichen waren das?«

»Die Wunden, die ... Verstümmelungen ... sie waren denen, die dieser armen Seele beigebracht wurden, sehr ähnlich.« Er bückte sich. »Die gleichen, genaugenommen. Äußerst grausam – und der Leib, wie dieser, völlig blutleer.«

Emily zitterte heftig. Robert drehte sich um und hielt sie fest, während sie sich an ihn schmiegte; heiß spürte er ihre stillen Tränen an seinen Wangen. »Wir müssen sie zu einem Arzt bringen«, hörte er seinen Vater sagen, »um die genaue Art ihrer Verletzungen zu erfahren. Die arme Kleine. Arme Kleine! Möge der liebe Gott ihre Seele annehmen.«

Robert schaute sich rasch um, als sein Vater das Wort »Kleine« aussprach. Hauptmann Foxe war wieder aufgestanden und hielt behutsam ein kleines Bündel in den Armen. »Einen Mantel« flüsterte er, »bitte, Sir, gebt mir Euren Mantel.« Einer der Pfarrer löste seinen Umhang und reichte ihn Hauptmann Foxe; als dieser seine winzige Last anhob, um sie in den Umhang zu wickeln, bekamen Robert und Emily das ermordete Kind zum erstenmal flüchtig zu sehen. Beide hielten den Atem an. Es war ein Baby, nein, selbst für ein Baby zu klein – so klein, dachte Robert, wie eine von Emilys alten Stoffpuppen. Das Gesicht war blau und der Arm, der über Hauptmann Foxes Hand hing, fast violett. Die Finger waren so winzig, daß Robert sie kaum erkennen konnte, und als er genauer hinschaute, bemerkte er, daß jeder einzeln geknickt war, so daß sie nach hinten zum Handrücken zeigten. Er hörte Emily aufschreien: »Nein, nein, nein!«, und dann hatte er einen zweiten Laut in den Ohren, ein zweites Schluchzen der Trauer und Furcht. Es kam von ihm.

Er erwartete, sein Vater würde böse sein, hatten sie doch seine ausdrücklichen Anweisungen gebrochen. Aber Hauptmann Foxe sagte nichts zu ihnen; vielmehr übergab er seine kleine Last einem der Pfarrer. Dann ging er aus der Kapelle zu der Säule, hinter der sich die Kinder versteckten. Er nahm sie in die Arme, und da sie zitterten, nahm er sie schützend unter seinen weiten Umhang.

Worin das Essen der Gans weiter verzögert wird

Auf dem Rückweg nach Woodton war es bitterkalt. Aber wenn Emily und Robert zitterten, während sie hinter Hauptmann Foxes Dienstpferd herritten, lag es nicht am Wind, der bis in die Knochen drang. Emily starrte entschlossen auf den Pfad vor ihr, während Robert über die öden dunklen Schneeflächen der Salisbury Plain blickte, aber beide dachten an den Mörder, der vor ihnen, hinter ihnen, wer weiß wo in dieser Nacht sein mochte. Während der Wind heulte, glaubte Robert, das Jammern des sterbenden Babys zu hören; als die Grabhügel vorzeitlicher Könige vor ihnen abseits des Pfads aufragten, zuckte er zusammen aus Angst, es könnten die Schatten lauernder Dämonen sein. Sogar Hauptmann Foxe, der wegen seines Mutes im Krieg aus dem Mannschaftsstand befördert worden war und unter seinen Leuten als Inbegriff der Tapferkeit galt, schien in jener Nacht beunruhigt.

Allmählich näherten sie sich Woodton, doch zwischen ihnen und zu Hause lag noch Stonehenge, und als sie darauf zuritten, zügelte Hauptmann Foxe sein Pferd, um angestrengt nach vorn zu schauen, als rechne er mit einer Gefahr, die dort auf sie wartete. Auch Emily und Robert brachten die Pferde zum Stehen; ihre Augen waren nun an die Dunkelheit gewöhnt, und sie konnten mühelos die riesigen Steine ausmachen, schwarz vor den grellen Schneewirbeln. Hauptmann Foxe legte seine Hand auf den Pistolengriff; dann drehte er sich, als wäre es ihm plötzlich peinlich, lächelnd zu den Kindern um, ließ die Zügel locker und gab seinem Pferd die Sporen. Er fiel in einen leichten Galopp, und Emily folgte ihm.

Immer bedrohlicher ragten die uralten Steine nun aus dem Dunkel auf. Robert blieb zurück und wischte sich über die Stirn, auf der trotz der Kälte Schweißtröpfchen standen. Staunend blickte er zu den Steinen auf, denn er spürte stärker als jemals zuvor, wie unheilvoll das Rätsel des Kreises war, wie unversöhnlich und leer, als läge irgendein ungeheuerliches Geheimnis dahinter verborgen, das vielleicht doch nicht ganz tot war. Er erinnerte sich an das Entsetzen, das ihn in der Kathedrale erfüllt hatte: Wie das Echo eines ungestümen Musikstücks verspürte er es nun wieder. Doch plötzlich herrschte Stille: Der Klang der Hufe auf dem Schnee, das Klagen des Windes, alles verstummte, und er stellte sich vor, allein zu sein, denn alles andere, die ganze Welt, schien von den Steinen und ihrer Stille aufgesogen zu sein. Gewaltsam wandte er sich ab und rief laut den Namen seines Vaters. Hauptmann Foxe blickte zurück. Auch er hatte auf den Kreis gestarrt; seine Augen waren so weit aufgerissen, seine Haut so blaß und gespannt über den Knochen, daß sein Gesicht wie ein Totenschädel wirkte. »Ich habe es gespürt!« überschrie Robert den Wind. »Ich habe es auch gespürt!« Doch sein Vater schüttelte nur den Kopf und trieb sein Pferd an. Dann rief er plötzlich laut und deutete zurück. Robert und Emily spähten in den Schnee, der ihnen ins Gesicht wehte. Verschwommen konnten sie durch die Böen eine Lampe erkennen, die auf sie zukam.

Noch einmal trieb Hauptmann Foxe sein Pferd an. Robert hörte ihn etwas rufen, aber die Worte verloren sich im Sturm.

»Es ist Vater!« schrie Emily plötzlich, die Stimme hell vor Erleichterung. Sie rief seinen Namen, winkte ihm, und als der Reiter sie einholte, streckte sie die Hände nach ihm aus.

Robert konnte Sir Henry Vaughan jetzt deutlich erkennen: sein schmales Gesicht, den altmodischen Kinn- und Oberlippenbart des Kavaliers. Er hob seine Tochter von ihrem Pferd und drückte sie fest an sich, so fest, daß es fast schien, als wolle er sich davon überzeugen, daß er sie wirklich in den Armen hielt. Robert hätte gern gewußt, welche Nachricht Sir Henry bewogen hatte, in einer so furchtbaren Nacht auszureiten; denn daß ihn irgendeine große Angst quälte, ließ sich leicht an seinem Gesicht ablesen. Er küßte Emily noch einmal und setzte sie wieder auf ihr Pferd. Dann wandte er sich Hauptmann Foxe zu und winkte ihn beiseite. Leise und eindringlich begann er zu flüstern. Durch das Heulen des Sturms konnte Robert nichts hören, aber während sein Blick auf seinem Vater ruhte, sah er, daß er zusammenzuckte, dann den Kopf schüttelte und sehr bleich wurde. Sir Henry redete nicht lange. Hauptmann Foxe stellte ihm noch einige Fragen und saß dann mit gesenktem Kopf schweigend und wie erstarrt im Sattel. Er schien ein Gebet zu flüstern. Dann drehte er sich nach Emily und Robert um und winkte sie weiter. Robert glaubte, das Gesicht seines Vaters noch nie so zornig und bitter gesehen zu haben – außer vielleicht in der Kathedrale am selben Nachmittag.

Hauptmann Foxe wandte sich zu ihm. »Robert.« Er streckte die Hand aus, um seinem Sohn über das Haar zu streichen. »Wir müssen immer auf Gott vertrauen und Seinen Wegen folgen«, sagte er leise wie zu sich selbst. Dann drehte er sich auf dem Sattel wieder um und starrte geradeaus auf die Straße vor ihm. Woodton lag hinter dem nächsten Höhenrücken. »Heute nacht mußt du deine Mutter gut beschützen«, sagte er. »Ich habe vielleicht viel zu tun, und sie wird dich an ihrer Seite brauchen.«

Robert wartete. »Bist du nicht bei uns, wenn Hannah die Gans bereitet?« wagte er endlich zu fragen.

»Es wird keine Gans geben.«

Hauptmann Foxe sagte nichts mehr, und als sie sich dem Scheitel des Hügels näherten, fiel er wieder in eine schnellere Gangart. Das volle Ausmaß des Entsetzens über diese Worte erfaßte Robert erst nach und nach. Keine Gans? *Keine Gans.* Und das aus heiterem Himmel! Es war nicht die Art seines Vaters, seine Entscheidungen so rücksichtslos mitzuteilen. Was konnte geschehen sein? Aufs neue fragte er sich, welche Kunde Sir Henry seinem Vater gebracht hatte. Robert hielt nach beiden Ausschau; sie waren in das Wäldchen geritten, das vor ihnen am Weg lag. Mit einem Ruf an Emily, es ihm nachzutun, gab Robert seinem Pferd die Sporen. Unter den nackten feuchten Ästen ritten sie in leichtem Galopp durch den Matsch.

Auf dem Pfad, der sie aus dem Wald führte, zügelte Robert sein Pferd. Vor sich konnte er die Kaminfeuer von Woodton erkennen, doch Hauptmann Foxe und Sir Henry hatten den Pfad verlassen und ritten auf ein Tor in einer alten, halb verfallenen Mauer zu. Robert wußte, daß dahinter Wolverton Hall lag, wo einst ein königstreuer Lord gewohnt hatte. Aber er war im Krieg ums Leben gekommen, und seitdem lag sein Familiensitz verlassen. Robert rief Emily zu sich, und gemeinsam folgten sie ihren Vätern. Sie hatten geglaubt, man würde sie zurückschicken, doch schien Hauptmann Foxe nun kaum auf andere zu achten, und Sir Henry schaute sich nicht einmal um. So näherten sich alle vier der Mauer.

Dahinter lagen unter Schnee begraben die alten Gärten. Emily und Robert hatten hin und wieder darin gespielt, aber ihre Väter hatten es ihnen ausgeredet, und den Kindern war auch aufgefallen, wie wenig die Leute im Dorf von dem Ort sprachen, geschweige denn ihn aufsuchten. Als Kommissar des Bezirks hätte Roberts Vater von Rechts wegen in das Herrenhaus einziehen können, zog es aber nach dem Krieg vor, in sein altes Haus zurückzukehren, und alle waren es anscheinend zufrieden, das Anwesen verfallen zu sehen.

Auch Robert und Emily hatten, wenn sie das Gelände erkundeten, nie gewagt, in das Haus einzudringen. Warum, hätte Robert nicht sagen können, außer daß sie noch klein und vielleicht vom Geflüster der Älteren beeinflußt waren. Dabei waren sie beide von Natur aus beim Spiel keine Feiglinge und machten sich sogar ein Vergnügen daraus, verlassene Ruinen zu erkunden, wobei ihre Angst ein zusätzlicher Anreiz war. In dieser Nacht aber, das wußte Robert, würde er keine Freude empfinden, überhaupt keine Freude, denn seine Angst war klammer und kälter als der Schnee und drang bis ins Mark. Und Robert erinnerte sich an die Worte des Pfarrers in der Kathedrale, daß der Teufel umginge, und nun stellte er sich den Geist der Finsternis nicht zwischen Höllenflammen thronend vor, wie er es gelernt hatte, sondern als einen Gott des Eises, unter dessen Berührung die ganze Welt im Frost erstarren muß. Er blickte geradeaus und betete, aber es hob seine Stimmung nicht, denn der Frost schien auf seiner Seele zu liegen, und seine Worte konnten nicht zu Gott aufsteigen. Und so glaubte sich Robert – was er als Kind nie empfunden hatte – im Tal der Sterblichen verloren.

Emily zog ihm ein Gesicht. »Du siehst noch düsterer aus als vorhin«, sagte sie. »Es macht mir angst, Robert, wenn du so ernst blickst.« Sie ritt näher heran, um neben ihm Schutz zu suchen. »Kannst du mir sagen, was geschehen ist?«

Doch Robert schüttelte den Kopf. Und tatsächlich konnte er trotz der plötzlichen Verzweiflung, die er verspürt hatte, nichts sehen, was er sofort verstanden hätte. Der Schneesturm flaute allmählich ab. Vor ihnen erstreckte sich eine ebene Fläche, die einmal ein Rasen gewesen sein mußte, bis zum Haus. Der Schnee war vielfach von Spuren durchzogen. Direkt vor dem leeren Eingang zum Haus stand eine Gruppe von sechs oder sieben Männern versammelt. Robert erkannte Mr. Gerrard Webbe, der in den Dörfern rings um Salisbury allgemeine Erlösung predigte, indem er gleiches Recht und gleichen Wohlstand für alle verlangte, damit die Unterdrückten einen Himmel auf Erden errichten könnten. Einst jedoch, in der Zeit vor dem Krieg, war er Wundarzt gewesen, und mitunter wurde Mr. Webbe, wenn er von Ort zu Ort zog, noch immer gebeten, sich um die Kranken zu kümmern. Robert fragte sich plötzlich, in welcher Eigenschaft, ob als Arzt oder als Mann Gottes, er jetzt diente. Denn da Mr. Webbe mit dem Rücken zu ihm im Schnee kniete, fühlte sich Robert unmißverständlich daran erinnert, wie sein Vater in der Kathedrale gekniet hatte, mit gesenktem Kopf, den Blick auf die Leiche des ermordeten Kindes gerichtet. Auch jetzt war die Sicht behindert, doch Robert spürte mit einem jähen Schauder der Gewißheit, daß er kaum zu sehen brauchte, was Mr. Webbe untersuchte. Eine weitere Person war tot: Der Mörder – der Hexenmeister ... was auch immer er sein mochte ... der *Dämon* – hatte wieder gemordet. Und im selben Augenblick, in dem er dies begriff, bemerkte er, wie deutlich er alles sehen konnte, was vor ihm lag; er blickte an der Fassade des Hauses empor und sah jedes Fenster von Kerzenflammen erleuchtet, so daß der Schnee einem Flikkenteppich aus Schatten und Gold glich.

»Hannah«, schrie er laut.

Er hatte nicht sprechen wollen. Sein Vater drehte sich im Sattel um und blickte ihn finster an. Er öffnete den Mund, als ob er Robert etwas fragen wollte, aber dann wurde sein Blick noch strenger, und er schickte seinen Sohn fort. Robert ging ohne Klage, in Wirklichkeit sogar erleichtert. Er wollte die Befehle seines Vaters kein zweites Mal mißachten. Er blickte noch einmal zu den Kerzen auf – und dann dachte er an Hannah, stellte sie sich tot vor, den Leib aufgerissen nach dem Leben darin. Er wollte es nicht glauben, aber dann glaubte er es doch – denn nun war er sich sicher, wessen Baby sie in den Armen seines Vaters gesehen hatten, und er erinnerte sich an den gequälten Aufschrei des Pfarrers in der Kathedrale, an seine verzweifelte Frage: »Warum?«

Während Robert sich umsah, ritten sie aus den Gärten und ließen die Kerzenflammen hinter sich. Alles war wieder schwarz. Plötzlich blies ihm ein neuer Schneewirbel ins Gesicht. Der Wind heulte durch die Bäume, aber er konnte die Äste nur hören, wie sie knarrten, nicht sehen, und hinter dem Wald würden die Steine stumm auf der Ebene stehen, mochte der Sturm noch so furchtbar wüten. Robert schauderte, und als Emily seinen Blick erwiderte, hatte er nur den einen Gedanken, daß er nicht wünschte, sie wäre tot wie Hannah, die hellen Augen trübe, der rundliche, weiche Leib kalt und blau wie der Schnee. Er streckte die Hand aus, um ihren Arm zu drücken, aber hinter ihnen ächzte weiter der Wind. Und als Emily flüsterte, sie fürchte sich, fiel Robert kein tröstendes Wort ein.

Emilys Vater ritt vor ihnen, und er war es, der endlich das Schweigen brach. Er sprach nicht von der Szene, die sie gerade verlassen hatten, aber als er erwähnte, daß Mrs. Foxe sich bei Mrs. Vaughan aufhielt, wußte Robert endgültig, daß Hannah die Tote war. Nur eine furchtbare Tragödie konnte seine Mutter bewogen haben, in einer solchen Nacht aus dem Haus zu gehen. Ganz gewiß konnte nichts anderes sie dazu gebracht haben, bei Mrs. Vaughan zu bleiben, die sie immer nervös machte und einschüchterte. Vor ihrer Heirat hatte Roberts Mutter als Magd in Salisbury gearbeitet, wohingegen Mrs. Vaughan mit einem Mann von Stand verheiratet war. Mrs. Foxe konnte dies nie vergessen, obwohl doch ihr Mann und Sir Henry die besten Freunde waren, obwohl doch seit dem Krieg die Welt auf den Kopf gestellt war, die Kleinen groß und die Großen klein gemacht worden waren. Schließlich war es Hauptmann Foxe gewesen, der die Vaughans davor bewahrt hatte, nach dem Krieg bettelarm dazustehen, denn Sir Henry war ein nimmermüder Anhänger des

Königs gewesen und wäre seines Besitzes verlustig gegangen, hätte Hauptmann Foxe sich nicht für ihn eingesetzt. Obgleich seine Eltern nie darüber redeten, wußte es Robert, weil Emily ihm alles erzählt hatte, und seine Mutter hatte wirklich keinen Grund, schüchtern zu sein, denn Lady Vaughan hatte ihr stets die größte Zuneigung und Hochachtung gezeigt. Robert wußte, daß sie Emily nie davon abgehalten hatte, mit ihm zu spielen, und allein aus diesem Grund würde er sie stets in Ehren halten.

Und wirklich verstärkte sich, als er bei seiner Ankunft im Haus der Vaughans seine Mutter in Lady Vaughans Armen vorfand, sein Gefühl der Dankbarkeit. Denn das Gesicht seiner Mutter war zwar weiß und von Schmerz gezeichnet, aber ihm war bewußt, daß sie ohne den Trost der Nachbarin noch bleicher gewesen wäre. Lady Vaughan ließ sie los; Mrs. Foxe war die Erleichterung beim Anblick ihres Sohnes deutlich anzumerken, aber er sah sie zusammenzucken, als er ein Abendessen angeboten bekam, denn sie ermunterte ihn zwar zu essen, doch Robert wußte, daß sie an die Gans dachte, die sie nun nie gebraten bekämen. Von Hannah sagte sie jedoch nichts und schwieg auch auf dem Heimweg. Erst als Robert sein Pferd in den Stall geführt hatte und sie in die Arme nahm, begann sie zu sprechen. Sie bestätigte, wofür er längst keine Bestätigung mehr brauchte, daß es sich bei der Toten wirklich um Hannah handelte. Den ganzen Tag hatten Sir Henry und eine Gruppe aus dem Dorf gesucht, seit am Morgen Alarm geschlagen worden war – zu einem Zeitpunkt, als Hannah bereits seit mehreren Stunden vermißt worden war. Erst nach Sonnenuntergang war die Leiche schließlich gefunden worden. Robert fragte, ob die Kerzen den Suchtrupp auf Wolverton Manor aufmerksam gemacht hatten, doch seine Mutter sah ihn verständnislos an. Von Kerzen hatte sie nichts gehört.

Später erhob sich Mrs. Foxe und nahm die Bibel vor. Sie

drückte sie an die Brust, bevor sie begann, die abgegriffenen Seiten umzublättern wie eine, die sich verirrt hat und eine Karte absucht. Gemeinsam saßen sie und ihr Sohn mehrere Stunden lang über der Bibel. Mrs. Foxe konnte nicht lesen, aber sie kannte die Worte der Heiligen Schrift beinahe auswendig, und die Stellen, an die sie sich nicht erinnerte, erzählte sie, wie sie es für richtig hielt. Auf diese Weise fand sie allmählich Balsam für ihren Schmerz, und Hannah, der Magd, die auch ihre teuerste Freundin gewesen war, erwies sie ihre zärtliche und tiefempfundene Liebe.

Die Stunden verstrichen. Schließlich, während sie noch zusammen über ihrer Lektüre saßen, gesellte sich Mr. Webbe zu Robert und seiner Mutter. Mrs. Foxe stand auf, um ihn zu begrüßen, aber er bedeutete ihr, Platz zu nehmen. Freundlich küßte er sie auf die Stirn. »Wer unter euch ohne Sünde ist«, murmelte er, »der werfe den ersten Stein auf sie.« Mrs. Foxe blickte zu ihm auf, dann griff sie nach der Bibel auf Roberts Schoß, um die Stelle zu suchen, wo der Vers zu finden war. Aber sie brauchte ihren Sohn nicht zum Vorlesen. Sie kannte das Kapitel gut genug, hatte es oft aufgesagt, um Hannah zu verteidigen, die wie die Frau, die vor Jesus gebracht wurde, beim Ehebruch ergriffen worden war. Nun sprach Mrs. Foxe die Verse wieder, und als sie Christi Worte der Vergebung und Hoffnung wiederholte, fiel Mr. Webbe ein: »Ich bin das Licht der Welt«, sprachen sie gemeinsam. »Wer mir nachfolgt, der wird nicht in der Finsternis bleiben, sondern wird das Licht des Lebens haben.« Mrs. Foxe begann zu lächeln. »Sie war am Ende ihres Weges angelangt, Mr. Webbe«, sagte sie. »Meine Hannah und ihr Kind, sie ruhen nun in Ihm, dessen Gesellschaft Friede im künftigen Leben bedeutet.« Dann wandte sie sich Robert zu und drückte ihn fest an sich. Noch immer lächelte sie. Aber über ihre Wangen flossen stille Tränen.

Worin in einer bitterkalten Nacht eine merkwürdige Erscheinung flüchtig erblickt wird

Später in derselben Nacht gesellte sich Hauptmann Foxe zu ihnen. Sein Gesicht war völlig ausdruckslos. Er küßte seine Frau, dann seinen Sohn, berichtete aber nicht, was er getan und ob seine Untersuchung Erfolge gezeitigt hatte. Doch suchte er Mr. Webbes Blick und schüttelte kaum merklich den Kopf. Robert, der dies beobachtete, bezweifelte, daß sein Vater viel entdeckt hatte. Mr. Webbe, der selten sprach, wenn der Geist des Herrn nicht in ihm war, zuckte nur die Achseln. Er stand auf und ging durchs Zimmer in eine dunkle Ecke, wo er einen Bettsack ausrollte. Ob er bleiben dürfe, brauchte er nicht zu fragen. Er war ein alter Bekannter von Hauptmann Foxe; wie alt, hatte Robert nie zu fragen gewagt, aber er wußte, daß die beiden Männer zusammen beim Heer gedient und zweifellos viel gemeinsam erlebt hatten. Wegen seiner eigenen Neugier wünschte Robert, Mr. Webbe wäre hin und wieder weniger verschwiegen. Aber er wußte, daß Hauptmann Foxe den Prediger gerade wegen seiner Schweigsamkeit so hoch schätzte. Auch Mrs. Foxe würde sich beim Erwachen am nächsten Morgen über Mr. Webbes Gesellschaft freuen. Denn er war ein guter Mann mit prophetischen Gaben, wie sie glaubte. Er würde ihr weiterhin helfen, sie durch die Zeit der Trauer und des Schmerzes zu führen.

Als Robert später im Bett lag, wünschte er sich ebensolche Erleichterung. Aber anders als seine Mutter hatte er wenig Trost in der Heiligen Schrift gefunden, die sie gelesen hatten. Zu deutlich hatte er das Zeichen des Teufels der Welt aufgeprägt gesehen, und sein Mal war furchtbarer erschienen als jedes Zeichen Gottes. In jener Nacht wollte der Schlaf sich nicht einstellen, obwohl er viele Stunden mit geschlossenen Augen lag, und der Schatten der Finsternis lastete schwer auf seiner Seele. Er versuchte, sich Hannah vorzustellen, wie Mr. Webbe sie beschrieben hatte, als eine in der Gemeinschaft der Heiligen. Doch statt dessen konnte er sie nur als einen Haufen stinkender Fäulnis sehen und auch ihr totes Baby, auf den Misthaufen geworfen, den Schmeißfliegen zum Fraß; und er fürchtete sich vor dem Gedanken, wie schwach das Leben war, daß es so leicht der Verwesung anheimfiel. Schließlich stand er auf, denn es war ihm unmöglich, derartige Gedanken aus seinem Kopf zu vertreiben. So zündete er eine Kerze an und wandte sich seinem Griechisch zu, aber beim Lesen kam er an einen Abschnitt, der den Fall Trojas schilderte und wie Hektors kleines Kind von den Mauern geschleudert worden war, um von Hunden zerrissen zu werden. Da konnte er den Dichter nicht weiterlesen und warf das Buch in die Ecke. Er stand wieder auf, denn er spürte, daß er der Enge des Zimmers entkommen und sich seine nervöse Verfassung ablaufen mußte. Auf dem Weg zur Tür fragte er sich, ob wenigstens seine Eltern zur Ruhe gekommen waren, und er machte noch einmal kehrt. Seine Mutter schlief, und darüber freute er sich, aber der Platz neben ihr war leer, und er bemerkte, daß die Reitstiefel seines Vaters fort waren. Dies beunruhigte Robert nicht, denn er war es von seinem Vater gewohnt, daß er kaum schlief, wenn ihn eine Aufgabe bedrückte – und die vor ihm liegende Aufgabe, so schien es, mochte so schwer lasten wie keine zuvor.

Während Robert wieder zur Tür ging, bemerkte er, daß auch Mr. Webbes Platz leer war, und als er aus dem Fenster nach den Stalltüren schaute, sah er, daß zwei Türen offen standen und die Pferde fort waren. Er warf den Mantel um und eilte hinaus. Es schneite nicht mehr, und die Wolken waren fortgeblasen worden, so daß der Himmel vom hellen Schein der Sterne in klarem, kaltem Blau beleuchtet war. Robert starrte die Dorfstraße auf und ab, konnte seinen

Vater aber weder sehen noch hören, obwohl der Schnee so blau wie der Himmel war und das Knirschen seiner eigenen Schritte laut hallte. Er ging die Straße hinunter, bis er das Dorf hinter sich gelassen hatte und sich dem Wald näherte. Einmal rief eine Eule aus dem nackten Geäst der Bäume, aber ansonsten schien die Welt vom Schnee völlig eingehüllt. Robert erreichte den Waldessaum und rief laut nach seinem Vater, dann nach Mr. Webbe. Wiederum keine Antwort als der Schrei der Eule. Robert seufzte und machte kehrt, denn ihm wurde allmählich kalt.

Da hörte er in der Ferne Hufschlag, und er blickte zur Straße zurück. Aus den Schatten des Dorfes sah er einen Reiter auftauchen. Die Gestalt trug einen schwarzen Umhang mit einer Kapuze, die das Gesicht verbarg, und sein Pferd war wie der Umhang kohlschwarz. Beim ersten Klang der Hufschläge war Robert auf der Straße losgerannt; doch als er den Reiter sah, zog er sich sofort erschrocken zwischen die Bäume zurück, und je näher der Mann kam, desto schneller wich er zurück, stolperte durch das Unterholz, hörte sein Herz immer lauter in den Ohren schlagen. An der Stelle, wo die Straße die Bäume erreichte, zügelte der Reiter sein Pferd. Robert wußte, daß sich der Weg hier gabelte – der linke Pfad führte nach Wolverton Hall. Er ließ sich auf den Boden fallen und blieb reglos liegen, geschützt von den Ästen einer alten, umgestürzten Ulme. Dann hob er langsam wieder den Kopf über den Stamm.

Der Reiter saß noch immer vollkommen reglos, eine Silhouette mit Kapuze vor den brennenden Sternen. Robert bildete sich ein, der ganze Wald müsse mit seinem Herzen pochen, so laut schlug es jetzt, und er legte eine Hand auf seine Brust, um sich zu beruhigen. Unterdessen schaute sich der Reiter um. Er zog die Luft ein; seine Kapuze rutschte ein wenig zurück, und das Licht der Sterne fiel auf sein Gesicht. Er trug einen spärlichen Backen- und Schnauzbart, ganz wie

Sir Henry. Sonst aber glich sein Gesicht keinem anderen, das Robert jemals gesehen hatte, und schon der bloße Anblick erfüllte ihn mit Abscheu. Es war totenbleich, ohne die geringste Spur von Farbe in den Wangen oder Lippen; der Mund war schmal und sehr grausam; die Nase bestand nur aus den Nasenlöchern, da das Fleisch über den Knochen völlig weggefault war. Aber die Augen stießen Robert am meisten ab, denn sie waren stechend und silbern wie der hellste Mond und zugleich völlig tot. Er fragte sich, was für eine Art Wesen einen so starren Blick haben könnte, und schüttelte den Kopf, denn er wollte es nicht wissen. Dann schauderte er im Bewußtsein, daß diese Augen ihn schon einmal gesehen hatten, und er betete stumm aus tiefster Seele, daß sie ihn nicht ein zweites Mal entdecken würden, wehrlos, wie er war, allein zwischen den Bäumen in einer so grausamen Nacht.

Robert hielt den Atem an. Der Reiter trieb sein Pferd einige Schritte voran und saß wieder ein Weile still unter den Bäumen. Noch immer atmete Robert nicht. Er glaubte, sein Leben auszuhauchen. Dann machte der Reiter plötzlich kehrt, und unter dem Klappern von Eisen auf gefrorenem Matsch galoppierte das Pferd auf dem gegenüberliegenden Weg davon – dem Weg, der nach Wolverton Hall führte. Robert wartete im Schutz der Äste. Minuten verstrichen, bis er sehr vorsichtig aufstand. Er schaute sich um, dann kroch er an den Bäumen vorbei wieder auf den Weg hinaus. Er war leer, doch zeichnete sich die Fährte der Hufe deutlich im Schnee ab. Robert überlegte, ob er ihr folgen sollte. Freilich nicht lange. Er machte kehrt und lief mit klappernden Zähnen los, der Geborgenheit seines Bettes entgegen.

Worin beim Verfolgen einer Fährte ein merkwürdiges Zeichen gefunden wird

Als sein Vater am nächsten Morgen noch nicht zurückgekehrt war, ging Robert Emily besuchen und erzählte ihr alles, was er gesehen hatte. Am Ende schüttelte sie den Kopf. »Nein, nein«, beschwerte sie sich, »du läßt manches aus.«

»Was denn?« fragte er.

»Du sagst, du hast den Reiter schon einmal gesehen. Aber davon hast du mir überhaupt nichts erzählt.«

»Ach so.« Robert schloß die Augen, dann grinste er schuldbewußt. »Aber ich soll dir nichts verraten. Vater ließ mich schwören, es für mich zu behalten.«

»Sogar mir gegenüber?«

Wieder grinste Robert.

Emily äffte ihn nach. Sie wartete ab. »Jedenfalls ist es jetzt zu spät«, meinte sie dann. »Ich weiß, daß du ein Geheimnis hast, und wenn du es mir nicht sagst, dann quäle ich dich so lange, bis du es mir doch verrätst.«

Robert dachte eine kleine Weile über diesen Punkt nach.

»Also?« drängte sie.

»Ich sollte es nicht tun«, sagte er schließlich.

»Natürlich nicht«, erwiderte sie.

»Es war letzte Woche«, begann er nach einer weiteren Pause. »Die Wintersonnenwende ...« – er runzelte die Stirn – »das Julfest.«

»Wo warst du?«

»Kannst du es nicht erraten?«

»Wie denn?«

»Auf den Feldern unterhalb von Clearbury Ring.«

»Clearbury Ring.« Emily schlang die Arme um sich. »Wo dein Lehrer gefunden wurde.«

Robert senkte den Kopf. »Ganz recht.«

»Was hast du dort gemacht?«

»Reiten. Mit meinem Vater. Wir haben geübt.«

»Und dabei hast du ihn gesehen?« Trotz ihrer ernsten Miene begannen Emilys Augen zu glänzen. »Dort hast du den Reiter gesehen?«

»Er saß im Sattel...« – Robert hielt inne – »im Sattel«, fuhr er fort, »ohne sich zu rühren, beobachtete uns bloß. Auch da war er in Schwarz, genau wie letzte Nacht, und hatte die Kapuze tief übers Gesicht gezogen. Daran erkannte ich ihn gestern nacht, als ich ihn vom Dorf kommen sah – deshalb wußte ich, daß ich weglaufen mußte.«

»Aber warum?« Wieder schlug Emily die Arme um sich. »Was hat er beim ersten Mal getan, was dich so sehr erschreckt hat?«

Robert überlegte. »Ich weiß es nicht genau«, sagte er schließlich. »Er saß eine ganze Weile dort auf seinem Pferd – dann ritt er auf uns zu und galoppierte vorbei.«

Emily machte ein enttäuschtes Gesicht. »Und das war alles?«

»Ja.«

»Und was war daran so entsetzlich?«

»Du hast ihn nicht gesehen, Emily. Denn sonst...« Robert verstummte. Er erinnerte sich an das kriechende Entsetzen, das er empfunden hatte, wie Läuse auf seiner Haut, und wußte, daß er es nie erklären könnte. »Danach wollte ich nicht mehr reiten«, fuhr er endlich fort, »aber mein Vater bestand darauf, obwohl er ebenfalls beunruhigt schien. Und nicht viel später hörten wir dann lautes Rufen, und ein Mann kam winkend den Hügel heruntergerannt. Er schrie, es habe einen Mord gegeben, er habe eine Leiche mitten im Ring gefunden.«

Einen Augenblick sagte Emily nichts. Dann schluckte sie. »Dein Lehrer?«

Robert nickte.

»Wer war der Mann, der den Hügel heruntergerannt kam?«

»Mr. John Aubrey. Ein Gelehrter aus Broadchalke, drüben hinter Salisbury.«

Emily kniff die Augen zusammen. »Und was hat er oben auf Clearbury Ring gemacht?«

»Das hat ihn mein Vater natürlich sofort gefragt.«

»Und?«

»Er behauptete, sich für die Denkmäler des Altertums zu interessieren.«

Emily zog die Stirn in Falten. »Warum?«

Robert zuckte die Achseln. »Weil ... vermutlich interessieren sich eben manche Leute dafür. Mr. Aubrey war zum Clearbury Ring gegangen, weil er nach Gespenstern Ausschau hielt. Angeblich erscheinen sie am Julfesttag.«

»Warum?« fragte Emily noch einmal.

»Weil dieser Tag den Heiden, die auf dem Ring lebten, heilig war. Sie brachten Menschenopfer dar, um den Zorn ihrer Götter zu beschwichtigen.«

»So wie dein Lehrer getötet wurde.«

Robert schwieg eine Weile. »Vielleicht«, sagte er schließlich.

Mit aufgerissenen Augen starrte Emily ihn an. »Und Mr. Aubrey ...« Sie zögerte. »Hält dein Vater es für möglich, daß er des Verbrechens schuldig ist?«

»Nein, das glaube ich nicht. Nein, nein, ganz sicher nicht.«

»Wen verdächtigt er dann?«

Robert blickte sie starr an. »Nur den einen«, sagte er schließlich.

Emily beugte sich vor. »Und letzte Nacht, Robert«, flüsterte sie, »der Reiter, den du gesehen hast ... bist du dir sicher – ganz sicher –, daß es derselbe Mann war?«

Robert ging zur Tür und schaute auf die Straße hinaus, die sich durch das Dorf und hinauf zum Wald schlängelte. »Ganz sicher«, bestätigte er nach einer Weile.

Emily trat neben ihn. »Wann kommt dein Vater zurück?«

Robert schüttelte den Kopf.

Emily wandte sich ihm zu, legte beide Hände auf seine Wangen und begegnete seinem angespannten Blick. »Die Spuren, die er hinterlassen hat«, flüsterte sie plötzlich ganz aufgeregt, »werden mit dem Schnee schmelzen.«

Robert zuckte die Achseln. »Zweifellos.«

»Also ...«

»Also?«

»Wir sollten gleich aufbrechen.«

Robert wandte wieder den Blick ab, widersprach aber nicht.

Emily deutete nach draußen. »Mittag. Es wird erst in einigen Stunden dunkel.« Sie nahm seinen Arm. »Wir gehen nicht weit, folgen nur den Spuren.«

»Nur?« Robert zog eine Grimasse. Aber obgleich ihm dabei nicht wohl war, protestierte er nicht. Das Aufregende an ihrer Suche und der Gedanke, daß er damit möglicherweise seinem Vater half, trieben ihn sogar zur Eile an, als er mit Emily zum Wald hinaufstieg. Er zeigte ihr die Stelle, wo der Reiter innegehalten hatte. Sie betrachtete sie gründlich. »Sieh doch.« Sie zeigte auf eine Spur von Hufabdrücken, die noch deutlich im Schnee zu sehen war. Emily nahm Roberts Hand, dann sah sie zur Sonne hinauf. »Noch nicht zu spät«, murmelte sie und begann zu laufen. »Los, komm.«

Sie verfolgten die Spur, so weit sie konnten. Kurz vor dem Torweg von Wolverton Hall verloren sie sie. Vom Vorabend war der Schnee sehr aufgewühlt, und man konnte die vielen verschiedenen Spuren unmöglich auseinanderhalten.

»So«, flüsterte Emily, »ich glaube, wir sollten nach Hause gehen.« Sie drückte Roberts Hand. »Denk nur daran, was wir gestern sahen, als wir der Spur deines Vaters folgten.«

Robert nickte. Auch er wollte umkehren. Doch die Kinder

blieben stehen, als wären sie am Boden festgefroren. Dann ging Emily voraus, und Robert folgte ihr. Ekelhaft und süßlich schmeckte das Grauen in seinem Mund, und als er näher zum Tor kam, spürte er es auch im Blut, wie es ihm den Magen und die Beine leicht machte. »Emily«, rief er laut. Doch sie blieb nicht stehen, und ihm wurde klar, daß sie sich genauso angezogen fühlte wie er.

Über den Gärten hing tödliche Stille, als die beiden Kinder auf die Stelle zugingen, wo man Hannahs Leiche gefunden hatte. Jetzt war sie fort. Robert bildete sich ein, er könnte braune Flecken auf dem gefrorenen Boden sehen, wenn er den Schnee wegfegte, aber er mochte nicht zu genau hinschauen. Sie richteten sich auf und eilten weiter. »Die Stallungen«, rief Emily, als sie um das Haus herumliefen. »Gewiß muß sein Pferd dort sein, wenn er hierhergekommen ist.« Zunächst hofften sie, etwas zu entdecken, denn auf dem Hof stand ein geschlossener Wagen. Wenn er auch nicht bespannt war, mußte er doch in letzter Zeit an diese Stelle gezogen worden sein, denn der Anstrich war noch frisch und die Stricke nicht abgewetzt. Robert und Emily spähten hinein, aber außer einer Menge Schmutz war nichts darin. Auf diese Enttäuschung folgte jedoch eine noch größere, denn als sie sich von dem Wagen abwandten, bemerkten sie, daß der Schnee um die Stallungen keine Spuren aufwies und die Boxen selbst unbenutzt und verfallen waren. Der Geruch feuchten Holzes hing schwer in der Luft, und der schmutzige Boden war glitschig vom Moos.

Emily verzog das Gesicht. »Puh!« rief sie aus. »Hier ist seit Jahren keiner mehr gewesen.« Sie hielt sich die Nase zu, während sie noch einmal nach den tropfnassen Boxen sah und sich dann an Robert wandte. »Was ist mit dem Haus?«

Robert blickte zweifelnd. »Was soll damit sein?«

»Wenn er letzte Nacht überhaupt hergekommen ist, dann muß er dort sein.« Wieder schaute sie sich um und hinauf zur

Sonne, die fahl über dem Kamm eines Hügels im Westen hing. »Meinst du nicht?« fragte sie.

»Vermutlich«, stimmte Robert zögernd zu.

Emily schauderte. Aber das aufgeregte Glitzern in ihren Augen war unmißverständlich. Sie hätte es nicht aussprechen sollen, dachte Robert. Dann hätten sie nicht hineingehen müssen, dann hätte es keine Herausforderung für ihren Stolz gegeben. Doch nun war es zu spät. Er schaute zum Haus hinauf. Alle Fenster waren schwarz. »Im Freien mag es noch hell sein«, murmelte er, »aber drinnen ...« Da fielen ihm die Kerzen ein, die in der vergangenen Nacht in die Fenster gestellt worden waren. Also mußte jemand im Haus gewesen sein, der sie alle angezündet hatte.

Sie überquerten den Hof vor den Stallungen zur Rückseite des Hauses. Als Emily gegen einen Fensterrahmen stieß, brach das Holz und zerfiel sofort. So leise sie konnten, kletterten sie durch die Öffnung. Der Raum dahinter roch beklemmend nach Schimmel, Feuchtigkeit und Fäulnis, schlimmer noch als die Ställe. Unter den Füßen spürten sie Unkraut, als sie weiterschlichen, und gefrorener Tierkot knirschte. Vor ihnen tauchten schemenhaft die Skelette von Stühlen auf, deren Bezüge wie Hautfetzen herunterhingen und sich vor Spinnweben flaumig anfühlten. Emily schaute sich um und verzog angeekelt das Gesicht. »Puh! Hier könnte niemand wohnen.«

»Warum flüsterst du dann?« fragte Robert.

»Puh!« stieß sie hervor. Sie bückte sich und hob ein abgebrochenes Stück Holz auf. »Puh!« rief sie noch einige Male, als wollte sie die Dunkelheit herausfordern. Aber außer dem Echo ihrer eigenen Stimme kam keine Antwort. Emily schleuderte das Stück Holz durch die nächste Tür.

Es klapperte, dann zerbrach Porzellan. Beide Kinder eilten hinein, um nachzusehen, was zersprungen war. Das Licht war hier viel schwächer; dennoch konnten sie die verstreuten Scherben einer Vase erkennen. Robert blickte sich staunend um. Überall standen Töpferwaren und anderer Zierat. Das Haus, stellte er fest, mußte völlig in Ruhe gelassen worden sein – fast fünfzehn Jahre lang hatte es verlassen dagestanden, und dennoch hatte kein Dieb gewagt, etwas zu stehlen, hatte kein Bettler in seinen Zimmern Obdach gesucht. Dann hörte er plötzlich Emily flüstern. »Robert, komm schnell, hier durch, dort ist ein Licht!«

Sie stand im nächsten Zimmer, und Robert lief schnell zu ihr. Er bemerkte, daß sie in der Halle standen. Eine Eichentreppe erhob sich vor ihnen; sie war noch immer eindrucksvoll, obwohl Spinnen die Gobelins silbern überwoben hatten und der Schwamm wie Wunden aus dem Holz quoll. An das obere Ende der Treppe schloß sich eine Galerie an, auf der undeutlich Porträts auszumachen waren. Nur eines war beleuchtet, so daß man das Gesicht sehen konnte. Auf dem Boden davor standen vier Kerzen in einer Reihe. »Nein«, flüsterte Robert. »Nein.« Aber obwohl er am liebsten zurückgewichen wäre, mußte er sich erst vergewissern.

»Was hast du?« zischte Emily.

Er deutete nach oben, dann stieg er langsam die Treppe hinauf.

»Robert!«

Sie folgte ihm nicht. Er schaute sich nach ihr um; ihr Gesicht wirkte sehr bleich beim Kerzenschein. »Siehst du es nicht?« flüsterte sie. »Da sind keine anderen Fußabdrücke – überhaupt keine.« Er blickte hinunter, wo er gegangen war, über den Boden und die Stufen hinauf. Die Spur war sehr deutlich, denn überall sonst lagen Staub und Moder dick und unberührt. Robert rannte ganz hinauf und blickte von beiden Seiten der Galerie hinunter – wieder waren nur seine eigenen Fußabdrücke zu sehen. Und doch mußte jemand die Kerzen angezündet haben – sogar erst kurz zuvor, denn das Wachs hatte noch kaum zu tropfen begonnen. Robert schaute zu dem Porträt empor, starrte es voller Entsetzen an – und doch nicht sehr erstaunt. Denn er erkannte das Gesicht sofort. Er hatte es mit einer Kapuze bekleidet und totenbleich in der Nacht zuvor gesehen. Es war derselbe Mann … ein Irrtum war unmöglich.

Robert starrte noch eine Weile auf das Bild. Dann schauderte er heftig, machte kehrt und rannte los. Dabei warf er zwei Kerzen um, und im plötzlichen Dämmerlicht wäre er beinahe die Treppe hinuntergefallen. Er stieß gegen die Wand. Während er versuchte, wieder auf die Beine zu kommen, sah er eine verhüllte Gestalt näherkommen. Sie war aus der Dunkelheit des unteren Stockwerks aufgetaucht und stieg nun die Treppe hinauf. »Emily«, schrie Robert, »Emily, bist du da?« Aber das Blut hämmerte so stark in seinen Ohren, daß er nicht hörte, was sie sagte – falls sie überhaupt antwortete. Jetzt stand die Gestalt über ihm. Er schlug blind um sich, traf sie einmal, dann wurden seine Arme gepackt. »Robert.« Er erstarrte. »Robert«, hörte er noch einmal, »im Namen unseres geliebten Herrn Jesus Christus – bitte!«

Er blickte ins Gesicht seines Vaters. Hauptmann Foxe lächelte. »Du bist in Sicherheit«, sagte er.

Robert schwankte zwischen Lachen und Schluchzen. Er umarmte seinen Vater, so fest er konnte.

Hauptmann Foxe hob seinen Sohn hoch und drückte ihn seinerseits an sich. »Was war denn los?« fragte er. »Warum hast du geschrien?«

Robert drehte sich um und zeigte auf das Gemälde an der Wand. Sein Vater warf einen kurzen Blick darauf, dann schaute er sich um. Mr. Webbe stand direkt hinter ihm und hielt Emily in den Armen. Die Blicke der beiden Männer trafen sich, und über beider Gesicht glitt ein Schatten.

»Wer ist das?« fragte Robert, der immer noch auf das Porträt starrte. »Ich habe ihn letzte Nacht gesehen.«

Wieder suchte Hauptmann Foxe Mr. Webbes Blick, dann nickte er. Mr. Webbe ließ Emily los und stieg die Treppe hinauf. Dann nahm er das Bild von der Wand. Ihn schauderte dabei, und er hielt es vorsichtig, als könnte die bloße Berührung ihn vergiften. Beide Männer schwiegen, und Roberts Frage hing unbeantwortet in der klammen, modrigen Luft.

Sie verließen das Haus durch die offene Vordertür. Auf dem Rasen sah Robert einige Kavalleristen stehen. Sie grüßten Hauptmann Foxe. Dann schwenkte einer von ihnen die Arme und gab irgend jemandem hinter dem Haus einen Wink. Robert hörte das leise Trappeln von Pferdehufen und Räderrattern, dann weitere Rufe, und schließlich tauchte um die Ecke der Wagen auf, den er und Emily schon gesehen hatten. Hauptmann Foxe beobachtete seine Fahrt über die Rasenfläche. Er nickte seinen Reitern zu und wies mit einer Armbewegung auf das Tor in der Mauer. Er sah dem Wagen nach, dann runzelte er die Stirn, drehte sich um und stand eine Weile in Gedanken versunken da. Aufmerksam betrachtete er die Fassade des Hauses, die im trüben Licht der Dämmerung kaum noch zu erkennen war.

»Robert...« Er hielt inne. »Gestern – du hast die arme Hannah gar nicht gesehen – und wußtest doch sofort, so schien es, daß sie die Tote war.«

»Ja«, stimmte sein Sohn zu.

»Wie das?«

»Es lag an den Kerzen.«

»Den Kerzen?«

»Ja. Die Kerzen in jedem Fenster des Hauses. Sie erinnerten mich an das tote Kind, das wir gesehen hatten. Ich wußte es nicht genau, bekam aber plötzlich Angst, daß man das Baby aus Hannahs Schoß gerissen hätte.«

»Warum?«

»Es war das Fest der Unschuldigen Kinder«, sagte Emily plötzlich. »An dem wir des Kindermordes gedenken. Ich habe dir doch davon erzählt, Robert, als wir gestern die brennenden Kerzen sahen?«

Der Hauptmann sah sie kurz an, dann wandte er sich wieder zu seinem Sohn. »Aber wie kamst du darauf, das mit dem Mord an Hannah zu verknüpfen?« fragte er.

Robert schluckte, wollte aber nicht antworten. Die Dunkelheit schien mit einemmal wieder sehr kalt.

»Robert«, drängte ihn sein Vater sanft.

»Es war doch genau so«, stieß er schließlich hervor. »Wie bei Mr. Yorke. So wie er getötet wurde. Wie ein Opfer.«

Mr. Webbe zog die Stirn kraus. »Opfer?« fragte er mit seiner leisen, sanften Stimme.

»Ja.« Robert wandte sich eindringlich an seinen Vater. »Du erinnerst dich? Du mußt. Genau, was Mr. Aubrey gesagt hat. Zum Julfest muß ein Opfer dargebracht werden. Ja, es wurde dargebracht. Und nun ist ein Kind am Fest der Unschuldigen Kinder getötet worden.« Seine Stimme verlor sich. »So jedenfalls«, fuhr er leise fort, »kam ich darauf. Mir fiel bloß ein, was Mr. Aubrey gesagt hatte.«

»Ja«, Hauptmann Foxe nickte bedächtig, »dir fiel ein, was Mr. Aubrey gesagt hatte.« Er grübelte eine Weile, dann sah er Mr. Webbe an. »Vielleicht sollten wir in Erfahrung bringen, was er sonst noch zu sagen hat.«

Mr. Webbe erwiderte nichts.

Hauptmann Foxe zuckte die Achseln. Er nahm Emilys und dann Roberts Hand. Zusammen stapften sie durch den Schnee, dem willkommenen Flackern der Dorflichter entgegen, ohne jemandem auf dem Weg zu begegnen.

Worin Anglerfreuden aufgeschoben und dann aufgegeben werden

Die folgenden drei Tage war Hauptmann Foxe wieder abwesend. Als er endlich zurückkehrte, war es spät in der Nacht, und seine Familie mußte aus den Betten aufstehen, um ihn zu begrüßen. Mrs. Foxe und Robert fanden ihn an der Tür sitzend vor, wo er gerade die Stiefel auszog. Er sah erschöpft und abgespannt aus, war mit Schlamm bespritzt, seine Kleidung durchgeweicht. Beim Anblick seiner Frau leuchtete sein Gesicht jedoch auf, und er streckte die Arme aus, um sie an sich zu ziehen. »Wie ich dich vermißt habe, liebster Schatz«, flüsterte er zärtlich. »Ich habe oft an dich gedacht, um meine Seele zu trösten, denn draußen gibt es viel Übel und Schlechtigkeit.« Er schloß die Augen und küßte sie, dann wandte er sich an seinen Sohn. »Hast du Lust, morgen angeln zu gehen?« fragte er.

Robert schaute ihn überrascht an.

Hauptmann Foxe lächelte. »Hast du Lust, angeln zu gehen?« fragte er ihn ein zweites Mal.

Robert nickte zögernd. Ursprünglich war das Versprechen als Belohnung für seine Leistungen im Griechischen gegeben worden; im Gefolge von Hannahs Tod hatte er angenommen, der Angelausflug habe den gleichen Weg genommen wie die Gans. Er nickte noch einmal, sehr schnell, damit sein Vater sich nicht anders besann.

Aber Hauptmann Foxe hielt sein Wort, wenn er es einmal gegeben hatte. Er sei, sagte er seinem Sohn, als sie zeitig am nächsten Morgen aufbrachen, mit einem Mann verabredet, dessen Flußabschnitt berühmt für seinen Döbel war; der Mann habe persönlich darauf bestanden, daß Robert mitkommen und sein Glück versuchen sollte. Hauptmann Foxe sagte nicht, wer der Mann war, noch welches Interesse er an Robert haben könnte, und dieser wollte nicht neugierig sein.

Aber er bemerkte die entschlossene Miene seines Vaters und das Paar Pistolen in seinem Gürtel; und er bezweifelte, daß es Fische waren, was sein Vater an diesem Tag zu fangen hoffte.

Sie nahmen den Weg über Salisbury. Hauptmann Foxe hatte dort etwas erledigen. Er entschuldigte sich bei seinem Sohn und behauptete, es würde sie nicht sehr lang aufhalten. Vor dem Rathaus saß er ab und sah zu seiner Freude, daß sofort zwei seiner Männer auf ihn zueilten. »Wir haben ihn gefunden«, sagte einer von ihnen. »Er ist hinterm Haus bei Wachtmeister Everard.«

Hauptmann Foxe nickte. »Ausgezeichnet.« Er hieß seine Leute, ihm zu folgen, und ging um die Ecke des Rathauses voran. Sie betraten einen Hof, wo die Pferde der Soldaten eingestellt waren und ganz hinten ein geschlossener Wagen stand. Er war drei Tage zuvor dorthin gebracht worden, nachdem Hauptmann Foxe befohlen hatte, ihn von Wolverton Hall fortzuschaffen. Zwei Männer untersuchten ihn gerade. Einer war, nach seiner Kleidung zu urteilen, ein Kutscher oder Stallbursche, der andere trug die Uniform der Miliz.

Hauptmann Foxe lächelte. »Samuel!« rief er laut.

Der Milizsoldat schaute sich um. Er erwiderte Hauptmann Foxes Lächeln, dann nahm er Haltung an. »Das ist unser Mann«, sagte er mit einer Handbewegung. »Er hat den Wagen verkauft.«

Der Handwerksgeselle blickte finster und wich zurück. »Ich habe nichts Unrechtes getan«, murmelte er.

»Das behauptet auch niemand«, erwiderte Wachtmeister Everard freundlich. »Der Hauptmann hier möchte sich nur mit dir unterhalten, das ist alles.«

Unterdessen war Hauptmann Foxe vor den Wagen getreten. Er steckte einen Arm unter die Plane, fuhr mit einem

Finger über die Bretter und hielt ihn dann ans Licht. »Dreck.« Er runzelte die Stirn, drehte sich wieder um und sah noch einmal unter der Wagenplane nach. »Sehr viel Dreck.« Er blickte den Gesellen scharf an. »Wie ist der dorthin gekommen?«

Der Mann zuckte ängstlich die Achseln. »Das wollte er transportiert haben.«

»Dreck?«

»Na ja – Erdboden. Erde. In Kisten. Davon muß etwas verschüttet worden sein.«

»Warum wollte er Erde gefahren haben?« fragte Wachtmeister Everard.

»Weiß ich nicht«, antwortete der Geselle, sichtlich erstaunt, daß ihn das etwas angehen sollte. »Er wollte es eben.«

»Und wie heißt dieser ›er‹?«

Wieder zuckte der Mann die Achseln.

»Er muß dir einen Namen genannt haben«, sagte Wachtmeister Everard ungläubig. »Wo er sich aufhielt zumindest, wo du ihn antreffen könntest.«

Der Geselle schüttelte den Kopf. »Er hat mit barer Münze bezahlt, und ich habe es genommen. Ich habe ihn kaum angeschaut.«

»Aber an sein Gesicht könntest du dich erinnern?« fragte Hauptmann Foxe drängend. »Wenn du ihn jetzt sehen würdest?«

Und wieder hob der Handwerksgeselle die Schultern. Hauptmann Foxe riß plötzlich der Geduldsfaden. Er packte ihn am Arm und zerrte ihn über den Hof. Der Geselle begann wütend zu schreien, aber Hauptmann Foxe griff nur noch fester zu. »Ich möchte dir etwas zeigen«, sagte er leise, und der Geselle, der den Unterton heraushörte, ließ sich ohne weitere Klagen ins Rathaus führen. »Hier.« Hauptmann Foxe schloß die Tür zu einem kleinen, von Papieren übersäten Zimmer auf und ging in die gegenüberliegende Ecke. »War das der Mann, der deinen Wagen gekauft hat?«

Er zog ein dunkelrotes Tuch weg und enthüllte das Gemälde, das Mr. Webbe aus Wolverton Hall mitgenommen hatte. Der Geselle betrachtete es gründlich. Plötzlich schauderte ihn, dann schüttelte er den Kopf.

»Bist du dir sicher?«

Der Bursche schüttelte noch einmal den Kopf. »Der Mann, den ich sah, hatte einen sehr krausen und dichten Bart.«

»Hätte er nicht wachsen können, nachdem das Porträt gemalt war?«

»Nein, Sir – das Gesicht ist ganz anders. Und der Mann, den ich traf – er war sehr merkwürdig gekleidet – wie ein Ausländer, Sir. Sprach überhaupt nicht wie ein Engländer.«

Diese Auskunft verblüffte Hauptmann Foxe. Mit finsterer Miene starrte er unverwandt auf das Porträt.

Ängstlich blickte der Geselle wieder auf das Bild. »Darf ich jetzt gehen?« fragte er.

Hauptmann Foxe winkte nur. Der Geselle stieß einen leisen Ruf der Erleichterung aus, machte auf dem Absatz kehrt und polterte die Treppe hinunter. Doch Hauptmann Foxe hörte ihn kaum gehen; er betrachtete weiter das Gemälde, während sein Blick sich noch mehr verfinsterte und die Knöchel weiß wurden, als er die Fäuste ballte. Schließlich bückte er sich und drehte das Porträt zur Wand. Dann schloß er die Tür und befestigte das Vorhängeschloß am Riegel.

Robert kauerte am Flußufer. Er empfand eine sonderbare Unruhe, die ihn ärgerte, denn eigentlich hätte er mit sich zufrieden sein sollen. Seit einer halben Stunde angelte er erst und hatte schon mehr als genug für das Abendessen der Familie gefangen – zwei dicke Döbel, die säuberlich im Gras lagen. Seufzend bewegte er sich und blickte sich um. Alles war still. Das Wasser des Flusses lief in spiegelglatter Ruhe vorbei, und noch überzog der silbrige Schimmer des Rauhreifs die unbelaubten Bäume. Zur Rechten Roberts lag der graue Kalksteinturm der Kirche von Broadchalke, und hinter den Bäumen stiegen dünne Rauchfahnen von den Herdfeuern des Dorfes fast senkrecht in den klarblauen Himmel auf. Es war eine Szene von wundersamer stiller Schönheit, und doch fühlte sich Robert unbehaglich und wußte nicht warum.

Er begutachtete seine Hände. Sie sahen ziemlich sauber aus, aber obwohl er sie immer wieder gewaschen hatte, schien er noch den Schmutz unter den Nägeln und auf der Haut zu spüren. Wäre er doch niemals auf den Wagen geklettert! Ihm war, als wäre der Unrat, den das Gefährt befördert hatte, an ihm kleben geblieben. Er bückte sich, um sich noch einmal die Hände zu waschen. Dann trocknete er sie am Gras am Ufer ab. Er schloß die Augen, und sofort bildete er sich ein, der Schmutz sei noch auf seiner Haut, verdicke und nähre sich wie etwas Lebendiges. Entsetzt blickte er nach unten, sah aber, daß seine Hände so sauber waren wie zuvor. Er schüttelte den Kopf und seufzte, dann stand er auf. Im selben Moment hörte er in der Ferne Hufe über Pflaster klappern.

Robert kletterte über den gefrorenen Schlamm am Flußufer hinauf. Vor ihm erstreckte sich Rasen, an dessen anderem Ende das Alte Pfarrhaus von Broadchalke stand, wo Mr. Aubrey zu Hause war, der zwei Wochen zuvor auf Clearbury Ring die Leiche gefunden hatte. Im Schutz von Büschen und Bäumen schlich Robert sich an, bis er bei den Ställen an der Seite des Hauses angelangt war. Er spähte in den Hof und sah seinen Vater bei Mr. Webbe stehen. Sie kehrten ihm den Rücken und begrüßten den Reiter, der allem Anschein nach gerade angekommen war. Robert erkannte ihn sofort. Er runzelte der Stirn. Was hatte Oberst Sexton hier zu schaffen? Er war ein wichtiger Mann, der die Miliz der ganzen Grafschaft und darüber hinaus befehligte. Die Aufgabe seines Vaters, dachte Robert, war gewiß dringlicher, als er sich vorzustellen gewagt hatte.

Er beobachtete die drei Männer, wie sie den Hof überquerten und durch eine niedrige Tür ins Haus traten. Er folgte ihnen, dann schlich er an der zum Garten liegenden Mauer entlang. Etwa in der Mitte kam Robert an einem großen Fenster vorbei, und als er hineinschaute, sah er ein Feuer brennen. Er beobachtete, wie sein Vater das Zimmer betrat, gefolgt von Oberst Sexton und Mr. Webbe. Ein vierter Mann erhob sich von einem Sessel, wo er von Büchern und Stößen von Dokumenten umgeben war; er wurde Oberst Sexton vorgestellt. Robert erkannte Mr. Aubrey.

Die vier Männer nahmen an einem langen Eichentisch Platz. Draußen kniend machte Robert es sich so bequem, wie die Kälte es zuließ. Dann preßte er das Ohr an die Fensterscheibe.

Worin eine Versammlung stattfindet und drängende Fragen erregt diskutiert werden

»Ich vertraue darauf«, begann Oberst Sexton, indem er sich auf seinem Stuhl vorbeugte, »daß Ihr mich in einer bestimmten Absicht hergebracht habt. Ich will Euch nicht verheimlichen, daß ich nicht gern gekommen bin. Draußen in der Republik gibt es große Unruhen, von denen keiner von Euch eine Vorstellung haben kann.«

»Es stehen Menschenleben auf dem Spiel«, erwiderte Hauptmann Foxe knapp, »vielleicht viele. Heute hege ich die Hoffnung, daß wir den Versuch machen, sie zu retten.«

»Dann ist das Grund genug«, bemerkte der Oberst und nickte. »Fahrt fort.«

»Ich glaube«, begann Hauptmann Foxe nach einer längeren Pause, »daß ein starker Rest des Bösen übrig ist, der in der Finsternis der lange vergessenen Vergangenheit wartet, in den Steinen und Gräbern und uralten Stätten dieser Gegend, der stumm zu sein scheint und es doch manchmal wegen unserer Sünden nicht ist.«

Oberst Sexton regte sich unbehaglich. »Vielleicht habt Ihr recht«, murmelte er, »aber solche Erwägungen sind kaum die Aufgabe eines Milizsoldaten.«

Hauptmann Foxe überging die Rüge. »Ihr habt doch meinen Bericht gelesen«, sagte er, »über die Morde in den beiden vergangenen Wochen?«

»Selbstverständlich.«

»Und Ihr erinnert Euch an die Daten und ihre Bedeutung?«

Oberst Sexton machte eine verächtliche Geste. »Phantasie, wie ich Euch bereits gewarnt habe, die reinste Phantasie...«

»Nein.« Hauptmann Foxe sprach leise, aber mit solch kalter Eindringlichkeit, daß es seinem Vorgesetzten die Worte auf der Zunge gefrieren ließ. Die beiden Männer starrten einander an, und einen Augenblick lang schienen sie wie Eisblöcke, nur beleuchtet von den zuckenden Farbreflexen des Feuers. »Es war ein Kind, Sir«, flüsterte Hauptmann Foxe endlich, »ungeboren, aus dem Mutterschoß gerissen – ein unschuldiges, gemordet am Tag der Unschuldigen Kinder. Und dann der Lehrer meines Sohnes – ein alter Mann, getötet, als das Jahr selbst dem Tod am nächsten war, zur Wintersonnenwende, dem Julfest. Phantasie, Sir? Nein. Solche Zufälle sind mehr als bloßer Zufall.«

Oberst Sexton begegnete dem Blick seines Hauptmanns. »Was dann«, fragte er schließlich, »wenn kein Zufall?«

»Ihr wißt es sehr wohl, Sir.«

»Habt Ihr Beweise, Hauptmann, die über die bloße Tatsache dieser Morde und ihrer Daten hinausgehen?«

»Für Hexerei, Sir? Für die Verehrung von Dämonen und blutrünstigen alten Göttern?« Hauptmann Foxe warf einen Blick zu Mr. Aubrey. »Allerdings.«

»Dann legt sie vor. Denn Ihr wißt sehr wohl, Hauptmann, und habt es selbst oft dargelegt, welch schreckliche Angst die Vorwürfe der Hexerei auslösen können und welche Verfolgungen der Unschuldigen, die wir zu schützen beauftragt sind. Seid sehr vorsichtig, ehe Ihr Eure Anklagen vorbringt. Ich bitte Euch, John.« Oberst Sexton beugte sich vor. »Hütet Eure Zunge.«

»Ihr habt natürlich recht, Sir« – Hauptmann Foxe senkte den Kopf – »wenn Ihr zur Vorsicht ratet. Aber ich bin mir meiner Sache sicher. Denn Ihr müßt wissen, daß ich vor Euch nie von Hexerei gesprochen hätte, wenn ich nicht schon wüßte, wer der Mörder ist.«

»Ihr wißt es?« Der Oberst starrte ihn ungläubig an. »Wie das?«

»Der verhüllte Reiter, den wir bei Clearbury Ring bemerkten – mein Sohn hat danach sein Gesicht gesehen und es auf einem echten Porträt des Mannes wiedererkannt.«

»Und wer war es?«

Hauptmann Foxe schluckte. Er warf einen Blick auf Mr. Webbe. »Sir Charles Wolverton«, sagte er.

Plötzlich wurde es so still, daß man nur noch das Feuer knistern hörte.

»Ausgeschlossen«, brach Oberst Sexton endlich das Schweigen. »Ganz ausgeschlossen.« Unwillkürlich fuhr er sich mit den Fingern durchs Haar. »Sir Charles ist seit fünfzehn Jahren tot.« Er stieß mit dem Finger nach Hauptmann Foxe. »Ihr selbst, John, Eure Kompanie hat seinen Tod gemeldet.«

Erneut legte sich Stille über den Raum. Dann räusperte sich Mr. Aubrey. »Ich halte mich für einen recht regsamen Geschichtsforscher in dieser Gegend«, begann er zögernd, »und doch muß ich leider gestehen, daß ich von einem Sir Charles Wolverton noch nie gehört habe.«

»Ihr wart noch klein«, antwortete Hauptmann Foxe kurz, »bevor der Krieg ausbrach – sonst hättet Ihr gewiß von ihm gehört. Aber seit dem Krieg ist sein Name begraben. Die Menschen sprechen nicht von ihm. Nein, Sir, bitte ...« Er hob die Hand, als er sah, daß Mr. Aubrey zur Feder gegriffen hatte, »schreibt nichts auf, denn das Vergessen, dem Wolvertons Gedenken anheimgefallen ist, war allzu verdient. Und doch, warum sollte ich Euch daran hindern? Denn nun geht sein Name, wie sein Leib, wieder um.«

»Und wie ist das möglich«, fragte Oberst Sexton mit schlimmen Vorahnungen, »daß Sir Charles aus seinem Grab auferstanden ist?«

»Weil, Sir« – Hauptmann Foxe warf einen Blick auf Mr. Webbe, dann senkte er den Kopf –, »weil er nie hineingelegt wurde.«

»Was?« rief Oberst Sexton.

»Es war mein Fehler.«

Der Oberst schaute sich überrascht um, denn es war Mr. Webbe, der gesprochen hatte. Er wich Oberst Sextons strengem Blick aus. Statt dessen beugte er sich über den Tisch und starrte abwesend in die Tiefen des Feuers. »Ich möchte nicht über einen Mitmenschen richten«, murmelte er schließlich. »Ich möchte nicht verdammen und kaltblütig töten. Denn wogegen kämpfte ich denn, wenn nicht gegen die Macht der Königstreuen, solche Verbrechen zu begehen? Wie hätte ich so boshaft und überheblich sein können, zu beurteilen, was Sünde war und was nicht?«

»Ja, wie denn, Sir?« Oberst Sexton sprach mit eisiger Beherrschtheit. »Obwohl das Gerücht ging, daß Sir Charles

Wolverton seine Begierden durch Folter und gemeine Grausamkeiten befriedigte – ja, sogar an Kindern, wie später entdeckt wurde. Würdet Ihr das nicht Sünde nennen? Doch was sagt Ihr mir da?« Er starrte Mr. Webbe ungläubig an. »Daß Ihr den Mann hattet und dann laufenließt?«

Mr. Webbe schaute immer noch ins Feuer. »Damals wußte ich nicht, was man später als wahr bewies«, flüsterte er mit ferner Stimme. Er vergrub sein Gesicht in den Händen. »Ich wußte es nicht.«

Hauptmann Foxe berührte Mr. Webbes Arm. »Uns beide trifft die Schuld.«

»Dann erklärt Euch, Hauptmann.«

Hauptmann Foxe begegnete Mr. Webbes Blick; er holte tief Luft. »Ihr werdet Euch erinnern, Sir«, begann er, »wie ich und meine Männer am Ende des Krieges nach Salisbury befohlen wurden.«

»Natürlich, ich selbst schickte Euch dorthin.«

Hauptmann Foxe nickte, dann wandte er sich an Mr. Aubrey, um es ihm zu erklären. »Die Armeen des Königs waren zerschlagen worden – und doch war ihre Macht, Unheil zu bewirken, nicht völlig gebrochen. Deshalb waren ich und meine Leute dafür verantwortlich, die Kavaliere zu entwaffnen, die noch auf freiem Fuß waren, sowohl in Salisbury wie auf dem Land ringsum. Wir kamen pünktlich an, doch die Gerüchte waren so widersprüchlich und verworren, daß wir uns nicht sicher sein konnten, wo wir mit der Suche beginnen sollten. Dann wurde Sir Henry Vaughan, den ich schon vor dem Krieg kannte, staubbedeckt und von Wunden übersät unerwartet vor mich gebracht. Er war stets ein treuer Gefolgsmann des Königs gewesen und hatte während des ganzen Krieges in einer Reitertruppe gekämpft, in Sir Charles Wolvertons Regiment, und zwar als stellvertretender Kommandeur. Er hatte lange versucht, die Lasterhaftigkeit seines Vorgesetzten zu zügeln, aber nun, am Ende des

Krieges, hatte er den Versuch aufgegeben, denn Wolvertons Grausamkeit und Zorn wurden mit der Niederlage noch schlimmer, und er und Sir Henry waren schließlich handgemein geworden. Sir Henry war entkommen und drängte mich, Wolverton sofort zu verfolgen, denn er fürchtete, sein Kommandant könne auf Rache sinnen.

Sir Henry war vor Wolverton und seinen Leuten auf der Straße nach London geflohen, nicht weit von Stonehenge und Wolverton Hall. Folglich machte ich mich so schnell ich konnte zu ebendiesem Ort auf; Mr. Webbe war bei mir und zwanzig weitere Reiter, alles unerschrockene, gute Männer. Über die Ebene führte eine leicht erkennbare Fährte, der wir sofort folgten. Sie führte uns, was uns nicht überraschte, nach Wolverton Hall. Doch wir fanden das Haus verlassen vor – und dann hörten wir plötzlich aus der Ferne gedämpften Trommelklang und sahen eine dichte Rauchfahne. Sie stieg über Woodton auf: meinem und Sir Henrys Dorf. Ich fühlte mich von einem dumpfen Grauen gepackt, und mein Herz begann, mit dem Rhythmus der Trommel heftiger zu klopfen, denn der Takt erklang schneller, je mehr ich mich näherte. Ich ritt indessen so leise voran, wie ich konnte, denn ich hatte meinen Leuten befohlen, das Dorf ungesehen zu umzingeln. Doch niemand bemerkte uns – aus dem einfachen Grund, daß niemand draußen war, der uns hätte entdecken können. Die Wege nach Woodton waren völlig leer, desgleichen der Rand des Dorfes selbst. So befanden wir uns bald auf unseren Posten in einem Kreis um den Dorfplatz.

Dort fand ich die Dorfbewohner in panischer Angst. Sie waren zu einem Haufen zusammengetrieben worden. Ein großes Freudenfeuer loderte, und zu beiden Seiten ragten Galgen auf. Wolverton und seine Männer waren zu Pferd beim Feuer versammelt; einer der Reiter schlug die Trommel, und als diese den Höhepunkt erreichte, hob Wolverton die Hand und begann eine Ansprache an die weinende Menge. Er teilte ihnen mit, sie seien verflucht und sie und ihr Dorf müßten völlig vernichtet werden. Aus Rache für Sir Henrys Verrat und für meinen eigenen Verrat am König sollten die Männer gehängt und die Frauen den Flammen des Scheiterhaufens überantwortet werden. Auf diese Worte folgten Schreie und verzweifelte Rufe, doch Wolverton schloß nur die Augen und lächelte, als überlasse er sich einer tiefen Freude, die das Entsetzen seiner Opfer in ihm weckte. ›Diese zwei Huren zuerst‹, rief er, indem er die Augen öffnete und auf die Flammen zeigte. Zwei Frauen wurden nach vorn gezerrt. Sie hatten nicht geschrien oder um ihr Leben gefleht, und deshalb merkte ich erst, als ich ihre Gesichter sah, wer sie waren. ›Nein!‹ schrie ich, indem ich vorpreschte. ›Nein!‹ Meine Leute folgten sofort meiner Führung. Sie stürmten aus ihren Verstecken und umzingelten die überraschten Kavaliere, aber meine einzige Sorge war, meine Frau zu retten, sie und Mrs. Vaughan vor den drohenden Flammen zu retten. Mr. Webbe schloß zu mir auf, und er war es, der mit Wolverton kämpfte, als der mich daran hindern wollte, die Frauen zu retten. Den Kavalier, der meine Frau und Mrs. Vaughan bewachte, tötete ich in meinem Zorn. Mr. Webbe verwundete seinen Gegner nur. Wolverton blieb im Schlamm liegen, die Hände an die Seite gepreßt, und während wir seine Männer entwaffneten, war ich zufrieden, ihn liegenzulassen. Ich hoffte, daß er ohne Behandlung verbluten würde.«

»Aber er verblutete nicht«, warf Oberst Sexton ein.

»Nein«, sagte Mr. Webbe. Er schüttelte den Kopf und starrte weiter ins Feuer. »Er verblutete nicht.«

»Was habt Ihr mit ihm gemacht?«

»Das gleiche wie mit den andern – Waffen und Geld weggenommen.« Hauptmann Foxe zuckte die Achseln. »Dann geleiteten Mr. Webbe und ich ihn zur Küste. In Portsmouth lag ein Schiff, dessen Ziel Lübeck war. Wir brachten ihn an

Bord und bezahlten die Überfahrt. Er kann unmöglich wieder an Land geschlichen sein – seine Wunde war sehr schlimm. Und als er in Deutschland ankam, war er ohne Besitz, ohne Geld, einer von Gottes Armen – jener Armen, die er früher so sehr verachtet hatte.«

»Und wegen unserer Sünden vielleicht heute noch«, bemerkte Mr. Webbe.

Es trat eine kurze Stille ein. Dann schob Oberst Sexton seinen Stuhl zurück. »Nein«, sagte er brüsk, indem er aufstand. »Das glaube ich nicht.«

Hauptmann Foxe sah ihn zornig an. »Ihr habt keinen Grund, Sir, unsere Worte in Zweifel zu ziehen.«

»Nicht die Tatsachen, die Ihr berichtet habt, aber wie Ihr sie deutet, ja, John, das bezweifle ich. Zum Beispiel« – er begann, im Zimmer auf und ab zu schreiten – »habt Ihr gesagt, daß Euer Sohn Sir Charles' Gesicht flüchtig erblickte und es dann wiedererkannte, als er das Porträt des Mannes sah. Aber wann wurde das Porträt gemalt? Auf jeden Fall vor dem Krieg. Vor zwanzig Jahren? Fünfundzwanzig vielleicht? Sir Charles wäre, wenn er wirklich noch lebte, inzwischen ein sehr alter Mann.«

»Das ist wahr«, sagte Mr. Webbe langsam, während sich sein Gesicht aufhellte. Aber Hauptmann Foxe blickte finster und schüttelte den Kopf. »Wen hätte mein Sohn dann gesehen?« fragte er. »Welche andere Theorie habt Ihr anzubieten?«

»Eine, die Euer eigenes Geständnis nun zur Gewißheit macht.« Oberst Sexton griff in seinen Rock und zog ein Bündel Papiere heraus, das er auf den Tisch fallen ließ. »Dies ist eine Erbschaftsurkunde. Sie begründet den Anspruch von Edward Wolverton, Sohn des verstorbenen Sir Charles, auf diejenigen Besitztümer und Ländereien, die seinem Vater gehörten und nicht vom Parlament eingezogen wurden.«

»Aber Edward Wolverton ist tot.«

»Anscheinend nicht.«

Hauptmann Foxe warf einen Blick auf Mr. Aubrey. »Aber...« Er schluckte und blickte zu Oberst Sexton auf. »Ich habe ihn gefunden«, flüsterte er erregt. »Alle Kinder Wolvertons – ich habe sie gefunden. Ihr erinnert Euch, Sir. Sie waren tot, alle tot.«

»Ihre Überreste waren« – auch Oberst Sexton mußte schlucken – »sehr stark verwest.«

Mr. Aubrey regte sich unbehaglich und erhob sich halb. »Wenn Ihr es wünscht, kann ich hinausgehen...«

»Nein, nein«, sagte Oberst Sexton so schroff er konnte, »wir brauchen diese Sache nicht weiter zu erörtern, denn Eure eigenen Worte, Hauptmann, haben bekräftigt, daß Edward mit Sicherheit am Leben sein muß. Diese Dokumente« – er hielt sie hoch – »wurden in Prag aufgesetzt und von dort aus an uns gesandt. Aus diesem Grund wurden sie mir zur Kenntnis gebracht – man meinte, daß diese Herkunft sie eindeutig als Schwindel brandmarken müsse. Aber da wir nun wissen, daß Sir Charles sich nach dem Krieg in Deutschland befand und dort offensichtlich wenigstens sein Sohn zu ihm stieß, können wir darauf bauen, daß die Papiere wirklich echt sind.«

Schweigen, bedenklich und unbehaglich, senkte sich über den Raum.

»Wer war es dann«, fragte Hauptmann Foxe nach einer Weile, »den Robert sah, in Schwarz gehüllt, mit einem Gesicht, das Sir Charles zu gehören schien?«

»Aber, John, das liegt doch auf der Hand – Edward, sein Sohn.« Oberst Sexton schwenkte die Urkunden. »Denn wir wissen, daß er plante, nach England zurückzukehren.«

»Aber hat ihn außer meinem Sohn sonst noch jemand gesehen?«

»Nein. Er muß sich versteckt halten. Er hat jedoch einen Bevollmächtigten, der für ihn tätig gewesen ist.«

Hauptmann Foxe runzelte die Stirn. »Einen Ausländer? Sehr bleich, mit starkem schwarzem Bart?«

»Ihr habt ihn gesehen?«

»Der Mann, der den Wagen gekauft hat, um die Erde zu transportieren...« Hauptmann Foxe hatte fast zu sich selbst gesprochen. Während seine Stimme sich verlor, vertieften sich seine Stirnfalten. Im Geist schien er noch einmal einer Schlußfolgerung zu lauschen. Dann schlug er plötzlich die Hände zusammen und beugte sich auf seinem Stuhl vor. »Es bedeutet keinen Unterschied, Sir Charles oder Edward Wolverton – der Mann muß ergriffen werden. Er wurde auf dem Weg nach Wolverton Hall gesehen. Wo könnte er anders herumschleichen als in seinen Kellern? Ich brauche Eure Erlaubnis, Sir, die Ratte aus ihrem Bau zu schwemmen.«

Oberst Sexton schüttelte den Kopf. »Edward Wolverton hat nichts Unrechtes getan.«

»Er hat zwei Menschen getötet.«

»Dafür habt Ihr keinen Beweis.«

»Wir haben den Beweis der Hexerei.«

»Aber ich wiederhole, Hauptmann – sie läßt sich nicht mit Edward Wolverton verknüpfen.«

»Ist er nicht seines Vaters Sohn?« Hauptmann Foxe schlug krachend mit der Faust auf. Dann beugte er sich über den Tisch vor. »Muß ich Euch an das erinnern, Sir, was wir in den Kellern von Wolverton Hall gefunden haben? Die Bücher, die Zeichnungen, die...« – er schluckte – »die Mutter... Beweise... für... unbeschreibliche Riten?« Er hielt inne, um seine Beherrschung wiederzufinden. »Ein solcher Mensch«, flüsterte er dann, »dürfte an seinen Sohn nicht nur das Gift des Bösen in seinem Blut weitergeben, sondern auch seine Lehren, seine Bücher, seinen teuflischen Glauben.«

Oberst Sexton seufzte und schüttelte den Kopf, aber da hob Mr. Aubrey die Hand. »Wenn ich dazu etwas sagen darf...«, begann er aufgeregt.

»Ja?«

»Diese Wolvertons – Ihr glaubt, sie haben in der Stadt Prag gelebt?«

»Ja«, sagte Oberst Sexton ungeduldig, während er auf seine Urkunden blickte. »Weshalb?«

»Prag ist ein höchst berüchtigter Ort. Ein Mann, der dort aufgezogen wurde, besonders von einem Vater, wie Sir Charles es nach Eurer Darstellung war, dürfte reichlich Gelegenheit gehabt haben, die Schwarze Magie zu studieren. Ich weiß dies, Sir, weil ich ein Buch besitze ...« – er erhob sich aufgeregt und suchte seine Regale ab – »ja, hier ist es, da, werft nur einen Blick hinein ...« Er nahm das Buch von seinem Platz und strich die Seiten glatt. Sie waren mit einer sonderbaren Handschrift bedeckt, auf die Mr. Aubrey voller Stolz deutete. »Unverständlich!« prahlte er. »Völlig unverständlich. Eine Schrift, die sich trotz größter Anstrengung nicht übersetzen läßt.«

Oberst Sexton schüttelte verwirrt den Kopf. »Aber was hat das mit Prag zu tun?«

»Weil« – Mr. Aubrey holte tief Luft – »weil ich das von meinem Urgroßvater bekam, Mr. William Aubrey, der der Cousin und Vertraute von Dr. John Dee war – Ihr habt gewiß von ihm gehört? Er war der bedeutende Astrologe der Königin Elisabeth, der nach Prag reiste und von dort viele Bücher mitbrachte. Versteht Ihr nun, Sir?« Er schob das Buch über den Tisch. »Es stellt eine Frau in einem Bad mit strömendem Blut dar ...«

»Genug!«

»Aber es stützt meine Behauptung, wie man in Prag ...«

»Ich habe Euch gesagt, Sir – genug!«

Widerwillig verstummte Mr. Aubrey. Er starrte Oberst Sexton vorwurfsvoll an. Dann nahm er seine Bücher und stellte sie wieder auf das Regal. Keiner sprach, während er an den Tisch zurückkam. Einmal öffnete er den Mund, schloß ihn aber wieder, während er zusammengekauert an seinem Platz saß.

Oberst Sexton seufzte. Er rieb sich die Augen und ging langsam vor dem Feuer auf und ab. »Eigentlich sollte ich Euch das nicht verraten«, wandte er sich schließlich mit leiser, düsterer Stimme an Hauptmann Foxe. »Doch fürchte ich, daß es ohnehin bald allgemein bekannt sein wird. Die Republik bricht zusammen, John. Das Parlament, so heißt es, wird in Kürze aufgelöst. Die Armee bereitet sich auf den Marsch nach London vor.« Er hielt inne. »Der König wartet in Holland, um wieder auf den Thron erhoben zu werden.«

Hauptmann Foxe zuckte die Achseln. »Wie er seit nun elf Jahren gewartet hat.«

»Seid nicht naiv.« Oberst Sexton ging um den Tisch, um dem Blick seines Stellvertreters zu begegnen. »Ihr wißt sehr wohl, was ich meine. Wenn der König wieder eingesetzt wird, John – dann auch alle seine Männer.«

»Das ist nicht sicher«, erwiderte Hauptmann Foxe halsstarrig.

»Nein. Aber wahrscheinlich.«

»Um so mehr Grund also, warum wir sofort handeln müssen.«

»Ich kann Euch nicht erlauben, Wolverton Hall zu betreten.«

»Warum nicht, Sir?«

»Das habe ich erklärt.«

Hauptmann Foxe kniff die Augen zusammen. »Weil des Königs Leute vielleicht zurückkommen und Ihr Euren Posten behalten wollt? Wie ich mich erinnere, Sir, hattet Ihr früher nicht solche Angst vor den Kavalieren.«

Mit einemmal war alles Blut aus Oberst Sextons Gesicht gewichen. Er ballte die Hände zu Fäusten; dann öffnete er sie ganz langsam wieder. »Von keinem anderen Mann«, flüsterte er, »würde ich mir das bieten lassen.«

»Natürlich nicht, Sir.« Hauptmann Foxe neigte den Kopf. »Ich habe also Eure Erlaubnis, Wolverton Hall zu betreten?«

Ein knappes Lächeln zuckte um Oberst Sextons Lippen. »Ihr habt immer Euer Glück selbst in die Hand genommen, Hauptmann.«

»Ja, Sir.«

»Aber es ist, glaube ich, nicht zur Gänze Glück. Der Geist des Herrn hat immer über Euch gewacht.«

»Er wacht über uns allen, Sir.«

Wieder lächelte Oberst Sexton kaum merklich. »Und wenn Ihr nichts findet?« fragte er dann. »Wenn Wolverton Hall leer ist – was dann?«

Hauptmann Foxe warf Mr. Aubrey einen Blick zu. »Auch dann werden wir nicht ganz verloren sein«, sagte er. »So Gott will.« Er wandte sich wieder seinem Vorgesetzten zu. »Es mag sein, Sir«, erklärte er, »daß es eine weitere Spur geben wird, der wir folgen können. Deshalb habe ich darum gebeten, unser Treffen hier abzuhalten und uns offen vor Mr. Aubrey zu besprechen, damit er erfährt, was wir über den Urheber der Verbrechen wissen, und uns ebenbürtig ist bei der Verfolgung des Satans, dessen Bosheit uns andernfalls alle überwältigen könnte.«

»Andernfalls, Hauptmann?« fragte Oberst Sexton. »*Andernfalls*? Dann ist Mr. Aubreys Anwesenheit wirklich so wichtig? Ich habe Eurer Bitte um seine Teilnahme zugestimmt, doch ohne zu verstehen, warum, denn ich vertraute einfach Eurer Vernunft und dachte, der Grund dafür würde bald klarwerden. Er ist mir jedoch nicht klargeworden.« Stirnrunzelnd betrachtete der Oberst Mr. Aubrey, der schmollend auf seinem Stuhl saß. »Ich verstehe noch immer nicht, wie er uns helfen könnte«, murmelte er. Er wandte sich wieder an Hauptmann Foxe. »Und doch sagt Ihr mir, er werde uns nach Wolverton führen?«

»Vielleicht, wenn wir ihn darum bitten.«

»Wieso?«

»Er ist Chronist der Denkmäler von Wiltshire.«

»Warum soll das von Interesse für uns sein?«

»Ich habe es bereits erwähnt, Oberst. Wir jagen das Böse – und bei den Denkmälern dieser Gegend lauert Unheil. Verhält es sich nicht so, Mr. Aubrey?«

Mr. Aubrey zuckte die Achseln und wand sich und kratzte sich am Kopf. »Es ist möglich«, stotterte er, »in gewissem Sinne, vermute ich. In dieser Sache herrscht große Ungewißheit. Ich könnte es wirklich nicht sagen.« Aber er begann vor sich hin zu nicken, und sofort schien es, als schüttelte die Bewegung seines Kopfes seine Gedanken auf, so daß er kaum mit ihnen Schritt halten konnte, als er weitersprach. »Die Altertümer sind so uralt«, erklärte er, »und es sind so wenige Zeugnisse über sie erhalten, daß es wirklich sehr schwer zu sagen ist ... und dennoch glaube ich – ja, wirklich –, wenn man sie an Ort und Stelle untersucht und die Legenden und alten Geschichten über sie deutet und den eigenen Vermutungen freien Lauf läßt, dann ... ja ... dann könnte man folgern – *bitte* lächelt nicht –, daß sie von den Priestern furchtbarer Götter benutzt wurden, von den Druiden vielleicht, als Opferstätten, in dunklen Hainen oder im Schatten von Steinen, um das frische Blut ihrer Opfer zu vergießen.«

Oberst Sexton zog die Stirn in Falten. »Wie das Blut der Opfer heute vergossen wird?«

Hauptmann Foxe zuckte die Achseln. »Wir wissen, daß Wolverton ein Hexer und Anbeter böser Geister war.«

»Aber das Mädchen – das kleine Baby – wurde doch in die Kathedrale gebracht.«

»In die Marienkapelle, soviel ich weiß?« Mr. Aubrey wandte sich an Hauptmann Foxe zur Bestätigung, erhielt sie und fuhr fort. »Die Marienkapelle wurde als erster Teil der

Kathedrale erbaut«, erklärte er. »Warum begann man dort? Wir wissen aus den alten Berichten, daß Kirchen oft auf alten heidnischen Stätten errichtet wurden. Nach meiner Theorie – die ich demütig besseren Urteilen unterwerfe – wurde auch die Kathedrale genau an einer solchen Stelle erbaut.«

Der Oberst dachte über diesen Gesichtspunkt nach. »Was wollt Ihr also damit andeuten?« fragte er. »Daß nicht nur der Zeitpunkt der Morde, sondern auch die Örtlichkeiten bedeutsam sind?«

Hauptmann Foxe nickte. »Erscheint das nicht möglich? Gibt es in der Architektur unserer Welt nicht ebenso ein Muster des Bösen, wie es ein Muster des Guten gibt? Könnte nicht dieses Muster – durch einen Anhänger des Leibhaftigen – erkannt, nachgezeichnet und dann wie in alten Zeiten mit unschuldigem Blut ausgelöscht werden?«

»Dann seid Ihr Euch also sicher, daß es ein weiteres Opfer geben wird?«

»Dessen bin ich mir sicher, ob es ein Muster gibt oder nicht.«

»Und falls das Muster existiert – welche Gestalt nimmt es dann an?«

Hauptmann Foxe zeigte auf Mr. Aubrey. »Jetzt, Sir, versteht Ihr die Notwendigkeit, einen Altertumsforscher bei unserer Besprechung dabeizuhaben. Denn Mr. Aubrey, so scheint es mir, ist von allen Menschen in England am besten imstande, vorauszuahnen, wann – und wo – der nächste Mord stattfinden wird.«

»Ihr tragt also eine schwere Verantwortung.« Oberst Sexton stand auf und legte eine Hand auf Mr. Aubreys Schulter. »Möge Gottes Licht Euch bei Euren Studien den Weg weisen. Möge Er Euch zu einer Wahrheit führen, die uns allen dienen kann.«

»Und möge Er Eure Studien überflüssig machen«, fügte

Hauptmann Foxe hinzu. »Möge Er uns gestatten, den Mann, den wir suchen, zu fangen und zu vernichten.«

»Amen.« Oberst Sexton senkte den Kopf. »Amen, so sei es.«

Worin bemerkt wird, daß das Herrenhaus nicht mehr leer ist

Emily Vaughan kauerte hinter der Mauer und spähte durch einen Spalt im Mauerwerk. Sie konnte zwei Planwagen erkennen, die vor Wolverton Hall standen. Ein Reiter hielt sich bei ihnen auf. Seine Haut schien zu schimmern. Die Blässe seines Gesicht unterstrich die gelockte dichte Schwärze seines Bartes. Emily erschauerte. Irgend etwas an seiner Erscheinung machte sie frösteln. Sie war sich nicht sicher, was, aber sie hatte es gleich gespürt, als sie ihn zum erstenmal über die Dorfstraße hatte reiten sehen. Während sie sich noch näher an die Mauer drückte, wünschte sie allmählich, sie wäre dem Mann nie gefolgt.

Aus dem Haupteingang des Herrenhauses kamen zwei Gestalten geschlurft. Sie waren genauso bleich wie der Mann mit dem Bart, ihm aber ansonsten völlig unähnlich. In der Tat erschienen sie so mißgestaltet, mit so totem Blick und stumpfem Gesicht, daß sie kaum menschlich wirkten. Der Bärtige sah nach ihnen. Er sprach nichts, nickte nicht einmal, aber sofort gewann man den Eindruck, er habe ihnen Befehle erteilt. Sie schlurften zu einem der Wagen. Als sie die Plane anhoben, bekam Emily flüchtig Holzkisten zu sehen, die in ordentlichen Reihen gestapelt waren. Die zwei sonderbaren Gestalten hoben eine heraus. Die Kiste war ungefähr sechs Fuß lang und aus groben, ungestrichenen Brettern gezimmert. Sie sah schwer aus, doch die zwei Kreaturen trugen sie, als hätte sie überhaupt kein Gewicht, die Stufen hinauf und ins Herrenhaus.

Vollkommen reglos beobachtete der Reiter sie. Dann griff er in seine Taschen und zog, so schien es, zwei schwere Geldbörsen heraus. Er ließ sie auf der Handfläche hüpfen, so daß Emily bis in ihr Versteck die Münzen klimpern hörte. Die Kutscher der beiden Wagen mußten den Klang ebenfalls gehört haben. Emily sah, wie sie von ihren Sitzen kletterten und zu dem Reiter eilten. Lachend warf er eine Börse in den Dreck, dann eine zweite, dann, nachdem er wieder in die Taschen gegriffen hatte, eine dritte und vierte. Die Kutscher wühlten im Matsch nach ihnen. Der Reiter warf noch eine fünfte Börse und rekelte sich auf seinem Sattel, während die Kutscher zu kämpfen begannen. Als es ihm schließlich langweilig wurde, ritt er dazwischen und trennte die Streithähne mit seiner Reitpeitsche. Mit Gesten scheuchte er sie fort. Die beiden Kutscher rappelten sich hoch und traten den Rückzug an. Da sah Emily zum erstenmal ihre Gesichter. Sie erkannte sie sofort. Es waren Taglöhner aus Woodton, Jonas Brockman und sein Sohn Elijah. Sie hatte sie oft auf den Feldern ihres Vaters gesehen.

Emily preßte das Gesicht noch dichter an den Spalt in der Mauer. Da drehte sich der Reiter um und schnupperte. Die zwei Diener, die wieder aus dem Haus auftauchten, blieben stehen und schienen die Luft einzuziehen. Ihre Augen, die zuvor wie leere Höhlen ausgesehen hatten, funkelten nun wie Katzenaugen im Dunkeln. Sie wußten, daß sie da war ... sie wußten, wo sie war. Sie sah den Reiter lächeln. Er starrte auf die Stelle, wo sie hinter der Mauer versteckt lag. Emily war überzeugt, daß er zu ihr herüberkommen würde – sie würde entdeckt, bloßgestellt. Aber der Reiter unternahm nichts. Noch immer lächelnd, kehrte er ihr statt dessen wieder den Rücken. Die Diener nahmen ihre Arbeit wieder auf. Die Brockmans, die von ihrer Anwesenheit nichts ahnten, zählten ihr Gold ab.

Emily sprang auf. So schnell sie konnte rannte sie weg.

Niemand verfolgte sie, und sie erreichte das Dorf, ohne daß jemand sie aufgehalten hätte. Aber selbst dort blieb das Grauen, ein Duft von Wolverton Hall, den sie nicht abwaschen konnte.

In jener Nacht erzählten sie einander alles. Als sie fertig waren, umarmte Robert Emily so fest er konnte. Ihre Wärme und Zartheit an seiner Haut trösteten ihn. Er küßte sie, wie seine Mutter ihn immer küßte, wenn ihn Träume geängstigt hatten. Darauf fühlte er sich besser. »Es wird alles gut«, flüsterte er. Und er glaubte daran. Aus irgendeinem Grund, den er nicht begriff, hatte das Gefühl von Emilys Lippen auf seinen eigenen all seine Ängste vertrieben. »Es wird alles gut«, wiederholte er, streichelte Emilys blonde Locken und drückte sie fester an sich. Dann küßte er sie noch einmal.

Worin ein Ort der Finsternis durchsucht wird

Am nächsten Morgen stieg Hauptmann Foxe die Vordertreppe von Wolverton Hall hinauf. Ihm folgten Wachtmeister Everard und vier Milizsoldaten. Alle sechs waren bewaffnet, alle trugen Laternen. Alle sechs waren fünfzehn Jahre zuvor an einer Ermittlung beteiligt gewesen, bei der jeder Raum des Hauses durchsucht worden war.

Hauptmann Foxe hielt inne, als er das Haus betrat. Dann verließ er das Rechteck des Lichts, das durch die offene Tür fiel, und drang in das Dunkel dahinter ein. Erneut blieb er stehen und rief laut. Seine Stimme hallte kaum wider, wurde aufgeschluckt von der Feuchtigkeit, die er auf der Haut spürte. Er schwenkte seine Laterne. Links und rechts befanden sich Türen, hinter ihm erhob sich die Treppe, die sein Sohn vor kurzem erst hinaufgestiegen war. Die Räume dahinter waren so voll Schwärze wie die Luft voll Feuchtigkeit.

Hauptmann Foxe teilte seine Leute auf, verschiedene Räume zu durchsuchen – zwei oben, zwei hinter der Tür links in der Halle. Er sah sie salutieren und weggehen, dann wandte er sich an Wachtmeister Everard. »Und wir nehmen die rechte.«

»Ja, Sir.« Wachtmeister Everard blieb stehen und versuchte, mit dem Blick das Dunkel hinter der Tür zu durchdringen. »Ist nicht dort der Eingang zu den Kellern zu finden?«

»Nach meiner Erinnerung, ja«, antwortete Hauptmann Foxe, als er den Raum neben der Halle betrat. Er suchte nicht den Blick seines Wachtmeisters, aber das brauchte er nicht. Denn vor fünfzehn Jahren war Everard an seiner Seite gewesen. Sie wußten beide ganz genau, wo der Kellereingang lag.

Sie begaben sich auf den Weg durch die Dunkelheit des Hauses. Wachtmeister Foxe spürte ein Grauen, das sich wie ein Wurm in seinen Eingeweiden rührte, und er betete im Bewußtsein, daß er sterblich war und reif, um Gewürm jeglicher Art als Nahrung zu dienen. Doch es war nichts zu finden, kein Zeichen eines Menschen, und Hauptmann Foxe konnte sich seine Furcht nicht erklären, denn als er sich einen Weg durch den Schutt und an glitschigem Unkraut vorbei bahnte, schien es ihm gewiß, daß er sich geirrt haben mußte und daß überhaupt niemand da war. Welches lebende Wesen könnte es an solch einem Ort aushalten? Ihn schauderte. Dann stolperte er weiter in einen anderen Raum, wo er die Laterne schwenkte. Noch immer nichts – nur Stille und Finsternis und Kälte. Die Würmer in seinem Magen vermehrten sich nun schneller. Er hielt einen Moment inne, fast in Versuchung, kehrtzumachen und zurückzugehen. Doch dann entdeckte er das Flackern eines Lichts in dem Raum vor ihm.

Er rief laut ...

Keine Antwort.

Er befahl Everard zu sich. Beide zogen die Säbel und betraten den Raum. Einst war er eine Bibliothek gewesen, und noch immer füllten Bücher die Borde entlang der Wand. Aber auf den Buchrücken hatte sich in silbernen Flecken Schimmel ausgebreitet, und in der Luft hing dumpfig der Geruch modernden Papiers. Ein Stuhl, mit einem Tisch daneben, stand am anderen Ende des Raums. Es war nicht möglich, zu erkennen, wer darauf saß, denn er war so gestellt, daß er zur Wand blickte. Auf dem Tisch flackerte eine Lampe. Über den Boden verstreut lagen Bücher und Urkunden.

Hauptmann Foxe trat einen Schritt vor. Da hörte er, wie eine Seite umgeblättert wurde.

Sofort blieb er reglos stehen. »Wer ist da?« rief er laut. »Wer seid Ihr?«

Es herrschte Stille, dann sprach eine Stimme. Ihr Akzent war ausländisch, doch daran lag es nicht, daß die Stimme so fremdartig wirkte, sondern eher am Ton, der bezaubernd und gleichzeitig unermeßlich kalt war, so daß er Hauptmann Foxe wie eine silberne Scherbe erschien, die rein durch die Luft schnitt, rein und eisig, tief in seine Gedanken. *»Bibel, leb denn wohl!«* flüsterte die Stimme. *»Diese Metaphysika der Zauberei, die Nekromantenbücher, die sind himmlisch! Die Linien, Kreise, Lettern, Charaktere ...«*

Die Stimme wurde lauter, und der Mann erhob sich und drehte sich um, so daß er Hauptmann Foxe anblickte. Es war nicht Sir Charles, auch niemand, der ihm ähnlich sah, denn sein Gesicht schimmerte zwar bleich, aber er hatte einen dichten und tiefschwarzen Bart. »Ach.« Er nickte und blickte hinunter auf das Buch. »Dies sind jene, die Faustus am sehnlichsten begehrt!« Er lächelte, dann schlug er das Buch zu. »Ich habe Euch erwartet, Hauptmann Foxe.«

»Leider kenne ich Euren werten Namen nicht, Sir.«

»Mein Name ... nein – Ihr würdet ihn schwer auszusprechen finden. So nennt mich« – der Ausländer blickte auf sein Buch – »Faustus.«

Der Hauptmann starrte ihn kalt an. »Dann seid Ihr ein Magier«, fragte er, »wie dieser Faustus, dessen Begierden Ihr gerade für uns zitiert habt?«

»Ich bin vieles gewesen.«

»Und jetzt – Faustus?«

»Ihr wißt sehr wohl, Hauptmann, daß ich hier bin, um dieses Haus für Edward Wolverton, den Sohn meines verstorbenen Freundes, vorzubereiten. Zu keinem anderen Zweck.«

Hauptmann Foxe musterte ihn weiter, begegnete dem starren Blick des Fremden, der sehr hell war und grausam wie der einer Schlange. »Ihr lügt«, sagte er schließlich. »Sir Charles Wolverton ist nicht tot.«

»Ich war in Prag bei ihm, Hauptmann. Ich sah ihn sterben.«

»Nein.« Hauptmann Foxe hob seine Laterne und ging zu einer Tür in der gegenüberliegenden Wand. »Wolverton ist hier. Ich kann ihn in der Luft spüren.«

»Ich hatte nicht erwartet, Euch so weibisch anzutreffen, Hauptmann«, höhnte der Fremde, »verschreckt von Schatten.«

»Was ist ein Schatten«, erwiderte Hauptmann Foxe, »wenn nicht eine Warnung, daß der Mann, der ihn wirft, nahe ist?« Wieder hielt er seine Laterne hoch und winkte Everard zu sich. Dann wandte er sich wieder dem Fremden zu. »Zwei Wagen wurden gestern hier gesehen«, sagte er, »mit Kisten beladen. Was war darin?«

»Das Hab und Gut von Edward Wolverton, geerbt von seinem Vater und von Prag hierhergebracht.«

»Und wo befinden sich diese Kisten jetzt?«

»Nun, Hauptmann, im Keller.« Der Fremde lächelte verhalten und deutete auf die Tür in der Mauer. »Ihr wißt, wie man hinkommt, glaube ich?«

Hauptmann Foxe warf einen kurzen Blick auf seinen Begleiter. Dann ging er durch einen feuchten, engen Gang voran, durch eine zweite Tür und die wartenden Stufen hinunter. Der Stein unter seinen Füßen war schlüpfrig, und er wäre beinahe gestürzt. Er hielt inne und versuchte angestrengt, ein Ende des Durchgangs zu erkennen, aber die Schwärze schien wie Nebel aus der Tiefe aufzusteigen, und Hauptmann Foxe konnte nicht weiter als zwei oder drei Schritte vor sich sehen. Doch vor seinem inneren Auge begannen Szenen auf ihn einzustürmen. Ihm fielen Faustus' Worte ein: Linien, Kreise, Ziffern. Er konnte sich alle ausmalen, genauso wie sie fünfzehn Jahre früher gewesen waren, mit Kreide auf den Boden gemalt oder mit Blut über die Wände geschmiert. Fast glaubte er, als er bei den Kellern anlangte, daß die Zeichen der Hexerei noch da waren und ihn erwarteten, die Zeichen – und Schlimmeres. Damals waren die Steine glitschig gewesen – geradeso wie jetzt die Treppe. Er bückte sich, berührte die Stufe, hob die Fingerspitze zur Lampe. Nur Schmutz. Hauptmann Foxe senkte den Kopf. Verzweifelt betete er. »Fürwahr«, flüsterte er, »obwohl ich durch das Tal des Todesschattens wandle, fürchte ich kein Unheil – denn Du bist bei mir. *Denn Du bist bei mir.*« Für einen Augenblick waren die Erinnerungen fort, doch die Furcht blieb, während er seinen Weg fortsetzte, und sein Licht konnte den Auswurf des Dunkels nicht durchdringen.

»Ihr findet die Kisten vor Euch.«

Hauptmann Foxe schaute sich um. Hinter Everard konnte er gerade noch Faustus' Silhouette erkennen, die ihnen die Treppe hinab folgte. Hauptmann Foxe ging nun schneller, und als er den ersten Keller betrat, fand er die Kisten tatsächlich in Reihen vor der Wand gestapelt. Everard trat zu ihm. »Helft mir«, bat Hauptmann Foxe. Zusammen zerrten sie eine Kiste herunter und untersuchten den Deckel. Er war festgenagelt. Everard begann, mit dem Stiefel gegen die Bretter zu treten.

»Ihr braucht nicht nachzusehen. Die Kisten sind alle geleert worden.«

Hauptmann Foxe schaute sich noch einmal nach Faustus um, bevor er seinem Wachtmeister half, den Deckel zu zerschlagen. Die Bretter gaben bald nach ... und aus der Kiste stieg ein Geruch nach feuchter Erde vermischt mit Fäulnis. Aber als Hauptmann Foxe das Innere untersuchte, stellte er fest, daß inzwischen entfernt worden war, was immer man darin befördert hatte. Er machte sich an die übrigen Kisten, zog sie wahllos herunter und trat die Deckel ein. Alle waren leer – aus allen drang der gleiche Gestank nach Verwesung und Schlamm.

»Stürme auf dem Kanal«, erklärte Faustus, als er Hauptmann Foxe erbleichen sah. »Die Kisten wurden von hohen Wellen durchnäßt, und die darin eingeschlossenen Stoffe sind seitdem arg vermodert.«

»Eure Knechte«, sagte Hauptmann Foxe plötzlich. »Die Kreaturen, die diese Kisten für Euch abgeladen haben – wo sind sie?«

»Sie schlafen.«

»Alle?«

»Sie haben schwer gearbeitet. Die ganze Nacht. Sie sind müde.«

»Wo sind sie?«

Faustus deutete auf einen Bogengang.

»Sie schlafen in den Kellern?«

»Warum nicht? Ihr habt den Zustand des übrigen Hauses gesehen. Hier unten ist es nicht anders.«

»Hier gibt es kein Licht.«

Faustus zuckte die Achseln.

»Und es gibt auch – hier unten ...« – Hauptmann Foxe warf einen Blick auf Everard – »ein Vermächtnis des ... des

Bösen – des Grauens... das noch immer in der Luft liegt. Spürt Ihr es nicht? Dies ist ein verfluchter Ort. Aber vielleicht hat Sir Charles Euch nicht erzählt, was er in diesen Kellern tat, von dem Blut, das er vergoß, von den Unschuldigen, die er tötete – vielleicht wollte er Euch das lieber nicht erzählen, Faustus...« Er schwieg. »Oder vielleicht doch?«

»Er hat es mir mitgeteilt«, antwortete Faustus gleichmütig.

Hauptmann Foxe wandte sich ab. Sein Ekel war plötzlich so stark, daß er ihn in einem Schweißausbruch über die Haut kriechen spürte. Er fühlte sich krank, denn das Grauen stieg wie ein Brechreiz in ihm auf, und erneut mußte er beten, um sich zu fangen und nicht der Angst zu ergeben. Er drehte sich nach Everard um. Das Gesicht des Wachtmeisters glänzte vor gelbem Schweiß, und seine Augen traten hervor, als würde ihm die Kehle zugedrückt. Hinter ihnen lachte Faustus. Hauptmann Foxe schaute sich jedoch nicht um. »Kommt, Samuel«, sagte er, indem er seinen Wachtmeister fest an der Schulter packte. »Wir dürfen unsere Pflicht nicht vernachlässigen. Es ist nur um so mehr Gottes Werk, das wir hier tun, weil wir es im tiefen Innern der Hölle verrichten.«

Everard nickte zaghaft. Zusammen schritten sie unter dem Bogen hindurch in den anschließenden Raum. Sofort erkannte Hauptmann Foxe den Geruch der Kisten wieder, nur schlimmer, weit schlimmer, einen Gestank, der selbst aus den Poren der Wand zu dringen schien. Er tat einen weiteren Schritt in die Dunkelheit, und der Gestank schlug ihm wie ein Schwall heißer Luft ins Gesicht. Er hielt die Laterne hoch und sah flüchtig etwas unerträglich Weißes. Irgend etwas regte sich, ein wächserner nackter Leib, weiche, blasse Glieder. Sie schimmerten aus dem Dunkel, zehn der Geschöpfe, zwanzig... Hauptmann Foxe hätte es nicht sagen können. Als er die Laterne über sie hielt, wanden sie sich unter dem Lichtschein wie schalenlose Wesen, die aus der Erde gegraben wurden, um von Fischern als Köder benutzt zu werden. Und doch hatten sie die Form von Menschen, und der Hauptmann fragte sich, wie solches Grauen möglich war.

»Was sind sie?« rief Everard mit fast überschnappender Stimme.

»Geschöpfe aus Fleisch und Blut wie Ihr.«

Everard drehte sich nach Faustus um. »Nicht wie ich«, flüsterte er. »Sie sehen aus wie Tote.«

Faustus lächelte. »Dann ist es gewiß«, zischte er, »wenn nicht jetzt, dann werdet Ihr eines Tages wie jene sein.« Sein Gesicht erstarrte, auch das Lächeln, wie ein Riß in einem Totenschädel. »Das kann ich Euch versprechen, Sir«, flüsterte er nach einer Weile.

Langsam drehte sich Hauptmann Foxe um und sah ihn an. »Wagt Ihr es, uns zu drohen?« fragte er.

»Aber nein, Hauptmann. Es ist lediglich eine Bemerkung, die der Philosophie entnommen ist. *Stipendium vitae mors est.*«

Hauptmann Foxe zuckte die Achseln. »Wenn Ihr auf Latein reden wollt, müßt Ihr das vor meinem Sohn tun, denn er ist der Gelehrte, nicht ich.«

»Natürlich. Euer Sohn Robert. Es war sein Lehrer, nicht wahr, der vor kurzem getötet wurde?« Faustus lächelte breiter. »Ich habe davon gehört. Ein furchtbares Ende – und doch ein Ende, das die Bemerkung beweist, die ich gerade gemacht habe, daß *der Lohn des Lebens stets der Tod sein muß.*«

»Unser Erlöser lehrt uns anderes.«

»Dann müßt Ihr Euch darauf verlassen, daß er Euch erlösen wird. Aber was mich angeht« – Faustus hielt inne, dann höhnte er in unverhüllter Herausforderung –, »ich würde einem toten jüdischen Schwindler nicht viel Glauben schenken. Schaut Euch um, Hauptmann. Erinnert Euch, was Ihr gefunden habt, als Ihr zum letztenmal hier wart. Wo, glaubt Ihr, war Euer Gottesbastard damals?«

Hauptmann Foxe packte ihn unvermittelt und schmetterte ihn gegen die Wand. Während er in Faustus' schimmernde Augen starrte, hörte er eine Bewegung hinter sich, und als er sich umschaute, sah er, wie sich die Kreaturen schwerfällig und stumm erhoben. Doch Hauptmann Foxe beachtete sie nicht, sondern wandte sich wieder Faustus zu. »Wo ist er?« flüsterte er. »Wo versteckt er sich?«

»Wenn er hier ist«, antwortete Faustus, dessen Gesicht plötzlich maskenhaft wirkte, »dann findet ihn.«

»Wachtmeister«, sagte Hauptmann Foxe, ohne sich umzudrehen, »sucht unter diesen... Kreaturen... nach einer, die Wolverton ähnlich sieht.«

Er hörte, wie Everard zu ihnen hinüberging. Es herrschte Stille, dann folgte ein tiefes Atemholen. »Was gibt es?« fragte Hauptmann Foxe.

»Ihre Haut...«, erwiderte Everard matt. »Ich frage mich... ob es nicht Aussätzige sind – denn auf vielen Gesichtern... scheint sich das Fleisch fast in Fetzen abzulösen.«

»Wolverton?«

»Nein.«

Hauptmann Foxe seufzte und gab Faustus frei.

»Hauptmann...« Everard schluckte, während er auf einen weiteren Bogengang deutete. »Wir haben noch nicht alle Keller durchsucht.«

Hauptmann Foxe starrte auf den Bogen. »Nein«, murmelte er. »Nein, noch nicht.« Er bückte sich und hob einen Stein auf. Mit der weißen Kreide malte er am Durchgang ein Kreuz auf beide Seiten. Hinter ihm lachte Faustus, doch Hauptmann Foxe wandte sich nicht um, sondern zog die

Balken nur dicker, indem er auf und ab fuhr, als schrubbe er die Mauern, als könne die Kreide die Mauersteine von allem reinigen, was sie gesehen hatten. Er schwitzte, als er den Stein endlich beiseite warf. Er wartete einen Moment, blickte auf jedes Kreuz, senkte dann den Kopf und schritt unter dem Bogen durch.

Sofort spürte er die Schwüle und erinnerte sich von früher daran. Damals hatte er Fliegen leise brummen gehört, und in der Luft hatte eine klebrige Süße gehangen. Jetzt waren keine Fliegen da, aber die Süße schien noch vorhanden, und als er seine Hand an die Nase hielt, spürte er einen eigenartigen Geschmack hinten in der Kehle kribbeln. Er fürchtete sich, die Laterne hochzuheben. Die Dunkelheit wartete wie damals, als sie einen flüchtigen Anblick der Hölle verborgen hatte. Ein Bündel aus Knochen und Haut hatte dagelegen, erinnerte sich Hauptmann Foxe, bedeckt mit blondem Haar. Blond, dachte er, wie Robert jetzt war. Er begann zu zittern, so daß er kaum die Laterne halten konnte. Langsam hob er sie über den Kopf. Dann ging er, einen Schritt, zwei Schritte, drei, in die Dunkelheit.

Allmählich spürte er, wie er in Erde einsank, und schaute sich um. Überall war Erde aufgehäuft, die von ihm weg anstieg, bis sie an die Kellerdecke stieß. Instinktiv ging er rückwärts. Dabei sog die Erde an seinen Beinen, und er fühlte sich einer Ohnmacht nahe, als hätte sie ihm auch den Mut aus dem Herzen gesogen. Er bückte sich. Die Erde fühlte sich klebrig an, wie Staub, der gerade in Matsch übergeht. Sie blieb an seinen Fingerspitzen haften, und als Hauptmann Foxe sie unter seinen Nägeln sah, begann er zu zittern. Er konnte sich sein Entsetzen beim Anblick der Erdhügel nicht erklären. Sie erschienen ihm wie Wellen, die über ihn aufstiegen, um ihn im Brechen unterzutauchen und in ihre Tiefe zu ziehen. Er erhob sich, weil er das Grauen des Ortes nicht mehr ertragen konnte. Er mußte hinaus. Da hörte er hinter sich ein plötzliches Klirren von Metall auf Stein, und das Licht im Keller trübte sich sofort. Hauptmann Foxe drehte sich um. Wachtmeister Everards Gesicht lag im Schatten, aber seine Augen glänzten vor Entsetzen und traten fast aus ihren Höhlen wie zuvor. Everard sagte mit erstickter Stimme etwas Unverständliches. Dann machte er kehrt und floh. Hauptmann Foxe hörte die Schritte verhallen, und er wappnete sich, um nicht wie Everard zu fliehen. »Faustus!« rief er zornig, um mit der Wut in seiner Stimme die eigene Furcht zu verbergen. »Wozu dient diese Erde?« verlangte er zu wissen.

»Sie stammt aus Prag.« Faustus erschien unter dem Bogen. »Sie enthält die sterblichen Überreste von Sir Charles. Er wünschte, daß sie als Sühne für seine Sünden hierherbefördert und hier begraben würden. Seht, wie wir seinen Befehl erfüllt haben, Hauptmann. Der Keller ist gefüllt. Er kann nicht wieder benutzt werden.«

Hauptmann Foxe starrte auf die Erdhügel. Sein Grauen schwoll an.

»Ihr habt nach Sir Charles gefragt.« Faustus machte eine ausholende Geste. »Seine Überreste sind mit der Erde vermischt, die Ihr hier seht.«

Hauptmann Foxe trat einen Schritt vor. Wieder bückte er sich und ließ die Erde durch die Hände rinnen.

»Was werdet Ihr tun, Hauptmann? Werdet Ihr die Erde umgraben und auswaschen, damit Sir Charles' sterbliche Überreste zerlegt und Eurer gottesfürchtigen Vergeltung ausgesetzt werden können?« Faustus lachte; er machte kehrt und entfernte sich durch den Keller, noch immer lachend, von Hauptmann Foxe. Seine Schritte verklangen, bis schließlich Stille herrschte.

Hauptmann Foxe war allein. Er atmete tief ein. Noch immer schien die Süße in der Luft zu hängen, und als er gegen einen Erdhügel trat, spürte er das Grauen noch stärker in sich aufsteigen, denn wieder schien etwas zu saugen und sich von seiner Seele zu nähren. Unschlüssig hielt er inne, dann erschauerte er und machte kehrt. Er blickte nicht zurück, während er durch die Keller eilte.

Worin ein merkwürdiges und fernes Rätsel aufgespürt wird

Mehrere Tage lang drückte das Gefühl des Grauens schwer auf Hauptmann Foxes Stimmung. Erst nachdem beinahe eine Woche verstrichen war, schickte er sich an, Oberst Sexton über das Scheitern seiner Untersuchung ins Bild zu setzen. Doch bis dahin hatte, wenngleich das Grauen nicht verschwunden war, Entschlossenheit seine anfängliche Verzweiflung verdrängt. Denn Hauptmann Foxe war kein Mensch, der zu Hoffnungslosigkeit neigte. Sein Glaube an das Walten Gottes, das er jeden Tag in der Existenz seiner geliebten Frau und seines Sohnes an seiner Seite ausgedrückt fand, bestärkte ihn auch in der Überzeugung, daß das Böse besiegbar sei. Tagelang hatte er zu Gott gefleht, in seinen Gebeten gesprochen, wie er zu einem Freund spräche, darum gebeten, daß der Mörder erkannt und aufgehalten werde, und er glaubte, daß Gott, wie jeder Freund, seine Bitten gewiß erfüllen würde.

Also brach er am Morgen mit unverminderter Hoffnung zu seinem Besuch bei Oberst Sexton auf. Auf einem Stück Weges wurde er von Sir Henry begleitet, der ihm unterwegs etwas mitteilte, was Hauptmann Foxes Entschlossenheit nur bekräftigte. Aus Sir Henrys Bericht ging hervor, daß mehrere seiner Tagelöhner vom Herrenhaus angeworben worden waren, gelockt mit dem Versprechen reichen Lohns – denn die Männer, die die Wagen gelenkt hatten, waren mit Beuteln voll Münzen bezahlt worden. Sir Henry konnte dies bestätigen, denn er hatte das Geld mit eigenen Augen gesehen. Hauptmann Foxes Befragung hatten sie nicht begrüßt, ebensowenig seine Warnung, sich vom Herrenhaus fernzuhalten. Denn was galt ein solcher Rat, fragte Sir Henry, wenn man ihn mit dem Versprechen auf noch mehr Gold verglich?

Hauptmann Foxe dachte über diese Frage nach. Er mochte nicht glauben, daß Männer, die er schon immer kannte, Männer aus seinem eigenen Dorf, so leicht zu kaufen sein sollten. Und doch konnte er in seinem Innersten nicht überrascht sein, denn er war Milizsoldat und hatte im Laufe seiner Untersuchungen wiederholt erlebt, daß das Leben nichts als eine Straße durch den Jahrmarkt der Eitelkeiten war, auf dem den Lockungen des Geldes schwer zu widerstehen war. Solche Habgier, hatte er immer geglaubt, würde ihre Strafe selbst auf sich ziehen. Doch Hauptmann Foxe fürchtete sich vor dem Gedanken, was die Lockungen des Goldes von Wolverton nach sich ziehen könnten, denn er wußte mit Sicherheit, daß die Versuchung des Teufels nur zur Verdammnis führte, und es waren die Knechte des Teufels gewesen, die er im Herrenhaus gesehen hatte. So überzeugt war Hauptmann Foxe davon, daß er bei der Begegnung mit Oberst Sexton nicht einmal den Schimmer eines Zweifels einräumen wollte. Als der Oberst in ihn drang, forderte er seinen Vorgesetzten nur heraus, sich wie er selbst in die Keller zu wagen und den Atem des Teufels im Gesicht zu spüren. Oberst Sexton seufzte darauf, versuchte aber nicht, seinem Offizier zu widersprechen, und entzog ihm auch nicht die Erlaubnis, das Herrenhaus weiter zu beobachten. »Allerdings solltet Ihr wissen«, warnte er, »daß ich von meinem eigenen Vorgesetzten und dem Bürgermeister bereits die ersten Beschwerden erhalten habe. Anscheinend verfügt dieser Faustus über einflußreiche Freunde. Sie billigen Euer Interesse an ihm nicht.«

»Ich habe schon entdeckt, Sir, daß Faustus nicht abgeneigt ist, sein Gold auszugeben.«

Oberst Sexton zuckte die Achseln. »Findet schnell, wonach Ihr sucht, John. Vielleicht bin ich nicht mehr lange in der Lage, mich vor Euch zu stellen.«

»Ich werde ihn finden, Sir.«

»Habt Ihr Euch zurechtgelegt, wie Ihr vorgehen wollt?«

Hauptmann Foxe schwieg, während leichte Falten auf seiner Stirn erschienen. »Gott wird uns helfen«, sagte er nach einer Weile.

»Wir wollen es hoffen«, murmelte Oberst Sexton und stand auf, um seinem Offizier die Hand zu drücken. »Nehmt Euch jedoch in acht, John. Um Gottes willen – nehmt Euch in acht.« Er nickte, und damit war der Hauptmann entlassen.

Hauptmann Foxe salutierte. Dann schritt er durch das Rathaus zurück zu seinem Zimmer. Seine Stimmung hatte sich wieder verdüstert. Er dachte über das stumme Eingeständnis nach, das sein Oberst ihm abgerungen hatte, daß er dem Mörder gegenüber hilflos war, daß er weder wußte, wo er ihn finden könnte, noch wie er ihn daran hindern könnte, aufs neue zu töten. »Hauptmann Foxe!« rief plötzlich eine Stimme, und er erstarrte. Als er die Treppe hinaufblickte, sah er dort einen Reiter stehen, und er wußte sofort, was geschehen war, was der Reiter zu sagen hatte. Er war nur froh, dachte er, während er die Treppe hinaufeilte, daß dieses Mal Robert und Emily nicht bei ihm waren. »Also gut«, sagte er, als er dem Blick des Reiters begegnete, »berichte mir das Schlimmste. Wer ist es dieses Mal? Wo hat man die Leiche gefunden?«

Der Reiter blickte verwirrt. »Sir?«

Erleichterung überspülte Hauptmann Foxe wie ein goldener Strom. »Kein Mord?« fragte er.

Der Reiter blickte noch immer verwirrt drein. »Nein, Sir«, sagte er. »Ein Mann wartet in Eurem Zimmer.«

»Und das ist alles, was du melden wolltest?«

»Ja, Sir.« Der Reiter machte inzwischen ein so verdutztes Gesicht, daß Hauptmann Foxe lachen mußte. Er machte kehrt und lief in sein Zimmer. Seine Verzweiflung war so vollständig vergangen, wie sie ihn überkommen hatte, und er vertraute wieder auf Gottes Lenkung bei seiner Aufgabe.

Als er in sein Zimmer trat, wäre er beinahe über einen Haufen Papiere und Bücher gestolpert. Überrascht blickte er sich um und erkannte den Rücken von Mr. Aubrey, der über einer Landkarte kauerte und ihn gar nicht zu bemerken schien. Hauptmann Foxe schickte ein stummes Dankgebet zum Himmel, daß sein Glaube an Gottes Beistand sich so schnell als gerechtfertigt erwiesen hatte. Dann räusperte er sich. »Ihr habt auf der Landkarte etwas entdeckt, was uns helfen kann?« fragte er.

Mr. Aubrey blickte sich erschrocken um. »Das hoffe ich«, nickte er, als er sah, wer es war. Er setzte einen Finger auf die Landkarte. »Ich glaube zu wissen, wann und wo der Mörder in die Falle gelockt werden kann.«

»Das ist allerdings erfreuliche Kunde.« Hauptmann Foxe trat neben ihn, indem er sich einen Weg durch die verstreuten Bücherstapel bahnte. »Wie ich sehe, habt Ihr die Materialien Eurer Forschung mitgebracht«, bemerkte er.

Mr. Aubrey hüstelte bescheiden. »Ich mußte vielen Spuren nachgehen«, stimmte er zu, während sein Blick über die Bücher glitt. Er griff nach einem, glättete es und blies den Staub fort. »Versteht Ihr nun, Hauptmann«, fragte er, »warum es von Altertumsforschern heißt, daß sie den Moder wegwischen, den sie ans Tageslicht fördern, und den Schutt wegräumen?« Er griff nach einem anderen Buch und klopfte darauf, so daß eine zweite Staubwolke aufstieg. »Lange Zeit haben diese beiden Bücher unberührt auf meinen Regalen gelegen, bei all den Büchern meines Vaters und auch meines Großvaters und Urgroßvaters, denn wir sind immer eine Sammlerfamilie gewesen. Leider jedoch – Ihr mögt es selbst schon bemerkt haben, Hauptmann – ist es nie meine Stärke gewesen, diese Besitztümer zu ordnen.« Betreten deutete er auf die vielen verstreuten Bücher und Urkunden. »Es hat mich Zeit gekostet, sie zu finden, daher die Verzögerung.«

»Nein, nein«, beruhigte ihn Hauptmann Foxe und schüttelte den Kopf, »Ihr seid bemerkenswert flink gewesen.«

Mr. Aubreys Gesicht wurde rot vor Freude. »Die Erwähnung Prags«, erklärte er, »hat mich darauf hingewiesen.«

»Prag?« Hauptmann Foxe runzelte die Stirn.

Mr. Aubrey nickte. Er schaute sich um. »Verflixt, wo steckt es nur?« Er begann, seine Bücher durchzusehen, wobei er einen Wirbelwind aus Papier verursachte, bevor er endlich ein kleines in Pergament gebundenes Manuskript fand, das er unter Hauptmann Foxes Nase schwenkte. »Ihr erinnert Euch?« fragte er. »Ich habe es Euch schon gezeigt. Darin sind die Bilder von Frauen, die in Blut baden.«

»Ja.« Hauptmann Foxe nickte nachdenklich. »Es hatte einem Doktor gehört ... dem Astrologen der Königin Elisabeth?«

»Ja, ja, Dr. John Dee, der in Mortlake wohnte, keine Meile von meinem Urgroßvater in Kew entfernt, mit dem er sehr vertrauten Umgang pflog und bedeutsame Diskussionen über magische Themen führte. Als Dr. Dee dann der Hexerei beschuldigt wurde, übergab er meinem Urgroßvater viele seiner Bücher, so daß sie jetzt in meinem Besitz sind.« Mr. Aubrey hielt inne, um Luft zu holen, und schüttelte streng den Kopf. »Das habe ich Euch schon einmal erzählt, Hauptmann.«

»Es tut mir leid. Zweifellos habe ich die Bedeutung nicht richtig verstanden.« Hauptmann Foxe hob die Schultern. »Und auch jetzt verstehe ich sie nicht ganz.«

»Also gut, Sir«, begann Mr. Aubrey, indem er das Pergamentbändchen durchblätterte, »es heißt, daß Doktor Dee die Rätsel des Universums durchdrungen hatte und den Stein der Weisen zu entdecken suchte. Zu diesem Zweck reiste er nach Prag, das, wie ich Euch ebenfalls schon gesagt habe, Hauptmann, die Universität der Welt für die magischen Künste ist. Im jüdischen Ghetto gab es ein Buch, das erst kurz zuvor ans Licht gekommen war, wenngleich unter geheimnisvollen Umständen – denn wie und woher es aufgetaucht war, konnte niemand sagen –, und es ging das Gerücht, daß es offenbarte, wie man Tote auferweckt. Doch niemand konnte es lesen – zur großen Enttäuschung der Gelehrten unter den Juden, die das in dem Manuskript enthaltene Wissen beherrschen und die Geheimnisse des Grabes selbst durchdringen wollten. Als der Vorsteher der Juden, der Doktor Dees Ruf kannte, von seiner Anwesenheit in Prag erfuhr, lud er ihn ein, das Manuskript zu begutachten. Dabei fertigte der Doktor unter großen Anstrengungen eine Abschrift des Buches an, damit es mehr als ein einziger Mensch gleichzeitig studieren könnte. Aber als der Jude Doktor Dees Werk entdeckte, mißverstand er seine Absichten und beklagte sich beim Kaiser, der den Juden sehr liebte und Doktor Dee also des Landes verwies. Doch der Doktor rächte sich, indem er seine Abschrift des Manuskripts mitnahm – und so befindet es sich heute in meiner Bibliothek.«

Mr. Aubrey hatte immer schneller gesprochen, und als er zum triumphierenden Schluß kam, schwenkte er das Buch wieder in der Luft. Hauptmann Foxe nahm es und überflog die erste Seite. Er kannte die Schrift nicht. »Ist das Latein?«

Mr. Aubrey zuckte die Achseln. »Ich habe nicht die leiseste Ahnung«, erwiderte er.

»Ihr meint, Ihr könnt es nicht lesen?«

»Nein.« Er lachte fröhlich. »Niemand kann es.«

»Aber ... ich dachte ...« Hauptmann Foxe schüttelte den Kopf. »Und dieser Doktor Dee?«

»Nein, auch er nicht. Denn für den Rest seines Lebens, nach seiner Verbannung aus Prag, versuchte er, die Schrift zu entziffern, aber es war alles vergebens.«

»Welchen Wert hat sie aber dann für uns? Ich begreife nicht, Mr. Aubrey, warum Ihr meine Hoffnungen geweckt habt, nur um sie dann zunichte zu machen.«

»Geduld, Hauptmann, Geduld! Bedenkt einfach, was wir über dieses Buch wissen.« Er strahlte und klopfte sich an die Nase. »Erstens: es befaßt sich mit der Erweckung der Toten. Zweitens: es wurde von einem Original kopiert, das sich noch in Prag befindet. Nun versteht Ihr vielleicht, warum mein Interesse geweckt war, als Ihr den Mann beschrieben habt, den Ihr für den Mörder haltet: ein Mann, der anscheinend von den Toten auferstanden ist – und der bis in jüngste Zeit in Prag gewohnt hat.«

»Ja, ja«, rief Hauptmann Foxe ungeduldig, »aber die Zufälle sind bloß verlockend und nichts mehr, wenn wir das Buch nicht lesen können.«

»Es ist wahr, daß Doktor Dee es nicht zu entziffern vermochte – aber er war anscheinend außerordentlich nahe daran.«

»Wie nahe?«

Mr. Aubrey zeigte auf seine verstreuten Blätter und Bücher. »Wie ich gesagt habe – außerordentlich.«

»Sind das die Materialien seiner Forschung?«

»Die Materialien – und die Früchte.«

Sehr langsam setzte sich Hauptmann Foxe auf seinen Stuhl. »Dann verratet mir«, sagte er schließlich, »was Ihr herausgefunden habt.«

Mr. Aubrey sprang beinahe zu ihm. Er raffte einen Armvoll Bände und Landkarten und breitete sie auf dem Tisch aus. Dann hob er die Bücher auf. »Das sind Geschichten der alten Briten«, begann er. »Dergleichen sind mir noch nie vor Augen gekommen, und ich hätte sie in der Tat als bloßes Bubenstück erachtet, da sie überaus sonderbare Behauptungen enthalten, wären nicht bestimmte Abschnitte von Doktor Dee markiert gewesen.« Er schlug eines der Bücher auf und schob es über den Tisch. Hauptmann Foxe betrachtete es. Es handelte sich um eine Illustration in schwarzer Tinte, Symbole, die mit einer einzigen geraden Linie verbunden waren. »Und nun seht Euch dies an.« Mr. Aubrey schlug ein in Pergament gebundenes Manuskript auf, und Hauptmann Foxe betrachtete auch dieses. Auf den Rand der Seite war eine Illustration gezeichnet, und als er sie mit dem ersten Buch verglich, sah er, daß es praktisch die gleichen waren.

»Das ist auf lateinisch«, sagte Mr. Aubrey, indem er auf ein Textstück neben der Illustration im ersten Buch zeigte. »Darin steht, wie die Druiden an bestimmten heiligen Tagen ihre Magie ausübten.«

»Und diese?« Hauptmann Foxe zeigte auf die Symbole. »Was bedeuten diese?«

»Es handelt sich um uralte Zeichen, die den magischen Künsten entnommen sind. Dr. Dee verstand sehr viel von solchen Geheimnissen. Seht, hier« – er schlug wieder ein anderes Buch auf – »hat er ihre Bedeutung aufgeschrieben. Sie symbolisieren die Opfertage – was wir in unserem christlichen Zeitalter als Weihnachten, Fest der Unschuldigen Kinder, Mariä Lichtmeß und so weiter bezeichnen.«

»Weihnachten«, wiederholte Hauptmann Foxe langsam. »Fest der Unschuldigen Kinder ...«

Mr. Aubrey nickte. »Aber ich glaube nicht, daß die Symbole sich allein auf die heiligen Tage beziehen.«

»Wie meint Ihr das?«

Mr. Aubrey schlug das Buch zu und steckte es in seine Tasche. Dann griff er über den Tisch nach einem Bündel Landkarten und strich sie glatt. »Eine von diesen hat Doktor

Dee aus Deutschland mitgebracht«, erklärte er, »und einige stammen von seiner eigenen Hand, denn Ihr müßt wissen, daß der Doktor viele Karten und Tafeln für die Königin angefertigt hat. So – paßt auf.« Er zeigte auf eine der Karten. »Was seht Ihr?«

Hauptmann Foxe warf einen Blick darauf und spürte sein Herz sofort schneller schlagen. Denn auf die Karte waren die gleichen Symbole gezeichnet, die er schon in drei verschiedenen Büchern gesehen hatte, und wie zuvor mit einer einzigen geraden Linie verbunden.

»Das ist eine Karte von Böhmen«, erklärte Mr. Aubrey, »und allen Wundern dieses Landes. Aber seht genau hin – beachtet die Orte, die mit den Symbolen gekennzeichnet sind. Seht Ihr es, Hauptmann? Denkmäler aus ältester Zeit, die in Böhmen ebenso wie hier errichtet wurden – und meine Schlußfolgerung ist, daß diese Denkmäler heidnische Tempel waren und von den Druiden erbaut wurden.«

Hauptmann Foxe runzelte die Stirn. »Aber ich verstehe nicht...«, sagte er zögernd. »Diese Linie, die durch sie gezogen wurde... sie ist vollkommen gerade. Wie ist es möglich, daß die Denkmäler alle so ausgerichtet sind?«

Mr. Aubrey zuckte die Achseln. »Zweifellos wurde es mit der Magie der Druiden erreicht.«

»Und die Stätten in unserer Gegend? Was ist mit denen?«

Mr. Aubrey sah ihn mit großen Augen und feierlicher Miene an. »Habt Ihr eine Karte von Wiltshire zur Hand?« fragte er.

»Selbstverständlich«, antwortete Hauptmann Foxe.

»Dann möchte ich sie sehen. Die genaueste, die Ihr besitzt.«

Sofort stand Hauptmann Foxe auf und ging ins Aktenzimmer voraus. Mr. Aubrey blätterte die verschiedenen vorhandenen Landkarten durch, und als er eine von Salisbury und Umgebung fand, forderte er Hauptmann Foxe auf, diese genau zu betrachten. »Mord Nummer eins«, sagte er, indem er mit dem Finger deutete, »Clearbury Ring. Dann Mord Nummer zwei« – er schob den Finger höher – »die Kathedrale – hier. Jetzt haben wir eine gerade Linie, die die beiden Stätten verbindet.«

»Und jenseits dieser zwei Stätten, wenn Ihr die Linie verlängert?« Hauptmann Foxe wandte sich an einen Schreiber in der Nähe. »Schnell, Mann, Eure Feder!«

Der Schreiber reichte sie Mr. Aubrey, der sorgfältig eine Linie über die Karte zog, vom Clearbury Ring zur Kathedrale und dann weiter.

»Natürlich«, murmelte der Hauptmann, als er sah, wohin die Linie verlängert wurde. »Old Sarum.«

»Ich bemerkte die Ausrichtung vor einigen Wochen«, sagte Mr. Aubrey, »als ich zum Clearbury Ring hinaufstieg und von seinem Rand Ausschau hielt, kurz bevor ich die Leiche des alten Mannes entdeckte. Aber seht weiter: wenn ich über Old Sarum hinausgehe, gibt es noch ein Denkmal auf dieser vollkommen geraden Linie. Seht Ihr, Hauptmann Foxe? Da!«

Mit zwei dramatischen Strichen zeichnete er ein großes Kreuz.

Hauptmann Foxe starrte auf die Stelle. »Ich sollte überrascht sein«, flüsterte er. »Aber wie könnte ich? Stonehenge.«

»Es war ihr oberster Tempel«, sagte Mr. Aubrey.

Hauptmann Foxe blickte ihn an. »Ihr habt behauptet zu wissen, wo der nächste Mord stattfindet. Aus dem, was Ihr mir eben gezeigt habt, schließe ich, daß Ihr glaubt, der Mörder läßt sein Opfer in Old Sarum liegen.«

Mr. Aubrey neigte den Kopf.

»Und danach?«

»Wenn Ihr ihn nicht vorher gefangennehmt?«

»Ja.«

Mr. Aubrey schluckte. »Dann zweifellos in Stonehenge.«

»Und die Daten?«

»Die Daten?«

»Ja«, sagte Hauptmann Foxe ungeduldig, »wir müssen wissen, wann der Mörder zuschlagen wird. Ihr habt behauptet, Ihr wüßtet es.« Er zeigte mit dem Finger auf Old Sarum auf der Landkarte. »Wann, Mr. Aubrey? In Christi Namen – *wann*?«

»Ich habe hier...« Mr. Aubrey zog ein Buch aus seiner Rocktasche, das er kurz zuvor hineingesteckt hatte. Er reichte es Hauptmann Foxe. »Erinnert Ihr Euch an die Symbole, die Doktor Dee gezeichnet hat?«

»Symbole?«

»Die für die Daten stehen. Die Daten der alten Feste.« Mr. Aubrey nahm das Buch wieder an sich und schlug es auf. »Hier.« Er deutete mit dem Finger auf ein Symbol. »Jul, der zweiundzwanzigste Dezember – das haben wir gehabt. Und hier – der achtundzwanzigste desselben Monats – Tag der Unschuldigen Kinder – der ist auch vorbei. Also zum nächsten...« – er fuhr mit dem Finger die Seite hinunter – »hier.«

»Ja?« drängte Hauptmann Foxe, während Mr. Aubrey das Manuskript las. »Sagt es. Ich brenne darauf.«

»Mariä Lichtmeß«, sagte Mr. Aubrey. »Von uns Christen so genannt, aber zweifellos ein heiliger Tag aus sehr alten Zeiten. Der zweite Februar, Hauptmann, das ist Euer Datum.« Er studierte die Landkarte. Dann rollte er sie zusammen und reichte sie über den Tisch. »Seid zu Lichtmeß in Old Sarum, Hauptmann Foxe, und ich vermute, daß Ihr den Mörder dort entdecken werdet, mit böser Absicht in der Seele.« Er schwieg und senkte den Kopf. »Laßt uns nur beten, daß Ihr ihn nicht zu spät entdeckt.«

Worin ein Mord erwartet wird und man auf Kunde hofft

Die Pferde schnaubten und schüttelten die Köpfe, als wären sie über den Anbruch des neuen Tages beunruhigt. Hauptmann Foxe beugte sich im Sattel vor und flüsterte beschwichtigende Worte. Dann tätschelte er seinem Pferd den Hals und blickte nach Osten auf die ersten kalten Sonnenstrahlen, die hinter dem fernen Hügel des Clearbury Ring aufstiegen. Der Nebel im Tal unterhalb färbte sich purpurn, und für einen Augenblick schien ganz Salisbury ausgelöscht, bis auf den Turm der Kathedrale, der aufstieg wie ein Schiffsmast aus dem Gischt. Aber dann begann der Nebel aus dem Tal zu schwinden, und selbst in der Februarkälte spürte Hauptmann Foxe die Sonne auf seinem Gesicht. Er blickte die Wälle von Old Sarum entlang, wo er seine Männer postiert hatte. Er hoffte, daß sie bereit waren. Mariä Lichtmeß war angebrochen.

Er wandte sich an Wachtmeister Everard. »Geht jetzt zum erstenmal Patrouille. Um den Hügel – aber nicht zu weit.«

Wachtmeister Everard nickte und trieb sein Pferd den Wall hinab und durch den Graben hinaus. Drei Männer begleiteten ihn.

Hauptmann Foxe wandte sich Sir Henry zu, der während der letzten Stunde schweigend neben ihm gesessen hatte. »Ich gehe jetzt die anderen Männer inspizieren. Ihr solltet mitkommen.«

Sir Henry schüttelte den Kopf. »Ihr seid der Hauptmann. Ich möchte mich nicht aufdrängen.«

»Aber Ihr seid es doch, der bedroht worden ist. Ich lasse Euch ungern allein.«

Sir Henry zeigte auf einen Reiter, der am Wall postiert war. »Ich bleibe bei ihm.«

»Wenn Ihr das lieber tut.«

»Ich habe schon früher Gefahren ins Auge gesehen. Ihr

braucht Euch nicht zu sorgen, John. Mir wird nichts geschehen.«

»Ich glaube nicht, daß man Euch gestern so bedroht hätte, wäre dahinter keine Absicht gewesen.«

Sir Henry lächelte. »Ich werde aufpassen.«

Hauptmann Foxe nickte knapp. Dann wendete er sein Pferd und ritt den Wall hinunter in die alte Stadt selbst, wo er bald zwischen Eiben und formlosen grasbewachsenen Erdhügeln verschwand.

Robert saß zusammengekauert allein im Zimmer oben. Während er sein Buch studierte, achtete er darauf, es in den Falten seines Umhangs zu bergen, denn er wollte nicht bei seiner Lektüre ertappt werden. Vermutlich hatten seine Eltern nie von Ovid gehört – sein Vater hatte ihm den Band nur gemäß Mr. Yorks Testament gegeben, zusammen mit den anderen Büchern seines toten Lehrers. Aber Robert sorgte sich, nun, da er bei den Vaughans wohnte, daß Lady Vaughan ihn finden könnte. Denn sie verstand Latein und wußte wohl, welche Art Gedichte Ovid geschrieben hatte. Es würde sie belustigen, ohne Zweifel. Vielleicht würde sie es sogar vor seiner Mutter als Scherz erwähnen.

Allein der Gedanke ließ Robert erröten, und er war fast bewogen, das Buch zu verstecken. Aber von draußen waren keine Schritte zu hören, und nachdem er mehrere Minuten still gesessen hatte, beugte er sich wieder vor und wandte sich seinem Buch zu. Zwei Monate früher hätte er sich nicht entschieden, die Dichtung zu lesen, selbst wenn er sie hätte bekommen können – nicht vor Hannahs Tod. Doch seitdem hatte sich alles verändert, und alles, was Robert gelehrt worden war – von der Redlichkeit der Welt, von der Überwindung der Sünde –, schien mittlerweile immer ungewisser, denn obwohl er inmitten der Schrecken des Lebens noch immer in der Bibel Trost suchte, fragte er sich, ob er diesen nicht eher in der Liebe seiner Eltern als in der Liebe Gottes fände. Bei Ovid fand er gewiß überhaupt keinen Trost – genaugenommen eher das Gegenteil, denn die Gedichte schienen nichts anderes als ein Verzeichnis von Schlechtigkeiten und Verbrechen zu sein, in einer Robert bis dahin unbekannten Art, von der er aber nun, nach Hannahs Tod, vermutete, sie mache recht eigentlich das Leben aus. Verhängnisvolle Leidenschaften, seltsame Verwandlungen, der Hunger nach Verrufenheit und die Qualen der Liebe: Dies alles wurde auf Ovids Seiten geschildert und schien zu Roberts Verwunderung ein schimmerndes Vorzeichen dessen zu sein, was es bedeuten mochte, lebendig und nicht mehr länger Kind zu sein. Denn in seine Furcht mischte sich auch schuldbewußtes Vergnügen: Er wußte nun von Dingen, die er früher nicht verstanden hatte. Zum Beispiel wußte er, was Hannah getan haben mußte, damit ihr Baby wachsen konnte, und er wußte, warum er Emily so gern küßte.

Er hörte auf zu lesen. Minutenlang starrte er ins Leere. Dann schrak er plötzlich auf, als erwache er aus einer Trance. Er versuchte sich zu erinnern, woran er gedacht hatte, und bemerkte mit verlegenem Lächeln, daß es Emily und das Gefühl ihrer Lippen auf seinen gewesen war. Auf der Stelle schlug er das Buch zu. Dann sprang er auf und eilte die Treppe hinunter. Er wußte, daß sie im Haus sein mußte. Seit gestern, als er und seine Mutter zu den Vaughans gebracht worden waren, hatte niemand hinausgehen dürfen, und damit das eingehalten wurde, stand ein Milizsoldat an jeder Tür. Wieder fragte sich Robert, was sein Vater entdeckt hatte, um auf solchen Vorkehrungen zu bestehen, doch bezweifelte er nicht, daß sie gerechtfertigt waren. Plötzlich hielt er die Gefahr nicht mehr für Spiel, nicht mehr für einen Vorwand, bei den Vaughans zu bleiben, sondern für etwas furchtbar Drohendes und Greifbares. Plötzlich überfielen ihn schmerzhaft Selbstvorwürfe. Es könnte Emily sein, die bedroht war, könnte Emily sein, die den Schutz am meisten brauchte. Doch was hatte er getan? Ein Buch gelesen.

Er fand sie auf dem Flur an der Wohnzimmertür. Sie sah sich um, das Gesicht vor Anspannung verkniffen, und bedeutete ihm, leise zu sein. Dann preßte sie das Ohr wieder an die Tür. »Und jetzt ist es still«, klagte sie. »Nichts zu hören.«

»Ist das meine Schuld?« fragte Robert.

»Wie alles.«

Er nahm sie in die Arme. Sie erlaubte ihm, sie zu küssen, dann stieß sie ihn weg. »Hast du wieder in diesem Buch gelesen?« fragte sie.

»Dazu braucht man kein Buch, Emily.«

»Ach, wirklich?«

»Es ist nicht die Poesie, die mich lehrt, dich zu lieben, sondern allein die Natur.«

»Dann lernen wir schnell von ihr, nicht wahr?«

»Das müssen wir auch.«

»Warum?«

»Weil wir nicht mehr lange Kinder sind. Wir müssen bald heiraten.«

»Du hast mich noch nicht einmal gefragt, ob ich deine Frau werden will.«

»Dann frage ich dich jetzt.«

Emily lächelte. Sie ließ sich ein zweites Mal küssen. »Und doch ...«, murmelte sie plötzlich. Robert spürte, wie sie sich in seinen Armen steif machte. Sie hob den Kopf, und er sah eine böse Vorahnung in ihren Augen. »Und wenn wir niemals heiraten sollen?« flüsterte sie.

»Warum fragst du das?«

»Wegen dem, was ich gehört habe.« Sie zeigte auf die Wohnzimmertür und bückte sich wieder dicht davor. Nach einer Weile runzelte sie die Stirn und schüttelte den Kopf. »Noch immer nichts.«

»Aber was hast du vorhin gehört?« Robert packte sie bei den Armen und zog sie hoch. »Sag es mir, Emily. Was hast du gehört?«

»Es war meine Mutter«, flüsterte sie, »die mit deiner Mutter sprach. Über die Soldaten und warum wir alle drinnen bleiben müssen.«

»Weiter! Du tust so geheimnisvoll. Verrate mir, was du meinst.«

Emily nahm seinen Arm und führte ihn den Gang hinunter. »Mein Vater«, flüsterte sie, nachdem sie sich auf die Treppe gesetzt hatte. »Er ist in Gefahr – er ist von dem Fremden in Wolverton Hall bedroht worden.«

»Faustus?«

Emily nickte. »Der bleiche Mann mit dem schwarzen Bart. Gestern ritt er über die Felder meines Vaters. Er hielt mitten unter den Tagelöhnern an und gab ihnen Gold, damit sie für ihn arbeiten. Mein Vater ritt zu ihm hin, um sich zu beschweren. Aber Faustus lachte nur und spie ihm ins Gesicht.«

»Die Männer deines Vaters hätten ihn verprügeln sollen.«

»Männer? Was für Männer? Du begreifst nicht, Robert – mein Vater hat keine Männer, sie sind alle weggekauft worden. Und selbst diejenigen, die sahen, was Faustus tat, die an jenem Tag gerade erst in Dienst genommen worden waren, kamen meinem Vater nicht zu Hilfe. Vielmehr liefen sie zu ihm und hielten seine Arme fest, so daß er die Beleidigung nicht rächen konnte, denn er konnte sich nicht aus dem Sattel schwingen. Darauf verspottete Faustus ihn und nannte ihn einen Verräter, weil er Sir Charles am Ende des Krieges im Stich gelassen habe. Faustus sagte, er würde sehr bald für seine Treulosigkeit bestraft werden, denn die Zeit der Abrechnung sei nahe, und es seien viele Rechnungen offen.« Emily schwieg und biß sich auf die Lippe. »Das habe ich gehört«, fuhr sie endlich fort. »Und deshalb habe ich Angst bekommen.«

Robert drückte sie fest an sich. »Was glaubst du, was passieren könnte?«

Sie hob ratlos die Schultern.

»Ich schwöre«, flüsterte er, »was uns auch widerfahren mag, was auch geschehen mag, wir werden uns nie trennen.«

Sie begegnete seinem Blick. Ihre Augen wirkten plötzlich sehr ernst und tief. Robert wartete, daß sie blinzelte, aber es war, als wäre ihr Ausdruck gefroren und würde sich nie mehr ändern. »Ich glaube dir«, sagte sie schließlich. Sie drückte seine Hand. »Aber du darfst nie vergessen, Robert, was du mir eben versprochen hast. Denn ich vergesse es nie.«

Dann sprang sie auf.

Robert trat neben sie. Zusammen schauten sie zur Diele. Robert hörte den dumpfen Tritt von Stiefeln, die sich draußen auf dem Pfad näherten; sie hielten inne, dann klopfte es an die Tür.

Noch bevor das Mädchen erschienen war, tauchte Lady Vaughan mit Mrs. Foxe aus dem Wohnzimmer auf, um sich zu Robert und ihrer Tochter auf dem Korridor zu gesellen. Lady Vaughan sah dem Mädchen nervös entgegen.

Es klopfte zum zweitenmal. »Dann mach auf, Sarah«, sagte sie. »Wir wollen sehen, wer unser Besucher ist.« Das Mädchen knickste; während sie den Riegel zurückzog und die Tür öffnete, trat Lady Vaughan vor.

Es verging eine Weile, bis sie sprechen konnte. »Wachtmeister Everard«, flüsterte sie schließlich.

Er stand in der Tür, außerordentlich bleich, mit einem Ausdruck unsäglichen Grauens im Gesicht.

»Samuel.« Mrs. Foxe war mit zwei Schritten bei ihm, nahm seinen Arm und zog ihn herein. »Es ist etwas geschehen.« Sie schluckte. »Bitte, Samuel – sagt uns, was.«

Wachtmeister Everard ließ sich ins Haus führen.

»Mein Mann, nicht wahr?« fragte Lady Vaughan nach einer Pause.

»Madam ...« Wachtmeister Everard wandte sich ihr zu und senkte den Kopf. »Es tut mir sehr leid.«

»Ja, dann ... also ...« Sie lehnte sich einen Augenblick an die Wand. Dann strich sie ihr Haar zurück, streckte die Hand nach Emily aus, um ihrer Tochter die Tränen von den Wangen zu wischen. Emily begann leise zu schluchzen. Lady Vaughan wiegte sie hin und her, während sie selbst ins Leere starrte. Schließlich wandte sie sich wieder Wachtmeister Everard zu. »Wo ist es geschehen?« fragte sie.

»Old Sarum, Madam. In dem Wald, der den äußeren Ring umgibt.«

Lady Vaughan blickte Mrs. Foxe an. »Wie Euer Mann vorausgesagt hat. Und in gleicher Weise, Wachtmeister, wie in den beiden früheren Fällen?«

»Jawohl, Madam.«

»Ich würde ihn gern sehen.«

»Man hat mich geschickt, um Euch dorthin zu bringen.«

»Was, ist sein Leichnam noch nicht hergebracht worden?«

»Der Hauptmann wollte ihn liegenlassen, wo er gefunden wurde. Er glaubt ... der Ort ... könnte bedeutsam sein.«

Mrs. Foxe nickte. »Ja«, sagte sie leise. »Auch dies, wie er es oft vorausgesagt hat.«

Wachtmeister Everard wies auf die Tür. »Kommt, wir müssen sofort los«, sagte er wie betäubt. »Wir alle. Ich habe zwei Soldaten draußen, die neben uns reiten.« Er zitterte. »Denn keiner von uns, meine ich, sollte an diesem Tag allein sein.«

Sie legten den Weg praktisch schweigend zurück. Mitunter erstickte Emily fast an ihrem Schluchzen, und Lady Vaughan flüsterte ihr dann tröstende Worte ins Ohr. Aber davon abgesehen, wurde kein Wort ausgesprochen oder gewechselt. Sogar die Milizsoldaten saßen wie aus Eis gemeißelt im Sattel, und Robert fürchtete sich vor dem Gedanken an die Greueltaten, die an Sir Henry verübt worden sein mußten, denn die Augen der Soldaten waren so glasig wie die ihres Wachtmeisters, ihre Gesichter wie seines verzerrt vor Ekel. Bald war Old Sarum von der Straße aus zu sehen, und je näher es aufragte, desto größer wurde Roberts Angst. Über dem Gipfel, wo die Burg gestanden hatte, sah er zwei Raben kreisen, und ihm fiel ein, wie die Vögel in Scharen über Clearbury Ring geflogen waren. Und doch wurde ihm klar, daß ihn in Wahrheit nicht kümmerte, was geschehen war, daß ihn nicht kümmerte, daß Sir Henry tot war – denn es war nicht Emily. *Es war nicht Emily.* Dieser Gedanke pochte wie Blut unaufhörlich in seinen Ohren, und da er keine Scham über solche Selbstsucht empfinden konnte, vermerkte er sie als Zeichen seiner Liebe.

Vor den Bäumen, die sich bis hinauf zu Old Sarums äußerem Ring zogen, zügelte Wachtmeister Everard endlich sein Pferd. Er zeigte in den Wald hinein. »Ihr seht, Madam, wo die Bäume allmählich am Wall der Festung hinaufsteigen ...«

Lady Vaughan senkte den Kopf. »Ich sehe es.« Sie drehte sich nach Emily um. »Komm, mein Schatz«, flüsterte sie. »Wir wollen den schlimmen Anblick nicht aufschieben.« Sie saß ab, nahm ihre Tochter an der Hand und begann langsam, den Wald zu durchqueren. Wachtmeister Everard gab seinen Männern ein Zeichen; sie saßen ab wie Lady Vaughan zuvor und liefen ihr nach in den Wald. Der Wachtmeister wandte sich an Mrs. Foxe. »Kommt«, sagte er, »dies ist ein übler Ort. Wir sollten hier nicht verweilen.«

Mrs. Foxe sah ihn überrascht an. »Aber, Samuel, sollte ich nicht Lady Vaughan folgen, damit ich sie in ihrem Leid trösten kann?«

»Nein, Madam. Der Hauptmann wacht bei der Leiche und wird der Witwe Trost bieten, aber Ihr und Euer Sohn – Ihr solltet nicht sehen, was dort in der Dunkelheit liegt, denn man kann es nicht ertragen. Bitte.« Er gab seinem Pferd die Sporen. »Fliehen wir den Schatten dieser Bäume.«

Der Wachtmeister ritt mit ihnen, bis der Wald hinter ihnen lag und Salisbury im Tal unten zu sehen war. Dann drehte er sich im Sattel um und zeigte hinauf zum Wall von Old Sarum, wo er über den Bäumen auftauchte. Gestalten in der Uniform der Milizsoldaten waren dort zu sehen. »Wartet dort auf Euren Gatten, Madam.« Er verneigte sich. »Lebt wohl.« Dann warf er sein Pferd herum und galoppierte den Pfad entlang fort.

Robert folgte seiner Mutter den Hügel hinauf zum Gipfel von Old Sarum. Er kniff die Augen zusammen und starrte auf die Milizsoldaten auf dem Wall. Dann plötzlich schrak er auf und griff nach dem Arm seiner Mutter. »Ist das nicht Vater?« fragte er. »Der dort herunterkommt?«

Mrs. Foxe schaute hin. Einen Augenblick saß sie reglos, dann trieb sie ihr Pferd an, denn sie konnte die Rufe ihres Mannes hören – wie verzweifelt sie klangen, als er auf sie zugerannt kam, den Wall hinab und über das offene Feld. »Was macht ihr hier?« schrie er. »Alle beide, was habt ihr an diesem Ort zu suchen?«

Mrs. Foxe schwang sich vom Sattel und lief in seine Arme. »Wir waren nicht in Gefahr«, sagte sie atemlos, »denn wir wurden von Wachtmeister Everard hergebracht.«

Hauptmann Foxe starrte sie bestürzt an. »Aber Wachtmeister Everard wird seit Tagesanbruch vermißt, er und die ganze Patrouille, alle bis auf einen, der gerade eben einige Meilen von hier mit eingeschlagenem Schädel aufgefunden worden ist.«

»Aber... aber... Samuels Patrouille war bei uns. Sie brachten uns her, um Sir Henrys Leichnam zu sehen.«

»Sir Henry ist kein Leichnam.« Hauptmann Foxe zeigte zum Wall. »Seht, dort geht und atmet er, ein lebender Mensch.«

Mrs. Foxe schüttelte stumm den Kopf. Sie versuchte zu sprechen, aber Entsetzen schnürte ihr die Worte ab.

»Lady Vaughan«, stieß Robert hervor. »Sie und Emily sind im Wald. Dort haben wir sie zurückgelassen.«

Wie seine Frau brachte Hauptmann Foxe kein Wort heraus. Einen Augenblick lang konnte er Robert nur anstarren. Dann nahm er das Pferd seiner Frau, saß auf und trieb das Tier bis zum Äußersten an. Robert folgte ihm. Die Bedeutung dessen, was er gerade gesagt hatte, schien noch unwirklich; er konnte nicht glauben, daß Emily wirklich in Gefahr sein könnte – daß Emily tot sein könnte. Dann aber spürte er eine Übelkeit in sich aufsteigen und glaubte es doch. Er blickte voraus, wo sein Vater bereits den Gipfel des Hügels erreicht hatte und abgestiegen war. Hauptmann Foxe brüllte seinen Männern Befehle zu, und schon schwärmten die Reiter in den Wald aus. Robert folgte ihnen. Er lief in die Ruinen der Burg, stolperte einmal über einen grasbewachsenen Stein, dann über die Wurzel einer knorrigen Eibe, blieb aber nicht stehen, sondern taumelte weiter, bis er am Wall auf der anderen Seite durch den Matsch hinabrutschte, zu dem Wald hin, wo er Emily zuletzt lebend gesehen hatte und der ihn nun erwartete, drohend, dunkel und still.

Er eilte zwischen den Bäumen hindurch. Plötzlich wurde die Stille zerrissen. Robert hörte einen Schrei des Entsetzens, dann einen zweiten, beide vor ihm, und danach von allen Seiten den Lärm von Menschen, die durch das Unterholz

brachen und in der Richtung der Stimmen eilten. Undeutlich erkannte Robert seinen Vater durch die Äste und Schatten. Er folgte ihm. Dann schrak er zurück, als sie sich einer Lichtung näherten, wo zwei Männer über etwas auf dem Boden knieten. Die Soldaten schauten sich um, als Hauptmann Foxe auf sie zukam. Sie standen auf, und während sein Vater auf die Schneise trat, fühlte Robert seine Beine weich werden. Er kniete sich im Schmutz hin und zwang sich, wieder hinzuschauen. Lady Vaughan war kaum zu erkennen. Sie schwang im leisen Wind hin und her, da sie an den Knöcheln von einem Ast hing. Ihr nackter Leib war verstümmelt, der Bauch aufgeschlitzt. Sie hatte keine Augen mehr, und ihre Finger waren, wie bei dem ungeborenen Kind, nach hinten geknickt. Trotz der Brutalität des Angriffs und der Tatsache, daß es erst wenige Minuten zuvor geschehen sein konnte, war kaum Blut zu sehen – weder am Körper selbst noch auf dem Boden.
Hauptmann Foxe starrte ungläubig auf die Leiche. »Lieber Gott«, murmelte er, »nimm ihre sanfte Seele auf. Sie war eine edle Frau und eine teure Freundin.« Er löste seinen Umhang und bedeckte damit behutsam den nackten Leib. Dann wandte er sich an seine Männer. »Findet sie«, befahl er. »Wer auch immer das getan hat – ich will, daß sie alle gefunden werden.«

Während die Milizsoldaten ausschwärmten, drängte Robert sich an ihnen vorbei auf die Lichtung. Sofort fuhr Hauptmann Foxe herum, als rechnete er damit, überrumpelt zu werden. Sein Gesicht verfinsterte sich beim Anblick seines Sohnes. »Bist du mir nicht oft genug gefolgt, Robert«, fragte er bitter, »um zu wissen, was du wahrscheinlich auf meiner Spur findest?«

»Nein.« Robert zerrte seinen Vater am Arm. »Emily.«

»Emily?«

»Ja, du mußt ihnen sagen, sie sollen Emily suchen. Sie war

bei ihrer Mutter, und jetzt ist sie verschwunden.« Robert deutete verzweifelt auf den zertrampelten Matsch auf der Lichtung. »Wo ist sie?« rief er.

Hauptmann Foxe schloß einen Moment die Augen. Dann ergriff er die Hand seines Sohnes, und zusammen tauchten sie in die Dunkelheit der Bäume. Eine Weile lang hörten sie nichts als das Platschen der eigenen Füße im Matsch, bis der Hauptmann plötzlich die Hand hochhielt. »Still«, flüsterte er, und Robert blieb reglos stehen. Da hörte er es auch: ein klatschendes Geräusch, wie nasse Wäsche, die immer wieder auf einen Stein geschlagen wird. Langsam zog Hauptmann Foxe seinen Säbel. Dann kroch er durch den Schatten auf die Quelle des Geräusches zu.

Zwei Männer in Milizuniform hockten auf einem umgestürzten Baum. Sogar von hinten konnte Robert in ihnen die Begleiter von Lady Vaughan und Emily erkennen, die Wachtmeister Everard als Wachen in den Wald geschickt hatte.

»Angetreten, Reiter!« befahl Hauptmann Foxe.

Die beiden Männer regten sich und blickten sich um. Ihre Hände und Münder waren mit Blut beschmiert. In ihren Gesichtern stand allerdings der gleiche Ausdruck des Entsetzens wie zuvor, und ihre Augen waren genauso tot. Einer saugte an einem Brocken, den er in der Hand hielt, und einen Augenblick lang schienen seine Augen vor Gier aufzuleuchten. Der andere zerrte daran und saugte nun selbst, und als er mit den Lippen schmatzte, erkannte Robert das klatschende Geräusch wieder.

»Was ist mit euch geschehen«, rief Hauptmann Foxe entsetzt, »daß ihr auf die Stufe von wilden Tieren gesunken seid – nein, tiefer als wilde Tiere, auf die Stufe von Dämonen der Hölle?« Er trat vor die Männer und riß ihnen das blutige Mahl aus den Händen, schleuderte die blutverkrustete Masse auf die Erde, als habe er Gift angefaßt. Auf dem Boden vor den Männern sah Robert eine Suppe aus Organen und Blut, wie er sie oft in den Gossen der Höfe von Metzgern gesehen hatte. Dann wurde ihm klar, was der Unrat war, und er mußte sich übergeben und würgte und würgte, bis er glaubte, ohnmächtig zu werden. Aber er blieb bei Bewußtsein, und immer wenn er die Augen schloß und um Vergessen betete, sah er Emily vor sich und befürchtete, die Eingeweide gehörten vielleicht nicht allein Lady Vaughan.

Schließlich spie er den Geschmack des Erbrochenen aus und taumelte trotz der Rufe seines Vaters fort, denn er hielt es nicht mehr aus an diesem Ort, der solche Greuel gesehen und solche Verbrechen zugelassen hatte. Vor ihm schien der Wald heller zu werden, und gleich darauf sah er eine Straße. Er erkannte in ihr das Stück, auf dem er Emily zuletzt gesehen hatte, und so lief er darauf zu. Dann stolperte er und fiel in eine Brombeerhecke, aber er nahm die Dornenstiche kaum wahr. Als er sich umwandte, merkte er, daß er über den Körper eines Mädchens gefallen war. Wie im Fieber kroch er aus der Hecke. Der Körper trug Emilys Kleid. Als er sie auf den Rücken drehte, sah er, daß ihre Augen geschlossen und die blonden Locken mit Blut verklebt waren. Er berührte die Wunde. Sie war noch feucht, und dann, leise, aber unüberhörbar, stöhnte Emily. Robert starrte sie aufgeregt an. Er preßte sein Ohr an ihr Herz, denn er glaubte, er müsse sich getäuscht haben, aber nein, das Herz schlug, sie lebte noch. Er begann zu schluchzen. Er küßte sie, legte sich neben sie, preßte seine Wange an ihre, hielt ihre Wärme fest, als fürchtete er sich, sie könnte entweichen.

Hauptmann Foxe fand sie bald darauf. Er wandte sich wortlos ab und brachte Sir Henry. Der Vater kniete neben seiner Tochter, streichelte die verklebten Locken und weinte, halb vor Kummer, halb vor Erleichterung. Mit Roberts Hilfe hob er Emily behutsam auf und trug sie zur Straße, wohin man bereits die Leiche seiner Frau gebracht hatte, die dort kalt und todesstill lag.

Worin täglich mit der Wiedereinsetzung des Königs gerechnet wird

Emilys Kopfwunde war nicht tief, und das Mädchen erholte sich gut. Aber sie konnte Hauptmann Foxe kaum Auskunft geben. Sie erinnerte sich nur daran, wie sie mit ihrer Mutter in den Wald gegangen war und die Milizsoldaten herbeieilen gehört hatte. Das nächste sei ein plötzlicher Schlag auf den Kopf gewesen, und sie habe nichts mehr gesehen.

Auch waren die Milizsoldaten selbst keine Hilfe. Sie weigerten sich zu sprechen, und tatsächlich schien es Hauptmann Foxe, als hätten sie ihr Sprachvermögen überhaupt verloren. Sie saßen wortlos in ihren Zellen und regten sich nur, um wie Wölfe, die Blut wittern, nach den Gefängniswärtern zu schnuppern. Als Hauptmann Foxe sich selbst vor sie setzte, zeigten ihre Mienen keine Spur des Wiedererkennens, obwohl sie viele Jahre unter ihm gedient hatten. Statt dessen funkelten ihre Augen vor Hunger, und ihre Lippen wurden feucht und begannen zu schmatzen. Allein diese Verwandlung hätte Hauptmann Foxe schon davon überzeugt, daß seine Männer verhext worden waren, aber mit der Zeit begann auch ihr Fleisch zu verwesen, so daß von ihren Nasen nur der Knochen blieb, und ihre Haut nahm einen bleichen, madenhaften Schimmer an. Die Wärter sprachen von Aussatz, doch Hauptmann Foxe erinnerte sich an die wie Würmer sich windenden Kreaturen, die er in den Kellern von Wolverton Hall gesehen hatte, und wußte, was er vor sich hatte, wenn er seine Soldaten jetzt betrachtete. Sie waren des Mordes angeklagt und würden zweifellos gehängt werden. Doch sie waren einst gute, freundliche Männer gewesen, und Hauptmann Foxe vermochte einfach nicht an ihre Schuld zu glauben. Vielmehr sah er sie, je schneller es mit ihnen bergab ging, desto mehr selbst als Opfer, deren Schicksal noch schlimmer als Lady Vaughans Los war.

Sie wurden schuldig gesprochen und auf dem Marktplatz von Salisbury gehängt. Die Leichen warf man auf den Schindanger. Oberst Sexton war zufrieden. Am selben Tag, an dem seine Reiter hingerichtet wurden, läuteten in ganz Salisbury die Glocken, und man zündete Freudenfeuer an, denn es ging das Gerücht, das Parlament werde zusammentreten, um den König zurückzurufen. Die Menschen zeigten Bildnisse von Charles Stuart und tranken auf den Straßen in aller Offenheit auf seine Rückkehr. In einer solchen Zeit der Ungewißheit war die Ergreifung zweier gemeiner Mörder ein Triumph, auf den Oberst Sexton nicht verzichten wollte. Als Hauptmann Foxe ihn inständig bat, nicht zu glauben, der wahre Mörder sei gefunden worden, hörte der Oberst nicht auf ihn, und als Hauptmann Foxe um die Erlaubnis nachsuchte, seine eigenen Nachforschungen fortzusetzen, wurde diese kurzerhand verweigert.

Doch Hauptmann Foxe, der im Krieg für das Recht gekämpft hatte, nur dem eigenen Gewissen zu folgen, war nicht bereit, seinen inneren Drang zu mißachten. Er konnte seinen Reitern nicht befehlen, ihm bei der Suche nach dem Mörder beizustehen, aber er selbst hatte Zeit und Mr. Webbes Hilfe. Zusammen gingen sie daran, Augenzeugen aufzuspüren, die am Tag der Ermordung Lady Vaughans einen Reiter in schwarzem Umhang über die Straße von Old Sarum galoppieren gesehen hatten. Denjenigen, die das Gesicht des Reiters flüchtig erblickt hatten, zeigte Hauptmann Foxe Sir Charles' Porträt, und alle räumten ein, die Ähnlichkeit sei sehr groß. Nur in Woodton selbst erwies sich die Fährte als kalt, denn so gründlich Hauptmann Foxe sich auch erkundigte, konnte er dort niemanden finden, der sich erinnerte, den Mann in Schwarz gesehen zu haben. Er bestürmte jeden, von dem er glaubte, er hätte sich an jenem Tag vielleicht nahe Wolverton Hall aufgehalten, aber die Dorfbewohner blieben mürrisch und schweigsam, als verübelten sie ihm die Fragen. Und am Ende blieb ihm nichts anderes übrig, als die Suche aufzugeben.

Oft saß Hauptmann Foxe bei seiner Frau oder schaute Robert und Emily zu, die auf dem Hof spielten, und er fühlte sich der Verzweiflung nahe. Mehr denn je war er davon überzeugt, daß die Quelle des Bösen, das er jagte, in Wolverton Hall lag, nicht einmal eine halbe Meile von dem entfernt, was ihm auf der Welt am liebsten war. Dennoch konnte er die Bedrohung weder bloßstellen noch ihr etwas entgegensetzen. Während die Nachmittage länger wurden, als der Winter dem Frühjahr zu weichen begann, wuchs auch Hauptmann Foxes Furcht, wie eine bösartige Blüte, die mit jedem Tag dunkler wurde. Drei Morde waren begangen worden. Aber auf Mr. Aubreys Karte hatte er vier Denkmäler gezählt. Oft wachte Hauptmann Foxe mitten in der Nacht auf und bemerkte, daß er ihre Namen murmelte: Clearbury Ring, die Kathedrale, Old Sarum – und Stonehenge. Mindestens ein weiterer Mord – falls er ihn nicht verhindern konnte. Ein weiterer Mord – und ein weiteres Datum. »Der erste Mai«, hatte Mr. Aubrey geantwortet, als Hauptmann Foxe sich erkundigt hatte, welches das nächste Fest nach Mariä Lichtmeß sein könnte. »Beltane hieß er bei den Kelten, als man mächtige Feuer anzündete, um das Werden des Neuen aus dem Alten zu feiern, wenn lange toter Saft frisch in erstarrten Adern aufsteigt.«

»Leben aus Tod?« Hauptmann Foxe hatte die Stirn gerunzelt. »Darin kann gewiß nichts Böses liegen.«

Aber Mr. Aubrey hatte die Achseln gezuckt. »Dürfte das nicht vom Wesen des Dings abhängen, das aus seinem Grab erweckt wird?«

Hauptmann Foxe hatte auf diese Frage mit Schweigen geantwortet, aber ständig verfolgte ihn der Gedanke, welche Antwort man hätte geben können. Mit jedem Tag, der den ersten Mai näher brachte, brütete er dunklere Möglichkeiten aus, und seine Träume waren voller Phantasien. In einem sah er eine Gestalt neben seinem Bett stehen. Ihr Gesicht war sehr blaß, und die Augen schimmerten wie Mondlicht auf Eis. »Samuel?« flüsterte er. Doch Wachtmeister Everard antwortete nicht. »Samuel?« wiederholte Hauptmann Foxe. »Wir haben Euch gesucht, Samuel. Aber wir fanden Euch nicht. Wo seid Ihr gewesen?«

Es herrschte Stille. Als Wachtmeister Everard endlich zu sprechen begann, schien seine Stimme aus weiter Ferne zu kommen, als wäre sie bar allen Lebens. »Ich habe in der Erde gelegen«, flüsterte er, »wo sich Würmer von begrabenen Menschen nähren.«

»Was seid Ihr?«

»Tot, Sir, und doch nicht ganz.«

»Warum habt Ihr Lady Vaughan weggelockt?«

»Es mußte sein.« Seine Stimme war nun schwach wie ein abflauender Wind. »Alle sind von Blut, und alle müssen wieder zu Blut werden. Kein Entrinnen, Sir.« Er beugte sich tief über Hauptmann Foxes Brust. »Kein Entrinnen.« Er legte eine Hand auf die Stirn des Hauptmanns, die andere an seinen Hals. Mit einem Fingernagel zog er einen Schnitt über die Kehle.

Hauptmann Foxe spürte eine warme Feuchtigkeit aus der Wunde steigen. Er erschauerte ... und wachte auf. Vorsichtig berührte er die Stelle, die Wachtmeister Everard geritzt hatte. Die Feuchtigkeit war fort. Aber Mrs. Foxe, die durch seinen Alptraum geweckt worden war, sah, daß er an seine Kehle faßte, und bat ihn, die Hand wegzunehmen. »Da ist eine Linie«, sagte sie, »ein schmaler Striemen. Wie ist das gekommen? Was ist heute nacht geschehen?«

Hauptmann Foxe starrte sie an, antwortete aber nicht, sondern stieg aus dem Bett. Die Haustür stand offen, und er schaute hinaus. Nichts. Er nahm rasch einen Umhang, dann lief er den Pfad entlang, der durchs Dorf führte. Vor ihm, auf dem Kamm eines Hügels, ritt ein Reiter in Milizuniform. Er warf einen Blick zurück auf Hauptmann Foxe. Es schien Everard zu sein, es schien sein Gesicht zu sein… aber Hauptmann Foxe war sich nicht sicher. Ein Hahn krähte, und sofort begann der Reiter zu verblassen, als verginge er mit dem Licht der anbrechenden Dämmerung. Gleichzeitig waren Gelächter und laute Stimmen zu hören, und Jonas Brockman torkelte aus einem Haus auf die Straße, gefolgt von seinem Sohn Elijah und zwei anderen Männern. Elijah krümmte sich und übergab sich. Alle schienen stark betrunken zu sein. Trotzdem grüßte Hauptmann Foxe sie, denn er kannte sie aus dem Dorf. Aber obwohl die Nachtschwärmer seinen Gruß hörten, starrten sie ihn mit unverhohlener Abneigung an und antworteten nicht. Dann stolperte einer von ihnen und verlor eine Geldbörse, aus der Goldmünzen fielen. Wieder brachen die vier in Gelächter aus. Sie machten keine Anstalten, die Münzen aufzusammeln, doch Hauptmann Foxe hatte nie zuvor solchen Reichtum gesehen, wie er jetzt glitzernd vor ihnen im Staub lag. Er erschauerte und blickte über die Schulter zu dem Hügel, hinter dem Wolverton Hall lag. Die Betrunkenen mußten seine Geste bemerkt haben, denn sie begannen ihn zu verhöhnen, und Jonas Brockman hob eine Münze auf und schleuderte sie nach seinem Kopf. Die Münze traf ihn, und die Stelle begann zu bluten; aber er ließ sich den Schmerz nicht anmerken. Statt dessen machte er kehrt und ging langsam zu seinem Haus zurück. Die Beleidigungen von Männern, die er seit vielen Jahren kannte, verfolgten ihn. Freilich hörte er kaum, was sie riefen. Denn über ihren Stimmen erklang wieder das Krähen des Hahns, und Hauptmann Foxe konnte nur daran denken, welcher Tag begonnen hätte, wenn der Hahn den nächsten Morgen begrüßte – Beltane, der erste Mai.

Ihm wurde klar, daß er keine andere Wahl hatte, als erneut Oberst Sexton gegenüberzutreten – um zu verlangen, daß etwas getan wurde, *irgend etwas*. Doch er konnte sich kaum dazu durchringen, nach Salisbury aufzubrechen. Verzweifelt drückte er seine Frau und seinen Sohn an sich, als wolle er sie nie mehr loslassen, und als er dann endlich in Salisbury eintraf, ging er nicht sofort zu Oberst Sexton, sondern suchte erst Mr. Webbe auf. Hauptmann Foxe traf ihn predigend an, auf einem fast leeren Platz, wo er seine Zuhörer praktisch auf den Knien anflehte, Charles Stuarts Rückkehr nicht zuzulassen. Aber sein Publikum lachte nur, und einer brachte einen Trinkspruch auf den König aus. Dieser wurde herzlich aufgenommen, und Mr. Webbe stieg seufzend von seiner Kiste. »Wie ein Hund wieder frißt, was er gespien hat«, seufzte er, »so kriechen wir zurück in die Knechtschaft des Königtums. Seht, John« – er zeigte über den Platz –, »wie die Kavaliere zurückkehren und offen auf den Straßen spazieren. Das Gottesreich der Armen, so scheint es, soll in England noch nicht errichtet werden.«

»Dann müßt Ihr diejenigen retten, die noch gerettet werden können.«

»Wie meint Ihr das?«

Hauptmann Foxe erklärte es, und Mr. Webbe willigte sofort ein, alles Menschenmögliche zu tun, um Mrs. Foxe, Robert und die Vaughans zu schützen. Er brach sofort auf, und während Hauptmann Foxe den Marktplatz überquerte, glaubte er allmählich wieder, daß Gott ihn doch noch nicht verlassen habe. Auch wurden seine Hoffnungen von Oberst Sexton nicht zerstört, obwohl er das Rathaus in heillosem Durcheinander und den Oberst selbst in verzweifeltem Zustand vorfand. Hauptmann Foxes Bitte um Männer wurde mit Hohngelächter beantwortet. »Ihr dürft nehmen, wen

Ihr wollt, John«, sagte der Oberst, »und nehmt sie, solange es noch geht, denn ich werde nicht mehr lange auf diesem Platz sitzen.«

»Das sagt Ihr nun schon seit Monaten, und doch sitzt Ihr immer noch da.«

»Das Ende naht jetzt allerdings schnell.« Oberst Sexton zog eine Grimasse und beugte sich vor. »Ich weiß aus glaubwürdiger Quelle, daß das Parlament morgen für die Wiedereinsetzung des Königs stimmen wird.«

»Um so mehr Grund also, warum ich meine Soldaten bekommen sollte, damit ich erreichen kann, was noch geleistet werden muß, solange Ihr noch das Kommando habt.« Hauptmann Foxe salutierte. »Ich werde morgen zurück sein, Sir, am ersten Mai, sehr früh, vor Anbruch der Dämmerung.«

Er ritt heim nach Woodton. Die Dorfstraßen lagen leer, und alles war ruhig, doch es schien eine Stille voll böser Vorahnungen zu sein, etwa wie sie einem Sturm vorausgeht, nicht die Ruhe eines heiteren Sommerabends. Denn aus dunklen Türöffnungen funkelten Augen, und als Hauptmann Foxe vorbeiritt, beobachteten und verfolgten sie ihn. Als Hauptmann Foxe an Sir Henrys Gut vorbeikam, bog er ein, um seinen Freund vor den vielleicht bevorstehenden Prüfungen zu warnen. Doch Sir Henry schien keine Warnungen nötig zu haben, denn er wirkte bereits unruhig und aufgeregt und konnte seinem Gefährten kaum in die Augen sehen. Hauptmann Foxe war jedoch nicht beleidigt, denn sein Freund schien seit dem Tod seiner Frau sehr verändert, und er zweifelte nicht daran, daß Emily, was auch immer geschehen mochte, von Sir Henry bis zu seinem letzten Blutstropfen beschützt würde. Er betete nur, daß solcher Schutz am Ende nicht nötig sein würde.

An jenem Abend speiste Hauptmann Foxe zeitig mit seiner Familie und Mr. Webbe, dann ging er zu Bett. Um drei wachte er auf. Er kleidete sich an, kniete dann vor seiner Frau und küßte sie auf die Stirn. Sie regte sich, wachte aber nicht auf, und so überließ er sie ihren Träumen – sie und Robert, vor dessen Bett er ebenfalls kniete, um ihn zum Abschied zu küssen. Das Gefühl des Kusses schien, während er davonritt, auf seinen Lippen zu verweilen. Aber er versuchte, nicht zuviel an seine Familie zu denken. Am besten würde er ihnen dienen können, wenn er sie weit aus seinen Gedanken verbannte. Er durfte sich auf keinen Fall ablenken lassen: Bald würde der erste Mai anbrechen.

Er ritt schnell nach Salisbury, wo seine Leute ihn am Rathaus treffen sollten. Er würde ihnen genaue Anweisungen geben und sie dann rechtzeitig zum Tagesanbruch nach Stonehenge führen. Es durfte keine Verzögerung geben. Wer wußte, wann der Mörder zuschlagen würde? Hauptmann Foxe dachte an das, was der Oberst ihm am Vortag mitgeteilt hatte, daß nämlich der König förmlich zur Rückkehr aufgefordert werden sollte, und er fragte sich, ob er sich nicht vielleicht auf seine letzte Patrouille vorbereitete. Wenn es die letzte sein soll, betete er, so möge sie von Erfolg gekrönt sein. Er gab seinem Pferd die Sporen. Nun konnte er den Turm der Kathedrale sehen, dunkel vor dem heller werdenden Blau des Himmels. Er war fast am Ziel, doch ritt er noch schärfer zu. Gerade an diesem Tag durfte er sich nicht verspäten.

Aber als er sich dem Stadttor näherte, lenkte er sein Pferd plötzlich zur Seite. Er hatte drei Soldaten gesehen, und ein Instinkt, ein plötzliches Frösteln im Blut, warnte ihn vor einer Gefahr. Langsam ritt er weiter, nicht auf der Straße, sondern im Schatten anstoßender Gebäude, bis das Stadttor vor ihm lag und er die Soldaten deutlich sehen konnte. Alle drei trugen die Uniform der Milizsoldaten. Zwei hatten Kapuzen auf, aber der dritte war ohne Kopfbedeckung, und noch ehe er sich umdrehte, wußte Hauptmann Foxe, wer es war. Wachtmeister Everard hatte sich verändert, aber obwohl sein Fleisch verfiel und die Augen tot wirkten, war diesmal kein Irrtum möglich. Als er ihn da in Uniform sah, als Wache am Tor, fragte sich Hauptmann Foxe, wieso er nicht gefangengenommen worden war, denn er war ein eindeutiger Komplize bei der Ermordung von Lady Vaughan gewesen. Jeder Soldat hätte ihn verhaften können. Jeder Soldat. Hauptmann Foxe dachte an seine Patrouille, die am Rathaus auf ihn wartete, und ihm war klar, daß er sie erreichen mußte, ohne gesehen zu werden.

Er ritt bis zum Fluß hinunter, galoppierte dann am Ufer entlang und hinauf in die Straßen der noch schlafenden Stadt. Die Hufe seines Pferds klapperten laut auf dem Kopfsteinpflaster, kündigten seine Ankunft am Rathaus an und scheuchten die Tauben auf, als er über den Platz ritt. Niemand schien auf ihn zu warten. Er rief laut und stieg dann vom Pferd. Noch immer kein Zeichen seiner Patrouille, und so eilte er die Treppe hinauf. An der Tür blieb er stehen. Fast ohne nachzudenken, zog er den Säbel.

»Steckt Eure Waffe ein.«

Die Stimme kam aus dem Schatten, so eisig, wie sie zuvor in der Bibliothek von Wolverton Hall geklungen hatte.

»Faustus.« Hauptmann Foxe trat auf ihn zu. »Ihr wagt es, hierher zu kommen.«

Faustus lächelte und entblößte seine Zähne, die wie eine weiße Wunde über der Schwärze seines Bartes aussahen. »Dasselbe könnte ich von Euch sagen, Hauptmann«, flüsterte er. Er hielt eine Schriftrolle hoch. »Habt Ihr das nicht gelesen?«

»Was ist das?«

»Ein Haftbefehl gegen Euch.«

»Treibt kein Spiel mit mir, Faustus. Ihr müßt mich für einen Narren halten. Ihr meint, ich würde glauben, daß mein eigener Kommandant so einen Wisch unterschreibt?«

»Ihr sprecht vermutlich von Oberst Sexton?« Faustus setzte eine bedauernde Miene auf. »Leider ist er hier nicht mehr der Kommandant. Es gibt einen neuen Obersten; er hat den Haftbefehl erlassen. Ihr seid als Verräter zu ergreifen – als Verräter am König.«

Hauptmann Foxe nahm das Papier, zerriß es und schleuderte es Faustus ins Gesicht. Als er sich umwandte und die Treppe hinunterrannte, hörte er Faustus hinter sich und dann das Geräusch, wie kalter Stahl gezogen wurde. Er warf sich herum, gerade rechtzeitig, um einen Stoß abzuwehren und mit einem eigenen Hieb zu beantworten. Faustus schrie auf, als Blut austrat; er rief laut um Hilfe, aber Hauptmann Foxe war wieder über ihm, schlug ihm die Waffe aus der Hand und verletzte ihn mit einem zweiten Hieb an der Seite. Blut strömte aus der Wunde, und Faustus fiel zu Boden. Aber obwohl Hauptmann Foxe wußte, daß der Hieb nicht tödlich war, schlug er nicht noch einmal zu. Du sollst nicht töten: Selbst jetzt achtete er das Gebot und war es zufrieden, seinen Widersacher bloß außer Gefecht gesetzt zu haben. Er steckte den Säbel in die Scheide und band sein Pferd los. Dann saß er auf, warf das Pferd herum und preschte davon.

Von der anderen Seite des Platzes hatte er Reiter auf sich zukommen sehen. Aber er hatte einen guten Vorsprung, und für eine Weile konnte er sie in dem Gewirr der Gassen hinter dem Rathaus abschütteln. Aber er wußte, daß sie, wenn er die Stadt erst verließ und ins Freie reiten mußte, wieder hinter ihm her sein würden. Deshalb legte er im Hof eines Wirtshauses abseits der St. Catherine's Street eine Pause ein, um sich einen Fluchtweg zurechtzulegen. Er hatte gesehen, daß das Nordtor bewacht wurde. Seine Verfolger würden gewiß damit rechnen, daß er diese Richtung nähme, zur Straße nach Woodton und seiner Familie. Aber im Süden der Stadt gab es keine Mauer, und auf den Straßen dort würde bald rege morgendliche Betriebsamkeit herrschen – diesen Weg, so entschied er, würde er einschlagen. Später, wenn er seine Verfolger abgeschüttelt hätte, könnte er nach Norden schwenken und vor Einbruch der Nacht Woodton erreichen. Denn er glaubte nicht, daß im hellen Licht des Tages viel Unheil angerichtet werden könnte.

Salisbury erwachte allmählich. Vorsichtig ritt Hauptmann Foxe aus dem Hof des Wirtshauses heraus und mischte sich unter die zahlreichen Menschen, die durch die Straßen hasteten. Er ritt an der Kathedrale vorbei, ohne gesehen zu werden, dann über den Fluß und hinaus ins offene Feld. Der Weg vor ihm war leer; er wand sich einen Hügel hinauf, und Hauptmann Foxe wußte, daß er wahrscheinlich in Sicherheit wäre, wenn er nur den Kamm erreichen könnte, ohne entdeckt zu werden. Er zwang sich, langsam zu reiten und mit gebeugtem Rücken, damit man ihn für einen Kaufmann oder Reisenden hielt. Dann, als er am höchsten Punkt angelangt war, blickte er zurück nach Salisbury. Er wartete mehrere Minuten, aber niemand schien ihm zu folgen, und er wagte zu hoffen, daß er entkommen war. Daraufhin kehrte er auf die Straße zurück und ritt so schnell, wie es sein müdes Pferd vermochte.

So legte er mehrere Meilen zurück und bemerkte plötzlich, daß er sich an der Abzweigung nach Broadchalke befand. Er hielt inne, um zu überlegen, ob er diesen Weg einschlagen sollte, als er hinter sich fernen Hufschlag hörte. Er schaute sich um: Über der Straße von Salisbury stieg Staub auf, und die Wolke kam immer näher. Hastig saß Hauptmann Foxe ab und führte sein Pferd eine Böschung hinauf in eine dichte Baumgruppe. Er versteckte sich sorgfältig und spähte durch einen Schleier aus Ästen und Blättern auf die Abzweigung. Lange brauchte er nicht zu warten. Drei Reiter näherten sich der Abzweigung, wo sie die Pferde zügelten und sich umschauten. Zwei waren in Kapuzenmäntel gehüllt, der dritte, ohne Kopfbedeckung, war Wachtmeister Everard.

Er schnupperte. Hauptmann Foxe duckte sich noch tiefer und betete, sein Pferd möge nicht plötzlich wiehern oder sich rühren. Einen Augenblick lang glaubte er, entdeckt worden zu sein, denn die Reiter schienen alle auf ihn zu starren. Doch dann rief Wachtmeister Everard etwas und setzte den Weg auf der Straße von Salisbury fort. Einer der beiden Reiter mit Kapuze begleitete ihn, der andere schlug den Weg nach Broadchalke ein. Hauptmann Foxe sah ihnen hinterher und wartete, bis alles wieder still war. Dann führte er sein Pferd langsam aus den Bäumen heraus. Er schwang sich wieder in den Sattel und bog wie der zweite Reiter von der Straße von Salisbury ab.

Der Weg vor ihm war nun viel schmaler und wand sich durch dichten Wald. Hauptmann Foxe ritt vorsichtig, denn er wollte nicht überrumpelt werden. Aber über mehrere Meilen begegnete ihm niemand, und erst als er sich Broadchalke näherte, ritt er langsamer und hielt an, um den Säbel zu ziehen. Denn vor sich hatte er etwas auf der Straße liegen sehen. Er trieb sein Pferd wieder vorwärts, und als er näher an den Gegenstand kam, sah er, daß er mit einem Umhang bedeckt war. Als er sich aus dem Sattel beugte, um ihn genauer zu betrachten, erkannte er den Umhang sofort an der Kapuze, die zur Uniform eines Milizsoldaten gehörte, die gleiche, die der Mann, dem er folgte, über den Kopf gezogen hatte. Hauptmann Foxe hob den Umhang vorsichtig mit der Säbelspitze an. Er war schwer, und Foxe merkte, daß er mit Blut getränkt war. Mit einem Ruf des Ekels schleuderte er ihn beiseite und hielt sofort die Hand vor den Mund, weil er glaubte, er müsse sich übergeben. Er atmete tief ein, und doch mußte er sich anstrengen, um nicht vom Pferd zu fallen, sondern ordentlich abzusitzen.

Ein Kind war ermordet worden, nicht älter als dreizehn Jahre – Roberts Alter, dachte Hauptmann Foxe, während er die noch warme Wange des Jungen streichelte. Und sofort spürte er, vermischt mit seinem Erbarmen, einen großen Zorn, der in ihm aufstieg wie eine Feuerwand. Denn er wußte, daß der Junge nur getötet worden war, damit sein Gegner ihn neben der Leiche überraschen und dann sein Blut vergießen könnte, wie das Blut des Jungen und so vieler unschuldiger Menschen vergossen worden war. Hauptmann Foxe war der Verzweiflung nahe, während ihm die Welt dunkel erschien, dunkel unter der Flut dieses Gemetzels, die Menschen nicht besser als Ungeheuer der Tiefe, dem Licht und Gottes Liebe auf immer verloren. Er wandte sich um ... und sah, wie er es geahnt hatte, seinen Feind hinter sich. Der Atem der Kreatur stank nach Grab. Seine Augen traten tot aus nackten Höhlen hervor, das Fleisch über seinem Schädel schien nichts als Schleim aus Erde und Blut zu sein. Aber Hauptmann Foxe erkannte ihn dennoch. Er vergaß die Gesichter seiner Soldaten nie – und diesen hatte er zuletzt an einem Strick baumeln gesehen, gehängt wegen des Mordes an Lady Vaughan. »Lieber Gott«, flüsterte er, als er die weichen, klebrig-kalten Finger an seiner Kehle spürte. Aber sein Zorn flammte erneut auf und verlieh ihm Kraft. Er bekam einen Stein auf dem Weg zu fassen und schlug auf den Schädel der Kreatur ein. Er hörte den Knochen bersten, dann wurde er von einem Sprudel aus Blut und Eiter geblendet, als wäre der Kopf des Wesens bloß eine Beule voller Fäulnis gewesen. Hauptmann Foxe wischte sich das Zeug aus den Augen. Das Wesen regte sich noch, langte blind nach ihm, hungrig auf Blut. Der Hauptmann hob den Säbel, und ihm wurde bewußt, daß er inzwischen schluchzte. Er schwang die Klinge nach unten, immer wieder. »Er wartete auf Rechtsspruch«, keuchte er durch seine Tränen, »siehe, da war Rechtsbruch, auf Gerechtigkeit, siehe, da war Geschrei über Schlechtigkeit.« Und auf einmal kam ein schriller Schrei, ein furchtbarer, unmenschlicher Laut, und Hauptmann Foxe bemerkte, daß seine Klinge das Herz der Kreatur durchbohrt hatte. Eine Fontäne aus Blut stieg auf und fiel und versiegte. Das Ding zuckte ein letztes Mal; dann lag es endlich reglos. Hauptmann Foxe kniete an seiner Seite. »O Herr«, flüsterte er. »O Herr, vergib uns allen.«

Eine schreckliche Müdigkeit überkam ihn nun, so daß er, als er Mr. Aubreys Haus erreichte, kaum erklären konnte, was geschehen war. Mr. Aubrey führte ihn zu einer Couch, und Hauptmann Foxe legte sich hin, um wieder zu Atem zu kommen. Aber er schien nicht mehr Herr über seine Augen und schlief sofort ein. Als er jäh wieder aufwachte, wußte er, daß es spät war. Er ging durchs Zimmer zu einer offenen Tür. In der Luft lag Kühle, und die Sonne stand bereits tief im Westen.

Er hörte Schritte hinter sich und drehte sich zu Mr. Aubrey um. »Ich muß auf der Stelle fort«, sagte er.

Mr. Aubrey schüttelte den Kopf. »Sie werden Euch finden.«

»Dann sind sie hier gewesen? Noch immer hinter mir her?«

»Vor kaum zwei Stunden.«

»Und niemand hat mich verraten ...«

Mr. Aubrey sah ihn erstaunt an. »Warum hätten sie das tun sollen?« Er trat einen Schritt vor und senkte die Stimme. »Man hat Euch gesehen, Hauptmann, Euren Kampf gegen ... gegen den Mörder des Jungen. Niemand hier wird Euch verraten. Dafür ist die Schuld der Dankbarkeit viel zu hoch.«

»Dann ist die menschliche Nächstenliebe noch nicht ganz

tot, und ich tat der Welt Unrecht, als ich diesen Gedanken hegte.« Hauptmann Foxe ging hinüber zu einem Schreibtisch. »Ich möchte, daß Ihr etwas für mich niederschreibt, Sir«, bat er, »wenn Ihr die Geduld habt.«

Mr. Aubrey nickte. »Selbstverständlich, Hauptmann. Sagt mir nur, was ich schreiben soll.«

»Ich möchte meinem Sohn einen wahren Bericht all dessen geben, was geschehen ist, damit er mit dem Wissen, das ich erlangt habe, gerüstet und rechtzeitig gewarnt ist.«

»Könnt Ihr es ihm nicht selbst berichten?«

»Ich habe ...« Hauptmann Foxe verstummte und senkte den Kopf. »Ich habe eine sonderbare Vorahnung in mir«, begann er aufs neue, »daß ich ihn nicht wiedersehen werde. Sollte es sich als wahr erweisen, möchte ich ihn wissen lassen, für welche gute Sache ich starb und daß es nicht völlig vergebens war, denn nichts widerfährt uns auf dieser Welt, das nicht von Gott gesegnet wird. Ich liebe ihn, Mr. Aubrey, und ich möchte ihn belehren, als wäre es mit meinem letzten Atemzug, so gut ich kann – daß selbst in dieser dunklen Welt die Lehre der Hoffnung in uns ausharrt.«

Mr. Aubrey nickte. Er griff nach Feder und Tintenfaß und begann, nach Hauptmann Foxes Diktat zu schreiben. Als er fertig war, reichte er das Bündel Papiere über das Pult, aber Hauptmann Foxe wollte es nicht annehmen und gab es zurück. »Bei Euch sind sie besser aufgehoben«, sagte er. »Versprecht mir, Sir, daß Ihr die Papiere im Fall meines Todes meinem Sohn aushändigt.« Das Versprechen wurde gegeben, und Hauptmann Foxe nahm es mit einem schlichten Wort des Danks entgegen. Dann wandte er sich ab. »Ich muß jetzt aufbrechen.«

»Aber wenn Ihr Euch in Gefahr wißt«, fragte Mr. Aubrey, »warum setzt Ihr Euer Leben so aufs Spiel?«

»Gerade heute nacht«, antwortete Hauptmann Foxe, »und trotz meiner bösen Vorahnung möchte ich meine

Familie nicht allein lassen.« Er blickte nach der Sonne. »Und seht«, murmelte er, »es wird schon spät.«

Worin eine Reise über Salisbury Plain unternommen wird

Hauptmann Foxe verließ Broadchalke nicht auf der Straße nach Salisbury. Vielmehr ritt er an der nördlichen Seite des Tals hinauf, bis er den Kreideweg über die Höhen erreicht hatte. Dort hielt er inne und bewunderte eine Weile die Schönheit der Landschaft, die sich vor ihm weit ausbreitete: die Wälder und Hügel, die Dörfer und Felder, von den Farben der Abendsonne übergossen, und alles friedlich, so friedlich, daß sich nichts regte als die Schafe, die das Gras abweideten, und die dünnen Rauchfahnen, die von weit entfernten Herden aufstiegen. Wie ich in dieses Land geboren wurde, dachte Hauptmann Foxe, so werde ich als Staub dorthin zurückkehren. Wo liegt dann der Triumph des Bösen, auch wenn ich verdammt sein sollte, heute nacht zu sterben?

Doch da drängte sich ein Bild seiner Familie in seine Gedanken, und er fühlte seinen Zorn zurückkehren. Er gab seinem Pferd die Sporen und hielt nicht mehr an, denn bis Sonnenuntergang hatte er noch einen weiten Weg vor sich.

Trotzdem ritt er nicht allzu schnell, denn er wollte sein Pferd nicht zu früh ermüden. Er wußte, daß er den letzten Abschnitt des Weges vielleicht in vollstem Galopp würde reiten müssen. Auf dem Höhenweg begegnete er niemandem, und auch als er sich wieder ins Tal wagte, wurde er nicht gesehen, denn es gab viele Bäume entlang den Wasserläufen, und die Dörfer und Städte konnte er umgehen. Erst als die Straße wieder anstieg, fühlte er sich allmählich ausgeliefert, denn die Wälder wurden hier lichter, und vor ihm dehnte sich, verlassen und kahl, die weite Ebene Salisbury Plain.

Bald hatte er die letzten Bäume hinter sich gelassen, und als er auf das grasbewachsene wellige Land kam, ließ er sein Pferd die Sporen spüren.

Auf den ersten Meilen blickte er nicht zurück, denn selbst an einem so milden Tag fegte der Wind über die Ebene, und erst als die Brise abflaute, hörte Hauptmann Foxe die ersten Hufschläge. Er schaute sich um und entdeckte drei Reiter, schwarze Silhouetten auf einem fernen Höhenzug, deren Umhänge wie Krähenflügel flatterten. Er grub die Sporen noch fester in die Flanken seines Pferdes, aber er spürte, wie das Tier ermüdete, und wußte, daß es knapp würde. Wieder blickte er zurück. Er hatte die Reiter nicht abschütteln können, aber auch die Verfolger hatten keinen Boden gutgemacht. Hauptmann Foxe lächelte grimmig. Dann schwenkte er von der Straße ab und begann, über das offene Land zu galoppieren.

Das Gras war holpriger als der Weg, aber der Hauptmann war ein erfahrener Reiter und das Reiten auf der Ebene gewohnt. Bald begannen seine Verfolger zu erlahmen, und er schöpfte neue Hoffnung. Die Sonne stand nun tiefrot über dem Horizont, und hinter ihm im Osten wurde es dunkel. Aber als er nach vorn blickte, konnte er die ferne Silhouette von Stonehenge erkennen und wußte, daß es bis dorthin nur noch eine Meile war. Dennoch schlug er nicht den kürzesten Weg ein, denn er wollte gerade an diesem Tag nicht unterhalb des Kreises vorbeireiten, und so schwenkte er nach rechts und ließ die Steine hinter sich.

Er war fast an Stonehenge vorbeigeritten, als er erneut Hufschläge hörte, nun von vorn. Reiter kamen auf ihn zu und versperrten ihm den Weg. Er wandte sich noch weiter nach rechts, so daß er von Woodton fortritt, aber wiederum hörte er über den stampfenden Hufen seines eigenen Pferdes andere Hufschläge näher kommen, und ihm blieb nichts anderes übrig, als abermals die Richtung zu ändern. Nun ritt er genau auf den Kreis zu. Drohend und schwarz ragten die Steine vor dem Himmel auf – alle bis auf einen, der an den Rändern von den Sonnenstrahlen umspielt wurde, so daß er blutig rot übergossen schien. Unwillkürlich schaute sich Hauptmann Foxe um und sah, daß seine Verfolger einen Bogen bildeten, der auf ihn zurückte, so daß ihm nichts anderes übrigblieb, als geradeaus weiterzureiten. Der Reiter, der ihm am nächsten war, trug einen schwarzen Umhang. Sein Gesicht war im Zwielicht kaum zu erkennen, aber dennoch schimmerte es, und Hauptmann Foxe konnte erraten, wer es war. Der Reiter kam näher, denn so verzweifelt Hauptmann Foxe sein Pferd auch antrieb, konnte er spüren, wie müde es wurde, und ihm wurde klar, daß er bald, sehr bald eingeholt würde. Laß es wenigstens geschehen, dachte er, sobald ich die Steine hinter mir gelassen habe.

Nun ritt er unter dem Deckstein durch und in den Kreis hinein. Sofort hielt er an, denn sein Weg war versperrt. Er erkannte die Reiter, denen er auf der Straße entkommen war. Reglos saßen sie in den Sätteln und füllten die Lücken zwischen den riesigen Steinen. Er würde ihnen nicht mehr entkommen und blickte verzweifelt über den Ring hinaus, zur Straße hin, die zu seiner Familie führte. Nun konnte er sehen, daß eine gewaltige Rauchwolke über dem Wald aufstieg, der ihm die Sicht auf Woodton versperrte. Er nahm seine ganze Kraft zusammen. Zwischen zwei Steinen gab es eine unbeachtete Lücke. Er schlug seinem Pferd die Sporen in die Flanken.

Fast gleichzeitig krachte ein Pistolenschuß. Hauptmann Foxe wurde aus dem Sattel geschleudert, während sein Pferd wieherte, sich aufbäumte und dann zu Boden stürzte. Er hörte etwas knacken und spürte einen jähen brennenden Schmerz in seinem Bein, als sein Pferd im Todeskampf darüberrollte. Ein zweiter Pistolenschuß krachte. Das Pferd wälzte sich noch einmal herum, dann lag es plötzlich still.

Hauptmann Foxe versuchte, sich zu bewegen, aber er fühlte sein Bein nicht und wußte, daß es zerschmettert war. Er schloß die Augen. Die Jagd war vorbei. Er war in der Falle gefangen.

Da fühlte er einen Schatten zwischen seinem Gesicht und den letzten sterbenden Strahlen der Sonne vorbeigehen und schlug die Augen wieder auf. Sir Charles Wolverton stand über ihm und starrte herunter in sein Gesicht. Er wirkte fast unverändert – ein wenig älter vielleicht, mehr Falten im Gesicht, mehr graue Fäden im dünnen Bart, aber sonst derselbe. »Wenn ich sterben muß«, sagte Hauptmann Foxe, »dann bin ich zum Tod bereit. Aber verschont meine Familie. Laßt Eure Wut an mir aus.«

Sir Charles gab mit keinem Zeichen zu erkennen, daß er ihn überhaupt gehört hatte. Sein Gesicht blieb starr, eine strenge Maske aus Eis. Er kniete langsam nieder, bis er auf Hauptmann Foxes Brust hockte. Doch noch immer blieb seine Miene unverändert, und plötzlich wußte Hauptmann Foxe, daß es gar nicht Sir Charles war, sondern wirklich eine Maske, die eine andere, furchtbare Ausgeburt verbarg. Hauptmann Foxe starrte in die Augen und sah da nur eine ewige Tiefe, blind, erbarmungslos und kalt wie das All. »Nein«, flüsterte er, »nein«, bevor eine Hand auf seinen offenen Mund und eine Stahlklinge an die Ader an seinem Hals gedrückt wurde. Aus Hauptmann Foxes Blick wich das Leben; doch die Miene seines Mörders blieb unverändert.

Worin eine Versammlung auf dem Dorfanger stattfindet

Es war früh am Abend, als Robert den ersten Trommelwirbel hörte. Er hatte an einem seiner Lieblingsplätze gelernt, die Zehen im Bach, mit dem Rücken an einen Baum gelehnt, seine Bücher ringsum im Gras verstreut. Mr. Webbe hatte ihn geheißen, den ganzen Tag im Haus zu bleiben, aber der Himmel war so blau und die Sonne so warm gewesen, daß Robert kein schlechtes Gewissen bekam, als er hinausschlich. Er wußte, daß er nicht bestraft würde – Mr. Webbe teilte nie Strafen aus.

Der Trommelwirbel ertönte lauter. Robert sammelte seine Bücher ein und sprang das Ufer hinauf. Vor ihm lag Woodton, und jenseits des Dorfes stieg eine Kette von Männern von einem Hügel herab. Sie waren wie Soldaten gekleidet, aber ihre Uniformen waren zerlumpt und die Brustharnische und Helme mit Schlamm bespritzt. Einer der Männer an der Spitze der Kette rührte die Trommel, ein zweiter hielt eine Standarte. Ein leichter Wind ergriff sie, und für einen Augenblick flatterte sie. Ein Wappen zierte die Fahne, und Robert starrte es entgeistert an. Denn diese Wappen hatte er schon einmal gesehen: eingemeißelt über der Tür von Wolverton Hall.

Während er auf das Dorf zurannte, strömten die Menschen auf die Straße. Robert drängte und schob sich an ihnen vorbei, aber je näher die Kolonne der Soldaten rückte, desto langsamer kam er voran, und er versuchte immer verzweifelter, seine Mutter und das Haus zu erreichen. Er verwünschte sich dafür, daß er nicht bei ihr geblieben war. Mit jedem Trommelschlag wuchs seine Furcht, wenn er daran dachte, was die Standarte des Hauses Wolverton ankündigen mochte. Ihm fiel die Schilderung seines Vaters von den Geschehnissen ein, als sie das letzte Mal über Woodton geweht hatte, und wie knapp das Dorf gerettet worden war. Robert schaute sich um. Wo war sein Vater jetzt? In einer solchen kritischen Stunde konnte er doch unmöglich fort sein. Plötzlich entdeckte er einen Mann zu Pferd und verwechselte ihn im ersten Augenblick. Er winkte und rief, doch als sich der Mann umdrehte, sah Robert, daß es Sir Henry war. Emily klammerte sich an den Rücken ihres

Vaters. Sie sah blaß und ängstlich aus, aber als sie Robert bemerkte, hellte sich ihr Gesicht auf, und sie rutschte vom Pferd, um auf ihn zuzulaufen. »Robert!« rief sie, während sie ihn umarmte. Sie küßte ihn, aber dann wurde ihr Kopf abrupt weggezogen, und sie schrie auf, als ihr Vater sie an den Haaren zurückzerrte. Er packte sie und setzte sie grob auf den Platz, wo sie vorher gesessen hatte. Sir Henry beugte sich aus dem Sattel hinab und zischte Robert ins Gesicht. »Bring dich in Sicherheit«, flüsterte er. »Such deine Mutter, und lauft beide um euer Leben.« Dann wendete er sein Pferd und trabte davon. Robert starrte ihm nach; mit tränenfeuchten Augen rief Emily ihm etwas zu, aber ihr Vater ritt weiter, und bald waren sie in der Menge verschwunden.

Robert befolgte Sir Henrys Rat und rannte um sein Leben. Endlich erreichte er das Haus und traf seine Mutter mit Mr. Webbe auf dem Hof an. Sie weinte vor Freude und hielt ihren Sohn fest in den Armen. Aber Mr. Webbe riß sie grob auseinander. »Wir haben keine Zeit«, sagte er und wies Robert an, sich auf das Pferd zu setzen. Robert wurde bewußt, daß seine Mutter und Mr. Webbe auf ihn gewartet hatten, und er fühlte, daß er schamrot wurde.

»Ich habe euch aufgehalten«, sagte er.

»Es spielt keine Rolle«, antwortete Mr. Webbe kurz angebunden, während er aufsaß.

»Wer sind die Soldaten?« fragte Robert.

Mr. Webbe starrte ihn an, und sein Gesicht wirkte verzerrt. »Es ist eine Armee der Toten«, flüsterte er. Dann gab er seinem Pferd die Sporen und galoppierte aus dem Hof.

Aber es war zu spät. Als Robert ihm folgte, hörte er den Trommelschlag anhalten, und eine schreckliche Stille erfüllte die Abendluft. Er sah Mr. Webbe das Pferd zügeln und dann auch seine Mutter, und als Robert zum Dorfanger kam, fiel er beinahe aus dem Sattel, so groß war sein Schrekken. Denn vor ihnen waren die Soldaten, die er auf das Dorf zumarschieren gesehen hatte, in einer einfachen Reihe angetreten, und aus der Kette stieg schwer der Gestank des Grabes auf. Alles schien Verfall zu sein: das Fleisch, das auf den Knochen der Soldaten verweste, die Brustharnische mit Rost verschmiert, die Uniformen streifig von den silbernen Spuren der Würmer. Ihre Augen begegneten Roberts Blick und schienen vor Durst zu funkeln. Robert wandte sich auf dem Sattel um und schaute weg.

Erst da bemerkte er, daß auch die Dorfbewohner um den Anger versammelt waren. Sie bildeten einen Kreis, so daß jeder Fluchtweg abgeschnitten war. Mr. Webbe blickte prüfend in die stummen Gesichter. »Im Namen Gottes«, rief er, »ich flehe euch an, laßt uns durch.« Einige Dorfbewohner schauten auf den Boden, aber die meisten starrten wie zuvor – kalt, mit zusammengepreßten Lippen und unbewegten Gesichtern. Kein einziger tat einen Schritt beiseite.

Aber dann ging plötzlich eine Bewegung von der Reihe der Soldaten aus. Robert wandte sich wieder um und bemerkte, daß sich in der Mitte der Reihe ein Durchlaß auftat und ein Reiter durch die Lücke ritt. Sein Gesicht war sehr blaß und schien zu leuchten, eine Blässe, die von den schwarzen Locken seines Bartes unterstrichen wurde. Seine Augen leuchteten und blickten genauso hungrig wie die seiner Männer. Er ritt durch die Reihen, dann zügelte er sein Pferd und blieb reglos sitzen, ohne auch nur einmal nach Robert, seiner Mutter oder Mr. Webbe zu blicken, sondern auf den Kreis der Dorfbewohner um den Rand des Angers. Er lächelte, als nehme er einen bereits gewonnenen Triumph an. Dann hob er eine Hand.

»Männer und Frauen von Woodton«, gab er kund. »Die Zeit des Aufruhrs ist vorbei.« Sein Akzent war fremdländisch, aber er sprach ein vollendetes Englisch, und obwohl er kaum die Stimme hob, schien jedes Wort tief in Roberts Gedanken zu dringen. »Mein Name ist Faustus«, fuhr der

Reiter fort. »In seinem Exil war ich der Gefährte eures Meisters, Sir Charles.«

Bei der Erwähnung dieses Namens stieg von den Dorfbewohnern ein schluchzendes Ächzen auf, und sie begannen, mit den Füßen zu scharren und sich zu winden.

Faustus lächelte und hob wieder die Hand.

»Ihr braucht nichts zu befürchten«, sagte er leise, »obwohl ihr alle durch eure verräterische Auflehnung eine grausame und blutige Strafe verdient habt. Aber Sir Charles ist großzügig und beliebt zu verzeihen. In der Tat mehr als nur verzeihen. Ihr alle seid, glaube ich, während der letzten Monate in den Nutzen des Goldes gekommen, das ich – als Sir Charles' Haushofmeister – an euch ausgegeben habe. Und doch ist der Reichtum, den ihr bis jetzt bekommen habt, vielleicht nichts, verglichen mit dem, was noch kommen soll. Seht!« Er wandte sich um, und auf seinen Befehl trugen zwei Soldaten eine Truhe herbei. Faustus bedeutete ihnen, sie zu öffnen. Als die Soldaten seine Weisung befolgten, fingen die Dorfbewohner das plötzliche Funkeln von Gold auf, rot übergossen von der untergehenden Sonne. Fast wie ein Mann rückten sie langsam vor, denn sie konnten sehen, daß die Truhe randvoll mit Münzen, Geschirr und Schätzen jeglicher Art war. Faustus lächelte spöttisch, dann senkte er die Hand. Seine Soldaten hoben die Musketen und gaben eine Salve in die Luft ab. Sofort trat Stille ein. Die Dorfbewohner standen still und wichen dann schuldbewußt zurück.

»Geduld«, sagte Faustus lächelnd. Er betrachtete seine Fingernägel. »Geduld.«

»Was sollen wir tun?« rief eine Stimme verzweifelt.

»Sagt es uns!« schrie ein anderer. »Sagt uns, was Ihr wünscht!«

»Nun«, antwortete Faustus mit leisem, öligem Ton, »ich wünsche nichts als eure Treue. Euren ewigen Gehorsam.«

Sofort wurden rund um den Anger Beteuerungen gerufen.

»Wir wollen uns ganz klar ausdrücken.« Faustus erhob die Stimme, so daß die Rufe sofort verstummten. »Ihr müßt euch Sir Charles auf Gedeih und Verderb ausliefern. Ihr müßt euch uneingeschränkt in seinen Dienst stellen, wie er es wünscht. Dafür wird der Reichtum, den ich euch gezeigt habe – und mehr – euer sein.«

Wieder ertönten zustimmende Rufe rund um den Anger.

Faustus hob die Hand.

»Ihr stimmt also zu? Alle? Ohne Vorbehalt?«

Nun war die Antwort ohrenbetäubend.

»Und doch ...«, Faustus runzelte die Stirn, und zum erstenmal starrte er auf Mrs. Foxe und Mr. Webbe. »Und doch gibt es welche, fürchte ich, die mit den Bedingungen nicht einverstanden sind.«

»Ich bete, Gott möge Erbarmen mit uns allen haben«, erwiderte Mr. Webbe mit unergründlicher Miene. Er blickte forschend in die Gesichter der Dorfbewohner. »Ich bekenne«, räumte er ein, »daß ich meine Seele nie für Gold verschachern werde.«

Ein leises, zorniges Gemurmel antwortete ihm.

»Bitte!« rief er plötzlich. »Ich flehe euch alle an – richtet euch nicht auf diese Weise zugrunde! Habt ihr noch nicht gelernt, daß des Teufels Geschenke, mag seine Zunge noch so süß sein, nur ins Elend führen und in die Flammen jener Hölle, die Verzweiflung heißt? Ihr seid gute Menschen, ihr alle – oder seid es einmal gewesen. Noch ist es nicht zu spät, es wieder zu sein.«

Seine flehentliche Bitte wurde mit Schweigen beantwortet, und dann traf ihn ein Stein an der Schulter. Mr. Webbe hob eine Hand, um sich zu schützen, da traf ihn ein zweiter Stein am Hinterkopf, und er kippte aus dem Sattel wie ein schwerer Kornsack. Faustus lachte maßlos bei dem Anblick und ritt, noch immer lachend, zu der Stelle, wo sein Feind benommen im Staub lag.

»Ihr seid immer ein Unruhestifter gewesen«, höhnte er. »Ihr und der Mann dieser jämmerlichen Frau.« Er wandte sich Mrs. Foxe zu und schlug ihr mit der flachen Hand ins Gesicht, daß auch sie vom Pferd gestoßen wurde. »Nein!« rief Robert, indem er vorwärts ritt, aber Faustus wich ihm mühelos aus. Er packte Robert im Genick, zerrte ihn vom Sattel und stieß ihn auf den eigenen. Robert versuchte, sich loszureißen, aber Faustus' Nägel gruben sich tief in seine Arme, und er konnte nicht entkommen. Inzwischen kam Mrs. Foxe langsam auf die Beine, aber sie wurde ins Gesicht getreten und brach wieder zusammen, so daß sie neben Mr. Webbe zu liegen kam.

Faustus warf sein Pferd herum, um sich an die Menge zu wenden. »Mitunter ist es notwendig«, rief er, »verfaulte Äste abzuhacken, um den Baum selbst zu retten. Haben nicht diese beiden – die jetzt vor uns zu Kreuze kriechen – immer aus Fäulnis bestanden? Es war dieser Mann, der vor fünfzehn Jahren half, den Herrn von Woodton, Sir Charles, aus seinem Dorf zu vertreiben. Und es war diese Frau, die durch dieses Verbrechen gerettet wurde vor dem Geschick, das sie so sehr verdiente – nämlich als berüchtigte Hure und Hexe verbrannt zu werden.«

Zustimmende Schreie antworteten ihm, vermischt mit Hochrufen, und dann begann die Menge, während sie auf Mrs. Foxe und Mr. Webbe starrte, zu zischen und Sprechchöre anzustimmen. Einige Männer stürzten vor, um die Gefangenen zu ergreifen, aber obwohl Faustus bei diesem Anblick lächeln mußte, schüttelte er den Kopf und winkte sie zurück.

»Noch nicht«, murmelte er, »noch nicht, teure Freunde. Denn kein Verbrechen ist so schrecklich, daß es nicht verziehen werden kann – wenn es nur zuerst gestanden wird.« Er wandte sich zu seinen Soldaten um und gab mit dem Arm ein Zeichen. »Bringt die anderen Gefangenen her.«

Zwei Soldaten lösten sich aus der Reihe. Einer führte Sir Henry, der um den Hals gefesselt war, der zweite zog Emily hinter sich her. »Nein!« schrie Robert, während er noch einmal zu entkommen versuchte, aber Faustus' Griff war unnachgiebig, und er konnte sich nicht herauswinden. Verzweifelt blickte er nach Emily. Sie hatte ihn nicht gehört, und ihre Augen schienen blind vor Entsetzen.

»Auch dieser Mann«, verkündete Faustus, indem er auf Sir Henry zeigte, »ist ein ganz abgefeimter Verräter gewesen. Kommt, Sir – bekennt.«

»Ich bekenne...«, sagte Sir Henry. Er schluckte. »Ich habe in der Tat meinen Kommandeur, Sir Charles Wolverton, an den Rebellen Hauptmann Foxe verraten.«

»Tut es Euch leid?«

»Es tut mir leid.«

»Seid Ihr gestraft?«

»Ich bin gestraft.«

Faustus verzog die Lippen zu einem Lächeln. »Wie?« flüsterte er.

Wieder schluckte Sir Henry. Er blickte in das blasse, verängstigte Gesicht seiner Tochter. »Meine Frau...«, sagte er schließlich.

»Ja?« half Faustus nach.

»Meine Frau wurde erschlagen.«

»Ja«, sagte Faustus. »Vernichtet – damit ihr Schoß keine weiteren Verräter hervorbringt.« Er nickte dem Soldaten zu, der Emily hielt. Der Mann verdrehte ihr Haar so heftig, daß das Mädchen auf die Knie gezwungen wurde. Dann brachte er sie zum Schweigen, indem er ihr ein Messer an die Kehle legte.

»Ihr habt es versprochen!« rief Sir Henry und rannte vor, bis ihn der Strick um seinen Hals würgte. »Bitte!« stieß er hervor. »Bitte, nicht meine Tochter, nein!«

Faustus zuckte die Achseln. »Ich brauche den Beweis für Eure Reue.«

»Ja«, keuchte Sir Henry, »ja, gewiß!«

»Ihr seht diese Verräter?« Faustus zeigte hinunter auf Mrs. Foxe und Mr. Webbe. »Wie, glaubt Ihr, sollten sie für ihre Verbrechen bestraft werden?«

Sir Henry blickte sie stumm an. Er versuchte zu sprechen, dann würgte er und schüttelte den Kopf.

Faustus wandte sich zu dem Ring der Dorfbewohner. »Entscheidet!« schrie er plötzlich. »Wie sollen sie bestraft werden? Dieser Ketzer – und diese Hexe! Das Urteil muß euer sein – und ihr Blut auf euren Köpfen!«

Erst herrschte Stille; dann trat eine Frau mit haßverzerrtem Gesicht vor. »Hängt sie auf!« schrie sie gellend. »Hängt die beiden auf!«

»Nein!« antwortete ein Mann von der anderen Seite des Angers. »Hängen ist zu gut für sie.«

»Steinigt sie!« schrie ein dritter Dorfbewohner.

»Verbrennt sie!« antwortete ein Vierter.

»Schaut her« sagte Faustus, indem er sich an Sir Henry wandte und lächelnd die Zähne zeigte. »Ihr habt das Urteil des Gerichts gehört.« Er wedelte mit der Hand. »Seht zu, daß es vollstreckt wird.«

Sir Henry stand gelähmt da und brachte noch immer kein Wort heraus. Aber er brauchte die Hinrichtung gar nicht zu befehlen, denn die Dorfbewohner drängten bereits auf den Anger. Mr. Webbe versuchte zwar, sie abzuwehren, sank aber unter ihren Fausthieben zusammen – und dann auch Mrs. Foxe. Als er sah, wie seine Mutter gepackt und über den Boden gezerrt wurde, begann Robert zu schreien. »Vater! Vater, Vater, wo bist du? Mutter! Nein, Mutter!« Aber er wurde von einem lachenden Faustus zum Schweigen gebracht, der befahl, ihn zu knebeln und zu fesseln, so daß nun nicht mehr die geringste Hoffnung auf Flucht bestand.

Dann gab Faustus seinem Pferd die Sporen und folgte der Menge zum Rand des Angers. Er blickte in das Gesicht seines Gefangenen und grinste. Roberts Augen traten hervor, als er wortlos durch seinen Knebel schrie. Denn am Rand des Angers waren zwei Marterpfähle errichtet worden, und um die Pfähle lagen große Bündel Reisig.

Mr. Webbe und Mrs. Foxe wurden nacheinander festgebunden. Die Menge verlangte nun lauthals ihren Tod – schreiend, speiend, Steine werfend. Die beiden Gefangenen wurden immer wieder getroffen, aber keiner von beiden schrie auch nur. Dann legte sich der Aufruhr allmählich, bis die Menge verstummt war, denn Sir Henry stand nun unter dem Pfahl, und alle warteten darauf, daß das Feuer angezündet würde.

Die Dorfbewohner reichten eine brennende Pechfackel durch. Sir Henry sah sie starr vor Grauen, bis jemand sie ihm schließlich in die Hand drückte, und er begann zu zittern. »Ich kann nicht«, rief er, und sofort wurde auf Faustus' Kommando Emily durch die Menge gezerrt und über die Reisigbündel zum Pfahl geschleppt.

»Nein!« schrie Sir Henry gellend. Er kletterte zu seiner Tochter und nahm sie in die Arme. Dann zündete er die Ecke des Scheiterhaufens an. Er hob den Blick zu Mrs. Foxe. »Es tut mir leid«, sagte er.

»Bedauert es nicht«, antwortete sie. Trotz der Tränen und der Schrammen im Gesicht lächelte sie. »Hinter der Menge sehe ich einen Wagen warten, und er wird mich bald durch die Wolken hinauftragen, zum Klang der Trompeten vor die Himmelspforte. Seid nicht traurig, Sir Henry – denn ich bin es nicht.« Aber noch während sie dies sagte, begann sie zu weinen. »Leb wohl, mein liebster Junge!« rief sie. »Robert! Im Haus des Allmächtigen werden wir wieder vereint – dein Vater, du und ich. Sieh dein Leben als Reise, um dich dort mit uns zu treffen ...« Sie wollte weitersprechen, doch sie hatte

Rauch geschluckt und begann zu husten. Als die Hitze zunahm, wich die Menge zurück, und Robert bemerkte, daß die Soldaten in der Dunkelheit verschwunden waren. Einen Augenblick lang war sein Kopf voll wilder Pläne, sich freizukämpfen und die Flammen zu löschen, aber als er sich wehrte, spürte er, wie sich die Knoten einschnitten, und verzweifelt sackte er wieder zusammen. Von seinem Vater gab es noch immer keine Spur.

Die Hitze der Flammen glühte bald an seinen Wangen, während er mitten in das Inferno starrte. Seine Mutter und Mr. Webbe erschienen nur noch als zwei schwarze Striche mitten im Orange und Rot, während ihr Blut und Fleisch und Skelett zu Rauch wurden. Hoch blähten sich die Wolken, hoch über dem Dorf, so daß sogar die Helligkeit der Sterne selbst ausgelöscht schien, und der leichte Wind verstreute den Ruß in die Nacht. Verschwommen durch die Tränen, folgte Roberts Blick seinem Flug.

»Es ist vorbei«, sagte Faustus endlich. Er blickte über das Gedränge der Dorfbewohner um das Feuer. »Alles ist vorbereitet«, murmelte er, »und alles wird erfüllt werden.« Dann warf er sein Pferd herum und ließ die jubelnde Menge hinter sich.

Worin Faustus' Absichten und Wünsche erfüllt werden

Als Faustus auf die Dunkelheit zuritt, in der die Soldaten verschwunden waren, sah Robert Emily mit in den Händen verborgenem Gesicht unter einem Baum kauern. Sir Henry kniete neben ihr, wollte sie zwingen, ihn anzusehen, aber sie blieb in ihrem Schmerz versunken und blickte nicht auf. Als Faustus' Pferd vorbeiritt, warf Sir Henry einen Blick über die Schulter und entdeckte Robert. Schuldbewußt verzog er das Gesicht. Obwohl Robert wußte, daß Sir Henry in seinem

Gesicht nach einem Zeichen des Verzeihens suchte, hatte er nichts anzubieten, nichts als seinen Haß. Sir Henry erschauerte, und das veranlaßte Emily aufzublicken. Sie sah ihren Vater an, dann folgte sie seinem starren Blick und sprang sofort auf. Sie wäre Robert nachgelaufen, wurde aber von Sir Henry gepackt. Robert versuchte, ihr etwas zuzurufen, aber der Knebel saß so fest in seinem Mund, daß er keinen Laut herausbrachte.

»Es gibt feinsinnigere Freuden im Leben als Frauen.« Faustus lachte kurz auf. »Aber du erscheinst mir sehr jung für diese Lektion.«

Robert wand sich in seinen Fesseln, versuchte zu glauben, seine Blicke könnten töten.

Faustus jedoch lachte nur noch einmal auf. »Natürlich dankst du mir jetzt nicht für das, was ich getan habe, aber mit der Zeit wirst du es nachholen.« Er warf einen Blick zurück auf den Scheiterhaufen. »Am besten ist man ohne Liebe. Wenn du dorthin reisen sollst, wohin ich dich führen werde, wenn du lernen sollst, was ich dich lehren werde, dann ist Liebe nichts, nicht besser als Pech auf den Schwingen eines Adlers, das seinen Flug hemmt, seinen Ehrgeiz zunichte macht, über den Wolken zu schweben. Du bist der Sohn deines Vaters, Robert – und er war stark und mutig und entschlossen. Aber er hatte das Krebsgeschwür der Moral in seiner Seele, das selbst die Besten zu Schlamm erniedrigt. Er, deine Mutter, Lady Vaughan und Mr. Webbe – sie alle hätten mich aufgehalten, und deshalb mußten alle gehen. Aber du bist gescheit, Robert, gescheiter als sie – und obwohl du mich jetzt hassen und verfluchen magst, wirst du am Ende mein sein.«

»Dann ist mein Vater also... ist mein Vater auch tot?« Robert hatte sich vorgestellt, er wäre so verlassen auf einem Meer der Greuel, daß nichts vermocht hätte, seine Verlorenheit zu steigern. Aber nun wußte er, daß das Meer unendlich war. Tränen machten ihn blind, aber er konnte sie nicht wegwischen. Statt dessen rannen sie über seine Wangen, benetzten seinen Knebel und fielen auf die Stricke, die um seine Brust gebunden waren.

»Wimmere nur«, flüsterte Faustus plötzlich, »aber begreife, was ich dir anbiete.« Sie waren auf dem Weg durch den Wald geritten. Nun ließen sie die Bäume hinter sich und erreichten die Ebene. Stonehenge befand sich vor ihnen, schwarz abgehoben vor dem grellen Schein des Vollmonds, und ringsum ein Kreis der Toten, manche zu Pferd, andere zu Fuß. »Sieh diesen uralten Ort«, flüsterte Faustus. »All seine Geheimnisse, all seine Kräfte werden bald mein sein. Wie sehr ich mich geplagt habe – wie lange ich mich vorbereitet habe. Möchtest du an meiner Weisheit nicht teilhaben, Robert? Selbst wenn du so viele Seelen hättest, wie Sterne am Himmel stehen – würdest du nicht auch die letzte hingeben für eine Kostprobe, nur einen flüchtigen Anblick dessen, was ich dir umsonst anbiete?« Er begann an Roberts Knebel zu zerren, mit vor Eifer zitternden Fingern. Er zog heftig am Knoten, und der Knebel löste sich.

Robert sah sich um. Er kniff die Augen zusammen, als sei der Glanz in Faustus' Blick zu hell für ihn, aber er wandte sich nicht ab. Lange sprach er nichts. »Wer seid Ihr?« flüsterte er schließlich. »Was für ein Wesen?«

»Größer als du oder sonst ein Mensch.«

»Wie das?«

»Ich bin eine Mischung unmöglicher Dinge. Ich bin lebendig und tot, Geist und Lehm. Ich besitze die Geheimnisse des Grabes – und altersloser Unsterblichkeit.«

Robert bemühte sich, seiner Miene nichts anmerken zu lassen. »Dann seid Ihr ein Dämon?« fragte er. »Ein Geist aus der Hölle?«

Faustus zuckte die Achseln. »Die Menschen mögen so denken, denn wir saugen ihr Blut aus.«

»Wir? Gibt es viele wie Euch?«

Wieder zuckte Faustus die Achseln. »Mehr als die breite Masse wissen kann.«

»Und Sir Charles? Euer Freund. Ist auch er ein Dämon?«

»Warum fragst du?«

»Ich habe ihn einmal gesehen. Er war sehr bleich, wie Ihr.«

Faustus lachte und starrte auf die Steine. »Du hast nicht Sir Charles gesehen«, flüsterte er. »Seine äußere Form vielleicht – eine Schale – aber nicht mehr. Sir Charles war ein Narr. Ein Mann, der seine Seele verkaufte – und entdeckte, daß er sein Fleisch und Blut ebenfalls verkauft hatte. Denn ihn verlangte, ein Gefäß für die Ankunft des Höchsten zu sein, und sein Wunsch wurde gebührend erfüllt: ein Gefäß, das wurde er.«

Robert schüttelte den Kopf. »Was meint Ihr?«

Faustus blickte hinter sich. Seine Augen funkelten heller denn je, und seine Haut schien von einem inneren Feuer erleuchtet. »Der Erhabene«, rief er plötzlich. »Er wird bald hier sein! Oh, Robert!« Er packte den Jungen fest. »Wie schwer ich gearbeitet und in welche Tiefen der Gelehrsamkeit und Nekromantik ich mich gestürzt habe, um die Rituale zu entdecken, die Ihn hierherrufen werden! Und mit welchem Erfolg sind meine Mühen gekrönt worden! Komm!« Er warf sein Pferd herum. »Komm und schau Ihn – den Meister von uns allen!«

»Wen?« schrie Robert. »Von wem redet Ihr?«

Faustus machte große Augen. »Was?« fragte er. »Kannst du es wirklich nicht erraten?« Er lachte über die Furcht, die sich auf Roberts Gesicht spiegelte. Dann gab er seinem Pferd die Sporen. Als er herannahte, präsentierten die Toten ihre Waffen. Robert blickte in die Gesichter und erkannte einige als die Männer seines Vaters. Einer von ihnen war Wachtmeister Everard. Robert rief ihn laut beim Namen, aber im Gesicht des Soldaten zeigte sich keine Spur des Verstehens. Dann waren sie an ihm vorbei und standen im Schatten der riesigen Steine selbst. Faustus zügelte sein Pferd. Einen Augenblick lang blieb er reglos sitzen, dann kletterte er aus dem Sattel. Er hob Robert hoch und stellte ihn, noch immer gefesselt, auf das Gras. »Folge mir«, befahl er. Er ging in die Mitte des Rings voran.

Ein Körper hing von einem Deckstein. Er war vom Mond gerahmt, und das nackte Fleisch war deutlich auszumachen, denn das Mondlicht übergoß es silbern. Robert konnte sehen, daß die Knöcheln von einem Haken durchstochen waren, und dann sah er einen Tropfen vom Kopf fallen und hörte ein leises Klatschen, und er begriff, warum der Körper so völlig weiß erschien, denn alles Blut floß aus. Der Leichnam schaukelte leicht und schwang dann mit einem knirschenden Geräusch des Stricks im leichten Wind herum. Zum erstenmal konnte Robert das Gesicht des Leichnams sehen. Er wollte schreien, brachte aber keinen Laut heraus. Dann versuchte er wegzulaufen, aber seine Glieder schienen aus Blei gegossen. Er konnte nichts tun, als in das Gesicht seines Vaters zu starren. Und dann endlich brach es aus ihm heraus: ein schriller Schrei des Grauens und Verlusts und ungläubigen Schmerzes.

Faustus verdrehte seine Finger in Roberts Haar und riß seinen Kopf heftig zurück. Dann drückte er eine Hand auf seinen Mund, um den Schrei abzuwürgen. Alles war wieder still, nur der Strick knirschte im Wind. Ein weiterer Blutstropfen fiel aus der Nase; ein weiteres Klatschen. Plötzlich riß sich Robert los. Er rannte stolpernd mitten durch den Ring und schrie laut den Namen seines Vaters. Dann blieb er reglos stehen. Vor ihm bewegte sich etwas. Etwas regte sich und erhob sich vom Erdboden. Es war die Gestalt eines Mannes: nackt, in Blut gebadet, unter seinem Vater stehend und den Mond anstarrend. Langsam drehte die Gestalt sich um. Robert blickte in das Gesicht und erkannte es sofort. Er hatte es schon einmal gesehen – unter einer schwarzen Kapuze und auf dem Gemälde, das in Wolverton Hall hing. Aber dann schrak Robert zusammen. Er starrte in die Augen des Mannes, und er merkte, daß er unbeherrscht zitterte, und sank zu Boden. Da stand kein Mensch vor ihm, noch irgend etwas, das jemals ein Mensch gewesen war. Robert ertrug es nicht, noch einmal in diese Augen zu blicken, und dennoch tat er es, als würde er gezogen. Er starrte hin und spürte sofort eine feuchte Wärme, die sich von seinen Leisten ausbreitete.

»Du brauchst dich nicht zu schämen«, flüsterte ihm Faustus ins Ohr, »denn es ist richtig, daß du solche Angst verspürst. Du kannst Ihn also sehen – du kannst Ihn sehen durch die äußere Schale menschlichen Lehms?«

Robert duckte sich, senkte den Kopf, wollte nichts, als der Leere hinter den Augen zu entkommen. »Ich ... nein ...« Er schluckte. »Was ist das?« schrie er.

Faustus breitete die Arme aus. »Er hat viele Namen. Einige hast du sicher auf den Knien deiner Mutter gehört. Aber Er ist älter als sie alle. Für die, die in der Synagoge oder Kirche am Boden kriechen, ist Er das eigentliche Prinzip des Bösen, aber für die Kühnen ist Er das ewige Wissen, der Urquell der Wahrheit. Glaubst du, Eva tat Unrecht, als sie in Eden Früchte vom verbotenen Baum stahl? Denn die Schlange log nicht. Eva aß den Apfel, und wie es ihr versprochen worden war, gewann sie Weisheit, als sie ihn kostete.«

»Ja«, flüsterte Robert. Er blickte zu seinem Vater auf. »Und sie gewann auch das Böse und den Tod.«

Doch Faustus hatte ihn nicht gehört. Er trat vor und fiel auf die Knie, um sich anbetend zu Füßen des nackten Mannes zu verneigen. Dann begann er, in einer fremden Sprache zu psalmodieren, und stand wieder auf, um wie im Fieber nach Hauptmann Foxes Armen zu greifen und fest an ihnen zu zerren, während er seinen Singsang fortsetzte. Die Sehnen rissen, und der Leichnam löste sich vom Haken. »Drei Bäder sind es gewesen«, sagte Faustus, der nun ins Lateinische gefallen war. »Empfangt jetzt das vierte. Taucht wiederhergestellt daraus auf. Nicht mehr ein Ding aus Lehm!« Er erschauderte vor Begeisterung und riß mit bloßen Händen den Leib des Leichnams auf. Er schöpfte einen Armvoll Gedärm heraus, und als ob es Seife wäre, begann er, die Haut des nackten Mannes damit zu reiben. Robert ertrug es nicht mehr. Er schaute sich nach dem nächsten Stein um. Mit Mühe kam er auf die Beine und schleppte sich dorthin, fest entschlossen, diese Existenz zu beenden, zu seinen Eltern zu gehen, sich das Hirn zu zerschmettern.

Er blieb vor dem Stein stehen und sammelte seine Kräfte. Als er den Kopf nach hinten reckte, bereit, ihn auf den Stein zu schlagen, erfüllte ein furchtbares Heulen seine Ohren. Es stieg und fiel, und Robert erstarrte auf der Stelle, denn es schien sich in seine Seele selbst zu bohren und ihn zu zerreißen. Einen Augenblick lang glaubte er, er hätte seinen eigenen Schrei gehört; denn er hatte mit einem Schmerz nachgehallt, der nur sein eigener gewesen sein konnte. Aber dann stieg und fiel das Heulen wieder, und diesmal wurde Robert bewußt, daß er keinem menschlichen Laut lauschte.

Hatte Satan, überlegte er, einen solchen Schrei ausgestoßen, als er zum erstenmal in der Flammenwüste der Hölle aufwachte und begriff, als er sich umschaute, wie tief sein Sturz gewesen war? War es wirklich möglich, fragte sich Robert, war es wirklich wahr, daß er auf die Gestalt des Bösen blickte. Sein Vater hatte ihn stets gelehrt, daß die Hölle nur in der Seele existierte und der Teufel ebenso. Aber sein Vater war nun tot. Vielleicht hatte er sich geirrt? Denn etwas stand dort, vom Mond beschienen, irgendein schrecklicher Geist von großer, ungeheuerlicher Macht. Es heulte wieder, und als Robert es hörte, schien ihm die ganze Welt von Trostlosigkeit und Schmerz gebleicht.

Das Heulen erstarb. Aber die Gestalt wand sich noch, als züngelten die Flammen eines unsichtbaren Feuers um sie. Das zähe Blut, das auf ihre Haut geschmiert worden war, schien zu brodeln und mit dem Fleisch zu verschmelzen. Die Gestalt riß daran, und Robert sah, daß selbst die Gliedmaßen zähflüssig geworden waren, als wäre nichts mehr auf den Knochen als eine Suppe aus Blut und Fleisch. Sie strömte jetzt fort, ergoß sich über das Gras. Dennoch wischte die Gestalt daran, strich mit den Fingern über den Leib und die Glieder, bis Robert unter dem Unrat eine Weiße sah, so blendend wie Schnee, und ihm wurde bewußt, daß es keine Knochen waren, sondern nacktes Fleisch. Die Gestalt bog den Kopf zurück und heulte, als wolle sie die Sterne herabrufen. Dann fuhr sie sich mit den Fingern übers Gesicht, und die Züge von Sir Charles Wolverton waren für immer ausgelöscht, weggewischt in eine klebrige Masse aus geronnenem Blut, und obwohl die Augen dieselben blieben, rahmte ein neues Gesicht, das unter Sir Charles' Schale auftauchte, ihren grenzenlosen Blick.

Dieses neue Gesicht schien sonderbar und schrecklich entstellt. Die Nasenflügel waren gebläht und die Lippen geschürzt, aber ansonsten wirkte das Gesicht unglaublich schmal, als ob sein starrer Blick, wie ein Gletscher, die Bakkenknochen ausgehöhlt hätte. Und doch war es nicht körperliche Häßlichkeit, die das Gesicht so entsetzlich machte, sondern eher, was es zu verbergen schien: jene unermeßliche Macht, auf die allein die Augen ein Fenster auftaten. Robert wagte nicht, ihrem scharfen Blick noch einmal zu begegnen, denn er fürchtete, seine Seele würde dann verbrennen.

Ein Laut wie ein Windstoß fegte durch die Steine. Es war der Seufzer des Geschöpfs. Selbst Faustus erbebte und zog seinen Umhang um sich, als mache der Klang seine Knochen frösteln. »Willkommen!« rief er. »O Herr und Meister, o Quelle allen Wissens, der Weisheit, der Wahrheit – willkommen in diesem Haus, das ich für Euch bereitet habe! Willkommen!« Er lachte, er küßte die Gestalt auf die Wangen, er hielt sie in den Armen.

Stille antwortete ihm. Das lange Gras hörte auf zu murmeln. Das ferne Blöken von Schafen war nicht mehr in der Brise zu hören. Alles war ruhig. Und dann schrie Faustus plötzlich gellend auf.

»Nein«, schrie er, »nein!« Er versuchte, rückwärts zu taumeln, aber er konnte nicht entwischen. Der Mann packte ihn bei den Haaren, bog seinen Kopf mit Gewalt zurück und küßte ihn, nicht auf die Wangen, sondern auf den Mund. Als er die Lippen löste, glänzten sie rot. Er leckte sie ab, dann bog er Faustus' Kopf wieder zurück und biß ihn in die Kehle. Robert, der hinter einem Stein kauerte, konnte das Platzen der Haut und dann das Knacken eines Knochens hören. Er spähte um den Stein und sah, daß Faustus' Kopf halb herumgedreht war. Sehr lang saugte der Mann an der Wunde, dann ließ er seine Beute fallen. Wie ein getrocknetes Insekt mit gebrochenen Flügeln kroch Faustus durch das Gras. Sein Fleisch war bis auf die Knochen verwelkt. Als er kraftlos zuckte, schienen seine Glieder zu rascheln und sein Kopf zu knirschen, der schlaff von dem gebrochenen Rückgrat baumelte. »Aber ... nein ...«, flüsterte er. »Ich bin unsterblich ...« Er runzelte die Stirn. »Das kann nicht sein ...«

Seine Augen wurden groß vor dem Schrecken des eigenen Todes. Sein Genick brach. Der Schädel schlug auf der Erde auf und zerfiel zu Staub. Ein Wind erhob sich, und die Asche des Leichnams wurde über Stonehenge verweht. Robert spürte sie an seinem Gesicht; sie war sehr fein und kratzte seine Haut. Er wischte sie weg und sah, daß der ganze Kreis von einem Sturm erfaßt schien, denn Staubwirbel fegten um die Steine, so daß das Licht der Sterne und des Mondes ausgelöscht wurde. Durch den Nebel konnte Robert jenseits der Steine unklar die Ebene erkennen. Sie war leer. Wo sich der Kreis der Toten befunden hatte, war nichts als ein Sturm aus brennender Asche. Er rieb sich die Augen und drückte sie zu. Dann fiel er auf die Knie und versenkte sein Gesicht in der Kühle des Grases.

Als er endlich wieder aufblickte, hatte sich der Staub verzogen. Die Sterne funkelten hell am Himmel, die Schatten waren kühl und von Silber gesäumt. Über die freie Fläche klang aus der Ferne eine Kirchenglocke.

Er wandte sich um.

Die Augen starrten auf ihn herab.

Robert fragte sich, ob er weglaufen könnte, aber er wurde in den Bann dieses Blickes gezogen. Sofort war es um ihn geschehen. Er spürte sich sinken, während die Dunkelheit rings um ihn kalt und ewig wurde. Aber dann schlossen sich die Augen, und das Gesicht verzerrte sich. Der Mann beugte sich vor, als krümme er sich vor Schmerz. Er preßte die Hände auf seinen Leib. Nun erst bemerkte Robert, daß der Leib so verunstaltet war wie das Gesicht. Arme und Beine waren unnatürlich dünn, aber die Hüften waren wie die einer Frau, und der Bauch war geschwollen, als sei er schwanger. Wieder preßte der Mann die Hände darauf und beugte sich unter Schmerzen vor. Er kniete nieder, dann packte er Roberts Arme. Die Finger waren so kalt, als wären sie aus Eis. Sie griffen unnachgiebig zu, und Robert spürte seine Arme taub werden. Er hoffte, sein Tod möge, wenn er ausgesaugt würde, schneller kommen als bei Faustus.

Er starrte in die schreckliche Blässe des Gesichts. Ganz kurz schien ein Schatten darüberzuzucken, und Robert bildete sich ein, Selbsthaß und Entsetzen und Bedauern darauf zu entdecken. Aber er erkannte es nicht richtig, denn der Schatten huschte so schnell darüber, daß Robert sich nicht sicher sein konnte, ob er sich getäuscht hatte. Er suchte das

Gesicht nach einem Zeichen des Erbarmens ab – doch vergebens. Es war wieder von großem Schmerz verzerrt, und in den Augen blieb die Leere.

Der geschwollene Bauch des Mannes schien zu pulsieren, als versuche eine Kraft, aus ihm auszubrechen. Wieder krümmte er sich, und Robert wurde plötzlich umgestoßen. Er spürte, wie seine Beine auseinandergedrückt wurden, dann wurde er an den Schenkeln hochgehoben. Etwas Hartes streifte sie. Robert versuchte, die Beine zu schließen, aber sie wurden nur noch weiter auseinandergestoßen, und plötzlich schrie er auf, denn er wurde gepfählt, und der Pfahl wurde immer länger und dicker. Auf und ab stieß er, auf und ab, und Robert fühlte, wie die Welt sich vor seinen Augen zu drehen begann, im Rhythmus seines Schmerzes pulsierte und kontrahierte, schneller wurde und schmolz und sich aufzulösen begann. Dunkelheit sickerte von den Rändern herein, Dunkelheit überschwemmte alles. Plötzlich spürte Robert tief in sich einen Strahl aus flüssigem Eis, und im selben Augenblick war die Welt endlich fort, und alles war schwarz.

Teil II

Du mußt den Gelehrten abtun,
Und lernen, wie ein Edler zu hofieren ...
Stolz mußt du sein, kühn, unterhaltend, sicher,
Und ab und zu zustoßen, wie's grad kommt.

Christopher Marlowe (1564–1593)
Edward II.

Worin Robert in die große Welt eingeführt wird

Die junge Dame hielt sich am Kutschenfenster fest. Ein leichter Wind blies ihre Locken zurück, und sie mußte sie mit ihrer schmalen weißen Hand bändigen. Dabei flog ein Schatten über ihr Gesicht. »Sonderbar«, murmelte sie, »es liegt beinahe etwas Bedrohliches in der Luft.«

Ihr Begleiter regte sich, als habe sie ihn aus einer tiefen Mattigkeit geweckt. Er runzelte die Stirn. »Bedrohlich?« fragte er schließlich.

»Sieh doch.« Die Dame zeigte nach vorn. »Wir nähern uns den stehenden Steinen.«

Ihr Begleiter rutschte auf der Sitzbank an die Seite und verrenkte sich, um aus dem Fenster zu blicken. Seine Nasenflügel blähten sich ein wenig. Mit einemmal gefror seine Miene.

»Riechst du es auch?« fragte die Dame.

Der Mann begegnete ihrem Blick.

»Zunächst war ich mir nicht sicher«, fuhr sie fort. »Doch ich habe recht, nicht wahr, daß es mehr ist als bloß die Aura des Ortes?« Sie erbebte und griff nach der Hand ihres Begleiters.

Der Mann betrachtete sie eine Weile. Dann lehnte er sich aus dem Fenster, um dem Kutscher Befehle zuzurufen. »Du magst recht haben«, räumte er ein, indem er sich wieder bequem hinsetzte. »Es liegt etwas fast Gefährliches in der Luft.« Er schloß die Augen und lächelte matt. »Herrgott noch mal, aber ich hatte vergessen, wie Furcht sein könnte. Hat ihre Berührung nicht goldene Finger? Ich finde sie beinahe entzückend.« Er erzitterte wie die Dame zuvor. »Ein seltenes Vergnügen«, flüsterte er, »den Magen so leicht zu spüren.« Er drückte die Hand seiner Gefährtin; dann wandte er sich wieder ab und blickte aus dem Fenster zu den Steinen, denen sie sich näherten.

Robert erwachte und wünschte sogleich, lieber nicht erwacht zu sein. Die Sonne schien so unerträglich hell, daß sich seine Pupillen verbrannt und wund anfühlten. Er kniff die Augen zu, drehte sich um und kühlte sein Gesicht im Tau.

Ein Hand berührte seine Schulter.

Er schrie auf, schlug blindlings um sich, traf nur Luft. »Nein!« rief er. »Nein, nein!« Dann spürte er die Hand wieder, zärtlich nun und kühl an seiner Stirn.

Er blickte auf und sah eine Dame zwischen ihm und dem Sonnenschein stehen. Er rieb sich die Augen; nun konnte er sie deutlich sehen. Sein erster Gedanke war, daß sie wie eine Göttin erschien, denn sie wirkte reizender als jene Venus, die in antiken Gedichten gepriesen wurde, aufgetaucht wie die Brandung murmelnder Wellen oder die tanzenden Sonnenstrahlen des frühen Morgens, ein flüchtiger Anblick etwas unendlich Schönen und Gefährlichen. Ihr Leib war schlank, das Gesicht lieblich geformt, oval und sehr weich, ihre Wangen von der Farbe einer Damaszenerrose, das Haar rabenschwarz. Sie trug ein prächtiges Kleid, mit Spitzen besetzt und rot wie ihre Lippen. Jung schien sie und höchst begehrenswert, wenn man davon absah, daß ihre Haut und ihre Augen, überaus golden und hell, einen Schimmer hatten, der zu kalt war für ein Mädchen von achtzehn, das sie in jeder anderen Hinsicht zu sein schien. Einen solchen Blick hatte Robert schon einmal gesehen; er erinnerte sich genau an den

Abgrund hinter Faustus' Augen und wie sie ihn verschlungen hatten. In stummem Entsetzen blickte er auf, dann wandte er unter Aufbietung seiner ganzen Willenskraft das Gesicht ab.

»Er lebt«, hörte er die Dame ausrufen. Ihre Stimme klang, wie er es erwartet hatte, hinreißend und weich. Mit raschelnden Röcken bückte sie sich neben ihm. Zärtlich streichelte sie seine Wangen, so daß er nicht anders konnte, als noch einmal auf die Schönheit ihres Gesichts zu starren. Sie betrachtete ihn eingehend, runzelte dann verwirrt die Stirn und streckte die Hand aus, um eine Wunde an seinem Kopf zu berühren. Dann kostete sie das Blut. »Sterblich«, murmelte sie. Sie schüttelte den Kopf. »Und doch...« Sie begann, mit den Fingern seine Haare zu kämmen. »Was ist dir widerfahren?«

Robert überlegte. Trübsal kam ihm in den Sinn. Er hatte keine Mutter, keinen Vater mehr. Er war allein. Er schlug die Arme um sich, weil er zu zittern begann. Ihm war so kalt. Er erinnerte sich an den Strahl flüssigen Eises, kurz bevor ihm schwarz vor Augen geworden war. Selbst jetzt noch schien es in seinem Bauch zu liegen... Bei dem Gedanken schlug Robert fest die Beine über. Wild schaute er sich um. Er befand sich zwischen den Steinen, er mußte fliehen. Letzte Nacht war der Teufel hiergewesen, der Erbarmungslose, der Herr der Fliegen. Der Teufel war hiergewesen – und war, weiß Gott, vielleicht noch da.

Robert versuchte, auf die Beine zu kommen. Zuerst dachte er, es wäre ihm gelungen. Doch seine Glieder schienen nicht mehr ihm zu gehören. Er bildete sich ein, sich zu bewegen, aber die Welt um ihn bewegte sich auch, wogend wie ein Weizenfeld im Wind, und während er es beobachtete, begann sich sein Kopf zu drehen. Er schnappte nach Luft, spürte, wie sich sein Körper bog, und dann erbrach er Eis. So kalt war es, daß sein Mund und seine Lippen taub wurden.

Immer wieder, bis er Luft würgte, versuchte er, die Kälte aus seinen Eingeweiden herauszupressen. Nun merkte er, daß er schwitzte und sein Blut zu brennen schien, aber tief im Innern, so tief, daß es weniger in seinem Bauch als in seiner Seele zu liegen schien, blieb das Eis und ließ sich nicht ausspeien.

»Etwas Entsetzliches ist hier geschehen.«

Die Worte kamen aus großer Ferne. Robert stellte sich vor, er läge in einem Brunnen, und die Worte der Dame fielen wie Steine von ihren Lippen. Dann bemerkte er, daß sie ihn in den Armen hielt; er hatte sich überhaupt nicht fortbewegt. Sie zupfte ein Spitzentuch aus ihrem Ärmel und wischte ihm damit die Stirn ab.

»Die Toten sind hiergewesen.«

Eine andere Stimme, bemerkte Robert undeutlich, die Stimme eines Mannes.

»Wo sind sie dann jetzt?«

»Zu Asche verbrannt. Kannst du ihren Staub nicht riechen? Er haftet an den Steinen.«

Die Dame atmete tief ein. Sie schüttelte den Kopf. »Aber wer könnte so etwas getan haben? Einer von unserer Art?«

»Mag sein.« Schweigen. Der Mann räusperte sich. »Aber da ist noch etwas anderes. Hängt in der Luft. Ich würde fast sagen ...«

»Was?«

Keine Antwort, nur Schritte auf dem Gras. Robert spürte einen Schatten. Er strengte sich an, den Blick zu richten, und sah ein zweites Gesicht. Der Mann, der gerade gesprochen hatte: kastanienbraunes Haar, kurzer gepflegter Bart, die Haut kreidig und schimmernd, auch seine Augen unangenehm strahlend. Über einem Auge verlief eine schmale rosa Narbe.

Der Mann zog die Nase kraus, und Robert merkte, daß er

nach ihm schnupperte. Geradeso wie die Frau es getan hatte, runzelte der Mann die Stirn. »Du hast gesagt, er sei sterblich.«

»So ist es. Koste sein Blut.«

»Warum kann ich es dann nicht riechen?«

Die Dame zog leicht die Schultern hoch. »Vielleicht aus demselben Grund«, schlug sie vor, »warum ich seine Gedanken nicht spüren kann. Versuch du es – aber mir ist, als wären sie in Erz eingeschlossen.«

Der Mann starrte Robert in die Augen. Eine Ewigkeit lang, so schien es, blickte er nicht weg. Dann endlich schüttelte er den Kopf. »Aber wie ist das möglich?« fragte er. »Ich kann sein Blut nicht riechen. Ich kann seine Gedanken nicht lesen. So etwas habe ich noch nicht erlebt – nicht seit ich verwandelt wurde.« Er bückte sich und kniff in Roberts Wangen. Ganz kurz huschte ein kaltes Lächeln über seine Lippen. »Er ist sehr hübsch«, murmelte er, »unser rätselhafter Knabe.«

»Allerdings«, erwiderte die Dame sofort. »Sonst hätte ich ihn nicht für mich beansprucht.«

Der Mann begegnete ihrem Blick und zuckte die Achseln, als sie die Hände ausstreckte, um ihre Beute wieder an sich zu nehmen. Plötzlich hielt sie den Atem an; sie hob eine Hand zum Mund und blickte beiseite, dann nahm sie Robert fest in die Arme. »Sieh doch«, flüsterte sie, »was man ihm angetan hat – sieh doch, Kit, sieh!«

An ihrer Brust ruhend, spürte Robert an dem schnellen Auf und Ab, daß seine Trösterin sich anstrengte, die Tränen zurückzuhalten. Vage fragte er sich, warum. In ihren Augen hatte er zu lesen geglaubt, was sie war: ein Dämon wie Faustus – eine Bluttrinkerin. Verzweifelt versuchte er zu denken. Aber durch seine Gedanken zogen Fieberwolken wie warme Nebelbänke, und er begriff nichts. Jemand berührte seine Schenkel und untersuchte seine Wunden. Robert preßte die

Beine fest zusammen. Er klammerte sich an seine Beschützerin, schmiegte seine Wange an den Spitzeneinsatz über ihrer Brust.

»Wer hat dir das angetan?«

Die Worte kamen so leise, daß Robert sie kaum hören konnte. Er hob den Kopf, versuchte zu lauschen, aber sein Schädel war bleiern, und er konnte sein Gewicht nicht halten. Wieder drückte er sich an die Spitze. Seine Mutter hatte so einen Einsatz getragen, ein Hochzeitsgeschenk des jungen Kavalleristen Foxe. Robert lächelte. Gegen ihren Willen hatte sie es geliebt, sonst hätte sie so etwas nie getragen, da es ihr an Selbstvertrauen fehlte. Undeutlich fragte sich Robert, warum, denn sie war sehr schön gewesen. Ja, dachte er, eine schöne Frau, so schön, wie sie freundlich war und stark in ihrem Glauben ... seine Mutter. Er lächelte.

»Wer hat dir das angetan?«

Wieder die Stimme. Gewiß war es sein Vater, der ihn retten kam? Natürlich. Wer könnte sonst zu dieser Zeit hier sein, um ihn zu trösten und nach seinen Wunden zu sehen? »Sehr tief, Vater«, murmelte Robert. »Sehr tief innen.«

»Also wer? Wenn du es mir nicht verrätst, wie kann ich es dann wissen?«

»Es war der Teufel, Vater.«

Ein scharfes Atemholen. Eine so lange Stille, daß Robert fürchtete, sein Vater wäre fortgegangen. Dann eine Hand auf seiner Schulter. »Und wie wurde der Teufel beschworen?«

»Faustus hat es getan.«

»Faustus?«

»Es war Faustus, der den Bösen rief.«

Eine Pause, dann plötzliches Gelächter, bitter und kurz. »Und wo ist dieser – Faustus – jetzt?«

»Faustus ist tot.«

»Nein. Das ist unmöglich.«

»Ich habe es gesehen, Vater.«

»Aber er ist ein Bluttrinker und sogar ein ganz großer. Du verstehst es nicht. Ein Geschöpf wie Faustus kann nie getötet werden. *Nie!*«

»Trotzdem ist er Staub. Ich habe es gesehen, Vater.« Robert hob den Kopf. Er bildete sich ein, nichts zu sein als Asche im Wind, wirbelnd, wirbelnd, immerzu im Kreis herum, getragen auf dem Strudel, der die Steine überspült hatte und nun in seinem Kopf zu sein schien. »Ich habe es gesehen, gesehen, gesehen...« Alles wurde dunkel. Er legte seine Wange wieder an die weiche Spitze. Wie zärtlich sie ihn einhüllte. Er wandte sich ab, um die Tränen abzuwischen; dann barg er sein Gesicht an der Brust seiner Mutter.

Einen Augenblick lang erinnerte er sich, daß sie es nicht sein konnte. Aber dann fühlte er sich hochgehoben, und die Dunkelheit vertiefte sich zu schwarzer Nacht. Als er wieder aufwachte, waren seine Erinnerungen wie ferne Eisschollen, die über einer arktischen See durch die Nebel ragten, und wie ein vorsichtiger Seemann fürchtete er sie, denn er wußte, daß sie grausam waren. Er zitterte heftig. Er warf sich hin und her und versuchte, die Gedanken auszuschalten, wieder in den Schlaf zu fliehen. Doch dann gab es einen Ruck, und er schlug die Augen auf. Er schaute sich um und merkte, daß er in einer Kutsche lag. Ihm gegenüber, im Schatten, saß ein Mann. Seine Gesichtszüge waren nicht zu erkennen, aber seine Augen brannten wie Zwillingsfunken einer Flamme. Robert blickte finster. Er hatte auf seinen Vater gehofft. »Wer seid Ihr?« fragte er.

Der Mann beugte sich vor. Über einem Auge verlief eine ausgefranste Narbe; Robert glaubte sich undeutlich zu erinnern, sie schon einmal gesehen zu haben. »Nenne mich, wenn du willst...« – der Mann machte eine Pause – »Lightborn.«

Robert seufzte. Er schloß die Augen, und als er sie wieder

öffnete, war sein Vater zurückgekehrt. »Ich hatte befürchtet, du wärst verloren«, murmelte Robert.

Sein Vater lächelte. Seine Zähne feixten aus einem Totenschädel; sein Gesicht war weiß wie der Tod. »Und so bin ich verloren«, flüsterte er. »Für immer verloren, mein Sohn.«

Robert schrie. Er hätte sich losgerissen, aber er merkte, daß er an eine zarte Wölbung und einen Bausch aus Spitze geschmiegt lag. Er fühlte sich von nackten Armen umfaßt, hörte ein Schlaflied leise in sein Ohr geflüstert. »Mutter?« fragte er. Beinahe hätte er aufgeblickt; aber plötzlich, aus dem Nichts, begann es zu knistern, und ihm wurde heiß, so heiß, als trüge er ein vergiftetes Hemd aus Feuer ... und er erinnerte sich: Seine Mutter war verbrannt worden. Stumm weinte er. Seine Tränen schienen auf seinen Wangen zu zischen. Eine Hand wischte sie fort. Robert verlangte es, sie zu küssen, in seiner eigenen Hand festzuhalten, aber er wandte sich nicht um. Denn wenn es seine Mutter wäre, dann wäre das Fleisch auf dem Knochen verkohlt, jene Hand, die immer so schön und bleich gewesen war. Er stöhnte. Dann rief er, lauter als zuvor, den Namen seiner Mutter.

Durch sein Fieber hörte er undeutlich, wie Lightborn in Lachen ausbrach. »Hörst du, wie er dich nennt? Gerätst du nicht in Versuchung? Ist es vielleicht an der Zeit, daß du einen Sohn bekommst, Mylady?«

»Mylady.« Wie ein Wassertropfen in ein Flammenmeer fiel das Wort von Lightborns Lippen. Aber wer war Mylady? Robert bemühte sich zu denken. Der Klang des Namens breitete sich in kleinen Wellen durch seine Gedanken aus. Er versuchte, mit ihnen zu schwimmen, hinaus, hinaus, bis sie alle seine Gedanken gefüllt hatten, aber dann gab er es auf, ihnen zu folgen, denn die Wellen beruhigten sich, und der Laut verklang. Weiter rumpelte die Kutsche, doch Robert schlief, und für eine Weile lag er friedlich in seiner Vergessenheit.

Sein Schlaf blieb nicht lange ruhig. Bald kehrte der Fieberwahn zurück, und an den Grenzen zwischen Schlaf und Wachen wurden Nachtmahre geboren. Robert bildete sich ein, aus der Kutsche zu blicken. Draußen dehnte sich eine Stadt von unglaublicher Größe, ein gewaltiges Ödland aus Staub und Lärm, aus dem alles Grün völlig verbannt zu sein schien, so daß kein einziger Baum zu entdecken war, nicht das kleinste Fleckchen Gras. Die engen Gassen lagen in nächtlichem Dunkel, aber dennoch konnte Robert selbst in den dunkelsten Winkeln die wilden Umrisse von Männern sehen, manche mit Fackeln in den Händen und alle tanzend wie die Flammen der Leuchter. »Wo sind wir?« flüsterte er. »Sind wir in der Hölle?«

Lightborn lachte auf. »Sehr ähnlich«, antwortete er.

Aber Mylady schüttelte den Kopf. »Wir sind in London.«

»Warum schwenken sie Fackeln?«

»Um die Nachricht, daß der König zurückkehrt, zu feiern.«

Robert nickte. Aber während er noch hinsah, wurde ihm klar, daß sie sich irrte. Denn er konnte die Feiernden nun ausmachen und erkannte sie. Er starrte auf die Dorfbewohner von Woodton, dieselben, die zugeschaut hatten, als seine Mutter verbrannte. Sie waren überall um ihn herum auf den Straßen draußen, unverkennbar, denn Grausamkeit und Habgier waren ihnen ins Gesicht gestempelt – und Mordabsicht. Sie lachten ihn aus, und Robert wußte, daß sie den Tod seiner Eltern feierten. Er schloß die Augen, aber es änderte sich nichts. Die Gesichter der Dorfleute standen noch vor ihm, höhnisch grinsende und haßverzerrte Mienen. »Euch allen zum Trotz«, flüsterte Robert, »werde ich doch zurückgewinnen, was verlorenging. Ich werde Emily zurückgegeben und meine Eltern noch einmal sehen.«

Dieses Gelübde behielt er für sich, selbst in den Tiefen seines Fiebers. Er klammerte sich daran, obwohl es Zeiten gab, da er sich tot und verdammt in der Hölle glaubte, denn er schien verloren inmitten von Schrecken, die zu groß waren, als daß ein Sterblicher sie ertragen könnte. Doch das Schlimmste war, zu wissen, daß er sie bereits ertragen hatte. Denn ihn suchte nur das heim, was er bereits durchgemacht hatte. Oft sah er die Dorfleute als barbarische Rotte wieder; oft ritt er mit Faustus auf die Steine zu; oft hörte er Emily laut um Hilfe schreien. Manchmal, aber seltener, sah er seine Eltern, die ihn beobachteten, auf ihn herabstarrten – seine Mutter ein Schleier aus Asche, sein Vater blutleer weiß. Dann achtete er auf ihre Münder, die wortlos Befehle formten, aber er brauchte ihre Worte nicht zu hören. »Vergiß nicht, vergiß nicht«: Die Silben klangen schon in seinem Kopf. Dennoch hallten sie wider, und allmählich tauchte er aus den Alpträumen auf.

Eines Tages schlug er die Augen auf. Er spürte einen Stoffstreifen auf seiner Stirn. Der Stoff war durchnäßt, aber als er ihn wegzog, war die Haut darunter frei von Schweiß, und er wußte, daß das Fieber ihn endlich verlassen hatte.

Er betrachtete den Stoff: ein Viereck Spitze.

»Du wolltest nicht davon lassen. Wenn ich es ersetzen wollte, verschlimmerte sich dein Fieber.«

Robert schaute sich um. Aus den Tiefen der Erinnerung tauchte ein Wort auf. »Mylady.« Er flüsterte es.

Sie lächelte ihn an. Die Augen des Mädchens waren so kalt und funkelnd wie zuvor, doch sie war auch genauso schön, und obwohl Robert wußte, daß er sich vor ihr fürchten sollte, empfand er ihre Gegenwart als merkwürdigen Trost. Ihm wurde bewußt, daß er in einem kleinen eichengetäfelten Zimmer in einem Bett lag. Er wandte sich wieder seiner Gefährtin zu. »Wo bin ich?« fragte er.

»In Sicherheit«, antwortete sie.

Wieder starrte er ihr in die Augen. Dieses Mal erbebte er. Ihre Helligkeit war wie Sonnenlicht auf einem zugefrorenen See. Er fühlte den Trost vergehen, aufgelöst in Angst. »In Sicherheit vor Euch?« fragte er.

Myladys Lächeln blieb gefroren auf ihren Lippen. »Warum?« murmelte sie. »Was glaubst du, was ich tun könnte?«

»Nun ja« – Robert schluckte – »mein Blut trinken.«

Sie starrte ihn an, während sie fasziniert die Stirn in Falten zog. »Ja«, sagte sie vor sich hin nickend, »du hast Angst, wahrhaftig.« Sie schwieg, als genösse sie die Erkenntnis. Dann lachte sie auf. »Aber du hast hier viele Tage gelegen. Glaubst du nicht, ich hätte, wenn ich es wollte, dich längst töten können?«

Robert musterte sie finster, dann neigte er bestätigend den Kopf. »Aber warum habt Ihr mich hierbehalten?« fragte er.

Mylady zuckte die Achseln. »Weil du andernfalls bestimmt gestorben wärst.«

Robert schämte sich zutiefst und errötete. »Dann tut es mir leid«, sagte er, »daß ich Euch so verletzend verkannt habe.« Er schloß die Augen. Schon hatte er, so glaubte er, seine Mutter und ihren freundlichen Glauben an die Güte des Menschen verraten. »Denn Ihr seid wie jener Samariter gewesen«, sagte er zu der Dame, »der ein Nachbar dessen war, der unter die Räuber gefallen war.« Aber dann kam ihm ungebeten ein Bild seiner Mutter in den Sinn, wie sie zum Scheiterhaufen hinaufgetragen wurde. »Wo war damals der Samariter?« murmelte er, bevor seine Stimme stockte und er an seinem Schluchzen fast erstickte.

Mylady starrte ihn an, und wieder mischte sich offensichtlich Faszination in ihr Erstaunen. Zärtlich wischte sie ihm die Tränen von den Wangen. Dann hielt sie ihre Fingerspitze ans Licht. »Du bist unglücklich«, sagte sie, während sie den Finger betrachtete. Plötzlich flog ein Ausdruck des Verstehens über ihr Gesicht. »Ja«, sagte sie nickend, »du bist unglücklich – natürlich. Du hast Menschen verloren, die du ... liebtest.« Sie beugte sich vor und küßte Robert sanft. Ihre Lippen waren sehr kalt. Ohne es zu wollen, zuckte Robert bei ihrer Berührung zurück.

Sie blickte verletzt, doch er hatte sie nicht beleidigen wollen. Sie hob eine Hand, um eine Locke zurückzustreichen. »Hältst du mich nicht für schön?« fragte sie.

Robert schluckte, dann sprach er die einfache Wahrheit aus. »Ihr seid die schönste Frau, die ich jemals gesehen habe.«

Sie hob eine Braue. »Dann sollen wir vielleicht wirklich einen Kavalier aus dir machen, junger Herr Lovelace.«

»Lovelace?« fragte Robert.

Sie lächelte kaum merklich. *»Gar traurig ist, daß auch so reife Freuden uns so bald flieh'n.«* Die letzte Silbe schien in der Luft zu schweben, während sie Robert mit ihrem ungerührten goldenen Blick betrachtete. »Du hast das Gesicht eines Kavaliers, den ich flüchtig kannte, der diesen Namen trug. Und außerdem ... wüßte ich nicht, wie man dich sonst rechtmäßig nennen könnte.«

»Mein Name ist Foxe.«

Die Dame schnitt ein Gesicht. »Viel zu gewöhnlich für einen so reizenden Knaben.«

»Doch es war der Name meines Vaters.«

»Dein Vater ist tot.« Sie hielt inne, und dann wurde ihre Stimme weicher. »Ist es nicht so?«

Robert sah beiseite und antwortete nicht.

Mylady beobachtete ihn. »Wenn du gegen das, was man dir angetan hat, kämpfen willst«, sagte sie plötzlich, »dann kannst du nicht das Kind bleiben, das du gewesen bist. Was bist du als Foxe? Nichts! Aber als Lovelace ...« Sie schüttelte den Kopf, dann beugte sie sich wieder über ihn und streichelte sein Haar, so daß er von seinem Kissen aufblickte.

»Welche Welten der Macht und Freude«, flüsterte sie, »könnten dir als Lovelace nicht gehören?«

»Macht?«

Mylady nickte. »O ja. Mehr als du je für möglich gehalten hättest.« Sie küßte ihn auf die Stirn. »Das kann ich beschwören.«

Einen Augenblick blieb sie so nahe, daß ihr Haar seine Wange streifte. Dann stand sie auf und ging zur Tür. »Ich lasse dir vom Diener etwas zu essen bringen«, sagte sie, »und danach mußt du schlafen.« Aber sie schaute ihn noch lange schweigend an – beinahe, dachte Robert, wie seine Mutter es getan hätte, wenn sie noch am Leben wäre und sich um ihn kümmern könnte. War es wirklich wahr, überlegte er, nachdem sie gegangen war, daß sie ihm die Macht geben könnte, nach Hause zurückzukehren? War es überhaupt möglich, daß sie solche Macht besaß? Der Diener kam. Sein Fleisch war blaß, seine Augen waren tot, wie bei den Soldaten, die Faustus in Woodton angeführt hatte. Und Faustus hatte in der Tat über große Kräfte verfügt – furchtbare Kräfte.

Robert nahm das Essen. Der Diener flößte ihm überhaupt keine Furcht ein; vielmehr schien er ein Zeichen für Myladys gültiges Wort. Robert beendete sein Mahl, legte sich hin und malte sich die Rückkehr nach Woodton aus. Emily würde dort auf ihn warten. Emily lebte noch. Solche Gedanken begleiteten ihn noch beim Einschlafen. Bald schlief er fest. Zum erstenmal, seit das Fieber begonnen hatte, blieben seine Träume ungestört.

Aber am Morgen erwachte er mit neuen Einbildungen und Zweifeln. Myladys Kräfte, fragte er sich – woher rührten sie? Nicht von Gott, dessen war er sich sicher, noch aus irgendeiner anderen Quelle, die seine Eltern gepriesen hätten. Schließlich hatte ihn Faustus auf dem Ritt zu den Steinen mit einem ähnlichen Versprechen zu verlocken gesucht, und er war ein Dämon aus dem tiefsten Höllenschlund gewesen. »Hebe dich hinweg, Satan«, flüsterte er für sich, während er zum Gebet niederkniete und zierliche Schritte die Treppe zu seinem Zimmer heraufsteigen hörte. Doch dann schien er noch einmal seine Mutter zu sehen, geschwärzt und an den Pfahl gekettet, und er schüttelte gequält den Kopf. »Führe mich, o Herr«, betete er, »denn wie deine alten Propheten scheine ich in der Wildnis verloren, und ich weiß nicht, was ich tun soll.« Doch nichts antwortete ihm, nur der leichte, zarte Klang von Myladys Schritten. Einen Augenblick noch betete er weiter, dann stand er auf und wandte sich zum Gruß zu ihr um.

Sie schien fasziniert, ihn auf den Knien gesehen zu haben, und ein wenig erschrocken. Aber sie sagte nichts. Statt dessen legte sie einen dicken Stapel Kleider auf sein Bett und deutete darauf: »Das habe ich dir gebracht.« Robert starrte auf die Kleider. Dann strich er mit den Händen darüber, mit den Fingerspitzen, und empfand einen freudigen Schauer. Da lagen Seide und Federn und ellenlange Spitze. Nie hätte er geträumt, daß Kleider so wunderschön und prächtig sein konnten. Mylady beobachtete gespannt sein Entzücken, und wie zuvor schon schien sie sich von seinen Reaktionen zu nähren, als hungerte sie danach, seine Gefühlsregungen für sich zu erleben. Sie hob einen Umhang aus tiefschwarzem Samt auf und legte ihn um seine Schultern. »Schau«, rief sie aus und klatschte in die Hände. »Jetzt bist du ein eleganter Herr.«

Natürlich schüttelte Robert den Umhang auf der Stelle ab. Er sah seine eigenen Sachen gewaschen und ordentlich gefaltet auf einem Stuhl liegen. Indem er sich hinter einem Laken verbarg, zog er sie schnell an. Er war nicht seines Vaters Sohn gewesen, dachte er, um sich nun wie ein Kavalier zu kleiden. Dies erklärte er Mylady, die kaum zu glauben schien, er könnte es ernst meinen. Sie hob einen Seidenumhang auf und hielt diesen an ihn, wobei sie seine Miene beobachtete. »Aber du möchtest es?« beharrte sie. Sie konnte sein Zögern spüren, und das Gold ihrer Augen brannte vor Freude. »Faß es an«, drängte sie. Dann warf sie den Umhang plötzlich beiseite und nahm ihn in die Arme. »Du mußt deine Eltern sehr geliebt haben«, hauchte sie mit der gleichen Leidenschaft, mit der sie ihm die Kleider angeboten hatte. Sie hielt inne, um noch einmal seine Miene zu prüfen. »So stark, so einfach, so überaus merkwürdig«, flüsterte sie. Sie küßte ihn auf die Lippen. »Die Liebe eines Sterblichen.«

Dann nahm sie seinen Arm. »Wenigstens«, sagte sie, während sie ihn aus dem Zimmer zog, »hast du dir nicht verboten zu essen?« Robert nickte. Myladys Lippen teilten sich zu einem Lächeln, und sie berührte sehr zierlich ihre Zähne mit der Zungenspitze.

Sie führte Robert hinunter in eine lange und niedrige Halle mit rot getäfelten Wänden. Draußen war Morgen, aber hier hätte es genauso mitten in der Nacht sein können, denn die Fenster waren hinter dicken Samtvorhängen verborgen, so daß die Luft im Raum ganz purpurn und schwer wirkte. Kerzen brannten weich, glitzernd im Dunkel. Manche wurden von Knabenstatuen gehalten, die sich auf einem Tisch in der Mitte des Raums befanden. Robert starrte voller Staunen auf ihre Schönheit. Die Locken ihres Haars schienen wie in Wasser zu gleiten; um ihre nackten Arme trugen die Knaben Perlmutterkrönchen; nur ein winziger Zweig eines Ölbaums, verspielt gehalten, schützte die Teile, die Frauen so gern sehen. Tatsächlich schien ihr Liebreiz das Können eines Bildhauers zu übersteigen. Und dann fiel ein Wachstropfen auf die Hand einer Statue, und Robert sah sie zukken, und er merkte, daß sie aus Fleisch und Blut gemacht war wie er selbst. Er bemerkte den Blick des Knaben. Er schien betäubt, als läge ein Schleier über einem Lotostraum. Sofort schlug Roberts Staunen in Abscheu um, und er wich zurück, indem er die Arme um sich schlug, damit man nicht auch ihm die Kleider vom Leib risse und er als lebende Trophäe zu den anderen gelegt – oder noch schrecklicheren Zwecken zugeführt würde.

Jemand hatte ihn beobachtet, denn plötzlich hörte er eine Stimme vom anderen Ende des Raums. »Sieh doch, wie er nach seinen puritanischen Hosen greift! Ungebildet ist er, und deshalb versteht er nicht, daß Liebe nichts ist als ein nackter Knabe.«

Robert drehte sich um und sah Lightborn, der sich mit offenem Hemd neben einem anderen Mann am Tisch rekelte. Er schluckte. »Ich weiß«, sagte er, »daß Ovid dies von der Liebe behauptet hat.«

Lightborn kniff die Augen zusammen. »Wunderbar!« rief er aus. »So jung und schon gelehrt, und ein Bauer dazu!« Er warf einen strengen Blick auf Mylady. »Aber wenn er das weiß, warum will er dann unbedingt seine Lumpen behalten?«

»Sie erinnern ihn an seine Eltern«, erwiderte Mylady, als verkünde sie etwas Außerordentliches.

»Rührend.« Lightborn sah sie stirnrunzelnd an. »Das reicht kaum aus als Grund. Sieh ihn dir an. Er ist wie eine fromme Raupe – ein Fleck auf den dunklen, wundersamen Schönheiten dieses Ortes. Falls du ihn wirklich hierbehalten willst, Mylady, dann mußt du besser auf ihn aufpassen.«

»Wer ist das?« fragte Lightborns Gefährte. »Trotz seiner groben Kleidung ist er eine hübsche Hure.«

»Das wäre er«, stimmte Lightborn zu, »wenn ich ihn mir vornehmen dürfte.«

»Nein«, warf Mylady ein. »Du hast es geschworen – er gehört mir.«

Lightborn zuckte die Achseln. »Wie du wünschst.« Er wandte sich wieder seinem Gefährten zu. »Bezaubernd, Godolphin, nicht? Meine Lady Helen hat einen Gespielen adoptiert. Das sieht ihr ähnlich, einen von den Rundköpfen ins Haus zu holen, wenn der Rest der Welt sie gerade hinauswirft.«

Godolphin begann zu lachen. Plötzlich fiel er vornüber, während sein ganzer Körper bebte und er wie ein Verrückter kicherte und spuckte. Lightborn nahm ihn in die Arme und zog ihn sanft zurück, Godolphin brabbelte weiter, bis er von einer Hand auf seinem Mund und dann einem Kuß zum Schweigen gebracht wurde. Entsetzt schaute Robert zu. In den Geschichten der Römer hatte er natürlich von solchen Dingen gelesen, aber sein Lehrer hatte ihm gesagt, daß derartige Scheußlichkeiten nun nicht mehr vorkämen. Im Leben wie im Lateinischen, dachte Robert, lernte er anscheinend mehr als Mr. York.

Er konnte den Blick nicht abwenden, auch als Mylady ihn zum Tisch führte. Dort wurde er eine Weile abgelenkt, denn er schien eine Vision des Himmels selbst vor sich zu haben. Rosen waren über den Tisch gestreut und Berge von Speisen, die seine wildesten Phantasien übertrafen. Ihm fiel das Mahl ein, das ihm seine Mutter versprochen hatte, die Gans, die Hannah nie zubereitete, und ihm war, als verhöhne ihn das Schicksal, denn nun sah er nicht nur eine Gans vor sich, sondern auch Rebhuhn und Wachtel, Fisch und Torten, Braten und Früchte. Sich an den Tisch zu setzen, so empfand er undeutlich, wäre ein Verrat an der Vergangenheit. Doch sein Hunger war schrecklich, und er konnte sich nicht zurückhalten. Mylady beobachtete und ermunterte ihn, denn ihr Blick war noch immer gierig auf die Zeichen seiner Freude, die sie selbst mit leidenschaftlichem Entzücken zu erfüllen schien. Aber er bemerkte, daß sie selbst kaum etwas aß, und während er seinen Hunger stillte, spürte er aufs neue, wie allein er war. Er wünschte sich Emily an seiner Seite. Emily hatte immer die guten Dinge des Lebens geliebt – wie hätte sie dieses Festessen genossen! Aber dann hörte Robert ein Keuchen vom Ende des Tischs und ein leises Stöhnen. Er blickte auf. Godolphin lag ausgestreckt auf seinem Sessel. Lightborn preßte sein Gesicht auf Godolphins Brust und schien zu schlecken wie eine Katze, die Milch trinkt. Dann hielt er inne und hob den Kopf. Robert sah, daß sein Mund blutbeschmiert und Godolphins Körper mit Schnitten übersät war. Als Lightborn grinste und mit der Zunge hin und her fuhr, wandte sich Robert ab. Vielleicht war es doch das beste, dachte er, daß Emily nicht hier war.

Doch bald sehnte er sich wieder nach ihrer Gesellschaft. Denn als das Mahl beendet war, führte Mylady ihn vom Tisch hinaus auf die Straßen, und Robert war hingerissener denn je – hingerissen und überwältigt. Das also war London! Er spürte, daß er an einen Ort der Wunder gekommen war, wie er und Emily sie sich nicht einmal im Traum vorgestellt hatten. Wie gern Emily jetzt bei ihm gewesen wäre! Denn wozu brauchte man die Welt zu erkunden, wo doch die ganze Welt in den Straßen Londons zu liegen schien? Anblicke und Geräusche und Gerüche aller Art, Pracht und Schmutz, Dunkelheit und Licht. Weiter gingen sie durch das großartige Labyrinth, und mit Mylady an seiner Seite meinte Robert, die ganze Stadt sei sein.

Das ist Leviathan, dachte er, als sie auf der London Bridge stehenblieben, ein Ungeheuer von furchtbarer und wundersamer Größe, auf dessen Rücken die Menschen bloß wie Fliegen wimmeln und sich vermehren. Doch Mylady hatte das Ungeheuer gezähmt, bemerkte er. Denn unter ihrem Blick schien es verwandelt in ihr Spielzeug, für sie allein, und er empfand ein plötzliches Verlangen, wie sie zu sein und an solcher Macht teilzuhaben. Er blickte zu ihr auf. »Habt Ihr immer hier gewohnt«, fragte er, »da Ihr die Straßen so gut kennt?«

Mylady schüttelte den Kopf, blickte weiter in den Schaum des Flusses, der zwischen den Brückenbögen kochte und gurgelte. »Ich bin nun lange nicht mehr in London gewesen«, murmelte sie.

»Wie also ...«

»Einst«, sagte sie langsam, »kannte ich die Stadt gut. Ja, und Lightborn auch. Aber damals war alles anders.« Sie blickte nach Southwark hinüber, wo die Brücke das südliche Ufer der Themse erreichte. »Seitdem sind wir nicht mehr hier gewesen.«

»Seit wann?«

Sie lächelte, schüttelte aber den Kopf.

»Wollt Ihr es mir nicht sagen?« drängte er sie.

»Eines Tages vielleicht.« Sie lachte auf. »Aber ich glaube nicht, daß du dafür schon bereit bist.«

Roberts Neugier wurde dadurch erst recht gereizt, aber Myladys Gesicht wirkte mit einemmal erstarrt und verschleiert, und er fürchtete sich, sie mehr zu fragen. »Komm«, sagte sie unvermittelt, »es wird dunkel.« Sie hielt einen Moment inne und schien die Brise zu riechen. »Ich habe Geschäfte zu erledigen, und du – du mußt schlafen. Wir sollten zum Pudding Lane zurückkehren.« Sie ging über die London Bridge zurück, und Robert folgte ihr, wobei er beobachtete, wie sie wieder tief einatmete. Als er aufblickte, sah er zum erstenmal, daß da zwei Köpfe, frisch abgetrennt, auf Spießen steckten. Als sie zu ihrem Haus hinaufstiegen, blieb Mylady noch einmal stehen, und ihre Wangen röteten sich, während sie wieder schnupperte. Ein Karren rumpelte vorbei. Robert starrte auf die Ladung: Säcke mit Eingeweiden aus den Metzgereien. Doch Mylady sagte noch immer nichts, und als sie das Haus erreichten, ließ sie ihn zu seiner Verwunderung und großen Angst allein. Die ganze einsame Nacht hindurch, so schien es ihm, betete er zu Gott um Führung. Schon begannen die Vögel auf dem Dachgesims vor seinem Zimmer zu singen und die ersten Strahlen der Dämmerung durchs Fenster zu kriechen. Aber obwohl er sich hin und her warf, konnte Robert keine Antwort hören. Erschöpft von seinen Zweifeln schlief er endlich ein. Selbst durch seine Träume geisterten die Ungewißheiten: ob seine Faszination größer war als seine Angst, ob das Versprechen großer Kräfte eine Antwort auf seine Gebete war oder eher eine gefährliche und höchst verwerfliche Lockung.

Worin Robert über die Natur der Dinge belehrt wird

Am nächsten Morgen wurde er von einem plötzlichen Schrei geweckt. Er schien von einer Frau und von unten aus dem Korridor zu kommen. Robert zog sich geschwind an und schlich aus seinem Zimmer. Die Frau rief etwas; wieder schrie sie laut, und er merkte, daß es kein Schmerzenslaut war, sondern ein Zornesschrei. Er eilte die Treppe hinunter. Als er in die Halle trat, hörte er Lachen – Lightborns Lachen. Bei diesem Klang schrie die Frau ihn wieder an.

Sie war jung und wäre hübsch gewesen, hätte sie ihr Haar nicht unter einer einfachen, formlosen Haube versteckt. Auch ihr Kleid war fast demonstrativ schlicht. Dennoch waren Schnitt und Stoff so fein wie Myladys Garderobe, und obwohl sie sich wie eine Puritanerin gekleidet hatte, vermutete Robert, daß die Frau reich sein mußte. Wie zuvor schon rekelte sich Lightborn auf dem Stuhl. Das Gesicht der Frau war rot vor Wut, Lightborns Miene dagegen völlig kalt. Robert starrte auf die beiden, dann trat er vor. Die Frau fuhr herum, und bei seinem Anblick wurde ihr Gesicht noch dunkler. Sie wandte sich wieder Lightborn zu. »Und habt Ihr so wenig Schamgefühl«, fragte sie, »daß Ihr sogar Kinder auf diesem Misthaufen der Lüste wohnen laßt?«

Lightborn lächelte. »Das solltet Ihr lieber Euren Gatten fragen, Lady Godolphin, denn er ist in letzter Zeit ganz ... vernarrt ... in Knaben.«

Sie bebte. »Wo ist er also?« zischte sie.

Lightborn zuckte die Achseln.

Lady Godolphin ballte die Hände zu Fäusten. »Bitte«, flüsterte sie. »So wahr Ihr Christ seid – gebt ihn mir wieder.«

»So wahr ich Christ bin?« schnaubte Lightborn. »Katzbuckelt nicht länger mit Eurer Moral vor mir. Fort mich Euch. Ihr amüsiert mich nicht mehr.«

»Ihr wollt also nicht tun, worum ich bitte?«

Lightborn gähnte. »Nein.«

»Ich werde meine Männer schicken, damit sie dieses Haus durchstöbern.«

»Tut, was Ihr wollt. Aber ich warne Euch, Lady Godolphin – die Zeit wird kommen, da werdet Ihr diese überflüssigen Drohungen bereuen. Geht jetzt, und ich verschone Euch vielleicht. Belästigt mich weiter und – nun ... wir werden sehen.«

Lady Godolphin stand einen Moment wie angewurzelt. Dann zuckte ihr Gesicht, und sie wandte sich um und verließ das Zimmer. Lightborn sah ihr nach. »Diese langweiligen Schlampen«, murmelte er und wandte sich an Robert. »Laß sie dir eine Warnung sein«, sagte er, »damit du nicht zu lange durch die Religion belastest bleibst.«

»Aber ...« Robert schüttelte verwundert den Kopf. »Wie konntet Ihr ihren Wunsch nicht erfüllen? Ihr habt ihren Mann gestohlen.«

»Und wenn schon?« Lightborn umschrieb mit einer ausholenden Geste die Halle. »Möchtest du, daß wir für immer in diesem Loch bleiben?«

»Loch? Das ist kein Loch!«

»Wenn ich es dir sage, dann ist es eins. Jedenfalls verglichen mit dem Haus, in dem wir bald wohnen werden.«

»Ich verstehe Euch nicht.«

Lightborn grinste. »Godolphin, mein Geliebter, der liebende Gatte dieser Hexe, ist ein äußerst reicher Mann. Sonst hätte ich ihn nicht ausgewählt. Sein Haus ist unglaublich elegant, mit Kutschen und Ställen und einem Blick über den Park.«

Robert starrte ihn mit großen Augen an. »Ich verstehe Euch noch immer nicht«, flüsterte er.

»Du bist außerordentlich langsam.«

»Ihr werdet – was ...« – Robert schluckte – »Ihr werdet es ihm stehlen?«

»Stehlen? Aber nein! Er wird es mir schenken.« Dann runzelte Lightborn plötzlich die Stirn. »Hat Mylady dir denn nicht von den Kräften erzählt, die wir besitzen?«

Robert starrte ihn eine Weile sprachlos an. »Sie hat nicht gesagt, was für Kräfte das sind«, sagte er schließlich. Während er noch sprach, hämmerte es plötzlich an die Tür, und von draußen kamen Schreie. Lightborn blickte sich um, und sein finsterer Blick löste sich zu einem Lächeln.

Er wandte sich wieder Robert zu. »Möchtest du also sehen, was unsere Kräfte bewirken können?«

Wieder hämmerte es heftig an die Tür, dann splitterte das Holz.

»Paß auf«, sagte Lightborn. Er drehte sich um, als vier Männer in die Halle schritten. Kräftig gebaut und mit Keulen bewaffnet, entdeckten sie Lightborn und gingen sogleich auf ihn los. Aber er zuckte nicht zurück, sondern blieb völlig ruhig, seine Miene eine Mischung aus Vergnügen und Verachtung, das Gesicht so bleich und hart wie die Knöchel einer Faust. Seine Augen funkelten, und als die Männer näher kamen, leckte er sich die Lippen. Auf einmal blieben die Männer abrupt stehen; ihre Arme hingen unnütz herunter, und die Keulen fielen aus ihren Händen polternd auf den Boden. Wie Vögel vor einer Schlange, standen sie in Lightborns Blick gefangen.

Er wandte sich an Robert. »Hätte ein solcher Trick nicht deinem Vater wohl gedient«, fragte er, »als er vor seinen Mördern stand? Und könnte er nicht dir dienen, wenn du Rache suchst? Paß nun gut auf, welche Macht ich habe, die Gedanken dieser Burschen zu beherrschen.« Er wandte sich wieder den Männern zu. Sofort sah Robert, wie das Blut aus ihren Gesichtern wich und ihre Augäpfel rollten, als würden sie von ihrer Angst gedreht. Sie griffen sich an die Köpfe und stürzten wimmernd zu Boden. Dann winselten sie und zogen sich wie Hunde vor einer Peitsche zurück. Lightborn lachte; die Männer begannen zu schreien. Dann machte Lightborn eine Handbewegung, und sofort machten drei von ihnen kehrt und krabbelten aus dem Zimmer. Ein vierter blieb, kauerte noch auf dem Boden. Lightborn betrachtete ihn, ging dann zum Tisch hinüber und nahm ein Messer. Mit der Fingerspitze prüfte er die Klinge; dabei zitterte und stöhnte der Mann. Sein Gesicht hatte geschwitzt wie schimmliger Käse, und als er zu Lightborn aufblickte, griff er sich plötzlich an die Leisten. Robert beobachtete, wie sich die Pfütze auf dem Fußboden bildete, und der Geruch rief ihm die Nacht im Kreis der Steine zurück.

Lightborn hatte ihn spöttisch beobachtet. »Nun sag«, fragte er, »hast du dich in Stonehenge nicht ähnlich vollgepißt vor Angst?«

Robert gab keine Antwort.

»Ja«, Lightborn nickte. »Ich erinnere mich an den Gestank aus deinen Hosen.« Er hielt inne. »Du mußt quälende Angst gehabt haben.« Er winkte Robert vor, und ohne es zu wollen, gehorchte Robert. Lightborn musterte ihn prüfend. »Was hast du dort gesehen?« flüsterte er ihm ins Ohr. »Einen, der sogar ein Geschöpf wie mich töten könnte? Das hast du gesagt, nicht wahr? Das hast du behauptet? Sag es mir!« Plötzlich schüttelte er Robert. »Hast du das gesehen?«

Robert nickte stumm.

»Ich glaube dir«, sagte Lightborn, wieder eiskalt. »Denn ich roch es, selbst durch den Gestank deiner Pisse: tot unsterblich – ein hübscher Widerspruch, was dort in der Luft hing. Aber wer könnte es getan haben, ein Ding welcher Ordnung?«

»Es war der Teufel«, sagte Robert.

»Der Teufel!« Lightborn spie aus.

»Ich sah sein Gesicht, es war der Herr der Fliegen.«

»Du hast etwas anderes gesehen.«

»Was dann?«

»Gewiß etwas zu Großes für deine schwachen Kräfte.«

»Und zu groß für Eure?«

»Das bleibt abzuwarten.« Lightborn zuckte die Achseln. »Aber was glaubst du, wer die größere Chance gegen solch ein Geschöpf hat, ich – oder du?«

Robert neigte den Kopf. Er dachte an Emily – noch immer gefangen oder, schlimmer noch, wieder in Woodton. »Was muß ich dann tun, um Eurer Kräfte teilhaftig zu werden?«

»Es ist ganz leicht.« Lightborn grinste und strich über die Messerklinge. »Du mußt ein Hirngespinst abtreten, das gar nicht existiert.«

»Und was ist das?«

»Ach« – Lightborns Grinsen wurde noch breiter – »bloß deine Seele.«

»Nein!« schrie Robert. Er wich zurück und kreuzte die Hände über seinem Herzen.

»Du willst dich also nicht von ihr trennen?«

»Nicht, solange ich noch hoffe, meine Eltern im Himmel zu sehen.«

Lightborn schnaubte. »Himmel, Hölle – was sind diese kindischen Spielsachen?«

Robert starrte ihn entsetzt an. »Ihr redet, als gäbe es gar keinen Gott.«

Lightborn erwiderte seinen Blick mit großen Augen. Dann warf er den Kopf zurück und lachte wilder als zuvor.

Vor plötzlichem Zorn stieg Robert das Blut zu Kopf. Was war das für eine sonderbare Welt, die er betreten hatte, wo das Böse mit so beiläufiger Ruhe ausgesprochen werden konnte? Verlassener denn je fühlte er sich, verlassener und einsamer, und zitternd dachte er wieder an Emily und wie allein auch sie war.

Er zog scharf die Luft ein.

»Wenn meine Seele nur ein Phantom ist«, begann er langsam, »wie soll ich sie Euch dann geben?«

»So«, antwortete Lightborn. Unvermutet schlug er nach dem Mann neben ihm. Die Klinge zog einen tiefen Schnitt über das Gesicht. »Siehst du?« fragte er, während der Mann schrie und sich auf dem Boden wand. »Es ist eigentlich sehr leicht.«

»Ich kann nicht«, flüsterte Robert.

»Die Geister deiner Eltern schreien laut nach Rache.«

»Nein. Nicht um diesen Preis.«

»Bist du dir sicher?« Lightborn kniff die Augen zusammen. »Sie suchen dich bei Nacht heim, ja? Ich habe dich im Schlaf murmeln und weinen hören.«

Robert wandte den Blick ab. Seine Mutter wieder und sein Vater, völlig blutleer, mit ausgestreckten Armen vor ihm stehend; Emily stumm in den Armen eines Soldaten.

»Das Messer.« Lightborn reichte es ihm, drückte es ihm in die Hand. »Ein einziger Hieb wird diesen erbärmlichen Sack Eingeweide töten. Es ist ganz leicht. Ein einziger Hieb bloß.«

Robert blickte auf den Mann hinunter, der unhörbar stöhnte und die Hände auf sein Gesicht drückte. Seine Nase war aufgeschlitzt, sein linkes Auge anscheinend ausgestochen.

»Tu's.« Lightborns Stimme war hart und sehr kalt. »Denn du wirst bald entdecken, daß es auf dieser langweiligen Welt kein sicheres Vergnügen gibt, außer Zeuge der Leiden und Schmerzen einer anderen Person zu sein.«

Roberts Knöchel wurden weiß um das Heft. Er starrte auf den Bauch des Mannes und dachte, wie leicht es wäre, das

Werk einer Sekunde, das Messer durchzuziehen und die Eingeweide herauszuzerren. Doch dann, trotz der Wärme im Zimmer, zitterte er vor Kälte. Denn plötzlich stand er in Wolverton Hall, und Hannahs Leichnam lag im Schnee; Mr. Webbe beugte sich darüber und sein Vater auch, und er sprach ein Gebet für Hannahs Seelenfrieden. »Nein«, flüsterte Robert. »Das ist mehr, als ich ertragen kann.« Er ließ das Messer fallen, hielt sich die Augen zu und taumelte aus dem Zimmer und hinaus auf die Straße.

Worin ein Führer auf einsamem Weg gefunden wird

Die Stadt, die ihm tags zuvor wie ein wundersames Paradies vorgekommen war, schien nun eine Hölle zu sein, denn die Straßen trugen ihn wie die Strömungen eines Strudels hierhin und dorthin, bis Robert fürchtete, in ihrem Wirbel zu ertrinken. Mr. Webbe, erinnerte er sich, war einmal in London gewesen und hatte ihm oft erzählt, was er dort gesehen hatte: »Betrug, Diebereien, Morde, Begierden, Buben und Schurken.« Ihm war, als hörte er die Stimme des Predigers in seinen Ohren; er weinte, aus Heimweh und weil Mr. Webbe recht behalten hatte. Denn überall starrten ihn die Menschen haßerfüllt an. Eine Frau, das Gesicht dick mit Schminke bedeckt, hatte ihn sogar bespien und Steine nach ihm geworfen. Robert war vor ihr auf einer breiten, staubigen Straße geflohen, die ihn schließlich in einen bevölkerten Park geführt hatte, wo hohe, mit Bändern geschmückte Pfähle errichtet und große Freudenfeuer angezündet worden waren. Er starrte in das Meer von Gesichtern um ihn herum, Männer und Frauen, junge und alte, reiche und arme, aber alle schienen schmierig und abstoßend vor Erregung, und alle grinsten boshaft, wie die Dörfler in Woodton gegrinst hatten. »Bitte«, wandte sich Robert an einen Mann, nachdem er seinen ganzen Mut zusammengenommen hatte, »was feiern denn die Leute hier?«

Der Mann schaute sich um und rümpfte die Nase, als er Roberts Kleidung sah. »Was dank dem Verbot der Fröhlichkeit durch deine Leute in den verflossenen fünfzehn Jahren untersagt war«, erklärte er.

»Meine Leute?«

»Wessen Sohn bist du wohl, wenn nicht eines frömmlerischen Anhängers der Republik.«

Robert ballte die Hände zu Fäusten. »Sprecht nicht von meinem Vater«, stieß er wütend hervor.

»Warum sollte ich nicht? Denn er war zweifellos ein Narr, dich so gekleidet an diesen Ort kommen zu lassen.« Der Mann zwinkerte ihm zu. »Ich würde laufen, Junge«, höhnte er. »Denn sonst könntest du, so wie die Stimmung dieser Leute ist, ergriffen und in die Flammen geworfen werden. Du würdest ein lustiges Freudenfeuer abgeben, um die Rückkehr des Königs zu beleuchten.«

Robert würgte und stellte sich einen Augenblick lang vor, er sei wieder auf dem Anger von Woodton. Dann folgte er dem Rat des Mannes und lief weg. Wie weit, merkte er nicht; aber immer hatte er das Knistern der Flammen im Kopf und die Stimme seiner Mutter, während sie vom Feuer verzehrt wurde, ihr Versprechen im Tod, daß sie sich im Himmel wieder begegnen würden. Dann schaute Robert sich auf den Straßen um und dachte daran, daß es in ganz London niemanden gab, dem er etwas bedeutete, daß es nun auf der ganzen Welt niemanden mehr gab außer Emily.

Sollte er also nicht sofort zu ihr zurückkehren, fragte er sich, auch so schwach und machtlos, wie er war? Für einen Augenblick wünschte er, er hätte Lightborn nicht den Rükken gekehrt – damit er wenigstens gewisse Kräfte hätte, um dem bösen Geist gegenüberzutreten und, wenn nicht um ihn zu vernichten, dann wenigstens um Emily zu retten. Er blieb abrupt stehen und merkte, daß er noch immer nicht wußte, wo er war. Als er sich umschaute, sah er, daß er auf einer von Läden gesäumten Straße stand, die jedoch mit Brettern vernagelt waren. Er ging in einen der wenigen, der noch geöffnet schien; es war eine Metzgerei. Robert erinnerte sich an die Karren voller Fleischabfälle, die er im Pudding Lane gesehen hatte, und er hätte sich beinahe nach dem Weg dorthin erkundigt, denn er war überzeugt, daß der Metzger ihn kannte. Aber er beherrschte sich, und als er statt dessen nach der Straße nach Salisbury fragte, lächelte der Metzger und nickte und nahm ihn am Arm.

Der Metzger führte ihn die Straße hinunter. Er war groß und kahlköpfig und in Schweiß gebadet, und sein Griff war zwar fest, aber sein Lächeln freundlich. »Zum erstenmal in London?« fragte er. Robert nickte und bejahte es. Der Metzger lächelte noch breiter. »Hier lang«, sagte er, während er Robert hinter sich her in eine dunkle, enge Seitengasse zerrte. Ein paar kräftige Schläge, und Robert lag im Schmutz. Verschwommen merkte er, daß er durchsucht wurde. Dann spürte er, wie der Mann seine versteckte Geldbörse fand und an sich nahm. Er versuchte zu protestieren – daß er das Geld brauche, daß seine Eltern tot seien. Doch er wurde mit einem Tritt in den Magen und dann an den Kopf zum Schweigen gebracht. Er hörte den Metzger nicht einmal weggehen, sondern blieb liegen, wo er war, nichts fühlend als den Schmutz. Langsam begann er den Schmerz zu spüren und schließlich seine Verzweiflung, und erst dann stand er auf. Er wanderte ziellos umher, wohin, das wußte er nicht. Es war gleichgültig; er würde nie entkommen. Denn es gab eine Stadt, vor der seine Mutter ihn stets gewarnt hatte, eine Stadt, die man nie mehr verlassen konnte, sobald man sie betreten hatte. Ihr Name war Hoffnungslosigkeit gewesen, und er fürchtete, es wären die Seitenstraßen dieser Stadt, durch die er nun wanderte.

Robert ließ sich treiben, bis es dunkel wurde. Vage dachte er daran, ein Bett zu suchen, denn seine blauen Flecken schmerzten furchtbar. Dann fiel ihm aufs neue ein, daß er nirgendwohin gehen konnte. Als er an einer Kirche vorbeikam, drückte er gegen die Tür. Sie war verschlossen. Er hockte sich auf die Straße, gegen die Kirchenmauer gelehnt, und versuchte zu beten. Doch die Worte in seinen Ohren erschienen ihm wie sinnloser Lärm. Dennoch versuchte er es: »Lenke mich, o Herr. Führe mich von diesem Ort der Dunkelheit. Gib mir ein Zeichen.« Er wartete. Nichts.

Allmählich wurde es kalt. Er zitterte und wünschte sich eine Decke oder einen Mantel. Ihm fiel ein, wie er erst vor zwei Wochen unter den Sternen gelegen hatte, aber das war mit Emily gewesen, nachdem sie um Mitternacht heimlich geschwommen waren, und damals hatten sie zusammen auf Gras gelegen, nicht mitten im Schmutz und Staub einer Straße.

Robert seufzte und rieb sich die Augen. Trotz der späten Stunde war er nicht allein. In seiner Nähe lagen noch andere Menschen, in noch schmutzigeren und zerfetzteren Lumpen als er, nicht nur Kinder, sondern auch Erwachsene. Wie lange, fragte sich Robert, waren sie schon ohne Zuhause? Würde er vielleicht zum Mann heranwachsen und noch immer kein Bett haben? Abrupt setzte er sich auf. Es durfte nicht möglich sein – es durfte nicht möglich sein. Aber er spürte das Gewicht des Elends drückend auf der Brust, und er wußte, daß es möglich war. Vor einer Woche hatte er Eltern gehabt und ein Zuhause, und nun – fort, alles fort, und er schien nichts dagegen tun zu können.

Hoffnungslos schaute er sich um und lenkte die Aufmerksamkeit eines vorbeigehenden Mannes auf sich. »Bitte«, sagte er. Der Mann nickte und lächelte; er bückte sich und steckte Robert eine Münze zu. »Danke«, flüsterte Robert, »in Christi Namen, danke.« Aber dann spürte er die Finger des Mannes tastend an seinen Schenkeln, und er erinnerte sich anderer Hände, weit schrecklicherer, und plötzlich begriff er, wofür die Münze gewesen war. »Nein!« schrie er. Der Mann fuhr erschrocken zurück, und als Robert nicht aufhörte zu schreien, begann er zu laufen. Andere Leute rührten sich nun, blinzelten verschlafen und schrien Robert an, er solle den Mund halten. Er verstummte; dann schlug er die Arme fest um sich und begann wieder zu beten. Aber noch immer kam keine Antwort, und die Dunkelheit auf der Straße war nun still und unergründlich.

Da hörte Robert plötzlich Schritte. Er schaute sich um und konnte mit Mühe zwei schattenhafte Gestalten ausmachen, die sich ihm an der Seite der Kirche näherten. Einer schien ein Junge etwa von seiner Größe zu sein; der andere war ein Mann, mit Umhang und Hut, der seinen Begleiter am Ellenbogen hielt. Der Junge blieb stehen, und sogleich hielt auch der Mann inne. »Wartet hier einen Moment«, sagte der Junge.

»Laß mich hier nicht allein«, erwiderte der Mann, »du weißt doch, daß ich hilflos bin.« Seine Stimme war, obwohl er geflüstert hatte, fest und klar. Aber der Junge beachtete ihn nicht und lief die Straße hinunter. Er kam an Robert vorbei. Dann, an der Ecke der Kirche, blieb er stehen und wurde von den schattenhaften Gestalten zweier Männer in Kapuzenmänteln erwartet.

»Er ist dort hinten«, hörte Robert den Jungen flüstern. »Ihr könnt ihn leicht greifen, denn er ist blind und hat keine Freunde. Es scheint, daß er ein sehr bedeutender Mann der Republik gewesen ist – führt ihn vor die Behörden, sobald ihr ihn ausgeraubt habt, und wir werden ganz sicher belohnt, daß wir so einen Verräter gefangen haben.«

»Gott erhalte den König!« antwortete einer der Männer. Sein Kumpan lachte, und dann schritten sie die Straße hinunter auf die Stelle zu, wo der blinde Mann wartete. Robert lief ihnen voraus. »Habt Ihr eine Waffe?« flüsterte er dem Blinden ins Ohr.

»Wer bist du?« antwortete der Mann.

»Keine Zeit«, zischte Robert. »Habt Ihr eine Waffe?«

Mit unbewegter Miene griff der Mann unter seinen Umhang und zog ein Messer heraus. Robert nahm es – gerade rechtzeitig, denn die Straßenräuber waren inzwischen fast bei ihm. Sie entdeckten ihn und blieben stehen. »Aus dem Weg«, sagte der eine. »Der hier gehört uns.«

Robert antwortete dem Mann, indem er das Messer auf seine Brust richtete. »Geht zurück«, flüsterte er dem Blinden ins Ohr. »Wir müssen die Hauptstraße erreichen.« Sie begannen, sich langsam zurückzuziehen, während Robert das Messer noch immer auf die Straßenräuber gerichtet hatte, die sich beide nicht rührten und ihn beobachteten. Plötzlich fletschte der eine die Zähne und sprang vor.

Robert traf ihn am Schenkel, sehr hart, und der Mann schien so überrascht, daß er zuerst vergaß zu schreien. Erst als er in den Staub fiel, schrie er gellend auf. Blind vor Wut, ging sein Kumpan auf Robert los, aber der kämpfte gegen ihn wie gegen sämtliche Kavaliere auf der Welt, und als er immer wieder auf den Mann einstach, stellte er sich vor, es wäre Faustus, und der Gedanke stärkte seinen Arm. Der Straßenräuber brach zusammen und rührte sich nicht mehr. Robert lachte lauthals und merkte, daß er die ganze Zeit wirre Gebete vor sich hin gemurmelt hatte. Er hielt nach dem hinterhältigen Jungen Ausschau, konnte ihn aber nirgends entdecken. Also nahm Robert den Blinden beim Arm und zog ihn schnell fort. Sie stolperten durch enge, gewundene Gassen, und die ganze Zeit flüsterte Robert vor sich hin, daß er einen Mann getötet, das Blut eines Menschen vergossen hatte. Doch empfand er keine Schuld, nur schaudernden Jubel, und schließlich mußte er anhalten, denn seine Beine fühlten sich wie Luft an, und er konnte seine Hände nicht beruhigen. Er lehnte sich an eine Wand und atmete tief ein. Dann betete er, daß seine Eltern, die vom Himmel zuschauten, ihm seine Sünden vergeben und seine befleckten Hände reinwaschen mochten.

Er hatte ganz leise gesprochen, aber der blinde Mann, als hätte er seine Gedanken gelesen, tastete nach ihm und berührte seinen Arm. »Verurteile dich nicht«, sagte er. »Der heldenhafte Samson hielt es, obwohl er ein Prophet des Herrn war, nicht für Sünde, sich an seinen Angreifern zu rächen.«

»Zu rächen...« Roberts Stimme verlor sich. Er stand einen Augenblick reglos da, bevor er sich umschaute. Der Blinde stand auf der Straße, aufrecht und völlig still. Seine Haut war sehr hell, und wären da nicht die Augen gewesen – die rollten, als suchten sie ein für immer verlorenes Licht –, hätte Robert ihn für eine Statue vor einem antiken Tempel halten können, denn sein Gesicht drückte eine Stärke und Entschlossenheit aus, die heroisch und zugleich sonderbar entrückt erschien. Er war ein Anhänger der Republik gewesen, fiel Robert mit einemmal ein, und ein wohlbekannter; so bekannt wie sein Vater, fragte er sich, der ebenso gejagt und am Ende umgebracht worden war? Als er den Arm des Blinden nahm, spürte er die vertraute Rauheit des derben Stoffs. Es schnürte ihm die Kehle zu. Seines Vaters Arm hatte sich genauso angefühlt, wenn er ihn gehalten hatte.

»Was wird mit Euch geschehen«, fragte er, »wenn man Euch fängt?«

Die Stimme des Blinden verriet, wie sein Gesicht, nicht die geringste Gefühlsregung. »Wenn ich gefangen und danach verurteilt werde«, sagte er, »wird man mich hängen und mir dann, solange ich noch atme, den Bauch aufschlitzen. Zuletzt wird man mich vierteilen, dem Volk zur Lehre und als Sensation.«

»Wohin geht Ihr nun?«

»Mich verstecken. Aber mein Junge hat mich im Stich gelassen. Ich bin verraten worden.«

»Ich führe Euch.«

»Du setzt dein Leben aufs Spiel.«

»Das ist nicht wichtig. Ich könnte den Tod willkommen heißen.«

Der Blinde runzelte die Stirn und lächelte grimmig. »Das ist die Pest der Zeit«, murmelte er, »wenn Verrückte die Blinden führen.« Er tastete nach Roberts Kopf, um seine Wange zu streicheln, dann sein Haar zu zerzausen. »Wenn du mich führen willst«, sagte er, »ich muß Bartholomew Close erreichen.«

»Ich weiß den Weg nicht.«

»Das verrät deine Sprache. Aber ich bin in dieser Stadt geboren, und ich bin zwar blind, habe aber ein Gefühl für die Straßen. Führe mich, wohin ich zeige, und so Gott will, werden wir uns in Sicherheit bringen.« Er begann zu gehen, wohin Robert führte, dann hielt er kurz inne. »Ich danke dir«, sagte er leise. Aber dann sprach er nichts mehr, und zusammen, blinder Mann und Betteljunge, wanderten sie durch die Nacht.

Sie wurden nicht noch einmal überrumpelt. Robert führte den Blinden aus den dunkelsten Gassen heraus, und als einmal Wächter mit Fackeln vorbeikamen, versteckten sie sich im Schatten und blieben unbemerkt. Als sie sich St. Bartholomew näherten, hellte sich der Himmel durch die Wolken im Osten schon auf, und von den Marktplätzen in der Nähe stieg das Stimmengewirr des Gewerbes auf. Robert schaute sich um, sah überall Vieh – Rinder, Schweine, Schafe. Er hielt inne, um den Geräuschen zu lauschen und die Düfte zu atmen, die ihm süß wie Parfum erschienen, denn sie trugen unvermutete Erinnerungen an zu Hause in seine Nase. Der blinde Mann wandte sich um und rieb seine Handfläche an Roberts Backe. »Du weinst.« Er runzelte die Stirn. »Sag mir, wenn du nicht aus London bist, was hat dich dann hierhergeführt, so weit von deinem Zuhause?«

Robert antwortete nicht. »Wir müssen uns beeilen«, murmelte er undeutlich, »es wird schon sehr hell.« Er führte den blinden Mann wieder weiter, stolperte durch das Stroh und den Unrat, bis sie den Marktplatz beinahe überquert hatten und am Bogen über Bartholomew Close standen. Robert schaute sich ein letztes Mal nach den Viehpferchen um, und dann erstarrte er plötzlich und wich an die Mauer zurück.

»Was ist los?« fragte der Blinde. »Sind wir entdeckt?«

Robert schluckte. Seine Kehle war so trocken, daß er nicht antworten konnte. Er beobachtete Lightborn und Mylady, wie sie zusammen an Reihen ausgeweideter Schlachttiere bei den Metzgern vorbeiglitten, als träten sie auf Luft, mit brennenden Augen und geweiteten Nasenlöchern, den Marktplatz von links nach rechts absuchend, und er erbebte, als ihm bewußt wurde, daß sie gewiß auf ihn Jagd machten. Er hatte ihre Geheimnisse erfahren, dachte er, er hatte zuviel gesehen; und nun bedauerte Lightborn, daß er ihn hatte gehen lassen. Robert blickte den Bartholomew Close hinunter. Er überlegte, ob er es ungesehen schaffen könnte, wenn er rannte. Aber dann blickte er in die blinden Augen seines Schützlings, und ihm wurde klar, daß er ihn nicht im Stich lassen durfte, nicht so nahe – oder so fern – vor seinem Ziel. Robert starrte wieder auf die Bluttrinker. Sie standen jetzt am Rand des Marktplatzes, sahen sich in alle Richtungen um, und kurz glaubte er, er wäre entdeckt worden, denn Lightborns Augen schienen die Schatten der Sackgasse zu durchbohren, und dann drehte er sich um und sprach in Myladys Ohr. Einen Moment hielt Robert den Atem an; aber sie kamen nicht auf ihn zu. Vielmehr machten sie kehrt und waren bald im Gewimmel der Menge verschwunden.

Ungläubig sah er sie fortgehen. Doch dann fiel ihm ein, was Lightborn ihm verraten hatte, daß sie zwar das Blut jedes Lebewesen riechen könnten, seines jedoch keine Spur eines Duftes habe. Robert mußte lachen, und sein Gefährte packte ihn, als spüre er seine Erleichterung. Dennoch sprach der Blinde kein Wort, nicht einmal, um zu fragen, wer die beiden Jäger gewesen waren, und sein Verhalten blieb so gleichmütig wie zuvor. Zusammen gingen sie den Bartholomew Close hinunter.

Nach der Hälfte der Strecke flüsterte der Blinde seinem Führer Anweisungen zu. Robert führte ihn zu der Adresse und klopfte leise an die Tür. Sie tat sich auf, und sie schlüpften hinein. Ein Mann mit sehr bleichem und abgespanntem Gesicht begrüßte sie. »Wir waren davon überzeugt, daß man Euch aufgegriffen hat«, sagte er. »Die Straßen wimmeln von Milizsoldaten.«

»Dann müssen wir dem nicht nachlassenden Blick der Vorsehung danken«, antwortete der Blinde, »und ihrem Werkzeug, diesem Jungen, der mich in dieser Nacht gefunden und, wie ein wahrer Gottesbote, behütet und hierher zu Euch gebracht hat.«

»Ihr habt ihn erst in dieser Nacht kennengelernt?« Der Mann machte ein entsetztes Gesicht. »Aber er könnte uns verraten ...«

Der Blinde fiel ihm ins Wort. »Das wird er nicht tun.«

»Wie könnt Ihr das wissen?«

»Weil ...« Der Blinde verdrehte die Augen, und Robert erschienen sie plötzlich wie das Zeichen eines großen und grenzenlosen Geistes, der, ohne ihn erblickt zu haben, dennoch sehen und, ohne seine Geschichte gehört zu haben, doch verstehen konnte. »Weil er ein Flüchtling ist«, flüsterte er, »wie ich, flüchtig vor der Zerstörung unserer Sache und all unserer Hoffnungen.« Er streckte die Hand nach Robert aus und strich ihm übers Gesicht. Dann wandte er sich an den Mann, der die Tür geöffnet hatte. »Nun bringt uns bitte an einen sicheren Ort.«

Der Mann führte sie über mehrere Treppen in ein Zimmer ganz oben im Haus. Es war klein, aber sein Eingang war in einer Kaminöffnung versteckt, und Robert betete, man möge ihm erlauben dazubleiben – er glaubte nicht, daß die Bluttrinker ihn an einem solchen Ort finden würden. Der Mann, der sie zu dem versteckten Raum gebracht hatte, mußte seine Ängstlichkeit gespürt haben, denn er klopfte ihm auf die Schulter. »Hüte deinen Herrn gut«, befahl er. »Er ist ein großer und treuer Diener der Republik gewesen, und ich möchte ihn nicht wegen seiner guten Dienste ermordet wissen.« Er ging zur Treppe und blieb an der Tür stehen. »Ich bete, daß ihr beide hier in Sicherheit seid«, murmelte er und senkte den Kopf. »Gott segne Euch, Mr. Milton.« Dann eilte er die Treppe hinunter, und Robert und der blinde Mann, dessen Namen er nun endlich wußte, waren miteinander alleingelassen.

Tagelang versteckten sie sich, dann Wochen und dann Monate. Es gab Zeiten, da wünschte Robert fast, er wäre gezwungen worden fortzugehen, denn Mr. Miltons Gewohnheiten waren nüchtern und streng: Er stand zeitig auf, und Robert las ihm dann aus der Bibel vor, danach aus ausgewählten Büchern seiner Bibliothek in verschiedenen Sprachen, Englisch, Latein, Italienisch oder Griechisch. Auf diese Weise setzte Robert sein Studium fort, und er stellte fest, daß Mr. Milton ein anspruchsvollerer Lehrer als Mr. Yorke war, denn die Gelehrtheit des blinden Mannes war so unermeßlich wie der Ozean und seine Verachtung für Roberts Faulheit genauso kalt und tief. Bald haßte Robert ihn, und oft schien es ihm, als liefen die Stunden durch ein Sieb, wenn er da saß und Sprachen las, die er kaum verstand, die Augen wund von den endlosen Buchstabenreihen. Am langsamsten vergingen die Nachmittage; denn wenn Mr. Miltons Sprache auch schroff war, so war sie doch auch geistreich und satirisch, aber nach dem Mittagessen saß er allein da, um trotz seiner Blindheit zu schreiben, und Robert bemerkte, daß ihm sogar die Beschimpfungen fehlten. Er war zum Studium des Hebräischen gedrängt worden, und obwohl er seine Begabung für die Sprache entdeckte und sie recht bald lesen konnte, fand er es immer noch leichter, die summenden Fliegen zu beobachten und zu träumen, immer zu träumen von der Welt, die er verloren hatte, und von dem Ort, wo Emily sein mochte.

Mit Mr. Milton sprach er selten von diesen Gedanken. Einmal allerdings, an dem Tag, als König Karl in London einzog und die Stadt von Jubelfeiern widerhallte, fragte Robert seinen Lehrer, ob er denn keine Verzweiflung empfinde. Der blinde Mann antwortete mit einem schauerlichen Lächeln. »Verzweiflung wie bei unserer ersten Begegnung, als du behauptet hast, du würdest den Tod willkommen heißen?«

Robert nickte. »Ungefähr so«, erwiderte er.

»Es ist wahr«, gestand Mr. Milton ein, »daß alles, wofür ich gearbeitet habe, zusammengebrochen ist, und tatsächlich erscheint der Ruin so endgültig, daß ich mich manchmal gefragt habe, ob nicht das Firmament selbst morsch sei und der Erde Grund auf nichts als Unrat gebaut. Denn oft war mir« – er hielt inne und strich mit einer Hand über sein Herz –, »als habe Gott mir ins Gesicht gespien.«

Darauf herrschte Stille, bis auf das ferne Grölen der Menge und dann den Klang der Kanonensalven, die den König begrüßten. »Nur manchmal?« fragte Robert vorsichtig.

Mr. Milton nickte. »Tatsächlich. Und nun viel seltener.«

»Warum?«

»Weil ich den Beweis für Gottes Lehre gesehen habe, daß Stärke uns von denen erwachsen wird, die schwach sind.«

»Und was ist der Beweis?«

Mr. Milton lächelte so leicht, daß sich seine Lippen kaum bewegten. »Nun, der Beweis, Robert – der Beweis bist du selbst.«

»Ich?« Robert sah ihn erstaunt an. »Aber ... ich verstehe nicht.«

»Du bleibst dem treu, was du verloren hast.« Der Blinde seufzte und tastete nach Roberts Arm. Dann sprach er plötzlich mit unvermuteter Eindringlichkeit und Leidenschaft weiter. »Verrate niemals diese Entschiedenheit«, bat er. »Schwöre es. Ich fühle mich frei, dich darum zu bitten, weil es die gleiche Lektion ist, die du mich gelehrt hast. Unter so vielen Treulosen bleibst du treu – unter so vielen Falschen bleibst du fest. Verändere nicht den Weg, den du dir vorgenommen hast, Robert, weiche auch nicht aus, mögen die Opfer noch so groß, die Prüfungen noch so dunkel sein.«

»Noch so dunkel ...« Robert schloß die Augen. Er glaubte, Lightborn vor sich zu sehen, der ihm das Messer reichte und auf den blutüberströmten einäugigen Mann auf dem Boden zeigte. »Tu's.« Die Worte schienen tausendmal widerzuhallen, immer lauter, bis Robert die Augen aufriß, als würde er aus einem Traum erwachen. Er hielt sich die Ohren zu und blickte wieder in Mr. Miltons Augen. »Es ist wahr«, gab er leise zu. »Ich werde den Staub meiner Eltern nicht verstreut und vergessen liegen lassen, noch wird mir das Gesicht meiner Freundin aus dem Sinn kommen.«

»Ich weiß«, antwortete Mr. Milton und drückte Roberts Hände. »Und aus einem solchen Beispiel schöpfe ich Kraft für mich.«

Die Erinnerung an solche Worte blieb lange in Roberts Gedächtnis haften – sogar in den heißesten, nutzlosesten Tagen, wenn er wünschte, Hebräisch wäre nie geschrieben worden, und sich nach Freiheit sehnte, nach den Feldern von Wiltshire und dem offenen Himmel. Dennoch schätzte Robert die Bewunderung seines Lehrers; denn Mr. Milton war der Wortführer der Sache seines Vaters gewesen, und ein würdiger zumal, dachte er, Hauptmann Foxe an Mut und Willensstärke ebenbürtig. Im Dunkeln saß der blinde Mann, umgeben von Gefahren. Und obwohl es jede Minute an der Tür klopfen konnte und danach Bloßstellung, Gefängnis und vielleicht Tod als Verräter drohten, blieb er unerschrokken und ungebeugt in seiner Entschlossenheit. Trotz allen Unbehagens, das Mr. Milton verriet, hätte er genausogut in einer College-Bibliothek sitzen können, denn er lebte und studierte mit äußerster Gelassenheit. Nur wenn er schrieb, zeigte er Gefühlsregungen. Denn mitunter hielt er inne und schien bedrängt von stürmischen Gedanken, und wenn er wieder zu seinem Manuskript zurückkehrte, schrieb er so schnell, als wolle er irgendeine große Furcht austreiben. Robert verlangte es zu wissen, was wohl das Thema war; er vermutete, daß es sich um ein Gedicht handelte, aber wenn Mr. Milton nicht arbeitete, schloß er die Blätter weg, und Robert wollte sein Vertrauen nicht verraten. Einmal hatte er gefragt, doch Mr. Milton hatte bloß gebrummt. Von da an hatte Robert seine Neugier für sich behalten.

Im August, als die Sommerhitze zunahm, wuchs auch die Gefahr. Ein oder zweimal schlich Robert hinaus auf die Straßen, um zu sehen, was für Neuigkeiten und Gerüchte er aufschnappen könnte, aber es verschaffte ihm kein Gefühl der Freiheit, kein erregtes Prickeln darüber, der Enge des Zimmers entkommen zu sein. Denn draußen lag eine Blutgier in der Luft, wie er sie vom Dorfanger in Woodton in Erinnerung hatte, und ihn schauderte, weil der gleiche Durst aufs neue so fühlbar war.

Als gegen Ende des Monats befohlen wurde, daß Miltons Schriften öffentlich vernichtet werden sollten, schlenderte Robert durch die Menge und suchte den vertrauten schadenfrohen Ausdruck auf ihren Gesichtern, während sie den Henker das Feuer schüren sahen und dann ein Buch nach dem anderen in die qualmenden Flammen warfen. Robert erschien diese Vernichtung schon gotteslästerlich genug; aber wie jedem in der Menge voller Gier bewußt war, würde der Henker bald anderes als Bücher haben, woran er seine Kunst zur Schau stellen könnte. Denn die Zeit rückte näher, da die Führer der Republik förmlich verurteilt werden sollten: Fünfzehn von ihnen, ausgewählt vom Parlament, sollten dann wegen des Verrats am König auf dem Schafott sterben. Aber welche fünfzehn? Robert schaute sich wieder in der eifernden Menge um. Er bezweifelte, daß Mr. Milton, falls er auf der Liste aufgeführt war, lange verborgen bliebe. Der Pöbel hatte eine Nase für das Blut der Verurteilten, das hatte Robert selbst erlebt: Opfer wurden am Ende immer aufgestöbert. Und wenn sie kämen – die Soldaten und die Scharfrichter und die hungrigen Mengen –, dann wüßte er, was er tun würde; denn er hatte seine Lektion gut gelernt. Lieber kämpfen, als ergriffen zu werden – lieber kämpfen und sterben, als sich brav töten zu lassen. Indem er Mr. Milton verteidigte, glaubte er seine Schuld sühnen zu können: seine Schuld, als er auf dem Anger in Woodton zugesehen und nichts getan hatte.

Zwei Tage vergingen langsam, kribbelnd, kriechend. Jedes Geräusch von der Straße schien verstärkt: jeder Schrei, jeder Schritt. Ab und zu kamen Männer die Geheimtreppe herauf: Freunde Mr. Miltons, die ihm die Nachricht brachten, daß es nichts Neues gebe, daß das Parlament die fünfzehn schuldigen Männer noch immer nicht benannt habe. Jedesmal, wenn sie näher kamen, sah Robert seinen Lehrer das Manuskript an die Brust drücken, als wäre es sein Kind, und Robert ertappte sich dabei, daß er um so lieber gewußt hätte, was es sein mochte, das so kostbar war und auch so geheim. Er wagte es, Mr. Milton ein zweites Mal zu fragen; aber wieder murrte sein Lehrer und bedachte ihn mit einem schauerlichen Lächeln. »Zur rechten Zeit«, antwortete er,

»wirst du es vielleicht lesen und viel daraus lernen.« Aber mehr verriet er nicht, und Robert hütete sich davor, seinen Lehrer zu drängen. Er wandte sich wieder seinen Studien zu. Er las alte Geschichte: die Sagen von Helden, die schreckliches Unrecht um jeden Preis, sogar den ihres Lebens, gerächt hatten – manchmal sogar um den Preis ihrer Prinzipien und ihrer Seele.

Der Abend zog sich hin. Immer langsamer verstrichen die Minuten. Die Nachricht wurde jeden Augenblick erwartet, war genaugenommen den ganzen Tag erwartet worden. Doch sie kam nicht. Durch das Fenster sah Robert die Sonne untergehen. Er stand auf und preßte sein Ohr an die Tür. Stille. »Setz dich«, befahl Mr. Milton. Seine Stimme war völlig gleichmütig. Wortlos zuckte Robert die Achseln und kehrte zu seinen Büchern zurück.

Die Nacht brach herein. Robert zündete Kerzen an. Heute wird die Nachricht nicht eintreffen, dachte er, jetzt nicht mehr. Er war enttäuscht. Morgen – er würde sich wappnen müssen, morgen zu sterben. Ihm wurde bewußt, daß er beinahe ungeduldig auf den Tod wartete. Er seufzte, und dann hörte er plötzlich auf der Straße draußen lautes Rufen und Hurrageschrei. Er sah, wie Mr. Milton gespannt aufhorchte, dann über den Tisch nach seinem Manuskript griff. Robert holte sein Messer aus seinem Versteck und stellte sich mit erhobenen Armen neben die Tür. Noch war es unten im Haus still. Dann wurde das Poltern von Schritten laut.

Robert hob den Arm höher. Er blickte sich nach Mr. Milton um, der steif auf seinem Stuhl saß, das reglose Abbild eines Senators der Antike, der darauf wartete, von barbarischen Horden erschlagen zu werden. Die Schritte wurden lauter. Robert hörte, wie die Geheimtür im Kamin aufgedrückt wurde. Unwillkürlich trat er zurück. Dann herrschte plötzlich Stille, als die Schritte auf der Treppe draußen innehielten. Der Türgriff bewegte sich, und die Tür wurde geöffnet.

Wieder Stille.

»Welche Nachricht?« rief Mr. Milton. »Robert, sag mir, wer ist da?«

Robert starrte die Gruppe von Männern in der Tür an. Einer von ihnen händigte ihm ein Blatt Papier aus. Er überflog es. Dann holte er tief Luft, drehte sich um und legte es in Mr. Miltons Hände. »Ihr seid in Sicherheit«, flüsterte er. »Ihr befindet Euch nicht unter den fünfzehn Verurteilten.« Er fühlte sich beschwingt vor Erleichterung. Aber dann bemerkte er mit plötzlichem Erschrecken in seinem tiefsten Innern auch Enttäuschung, daß er doch nicht kämpfen und sterben sollte. Denn in letzter Zeit hatte er ständig an die Worte seiner Mutter denken müssen, daß sie ihn nach dem Tod bei seinem Vater treffen würde. Doch nun stand fest, daß er noch immer in der irdischen Welt verloren war; und der Weg vor ihm schien dunkler und ungewisser als zuvor. Wohin, fragte er sich, würde er ihn nun führen? Und was, wenn er ihn einschlüge, würde er über sich herausfinden?

Worin Roberts Reise eine neue Richtung gezeigt wird

Auch Mr. Milton schien während der nächsten Wochen von Zweifeln heimgesucht. Er war aus seinem Versteck aufgetaucht, schien aber zunehmend zu grübeln und sich der Wertlosigkeit der Dinge bewußt zu sein – mit Sicherheit stärker als jemals in der Zeit, als er um sein Leben bangte. Oft wurde er auf der Straße beleidigt, und er erlitt diese Beleidigungen mit einer Verärgerung, die er einem Scharfrichter niemals zu erkennen gegeben hätte. Robert tat sein Bestes, um seinen Lehrer zu verteidigen, und oft stürzte er sich verwegen auf die Peiniger des blinden Mannes. Die aber lachten ihn bloß aus, und seine Versuche, den Märtyrertod zu sterben, wurden nicht mit Schlägen erwidert, sondern mit

Hohngelächter. Gegenüber dieser Mischung aus Gleichgültigkeit und Verachtung schien Mr. Milton allmählich in Trübsal zu sinken, und Robert, der ihn beobachtete, wurde bewußt, wie sogar der unnachgiebigste der Geister allmählich verzweifelte. »Aber ich nicht«, betete er. »O Herr, bitte, ich nicht.« Wieder einmal begann er, Pläne einer Rückkehr nach Woodton ins Auge zu fassen, sich nach irgendeiner verzweifelten und furchtbaren Maßnahme zu sehnen. Aber was? Immer kehrten seine Träume zu dieser Frage zurück, und immer schreckte er vor der Antwort zurück, die sie gaben. Denn er wußte nur von einem Weg, auf dem er Erfolg haben könnte, und der Gedanke an dessen Richtung erfüllte ihn mit Grauen.

Von Tag zu Tag jedoch wurde er, fast ohne es zu merken, weniger vorsichtig, wenn er durch die Straßen schlenderte. Während er Menschenmengen früher aus dem Weg gegangen war, mischte er sich nun ungezwungen unter sie. Während er früher den Geruch von Blut gemieden hatte, ging er jetzt an Schlachthäusern vorbei und warf höchstens einen eiligen Blick hinein. Dennoch wurde er nie von Lightborn oder Mylady überrascht, und er glaubte allmählich, in einer so volkreichen Stadt nach Belieben durch die Straßen streifen zu können, ohne gefunden zu werden. Er begann, Mr. Milton auf noch längeren Ausflügen zu begleiten, und er entdeckte dabei, daß die Stadt, die ihm zuvor nur als ein Gewirr von Straßen erschienen war, vielleicht doch kein solches Labyrinth war. Er erfuhr, wo die Straße nach Salisbury begann, und er lernte auch, wie man zum Pudding Lane kam. Aber obwohl er immer häufiger überlegte, was er unternehmen sollte, blieb er unentschlossen, und seine Achtlosigkeit nahm zu.

Eines schönen Tages im Herbst spazierte er mit Mr. Milton auf der Mall. Vor ihnen, in der Gegend von Charing Cross, kam plötzlich Getöse auf. Es ließ Roberts Blut gefrieren, denn es hatte freudig und grausam geklungen, und er hatte solchen Lärm fürchten gelernt. Er wollte am Rasen entlang weitergehen, doch da erklang ein zweiter Jubelschrei, und Mr. Milton blieb plötzlich reglos stehen und ballte die Hände zu Fäusten. »Was siehst du?« flüsterte er. Robert schüttelte den Kopf. »Bin ich so schwach«, fragte der Blinde, »daß man das Wirken des Bösen vor mir verbergen muß?«

»Verbergen nicht«, antwortete Robert. »Aber warum ihm ins Gesicht starren?«

»Ich starre auf nichts.« Mr. Milton lächelte kalt. »Das ist deine Aufgabe, Robert. Führe mich zu dem Lärm.«

Robert tat wie geheißen. »Dort ist eine große Menge versammelt«, murmelte er, »und in der Mitte steht ein Schafott. Ein Mann befindet sich darauf, gerade von einem Strick abgeschnitten.«

»Ein Mann?« drängte Mr. Milton. »Was für ein Mann?«

Robert zuckte die Achseln. »Ich erkenne ihn nicht.«

»Es ist Generalmajor Harrison«, sagte ein fröhlich aussehender Zuschauer. »Einer von den fünfzehn, die vor kurzem wegen Hochverrats zum Tode verurteilt wurden. Major Harrison ist als erster dran.«

Eine Weile schwieg Mr. Milton. »Hält er sich tapfer?« flüsterte er schließlich.

»O ja«, erwiderte der Zuschauer. »Er sieht so fröhlich aus, wie ein Mann in seiner Lage nur aussehen kann.« Plötzliches Stöhnen, dann laute Hurrarufe unterbrachen ihn. »Sie haben ihn aufgeschnitten«, fuhr der Zuschauer hilfsbereit fort, »und jetzt zeigen sie dem Volk seinen Kopf und sein Herz.« Er hielt inne, dann fuhr er leiser fort. »Sie sagen«, flüsterte er, »daß seine Frau seine Wiederkehr erwartet. Sie sagen, daß er gewiß zur Rechten Christi sitzen wird, so daß diejenigen, die ihn gerichtet haben, selbst in Kürze gerichtet werden.«

Mr. Miltons Augen rollten furchtbar. »Das sagen sie?« Er

lachte, und seit der Nacht bei den Steinen hatte Robert keinen so eisigen Laut mehr gehört. »Wo ist dann Christus jetzt?« zischte der blinde Mann plötzlich. »Wo ist Christi Urteil hier auf Erden?« Er machte kehrt und eilte fort, indem er sich durch die Menge drängte. Robert mußte ihm nachlaufen, um seinen Arm zu nehmen; er bemerkte, wie sein Lehrer zitterte. Allmählich faßte sich Mr. Milton wieder, während er sich aus der Menge wegführen ließ. Aber obwohl er seine Ruhe wiederfand, schien sie so eiskalt und grimmig, wie sein Lachen gewesen war. Er sagte kein Wort, weder unterwegs noch später bei sich zu Hause. Vielmehr ging er geradewegs zu seinem Pult und schloß das versteckte Manuskript auf. Lange saß er da und hielt es fest. Dann, wie der jähe Ausbruch eines Sturms, begann er zu schreiben. Noch nie hatte Robert ihn mit solchem Zorn dichten sehen, und als Mr. Milton schließlich fertig war, saß er wie ausgelaugt und fast über sich selbst erschrocken da.

»Sagt mir«, fragte Robert leise, »was soll ich tun?«

Mr. Milton schien nicht überrascht, daß das Schweigen endlich gebrochen worden war. Er griff nach Roberts Hand. »Was auch immer getan werden muß.«

»Wie weit sollte ich gehen?«

»So weit du mußt.«

Robert schwieg eine Weile, dann öffnete er den Mund. Doch Mr. Milton hob eine Hand, als hätte er die Frage geahnt, die in der Luft lag. »So weit du mußt«, wiederholte er mit Nachdruck. Seine blinden Augen starrten, als sei ihnen plötzlich die Sehkraft wiedergegeben. Er legte seine Hände auf Roberts Kopf. »Ich werde jetzt ruhen«, murmelte er. »Komm nicht mit. Es ist für uns beide an der Zeit, meine ich, jetzt unseren eigenen Weg zu finden.«

Robert sah dem blinden Mann nach und ließ sich dann vor plötzlicher Müdigkeit auf den leeren Stuhl fallen. Als er auf das Pult blickte, bemerkte er, daß das Manuskript nicht weggeschlossen war, und er blickte mit fast abergläubischer Ehrfurcht auf die Blätter. Er hatte Angst, sie anzufassen. Aber Mr. Milton, dachte er dann, tat nichts versehentlich. Geh deinen eigenen Weg, hatte er gesagt. Der blinde Mann war jedoch Wortführer der Sache gewesen, für die die Foxes gekämpft hatten, und seine Führung war immer höchst kostbar und weise gewesen. Gewiß hatte Mr. Milton das selbst so gesehen; warum hätte er sonst das Manuskript nicht weggeschlossen? Robert streckte die Hand aus und nahm das oberste Blatt. Wie er vermutet hatte, schien es ein Gedicht zu sein. Die Schrift war fast unleserlich, bedeckt mit gekritzelten Korrekturen und Zeichen. Aber unten standen in deutlicherer Schrift Zeilen, die eingekreist und unterstrichen worden waren. Robert berührte sie; die Tinte war noch frisch. Er strich das Papier auf dem Pult glatt und begann zu lesen.

»Ob das Schlachtfeld auch verloren«, las er, *»ist doch nicht alles hin.«* Er hielt inne und wiederholte den Satz leise. *»Ist doch nicht alles hin.«* Er schluckte, dann las er weiter. *»Der Wille nicht, der unbesiegbar«*, murmelte er, *»nicht der Rache Durst, der ew'ge Haß und Mut, sich nie zu beugen,*
Und was sonst noch unüberwindlich ist:
Den einen Ruhm soll nimmer mir sein Grimm
Und seine Macht entreißen. Wollt' ich jetzt
Kniebeugend ihn um seine Gnade flehen
Und seine Macht vergöttern, dessen Reich
Jüngst vor dem Schrecken dieses Arms erbebte,
So wär' es wahrlich niedrig, wäre Schmach …

Robert hörte auf zu lesen. Er lehnte sich auf seinem Stuhl zurück, und die Seite fiel aus seinen tauben Fingern, um sich auf dem Fußboden aufzurollen. Aber die Worte, die er gelesen hatte, hallten noch in seinem Kopf wider. Wie ein Trompetenstoß klangen sie, ein Aufruf zum Handeln, und Robert dachte daran, daß man sagte, die Blinden besäßen die Fähigkeiten der Weissagung. Ihm fielen die ersten Worte ein, die der Blinde sprach, nachdem er den Straßenräuber getötet hatte. »Verurteile dich nicht«, hatte Mr. Milton gesagt. »Es ist keine Sünde, dich an deinen Angreifern zu rächen.« Wieviel weniger war es dann eine Sünde, überlegte Robert, zu wagen, was auch immer gewagt werden mußte, wenn Emilys Errettung das höchste Ziel war. Er hob das Blatt Papier wieder auf und las die Zeilen noch einmal. »Keine Sünde«, flüsterte er. »keine Sünde.« Dann schloß er die Augen. Er stellte sich vor, Lightborn stünde vor ihm und zeigte auf den verletzten Mann vor seinen Füßen. Er reichte ihm das Messer. Robert stellte sich vor, er nähme es ... er stellte sich vor, er stieße es dem verletzten Mann ins Gesicht.

Am selben Abend wurde er verhaftet. Ein Ordnungsbeamter kam mit einem Trupp bewaffneter Männer. Robert und sein Lehrer wurden weggeschleppt. Im Gefängnis trennte man sie. Als Robert zu seiner Zelle geführt wurde, drehte er sich um und rief Mr. Milton zu, sich nicht zu fürchten. Er wußte, warum man sie ergriffen hatte, nicht wegen seines Lehrers, sondern seinetwegen. Denn als der Trupp gekommen war, hatte Robert an der Seite des Beamten Godolphin erkannt, Ligthborns Geliebten. Und vor dem Gefängnis hatte er denselben Mann wiedererkannt.

Doch es vergingen Tage, dann Wochen und ein paar Monate. Noch immer kam niemand. Dann endlich wurde die Tür geöffnet und Roberts Name aufgerufen. Er stand auf und folgte dem Gefängniswärter aus der Zelle. Durch einen langen stinkenden Gang stolperte er, dann hinaus in die reine Luft eines offenen Hofes. Ein Mann im Umhang, der eine Pfeife rauchte, wartete dort. Langsam drehte er sich um, während ein dünnes Lächeln sein bleiches Gesicht erhellte. »Endlich«, sagte Lightborn, »begegnen wir uns wieder.«

Robert blinzelte. Die Sonne und Lightborns Augen waren

heller, als er ertragen konnte. »Und mein Lehrer?« stammelte er. »Mr. Milton – wo ist er?«

»Schon freigelassen«, antwortete Lightborn. »Und wir wollen hoffen, daß es dabei bleibt, denn – habe ich es dir nicht erzählt? – ich selbst wurde einst als Dichter angesehen.«

»Aber warum sollte er nicht in Freiheit bleiben?«

Lightborn blies einen Rauchring von den Lippen. »Wenn du zu ihm zurückgehst«, murmelte er, »würde ich nicht gern für Mr. Miltons Schicksal bürgen.«

»Was soll ich also tun, Sir?«

»Komm mit mir.«

»Um mich dazu zu überreden, bedarf es keiner Drohungen.«

Lightborn kniff die Augen zusammen. »Wirklich?« Er erhob sich und kam auf Robert zu, um seine Hand zu nehmen. Dann führte er ihn aus dem Hof. »Also darf ich annehmen, Master Lovelace, daß du nicht wieder von uns weglaufen wirst?«

Robert rieb sich die Augen. Zum erstenmal sah er Lightborn ins Gesicht. »Nie«, flüsterte er. »Nie wieder. Ich habe eine Freundin, die ich retten muß – ich weiß, was ich tun muß.«

Worin man sieht, daß der Höllenfürst mächtige Diener hat

Robert lag im parfümierten Wasser der Badewanne. Berauschte Augen blickten im Kreis auf ihn hinab: Lightborns Knaben, nackt bis auf die goldene Schminke auf ihren Lippen und die Perlen um ihre Arme. Ihre bleichen Hände streichelten und huschten über seine Glieder. Mit jeder zärtlichen Berührung fühlte Robert den Schmutz wegschmelzen. Er wußte, daß damit sein altes Ich abfiel, der alte

Robert Foxe, verschwunden mit dem Dampf, der aufstieg und das Gold der Kerzenflammen verschleierte. Endlich streckte er sich und fühlte sich völlig reingewaschen. Er stieg aus dem Bad, und die Knaben begannen, ihn abzutrocknen. Einer brachte ihm einen Berg Kleidungsstücke, die Robert sofort wiedererkannte. Es waren dieselben, die Mylady ihm schon einmal angeboten und die er abgelehnt hatte. Die Knaben kleideten ihn an, und diesmal beklagte sich Robert nicht. Er hatte seine Entscheidung getroffen: Er hatte seine Seele verpfändet. Er war nicht mehr Robert Foxe, er war nun Robert Lovelace.

Endlich angekleidet, blieb er vor dem Spiegel stehen. Den Jungen, der ihn daraus anschaute, erkannte er kaum. Das blonde Haar lang und leicht gelockt. Der Körper mit Seide und Spitze geschmückt. Am Gürtel eine dünne, grausame Klinge – ein Kavaliersdegen. Robert legte eine Hand auf das Heft und schlenderte zum Balkon hinüber. Unter ihm erstreckte sich dunkel der St. James's Park. Er hörte das leise Rattern von Kutschenrädern, aber jenseits der Straße, wo sich die hohen Bäume dunkel von den Sternen abhoben, war die Stille wie Eis. Freilich kannte Robert die Gerüchte, daß in jenen Gehölzen unsägliche Schändlichkeiten und Verbrechen stattfanden, und daß er sie nun erkunden konnte, ohne sich zu fürchten. Er blickte wieder in den Spiegel. Unwillkürlich mußte er lächeln. Er hatte gesehen, wie die nackten Knaben zurückwichen vor seinem Blick, der wie ein Schatten über ihre Lotosträume zu fallen schien. Wieder lächelte Robert. Alles schien verwandelt. Nun war er derjenige, der anderen Angst einflößte.

Er verließ sein Zimmer, stieg die Treppe hinab, schritt durch hallende Räume ohne Ende. Endlich kam er in die Eingangshalle, wo Godolphin an den Türen stand. Bei Roberts Anblick begann er zu zittern. Er öffnete die Türen und folgte Robert, als dieser hinaustrat. Zusammen gingen sie auf die Mall zu – Godolphin respektvoll im Abstand von zehn Schritten. Dies verblüffte Robert; denn obgleich Godolphin abgespannt und verzweifelt wirkte, schienen seine Augen nicht von Drogen betäubt zu sein, schien sein Zustand nicht auf die Stufe jener toten Sklaven gedrückt, die Robert damals gesehen hatte, als sie mit Faustus auf dem Anger von Woodton marschiert waren. Und doch benahm sich Godolphin gegenüber einem Gast in seinem eigenen Haus wie ein Knecht, und als Robert sich umwandte und versuchte zu fragen, warum, duckte er sich wie ein Hund, als fürchte er sich vor einer Züchtigung durch eine unsichtbare Hand. Also ging Robert schweigend weiter und wartete, daß die fernen Glocken Mitternacht schlügen, wie Lightborn ihm eingeschärft hatte.

Endlich erklangen sie über die frostige Stille des St. James's Park. Im selben Augenblick hörte Robert das Rattern von Rädern auf Pflaster, und als er sich umschaute, sah er eine Kutsche von einer Größe und Pracht auf sich zukommen, die er nie für möglich gehalten hatte. Sie hielt neben ihm, und Robert sah, daß das gleiche Wappen, das er von Godolphins vornehmem Haus kannte, auf die Seite gemalt war. Godolphin selbst eilte zur Kutsche und öffnete den Schlag. Eine blasse Hand winkte aus der Dunkelheit heraus. »Komm«, hörte Robert Lightborn flüstern, »ich habe dich als Überraschung für deine innigste Freundin vorbereitet.«

Robert stieg ein. Godolphin folgte ihm und schloß den Schlag. Sofort ruckte die Kutsche und setzte sich wieder in Bewegung. Robert wurde nach vorn geschleudert. Er fiel gegen eine dunkle, verhüllte Gestalt, und dann fühlte er Seide zwischen den Händen. Er blickte auf. Myladys Gesicht wurde von der Reisekapuze verdunkelt, aber Robert konnte zwei goldene Augen erkennen, so unbewegt wie die einer Eule und zunächst genauso unerschütterlich. Dann glühten sie plötzlich wie geschmolzen, und Robert fühlte sich verzehrt von ihrem Blick, als sie die Kapuze herunterzog. Ihre Röcke knisterten, als sie ihn fest packte, und für einen Augenblick fürchtete Robert, sie würde seine Kehle durchbohren. Ihr Gesicht schien von Raserei verzerrt, und ihre Lippen waren leicht geöffnet, um ihre vollkommenen weißen Zähne zu zeigen. »Du darfst nie mehr fortlaufen«, zischte sie, »nie wieder, niemals«, und sie hob die Hände, als wollte sie ihn mit den Fingernägeln kratzen. Aber statt dessen berührte sie seine Wange, und ihre Lippen drückten sich weich auf seine. »Du darfst nicht... du wirst nicht...« Sie hielt inne. Ihr blasses Gesicht war wieder erstarrt. »Verlaß mich nicht, Lovelace«, flüsterte sie an seinem Ohr.

Von hinten lachte Lightborn. »Sieh, wie er gekleidet ist! Er könnte genausowenig weggehen, wie ein Schmetterling in seine Puppe zurückkriechen könnte.«

»Ja.« Mylady nickte. »Ich glaube, du hast recht.« Sie legte den Kopf schräg, um Roberts Staat zu betrachten. »Du bist wunderschön, Lovelace – wie ich es vorausgesagt habe.«

Robert lächelte höflich. »Dann seid Ihr es, Mylady, die mich verzaubert hat.«

Sie zog eine schmale Augenbraue hoch. »So – er spielt schon den Kavalier, wie ich sehe.« Sie betrachtete ihn unverwandt, indem sie sein Haar streichelte. Dann klatschte sie mit plötzlichem Entzücken in die Hände und wandte sich Lightborn zu. »Aber sag mir«, bat sie ihn, »wie wurde er gefunden?«

»Von Godolphin«, antwortete Lightborn. Er starrte zu seinem Geliebten hinüber, und Godolphin schien unter seinem Blick zu zergehen. Er rutschte von seinem Platz und krümmte sich auf dem Boden zusammen. Lightborn beachtete ihn nicht, sondern beugte sich zu Robert vor, um zärtlich dessen Wangen zu streicheln. »Denn ich wußte«, murmelte er, »daß unsere Beute gewiß der Hinrichtung der Republikaner beiwohnen würde, um zu sehen, daß diejenigen, die man hinrichtete, einst die Anführer der Sache seiner Eltern gewesen waren.« Er lächelte matt. »Und so kam es dann auch.«

Robert zwang sich, Lightborns Blick zu begegnen. Aber er konnte ihm nicht standhalten, sondern mußte wegsehen, indem er sein Gesicht in Myladys Röcken verbarg. »Ich sehe also«, murmelte er in die Seide, »daß ich leicht zu durchschauen war.«

»Oh, außerordentlich.« Lightborns Lächeln wurde breiter. Er wandte sich wieder Mylady zu. »Diese zwei Monate haben wir ihn auf dich warten lassen, Helen.«

»Zwei Monate!« rief Mylady aus. Ihre Miene verfinsterte sich. Sie wandte sich Godolphin zu, und sofort schlug er die Arme um sich und wiegte sich hin und her, als müsse er sich anstrengen, um warm zu bleiben. Dabei murmelte er vor Angst.

»Er wimmert schlimmer denn je«, beklagte sich Mylady mit einem angeekelten Blick auf Godolphin. Er schnatterte noch immer. Unvermutet schlug sie ihm auf die Backe, und das Stöhnen hörte sofort auf. Sie stieß ihn mit der Schuhspitze an. »Warum hast du nicht nach uns geschickt«, verlangte sie zu wissen, »wenn du ihn so lange hattest?«

»Ich ... ich ...«, stotterte Godolphin und verstummte. Er deutete auf Lightborn. »Ich habe nach ihm geschickt«, brachte er endlich heraus.

Mylady drehte sich hastig um. »Ist das wahr?«

Lightborn zuckte die Achseln. »Laß dich warnen«, sagte er zu Robert. »Wenn sie ungehalten ist, schmollt sie wie ein kleines Mädchen.«

»Lightborn«, verlangte Mylady ungeduldig zu wissen, »ist das wahr?«

»Wir waren nämlich unlängst in Paris«, antwortete Lightborn, noch immer an Robert gewandt. »Wir hatten dort dringende Geschäfte zu erledigen. Natürlich« – er zuckte die

Achseln – »kam ich, als ich wieder da war, direkt zu deiner Zelle und sorgte dafür, daß du freigelassen wurdest.«

»Aber wir hätten viel früher zurückkommen können«, meinte Mylady, »wenn du mir nur Bescheid gesagt hättest. Die Geschäfte waren nicht so dringend.«

»Nein?« fragte Lightborn. »Wirklich nicht?« Er begegnete Myladys strengem Blick, dann deutete er auf Robert. »Es hatte mit ihm zu tun. Warum erklärst du es ihm nicht, Mylady, und fragst ihn dann, ob er einverstanden ist?«

Robert blickte sie staunend an. »Eure Geschäfte hatten mit mir zu tun?«

Mylady zuckte die Achseln. »In gewisser Weise vielleicht.«

»In welcher Weise?«

Zum zweitenmal zuckte sie die Achseln. »Es war kein Zufall«, murmelte sie schließlich, »daß wir genau in jenem Augenblick durch Stonehenge kamen.«

Robert stützte sich auf den Tisch. Er spürte, wie sich sein Herz zusammenzog. »Sprecht weiter.«

»Uns wurde gesagt, wir würden, wenn wir am 2. Mai dort wären« – sie machte eine Pause – »ein Wunder sehen.«

Robert schloß die Augen. »Von Faustus?«

»Faustus« – Mylady warf einen Blick auf Lightborn – »war nicht sein richtiger Name.«

»Wie dann?« flüsterte Robert. »Wie hieß er?«

Mylady machte eine wegwerfende Geste. »Irgendein fremder Name und völlig unaussprechlich.« Sie kniff die Augen zusammen. »Wir kannten ihn als Tadeus.«

»Und wer – was – war Tadeus?«

»Er war einst Priester gewesen, bevor er zum Bluttrinker wurde. Als wir ihn kennenlernten, war er ein Anbeter des Bösen und übte die magischen Künste aus.«

Lightborn lachte verächtlich. »Was bedeutet, er blieb, was er als Sterblicher gewesen war: ein abergläubischer Gauner.«

Robert sah ihn staunend an. »Aber ... was sagt Ihr da? Gewiß praktizieren doch alle Bluttrinker die magischen Künste?«

»Warum glaubst du das?«

»Eure Kräfte, ich habe sie gesehen ...«

Lightborn verdrehte die Augen. »Und könnten nicht die Kräfte eines Mannes einem abergläubischen Hund oder einem Affen mit Religion magisch erscheinen?«

»Dann sind Eure ...« – Robert schüttelte den Kopf – »ich verstehe nicht. Ihr sagt, sie sind überhaupt nicht magisch?«

»Nicht mehr als mein Blick oder meine Berührung oder mein Geruchssinn.«

»Woher kommen sie dann?«

»Aus dem Schoß des Universums, der lebendiger und fruchtbarer ist, als wir jemals verstehen werden.«

»Aber Faustus – Tadeus – seine Magie war erfolgreich. Er beschwor den Teufel.«

»Das hat er behauptet.«

»Wenn es nicht der Teufel war, wer dann?«

Lightborn zuckte die Achseln. »Deshalb fuhren wir nach Paris, um zu fragen.«

»Warum? Gab es dort jemanden, der es Euch sagen konnte?«

Lightborn warf einen Blick auf Mylady. »Die Frau, die uns zu den Geschöpfen gemacht hat, die wir sind.«

Robert starrte auf die beiden. Mit einemmal schienen ihre Augen unglaublich hell. Godolphins leises Winseln wurde ihm wieder bewußt, und er fragte sich, ob er angesichts so gefährlicher und seltsamer Wesen nicht neben ihm am Boden kriechen sollte. Doch für eine Weile hatte er vergessen, daß sie Dämonen waren und daß er selbst bald ein Geschöpf wie sie sein könnte. »Wer war sie also«, fragte er zögernd, »diese Frau, die Euch verwandelt hat?«

Lightborn lächelte und sah beiseite, als antworte er nur

ungern. »Sie ist bekannt«, murmelte er, »als la Marquise de Mauvissière.«

»Und...« Robert leckte sich die Lippen. »Als Ihr mit Ihr spracht – was wußte sie?«

Lightborn warf einen Blick aus dem Fenster, dann lächelte er wieder. »Du wirst es bald herausfinden.«

»Wie das?« fragte Robert und richtete sich auf. »Wohin fahren wir?«

Lightborn zog eine Braue hoch. »Nach Mortlake«, flüsterte er; dann blickte er wieder aus dem Fenster.

Die Kutsche fuhr nun langsamer, und Robert lehnte sich hinaus. Alles schien dunkel. Er reckte den Hals und sah hinter ihnen in der Ferne die getüpfelte Schwärze Londons, dicht gedrängt unter den Sternen und dem schimmernden Vollmond. Die Kutsche hielt, und Robert stieg aus. Der Boden unter den Füßen war morastig, und er merkte, daß er am Ufer der Themse stand. Er schaute sich um. Bis auf die Ruine eines großen Gebäudes auf dem gegenüberliegenden Ufer des Flusses schien er sich in offenem Gelände zu befinden. Die weißen Ziegelsteine schimmerten im Mondlicht bleich wie Knochen, die Fenster glichen Augenhöhlen in den Mauern. Ein einzelnes Licht brannte in einem Turmzimmer.

Lightborn ging zu einem wartenden Boot voraus. »Kommt.« Er winkte. »Madame la Marquise wird sonst ungeduldig.«

»Sie wartet auf uns?«

»Nein«, antwortete Lightborn. Er half Mylady, im Boot Platz zu nehmen, bevor er sich mit einem boshaften Grinsen nach Robert umsah. »Sie wartet auf dich.«

Er schnalzte mit den Fingern. Sofort begann Godolphin, der zusammengekauert bei den Rudern gesessen hatte, diese zu bedienen. Robert legte sich schweigend zurück. Er spürte große Angst in sich aufsteigen, wie er sie nicht mehr erwartet hatte, seit er eingewilligt hatte, Robert Lovelace zu werden. Er umklammerte das Heft seines Degens, versuchte sich zu erinnern, wie er im Spiegel ausgesehen hatte, berührte seine Locken. Aber mit jedem Klatschen der Ruder nahm sein Unbehagen zu, und als das Boot das andere Ufer erreichte und er auf den Landesteg geklettert war, konnte er nur noch zu dem Haus weitergehen.

Zu seiner Überraschung wirkte auch Mylady beinahe nervös, denn sie preßte die Lippen zusammen, und ihre zarten Nasenflügel bebten. »Es macht einen sehr verfallenen Eindruck«, murmelte sie, während sie zu dem Haus hinaufblickte.

Lightborn warf ihr einen Blick zu. »Zweifellos werden wir es bald wiederhergestellt sehen.« Er befahl Godolphin, einen Pfad durch das Unkraut zu schlagen, und folgte ihm. Dann blickte er zurück. »Schließlich ist es fast siebzig Jahre her.«

Mylady seufzte, raffte ihren Umhang um sich und nahm Roberts Arm. Trotz Godolphins Anstrengungen war der Zugang noch überwuchert, und als Robert sich einen Weg durch die Brombeersträucher bahnte, konnte er den verfallenen Zustand des Hauses vor ihm und das eingestürzte Dach noch deutlicher erkennen. Die Haustür sah jedoch neu aus, und als Lightborn sie aufstieß, erkannte Robert die Schatten von Möbeln im Innern und zerschlissene Wandbehänge. Er blickte zu Mylady auf, die noch immer seinen Arm hielt. Sie lächelte ihn kühl an, dann trat sie ein.

Sofort fühlte sich Robert an Wolverton Hall erinnert. Es war der gleiche starke Geruch nach Vogeldreck und Erde, nach Pilzen, die aus der Feuchtigkeit der Wände wuchsen. Er folgte Lightborn durch den Gang und hörte Schneckenhäuser unter seinen Füßen knirschen. Er schaute sich um und glaubte, daß die Räume eher noch baufälliger waren als die, die er damals mit Emily erkundet hatte. Doch trotz der Beklemmung, die er um die Brust spürte, bemerkte er einen Unterschied: Denn während in Wolverton Hall der Verfall wie irgendein monströses Wachsen von der Luft hervorgebracht schien, kam ihm nun der Ruin in den Räumen, die er durchschritt, beinahe passend vor, als wäre es nicht Verfall, sondern der natürliche Zustand des Gebäudes. Pfützen aus Mondlicht fielen auf Roberts Weg. Er hob den Kopf und sah, wie das Dach und der Efeu ein einziges Gitterwerk bildeten, das die dichte Luft mit Balken aus Silber musterte. Das Gitter erschien ihm wie ein Käfig, in dem die Zeit gefangen und zum Stillstand gekommen war.

Er zitterte, zwang sich aber, als Lightborn eine Treppe hinaufstieg, ihm zu folgen. Die Stufen waren abgetreten und schienen sich endlos zu winden. Robert vermutete, daß er zum höchsten Punkt des Turms hinaufstieg. Als die Treppe endete, befand er sich endlich in einem kleinen niedrigen Raum. In einem Kamin brannte ein Feuer, und zuckende orange Schatten erhellten die Wände. Robert schaute sich um; überall waren Bücher, auf Regalen und in Kisten oder auf dem Fußboden gestapelt. Sie waren über Kissen und Teppiche ausgebreitet, und zu seinem Erstaunen bemerkte er, daß das Zimmer fast gemütlich wirkte. Er trat vor und sah fabelhafte Geräte auf niedrigen Eichentischen: Globen, Astrolabien und etwas, was er für ein Fernrohr hielt. Er ging darauf zu. Obwohl er von Mr. Webbe von einem solchen Instrument gehört hatte, wäre ihm in seinen kühnsten Träumen nicht eingefallen, selbst einmal eines zu sehen. Er bückte sich und drückte das Auge an das Ende des Fernrohrs. Sofort sah er ein Gestirn von unglaublicher Helligkeit, das sich von den blauen Tiefen der Nacht abhob, und er hielt den Atem an, daß seine eigenen sterblichen Augen so etwas erleben und die Schönheit des Himmels so nahe erblicken sollten.

»*Notre dame, la lune*«, murmelte eine Frau. Robert drehte sich überrascht um. Denn die Stimme wirkte so silbern wie der Himmelskörper, den er gerade betrachtet hatte, so silbern und so unglaublich fern. Und doch schienen beide in dem Zimmer enthalten – der Mond in dem Glas, die Stimme in der Gestalt einer Frau auf einem Stuhl. Sie winkte Robert, und als er auf sie zuging, sah er, daß auch ihr Gesicht wie Silber war, wie von innen heraus beleuchtet. Es war nicht faltig, und doch schien es, aus Gründen, die er nur schwer benennen konnte, unglaublich alt. Vielleicht lag es an der Feinheit des Gesichts und der Lippen, die Ausdruck einer großen Mattigkeit zu sein schienen; vielleicht war es die Kälte hinter ihren Augen – so kalt, dachte Robert, wie das Vorübergehen der Jahre, durch das alles Lebende unerbittlich seiner Wärme beraubt und zu Staub wird. Wie viele Jahrhunderte, fragte er sich, mußten wohl vergangen sein, um den Blick der Frau in solches Eis zu verwandeln? Dennoch war ihr Gesicht das einer Sterblichen: dunkelhaarig, zierlich, und ihr Kleid, obwohl zweifellos ausländisch, hatte nichts Fremdartiges oder Antikes. Selbst ihr Gesicht schien sich, als sie aufstand, plötzlich vor Staunen zu erwärmen, und Robert bildete sich ein, tief in ihrem Blick einen Schimmer von Leidenschaft und Neugier zu sehen.

Sie wies mit dem Arm zum Fernrohr. Robert blickte sie unsicher an. Dann ließ er sich auf die Knie fallen und drückte sein Auge wieder an das Glas. Währenddessen bückte sich die Marquise neben ihm. »Einst war es mein Brauch«, murmelte sie, »zur Mondgöttin zu beten – unter ihren Strahlen Blutopfer zu vergießen – denn sie galt in alter Zeit als Beschützerin unserer Art. Doch nun ... ja – du hast es selbst gesehen. Keine Göttin – aber dafür etwas Wundervolleres. Eine neue Welt!« flüsterte sie mit plötzlicher Begeisterung. »Bloß eine einzige inmitten einer unendlichen Zahl solcher Welten!«

»Es ist ein wunderbarer Anblick«, stimmte Robert ohne weiteres zu.

»Aber was, glaubst du, lehrt es uns?« fragte die Marquise. Sie warf einen verstohlenen Blick auf Lightborn, dann wandte sie sich wieder Robert zu. »Nun«, sagte sie nickend, »daß wir einen strebsamen Geist haben müssen – daß unsere Gedanken sich bewegen müssen wie die unermüdlichen Himmelskörper selbst, immer kühn, nie zufrieden zu ruhen. Stimmst du nicht zu, Lovelace? Daß wir immer wagen müssen?«

Robert starrte sie an. Er runzelte die Stirn, wußte nicht, was er sagen sollte.

Er hörte Lightborn lachen und sah das Gesicht der Marquise sich vor Enttäuschung trüben. »Du bist nicht so begierig«, zischte sie, »dem Unbekannten zu trotzen, wie Lightborn es damals war, als ich ihn kennenlernte.«

»Ja«, antwortete Lightborn, »aber ich war damals ein größerer Narr.«

Robert sah sich nach beiden um und kehrte dann zum Fernrohr zurück. »Ich fürchte nicht, zu wagen, was ich wagen muß«, murmelte er. »Aber zuerst möchte ich gern wissen, was Ihr mir anbietet.«

Er hörte die Marquise lachen, ein frostiger und unangenehmer Laut. »Mag sein, daß ich dir gar nichts anbiete«, sagte sie. »Mag sein, daß ich dir nur rate, wie du erduldest, was dir bereits geschenkt wurde.«

Robert drehte sich rasch um. »Wie meint Ihr das?«

Wieder lächelte die Marquise unangenehm. Dann ging sie durch das Zimmer zu einer Kiste voller Bücher. Sie nahm einen Stapel heraus. »Ich bin so spät erst angekommen«, murmelte sie, während sie jedes einzelne durchblätterte, »daß ich noch keine Zeit hatte, sie zu ordnen ... ja!« Ihr Lächeln wurde breit. »Hier ist es.« Sie schlug das Buch auf und reichte es ihm. »Sag mir, Lovelace – erkennst du das?«

Er starrte auf die Zeichnung auf der Seite, dann schloß er die Augen. Er erinnerte sich, wie an jenem Abend des 1. Mai im Ring der Steine das Fleisch von dem Gesicht getröpfelt war, getröpfelt auch von dem neuen Gesicht, das darunter zum Vorschein kam. Robert öffnete die Augen wieder, sah es, in Tusche auf die Pergamentseite gezeichnet: dasselbe Gesicht, das Gesicht des Bösen, das Gesicht, das ... »Nein!« Robert schleuderte das Buch auf den Boden. Er blickte sich wild im Zimmer um, taumelte auf Mylady zu, barg sein Gesicht an ihrer Brust, spürte, wie sie ihn festhielt und leise wiegte, während ihre Finger sein Haar streichelten.

»Ich glaube, wir können daraus schließen«, murmelte die Marquise, »daß er, ja, daß er das Gesicht tatsächlich wiedererkennt.«

Lightborn bückte sich, um das Buch aufzuheben. Er runzelte die Stirn, während er es betrachtete. »Wem gehört das?« fragte er.

»Mir. Es wurde vor kurzem von Tadeus geschrieben.«

»Was ist das Thema?«

»Ein wahrer Bericht von jenem großen und mächtigen Geist, durch dessen Macht das ganze Universum gehalten und bewahrt wird.«

Lightborn schnaubte verächtlich.

»Wenn Ihr mich verspottet, Lightborn, dann begreift Ihr nicht. Der Geist ist auferstanden und wandelt auf der Erde. Tadeus war erfolgreich – das Ereignis, das er versprach, hat sich in der Tat begeben.«

Ligthborn sah sie kalt an. »Und viel Gutes hat es ihm gebracht.«

»Ich werde besser vorbereitet sein als er.«

»Was? Ihr wollt selbst an diese Kreatur herantreten?«

»Warum wäre ich sonst auf diese rückständige Insel zurückgekommen, wo sogar das Blut in den Adern verkocht schmeckt?«

Lightborn zuckte hochmütig die Achseln. »Ich würde es nicht empfehlen. Er wird Euch töten, und Euer Staub wird in der Luft hängen wie der von Tadeus – ich weiß, daß er da war, Madame, denn ich spürte ihn in der Nase stechen. Ihr seid es, die nicht begreift. Die Kreatur, der Dämon – was immer er ist –, er besitzt die Macht, unsereins zu vernichten.«

»Dann bedenkt, welche anderen Kräfte Er ebenfalls besitzen mag.« Die Marquise starrte in die Flammen. »Denn vergeßt nicht, Lightborn – Er ist der Höllenfürst, der der Gott dieser ganzen Welt ist.«

»Und wie gedenkt Ihr, ihn zu besänftigen, diesen – Euren – ›Gott‹?«

Die Marquise lächelte leicht. Sie ging zu Robert hinüber, der noch immer in den Armen von Mylady lag. »Ich werde Führung suchen«, flüsterte sie. Sie streckte den Arm aus, um Robert zu berühren, und legte die flache Hand einen Moment auf seinen Bauch. Aber er zuckte zurück, und Mylady beugte sich tief über ihn, als wolle sie die Marquise abwehren, deren Lächeln noch breiter wurde, während sie die beiden betrachtete. Sie wandte sich an Lightborn. »Ist es nicht ein reizender Anblick?« höhnte sie. »Ich wußte nicht, daß Mylady so ... mütterlich geworden ist.«

»Und warum nicht?« erkundigte sich Mylady sofort. »Seht ihn doch an! Er ist nur ein Kind.«

»Ich glaube – und Ihr wißt es –, daß er sehr viel mehr als das ist.«

Robert runzelte die Stirn. Er erhob sich von Myladys Schoß. »Was wollt Ihr damit sagen«, fragte er, »sehr viel mehr?«

Die Marquise blickte kurz zu ihrem Buch, das auf dem Tisch lag, wohin Lightborn es gelegt hatte, dann nahm sie Roberts Arm. Er versuchte, sich loszureißen, aber die Marquise schien sich nur lustig zu machen. Sie ging zum Fernrohr hinüber und bückte sich diesmal selbst, um hindurchzuschauen. »Ich fragte dich«, murmelte sie, »wie hoch du dich zu strecken wagst, nicht weil ich dich verführen wollte, sondern weil du den wahren Gott bereits flüchtig erblickt hast, den wahren Gott, dessen wahres Wesen so unendlich ist wie das Universum, das er geschaffen hat. Es ist möglich« – sie drehte sich langsam um –, »daß du bereits ein Teil jener Unendlichkeit bist.«

»Nein«, Robert schüttelte den Kopf. »Es gibt keinen Gott außer dem Allmächtigen.«

»Derselbe Allmächtige, der zuließ, daß deine Mutter verbrannt wurde und dein Vater Tropfen um Tropfen seines Blutes beraubt wurde? Sollte man einen solchen Gott nicht besser als Höllenfürst bezeichnen?«

»Nein!« schrie Robert und versuchte, sich die Ohren zuzuhalten.

»Leugne nicht, was du als Wahrheit kennst. Du hast ihm ins Gesicht geschaut, Lovelace: Satan, der Böse, der Herr der ganzen Welt... Und doch – und doch – verschonte Er dich. Warum?«

Robert stöhnte und schüttelte den Kopf.

Die Marquise nickte ihm mit großen Augen zu. »Er muß eine Absicht gehabt haben.«

»Nein!« schrie Robert noch einmal. Verwirrt schaute er sich um. Mylady stand auf und ging zu ihm, um ihn zu halten, aber die Marquise lächelte nur. Sie zwinkerte Mylady zu. »Ihr wißt, daß ich die Wahrheit spreche. Denn warum sonst sollte Er den Jungen so deutlich mit Seinem Brandmal gezeichnet haben?«

»Brandmal?« flüsterte Robert.

»Ja«, sagte ihm die Marquise sehr leise ins Ohr. »Das dich als Geschöpf des Teufels stempelt.«

»Ihr könnt Euch irren«, bemerkte Mylady, die Robert noch immer festhielt, mürrisch. »Vielleicht ist es gar nicht das Werk das Teufels.«

»Wovon redet Ihr?« rief Robert verzweifelt.

Die Marquise hielt den Kopf schräg und riß in gespielter Entrüstung die Augen auf. »Was?« rief sie aus. »Hat deine neue Stiefmutter dir das noch nicht verraten?«

Robert wand sich in Myladys Armen. Er machte sich los und begegnete ihrem Blick. »Mir was verraten?«

»Wie anders du bist«, flüsterte die Marquise, »anders als alle Sterblichen, die sie jemals kennengelernt hat.«

Mylady starrte sie mit unverhohlenem Zorn an. »Wir waren uns einig«, sagte sie mit leiser, dünner Stimme, »daß wir es noch nicht erwähnen wollten.« Ihr Ton, fiel Robert auf, schien mit einemmal verändert, weniger deutlich, beinahe gewöhnlich. Auch Lightborn schien die Veränderung bemerkt zu haben, denn er runzelte die Stirn, ging auf Mylady zu und nahm sie zärtlich am Arm. »Ich vermute«, murmelte er, indem er die Marquise ansah, »daß ein gebrochenes Versprechen nicht schwer wiegt, wenn Ihr Euch vorbereitet, Euch an den Teufel zu wenden.«

Die Marquise lachte, und dann plötzlich war ihr Gesicht so kalt und verschlossen wie zuvor. Mit raschelnden Röcken ging sie auf Mylady zu und faßte sie unterm Kinn. »Es wäre das beste«, zischte sie ihr ins Gesicht, »wenn Ihr nicht vergeßt, woher dieser Junge kommt und wessen Geschöpf er ist. Gewinnt ihn nicht zu lieb, Mylady – denn er gehört Euch nicht und kann Euch nie gehören.«

»Auch Euch nicht.«

»Vielleicht.« Ein kaltes Lächeln kehrte auf die Lippen der Marquise zurück. »Aber ich bin wenigstens bereit, das anzuerkennen. Ihr dagegen seid immer töricht gewesen – stets abgeneigt, zuzugeben, was Ihr seid.« Wieder begann sie zu lachen und hörte nicht mehr auf, obwohl Mylady nahe daran schien, sie zu schlagen.

»Helen.« Als Mylady die Hand hob, nahm Lightborn sie in die Arme. »Es ist Zeit zu gehen.«

Der Zorn brannte noch in Myladys Augen, aber Robert

sah, daß das Feuer wieder zu Eis wurde. »Ja«, brachte sie endlich mühsam heraus. Ihr Ton war wieder so kristallen wie zuvor. »Ich glaube, du hast recht.« Sie wandte sich um, und mit einem Rauschen ihres Umhangs begann sie, die Treppe hinabzueilen. Lightborn blieb an der Tür stehen, um eine ironische Verbeugung zu machen.

»Ich werde Euch bald wiedersehen, hoffe ich«, sagte die Marquise mit einer Handbewegung. »Euch alle.«

»Madame la Marquise.« Lightborn lächelte. »Davon bin ich überzeugt.« Dann wandte er sich ab und ging mit Robert zusammen hinter Mylady die Treppe hinab.

Worin allerlei Entdeckungen gemacht und Beschlüsse gefaßt werden

So eiskalt war Myladys Wut, daß Robert sie lange nicht anzusprechen wagte, während sie über die Themse zurückkehrten und dann in der Kutsche saßen. Statt dessen starrte er, wie auch Mylady, in die dunkle Nacht hinaus und fragte sich, was wohl das Brandmal war, das sie an ihm gesehen hatte und das ihn von anderen Sterblichen unterschied – und das sie und Lightborn dennoch vor ihm verschweigen wollten. Er blickte sie kalt an. Noch immer starrte Mylady unverwandt aus dem Fenster, aber Lightborn begegnete Roberts Blick und schürzte die schmalen Lippen.

»Ich bin wohl nicht in der Lage, deine Gedanken zu lesen«, begann er. »Dennoch kann ich erraten, was du denkst.«

»Dann antwortet mir. Sprach die Marquise die Wahrheit, als sie sagte, ich trüge das Teufelsmal? Wieviel weiß sie?«

Lightborn hob die Schultern. »Vielleicht nichts.«

»Nichts?«

»Was die Marquise wirklich weiß und was nicht, ist schwer zu entscheiden.«

»Warum?«

»Sie platzt vor ehrgeizigen Zielen.«

»Und was sind diese Ziele?«

»Konntest du das nicht erraten?« Lightborn lächelte kalt. »Sie ist davon überzeugt, daß die Grenzen des Universums von ihr selbst gemessen – und daß die tiefsten Geheimnisse der Hölle enthüllt werden könnten.«

Robert schloß die Augen. Das Bild von Stonehenge stieg vor ihm auf, eingekreist von dem Ring der Toten. »Und sind sie denn nicht enthüllt worden?« flüsterte er.

Wieder hob Lightborn die Schultern. »Ich weiß nicht. Tadeus war von den Ambitionen der Marquise sehr beeinflußt – und gewiß hat sie immer mehr versprochen, als sie hält.«

»Wie meint Ihr das?«

Langsam wich das Lächeln von Lightborns Gesicht. Er starrte in die nächtliche Ferne. »Es war«, erklärte er leise, »nein – es ist – die allgemeine Gewohnheit der Marquise, diejenigen, die sie ihrer Kräfte für würdig befindet, in Versuchung zu führen, indem sie von einer noch nie erblickten Welt der Geister spricht, die sich die Würdigen dennoch zu eigen machen können.« Er schwieg eine Weile; dann kehrte das Lächeln kaum merklich auf seine Lippen zurück. »So jedenfalls nahm sie mich anfangs für sich ein – denn auch ich war einst übermäßig stolz. Darin bestärkte mich die Marquise, erzählte mir flüsternd von einer Welt, in der das Wissen unbegrenzt sein könnte, und von einem Schleier, der es vor der Sicht der Sterblichen verbarg. Platzend vor Überheblichkeit und übersättigt von ihren goldenen Versprechungen bat ich sie, ihn von meinen Augen zu reißen. Sie tat es. Sie gab mir das Geschenk – den Fluch – ihres Zustands. Aber erst als es zu spät war – als ich wie sie geworden war, ein Bluttrinker –, fand ich heraus, daß sie gelogen hatte.«

»Gelogen?« Robert sah ihn erstaunt an. »Aber Ihr habt doch große Kräfte.«

»Und keine Antworten. Denn es gibt kein grenzenloses Wissen, auch wenn Madame la Marquise etwas anderes behauptet – nein, nicht einmal, wenn der Schleier weggerissen ist. Und so sind Bluttrinker, wie die einfältigen Sterblichen, die sie früher gewesen, noch immer von Nekromantie hingerissen und träumen davon, die innersten Grenzen der Hölle zu durchbrechen. Natürlich sind sie Narren – sie hätten aus ihrem früheren Irrtum lernen sollen, daß es keine Hölle gibt, daß es keinen Teufel gibt, daß es keinen Geist gibt, der die Welt lenkt. Denn in Wahrheit werden wir von nichts anderem regiert als von Grausamkeit und Zufall, den Launen eines gottlosen, sinnlosen Universums; und doch können sie den Gedanken nicht ertragen, daß wir so allein sein sollten. Gewiß, so beten sie, gibt es noch einen Teufel in der Hölle, und gewiß könnte seine Macht noch die ihre werden, wenn sie ihn nur finden würden – wenn nur noch ein Schleier von ihren Augen gerissen würde.«

»Und doch«, murmelte Robert, »hat Faustus wirklich etwas heraufbeschworen.« Er drückte die Hände auf seinen Leib. Tief im Innern spürte er eine Taubheit, als käme es von der Stelle, wo die Marquise ihre Hand aufgelegt hatte. »Er hat etwas heraufbeschworen, und nun scheint es – obwohl ich selbst es nicht erblicken kann, daß ich das Brandmal dieses Etwas' trage.«

Mylady hatte ihn beobachtet. »Es gibt keinen sicheren Beweis«, flüsterte sie plötzlich, »daß das Mal von dem Geschöpf, das du gesehen hast, herrührt – überhaupt keinen sicheren Beweis.«

»Und doch liegt irgendein Fluch auf mir? Ist es wahr, daß ich wie kein anderer Sterblicher bin, den Ihr kennt?«

Mylady warf einen Blick auf Godolphin. Sofort begann er zu zucken und sich zu regen wie ein schlafendes Tier, das schlimme Träume hat. »Wie kein anderer Sterblicher«, stimmte Mylady zu. Behutsam fast, als staune sie über sich selbst, streckte sie eine Hand aus, um Robert zu berühren. Er stieß ihre Hand fort. Sofort ballte sie die Finger zur Faust, sehr fest, und streckte sie dann langsam und ungläubig wieder aus. Sie lachte leise, während sie auf ihre Hand starrte. »Sieh doch, welche Wirkung du auf mich hast«, sagte sie. »Solche Macht« – sie schaute wieder nach Godolphin – »das kann kein Fluch sein. Nein.« Sie fuhr mit der Fingerspitze über ihre Lippen. »Es kann kein Fluch sein.«

Am Rattern der Kutsche spürte Robert nun, daß sie über gepflasterte Straßen fuhren. Er blickte hinaus und sah die Bäume im St. James's Park, von der ersten Andeutung der Dämmerung berührt. Er schaute Mylady wieder an; sie starrte auf Godolphin, der zusammengerollt und winselnd auf dem Kutschenboden lag. Myladys Blick war ungerührt und plötzlich sehr grausam, und ihre Schönheit erschien Robert wie die der Medusa, die jene, die sie in Verzückung versetzte, erschreckte und in Stein verwandelte. Godolphin begann, über Myladys Schuh zu geifern. Sie trat ihn weg und hielt sich an der Seite der Kutsche fest, ganz fest, während sie in den Park hinausblickte. Nicht einmal als die Pferde langsamer wurden, schaute sie sich um.

Lightborn beugte sich zu ihr hinüber. »Wir sind gleich bei unserem neuen Zuhause«, sagte er. »Interessiert es dich nicht, was ich für uns gefunden habe?«

Noch immer sah sie sich nicht um, nicht bevor die Kutsche stand. Robert und Lightborn kletterten heraus, dann warteten sie, bis Mylady ausstieg. »Nun?« fragte Lightborn sie, indem er auf Godolphins herrschaftliche Villa zeigte. »Was meinst du? Willst du mich nicht mit überschwenglichem Dank überschütten?«

Mylady starrte wortlos hinauf, dann ging sie auf die Haupttür zu. Godolphin eilte voraus, um ihr zu öffnen.

Noch immer wortlos ging sie durch die Eingangshalle und weiter in den Speisesaal. Wieder schaute sie sich um. »Es bietet Möglichkeiten«, sagte sie endlich.

»Das freut mich.« Lightborn deutete eine Verbeugung an. »Vielleicht wirst du dann deine mürrische Laune ablegen.«

Mylady antwortete nicht. Sie schaute sich noch immer um. »Und das alles«, sagte sie schließlich, indem sie den Blick auf Godolphin richtete, »gehörte ihm?«

»Du weißt«, antwortete Lightborn, »daß ich meine Geliebten stets gut wähle.«

»Hat er es überschrieben?«

»Das ist geschehen.«

»So daß er, der so viel besaß, nichts mehr hat – und alles aus freien Stücken.« Sie sah Robert an. »Siehst du nun«, flüsterte sie, »wie leicht Sterbliche sich erniedrigen lassen?«

Robert runzelte die Stirn. »Was meint Ihr, Mylady?« fragte er sehr langsam.

Sie gab keine Antwort, sondern ging mit klappernden Absätzen über den Marmorboden auf Godolphin zu. Er krümmte sich und stöhnte unter ihrem Blick, und seine Wehklagen wurden immer verzweifelter, während er den Saum ihres Kleides mit Küssen und Tränen netzte. Mylady duldete es eine Weile, bis sie schließlich angeekelt seufzte und wegschaute. »Wirf ihn hinaus«, befahl sie Lightborn. »Er stinkt vor Wahnsinn.«

»Nein!« schrie Godolphin auf. Dann erstarb sein Schrei zu einem schmerzenden, herzzerreißenden Schluchzen. »Nein!« jammerte er noch einmal, krabbelte auf Lightborn zu, ergriff seine Hand und küßte sie verzweifelt. »Nicht fort«, schrie er, »nicht von Euch, Ihr habt es versprochen, bitte!«

Lightborn zuckte die Achseln. »Aber Mylady will dich nicht behalten.«

»Nein, nein, bitte!« Verzweifelt drehte Godolphin sich nach Mylady um, die auf einem Stuhl saß und ihn beobachtete. Aber obwohl ihre roten Lippen geöffnet waren, sagte sie kein Wort, sondern konzentrierte sich darauf, ihre Röcke glattzustreichen. Dann bedeutete sie Robert, sich neben sie zu setzen.

Lightborn packte Godolphin an den Haaren und zerrte ihn zur Tür. Godolphin schien kaum noch genügend Luft zum Schluchzen zu bekommen. Dennoch bettelte er darum, bleiben zu dürfen. »Alles«, winselte er, »alles, ich will Euch alles geben.«

Lightborn lachte auf. »Aber du hast nichts mehr zu geben.«

Godolphins Worte gingen in einem neuen tiefen Schluchzlaut unter.

»Außer...« – Lightborn hielt plötzlich inne und runzelte die Stirn – »außer deiner Frau.«

Godolphin verstummte. Mit weit aufgerissenem Mund blickte er zu Lightborn auf.

Lightborn beugte sich dicht vor sein Gesicht. »Wohin ist sie geflohen?«

Godolphin stammelte etwas Sinnloses.

»Ich schwor«, sagte Lightborn mit funkelnden Augen, »ich würde mit dem Weib abrechnen. Nun?« Er deutete auf die Tür. »Du hast meine Bedingungen gehört. Geh und hol sie aus ihrem Versteck. Dann ziehe ich vielleicht in Erwägung, dich hierzubehalten.« Er warf einen Blick auf Mylady. »Wir werden schließlich einen Lakaien brauchen.«

Robert starrte ihn ungläubig an. »Ihr könnt ihn doch nicht wie einen Bettler aus seinem eigenen Haus fortschikken.«

»Ich werde tun, was mir gefällt«, antwortete Lightborn kalt. »Du vergißt – es ist nicht mehr sein Haus, sondern meines.« Er blickte wieder auf Godolphin hinunter. »Und?«

Noch einmal zeigte er zur Tür. »Geh! Hol mir die Hure.« Godolphin schauderte, und einen Augenblick lang drückte sein Gesicht Verwirrung und Zweifel aus. Doch dann stand er auf und taumelte aus dem Zimmer. Robert hörte seine Schritte durch den Vorsaal hallen. Dann wurde die Haustür zugeschlagen, und es herrschte wieder Stille.

»Was werdet Ihr tun«, fragte Robert, indem er vor Lightborn trat, »wenn er Euch seine Frau bringt?«

»Mylady!« rief Lightborn gelangweilt. »Ich glaube, dein Liebling wird wieder christlich.«

»Was werdet Ihr tun?« verlangte Robert mit lauterer Stimme zu wissen.

Lightborn grinste. »Sie dazu bringen, mich zu lieben – das wird als Rache durchaus genügen.«

»Wie meint Ihr das?«

»Lightborn!« Mylady hatte sich von ihrem Stuhl erhoben.

»Jetzt ist es zu spät«, antwortete er. »Er mag es ebensogut wissen.«

»Was wissen?« fragte Robert.

»Nun gut – daß die Liebe meiner Gattung, wie die Sonne, alle blendet, die darauf blicken. Um es rundheraus zu sagen« – Lightborn starrte tief in Roberts Augen –, »es treibt sie in den Wahnsinn.« Sein Grinsen wurde noch breiter. »Das ist ausnahmslos das Schicksal aller, die wir lieben.«

»Aller?«

»Aller«, flüsterte Lightborn. »Aller – bis auf dich.«

Robert drehte sich nach Mylady um, die noch an derselben Stelle stand, die Miene gefroren, die Augen unergründlich; dann blickte er zur Tür, durch die Godolphin gerade gegangen war. Seinen Namen rufend, lief er los, durch das Haus und hinaus auf die Mall, doch die Straße war leer, und obwohl er sich in alle Richtungen umsah, konnte er keine Spur des zugrunde gerichteten Mannes entdecken. Er blickte angestrengt in die Wildnis des Parks. Dort mußte Godolphin verschwunden sein, dachte Robert. Er sah, daß am Rand Kutschen abgestellt waren, und dann beobachtete er, wie zwei Männer, Arm in Arm und lachend, zwischen den Bäumen hervorstolperten. Einer machte sich an seiner Hose zu schaffen. Beide stiegen in eine Kutsche, die sich mit einem Peitschenknall sofort in Bewegung setzte. Robert sah ihr nach und starrte dann wieder in die Dunkelheit des Parks. Sie blieb undurchdringlich, obwohl im Osten die Sonne aufging. Er überlegte, ob er es wagen sollte, in solche Dunkelheit einzudringen, und fragte sich, was er dort entdecken würde, was ihm widerfahren könnte, wenn er es täte.

»Wie könnt Ihr wissen«, fragte er laut, »daß ich nicht wie Godolphin werde?«

»Ich kann es nicht.«

Robert drehte sich um. Mylady stand wenige Schritte hinter ihm. Sie versuchte nicht, näher zu kommen.

»Es scheint also«, sagte Robert mit leisem Lachen, »daß ich zwischen zwei möglichen, wenig beneidenswerten Losen in der Falle sitze. Entweder ende ich als so ein ... Ding ... wie Godolphin geworden ist, oder Ihr liebt mich, ohne mich zu vernichten, in welchem Fall ich mir sicher sein kann, mit dem Teufelsmal gezeichnet zu sein.«

Kaum merklich neigte sie den Kopf. »Aber ich sage nicht, daß es des Teufels ist.«

»Und warum nicht?«

»Aus dem gleichen Grund, weshalb ich nicht glaube, daß meine Liebe dich zerstören wird.«

»Dann sagt es mir.«

Mylady öffnete den Mund, als wolle sie sprechen. Dann hielt sie inne und schüttelte den Kopf. »Ich glaube ... nein.« Sie lachte kurz auf und schüttelte noch einmal den Kopf. »Du kannst es nicht verstehen«, murmelte sie. »Aber heute nacht ... alles, was die Marquise sagte ... es war der Gedanke, Lovelace – der Gedanke –, dich zu verlieren ...«

»Aber warum sollte Euch das kümmern«, fragte er, »wo Ihr sonst alles habt?«

»Die ...« Für einen winzigen Moment drückte ihr Gesicht das nackte Elend aus. »Die Einsamkeit«, flüsterte sie schließlich, als würde sie eine furchtbare Sünde beichten.

Robert schaute sie an, und zum erstenmal überhaupt bemerkte er, daß sie ihm nicht in die Augen sehen wollte. »Erklärt es mir«, sagte er freundlicher als zuvor.

»Es ist nicht wahr«, begann Mylady nach einer weiteren langen Pause, »daß alle Sterblichen durch unsere Liebe zerstört werden müssen. Es gibt welche ... die Kinder meiner Gattung ... die unsere Liebe ertragen können und nicht wahnsinnig werden ...« Sie zog ein wenig die Schultern hoch. »Und deshalb werden sie, natürlich, hoch geschätzt.«

»Warum habt Ihr dann nicht einen von ihnen ausgesucht?«

Noch immer wollte Mylady seinem Blick nicht begegnen. »Sie sind schwer zu bekommen«, sagte sie knapp. »Aber sogar sie ...«

»Ja?«

»Sogar sie ...« Jetzt blickte Mylady auf. Ihre Augen funkelten, ihre Lippen teilten sich. »Sie lassen sich mit dir nicht vergleichen«, brach es plötzlich aus ihr heraus. »Denn bei dir – wie könntest du es verstehen? – aber es ist, als ob ... als ob ich gar keine Bluttrinkerin mehr wäre. Ich fühle mich sterblich. Ich kann deine Gedanken nicht lesen, aber deine Gefühle – die spüre ich. Deine Ängste, deine Leidenschaften, deine Freuden ...« Wieder hielt sie inne, streckte die Hand aus. »Ich hatte vergessen«, flüsterte sie, »wie es ist, menschlich zu fühlen. Aber Lovelace, mein Lieber ...« Sie berührte seine Hand mit den Fingerspitzen. »Kannst du ... willst du ... bitte« – sie schluckte – »verstehen?«

Robert wandte sich ab. Lange starrte er wieder in die Dunkelheit des Parks. »In Wahrheit«, sagte er schließlich, »habe ich kaum die Wahl, ob ich verstehe oder nicht.« Ohne sich umzudrehen, griff er nach ihrer Hand. »Wie könnte ich Euch verlassen, Mylady«, fragte er, »die Ihr mich von den Steinen gerettet habt und seitdem, nun, da meine Eltern nicht mehr sind, wie eine Schwester gewesen seid – nein, wie eine Mutter?«

Sie gab keine Antwort. Aber sie wagte, nach seinen Armen zu greifen, wagte, ihn festzuhalten, und lange – Robert hätte nicht sagen können, wie lange – stand sie da und hielt ihn umarmt.

»Da ist noch etwas«, murmelte er.

»Wirklich?« fragte sie.

»Ob ich vom Teufel gezeichnet bin oder nicht ...«

»Ja?«

»Ich muß eines Tages nach Woodton zurückkehren. Denn ich möchte, wenn ich könnte, den Geist der Finsternis vernichten. Und wenn ich mich auch als zu schwach für diese Aufgabe erweise – dort gibt es ein Mädchen, eine Freundin – ich möchte sie von dort retten.« Er schwieg und blickte in Myladys Augen. »Und welche Hoffnung habe ich, solche Wünsche zu erfüllen, wenn nicht mit Euch, Mylady, und all Euren Kräften an meiner Seite?«

Mylady lächelte ihn einen Moment schief an. »Ja, welche Hoffnung wohl?« murmelte sie nach einer Weile. Dann ging sie mit ihm in den Park hinein, in die Dunkelheit der Bäume. Während der Schatten sich um ihn schloß, empfand Robert plötzlich, was es bedeutete, endlich die Gewißheit zu haben, daß er eines Tages nach Hause gehen würde.

Worin ein flüchtiger Blick auf die mögliche Lust der Begierde geworfen wird

Einige Tage später reizte es Lightborn, etwas mehr von dem zu enthüllen, was seine Kräfte vermochten – denn er war, wie er plötzlich ausrief, über Roberts »widerwärtiges christliches Gift« erzürnt. Er hielt sich die Nase zu, als wäre ihm übel; dann beugte er sich vor. »Glaubst du, du könntest dich erinnern«, fragte er, »wo der Metzger, der dich überfallen und dein ganzes Geld gestohlen hat, seinen Laden hatte?«

Es war spät und sehr kalt. Sie kamen gerade vom Theater zurück: die erste Aufführung, die Robert jemals erlebt hatte. Noch drehte sich ihm der Kopf von der seltsamen Verbindung neuer Erfahrungen und Anblicke: nicht nur das Drama an sich mit den gepuderten Schauspielerinnen und Versen und einmaligen Bildern, sondern auch das Publikum, in dessen Mitte sie gesessen hatten – Damen in Seide und mit Atlasmasken, Lebemänner mit prachtvollen, gelockten Perücken. Robert erinnerte sich, wie er aus seiner Loge ins stinkende, johlende Parkett hinuntergeblickt hatte, und er dachte, wie angenehm es war, Geld und Macht zu besitzen, die einen solchen Anblick bieten konnten, angenehm wie die Wärme des Getränks in seinen Adern, angenehm wie die Kutsche, die ihn nun vor dem Regen schützte. Bis dahin hatte Robert nie begriffen, worin die Verlockungen des Reichtums bestehen mochten, denn seinen Eltern hatte er nichts bedeutet, und dies hatte ihn davor geschützt, es für sich selbst zu erfahren. Auch hätte er es niemals getan, tröstete er sich, wenn er nicht nach Woodton zurückkehren müßte, und während er dies dachte, empfand er Erleichterung, daß seine Sünde nicht so groß war.

Lightborn beugte sich vor und schwenkte seine Hand vor Roberts Augen. »Der Metzger«, wiederholte er. »Weißt du, wo er wohnt?«

Robert fuhr auf und leckte sich die Lippen. Aus unerklärlichem Grund hatte er eine Wallung von etwas Leichtem und Goldenem im Leib verspürt. Er blickte durch das Kutschenfenster auf die regennassen Straßen hinaus. Sie waren in den Drury Lane eingebogen. »Er ist nicht weit«, sagte er langsam. Dann deutete er mit dem Finger. »Da vorn auf die Kirche zu.«

Lightborn grinste und lehnte sich aus dem Fenster, um Anweisungen zu rufen. Die Kutsche wendete und ratterte in die Hauptstraße von St. Giles, dann durch noch engere und schmutzigere Straßen, bis sie sich mitten in der Whetstone Park befanden. Robert zeigte auf eine Reihe ärmlicher, mit Brettern vernagelter Geschäfte. »Dort«, sagte er. »Dort wohnt er.«

Die Kutsche hielt. Robert stieß die Tür auf. Draußen schien die Gasse sogar von Bettlern und Huren verlassen, so bitterkalt war die Nacht. Regen klatschte auf den Matsch, und ein ächzender Wind trug den Gestank von faulendem Stroh herüber. Robert zitterte und schaute sich nach seinen Begleitern um. »Was habt Ihr mit ihm vor?« fragte er.

Mylady lächelte. Dann band sie wieder die schwarze Maske vors Gesicht, so daß ihre zarte Kehle durch den Kontrast noch weißer wirkte. »Ich glaube nicht«, sagte sie, »daß du dies schon miterleben solltest.«

Robert nickte wortlos, während er Mylady aufstehen sah. Und dann wußte er, obwohl er ihre Wangen nicht sehen konnte, daß sie sich röteten, und sah, wie ihre goldenen Augen brannten. Wieder spürte er den Strom von Leichtigkeit in seinem Leib und etwas wie einen leisen Hauch an den Armen entlang. Er lehnte sich zurück und preßte sich tief in das Sitzpolster. Tief einatmend versuchte er, die Leichtigkeit aufzuhalten, die sich weiter durch sein Blut ausbreitete.

Mylady streifte ihn im Vorbeigehen. Dabei sah Robert, wie sie eine Witterung mit dem Wind aufnahm, und dann kam wieder diese Leichtigkeit, die durch alle seine Glieder zuckte. So stieg er hinter ihr aus der Kutsche und trat in den Regen hinaus, denn obwohl die Leichtigkeit ihn ein wenig schwindlig machte, schien sie auch etwas Wunderbares und Merkwürdiges zu verheißen, und er konnte einfach nicht zulassen, daß es verging. Mylady hatte sich nach ihm umgewandt; er wußte, daß sie unter ihrer Maske erschrocken aussehen mußte. Dann streckte sie die Hand nach ihm aus, und er sah durch den Schlitz ihrer Maske die roten Lippen lächeln.

»Was empfindest du?« fragte sie, indem sie ihn an sich drückte.

»Ich ... ich weiß nicht«, antwortete er. »Aber was auch immer es sein mag, es ist wunderbar.«

Da hörte Robert, wie sich quietschend eine Tür öffnete. Er drehte sich um und sah den Metzger dastehen, mit trüben Augen und so dick wie früher.

»Es tut mir leid«, sagte Lightborn, »Euch so spät geweckt zu haben, aber Ihr wurdet uns als einer genannt, der uns mit Nahrung versorgen könnte.«

Der Metzger stammelte und verneigte sich.

»Ihr seht«, fuhr Lightborn fort, »unser Bedürfnis ist recht verzehrend geworden.«

»Was möchtet Ihr also haben?« fragte der Metzger.

Lightborn grinste. »Oh – etwas Rares, dachte ich.«

Er bedeutete dem Metzger, ihm zu folgen, und ging auf der matschigen Straße voraus. Der Metzger schlurfte stumm hinter ihm her. Als Mylady Roberts Hand nahm, spürte er wieder den Schwindel im Kopf und kämpfte gegen die Leichtigkeit im Bauch an – obwohl er es gar nicht wollte, wie ihm klar wurde, denn mit jedem Atemzug prickelten seine Nerven vor unsäglichem Entzücken. Er stellte sich vor, auf dem Strom des Vergnügens zu treiben, als wäre er schwerelos, auf goldener Luft getragen. »Hier hinunter«, flüsterte er Lightborn ins Ohr, »hierhin hat er mich gebracht.« Er ging in die enge Gasse voran, machte einen Schritt über einen Abfallhaufen und glitt im Schlamm aus, während die Dunkelheit dichter wurde. Doch noch immer pulsierte die Leichtigkeit durch seine Adern, immer schneller jetzt, so daß er unwillkürlich lachen mußte, denn selbst der Gestank in seiner Nase erzeugte kleine Wellen in seinem Blut, wie das Flüstern einer Brise über Lautensaiten.

Der Metzger bekam Angst und blieb stehen, setzte sich dann plötzlich in Bewegung und versuchte wegzurennen. Aber auch er glitt aus, und schon war Mylady über ihm und schlitzte ihm mit einem perlenbesetzten Messer die Kehle auf, während Lightborn mit den bloßen Zähnen an seinen Handgelenken nagte. Als der erste Blutstrahl hervorschoß, glaubte Robert, ihm würde übel, denn die Freude war so schwindelerregend, daß ihn schreckliche Angst überkam und Entsetzen über die neue Erfahrung. Er konnte nicht glauben, daß solche Empfindungen seine eigenen waren. Aber dann wurde er Herr über den Genuß, und ihm wurde klar, daß nichts, nichts, was er jemals erlebt hatte, dieser Freude gleichkam, die seine Eingeweide auszuhöhlen schien. Er kniete neben Mylady nieder. Sie hatte sich die Maske abgerissen: Ihre Wangen waren fieberhaft gerötet, die Augen brennend und ihre leuchtenden Lippen vor feuchtem rotem Schimmer um so leuchtender. Sie lachte und drückte seine Hand, und Robert verspürte eine Woge der Liebe zu ihr, seiner Gefährtin bei diesem dunklen, heimlichen Vergnügen, das er anders vielleicht nie zu fühlen gelernt hätte. Freilich fragte er sich für einen Augenblick, woher es kam, denn während Mylady an der aufgerissenen Kehle des Metzgers schleckte, empfand er plötzlichen Ekel bei dem Anblick, wie sie Blut trank; daß dies die Quelle zumindest ihres Vergnügens sein mußte, wußte er, obwohl er keinen Tropfen davon gekostet hatte. Aber dann trug ihn der Rausch der eigenen

Ekstase gleich wieder fort, und er schloß die Augen, lehnte sich an die Wand und überließ sich der rätselhaften Freude.

Sie ließen die Leiche des Metzgers bei dem Abfallhaufen liegen, schmieriger Unrat mitten in dem Dreck aus Innereien und Haut. Noch immer fiel Nieselregen, aber als Robert die feuchte Nachtluft einatmete, schien sie voller Energie und Licht. In der Kutsche hielt Lightborn Mylady in den Armen. Er keuchte noch immer schwer; seine Augen schienen fast rot zu sein. Er begann, Myladys Brüste zu streicheln, dann küßte er sie mit der gleichen drängenden, schlingenden Gier, mit der er aus den Wunden des Metzgers getrunken hatte. Mylady stöhnte unter der Berührung seiner Lippen auf ihrer nackten Haut. Der Duft ihres Parfums hing süß und scharf in der Luft, während sie den Rücken bog und die Arme ausstreckte. Im selben Augenblick bildete sich Robert ein, tausend Lichtpunkte wie Sterne brennen zu sehen, und seine Hand wanderte an seine Hose. Er lachte in wilder, jubelnder Hysterie; er faßte sich an. Wieder die Lichter. »Was geschieht?« rief er. »Wie kann ich mich so fühlen?«

Als die Kutsche hielt, stürzte er fast aus der Tür. Er blickte sich hungrig um. Die Straße war leer – und dann dachte er an den Park. Er wollte hineilen; aber Mylady streckte die Hand aus und hielt ihn am Arm fest. »Nein«, flüsterte sie. Sie schien kaum sprechen zu können, während sie sich bemühte, ruhig zu atmen, als könnte ein zu tiefer Atemzug die Flut jenes Vergnügens entfesseln, das Robert in ihren Augen und in der Röte sah, die sich wie Morgendämmerung über ihre Wangen ausgebreitet hatte. Er folgte ihr.

Lightborn hatte bereits begonnen, die Räume in der Villa zu verwandeln, um ein Haus der Sinnenlust zu schaffen. An den Wänden befanden sich Gobelins und Friese aus Kristall, aus tausend schimmernden Farben gearbeitet, auf denen die Götter in allerlei Tiergestalten zu sehen waren, die wilde Orgien feierten und phantastische Vergewaltigungen begingen. Kerzen beleuchteten die Luft mit Funken lebendigen Feuers. Zwei Knaben, als bocksfüßige Satyrn gekleidet, standen bereit und hielten Fächer aus krausen bemalten Federn. Lightborn winkte ihnen, damit sie sich hinter ihn stellten, während er sich auf dem Sofa rekelte; als sich dann Mylady zu ihm gesellte, läutete er eine silberne Glocke. Auf der Stelle, als habe er im Schatten gelauert und auf seinen Aufruf gewartet, erschien Godolphin in der Tür, in die Livree gekleidet, die einst seine eigenen Lakaien getragen hatten. »Die Überraschung«, flüsterte Lightborn heiser, »bring sie, Mann, bring sie.« Godolphin verbeugte sich und zog sich zurück.

Lightborn blickte Robert mit einem unwiderstehlichen Lächeln an. »Ich habe«, murmelte er, »einen herrlichen Lekkerbissen für dich.« Er hielt plötzlich inne und schien nach Luft zu schnappen. Er zog Mylady an sich und küßte sie, als könne nur die Berührung ihres Atems ihn selbst mit Luft versorgen. Dann machte er sich los und wandte sich wieder lächelnd an Robert. »Ich habe mir gedacht«, sagte er in schmeichelndem, spöttischem Ton, »für dein erstes Mal würdest du vielleicht eine schicklich puritanische Hure vorziehen, um deine Sünde mit dir zu teilen.«

Er winkte mit dem Arm. Als Robert sich umdrehte, sah er Godolphin an einer Kette ziehen, an der ein einfacher Metallkäfig auf Rädern hing. Als der Käfig aus dem Dunkel auftauchte, entdeckte Robert eine menschliche Gestalt hinter den Stäben, wie ein Tier in die äußerste Ecke geduckt.

»Sie hält sich für zu fein«, sagte Lightborn lachend, »aber das Weib wird seinen neuen Beruf schnell lernen.« Er klatschte in die Hände. »Gut, Godolphin – zeige Lovelace seine Hure.«

Godolphin verbeugte sich und schloß den Käfig auf. Mit einem einzigen brutalen Ruck an ihren Haaren zerrte er die Frau heraus. Dann stand er über ihr, während sie auf dem Boden kauerte.

»Sieh mich an«, flüsterte Lightborn. »Sieh mir in die Augen.«

Langsam, widerstrebend hob die Frau den Kopf. Robert schob seine Hand wieder an seiner Hose hinunter. Was meinte Lightborn, fragte er sich, wenn er sie als Puritanerin bezeichnete? Denn ihr Haar war gelb gefärbt und zu Locken gedreht, ihr Gesicht grell geschminkt. Sie trug ein buntes, weit ausgeschnittenes Kleid, wie es nur die wohlfeilste Hure jemals anziehen würde. Doch dann, während er sie noch prüfend betrachtete, begann sie schluchzend ein Gebet zu sprechen, und Roberts Augen wurden plötzlich groß. Er wollte es nicht glauben. »Aber«, rief er aus, indem er sich zu Lightborn wandte, »das ist doch Lady Godolphin?«

Lightborn und Mylady brachen in schallendes Gelächter aus. »Was meinst du?« fragte Lightborn. »Wird das Weib genügen?«

»Ich...« Robert schluckte. Er starrte wieder auf sie und wußte, daß sie ihren Zweck erfüllen würde – wußte, daß er sie wollte, da, auf dem Boden. Er ballte die Hände zu Fäusten. Die Leichtigkeit in seinem Leib höhlte ihn wieder aus. »Nein, sie...«, murmelte er leise. Er schüttelte den Kopf. »Ich kann nicht...« Seine Stimme verlor sich.

Mylady warf einen Blick auf Lightborn. Er nickte und befahl der Frau erneut, in seine Augen zu blicken. Sie schrie dabei, doch dann gefror der Schrei auf ihren Lippen, und sie begann sie zu lecken, sehr langsam, während ihre Glieder und ihr Leib sich wanden. »Sieh doch«, rief Mylady aus, »der lüsterne Schimmer in ihren Augen! Jetzt legt die Hure los!« Vor Entzücken klatschte sie in die Hände. Dann wandte sie sich Lightborn zu, um ihn zu küssen und in die Arme zu nehmen. Robert beobachtete sie kurz, dann spürte er selbst nackte Arme, die sich um ihn legten. Er drehte den Kopf. Weiche, feuchte Lippen begegneten seinen; Schenkel schlossen sich um seine Hüften und begannen zu reiben. »Hier«, hörte er in sein Ohr geflüstert, und dann führte Lightborn ihn hinüber zum Sofa. Die Leichtigkeit in seinem Blut schien Robert Kraft zu verleihen. Er ließ seine Last auf die Kissen nieder und legte sich zu ihr, die ihm die Arme entgegenstreckte, seine Hure. Für einen Augenblick löste er sich von ihrem Kuß und schaute sich um: Lightborn und Mylady beobachteten ihn aus dem Dunkel, gespenstische Gestalten, nur an ihren Augen zu erkennen, die wie brennende Juwelen glitzerten, unglaublich hell. Und dann waren sie fort, und Robert senkte wieder den Blick. Und während er das Fleisch der Frau berührte, stieg die Leichtigkeit in seinem Blut und schlug über der ganzen Welt zusammen.

Worin Robert ungewollt zum geübten Libertin wird

Sein Schuldgefühl beim Erwachen ließ Robert sofort aufspringen. Die Frau regte sich und streckte schlaftrunken die Arme nach ihm aus. Er blickte auf sie hinab. Ihr Duft war schwer von honigsüßem Schweiß, ihr Gesicht mit Schminke beschmiert, ihr Leib von den Fetzen des Hurenkleids entblößt. Wieder überkam ihn die jähe Leichtigkeit, und er mußte sich zwingen, ihre Finger von seinen Schenkeln zu schieben. Eilends warf er einen Umhang über. Als er den Raum verließ, blickte er nicht zurück.

Er fand Mylady an einem Feuer in ihrem Zimmer sitzend vor, wie sie mit einer Flasche Rotwein und einem Pokal zu ihren Füßen in die stetig brennenden Flammen starrte. Sie schien in irgendeine heimliche Ekstase versunken, und erst als sein Schatten über sie fiel, blickte sie auf. Sie lächelte mit träger Freude, als sie die Hände nach ihm ausstreckte. »War es nicht zauberhaft?« flüsterte sie. »Denn, Lovelace – Lovelace – ich habe alles gespürt.«

»Was gespürt?« fragte Robert kalt.

Mylady lächelte wieder und kniff die Augen zusammen. »Wie kannst du fragen?« Sie zog ihn herab, und ohne es zu wollen, legte Robert den Kopf auf ihren Schoß. »Lange nicht mehr«, murmelte sie, »nicht mehr seit – oh, vielen, vielen Jahren – habe ich solche wollüstigen Freuden genossen, wie ich sie heute mit Lightborn erlebte. Denn du warst es, Lovelace, deine Lust, die dazu diente, meine eigene anzustacheln.«

»Wie ist das möglich?« wollte Robert wissen.

Mylady zog ein wenig die Schultern hoch. »Ich habe es dir gesagt – dank irgendeiner merkwürdigen Übertragung kann ich an deinen Empfindungen und allen deinen Freuden teilhaben.«

»Und ich, so scheint es, kann an einigen der Euren teilhaben.«

Es trat eine kurze Stille ein. Mylady bückte sich und griff nach dem Pokal zu ihren Füßen. Sie nippte daran, und ganz schwach spürte Robert das hohle Gefühl im Magen, das in der Nacht zuvor die Tötung des Metzgers angekündigt hatte.

Er sah scharf die Flasche an. »Ist das Blut?« fragte er.

Mylady neigte den Kopf. »Vermischt mit Rotwein. Dem besten. Haut Brion.«

Robert wandte den Blick von ihrem Schoß auf das Muster, das die Flammen malten. »Werde ich«, fragte er leise, »wenn ich ein Geschöpf wie Ihr werdet, immer eine Freude empfinden, wie ich sie in dieser Nacht kennengelernt habe?«

»Zweifellos«, erwiderte Mylady, indem sie sein Haar streichelte. »In Wirklichkeit wird sie gewiß noch größer, denn es gibt nichts, was sich mit dem Geschmack richtigen Blutes vergleichen läßt.« Sie schwieg. Dann flüsterte sie ihm ins Ohr. »Hat es dir Angst eingeflößt?«

»Ja«, sagte Robert. »Genauso, wie es mich letzte Nacht auch hingerissen hat.«

»Möchtest du es wieder?«

»Ja«, antwortete Robert nach einer Weile.

»Was wirst du tun?«

»Ich werde warten.«

»Bis was geschieht?«

»Bis ich bereit bin, nach Woodton zurückzukehren und Emilys Rettung zu versuchen.« Er blickte zu Mylady auf. »Denn nicht wegen der Freuden, die es bringen mag, will ich Bluttrinker werden, sondern allein wegen der Kräfte.«

»Natürlich.«

»Es ist die Wahrheit.«

Mylady lächelte. »Doch auf dem Sofa letzte Nacht hast du nicht den Puritaner gespielt.«

Robert schüttelte den Kopf. »Es ist keine Sünde, die Freuden zu genießen, die Gott uns gegeben hat – sondern nur, nach mehr zu verlangen ... und sich von andern zu nehmen, was allein sie selbst geben dürfen.«

Mylady runzelte die Stirn. »Wie meinst du das?« fragte sie ihn scharf.

»Es war falsch, was wir Lady Godolphin angetan haben.«

Ihre goldenen Augen weiteten sich verwirrt. »Warum?«

»Warum, Mylady? Warum? Es war Vergewaltigung.«

»Sie hat sich recht willig darauf eingelassen.«

»Ihr wißt genau, daß sie es anfangs nicht tat.«

Mylady betrachtete ihn prüfend, und in ihrer Miene mischten sich Verwirrung und Faszination. Schließlich zuckte sie die Achseln und trank einen Schluck Wein. »Was sollen wir also tun?«

»Sie muß in aller Ehre – ja, und auch mit Geld versehen – an einen Ort geschickt werden, wo sie ihr früheres Leben wiederaufnehmen kann, denn wir haben ihr großes Unrecht angetan.«

Mylady zog eine feine Augenbraue hoch und schüttelte lächelnd den Kopf. »Lightborn wird das nicht gefallen.«

»Nein, denn ohne eine Spur von Grausamkeit kann er keine Freude genießen. Aber Ihr müßt ihn überreden, Mylady.«

Sie zuckte matt die Achseln. »Du weißt, süßer Lovelace, daß ich immer tu, worum du mich bittest.«

Sie erfüllte seine Bitte, und Lady Godolphin wurde tatsächlich fortgeschickt. Natürlich hatte Mylady recht gehabt, daß Lightborn nicht erfreut sein würde, und sein Zorn auf Robert war verächtlich und kalt. Aber Robert hatte keine Angst: Er wußte, daß Mylady, das einzige Wesen der Schöpfung, das Lightborn liebte, das einzige Wesen, das er nicht gern verletzte, seine Beschützerin blieb. Aber bei aller Macht seiner Geliebten über ihn ergab sich Lightborn nicht leicht, und er wurde nur um so entschlossener, Robert die Wege der Gottlosigkeit zu lehren, damit das Krebsgeschwür der Religion sein Haus nicht mehr infizieren könnte. »Denn ich bin Herr über die Lebenden und die Toten«, murmelte er, »ein Geschöpf furchtbarer Kräfte – und ich werde mir nicht predigen lassen.« Vielmehr begann er nun selbst, zum Prediger zu werden. Mit vielen gewandten Argumenten beharrte er darauf, daß Religion keinen anderen Zweck habe, als Narren in Furcht zu halten, und daß alle, die anders dächten, scheinheilige Esel seien. Mitunter zündete er seine Pfeife mit Streifen an, die er aus einer Bibel gerissen hatte, und beschrieb inmitten seiner Knaben, wie Johannes der Liebhaber Christi gewesen sei und ihn benutzt habe, wie es wohl die Sünder von Sodom getan hätten. Dann deutete Lightborn auf die Bibel und forderte Robert auf, seine eigene Pfeife damit anzuzünden, da er fraglos bewiesen hatte, daß sie nichts weiter als ein Bericht über Schreckgespenster und die Tricks von Schwindlern sei. Wenn Robert sich dann weigerte, wie er es immer tat, seufzte Lightborn fromm, sah Mylady an und schüttelte den Kopf. »Und doch ist es derselbe gottesfürchtige junge Mann, der dich und mich beobachtete, als wir einen Mitchristen in Fetzen rissen, und der dann diesen Raum mit der Glut seiner Begierden befleckte, die er einer Frau aufdrängte, die genauso heilig wie er selbst ist. Herr!« – an dieser Stelle richtete er den Blick zur Decke –, »was für Heuchler diese Christen sein müssen!«

Robert überging solche spöttischen Bemerkungen. Aber er spürte ihren Stachel und die Wahrheit des Vorwurfs. Er erinnerte sich, was er Mylady geschworen hatte: daß er das Bluttrinken nicht miterleben wollte, bevor er bereit wäre, selbst zu trinken, und er bemühte sich sehr, diesen Eid zu halten. Anfangs half ihm dabei die Notwendigkeit, die Künste zu meistern, die er für die Rückkehr nach Woodton brauchen würde. Seine Reitstunden nahm er wieder auf, und bald hatte er in der Reitkunst seine Lehrer weit übertroffen, desgleichen im Gebrauch von Waffen, von Dolchen und Pistolen und jeder Art von Hieb- und Stichwaffen. Doch mit dem Degen, den Mylady ihm zuerst geschenkt hatte, konnte Robert bald am besten umgehen, und er liebte ihn, als wäre er eine Verlängerung des Arms. Dennoch stellte er manchmal fest, daß er sich fürchtete, mit der Klinge umzugehen. Denn sie war grausam und tödlich, und wenn sie durch die Luft blitzte, konnte er sich vorstellen, was es bedeuten mochte, selbst so grausam und tödlich zu sein.

In seinen schwärzesten und geheimsten Gedanken jedoch gewöhnte Robert sich daran, daß er ein solches Geschick fast begrüßen könnte. Denn je mehr er übte und je gefährlicher er wurde, desto mehr fühlte er sich im Lauf der Jahre von seinem Eid gequält. Er wußte immer, wann Lightborn und Mylady sich genährt hatten, denn dann funkelten ihre Augen, und selbst ihr Fleisch schimmerte, und sie drängten sich lachend an ihm vorbei, Arm in Arm, als wären sie betrunken. Dann hielt Robert es nicht länger aus im Haus, denn er wußte, daß er sonst vielleicht hören würde, wie sie sich miteinander vergnügten, was ihn mit einer merkwürdigen, quälenden Eifersucht erfüllen und seine ohnehin schon dunklen, heftigen Begierden noch vertiefen würde. Dann wanderte er lieber durch die Straßen oder durch die Gehölze des Parks, halb in Versuchung, das Blut irgendeiner unbekannten Person in der Hoffnung zu vergießen, auch er könnte von seinem Duft hingerissen werden.

Eines Tages dann überraschte er im Park ein Paar Straßenräuber, die eine Dame ergriffen hatten und sie mit vorgehaltenem Messer zwangen, ihren Schmuck und die Geldbörse auszuhändigen. Mit einem Husten machte Robert die Räuber auf sich aufmerksam, und in dem nachfolgenden Kampf durchstach er beiden das Herz. Er schnupperte an der Klinge, empfand aber überhaupt nichts, und er wünschte, Mylady hätte statt seiner daran schnuppern können. Aber er brachte es ihr nicht nach Hause: Er wischte die Klinge sauber und blieb seinem Eid treu. Um die Qualen der Begierde zu beherrschen, verlegte er sich statt dessen darauf, Frauen in ihren Wohnungen oder in Bordellen, auf den Straßen oder im Park zu besitzen – kurz, wo auch immer das Schicksal ihm die Chance gab. Auch knauserte das Schicksal nicht, denn Robert war jung und schön und reich. Mit Hilfe dieser Vorzüge und seinem nagenden Appetit war er bald, noch ehe er ganz siebzehn war, ein höchst geübter und vollendeter Libertin geworden.

Und mit der Übung kam schließlich auch eine Verfeinerung des Geschmacks. Er hatte Glück mit der Frau, die er im Park rettete, denn sie war Gesellschafterin der Lady Castlemaine gewesen, der schönsten und berühmtesten aller Mätressen des Königs. Nachdem er den Ruf der Ritterlichkeit erworben hatte, stand Robert bald im Mittelpunkt des Interesses. Es dauerte nicht lange, und er fühlte sich von den schüchternen Gefälligkeiten seitens der allerfeinsten Damen geschmeichelt, wenn er die vornehmen Stunden für einen Spaziergang im Park wählte. Gewiß, anfangs schienen seine

Bewunderinnen fast zurückhaltend, und Robert, der oft Mylady am Arm hatte, wurde klar, daß sie sie fälschlich für eine Rivalin um sein Herz gehalten hatten. Aber solche Erwägungen beschäftigten seine Eroberungen nicht lange, und wenn sie erst bemerkt hatten, daß Mylady durchaus nicht eifersüchtig schien, sondern fast Spaß an ihren Tändeleien hatte, klimperten sie doppelt so heftig mit den Augenlidern. Versprechungen wurden geflüstert, heimliche Verabredungen getroffen, und bald bekam Robert eine unverhüllte Einladung an den Hof.

Oft hatte er sich in seinen dunkleren Phantasien gefragt, was sich innerhalb der unregelmäßigen Bauten des Whitehall Palace befand. Klotzig lag er am südlichen Ende des Parks, ein Durcheinander von Gebäuden und Stilen, die auf Robert – wenn er im Schatten der äußeren Mauern vorbeiging und sich an den tödlichen Haß seines Vaters auf Könige erinnerte – immer wie die Konturen eines Bauwerks der Hölle gewirkt hatten. Da er die Blicke seiner Eltern auf sich spürte, dauerte es lange, bis er sich überwinden konnte hineinzugehen, und schließlich mußte ihn Mylady überreden, die selbst gespannt schien, die Geheimnisse im Innern zu erleben. Lightborn dagegen weigerte sich mitzugehen und brummte, er würde das Knie nicht vor den leeren Schmeicheleien eines Königs noch irgendeines anderen Sterblichen beugen, und als Robert selbst mit Mylady durch die Palastpforten schritt, empfand er ein Frösteln im Herzen, als wäre damit zu rechnen, jeden Augenblick den Teufel zu erblicken.

Es war sehr kalt so kurz nach Weihnachten, und Gedanken an den Teufel gingen Robert häufig durch den Kopf. Doch dann, als sie die Geheime Galerie entlanggingen, kamen sie plötzlich am König persönlich vorbei, und Robert – der das leere Starren des Bösen schon erlebt hatte und sich auf sein Aussehen verstand – wußte sofort, daß Charles Stuart kein

Dämon und auch nicht aus der Hölle aufgestiegen war. Seine Majestät war von einem Gewimmel kleiner Hunde umgeben, und doch war ihr Kläffen nichts gegen das Gebelfer zweier Frauen, beide wundersame Schönheiten, die auf beiden Seiten von ihm standen und sich keifend beschimpften. Eine erkannte Robert: Es war Lady Castlemaine, die Herrin, die ihn als erste in ihre Gemächer am Hof eingeladen hatte. Ihre Rivalin war ebenso schön, aber mit eiskalter Miene und sehr jung. Der König lächelte gelangweilt und zupfte an seinen Handschuhen. Die Hunde winselten und jaulten. Die Damen schrien weiter.

»Man sagt, daß Fotzen sich an den König heften wie Austern an Felsen, um Perlen hervorzuzaubern.«

Robert sah sich um. Zwei junge Männer standen an der Wand der Galerie, beide wie er nach der letzten Mode gekleidet, der eine rundlich und lustig aussehend, der andere hochgewachsen mit edlen, hübschen Gesichtszügen. Es war der zweite, der gesprochen hatte, und Robert war von dem Kontrast zum Inhalt seiner Worte überrascht – denn so betörend wie seine Stimme war auch sein Gesicht. Seine Augen waren verschleiert, die Lippen weich und sinnlich, und doch erschien etwas fast Unschuldiges in seiner Miene, ein rebellischer Engel, der durch seinen Sturz nicht entstellt wurde. Seine Schönheit, fiel Robert auf, schien beinahe Myladys Schönheit zu gleichen, und dann sah er, wie der junge Mann sie betrachtete, als dächte er das gleiche. Mylady begegnete seinem Blick und zog lächelnd eine Braue hoch. Der junge Mann strengte sich an, ihrem starren Blick zu begegnen: Eine Weile gelang es ihm, dann sah er endlich weg.

Mylady beobachtete ihn weiter. Langsam ließ sie die Kapuze von ihrem Haar rutschen. »Was ist es denn«, fragte sie leise, »worum diese beiden Damen den König so inständig bitten?«

»Nun«, erwiderte der junge Mann kalt, »jene Quintessenz allen irdischen Strebens – ein Platz in einer Kutsche.«

Mylady kniff die Augen zusammen. »Ich verstehe nicht.«

»Sie ist vor kurzem geliefert worden«, erklärte der zweite junge Mann, »als Geschenk für den König. So prachtvoll ist sie, daß diejenigen, die darin sitzen, einfach bemerkt werden müssen. Deshalb streiten sie sich darum, wer als erste darin fahren darf.«

»Ein hübscher Streitpunkt«, meinte der erste Mann, während er zu den Damen blickte, »wo die beiden doch nichts sind als Fleisch auf Knochen.«

»Sind wir das nicht alle?« fragte Mylady.

Der junge Mann lächelte kaum merklich und neigte den Kopf. »Zweifellos dürftet Ihr, Madame, dies besser wissen als ich.«

Myladys goldene Augen wurden groß vor Staunen. Es trat Stille ein. Der junge Mann begegnete erneut ihrem Blick und schürzte leicht die Lippen, aber dann, als sie anscheinend gerade etwas zu ihm sagen wollten, drehte er sich um. Jemand hatte geschrien. Die jüngere der beiden Damen trat nach den Hunden; dann schrie sie noch einmal und lief die Galerie hinunter. Der junge Mann seufzte matt. »Ist es nicht immer das gleiche?« fragte er. »Wiegt eine Jungfrau und eine Hure, und wer wird sich durchsetzen?«

»Wie?« fragte Robert, als die Lady an ihnen vorbeirannte. »Wie meint Ihr das?«

Der junge Mann lächelte verschmitzt. »Miss Stewart, die Ihr gerade vorbeilaufen gesehen habt, hat sich dem königlichen Schwanz verweigert – und was man nicht haben kann, ist immer am begehrtesten. Doch scheint es in der Endabrechnung, daß nicht einmal das Versprechen ihres Juwels genügte, um ihr den Preis einzubringen.«

Robert starrte Lady Castlemaine nach, wie sie an der Seite

des Königs die Galerie verließ. »Was hat sie denn besessen«, erkundigte er sich, »was mit dem konkurrieren könnte, das Miss Stewart dem König zu bieten hatte?«

»Nichts«, antwortete der junge Mann, »nur eine Drohung.«

»Eine Drohung?«

»Ja habt ihr denn nicht bemerkt, daß die Hure schwanger ist? Sie hat gedroht, eine Fehlgeburt herbeizuführen, wenn sie ihren Willen nicht bekommt.« Sein Gesicht wurde plötzlich kalt, und sein Lächeln schien eine erstaunliche Mischung aus Mitleid und Bosheit zu sein. »Es heißt«, flüsterte er Robert ins Ohr, »daß ganze vierzig Mann am Tag für meine Lady Castlemaine herbeigeschafft werden und daß sie dennoch wie eine Hündin mit dem Schwanz wedelt nach mehr. Was glauben Sie, Sir? Könnte das wahr sein?« Sein Grinsen wurde breiter, doch mit einemmal war sich Robert der Leere dahinter bewußt, geboren aus Mattigkeit, Ekel und Übersättigung. Auch Hohn war dabei, bemerkte er, der sich gegen ihn selbst richtete, und mit einer merkwürdigen und unerwarteten Benommenheit spürte er, wie widerlich Fleisch war, wie verfault und süß. Er errötete bei dem Gedanken an sein bevorstehendes Stelldichein mit Lady Castlemaine, an die Paarung mit ihr – ein zappelnder Hund auf einer Hündin.

Er sprach kein Wort mehr, bis der junge Mann und sein Gefährte sich vor ihnen verneigt hatten und gegangen waren. »Wer war das?« fragte er Mylady leise und schauderte, denn der Ekel, den er empfunden, hing noch in seinen Gedanken, wie ein widerlicher Mehltau, der sich nicht abwaschen ließ. »Er wirkte beinahe wie ein Geschöpf wie Ihr, denn plötzlich fiel mir auf, daß ich an seinen Gedanken teilhatte.«

»Ja«, antwortete Mylady, »und sie erschienen mir höchst bitter und erschöpft, seltsam bei einem so jungen Menschen.« Sie hielt inne und schürzte die Lippen. »Doch ist er mit Sicherheit sterblich.« Sie nahm Roberts Arm, und er entdeckte, daß ihr Gesicht hellwach war vor Interesse. »Ich möchte seine Geschichte wissen.«

»Ihr habt keine Ahnung?«

Sie zuckte die Achseln. »Mir fehlt die Erfahrung. Vielleicht sollten wir die Marquise ausfindig machen und um Rat fragen.«

Robert lächelte kalt. »Ich wußte nicht, daß Ihr mit ihr verkehrt.«

Mylady zuckte unverbindlich die Achseln. »Wir brauchen sie nicht zu Hause zu besuchen. Bald werden wir sie hier bei Hof entdecken.«

»Bei Hof? Die Marquise?«

»Sie hat eine Cousine, glaube ich, eine Miss Elizabeth Malet, frisch vom Lande hier in London eingetroffen.«

Wieder starrte Robert sie ungläubig an. »Eine Cousine?« rief er aus.

»Na ja, in Wahrheit glaube ich, es ist ihre Ururenkelin, aber es ist schwierig, diesen Umstand zuzugeben.«

»Die Marquise war verheiratet?«

»Viele Male, glaube ich. Einmal aber auch in London, bei ihrem letzten Aufenthalt hier, ja.«

Halb verwirrt, halb erstaunt schüttelte Robert den Kopf. »Und was macht diese – ›Cousine‹ – bei Hof?«

»Was glaubst du wohl? Versucht, einen Mann zu finden.«

Robert zuckte die Achseln. »Ich hatte nicht bemerkt, daß sie so viel ... Familiensinn hat.«

»Warum nicht?« antwortete Mylady scharf. »Schließlich sind sie vom gleichen Blut.«

Diese Erklärung vermochte Robert kaum zu überzeugen. Aber Mylady wollte anscheinend nicht mehr sagen, und ihr Schweigen erschien Robert, als sie durch die endlosen Flure und Säle weitergingen, merkwürdig gekränkt und distanziert. Er fragte sich, was sie vor ihm verheimlichte, und die Erinnerung an Geheimnisse, die sie ihm früher vorenthalten hatte, und die Art und Weise, wie sie dann schließlich enthüllt worden waren, beunruhigten ihn. Als sie Miss Malet endlich entdeckten, war die Marquise jedoch nicht bei ihr und wurde in nächster Zeit auch nicht erwartet. »Beim Maskenball der Königin«, erklärte Miss Malet, »könnt Ihr sie finden. Er findet am Dreikönigsabend statt, in drei Tagen – aber das werdet Ihr natürlich selbst schon wissen. Madame hat mir versichert – ganz entschieden, darf ich hinzufügen –, daß sie dort sein möchte, und sie wird es gewiß einhalten, denn wir sind in letzter Zeit die engsten Freundinnen geworden!« Sie klatschte in die Hände. »Es wird doch mein erster königlicher Ball!« rief sie aus. Robert lächelte. Miss Malet war nicht älter, schätzte er, als er selbst, jung und hübsch, mit langem goldenem Haar. Irgendwie erinnerte sie ihn an Emily – oder vielmehr an eine Emily, wie er sie sich jetzt vorstellte. »Darf ich mit Eurer Anwesenheit bei der Maskerade rechnen?« fragte Miss Malet. Robert verneigte sich und versicherte ihr im Gehen, daß er kommen werde.

Er nahm seine Wanderung durch den Palast mit Mylady wieder auf. Fast konnte Robert glauben, sie würden nie mehr herausfinden, denn die Flure glichen einem gewaltigen Labyrinth, vielleicht von einem Zauberer geschaffen, in dem allen, die sich verirrten, schwindlig würde von den Vergnügungen, vom Spielen und Trinken in jedem Saal, so daß sie bald nicht mehr ans Fortgehen denken würden. Und wer konnte sie tadeln, dachte er, während er die Schönheit der Damen und der Lebemänner bestaunte und wie sich Seide an Seide rieb, Spitze an Spitze, Lippe an Lippe – ja, warum sollte jemand fortgehen wollen? »Und dennoch will ich«, dachte er plötzlich, »und ich weiß nicht, warum.« Er warf einen Blick auf Mylady, hatte erneut das Gefühl, daß ein Geheimnis zwischen sie getreten war, ein Schatten der Unzufriedenheit. Doch das war nicht alles: Denn dazu gesellte sich eine Trägheit, die noch schlimmer als die Unzufriedenheit war. Wie schwach seine Empfindungen geworden waren, wie blaß und leer. Er erinnerte sich an den jungen Mann und den merkwürdigen Ekel, den er in ihm ausgelöst hatte. Robert rieb sich die Augen. Der Ekel schien, wie eine Dürre, noch zu verharren, so daß er, als er die Vergnügungen und Wonnen des Palasts wahrnahm, keine Freude mehr empfand, sondern nur ausgedörrte Langeweile, die nach Regen aus einem brennenden, leeren Himmel zu lechzen schien.

»Wo finde ich Erleichterung?« fragte sich Robert. Er ertrug es nicht, mit Mylady weiterzugehen, denn er kannte nur eine Antwort auf eine solche Frage, und ihre Gegenwart führte ihn in Versuchung, seinen Schwur in den Wind zu schlagen, die Antwort herauszufinden. Er wußte, als sie sich trennten, daß sie bald auf die Jagd gehen würde, denn der Anblick des Appetits anderer Menschen weckte immer ihren eigenen, und schon sah er in ihren Augen den wohlbekannten hungrigen Schimmer. Er selbst spürte im Leib ein plötzliches goldenes Brennen, und die Versuchung, mit ihr zu gehen, wurde fast zu stark. Mit aller Kraft bezwang er sie, aber die Leichtigkeit hielt an, auch noch als Mylady gegangen war, und er spürte wieder, wie stumpf alles im Vergleich dazu geworden war.

Robert versuchte, die Leichtigkeit mit Zechen zu ertränken, und als das nicht half, mit Spielen. Bald hatte er mehrere Beutel voll Münzen verloren, und die Leichtigkeit begann nun, in seinem Bauch zu kribbeln. Er spielte weiter und verlor noch mehr Münzen, doch das Kribbeln brannte noch und ließ sich nicht kratzen. Robert erinnerte sich an seine Verabredung mit Lady Castlemaine und eilte in ihre Gemächer. Kaum bei ihr, versuchte er, den Schmerz an ihr abzureagieren, an der sagenhaften Schönheit ihres weichen, einladenden Fleisches, als ob das gierige Jucken aus seinem Schwanz erbrochen werden könnte. Endlich, als sein Bauch so leer schien, wie seine Eier geworden waren, bildete er sich ein, das Kribbeln sei verschwunden und er könne nun ein wenig Ruhe finden.

Robert schlief ein und begann zu träumen. Er stellte sich vor, durch den St. James's Park zu wandern. Er erkannte den Pfad wieder: Hier war er zum erstenmal mit Lady Castlemaine spazierengegangen. Aber die Bäume, die den Pfad auf beiden Seiten säumten, schienen sich zu ihm herabzubeugen, wie gräßliche Kreaturen mit tausend Hälsen, denn am Ende jedes Astes saß ein gieriger Mund, und dann sah Robert, daß es Fotzen waren, klaffend und mit Zähnen besetzt. Er versuchte, die suchenden Rachen abzuwehren. Er begann zu laufen, und dann sah er ein Gehölz vor sich, und darin lag Lady Castlemaine, die Beine gespreizt, darauf wartend, von einer Reihe von Männern mit harten Ruten bedient zu werden, und doch verschlang sie alles und konnte nicht genug bekommen, obwohl bald eine riesige Menge Schleim zwischen ihren Schenkeln hervorfloß, auf den Pfad sickerte und zu einer Flut anschwoll. Robert strampelte, um ihr zu entkommen. Aber er begann zu würgen, als der Schleim seine Nasenlöcher füllte und in seine Kehle sickerte.

Mit einem heftigen Schreck fuhr er auf. Er taumelte von Lady Castlemaines Seite, griff nach einer Weinflasche und goß ihren Inhalt hinunter. Aber der Geschmack und Geruch seines Traums schienen zurückzubleiben, so wie am Tag zuvor das Ekelgefühl geblieben war, und Robert stellte fest, daß er um so lieber gewußt hätte, wer der junge Mann gewesen war, der fähig zu sein schien, solche widerwärtigen Alpträume des Überdrusses anzuregen. Er war nun entschlossen, ihn ausfindig zu machen, um zu entdecken, was ihn so vergiftet hatte. Denn der Gedanke, die Alpträume könnten wiederkommen und seine Freuden für immer mit Ekel erfüllen, entsetzte Robert. Und so beschloß er, Miss Malets Einladung zum Maskenball, die er zunächst hatte ausschlagen wollen, doch anzunehmen, denn er war sich sicher, den jungen Mann dort zu finden.

Und so geschah es, als der Tag kam, daß Robert mit Mylady am Arm in Whitehall einzog – ein Gast bei Seiner Majestät Dreikönigsball. Er betete dabei, der Geist seines Vaters möge ihm vergeben.

Worin festgestellt wird, daß gewisse Freuden selten gebeichtet werden

Als Robert im Ballhaus eintraf, gab er zunächst alle Hoffnung auf, jemanden zu erkennen. In dem märchenhaften Wirbel der Farben – von Federn und Masken und unglaublichen Perücken – schien die Persönlichkeit der Träger verloren, vollkommen aufgegangen in äußerem Pomp. Aber dann deutete Mylady plötzlich mit ihrem Fächer. »Ist das nicht der merkwürdige Mann, den wir schon einmal getroffen haben?« fragte sie.

Robert drehte sich um. Der junge Mann saß mitten in einer Schar seiner Kumpane. Seine Maske war heruntergerissen, und er schien bereits betrunken zu sein. Er sprach seinem Gefährten ins Ohr, dem rundlichen jovialen Mann, mit dem er zuvor schon zusammengewesen war, und dann brachen beide Männer in Gelächter aus. Robert ließ Mylady stehen und ging auf die beiden zu. Dabei bemerkte er, daß die Lebemänner sich alle umgewandt hatten und ihn beobachteten. Der junge Mann sagte etwas zu ihnen, und Robert glaubte, Lady Castlemaines Namen aufzuschnappen. Wieder brachen sie in schallendes Gelächter aus, und er errötete unter seiner Maske. Einen Augenblick blieb er wie angewurzelt stehen, aber die Lebemänner starrten ihn weiter an, und der junge Mann sagte wieder etwas, was lautes Gebrüll auslöste. Robert spürte, wie die Schamröte ihn verbrannte. Er ballte die Hände zu Fäusten und wandte sich ab. Einmal blickte er zurück, und wieder mußte er Gelächter und Trinksprüche und zotige Rufe hören.

»Verspottet er Euch meinetwegen, armes Bürschchen?« Robert schaute sich um und fand Lady Castlemaine neben sich. Auch sie war unmaskiert, was Robert freilich nicht überraschte: Denn sie war viel zu eitel, um ihr Gesicht zu bedecken.

Er zeigte auf den jungen Mann. »Wer ist das?« fragte er.

»My Lord of Rochester«, antwortete Lady Castlemaine, »und, zu meiner Schande, mein Cousin.«

»Zu Eurer Schande?«

»O ja.« Lady Castlemaine seufzte. »Vor zwei Wochen erst ist er aus Frankreich eingetroffen, und doch wird er bereits für einen allbekannten Lebemann gehalten.«

»Ich bin mir sicher, der tugendhafte Name Eurer Ladyschaft wird durch seine Verbrechen nicht befleckt.«

Lady Castlemaine lachte charmant. »Wollen wir es hoffen.« Sie warf den Kopf zurück ... und erstarrte plötzlich. »Und während wir noch über das Thema der Tugend sprechen, fürchte ich, der König ist in Gefahr, auf ihre Zurschaustellung hereinzufallen.« Als zöge sie einen Dolch, schlug sie ihren Fächer auf. »Ihr müßt mich entschuldigen, Lovelace.« Sie drängte sich rasch an ihm vorbei und schwebte durch den Saal.

Robert sah ihr nach, und da entdeckte er, was sie erschreckt hatte. Die Hand auf seinem Herzen, kniete der König vor einer Dame auf einem Stuhl und flehte sie anscheinend an. Die Dame selbst war maskiert, doch Robert erkannte die Brüste und die vollkommene Gestalt Miss Stewarts.

»Armer Fürst, er wird von seinem Schwanz gelenkt und

muß gehen, wohin dieser ihn führt, denn er ist stolz und bestimmt und duldet keinen Widerstand.«

Robert blickte sich um. Lord Rochester stand neben ihm.

»Welcher Mann würde nicht seinem Schwanz folgen«, fragte Robert kalt, »wenn der ihn zu solchen Wonnen führt?«

»Als da wären?« Lord Rochester lachte. »Lady Castlemaine vielleicht?«

»Es ist gewiß meine heilige Pflicht«, antwortete Robert, »zu gehen, wohin auch immer mein Souverän mich führen wird.«

»Dann kann Seine Majestät sich wirklich glücklich schätzen, die Treue so vieler Glieder seines Hofstaats zu haben.« Wieder lachte Lord Rochester trunken. Seine Augen waren glasig, konnte Robert sehen. Doch plötzlich, als er sich vorbeugte, schien sein Gesicht lebendig und wach zu werden, und Robert glaubte, unter dem glasigen Starren eine leidenschaftliche und schreckliche Klarheit zu erkennen. »Wenn ich Euch vorhin verspottet habe«, flüsterte der Lord, »hoffe ich, Ihr versteht, daß ich nur verspottete, was in mir selbst sterblich ist.«

»Aber ich verstehe gar nichts«, antwortete Robert. »Wer in dieser ganzen Versammlung ist dieses Fehltritts nicht schuldig?«

»Die Frage ist berechtigt.« Lord Rochester lächelte. »An diesem Hof wird wirklich viel gevögelt. Doch glaube ich, Ihr versteht mich, wenn ich sage, daß es hier Geschöpfe mit – unsterblicheren – Begierden gibt.« Er erschauerte und hob grinsend sein Glas, und Robert folgte der Richtung, in die er seinen Trinkspruch schickte. Er erblickte Mylady, die in Begleitung eines dicklichen und sehr betrunkenen jungen Lebemanns war. Ihre Augen brannten wie goldenes Feuer durch die Maske. Lord Rochester sah Robert von der Seite an und spitzte die Lippen. »Ich glaube«, murmelte er, »daß die Eroberung unserer Lady bald tot aufgefunden wird, auf rätselhafte Weise ermordet oder ertrunken auf der Themse treibend.«

Robert starrte ihn entsetzt an. »Woher wißt Ihr von solchen Dingen?« flüsterte er schließlich.

»Dieselbe Frage könnte ich Euch stellen.«

»Ich ...« Robert schluckte und wandte sich ab. »Das ist eine merkwürdige Geschichte.«

»*Mais d'accord*. Wie das?«

Robert antwortete nicht, sondern beobachtete weiter Mylady und den Lebemann. Wieder spürte er die goldene Regung in seinen Eingeweiden. »Ich spüre ...«, murmelte er, dann wankte er und atmete scharf ein, während die Freude wie Feuer durch sein Blut brauste. »Ich spüre es«, keuchte er, »ohne zu trinken, die Wonne ...«

»Was, trifft sie Euch jetzt?«

Robert nickte.

Lord Rochester packte ihn am Arm. »Und wie ist es?« fragte er gespannt. »Die Freude – Ihr müßt es mir verraten: was für ein Gefühl ist es?«

Robert schloß die Augen. »Es ist das Paradies«, sagte er. »Nichts auf der Welt läßt sich damit vergleichen.«

»Was – nicht einmal meine Lady Castlemaine?«

Robert lächelte und schüttelte den Kopf.

»Ja.« Rochester nickte. »Und doch versucht Ihr, vor solchen Freuden zu ihrem Schoß zu fliehen.«

»Würdet Ihr es nicht tun?« fragte Robert.

Lord Rochester beobachtete Mylady und leerte sein Glas mit einem einzigen schnellen Schluck. »Ich weiß nicht«, sagte er nach einer Weile. »Denn ich fürchte allmählich, daß ich das Vergnügen mehr liebe als mein Glück.«

»Nicht jede Lust muß es gefährden.«

Lord Rochester lachte verächtlich. »Aber jede Lust, die

sich lohnt, gefährdet es. Ich schwärze meine Seele nicht gern, Sir – und doch ist sie bereits so besudelt, daß ich meine, je größer das Vergnügen, desto schrecklicher muß die Sünde sein. Wenn Ihr mir nicht glaubt, betrachtet Eure Lady noch einmal. Oder besser ...« – er hielt inne, und sein Grinsen wirkte plötzlich starr wie auf einem Totenschädel – »beobachtet die Marquise de Mauvissière.«

»Was«, fragte Robert, »sie ist hier?«

Lord Rochester machte eine Handbewegung.

Robert folgte ihrer Richtung und erblickte plötzlich die Marquise durch die wirbelnde, tanzende Menge. Er drängte sich vor, um sie genauer zu beobachten. Sie saß neben Miss Malet in der Ecke der Galerie und flüsterte ihr etwas Dringendes ins Ohr, als gäbe sie ihrer Cousine eine Warnung oder einen Rat – der Inbegriff der höfischen Anstandsdame. Doch dann schien sich vor Roberts Augen das Gesicht der Marquise plötzlich zu verdunkeln; ihre Lippen teilten sich wie vor Hunger, und in ihren Augen schien eine unbeschreibliche Gier zu funkeln. Sie wankte, als machte ihr heißes Verlangen sie schwindlig, und legte ihre Hände fest auf Miss Malets Brüste. Sie drückte sie sehr zärtlich. Dann streckte sie die Finger aus, als wären es Krallen.

»Bei Christi Blut«, sagte der rundliche Mann, Lord Rochesters Freund, der sich zu ihnen gesellt hatte, »dort drüben gibt es eine Dame mit leidenschaftlichem Wesen.«

»Sehr wahr, Savile«, bemerkte Lord Rochester grinsend. »Sehr wahr.«

Robert starrte die Marquise an, die vor Verlangen fast in Ohnmacht zu fallen schien. »Was könnte die Ursache einer so schrecklichen Leidenschaft sein?« flüsterte er.

Der rundliche Mann, Savile, schaute ihn verwirrt an. »Ist das nicht klar?« fragte er. »Ihre Gefühle gelten dem schönen Geschlecht.« Aber Lord Rochesters Verwunderung schien noch tiefer. »Die Ursache?« flüsterte er Robert ins Ohr. »Wißt Ihr es wirklich nicht?«

»Nein«, antwortete Robert, »und ich bekomme es satt, daß derartige Geheimnisse vor mir verborgen werden.«

»Dann kommt«, schlug Lord Rochester vor, »und findet die Ursache selbst heraus.« Er führte Robert am Arm durch den Saal zu der Stelle, wo die Marquise und Miss Malet saßen. Robert schaute zu, wie die Marquise ihre Wange an Miss Malets Schulter lehnte und ihren Duft einatmete. Auf einmal krümmte sie sich und verdrehte die Augen, und dann atmete auch Robert tief ein und hörte sich keuchen. »Nein.« Doch er meinte es nicht, denn er stellte sich vor, daß er mit seinem Blut in die Luft schwebte, seinen Körper zurückließ und flüssiges Gold wurde. Er war aus Tausenden glühenden Funken gemacht, und jeder Funke gab ihm ein Vergnügen, wie er es noch nie erlebt hatte. Am liebsten hätte er geschrien. Gab es einen Punkt, überlegte er, wo Lust zu schmerzen begann? Denn es war zu süß, zu süß, der süßeste aller Schmerzen, er wollte davor vergehen, sich in Luft auflösen.

Doch er war nicht fortgewesen, bemerkte Robert, als er aus dem Ballsaal und dann hinaus in die bitterkalte Winterluft getragen wurde. Er schüttelte den Kopf und schaute sich um. Er stand auf einer Treppe, über einem Boot, das auf den unruhigen Wellen des Flusses schaukelte. Auf beiden Seiten wurde er gestützt und entdeckte, daß es Savile und Lord Rochester waren. »Was ist passiert?« murmelte er. »Wohin gehen wir?«

»Ihr seid ohnmächtig geworden«, antwortete Lord Rochester, »vom Übermaß Eures Genusses. Und wir begeben uns jetzt auf den Fluß, damit Euch die Kälte reinigen kann.«

Savile lachte fröhlich und stieß ihn in die Rippen. »Ich weiß nicht, was Ihr getrunken habt«, sagte er, »aber ich würde es gern selbst probieren, denn noch nie habe ich einen solchen Ausdruck reiner Lust gesehen wie jenen, als Ihr dort gegrinst habt, während die Beine unter Euch nachgaben.« Er zwinkerte und hob eine Weinflasche hoch. »Der Teufel soll dieses Zeug holen, das nur dazu gut ist, Pisse zu erzeugen.«

»Dann habt Ihr großes Glück, Sir«, flüsterte Robert, »daß es zu nichts Schlimmerem gut ist.« Aber Savile hörte ihn nicht, Lord Rochester dagegen um so besser, denn er legte einen Finger auf die Lippen. Mit Saviles Hilfe führte er Robert nun die Treppe hinunter, und als sie das Boot erreicht hatten, lag Robert eine Weile schweigend auf den Kissen, während er noch die kleinen goldenen Wellen durch sein Blut strömen spürte. »Mein Gott«, flüsterte er schließlich in Lord Rochesters Ohr. »Mein Gott, mein Gott.«

Lord Rochester wandte sich um und nahm ihn behutsam in die Arme. »Man hat Euch also wirklich nichts gesagt?« fragte er leise.

»Mir gesagt?«

»Ihr wißt es.«

»Sagt Ihr es mir.«

Lord Rochester zog ein wenig die Schultern hoch und schwieg, um die Spitze auf seinen Ärmelaufschlägen zu ordnen. »Ihr müßt also wissen«, begann er leise, »daß für Bluttrinker die Nachkommen der eigenen Art magische Eigenschaften besitzen. Zum Beispiel können sie von einem Bluttrinker geliebt werden, ohne daß es sie in den Wahnsinn treibt. Dies macht sie, wie Ihr zweifellos verstehen könnt, sehr geschätzt...«

Robert nickte nachdenklich. Er erinnerte sich, daß Mylady ihm von einer solchen Rasse erzählt hatte. Doch sie hatte sie nicht vollständig beschrieben, nicht zugegeben, was es war...

»Jedoch«, fuhr Lord Rochester fort, »leben sie selten so lange, daß sie sehr geliebt werden können. Denn es ist ihr

Pech, daß diese Eigenschaft sie vor allen anderen auszeichnet – daß ihr Blut für den Bluttrinker, der ihr Verwandter ist, der süßeste, der stärkendste, der berauschendste Trunk von allen ist.«

Vor stummem Entsetzen und Elend schüttelte Robert den Kopf.

Lord Rochester liebkoste ihn. »So verratet mir doch«, flüsterte er mit plötzlichem Eifer. »Das Gefühl ... das Vergnügen ... war es so wunderbar zu spüren, wie es schien?«

Robert seufzte lang und tief, als könnte die Empfindung, die nun in seinen Adern gerann, mit dem Atem hervorgeholt werden. Aber sie verweilte noch, und so ließ er die Finger durch die eisigen Wellen gleiten, um sich zu vergewissern, daß noch immer eine Welt alltäglicher Sinne existierte, eine Welt, in der Wasser immer noch kalt war. Er fröstelte erfreut und schlug dann die Arme um sich. Er starrte auf den Palast, der kleiner wurde, während sie die Themse abwärts fuhren, und sofort spürte er, wie die Dunkelheit sich wieder über ihn legte. Er drehte sich um und blickte hinaus auf die unermeßliche Wildnis Londons, dann hinauf zu den Sternen am frostigen Winterhimmel. Die Dunkelheit war überall; die Dunkelheit war tief in ihm selbst. Er konnte sie spüren, in seiner Seele brennend, so wie damals, als der Metzger getötet worden war. Er griff nach Saviles Flasche. Aber der Wein löschte die Flammen nicht, sondern schürte sie bloß. Robert stöhnte und erbebte, als er zum Ufer und den Huren blickte, die sich auf den Stufen am Fluß drängten. »Laßt uns anlegen«, murmelte er schwach, »wir müssen ... laßt uns anlegen.«

Savile grinste und nickte, dann rief er dem Bootsführer Anweisungen zu. Neben Milford Stairs glitten sie ans Ufer. »Dirty Lane!« rief Savile, während er aus dem Boot torkelte. *»En avant!«* Arm in Arm mit Lord Rochester ging er im Zickzack voran, während Robert folgte, wortlos, seine Gedanken eine Hölle aus Niedertracht und Wollust. »Huren!«

schrie Savile, während er durch die gefrorenen Gassen wankte. »Muß Huren haben!« Er bog in den Dirty Lane ein, stieß die Tür zu einem Bordell auf und schaute sich um, während sein Mund aufging und zuklappte wie ein Fischmaul. »Schrubbt sie alle!« kicherte er plötzlich, dann fiel er flach aufs Gesicht. Lord Rochester machte einen Schritt über ihn. »Ich möchte nicht aussuchen müssen«, sagte er zur Wirtin. »Schickt uns vier von Euren besten herauf, und wir nehmen sie alle.«

Lange brauchte Robert, länger als früher, um das erregende Gefühl des Blutes von sich abzustreifen und wieder Herr seiner eigenen Begierden zu werden. Doch auch dann noch, als er zwischen den durchnäßten Laken lag und sich geleert wußte, verließ ihn der Gedanke an seine Empfindungen im Ballhaus nicht: ein schrecklicher, verlockender, räuberischer Gedanke. Ihn schauderte, und er schickte die Prostituierten fort, denn er hatte an Emily gedacht und ertrug es nicht, sich an sie zu erinnern, während er in solcher Gesellschaft lag. »Ich bin verloren«, sagte er, indem er zur Decke starrte, »verloren ohne Hoffnung auf Führung.«

Lord Rochester schaute zu ihm herüber. Er hurte noch. Seine Miene war abwesend; bei allem Vergnügen, das sie verriet, hätte er genausogut seine Fechthiebe üben können. »Das Gevögel langweilt mich«, murmelte er auf französisch. »Lieber möchte ich, glaube ich, Eure Lebensgeschichte hören.«

»Könnt Ihr nicht beides?«

Lord Rochester lächelte. »Ein glänzender Vorschlag.«

Robert rollte sich über das Bett. Er begann zu erzählen. Als er zum Ende kam, schwammen seine Augen in Tränen. »Ihr seht, Mylord«, sagte er, indem er sie wegwischte, »was für ein Heuchler ich bin, daß ich um meine Eltern und meine Kindheit weine, wo ich doch so ein Unhold geworden bin.«

»Noch seid Ihr kein Bluttrinker.«

»Noch nicht«, murmelte Robert leise. »Noch nicht, noch nicht.«

»Und möchtet, wie es scheint, niemals einer werden.« Lord Rochester hielt inne. »Eure Freundin – Mistress Vaughan – ist sie noch am Leben?«

»Ich hoffe es.«

»Und doch glaubt Ihr, um sie zu gewinnen, müßtet Ihr selbst Bluttrinker werden?«

Robert zuckte die Achseln.

»Ja«, sagte Lord Rochester nickend, fast als spräche er mit sich selbst, »es ist eine furchtbare Wahl.« Eine Weile lag er wie betäubt von dem Gedanken da, dann erbebte er. »Denn es muß immer unsere Hoffnung sein, während wir durch die finstere Nacht des Lebens taumeln, daß es doch irgendwo ein Licht gibt, eine Sonne – einen Gott.« Er seufzte und hob das Gesicht, um in die Kerzenflamme zu starren. »Und es gibt eine Hoffnung«, flüsterte er. »Ich werde Euch helfen, soweit ich kann. Denn in der Wahl, vor der Ihr steht, finde ich das Abbild einer Entscheidung, die auch ich eines Tages treffen muß.«

Robert blickte ihn gespannt an, aber bevor er etwas sagen konnte, hatte Lord Rochester eine Hand erhoben. »Einen Moment«, entschuldigte er sich und sprach erst weiter, als er mit seiner Hure fertig war und sie beiseite stieß. »Ja«, nickte er, während er sich ankleidete, »auch mir hat man das Geschenk angeboten, das Ihr verschmähen möchtet – und Euer Zweifel hat auch meine Gedanken erfüllt.«

»Wie kam es dann, daß Ihr auf einen Bluttrinker gestoßen seid?« fragte Robert.

»Auf meinen Reisen.« Lord Rochester sprach nicht weiter, sondern schnallte seinen Degen um und ging die Treppe hinunter voraus. An der Tür blieb er stehen, um der Wirtin ein paar Münzen zuzuwerfen. Er deutete auf Savile, der schnarchend auf einer Couch lag. »Sorgt dafür, daß er nach Hause gebracht wird.« Er legte noch zwei Münzen auf den Tisch und trat auf die Straße.

»Sollten wir ihn nicht selbst nach Hause begleiten?« fragte Robert.

»Wir haben Dringlicheres zu tun.«

»Wieso, was habt ihr vor?«

»Vielleicht eine Lösung zu suchen, damit Ihr Euch nicht entscheiden müßt, entweder das Andenken Eurer Eltern zu verraten oder zu einem Trinker des Blutes Eurer ungeborenen Kinder zu werden.«

»Ihr versteht nicht. Es gibt keine Lösung.«

Lord Rochester hob die Hand. »Kommt, unterwegs werden wir genügend Zeit haben, diese Dinge zu besprechen. Ich glaube, in Eurem Fall könnte es doch noch Hoffnung geben. Denn Ihr seid nicht wie ich, dem jedes Vergnügen schal und langweilig erscheint. Ihr könntet noch zufrieden sein mit den ... einfachen ... Dingen im Leben.«

Robert fiel sein Traum von Lady Castlemaine ein. Er zuckte matt die Achseln. »Ich spüre, wie meine Lust daran schon zu vergehen beginnt.«

»Dann ist es um so dringender, daß Ihr bleibendes Glück findet, bevor Ihr die Aussicht völlig abtötet. Ihr müßt London sofort verlassen – Ihr müßt Mistress Vaughan retten.« Während er sprach, schaute sich Lord Rochester ungeduldig um. Sie waren zu den Milford Stairs zurückgekehrt, wo das Boot noch auf den Wellen schaukelte. Lord Rochester ging zum Bootsführer und flüsterte ihm etwas ins Ohr. Dann setzte er sich auf die Kissen im Bug. Robert gesellte sich zu ihm. Im selben Augenblick rief der Bootsführer Befehle: Die Vertäuung wurde gelöst, und das Boot trieb hinaus in die Dunkelheit der Themse. »Mortlake!« gab Lord Rochester an. Er wandte sich wieder Robert zu. »Denn wer könnte Euch besser auf Eurer Reise lenken als *Madame la Marquise*!« Während er sprach, drehte sich das Boot, und die Ruderer begannen, angestrengt gegen die Strömung zu rudern.

Teil III

Von mir in deiner grenzenlosen Niedertracht
Geschützt zu werden, gilt für dich als ausgemacht.
Für deine Zügellosigkeit geliebt und gern
Erhöht auf Pyramiden deiner Laster, fern
Und unerreichbar von Gesetz und Schand,
So hilf mir nun, zu löschen diesen Brand.
Kein flackernd Feuer ist es wie seither,
Vom Anblick bloßer Schönheit stets genährt,
Nur träger Rauch von lockerem Begehr,
Durch jeden neuen Reiz leicht abgewehrt –
Nein, eine feste Hitze ist's, die völlig mich verzehrt.

John Wilmot, Earl of Rochester (1647–1680)
Valentinian

Worin auf einer schlimmen Reise Obdach gesucht wird

Der Milizsoldat regte sich und stand vom Feuer auf. Dabei flogen prasselnd Funken auf, so daß er sich in der Überzeugung, es könne nur das Zischen gewesen sein, was er gehört hatte, fast wieder hingesetzt hätte. Denn wer zu einer so gottlosen Stunde, bei solchem Wetter und auf einer so einsamen und unter einem schlechten Stern stehenden Straße unterwegs sein sollte, konnte er sich nicht vorstellen. Aber es war natürlich seine Pflicht, sich Gewißheit zu verschaffen, und so griff er zu seinem Säbel und stieß die Stalltür auf. In dem Hagel, den der Sturm vor sich hertrieb, konnte er nichts erkennen. Er fröstelte. In genauso einer Nacht wie dieser, dachte er, war der Tote gesehen worden, und es hätte ihn nicht gewundert, ganze Scharen von Dämonen aus ihren Gräbern steigen zu sehen, so furchtbar war der Sturm.

Schweren Herzens raffte er den Umhang zusammen und rutschte über das schlammige Ufer hinunter zu der Stelle, wo die Barrikaden errichtet worden waren. Wieder spähte er in die Dunkelheit, und wieder konnte er nichts erkennen als den eisigen Regen. Er machte kehrt und wollte gerade zurück in seine Hütte eilen, als er plötzlich ein platschendes Geräusch von der Straße her hörte. »Wer geht dort?« rief er, die Stimme rauh und heiser vor Angst und von der Kälte. Das Platschen war jetzt unmißverständlich: Jemand – oder etwas – näherte sich durch den Matsch.

Der Milizsoldat duckte sich hinter der Barrikade, und sein

Säbel zitterte, als er ihn hochhielt. Durch den Regen konnte er jetzt eine Gestalt erkennen und dann eine zweite – Reiter, mit Umhängen und Kapuzen gegen den heulenden Sturm geschützt. Der erste zügelte sein Pferd an der Barrikade, und der Milizmann, der voller Angst den Kopf hob, konnte vom Gesicht nichts als die funkelnden Augen sehen.

Der Reiter beugte sich vom Sattel herab. »Öffne die Schranke«, befahl er, »wir möchten durch.«

Die Stimme klang jugendlich, und der Milizsoldat fühlte sich wieder etwas mutiger. Er umfaßte das Heft seines Säbels fester. »Im Dorf ist die Pest gewesen«, verkündete er.

»Die Pest?« Der Reiter schien die Stirn zu runzeln. »Ist sie inzwischen abgeflaut?«

»Gott sei Lob und Preis, sie scheint wirklich nachzulassen.«

»Dann laß uns passieren.«

»Ich habe meine Befehle, niemanden durchzulassen.«

Der Reiter drehte sich auf dem Sattel um und blickte seinen Begleiter an, der zu ihm an die Barrikade herangeritten war. »Wir suchen ein Obdach.« Die Stimme einer Frau. Der Milizsoldat blickte überrascht zu ihr auf. Ihre Augen waren heller und kälter als die ihres Begleiters, und sogar die Blässe ihres Gesichts schimmerte wie Schnee. »Halte uns nicht auf«, flüsterte sie und schwieg einen Moment. »Es wäre nicht klug.«

Bitterkalt war der Regen die ganze Nacht gewesen und eisig der Wind; doch der Milizsoldat hätte bis zu diesem Augenblick nicht geglaubt, daß man das eigene Blut so frostig fühlen könnte, so tödlich schien ihre Stimme. Unwillkürlich senkte er den Säbel. »Ich werde meinen Kommandeur benachrichtigen müssen«, murmelte er, während er begann, sich an dem Schloß der Barrikade zu schaffen zu machen.

»Tu, was du tun mußt«, sagte die Frau.

Den Milizmann schauderte erneut unter ihrem Blick, und

er beeilte sich, die Tore aufzustoßen. Er zögerte, während die Reiter durchritten. »Hier geht ein Toter um«, stotterte er plötzlich. »Der Mann, der die Pest gebracht hat, er ist aus seinem Grab auferstanden.«

Die Reiter tauschten Blicke. »Diese Nachricht ist gesichert?« fragte der junge Mann.

Der Milizsoldat unterdrückte seine Erregung und nickte heftig. »Gestern nacht hatte mein Freund Dienst. Er wurde von dem Mann überrumpelt, angegriffen und ist jetzt noch schwer krank. Ihr mögt Euer eigenes Los erkennen, wenn Ihr meinen Freund ausfindig machen wollt, denn er liegt an sein Lager gefesselt im nächsten Dorf. Aber wenn Ihr wißt, was das beste für Euch ist, so werdet Ihr fortgehen und niemals wiederkommen.«

Die zwei Reisenden antworteten nicht, sondern gaben die Zügel frei und ritten auf dem Pfad weiter, der zum Dorf führte. Der Milizmann sah ihnen nach, bis der Regen sie wieder verschluckte. Dann machte er kehrt und entfernte sich rutschend in die entgegengesetzte Richtung, glücklich über die Gelegenheit, seine Offiziere aufsuchen zu dürfen.

»Ist das wirklich alles, was du zu essen hast?« fragte Robert.

Das kleine Dienstmädchen zitterte und rang die Hände. »Es tut mir leid, Sir«, stotterte sie, »aber wir hatten keine Reisenden mehr hier, seit die Pest ausgebrochen ist. Und wir hatten keine Männer auf den Feldern, um das Korn zu ernten, und alle Schäfer sind tot und alle Kuhhirten auch ...« Ihre Stimme verlor sich.

Robert betrachtete sie. Sie schien so wenig Fleisch an sich zu haben wie die Knochen auf dem Teller vor ihm. Er nahm ihre zuckenden Hände, um sie zu beruhigen. Sie faßten sich unglaublich mager an. »Es macht nichts«, sagte er. »Bitte ...« Er schob den Teller vor. »Iß selbst.«

Das Mädchen sah ihn unschlüssig an, während die Begleiterin an seiner Seite verächtlich schnaubte. Robert wandte sich zu ihr. »Ihr habt nichts dagegen, Madame, nehme ich an – so wie Ihr Euch selbst erfrischt habt vor – was? – nicht mehr als zwei Stunden.«

Die Marquise lächelte kaum merklich. »Durchaus nicht«, murmelte sie. Sie schaute zu, wie das Mädchen, zögernd zunächst und dann mit wachsender Verzweiflung, an den Knochen lutschte. »Es wäre schließlich gut, wenn sie ein bißchen herausgefüttert würde.«

Im selben Augenblick waren vom Hof her Hufschläge und Sporenklirren zu hören. Das Mädchen wischte sich über den Mund und stand eilends auf. Sie starrte aufgeregt auf die Tür, während sich platschend Schritte durch den Matsch näherten. »Die letzten Monate«, flüsterte sie, »haben wir keine Gäste gehabt, und nun so viele in einer einzigen Nacht...« Sie eilte durch den Raum, aber bevor sie an der Tür anlangte, wurde diese von einem Mann mit erhobenem Degen und einem Tuch über Nase und Mund aufgestoßen.

Der Fremde verneigte sich vor der Marquise. »Madame.« Dann vor Robert. »Sir. Ich wäre Euch sehr verbunden, wenn Ihr aufstehen und Euch auf der Stelle auf den Weg machen würdet.«

Die Marquise rührte sich nicht. Robert dagegen schob langsam seinen Stuhl zurück und erhob sich. »Aber erkennt Ihr mich nicht«, fragte er nach einer Pause, »Oberst Sexton?«

Der Oberst kniff die Augen zusammen und trat einen Schritt vor. »Im Namen des Erlösers«, flüsterte er, indem er das Tuch herunterzog und den Degen senkte, »das ist nicht... es ist unmöglich... doch nicht John Foxes Sohn?«

Robert neigte den Kopf. »Derselbe«, antwortete er.

»Aber ...« Oberst Sexton betrachtete ihn genauer, dann schüttelte er den Kopf. »Du hast dich wundersam verändert.«

»Ihr dagegen nicht, wie ich erkenne.«

Der Oberst blickte auf seine Milizschärpe hinunter. »Das ist wahr«, sagte er bitter und nickte. »Ich habe trotz der Wiedereinsetzung Seiner Majestät auf meinem Posten überlebt.«

»Das freut mich sehr. Mein Vater nicht.«

»Nein.« Oberst Sexton senkte den Kopf. »Er war einer der ersten, glaube ich, die an der Pest starben.«

»An der Pest?« fragte Robert erschrocken.

»Als sie zuerst in Woodton ausbrach.«

»Wer hat Euch so etwas erzählt?«

»Na, Sir Henry Vaughan.«

Robert lächelte bitter. »Ach wirklich?«

»Was, Ihr meint ... er hat nicht die Wahrheit gesagt?«

Robert antwortete nicht. »Die Pest?« fragte er nach einer Pause. »Wann soll sie dorthin gelangt sein?«

»Sie wurde von diesem Ausländer gebracht, von Faustus, hat man mir gesagt – aus Böhmen. Dann müßte sie – ja – seit vier Jahren in Woodton sein.«

»Und Ihr wißt genau, daß es die Pest ist?«

Oberst Sexton runzelte verwirrt die Stirn. »Ich bin nicht selbst im Dorf gewesen, das ist richtig, aber es steht seit damals unter Quarantäne, die auf Ersuchen von Sir Henry verhängt wurde. Aber ich sehe keinen Grund, warum es nicht die Pest sein sollte.«

»Gab es einen Beweis dafür?«

»Allerdings.« Oberst Sexton setzte sich auf die Bank und zog dabei instinktiv das Tuch wieder über den Mund. »Vor einigen Monaten«, berichtete er mit leiser, eindringlicher Stimme, »entkam ein Mann aus Woodton und floh bis hierher. Weiter kam er nicht, denn es hat ihn umgeworfen, und bald war auch dieses Dorf mit seiner Krankheit angesteckt. Und deshalb muß ich dich bei allem Respekt bitten aufzubrechen, andernfalls bin ich gezwungen, dich in die Quarantäne einzubeziehen.«

»Wir haben einen Paß.« Robert griff in seinen Umhang.

Oberst Sexton nahm ihn, und beim Lesen wurde sein Blick noch finsterer. »Er ist im Namen des Königs unterzeichnet«, bestätigte er. Er warf ihn über den Tisch zurück. »Ich bin sicher, dein Vater hätte sich sehr gefreut, Robert, wenn er gewußt hätte, in welch hohe Kreise du hineinwachsen würdest.«

Robert lächelte leise, antwortete aber nicht.

»Also gut«, sagte Oberst Sexton im Aufstehen, »da ich dich nicht abhalten kann, magst du deinen Weg fortsetzen. Aber ich würde dir raten, weder lange hier zu verweilen, noch Woodton zu besuchen. Die Pest, so scheint es, ist noch nicht vorbei.«

»Einer Eurer eigenen Soldaten, glaube ich, erkrankte letzte Nacht daran.«

»Ganz recht«, sagte der Oberst nickend, während er an der Tür stehenblieb, »einer meiner eigenen Soldaten.«

»Und ist es wahr«, fragte Robert, »daß er jenen Mann aus Woodton sah, der die Pest hierhergebracht hat?«

Oberst Sexton zögerte. »Der Mann ist seit langem tot«, antwortete er schließlich.

»Eure Soldaten sagten mir, er sei gesehen worden, auferstanden aus seinem Grab.«

»Meine Soldaten tun schon zu lange Dienst an diesem Ort des Todes.«

»Dann glaubt Ihr ihrem Zeugnis nicht?«

Oberst Sexton stieß die Tür auf. Er blieb noch einen Augenblick schweigend stehen, dann neigte er den Kopf. »Gute Nacht, mein Junge«, sagte er. »Madame.« Er wandte sich ab, und seine Schritte gingen bald im Heulen des Winds unter. Dann hörte man kurz das Platschen von Hufen – und dann nichts mehr als den Sturm und das Trommeln des Regens.

»Dieses scheußliche Wetter«, sagte die Marquise zitternd. »Wer würde in einer solchen Nacht hinausgehen?«

»Gewiß nur Unholde und Leichenschänder.«

Die Marquise lächelte matt, während sie aufstand. »Ich bleibe nicht lange.«

Robert nickte. »Ich warte in unserem Zimmer auf Euch.« Er sah der Marquise nach, die auf den Hof huschte. Dann stand er auf und bat das Dienstmädchen, ihm sein Bett zu zeigen. Sie nickte wortlos. Robert bemerkte, daß ihre Arme zitterten, als sie die Fackel hob. Wie eine Maus schlich sie über einen dunklen, unbeleuchteten Flur. Er fragte sich, was sie ängstigte, doch dann schaute er sich um und merkte, daß das Mädchen die schlichte Wahrheit gesagt und das Gasthaus wirklich seit Monaten keinen Gast gesehen hatte. Überall hingen Spinnweben, vermischt mit Schimmel; Türen waren verriegelt und mit Brettern vernagelt, viele Dielen durchgefault. »Ich habe Euch das einzige ordentliche Zimmer gegeben«, bemerkte das Mädchen schüchtern auf der Treppe. »Es geht auf den Hof. So könnt Ihr sehen, falls jemand...« Ihre Stimme verlor sich, wie es ihre Gewohnheit zu sein schien. Sie blieb an einer Tür stehen, die vor Fäulnis glänzte. Auch das Zimmer dahinter roch stark nach Moder, aber das Bett war gemacht, und die Laken sahen sauber aus. Und Robert war seit Tagesanbruch geritten.

»Ist es recht, Sir?«

Robert nickte. Er griff in seine Börse und warf dem Mädchen eine Münze zu. Denn er bezweifelte nicht, daß er, wie sie behauptete, das beste Zimmer im Gasthaus bekommen hatte.

Die Kleine nahm die Münze. Sie machte einen Knicks und

wandte sich zum Gehen, dann zögerte sie an der Tür. »Der ... der ...«

Robert hob den Kopf. »Ja? Du hast etwas zu sagen?«

Sie schluckte und versuchte weiterzusprechen. »Der Mann ...«, brachte sie endlich heraus. »Der Mann ... der die Pest hatte ... er ist von den Toten auferstanden. Der Oberst – er wollte es nicht zugeben ... aber es ist wahr ... Ich habe ihn gesehen ...« Sie zitterte und wiegte sich hin und her. »Ich habe ihn letzte Nacht gesehen.«

»Wo?«

»Er war auf dem Hof.«

»Könntest du dich nicht geirrt haben?«

»Nein, nein ... ich kannte ihn. Sein Gesicht ... Ich habe es gesehen, es ... es *schimmerte.*«

Plötzlich begann sie zu schluchzen. Robert trat zu ihr und nahm ihren knochigen Körper in die Arme. Er glaubte, er würde in Stücke fallen, so dünn und zerbrechlich wirkte er. »Ich wollte ...«, stieß das Mädchen hervor, »ich wollte ... ich könnte fort von hier.« Dann riß sie sich aus seinen Armen los und rannte hinaus. Er hörte ihre Schritte die Treppe hinunterpoltern.

Robert blieb reglos stehen, bis sie ganz verklungen waren und er nichts mehr hörte als den Lärm des Sturms. Er runzelte die Stirn, trat an ein Fenster und riegelte die Läden auf. Ein Schwall eisigen Regens schlug ihm ins Gesicht. Er schirmte seine Augen ab und lehnte sich hinaus, um den Hof zu überblicken. Er schien leer, ein Morast aus Wasser und Matsch. Weiter weg konnte er gerade noch den Schatten der Kirche ausmachen, halb verborgen hinter den sich im Sturm biegenden Eiben des Friedhofs. Er strengte seine Augen an, konnte aber kein einzelnes Grab erkennen. Er fragte sich, ob eines von ihnen wirklich leer war. Noch einmal schaute er sich auf dem Hof um, dann schloß er die Läden. Noch immer war nichts zu hören als der Wind.

Robert zog seinen Degen und legte ihn neben sich, als er zu Bett ging.

Worin Robert eine unruhige Nacht verbringt

Robert schlief schlecht. Er träumte, daß Spinnen, schwarz gefleckt und mit Gift gefüllt, über ihn hasteten, sich vermehrten und ausbreiteten, bis das ganze Zimmer unter ihren Gespinsten verschwand und er nicht mehr atmen konnte, so schwer lastete ihr Gewicht.

Er wachte in Schweiß gebadet auf und glaubte im selben Moment, Schritte auf dem Hof zu hören. Er sprang ans Fenster und entriegelte es noch einmal. Aber der Hof schien leer zu sein, und nachdem er eine Weile gewartet hatte, legte er sich wieder ins Bett. Er schloß die Augen, aber nun war er sich nicht mehr sicher, ob er schlief oder wachte. Denn er bildete sich ein, draußen auf der Treppe Schritte zu hören und dann ein Scharren an der Tür. Doch als er sie öffnete, war nichts zu sehen. Ratten, dachte Robert, als er sich wieder ins Bett fallen ließ, und dann allmählich waren sie überall auf ihm, mit spitzen, giftigen Zähnen, und sie vermehrten sich genauso, wie die Spinnen sich vermehrt hatten. Robert wußte, daß es ein Traum war, sogar als er ihr Gewicht schwer auf seiner Brust spürte. Er rang nach Luft und schlug die Augen auf. Im selben Augenblick kam das Geräusch von Schritten auf dem Hof. Diesmal war sich Robert sicher, daß er sie gehört hatte, und dann plötzlich drang von unten der durchdringende Schrei eines Mädchens herauf.

Robert schnappte seinen Umhang und Degen. Er stürzte aus dem Zimmer, und während er die Treppe hinuntersprang, hörte er einen zweiten, längeren Schrei. »Nein!« schrie das Mädchen. »Nein!« und dann noch ein Wort. Aber Robert war davon überzeugt, daß er sich verhört haben mußte. Er stieß die Tür auf, die in den Speisesaal führte. Das kleine Dienstmädchen kauerte in einer Ecke des Raums, einen Ausdruck stumpfen Entsetzens im Gesicht. Ihr Finger deutete auf den Durchgang zum Hof. Die Tür selbst schwang im Sturm hin und her, und Robert entdeckte, daß das Schloß zertrümmert war. Er ging hinüber und spähte in die Nacht hinaus. Der Schneeregen war noch dichter geworden, und er konnte nur wenige Schritte weit sehen. Er wandte sich wieder zu der Dienerin, die immer noch in der Ecke kauerte, das Gesicht starr vor Entsetzen. Robert trat zu ihr. »Was war denn los?« fragte er sie freundlich. »Ich glaube, ich habe deinen Schrei falsch verstanden.«

Sie blickte zu ihm auf. »Das habt Ihr nicht«, flüsterte sie schließlich.

Robert holte tief Luft. Er bückte sich und nahm ihre Hände.

»Mein Vater ...« Sie schluckte und hielt inne. »Er ist seit einem halben Jahr tot. An der Pest gestorben.«

Robert wiegte sie in den Armen. »Bist du dir ganz sicher«, flüsterte er, »daß es wirklich dein Vater war, den du gesehen hast?«

»Er sah genauso aus«, flüsterte sie, »wie an dem Tag, als ich ihn begraben habe.«

Robert stand wieder auf und gab ihr seinen Dolch. »Sichere die Tür, so gut du kannst. Laß niemanden herein. *Niemanden.«* Er nahm sie am Arm und führte sie zum Kamin. »Zünde ein Feuer an und bleibe daneben sitzen. Geh auf keinen Fall weg. Versprichst du mir das?«

Das Mädchen nickte stumm. Robert lächelte es mit einer aufgesetzten Zuversicht an, die er eigentlich nicht verspürte. Dann wandte er sich um und eilte hinaus. Als er auf den Hof trat, schlug die Tür hinter ihm zu, und er hörte, wie Riegel vorgeschoben wurden. Er blieb kurz stehen, dann begann er, über den Hof zu patschen. Der Matsch saugte wie Leim an seinen Füßen, und bald hingen solche Klumpen an seinen Stiefeln, daß er kaum noch einen vor den andern setzen konnte, und als er sich bückte, um den Schlamm abzukratzen, war ihm, als sähe er einen plötzlichen Schimmer, der sich durch den Regen bewegte. Er streckte den Degen vor, schlich langsam vorwärts. Vor ihm verlief eine niedrige Steinmauer. Robert erreichte sie und spähte über die Kante. Durch den Regen konnte er undeutlich ein Durcheinander von Gräbern erkennen, dahinter die Eiben und die gedrungene Form der Kirche. Er schaute sich um und zog sich dann auf die Mauerkrone hoch. Nun konnte er sehen, daß ein Grab geschändet war: Erdhaufen waren um den Grabstein verstreut, und der Sarg war halb aus der ausgehobenen Grube gezerrt.

Robert sprang von der Mauer und trat vor das Grab. Der Sargdeckel war zertrümmert; der Sarg selbst war leer, die Grube ebenso, bis auf schmutzige, durchnäßte Streifen eines Leichentuchs. Robert runzelte die Stirn. Er beugte sich vor und untersuchte den Grabstein. Wie er vermutet hatte, war es ein neueres Datum. Als Todesursache war die Pest angegeben.

Plötzlich hörte Robert ein Platschen hinter sich, und bevor er sich umdrehen konnte, spürte er Hände um seinen Hals. Er schwang die Ellenbogen zurück und stieß gegen etwas Weiches, und dann wand und drehte er sich aus der Umklammerung. Er warf sich herum. Eine dunkle Gestalt stand über ihm. Robert stieß mit seinem Degen zu, aber der Angreifer floh bereits, mit einem Arm über den Augen, zwischen den Gräbern hindurch. Als Robert schwankend aufstand, blieb das Geschöpf einmal kurz stehen und starrte zu ihm zurück. Es war das Gesicht eines Leichnams, dumm und verfault, mit gelben Augen, die völlig tot erschienen.

Es hätte einer der Soldaten sein können, dachte Robert, die hinter Faustus nach Woodton marschiert waren, nur daß der Schimmer seiner Haut mit schwarzen Flecken übersät schien, und er vermutete, daß solche Wunden das Zeichen der Pest waren. Die Kreatur wandte sich wieder ab, als fürchtete sie, beobachtet zu werden, und verschwand in der Dunkelheit. Robert stolperte und rutschte über die Gräber, aber als er die Stelle erreichte, wo er die Kreatur zuletzt gesehen hatte, war da nichts außer einem Morast zahlloser Fußabdrücke. Er fluchte und folgte der Spur, die am frischesten aussah. Sie führte ihn zu den Eiben. Unter ihnen war es naßkalt, und es tröpfelte durch die Äste, aber er war trotzdem für ihren Schutz dankbar.

Als er sich umsah, erschien ihm die Dunkelheit noch schwärzer als zuvor. Robert schlich weiter. Jetzt konnte er ein Licht sehen, und es dauerte eine Weile, bis er merkte, daß es aus dem Gasthaus kam. Er beugte sich noch weiter vor und strengte sich an, die Tür zu entdecken.

Da spürte er wieder eine Hand, diesmal auf seiner Schulter. »Sie ist verriegelt«, sagte eine Stimme, »denn ich habe selbst gerade erst versucht hineinzukommen.«

Langsam drehte sich Robert um.

Eine Gestalt mit schwarzer Kapuze stand hinter ihm. Ihr Gesicht war bleich wie ein Mond, der schwach durch die Wolken scheint.

»Mylady«, flüsterte er.

Sie nahm die Kapuze ab. Unter ihrem Umhang trug sie ein Männerreitkostüm. Sie hatte das Haar aufgesteckt. Nur eine einzige Locke stahl sich über ihre Wange, so daß ihr schönes Gesicht, wie ihre Kleidung, eher einem Knaben zu gehören schien. Auch war es hart und sehr kalt.

»Warum habt Ihr mich verfolgt?« fragte er.

»Warum hast du mich im Stich gelassen?« erwiderte sie.

»Ich entdeckte...« – Robert leckte sich die Lippen – »das Wesen des Interesses der Marquise an Miss Malet – die Anziehungskraft, die eine Blutsverwandtschaft für Eure Art hat.«

»Was ist damit?« Mylady machte eine wegwerfende Geste. »Ich hätte es dir selbst zur rechten Zeit erklärt.«

»Ich glaube Euch nicht«, sagte Robert nach einer kleinen Pause. »Denn Ihr wußtet, daß ich, sobald ich es erfahren hätte, niemals bei meiner Absicht geblieben wäre, zu einem Geschöpf wie Euch heranzuwachsen.« Er lächelte kalt. »Und so hat es sich herausgestellt.«

»Und doch bist du zur Marquise geflohen?« Mylady starrte ihn ungläubig an, und Robert glaubte, in ihrer Miene auch Schmerz zu lesen. Doch er drängte sich an ihr vorbei und wich ihrem Blick aus. »Wir haben keine Zeit, hier zu stehen«, sagte er. »Habt Ihr nicht die Kreatur gesehen, die ich verfolgte?«

»Kreatur? Ich habe keine Kreatur gesehen.«

Robert schaute sich stirnrunzelnd zu ihr um. »Ist es nicht eine Eurer Fähigkeiten, daß Ihr solche Wesen wittern könnt?«

Sie blickte über den Friedhof, und ihre Nasenflügel bebten. »Mag sein«, sagte sie nach einer Weile, »daß der Sturm zu stark ist.«

»Die Fähigkeiten der Marquise wären dagegen nicht so schwach wie Eure.«

»Schwach?« wiederholte Mylady bitter. »Was hat das zu bedeuten, Lovelace, daß du mir Schwäche gerade in den Eigenschaften vorwirfst, die dich auch dazu gebracht haben, mich zu hassen?«

Robert ging weiter voran. »Ich habe nicht gesagt«, murmelte er, ohne sich umzuschauen, »daß ich Euch hasse.«

»Warum bist du dann vor mir geflohen?«

»Weil ...«

Mylady packte Robert am Arm und zwang ihn stehenzubleiben.

»Weil ...«, wiederholte er und begegnete endlich ihrem Blick, »so weit davon entfernt, Euch zu hassen, Mylady ...«

»Ja?« fragte sie. Ihre Augen leuchteten jetzt vor Zorn. Sie streckte die Hände nach Roberts Gesicht aus und grub ihre Nägel in seine Wangen. »Ja?« zischte sie noch einmal. »So weit davon entfernt, mich zu hassen – was?«

Robert blickte an ihr vorbei auf die Gräber im Schneeregen. »Dafür haben wir jetzt keine Zeit.« Er versuchte, ihre Hände abzuschütteln. »Hier lauert tödliche Gefahr.«

Myladys Fingernägel gruben sich noch tiefer in seine Wangen. »Dann bin ich um so mehr verletzt, daß du mich nicht gebeten hast, sie mit dir zu teilen.«

»Wie hätte ich das tun können?« rief Robert. »Nach dem, was ich auf dem Ball entdeckte, wußte ich, daß es schlimmer als die Verdammnis ist, ein Geschöpf wie Ihr zu werden. Bei der Marquise konnte ich darauf vertrauen, daß es ihr nie gelingen würde, mich zu überreden, diese Hölle zu betreten.«

»Warum nicht, Lovelace?«

»Ihr wißt es.«

»Ich möchte, daß du es mir sagst – ich muß es von deinen Lippen hören.«

»Weil die Marquise...« Robert verstummte. Er zog Myladys Hände von seinem Gesicht und wandte sich ab, um auf die Kirche zu starren. »Weil die Marquise mir nichts bedeutet.«

Mylady atmete tief ein.

»Deshalb«, erklärte Robert abweisend, »wurde ich von Lord Rochester überredet, sie um Hilfe zu bitten, denn er versteht anscheinend etwas von der Liebe eines Bluttrinkers, weiß, wie überwältigend – wie gefährlich – wie verlockend sie sein kann. Ihm selbst, verriet er mir, wurde einmal angeboten, was Ihr mir angeboten habt.«

Mylady nickte nachdenklich. »Ja«, murmelte sie, »das könnte es erklären, das Merkwürdige an ihm, das ich spürte...« Sie blickte gespannt auf. »Wer war es«, fragte sie, »der ihm diese Chance bot?«

»Den Namen verriet er nicht. Ein Türke, glaube ich, dem Lord Rochester unterwegs im Laufe seiner Reisen begegnet war. Und durch diesen Türken lernte er auch die Marquise kennen, denn er hatte ein Empfehlungsschreiben an sie bekommen. Deshalb wußte er von ihren Interessen und Kräften. In der Nacht nach dem Maskenball im Palast brachte er mich zu ihr. Und so kam es, daß wir zusammen hierher gereist sind – die Marquise und ich – allein.«

»In der Absicht, vermute ich, Rache zu suchen?«

»Gewiß«, sagte Robert scharf.

»Gegen einen Geist, den die Marquise für göttlich hält?« Mylady lachte. »Und hast du ihr gesagt, Lovelace, daß es dein Ehrgeiz ist, ihren Gott zu vernichten?«

Robert zuckte die Achseln. »Meine Motive interessieren sie nicht. Ihr ist nur wichtig, daß ich verschont wurde – daß ich, in ihren eigenen Worten, den Stempel des Teufels trage –, denn sie glaubt, daß mich das irgendwie als sein Geschöpf auszeichnet: daß ich geeignet bin, sie zu geleiten und vor ihn zu führen.«

»Und könntest du das nicht tatsächlich erreichen?«

»Ich muß es hoffen. Denn wir beide brauchen einander. Unsere Motive mögen sich unterscheiden, aber unser Ziel ist das gleiche.«

Mylady lächelte und schüttelte mit spöttischem Zweifel den Kopf.

»Was hätte ich sonst tun können?« fragte Robert in plötzlichem Zorn. »Denn ich bin sterblich, während sie ein Wesen mit furchtbaren Kräften ist. Ich brauche ihre Hilfe. Ich hatte keine andere Wahl.«

Mylady schwieg. Schließlich fragte sie: »Und wenn ihr beide euer Ziel erreicht habt, was dann?« Sie hielt ein zweites Mal inne, und das spöttische Lächeln schwand langsam von ihren Lippen. »Aber ich bin natürlich schwach«, flüsterte sie mit unvermuteter Bitterkeit, »verglichen mit der Marquise.«

Robert starrte sie einen Moment an. Dann seufzte er und wandte sich ab. Da streckte Mylady die Hände aus und legte sie wieder auf seine Wangen, so daß er nicht anders konnte, als ihren Blick zu erwidern. Sie funkelten jetzt hell – vor Zorn, glaubte Robert, bis sie sich vorbeugte und ihm ins Ohr sprach. »Lovelace.« Ihre Stimme wirkte überhaupt nicht zornig, sondern eindringlich, fast traurig. »Warum fürchtest du mich?« flüsterte sie. »Kannst du nicht verstehen?«

»Verstehen?«

»Aber ja.« Sie lächelte. »Daß ich dich als Sterblichen immer am meisten lieben werde.« Mylady hielt ihn noch eine Weile, dann küßte sie ihn plötzlich auf die Stirn und wandte sich ab. Sie blickte sich um und zitterte, als würde ihr erst jetzt das Trommeln des Regens bewußt, der immer noch auf die Äste der Eiben über ihnen schlug. Sie zog die Kapuze hoch und wandte sich wieder Robert zu. »Wenn du meine Hilfe wünschst, brauchst du nur darum zu bitten. Andernfalls verlasse ich dich sofort. Entscheide dich, Lovelace. Entscheide es jetzt.«

Einen Augenblick stand er reglos da. Ihr fester Blick war golden und sehr tief. Er stellte sich vor, er würde darin versinken, wie es beim erstenmal geschehen war, als er auf ihrem Schoß gelegen und ihre kühle Hand auf seiner Stirn gespürt hatte, damals in der Kutsche, als sie von den Steinen wegfuhren. Er blickte angestrengt in die Dunkelheit. Dann schüttelte er plötzlich den Kopf und ging zu ihr. »Ich habe eine Leiche gesehen«, sagte er. Er nahm ihren Arm. »Eine Leiche, irgendwo dort drüben, auferstanden von den Toten.«

Mylady nickte knapp. »Dann sollte ich sie entdecken können.« Sie trat aus den Eiben vor. Sie schnupperte den Wind und schüttelte den Kopf. Robert stellte sich zu ihr und sah plötzlich vor sich ein zweites leeres Grab. Er zeigte darauf, und als er weiterging, um es zu untersuchen, entdeckte er ein drittes und begann zu laufen. Überall um ihn herum waren die Gräber leer, rund um die Kirche. Voll Grausen starrte er auf die zertrümmerten Särge, auf die Fetzen der Leichentücher, die im Sturm flatterten.

Plötzlich wurde Mylady starr vor Anspannung.

»Was ist los?« fragte Robert. »Ist dort etwas?«

Mylady bog den Kopf. Immer noch mit der Nase im Wind, ging sie zur Mauer hinüber und dann an ihr entlang bis zur Pforte. Dort drehte sie sich nach Robert um. »Die Marquise«, flüsterte sie, »wohin ist sie gegangen?«

»Nach unserer langen Reise eine Stärkung suchen.«

»Dann wage ich kaum zu denken...« Sie schnupperte wieder. »Schnell!«

Erstaunt blickte Robert sie an, aber Mylady nahm sich keine Zeit für Erklärungen. Statt dessen ging sie voran, unter dem Dach des Kirchenportals durch und weiter auf den Hof des Gasthauses zu. Plötzlich hörten sie etwas durch den Matsch platschen. »Dort!« schrie Mylady. Sie streckte den Arm aus, und Robert sah ein totes Wesen und dann noch eines, die beide an der Friedhofsmauer entlangschlurften. Ihre Augen funkelten, und fletschend entblößten sie Zahnstummel hinter ihren schwarzen, zerfetzten Lippen. Dann war plötzlich eines über ihm, und Robert dachte, während das Gewicht des Wesens ihn zu Boden warf, wie unglaublich schnell es sich bewegt hatte. Aber ihm blieb für diese Überlegung nur ein Augenblick, denn die Kreatur hatte nun den Rachen weit aufgerissen, und gelber Speichel tropfte ihm ins Gesicht, so daß er vorübergehend blind war und den hungrigen suchenden Mund nur riechen, nicht sehen konnte. Der Atem war verseucht, stinkend nach Verwesung und Erde, und Robert hob abwehrend eine Hand. Er berührte das Gesicht des Wesens, griff fest zu, bis das Fleisch sich unter seinen Fingern aufzulösen schien, aber er konnte nicht verhindern, daß es näher kam und seinen Arm mit seinem ganzcn Gewicht auf die Erde drückte. Er blinzelte verzweifelt und öffnete die Augen, um festzustellen, daß er direkt in die der Kreatur blickte. Ihr hungriges Funkeln war entsetzlich, doch während Robert hineinschaute, schien das Feuer zu vergehen, und dann waren die Augen mit einemmal beruhigt, zu Eis geworden und tot. Robert spürte den Griff der Kreatur um seine Kehle schlaff werden. Er machte sich los, und dabei fiel ihm ein, daß sich auch das andere tote Wesen auf dem Friedhof vor seinem Blick verkrochen hatte.

Robert stand auf, zog seinen Degen und stieß ihn der Kreatur tief in die Brust. Sie krümmte sich und schrie und versuchte wegzukriechen. Er stach noch einmal zu, und diesmal spürte er, wie sein Degen etwas Weiches und Pralles durchbohrte. Eine schwarze Flüssigkeit sprudelte aus der Wunde. Sie quoll dickflüssig über die Brust der Kreatur und sickerte in den Schlamm.

»Du hast sein Herz getroffen. Jetzt ist es vorbei.«

Robert drehte sich um. Mylady stand neben ihm. Ihr Umhang war zerrissen, ihr Haar floß aufgelöst im Wind. Mit einer Hand strich sie ihre Locken zurück, mit der anderen deutete sie auf eine andere Leiche, die im Matsch lag. Robert ging darauf zu und erkannte das juwelenbesetzte Heft von Myladys Dolch, das aus der Brust der Kreatur ragte. Er bückte sich und zog den Dolch heraus, wischte ihn an seinem Mantel ab und gab ihn ihr zurück. Als sei sie verwirrt, fuhr sie mit dem Daumen über die Klinge.

»Zuerst«, murmelte sie abwesend, »wollte er mir nicht gehorchen.« Sie raffte ihren Mantel und blickte auf den Leichnam hinab. »Es ist merkwürdig« – sie zog eine Braue hoch – »sehr merkwürdig.«

»Ist es ungewöhnlich«, fragte Robert, »daß diese Toten Euren Befehlen nicht gehorchen?«

Mylady nickte. »Es ist ein beispielloser Vorfall. Warum, Lovelace, bleibst du ein solcher Gleichmacher, daß du die

Natur der Welt noch nicht begriffen hast? Hast du nicht selbst beobachtet, wie der Größere den Geringeren beherrscht, der Herr den Sklaven, in einer Kette des Daseins, die sich ohne Ende dehnt?« Ihre Augen funkelten, ob spöttisch oder ernsthaft, konnte Robert nicht entscheiden. »Diese Kreatur« – sie stieß den Leichnam mit dem Fuß an – »hätte sich allein vor meinem Blick ducken müssen.« Sie schwieg. »Doch sie tat es nicht.« Plötzlich fuhr sie zusammen und blickte zu den Ställen hinüber. »Und genauso, fürchte ich, ergeht es der Marquise.«

Sie zögerte nicht länger, sondern eilte sofort über den Hof, und Robert folgte ihr auf dem Fuß. Es lag etwas vor der Stalltür. Mylady beugte sich daneben hinab. Die Marquise war auf das Stroh gesunken und lag mit geschlossenen Augen und verdrehtem Leib da. Mylady nahm ihren Dolch aus dem Mantel und zog die Klinge über ihr Handgelenk. Blut quoll in einer zarten Linie aus dem Schnitt, und sie hielt die Wunde an die Lippen der Marquise.

»Sie trinkt«, sagte sie bestätigend zu sich selbst. Die Marquise regte sich und stöhnte. Plötzlich krümmte sie sich zusammen, griff krampfhaft ins Stroh und stöhnte wieder, während sie sich übergab. Sie murmelte etwas Unverständliches und beugte sich wieder vor. Ihr Auswurf, der über das Stroh tropfte, war zähflüssig und schwarz. Wie das Blut, dachte Robert, das aus dem durchbohrten Herzen der Kreatur geflossen war.

»Was ist geschehen?« flüsterte Mylady. »Was habt Ihr getrunken?«

»Das Blut«, keuchte die Marquise. »Ich weiß nicht, wie es kommt, aber es ist giftig.«

»Was!« rief Mylady aus. »Ihr habt doch nicht von diesen auferstandenen Wesen getrunken?«

Die Marquise würgte noch einmal. Dann nickte sie schwach. »Ich hätte es nicht getan«, stieß sie hervor, »doch war ich neugierig, denn als ich auf sie stieß, wollten sie meinen Befehlen zuerst nicht gehorchen, und deshalb mußte ich sie kosten, um festzustellen, was für Geschöpfe sie sind. Seht!« Sie hielt die Hand hoch. In der Dunkelheit konnte Robert schwache Pockennarben erkennen, die das Marmorweiß ihrer Haut verunstalteten. »Das Blut spritzte auf mich«, flüsterte die Marquise, »als ich ihre Kehlen durchschnitt, und es brannte auf der Haut wie Quecksilber.«

Mylady sah sie erstaunt an. »Demnach seid Ihr dieser Brut noch nie begegnet?« fragte sie. »Ihr wißt nicht, wie es kommt, daß sie aus ihren Gräbern auferstanden sind?«

Die Marquise nahm Myladys Handgelenk und leckte noch einmal daran. »Tadeus sprach von solchen Kreaturen«, sagte sie schließlich, »die ein Dorf in Böhmen heimgesucht hatten.«

»Und woher waren sie gekommen?« wollte Robert wissen.

»Tadeus behauptete« – die Marquise schürzte die Lippen – »sie seien vom Atem des Bösen erfüllt.«

»Und hatte er recht?« fragte Mylady.

Die Marquise winkte mit der Hand. »Ihr habt die Kreaturen dort draußen gesehen.«

»Also war der Mann ...« – Robert schluckte – »der Mann mit der Pest, der aus meinem Dorf kam ...«

»War kein Mensch«, antwortete die Marquise. »Und auch die anderen Kreaturen, die aus ihren Gräbern aufgestanden sind, sind nicht menschlich, obgleich sie es einst gewesen sein mögen.« Sie stand mühsam auf. »Wir müssen sie vernichten«, flüsterte sie heiser. »Denn sie sind gefährlich und seltsam, und ihre Zahl, fürchte ich, wächst ständig.«

Genau in diesem Augenblick drangen ein Geräusch wie von einer Faust, die auf Holz schlägt, und ein ferner Schrei an ihre Ohren. Das Hämmern hielt an, und Robert, der aus dem Stall getreten war, zeigte auf das Gasthaus. »Ich habe das Mädchen dort allein gelassen«, sagte er. Er kniff die Augen zusammen. Das Unwetter ließ nun nach, und durch den Nebel des Sprühregens waren undeutlich dunkle Formen auszumachen. Mehrere hatten sich um die Gasthaustür versammelt; andere waren auf das Dach geklettert, wo sie wie Wegschnecken auf die geschlossenen Fensterläden zukrochen. Robert rannte los über den Hof. Plötzlich splitterte etwas, und die Tür hing nur noch an einer einzigen Angel. Von innen hörte Robert schluchzendes Wehklagen. Die Kreaturen waren bereits an der Tür. »Nein!« schrie er. »Nein!« Die Kreaturen drehten sich bei seinem Schrei um, dann erstarrten sie. Robert blickte hinter sich. Die Marquise und Mylady hatten ihn eingeholt, und einen Moment lang glaubte er, sie wären es, Herrinnen der Nacht, die die toten Wesen so gelähmt hatten. Aber dann trat er einen Schritt vor, und als er die Kreaturen zurückweichen und die Köpfe neigen sah, wurde ihm mit Schrecken klar, daß sie sich vor ihm selbst duckten.

Er blickte noch einmal hinter sich. Die Marquise runzelte nun die Stirn; aber ihre Augen, die ihn beobachteten, erschienen glänzend, als würde ein Argwohn geweckt oder hätte sich bestätigt. Robert hätte gern gewußt, was sie gerade dachte, aber bevor er fragen konnte, kam noch ein Schrei, verzweifelt diesmal, aus dem Raum hinter der Tür, und er warf sich herum und zog seinen Degen. Durch den Matsch rannte er auf die Schar der Toten zu. Sie schnatterten leise und wichen vor ihm zurück, während sie sich mit ihren schwärzlichen verwesenden Händen die Augen zuhielten.

Robert erreichte die zertrümmerte Tür und lief hinein, als er einen Schrei aus der gegenüberliegenden Ecke des Zimmers hörte. Dort, neben dem Feuer, wie er sie geheißen hatte, kauerte die Dienerin, und drei der toten Wesen standen im Halbkreis um sie und beobachteten sie. Eines von ihnen war vorgekrochen; es spannte sich und sprang. Sie starrte es stumm an, zu entsetzt, um zu schreien, selbst als es sie an der Kehle packte und zu würgen begann. »Nein«, stieß sie plötzlich aus, »nein, nein, bitte – Vater.« Dann wurden ihre Augen groß, als sie Robert entdeckte. »Vater!« schrie sie noch einmal, voller Verzweiflung nun, als das Geschöpf, von Roberts Degen durchbohrt, erstarrte und dann taumelte. Es drehte sich um und streckte die Arme aus, als wollte es seinen Angreifer erwürgen. Doch dann begegnete es Roberts starrem Blick und taumelte wieder, rückwärts in den Kamin. Sofort war es vom Feuer umhüllt. Die Flammen breiteten sich über das Geschöpf aus, als wäre die Haut mit Pech bestrichen, und innerhalb weniger Augenblicke war der Leib eine sich krümmende, zuckende Fackel. Das Wesen versuchte zu schreien, aber die Lippen und der Mund und alles Fleisch schmolzen so schnell, daß kein Laut herauskam, sondern nur noch ein leiser, zischender Seufzer. Es taumelte vorwärts, dann fiel es langsam zu einer brodelnden Soße zusammen, so daß seine menschliche Form nicht mehr kenntlich war und nichts übrigblieb als eine klebrige Pfütze aus Eingeweiden, die zischte und sich in Dampf verwandelte, während sie sich über den Boden ausbreitete.

»Ausgezeichnet«, bemerkte die Marquise lächelnd. Sie schob Robert beiseite und zog ein brennendes Scheit aus dem Kamin. Wie eine Giftschlange hielt sie es vor sich, und als sie auf die beiden übrigen Geschöpfe zuging, winselten sie und gerieten in Panik, denn sie waren vor der Wand gefangen. Eine einzige Berührung, und die Flammen umhüllten beide; auch ihr Fleisch zerging auf den Fliesen. Die Marquise lächelte dünn. »Das ist immer die sicherste Methode gewesen«, erklärte sie, »und die leichteste, um sich dieses Abschaums zu entledigen.« Sie blickte aus dem Fenster. Ein fahles Licht dämmerte durch den Nieselregen. »Kommt«, sagte sie. »Diese Sache müssen wir zu Ende bringen, bevor wir unsere Reise fortsetzen.«

Sie bat das Dienstmädchen um Kerzen und Lampen, die sie anzünden ließ. Als sie bereit waren, ging sie nach draußen voran. Der Hof lag leer. Robert sah sich mutlos um, doch die Marquise lächelte und zeigte auf den östlichen Himmel, wo Streifen in Orange und Rosa durch die Wolken brachen. »Diese Geschöpfe, so scheint es, sind nicht so tödlich, daß sie am Tag Gefallen finden.« Mit zusammengekniffenen Augen starrte sie auf den Friedhof. »Es hätte unsere Aufgabe erschwert, wenn es anders wäre.«

Die Marquise ging auf dem Weg zur Kirche voran. Dann blieb sie stehen und ließ den Blick über die Gräber schweifen. »Da«, sagte sie und zeigte auf ein Grab, in dem der Sarg zerschlagen war. Eine Kreatur lag zusammengekrümmt im Grab, halb mit Erde bedeckt, aber noch an den Wänden kratzend, damit mehr Erde herabfiel, um sie ganz vor dem Licht zu verbergen. Die Marquise zündete eine Kerze an, bückte sich und ergriff das Handgelenk der Kreatur. Als ob die Finger Lunten wären, berührte sie jeden einzelnen. Dann erhob sie sich, um ihr Werk zu beobachten. Das zergehende Fleisch brodelte und quoll durch die Erde. »Seht, wie es sich mit der Erde vermischt«, flüsterte die Marquise, »um eine einzige Masse aus feuchtem Staub zu bilden.« Sie schaute sich um. »Bald wird alles hier voll von diesem Schleim sein.« Sie hielt sich ein parfümiertes Tuch vor die Nase und ging mit ihrer Laterne zu einem anderen Grab.

Wie sie versprochen hatte, war die Arbeit bald vollbracht. Ehe eine Stunde verstrichen war, ließen drei Reiter mit Mänteln und Kapuzen die Absperrung hinter sich und begaben sich auf die Straße nach Woodton. Hinter ihnen blieb ein Dorf zurück, das still wie der Tod war. Ein fettiger, brenzliger Gestank hing über dem Friedhof. Aber nichts regte sich mehr, nichts störte die neblige Luft.

Worin man sieht, wie ein Ort sich binnen fünf Jahren verändern kann

»Genau an dieser Stelle war es«, behauptete Robert. Er stand reglos im Schatten des gewaltigen Steins und schien es in der eisigen Stille fast zu hören, das eingebildete Knirschen eines Stricks in der Brise, das Tropfen des Bluts auf eine aufgerichtete monströse Form... Ihn schauderte, und er sah sich um. »Und dennoch«, sagte er laut, »ist hier jetzt nichts.«

»Nichts?« murmelte die Marquise.

»Nichts.« Robert ging wieder hinüber zu seinem Pferd. Von dem Angstgefühl im Magen, schwach, aber unbeschreiblich süß, das er beim Betreten von Stonehenge sofort empfunden hatte, sprach er nicht. Er warf einen Blick auf Mylady. Sie drehte einen Armreif immerzu um das Handgelenk, während die Marquise neben ihr reglos und still saß. Beide, dachte Robert erschrocken, wirkten so beunruhigt wie er selbst, und er fragte sich, was sie wußten oder gespürt haben mochten. Er hätte nie geglaubt, daß beide Angst bekommen könnten.

Er gab seinem Pferd die Sporen, weil er sich nicht bei den Steinen aufhalten wollte, jetzt nicht, nicht so nah am Ende der Reise. Emily. *Emily.* Doch obwohl er versuchte, an nichts anderes als an seine Freundin zu denken, während er in scharfem Galopp über die offene Ebene ritt, ließ die große Angst in seinem Magen nicht nach, und als er sich dem Wald näherte, hinter dem Woodton lag, drängten ihm die winterlich nackten Bäume und die Dunkelheit ihrer Schatten böse Vorahnungen auf, so daß er kaum die Zügel halten konnte und eine Pause einlegen mußte, um seine Hände zu beruhigen. Die Marquise und Mylady hielten beide neben ihm. Alle drei starrten schweigend auf die Straße vor ihnen, die in den Wald führte und sich im Nebel verlor.

»Einmal versteckte ich mich unter jenen Bäumen«, sagte Robert, »vor einem in Schwarz gehüllten Reiter, dessen Gesicht so furchtbar war, daß es noch immer meine Träume heimsucht.« Langsam ritt er weiter, bis er den ersten feuchten Schatten eines Asts über sich spürte. Er erbebte und hielt erneut an. »Was werden wir dort finden«, flüsterte er, »hinter den Bäumen?«

Die Marquise sah ihn scharf an. »Ihr seid derjenige, der Ihn auferstanden gesehen hat.«

»Ihr beteuert also noch immer, daß es tatsächlich der Böse war?«

»Der Böse?« Die Marquise lächelte verächtlich. »Nichts ist gut oder böse, nur die Angst macht es dazu.«

»Ja, ich erinnere mich, daß Faustus auch so argumentierte. Aber er wurde dennoch zu Staub, den der Wind verwehte.«

»Faustus wußte viel – aber er wußte nicht alles.«

»Und Ihr – könnt Ihr Euch so sicher sein, daß Ihr alles wißt?«

Die Marquise starrte abwesend geradeaus. »Ich weiß nicht alles«, gestand sie schließlich ein, »denn andernfalls wäre ich selbst wie ein Gott und müßte nicht auf dieser Straße weiterziehen. Doch was ich weiß, wird, glaube ich, genügen, um uns zu schützen und Tadeus' Schicksal zu ersparen.«

»Dann sagt es mir«, verlangte Robert, »denn ich möchte nicht, daß mir noch mehr verheimlicht wird.«

Die Marquise schüttelte den Kopf. »Was ich enthüllen kann, ist jetzt nicht wichtig – und was ich enthüllen muß, weiß ich noch nicht.« Sie verzog die schmalen Lippen zu einem eisigen Lächeln. »Es tut mir leid.« Dann trieb sie ihr Pferd an und war sogleich im Nebel und zwischen den Bäume verschwunden. Robert warf einen Blick auf Mylady. Sie lächelte ihn verhalten an, dann ritt auch sie in den Wald hinein. Nur er saß noch reglos im Sattel. Mit einem Schweißausbruch spürte er nun die Angst in sich aufsteigen: klamm und grau wie der tropfende Nebel. Er wischte mit der Hand über die Stirn, saß noch einen Moment reglos. Dann gab er die Zügel frei und folgte dem Weg.

Zunächst schien alles friedlich, und er stellte sich vor, jenes nebelschwarze und von gestaltlosen Geistern bevölkerte Totenreich zu betreten, von dem er in den Sagen der Alten gelesen hatte. Er erinnerte sich an die Nacht, in der Hannahs Leiche gefunden worden war, und wie er sich damals vorgestellt hatte, die Hölle bestünde nicht aus Flammen, sondern aus Eis. Wer wollte behaupten, er hätte sich geirrt, dachte er – und daß er sich jetzt nicht wirklich auf der Straße in die Hölle befand? Dann plötzlich vernahm er eine gedämpfte Stimme, und Robert spürte ein Beben der Erleichterung, denn obwohl sie verächtlich und zornig geklungen hatte, war sie ihm wenigstens sterblich erschienen. Ein Milizposten, entschied er, da ihm die Wache von der vergangenen Nacht einfiel. Er tastete in seinem Mantel nach dem königlichen Paß. Nun konnte er Gestalten vor sich erkennen und eine Absperrung – nicht behelfsmäßig wie die von der vorigen Nacht, sondern hoch und mit Dornengestrüpp und Pfählen befestigt. Sie sperrte nicht nur den Pfad, sondern bildete eine Palisade, soweit er sehen konnte. Er führte sein Pferd heran und starrte am Tor hinauf. Vier Soldaten standen oben auf dem Laufgang. Einer von ihnen rief der Marquise zu, sie solle fortgehen.

Robert erkannte den Mann sogleich: Elijah Brockman, einer von Sir Henrys Arbeitern, den Emily einmal in Wolverton Hall gesehen hatte. Als Robert ihn genauer musterte, bemerkte er erschrocken, daß Elijah gar nicht wie ein Milizsoldat gekleidet war, sondern eine fremdartige rostige Rüstung und zerlumpte, halb vermoderte Kleidung trug. Eine solche Uniform hatte Robert lange nicht gesehen – seit jenem ersten Mai vor so vielen Jahren nicht mehr, als Soldaten nach Woodton marschiert waren, um den Scheiterhaufen zu bewachen, auf dem seine Mutter verbrannt worden war. »Und doch«, dachte er laut, »wirken sie nicht wie die Toten.«

Die Marquise sah ihn an. »Sie sind auch keine«, erwiderte sie.

»Was dann?«

»Sterbliche – alles Sterbliche. Der reinste Abschaum.« Sie drehte sich um und blickte zu den Wachposten hinauf. Alle schrien sie jetzt an, lachten und brüllten Schimpfworte. Einer von ihnen hob einen Stein auf und warf ihn nach ihr. Die Marquise hielt einen Arm hoch, um ihn abzuwehren, und im selben Moment wurden die Soldaten totenstill, bekamen weiße Gesichter, und ihre Waffen fielen klirrend auf den Boden. Die Marquise neigte den Kopf, und sofort eilten die Soldaten von ihren Posten. Robert hörte Metallriegel kratzen, dann schwangen die beiden Holztore auseinander. Die Marquise ritt langsam durch die Lücke. Dabei wandte sie sich im Sattel um und winkte den Männern. Wie geprügelte Schulkinder scharten sie sich um sie, die Augen glänzend vor Angst. »Nun«, schnurrte die Marquise, während sie die Wachposten der Reihe nach mit ihrem Blick aus der Fassung brachte, »was hat das zu bedeuten, ehrliche Reisende auszusperren?«

»Befehle«, stotterte Elijah. »Uns bleibt nichts anderes übrig.« Er wandte sich an seine Kameraden und flehte sie um Hilfe an. Sie fingen alle auf einmal an zu schreien. Die Marquise hob die Hand, und sofort herrschte wieder Stille. Mit ihrer Reitpeitsche zeigte sie auf Elijah. »Du da«, sagte sie. »Wessen Befehle?« Sie wartete ... und zog unvermutet ihre Peitsche über seine Backe. Während Elijah sich im Dreck wälzte, beugte sie sich aus dem Sattel hinab und flüsterte: »Ich sagte, wessen Befehle?«

»Ich...« Elijah leckte sich die Lippen. »Er«, stieß er schließlich jäh hervor. *»Er.«*

Die Marquise lächelte seraphisch. »Und gibt – *Er* – dir die Befehle selbst? Kannst du mich zu *Ihm* führen?«

Bei dieser Frage wurden die Gesichter der Soldaten noch blasser als zuvor. Sie begannen unverständlich zu stottern, als würde allein der Gedanke sie mit Grauen erfüllen.

Das Lächeln der Marquise wurde noch breiter. »Euren Offizier dann«, sagte sie. »Ihr habt doch einen? Jemanden, der – *Seine* – Befehle empfängt und an euch weitergibt?«

»O ja, ja«, schrien die Soldaten alle auf einmal.

»Schön.« Die Marquise zeigte mit der Reitpeitsche wieder auf Elijah. »Führ uns zu ihm. Und ihr anderen – ihr habt Befehle – seht zu, daß ihr sie gut befolgt.«

Sie schaute sich nach ihren Begleitern um und nickte. Dann trieb sie ihr Pferd vorwärts, während Elijah voranritt. Robert und Mylady folgten nebeneinander. Der Pfad führte gewunden durch den Wald. Dann kamen sie ins Freie hinaus, und vor ihnen erstreckte sich wieder die Ebene, und durch den Nebel erschienen die ersten schwachen Konturen des Dorfs. Robert trabte langsam vorwärts. Er hatte sich vorgestellt, der Anblick wäre für alle Zeiten in seinem Gedächtnis eingebrannt. Doch als er Woodton nun vor sich sah, erkannte er es kaum wieder. Die Felder ringsum waren verkohlt. Die Gebäude, die er sehen konnte, schienen ohne Dächer und verfallen zu sein. Ihm bot sich ein Bild äußerster Trostlosigkeit. Er hätte geglaubt, das ganze Dorf wäre wirklich von der Pest ausgelöscht worden – wie Oberst Sexton behauptet hatte –, hätten da nicht an den Waldrändern und auf den geschwärzten Feldern ganze Kolonnen gearbeitet, Reihen von zitternden knochendürren Sklaven. Robert musterte sie eindringlich: Von der Pest befallen sahen sie gewiß nicht aus, auch nicht wie die Geschöpfe der vergangenen Nacht. Aber sie waren aneinandergekettet, und während sie sich abmühten, Frauen und Kinder genauso wie Männer, wurden sie ständig von den Peitschen wohlgenährter Aufseher geschlagen, die genauso wie die Wachposten uniformiert waren. Robert saß reglos auf seinem Pferd und sah voller Entsetzen, wie ein kleines Mädchen ausgepeitscht wurde, bis es schrie und reglos liegenblieb und dennoch weiter geschlagen wurde.

»Sag mir«, bat er Elijah, indem er ihn zu sich winkte, »was ist aus Emily Vaughan geworden?«

»Emily...« Der Soldat erblaßte. »Was, Sir« – er runzelte die Stirn – »Ihr wißt von ihr?«

»Wo ist sie?«

Plötzlich lachte Elijah, ein verrücktes, spöttisches lautes Lachen. »Es gibt welche, die darauf viel besser antworten können als ich.« Wieder lachte er, dann trieb er sein Pferd weiter auf der Straße ins Dorf.

Robert folgte ihm. »Was willst du damit sagen?« rief er zornig und packte Elijahs Zügel.

Der Soldat grinste, daß seine schwärzlichen Zähne wie in einem Totenschädel klafften – als wolle er nicht Heiterkeit unterdrücken, sondern dumpfe Angst. »Ich tu nur, was sie mich geheißen hat«, rief er mit einem Wink nach der Marquise. »Bring Euch zu meinem Offizier.« Sein Grinsen verging plötzlich. »Fragt ihn, wenn Ihr wollt, nach Emily Vaughan.«

Wie betäubt ließ Robert Elijahs Zügel los. Sie kamen jetzt ins Dorf. Robert blickte auf die Häuser beiderseits der Straße. Aus ihren Fußböden wuchsen Nesseln; die Holzbalken waren schleimig vom Schimmel; Brombeerhecken überwucherten eingestürzte Mauern. Die Bäume, die einst die Straße gesäumt hatten, waren alle umgesägt und die Stümpfe mit Erdpech bestrichen worden, und Robert brauchte eine Weile – während er sich umschaute und überlegte, was nicht stimmte –, bis er bemerkte, daß sogar die Kirche verschwunden war. Er bog von der Hauptstraße ab und galoppierte zum Ufer hinunter, wo der Friedhof gelegen hatte. Aber außer zertrümmerten Grabsteinen und Unkraut war nichts mehr übrig, während er auf den Ruinen der Kirche selbst eine Kolonne Sklaven arbeiten sah, die mit bloßen Händen Steinhaufen abbauten oder die Trümmer auf die Felder schleppten und verstreuten. Viele Arbeiter erkannte Robert. Einer von ihnen war Jonas, Elijahs Vater. Über ihm jedoch stand ein Wächter, der eine Peitsche schwang und die gleiche Uniform wie Elijah trug, und Robert fragte sich, wie es möglich war, daß Vater und Sohn so verschieden behandelt wurden.

Langsam ritt er zu seinen Begleiterinnen zurück, die auf dem Dorfanger warteten. Ihn schauderte, als er sich dem Platz näherte, und Mylady ritt ihm entgegen, als sie ihn kommen sah, und faßte nach seiner Hand. Robert spürte sie kaum, denn er stellte sich plötzlich vor, daß er von kreischenden Gesichtern umringt war und daß in der Ecke des Angers zwei Scheiterhaufen vorbereitet worden waren.

»Lovelace.« Mylady berührte noch einmal seine Hand.

Robert fuhr zusammen. Er rieb sich die Augen. Da waren gar keine Scheiterhaufen. Aber er bemerkte, daß im Unterschied zu allen anderen Stellen in Woodton der Anger selbst unverändert erschien, als diene er der Erinnerung an die Entscheidung, die die Dorfbewohner hier getroffen, an den Handel, den sie abgeschlossen hatten. Langsam wendete Robert sein Pferd. Er blickte auf die Stelle, wo sein Elternhaus einst gestanden hatte. Davon war keine Spur geblieben: kein grasbewachsener Hügel, kein einziger Ziegelstein. Statt dessen hatte man drei Galgen auf dem Grundstück aufgestellt, und an jedem schwang ein Bündel Knochen und getrocknete Eingeweide.

»Ihr hättet nie zurückkehren sollen, Robert Foxe.«

Robert drehte sich überrascht um.

Elijah lachte ihn unfroh an. »Ja«, meinte er, »ich dachte mir, daß Ihr es sein müßt – obwohl Ihr zum Kavalier herangewachsen seid. Aber es wird Euch nichts nützen.« Er nickte zu den Galgen hin. »Er hat das Andenken an Eure Familie immer gehaßt, furchtbar gehaßt, schlimmer als den Tod.«

»Er?«

»Ja.« Elijah nickte. Er deutete die Straße hinunter, dann lachte er gackernd. »Na, wer, glaubt Ihr, ist mein Offizier?«

Robert starrte in die Richtung, dann folgte er Elijah langsam die Straße lang. Aber nun brauchte er keinen Führer mehr, nicht auf dem Weg, den er so gut kannte. Bald tauchte das Haus der Vaughans aus dem Nebel auf. Robert bemerkte, daß es in gutem Zustand zu sein schien: Das Dach war nicht eingestürzt, und durch die Fenster schimmerte Licht. Elijah schwang sich vom Pferd und ging durch die Haupttür voraus. Das Haus, dachte Robert, als er nach ihm eintrat, wirkte sehr verändert, überhaupt nicht wie ein Wohnhaus, sondern eher wie das Rathaus, wo sein Vater gearbeitet hatte. Als Elijah vor einer Tür stehenblieb, bat Robert ihn um eine Erklärung. »Wir alle wohnen jetzt hier«, antwortete Elijah. »Das ist eine der Belohnungen für die Pflichten, die wir erfüllen.«

»Und die andern?« fragte Robert. »Dein Vater zum Beispiel? Wo wohnt er?«

Elijah blickte finster, antwortete aber nicht. Vielmehr stieß er die Tür auf und trat beiseite. Im selben Moment kam aus dem Raum dahinter ein gebrüllter Ausruf der Entrüstung; dann, als Mylady und die Marquise hineinhuschten, eine plötzliche Totenstille. »Fragt ihn«, flüsterte Elijah Robert ins Ohr. Dann machte er kehrt und war verschwunden, während Robert durch die Tür trat.

Sir Henry Vaughan stand wie angewurzelt an seinem

Schreibtisch, gefangen im Funkeln von Myladys Blick. Als Robert den Raum betrat, ballte er die Hände zu Fäusten und wandte mit einem Ruck den Blick ab. Als er den Besucher erkannte, wurde sein ohnehin schon bleiches Gesicht kalkweiß. »Ro... Robert?« Ein Muskel an seiner Stirn zuckte, und die Haut um seine Lippen wirkte kränklich blau.

»Wo ist Emily?« fragte Robert leise.

Sir Henry wankte rückwärts gegen seinen Schreibtisch. »Sie... sie ist tot«, stammelte er.

»Wie?«

»Wir...« Er schluckte. »Es sind... Rebellen... entkommen – in die Wälder... Emily... sie haben sie ermordet.«

»Warum?«

Sir Henry schwieg einen Moment. »Aus Hunger zweifellos.«

»Ihr meint...?«

Sir Henry leckte sich die Lippen und blickte durchs Fenster auf die von Steinen übersäten Felder. »Lebensmittel sind in Woodton sehr knapp.«

Entsetzt und ungläubig starrte Robert ihn an. Langsam durchquerte er den Raum. »Was ist das für ein Gefängnis des Todes, das Ihr hier geschaffen habt?« flüsterte er. Ihn schauderte, und plötzlich schien sich alles um ihn zu drehen, als er Sir Henry an die Gurgel ging und ihn gegen seinen Schreibtisch schleuderte. »Sagt es mir!« schrie er. »Was geschieht hier? Warum macht Ihr aus diesem Ort, wo ich einst lebte und der mein ein und alles war, eine Hölle, einen Abgrund der Verwüstung?«

»Lovelace!«

Robert fühlte eine kühle Hand an seiner Wange und blickte sich um. Mylady stand neben ihm. Sie nahm seinen Arm. »Laß ihn«, flüsterte sie. Sie nickte, und Robert sah die Marquise auf Sir Henry zugehen und mit einer Fingerspitze sein Kinn anheben. Lange starrte sie in seine Augen, beobachtete ihn, wie er zitterte und fast zerging vor Angst. »Ihr wißt«, flüsterte sie, »wen wir zu sehen wünschen.«

Zögernd schüttelte Sir Henry den Kopf. »Nein!« jammerte er. »Bitte, bitte, nein!«

»Habt Ihr Ihn selbst gesehen?« fragte die Marquise, ohne auf sein Flehen einzugehen.

»Ich ...«

Die Marquise wartete. Plötzlich schienen ihre Augen zu lodern: Sir Henry sank auf die Knie, umklammerte seinen Kopf und stöhnte wie ein in die Falle gegangenes Tier. Die Marquise stieß ihn mit der Spitze ihres Reitstiefels an. »Ich habe Euch«, zischelte sie leise, »eine einfache Frage gestellt.«

»Ich habe Ihn nicht gesehen«, flüsterte Sir Henry. »Oder vielmehr ...« Er schluckte. »Es ist schwer zu erklären ...«

»Das überrascht mich nicht«, bestätigte die Marquise, »denn Ihr seid sterblich. Fahrt fort.«

»Ich nähere mich Ihm, aber ... ich spüre Ihn, ich sehe Ihn nicht ... Und so erfahre ich«, fügte er matt hinzu, »was Seine Befehle sind.«

»Wo findet dies statt?«

Sir Henry schloß die Augen und gestikulierte mit der Hand.

»Wolverton Hall«, sagte Robert langsam, indem er durch das Fenster, auf das Sir Henry gedeutet hatte, zum nebelnassen Horizont blickte.

»Hat er recht?« fragte die Marquise.

Sir Henry nickte fast unmerklich.

»Bringt uns dorthin.«

Er begann wieder zu stöhnen und zu zittern und wurde erneut vom starren Blick der Marquise eingefangen. »Bitte«, flüsterte er. »Die Gefahr ...«

»Und muß nicht jedes große Unterfangen mit Gefahr verbunden sein?« Die Augen der Marquise funkelten triumphierend. Sie nickte zur Tür hin. »Ich gab Euch einen Befehl. *Bringt uns sofort dorthin*!«

Worin eine Dunkelheit aus einer Grube quillt

Robert hatte Sir Henry nicht aufgefordert, ihm den Weg zu zeigen, sondern war sofort aus dem Raum gestürmt. Er saß auf sein Pferd auf und galoppierte durch das zerstörte Dorf, den Weg hinauf, der zurück zum Wald führte. Erst an der Stelle, wo er sich gabelte – wo ein Weg weiter in den Wald führte, der andere nach links abbog, auf Wolverton Hall zu –, zügelte er sein Pferd und gab sich plötzlichen, ungebetenen Gedanken hin. Er erinnerte sich, wie er und Emily einst genau auf diesem Fleck gestanden und zur sinkenden Sonne geblickt hatten, unsicher, ob sie es wagen sollten, die Hufspuren im Schnee weiter zu verfolgen. Jetzt gab es keine Sonne, nur grauen tropfenden Nebel, und keine Emily. Robert blickte zurück. Sir Henry näherte sich auf der Straße vom Dorf. Er wandte das Gesicht ab, um Roberts Blick auszuweichen.

»Wer hat sie getötet?« fragte Robert, indem er den Weg querte, so daß sie nebeneinander ritten.

»Wie könnte ich das wissen?« murmelte Sir Henry. »Es laufen viele Rebellen frei umher.«

»Was – jene, die keine Sklaven sein wollen?«

Zum erstenmal wagte Sir Henry, seinem Blick zu begegnen. Zorn und Furcht zogen wie Wolken über sein Gesicht. »Ihr versteht nicht«, sagte er schließlich.

»Nein«, erwiderte Robert. Er blickte über die schwarzen Felder und die Reihen der Sklaven, die wie Vogelscheuchen wirkten. »Nein, ich verstehe es nicht.«

»Es gab – es gibt – keine andere Möglichkeit.«

»Wie könnt Ihr das behaupten?«

»Ich habe getan, was ich tun mußte, um jene zu schützen, die ich schützen konnte.«

»Indem Ihr ihr Zuhause in eine Wüste der Hoffnungslosigkeit verwandelt habt?«

»Hört mir zu.« Sir Henry senkte die Stimme, und als er sich im Sattel zur Seite lehnte, fiel Robert zum erstenmal auf, wie abgezehrt sein Gesicht war, wie müde seine Miene wirkte, wie gehetzt die Augen. »Wir haben hier keine Vorräte«, flüsterte er, »keine eigenen Lebensmittel, denn die Felder sind mit Steinen und Salz übersät. Was wir zu essen bekommen, verdanken wir der ... ›Barmherzigkeit‹ ... von Wolverton Hall. Wir müssen deshalb schwer arbeiten, wie man uns befiehlt, denn tun wir es nicht, verhungern wir alle, und wenn Ihr auch denken mögt, wir seien jetzt schon mager, würden wir doch bald zu Skeletten und dieser Ort ein Berg aus Knochen.«

»Doch Ihr seid, wie ich sehe, nicht so schwach wie Eure Sklaven.«

Sir Henry seufzte. »Ich habe es Euch erklärt – wir müssen alle in den Pflichten arbeiten, die uns auferlegt wurden.«

»Und Ihr – und Elijah – und alle Eure Männer ... Eure Pflichten sind demnach gewesen, Eure Nachbarn in Ketten zu legen und zu schlagen?«

Sir Henry rieb sich erschöpft die Augen. »Als die neue Ordnung hier eingeführt wurde, erhielt ich den Auftrag, die Stärksten unter uns zu bewaffnen und zu privilegieren, damit sie überwachen könnten, was getan werden mußte.«

»Überwachen?« Robert schüttelte den Kopf. »Ich sah aber, daß ein Wächter ein Mädchen so lange auf den Rücken schlug, bis es in den Dreck fiel.«

»Mag sein«, sagte Sir Henry zögernd, während er in den Nebel starrte, »daß das Böse, das wir tun, unsere Seele verzehrt.«

»Das mag allerdings sein«, erwiderte Robert. Er schüttelte den Kopf und mußte beinahe lachen vor Verzweiflung. »Und kann denn Böses nicht bekämpft werden?« fragte er. »Können nicht sogar die verdorbensten Seelen gerettet werden?«

Sir Henry gab keine Antwort.

»Flieht wenigstens!« rief Robert. »Werft die Ketten ab, riegelt die Palisadentore auf, laßt diese Hölle hinter euch!«

»Wir können nicht.«

Robert starrte ihn lange schweigend an. Dann sagte er: »Ich verstehe es nicht.«

»Nein.« Sir Henry blickte geradeaus vor sich hin, und sein Gesicht nahm einen gequälten Ausdruck an, während er eine Hand zum Mund hob. »Wie ich gesagt habe«, flüsterte er, »Ihr versteht es leider nicht.«

Plötzlich gab er seinem Pferd die Sporen. Als Robert ihm nachschaute, sah er die erste schwache Silhouette von Wolverton Hall, und dann, getragen von der eisigen Brise, roch er einen entsetzlichen Gestank, so stark, daß er wankte und glaubte, ohnmächtig zu werden. Wie Sir Henry zuvor hielt er eine Hand vor sein Gesicht, doch der Gestank schien in seiner Nase zu brennen und sich in seinen Eingeweiden wie giftiger Dunst festzusetzen, der sich nicht heraushusten ließ, so sehr er sich auch anstrengte. Jetzt sah er sie, eine lange Reihe modernder Holzverschläge, um die Mauer gebaut, die die Gärten des Hauses begrenzte. Von dort, vermutete er, mußte der Gestank ausgehen. Für Robert war es eine Mischung aus allen ekelhaften Dingen, aus Fäulnis, Erbrochenem, Exkrementen und Angst, und ohne die Frage zu wiederholen, die er Elijah gestellt hatte, war ihm bewußt, daß er entdeckt hatte, wo die Dörfler aus Woodton jetzt hausten.

Sir Henry bestätigte seine Vermutung. »Jetzt seht Ihr«, sagte er, indem er die Hand noch immer über seinen Mund preßte, »warum Menschen zustimmen, eine Peitsche zu schwingen und ihre Mitmenschen zu schlagen, denn dies ist die Alternative zu den Unterkünften in meinem Haus, ein Schweinestall, in dem die Schwachen und Kranken mit Sicherheit sterben.« Er machte eine Handbewegung, und Robert sah auf einem offenen Hof zitternde Leiber liegen, kaum in Lumpen gehüllt, mitten im gefrorenen Kot kauernd. »Aber da sind ja Kinder...«, flüsterte Robert. Er schwang sich vom Pferd und versuchte, sich einen Weg zu ihnen zu bahnen. Da entdeckte er etwas, schmutzbeschmiert in all dem Schlamm und fauligen Stroh, was wie Gold schimmerte. Er bückte sich und hob einen Armreif aus Juwelen auf. Als er sich umschaute, fand er überall Reichtümer verstreut.

»Was bedeutet das«, rief er, »daß dieser Reichtum hier inmitten solcher Armut herumliegt?«

»Ja, könnt Ihr es nicht erraten?« Sir Henry lächelte bitter. »Das ist das Gold, mit dem Faustus das Dorf gekauft hat, um den Tod deiner Mutter auf dem Scheiterhaufen zu erwirken.« Er brach in wildes Gelächter aus, als er Robert den Reif in den Dreck schleudern sah, dann begann er zu würgen. »Eure Perlen sollt ihr nicht vor die Säue werfen!« rief er. Wieder würgte er, während das Lächeln plötzlich auf seinen Lippen erstarb, und drehte sich im Sattel um. Hinter der Mauer hatte eine Glocke zu schrillen begonnen. »Denn wißt Ihr nicht«, flüsterte Sir Henry, »daß Schweine nur ihren Schweinefraß wollen?« Er senkte den Kopf. »Nur ihren Schweinefraß.«

Die Glocke hörte nicht auf zu läuten. Die Leiber im Schlamm begannen sich zu regen, manche standen wankend auf, andere krochen durch den Dreck, und wieder andere konnten sich kaum bewegen.

»Was hat das zu bedeuten?« erkundigte sich die Marquise. »Wozu werden sie gerufen?«

»Zur Fütterung.« Sir Henry zeigte auf das Tor, das zum Herrenhaus führte. Robert schnappte nach Luft, und sogar Mylady und die Marquise schienen in ihren Sätteln zu schrumpfen. Denn durch das Tor tauchten zwei Kreaturen von der Art auf, die er in der Nacht zuvor vernichtet hatte, und dennoch erschienen sie ihm aus Gründen, die er nicht erklären konnte, in jeder Hinsicht tausendmal so ekelhaft und entsetzlich. Ihm fiel ein, was sein Vater von den Ungeheuern in den Kellern des Herrenhauses erzählt hatte, die in der Dunkelheit wie Maden in rohem Fleisch umhergekrochen seien, und er vermutete, daß er nun die gleichen Kreaturen sah, die ans Tageslicht gekommen waren. Sie schleppten einen großen Eimer, den sie hochhoben und dann über dem Matsch ausleerten. Robert sah, daß Sir Henry nur die Wahrheit gesagt hatte, als er das Essen Schweinefraß nannte. Doch die Scharen der Kranken streckten die Hände nach den Schalen und dem Rübenkraut aus und balgten sich darum, als wären es die feinsten Leckerbissen.

»Aber es reicht längst nicht für alle«, rief Robert aus, als die Balgereien schlimmer wurden und die Brühe im Dreck zu versickern begann.

»Sie haben nicht gearbeitet«, sagte Sir Henry schroff.

»Aber sie sind krank.«

»Ja, und werden bald noch kränker sein.«

»Aber seht doch« – Robert streckte die Hand aus – »jene dort sind zu schwach, um einen einzigen Schnitzel zu holen.«

»Und manche«, murmelte Mylady, »werden nie etwas bekommen.«

Robert folgte ihrem Blick und sah einen Körper mit dem Gesicht nach unten im Schlamm liegen: ein kleines Kind. Die toten Wesen gingen zu ihm hin. Mit einem großen Messer begannen sie, Fleisch von den Knochen zu schneiden und ihre Beute in Säcken zu verbergen, die um ihren Hals hingen.

»Nein!« schrie Sir Henry verzweifelt, als Robert den Degen zog. »Kommt ihnen nicht nahe!« Robert überhörte seine Bitte. Die Kreaturen hoben die Köpfe, zischten und entblößten ihre Reißzähne, und Robert mußte sich abwenden, so ekelhaft stank ihr Atem nach verwestem Fleisch. Dann starrte er sie wieder an und hob den Degen, denn er sah, wie sie sich duckten wie sprungbereite Wölfe. Aber als sie seinem Blick begegneten, wichen sie plötzlich zurück, und ihre dikken, weichen Lippen schienen fast zu lächeln. Robert stach einmal zu, dann noch einmal, und beide wichen zurück. Immer wieder stieß er zu, versuchte ihr Herz zu finden, aber es kam kein Blut, und die Kreaturen regten sich schon wieder, und ihre Finger zuckten. Sie schleppten sich durch den Schlamm bis zur Mauer, dann standen sie langsam auf. Mit funkelnden Augen sahen sie sich um und lächelten Robert ein letztes Mal an, machten kehrt und trotteten langsam durch das Tor zurück.

»Verfolgt sie!« rief die Marquise. »Es muß einer von ihrer Brut gewesen sein, der das Dorf, in dem wir die letzte Nacht verbrachten, angesteckt hat. Wer weiß, wo sie uns jetzt hinführen könnten?« Sie gab ihrem Pferd die Sporen, und als Robert ihr folgte, stellte er fest, daß er über den Rasen ritt, auf dem Hannahs Leiche gefunden worden war und wo sein Vater und Mr. Webbe zusammen im Schnee gekniet hatten. Welche Ewigkeit der Schrecken, dachte Robert, war seitdem vorbeigezogen, und er packte seinen Degen um so fester, aufs neue entschlossen, sich zu rächen oder bei dem Versuch zu sterben. Vor sich sah er die dunklen Fenster des Herrenhauses und die morsche Tür. Seine Begleiter saßen vor den Stufen ab, die zu ihr führten, aber Robert wartete nicht auf sie, denn die toten Wesen betraten bereits das Haus. Als Robert sie bis zur Tür verfolgte, fühlte er sich wieder von jäher Furcht ergriffen – ein Zittern im Magen, das in sein Blut überströmte und seine Nerven streifte, wie es die süßesten Freuden taten. Auf der obersten Stufe hielt er inne, starrte in die dahinter wartende Schwärze. Er sah bleiches Fleisch schimmern, das sich wegbewegte, und dann war es verschwunden, aufgeschluckt von den Schatten. Erneut spürte Robert das Zittern, das sich noch immer ausbreitete, doch nun dicker und dunkler wie geronnenes Blut. Er blickte sich suchend nach einer Laterne um. Sir Henry hatte eine mitgebracht, doch als er sie mit zitternder Hand anzündete, sank er auf die Knie und begann noch stärker zu beben.

»Bitte«, flehte er die Marquise stammelnd an. »Bitte.«

Aber sie lachte und zeigte auf die Schwärze im Herrenhaus, und Robert sprang die Treppe hinab, ergriff die Laterne und eilte wieder zur Tür. Er hob das Licht hoch und betrat das Haus. Sofort erschien ihm seine Angst noch tausendmal größer, als würde sie von der dumpfen, stinkenden Luft erzeugt. Als Robert um sich blickte, konnte er außer dem schwachen Laternenlicht nichts sehen, aber von fern hörte er leise zurückweichende Schritte und dann einen Laut, der wie ein ferner Schrei klang.

»Er nicht«, bettelte Sir Henry plötzlich, indem er auf Robert zeigte. »Erlaubt ihm nicht, mit uns zu kommen.«

Die Marquise blickte ihn neugierig an und hob eine Braue. »Warum?«

Sir Henrys Blick huschte hin und her, die Augen hell vor verzweifelter, gehetzter Angst. »Es ...« Er schluckte, und im selben Augenblick drang aus den Tiefen des Hauses ein zweiter schwacher Schrei, ein langgezogenes, leise schluchzendes Stöhnen. »Es ist nicht sicher«, begann Sir Henry wieder, laut, als wolle er das Geräusch auslöschen. »Wenn es für Euch gefährlich ist, dann um so mehr für ihn.«

Er verstummte, und Robert lauschte in die Finsternis. »Was war das eben für ein Schrei?« fragte er.

Sir Henry schluckte und zögerte, als dächte er sich eine Lüge aus. »Ich weiß es nicht«, sagte er schließlich.

»Ich glaube, Ihr wißt es doch.« Ein kalter, grausiger Verdacht reifte in Robert heran.

»Sag, Lovelace«, fragte Mylady mit leichtem Stirnrunzeln, »was hältst du davon?«

Robert hob die Laterne und starrte in den langen dunklen Korridor, aus dem die Schreie anscheinend gekommen waren. »Ich fürchte mich, es auszusprechen.« Er begann, den Korridor hinunter zu gehen, dann zu laufen. Die Marquise folgte ihm, packte ihn am Arm und zog ihn zurück. Ihr Gesicht schimmerte aus dem Dunkel wie fahles Feuer. »Macht Euch gefaßt, Lovelace«, zischte sie. »Denn Ihr könnt nicht im entferntesten begreifen, was es ist, dem wir uns nähern. Weiter vor uns liegen die Pforten des Todes und jener Schleier, der weggezogen werden muß, wenn wir, wie wir hoffen, auf die geheiligten Mysterien der Welt blicken wollen. Wir werden nicht sein wie jener dreiste Römer, der Jehovas Allerheiligstes betrat und nichts fand – denn nichts muß immer von nichts kommen. Vom wahren Gott jedoch, von seinem Heiligtum, darf man sich viel erhoffen. Und deshalb ermahne ich Euch noch einmal, bereit zu sein.«

»Ich danke Euch, Madame.« Robert löste ihre Hand von seinem Arm. »Aber Ihr vergeßt – ich habe Eurem Gott schon ins Gesicht geblickt.«

»Ja.« Die Marquise nickte. »Und habt dennoch nicht verstanden, was Ihr saht.«

Robert wandte sich wieder um. Ein leises Stöhnen drang aus der Finsternis, das zwar so schnell erstarb, wie es erklungen war, doch blieb der Klang von einem Schlag in der Luft schweben. Robert eilte wieder den Korridor entlang. Vor sich sah er plötzlich etwas Weißes schimmern. Er hob die Laterne und sah eine Kreatur von der Art, die er verfolgt hatte, aufgebläht und weich, in einer klebrigen Pfütze auf dem Boden liegend. Zuerst glaubte Robert, die Flüssigkeit müsse Blut sein, doch dann beugte er sich darüber, um sie genauer zu untersuchen, und würgte fast, denn dem Gestank nach schien es eine Mischung aus Schweiß und Sperma zu sein, doch mit dem fauligen, feuchten Grabesgeruch behaftet, an den Robert sich nur allzugut von der vergangenen Nacht erinnerte. Er wagte es, das nackte Fleisch der Kreatur anzufassen: auch das war klebrig, und Robert wurde klar, daß die Flüssigkeit aus ihren Poren sickerte, so daß der ganze Korridor, soweit man sehen konnte, davon glänzte. Vor ihm in der Dunkelheit lagen noch mehr bleiche Leiber, und an den Wänden war Erde aufgehäuft. Robert ging darauf zu und sah, daß die Erde mit getrockneten Fleischbrocken übersät war. Ihm fiel ein, was er vor dem Tor gesehen hatte – die Körper im Dreck und die Kreaturen mit ihren Messern –, und er mußte sich an die Wand lehnen, damit sich seine Eingeweide beruhigten.

»Es kommt noch schlimmer«, flüsterte Sir Henry. Er nickte bedächtig und nahm die Laterne aus Roberts Hand. Mit geschlossenen Augen schien er ein Gebet zu murmeln. Dann ging er weiter, aber langsamer, denn nun lagen noch mehr Leiber in ihren klebrigen Pfützen Unrat herum, und es war schwierig, sich zwischen ihnen einen Weg zu suchen.

Endlich blieb er neben einer offenen Tür stehen. »Dies war in letzter Zeit Sir Charles' Bibliothek«, murmelte er, während er durch die Tür in den Raum dahinter starrte. »Zweimal war ich hier, um den Wunsch des neuen Herrn des Hauses zu erfahren – doch niemals ungerufen. Seid Ihr Euch sicher, daß Ihr den Mut habt weiterzugehen?«

Er starrte Robert an, der ihm statt einer Antwort die Laterne wieder abnahm, dann an der Marquise vorbei durch die offene Tür ging. Da hörte er das klatschende Geräusch und ein verzweifeltes Stöhnen ganz nahe und wußte, daß er die Quelle der Schreie entdeckt hatte. Er hielt die Laterne hoch und schaute sich angestrengt um.

Wie auf dem Korridor häuften sich Erde und Abfall auf

dem Boden. Menschliche Körper lagen verkrümmt mitten im Unrat. Sie waren nackt und bleich, kaum kräftig genug, um zu stöhnen oder auch nur aufzublicken, obwohl sie blinzelten und versuchten, sich abzuwenden, denn das Licht der Laterne brannte ihnen in den Augen. Alle waren mit silbrigem Schmutz beschmiert, sah Robert, dem gleichen, der draußen auf dem Korridor glänzte, so daß sie wie in einem Kokon aus der Masse gefangen schienen, unfähig, vor denen zurückzuweichen, die sich von ihnen nährten. Denn tote Wesen, die bleichen Leiber geschwollen und rosa überzogen, tranken wie monströse Maden von ihren sterblichen Wirten, und manchmal schmatzten ihre feuchten Lippen beim Trinken. Eines beendete sein Mahl, doch der Mund saugte noch, als wäre die stinkende Luft Blut; es rollte von seiner Beute fort und blieb aufgebläht im Dreck liegen.

Robert und Mylady sahen beiseite, aber die Marquise beobachtete das Wesen fasziniert. »Es scheint also«, murmelte sie, »daß diese Wesen ihr Mahl nicht immer töten müssen, sondern wie der Blutegel bereit sind, ihren Wirt am Leben zu erhalten. Habt Ihr es bemerkt, Mylady?« Mylady antwortete nicht. Die Marquise lächelte vor sich hin und wandte sich an Sir Henry. »Diese Leute hier«, fragte sie, »wie lange können sie es aushalten, daß andere sich von ihnen nähren?«

Sir Henry hatte die Augen geschlossen. »Ein Jahr«, sagte er zögernd und schluckte. »Ja, ein Jahr, vielleicht zwei.«

Robert musterte ihn angeekelt. Dann hielt er die Laterne wieder hoch, um sich in dem Raum umzuschauen. Eine Frau begann zu schreien, als das Licht auf ihr Gesicht fiel, und ihre Finger zuckten hilflos. Robert ging zu ihr hinüber. Zwei der Wesen saugten an ihr, eins an jeder Seite. Er trat nach beiden; sie fielen sofort ab, als wären sie übersatt. Die Frau schrie noch immer. Robert bückte sich neben ihr, aber obwohl sie die Augen nicht offenhalten konnte, schrie sie um so mehr, laute, sinnlose Worte. Entsetzt bemerkte er, daß er sie kannte. »Aber«, rief er aus, »das ist ja Mary Brockman, Jonas' Frau. Weiß er, daß sie hier ist?«

Sir Henry gab keine Antwort.

Robert stand auf und ging zu ihm, denn der Verdacht, der ihm schon früher gekommen war, wuchs nun zu furchtbarer Gewißheit. »Weiß er«, fragte er noch einmal, »daß seine Frau hier ist?« Er zog den Degen und richtete ihn auf Sir Henrys Kehle. »Heraus mit der Sprache. *Weiß er es?*«

»Antwortet ihm«, flüsterte Mylady. Sie ließ ihn vor ihrem Blick erstarren, und Sir Henrys Augen traten langsam aus ihren Höhlen, so strengte er sich an, ihrem Befehl zu widerstehen. Aber er konnte ihr nicht lange trotzen und krümmte sich, während er die Worte endlich ausstieß. »Ja«, stöhnte er, »ja! Jonas weiß, daß seine Frau hier ist.«

»Und wie kam es dazu?« fragte Robert. »Hat er sie selbst ausgeliefert?«

»Bitte!« jammerte Sir Henry und rieb sich die Hände, als wolle er sie reinigen. »Wir hatten keine andere Wahl.«

»Keine Wahl, was zu tun, Sir Henry?«

»Es war zum Besten«, stammelte er unter heftigem Nikken, »unsere einzige Hoffnung, am Leben zu bleiben. Nicht bloß wir – sondern das ganze Dorf. Denn wir wußten, wir wären andernfalls alle vernichtet worden.«

»Es sei denn?« beharrte Robert.

»Es sei denn, wir alle – das heißt – die Angehörigen der Wache ...«

»Es sei denn?«

»Es sei denn ...« Sir Henry schluckte. »Es sei denn, wir lieferten eine Person aus, die wir liebten ...«

Robert atmete tief ein, doch durch die widerliche Luft wurde ihm erst recht übel. Mit zitterndem Arm senkte er den Degen. »Und Ihr auch?« flüsterte er. »Ihr tatet, worum man Euch bat?«

Sir Henry wischte sich die Stirn ab. Sein Haar und Bart waren schweißnaß, die Augen blickten verzweifelter denn je. »Nicht alle«, erklärte er schließlich. »Aber für jeden Mann, der sich weigerte, wurden vor Freunden und Familie zehn andere gefoltert – auf dem Dorfanger zu Tode gefoltert.« Er wandte sich ab und schnappte wie Robert nach Luft. Dann fiel er auf die Knie und übergab sich. »Bitte!« schrie er gellend. »Bitte! Wir taten es zum Besten!«

Robert sah ihn eine Weile prüfend an. »Wo ist sie?« fragte er vollkommen ruhig und ohne den Degen wieder zu erheben.

Sir Henry blickte zu ihm auf: er gab keine Antwort.

In einem Anfall von Wut und Verzweiflung wandte sich Robert ab. Er ging in die dunkelste Ecke, leuchtete mit der Laterne in die Schatten, untersuchte jedes Gesicht, das er dort entdeckte. Aber es war vergebens, und so lief er den ganzen Boden ab, die Laterne noch immer erhoben, bis er die Wand gegenüber erreicht und jeder Person in dem Raum ins Gesicht geblickt hatte. »Hier nicht«, flüsterte er. »Dann bittet Gott, daß sie tot ist.« Er drehte sich um. »Eure eigene Tochter, Sir Henry. Bittet Gott, daß sie tot ist!«

Sir Henry antwortete nicht. Wie ein Wahnsinniger wiegte er den Kopf hin und her, als wäre sein Schädel ein Rauchfaß, wären seine Erinnerungen Rauch, der aufsteigen und in der Luft verschwinden könnte. Doch seine Augen verrieten, daß er niemals vergessen würde. Zögernd zeigte er auf die dunkelste Ecke des Raums. Robert folgte seinem ausgestreckten Arm und hob die Laterne hoch. Undeutlich entdeckte er eine offene Tür.

Er ging darauf zu, doch die Marquise war schneller. Er ging nach ihr durch. Vor ihm lag ein enger Gang, eine zweite Tür und dann Stufen. Robert sah die Marquise hinuntereilen. Er blieb auf der obersten Stufe stehen und spürte einen Schwall von etwas Furchtbarem, als ob die wartende Finsternis ein gewaltiger Wind wäre, widerlich vom Gestank und Bösen der Hölle. Als er eine Stufe tiefer ging, konnte er nur mit Mühe über seine Beine gebieten. Er fühlte das Grauen in seinem Bauch, das nun zu ihm sang, sang und ihn gleichzeitig mit Krallen bearbeitete, so daß sich, als er weiter hinabstieg, Ekel und Lust unmerklich mischten und sein Leib aus flüssiger Luft gemacht schien. Er lehnte sich gegen die Wand. »Was geschieht?« stöhnte er. Denn die Lust war so schmerzhaft, daß er glaubte, sie würde ihm die Eingeweide herausreißen und über die Treppe vergießen. Über diesen grotesken Einfall mußte er lachen. Dann krümmte er sich wieder, noch immer wild lachend, während er vor Schmerz schluchzte.

»Du hast mir einen sauberen Humor, Lovelace, sogar im Innern der Hölle zu lachen.«

Er spürte Myladys Hand an seiner Wange und blickte zu ihr auf. Auch sie lächelte, doch erschien ihr Liebreiz dadurch nur um so tödlicher – denn ihr Gesicht, bemerkte Robert, war eisig vor Furcht, so daß er unwillkürlich nach ihrer Hand griff, um sie zu trösten. Ihr Lächeln wurde breiter, und sie sah beiseite, als schäme sie sich, ihre Angst verraten zu haben. »Wir müssen fort«, murmelte sie drängend. »Die toten Wesen hinter uns regen sich, und wenn sie die Tür versperren, können wir nicht mehr entkommen. Warte hier.« Sie starrte in die Dunkelheit. »Ich muß die Marquise suchen.«

Sie drängte sich an Robert vorbei, der sich indessen mühsam hochrappelte. Sie warf einen Blick über die Schulter und schüttelte den Kopf, doch er taumelte weiter, die Hände an den Leib gepreßt, die Treppe hinunter. »Ich muß sie sehen...«, flüsterte er. Er schluckte. »Sie finden...«

Tief innen spürte Robert einen neuen scharfen Schmerz, versengend und köstlich, so daß er halb schrie, halb stöhnte. Er verlor den Halt und taumelte bis zum Fuß der Treppe.

Das Licht in seiner Laterne begann zu flackern und zu schwinden. Aufgeregt wölbte er die Hände darüber und sah erleichtert, daß die Flamme nicht erlosch. Dann hob er die Laterne hoch. Vor ihm lag ein gewölbter Durchgang. Dahinter schien alles vor seinem starren Blick zu verschwimmen. Er war sich kaum noch seiner eigenen Gedanken bewußt, denn er schien von einer Mischung aus Lust und Schmerz besessen, die nun im Takt seines Herzens pochte. Sogar die Finsternis erschien ihm rot, und als er unter dem Bogen durchging, pulsierte und schimmerte sie und überschwemmte seinen Geist. Dann schwamm er mit ihr, als würde er von einer Strömung über den Boden gezogen, auf einen zweiten Bogen und eine undurchdringliche Schwärze dahinter zu. Vor dieser unzugänglichen Düsterkeit stand die Marquise, die Arme hoch erhoben, Verzückung und Triumph in ihrer Miene. Sie sang in einer Sprache, die Robert nie zuvor gehört hatte, und bei jedem Wort schien die Schwärze zu wirbeln, sich zu verdichten und neu zu formen. Dabei fühlte sich Robert immer näher zu ihr hingezogen, denn obwohl der Schmerz in seinem Leib mit jedem Schritt schlimmer wurde, wuchs auch, damit verflochten, seine Lust. Beider Ursprung schien in der Schwärze zu liegen, als ob Robert nun selbst ein Teil von ihr geworden wäre und seine tiefsten Regungen in ihre Tiefen eingesogen würden. Er spürte, daß ihn dort ein Geheimnis wundersamer und furchtbarer Macht erwartete, und er sehnte sich aus ganzer Seele, es zu erblicken.

Doch als er auf die Schwärze zuging, wurde ihm plötzlich bewußt, daß ihn etwas zurückhielt. Er wandte sich um. Eine Dame – ein Mädchen – hatte seinen Arm genommen. Sie war von schrecklicher Schönheit – ihr langes Haar floß wie im Sturm, ihr Gesicht leuchtete silbern, die Augen funkelten golden. Robert versuchte, sie abzuschütteln, denn die Schwärze wartete und das Geheimnis, das sie barg. Aber sie hielt ihn noch immer fest, und ihre Lippen bewegten sich, als bildeten sie Worte, obwohl er nichts hören konnte als den Puls des Dunkels. Er runzelte die Stirn. Mylady. Das war ihr Name. Er hatte sie einst gekannt, vor langer, langer Zeit. Aber was war das alles verglichen mit der Schwärze vor ihm? Er wandte sich wieder um, denn nun sog die Strömung unerbittlich, sog an seinem Leib und der Qual und Lust, die sich darin mischten. Doch Mylady hielt ihn noch immer, und als er sich zornig umschaute, um sich mit Gewalt zu befreien, sah er, daß sie auf etwas zeigte, und ohne es zu wollen, blickte er selbst hin.

Tote Wesen, überall um ihn herum in dem Gewölbe aus Dunkelheit. Weiße, weiche, zuckende Formen, die sich auf einem Teppich aus Menschenfleisch nährten. Sofort war das Pochen der Dunkelheit verschwunden und mit ihm auch das Verlangen nach Offenbarung. Nun spürte Robert in sich nur noch eine eisige, schwere Übelkeit, die sich zu regen und zu winden schien, wie sich die toten Kreaturen bewegten, als würden sie alle von einem einzigen Verstand gelenkt. Und dann schauderte ihn, denn er wußte, daß es so war. Die Marquise sang noch immer. »Nein!« schrie Robert. »Nein!« Aber wie er zuvor Mylady überhört hatte, war die Marquise nun taub gegen ihn. Die Dunkelheit hinter ihr wurde immer dichter, und Robert machte auf der Stelle kehrt und stürzte sich mitten zwischen die toten Wesen, denn er wagte nicht zu denken, wie wenig Zeit vielleicht noch bliebe. Doch er konnte nichts anderes tun, als weiter zu suchen, obwohl er lieber durch eine Flut gieriger Würmer gewatet wäre, und der Gedanke, jahrelang an einem solchen Ort angekettet zu sein, raubte ihm fast die Besinnung. »Emily!« schrie er laut, »Emily!«, bis ihm die Silben in den Augen brannten und in der Kehle zum Schweigen gebracht wurden.

Endlich fand er sie. Sie lag unter zwei aufgeblähten, rosigen Wesen, die Robert mit einem Fußtritt wegtrat, als wären es Zecken. Vor Tränen konnte er ihr Gesicht nicht sehen, konnte nicht sehen, nur erfühlen, wie mager ihr Körper war. Er schlang die Arme um sie. Sie stank nach der silbernen Schmutzkruste, doch für Robert, der ihr verfilztes Haar küßte, roch sie lieblicher als sämtliche Düfte des Orients. Er versuchte, ihre Fesseln zu durchtrennen, konnte aber weder das Heft seines Messers halten, noch vor Tränen die Klinge sehen. Da spürte er, wie es ihm jemand von hinten wegnahm und wie die Fesseln zerschnitten wurden. »Bring sie weg«, befahl Mylady, »so schnell du kannst.« Sie zeigte auf etwas, und Robert wischte sich über die Augen. Nun sah er, wie die toten Wesen ringsum sich regten und erhoben. »Die Laterne!« schrie Mylady. Sie riß einen Streifen Stoff von ihrem Mantel, zündete ihn an und schleuderte ihn ins Gesicht der Kreatur, die ihr am nächsten kam. Aber die Flammen sprangen nicht über, sondern zischten und erloschen. Und immer mehr der Kreaturen standen auf und rückten näher.

Als Robert mit Emily in den Armen aufstand, schienen die toten Wesen zu erstarren. Dann quiekten und stöhnten sie. Er tat einen Schritt auf sie zu. Wie ein Weizenfeld, über das ein Brise streicht, schienen die Reihen vor ihm zu wogen und zu schwanken. Drei oder vier hatten sich an dem Durchgang aufgebaut, hinter dem sich die Treppe befand. Robert tat noch einen Schritt, und wie die andern zuvor scharrten sie mit den Füßen und wichen zurück.

»Madame!« schrie Mylady. »Madame, kommt schnell!«

Robert warf einen Blick über die Schulter. Die Marquise lag auf den Knien. Die Finsternis hinter ihr flackerte nun, als wäre sie ein Feuersturm; verschwommen, aus ihrer Mitte, war eine Form zu erkennen, eine Gestalt, die aus den schwärzesten Flammen aufstieg.

»Madame!«

Plötzlich schrie die Marquise. Die Dunkelheit wälzte sich von der Gestalt in den Flammen weg. Robert starrte in ihr Gesicht. Die Lippen teilten sich und bildeten ein Lächeln.

Wieder schrie die Marquise gellend auf. Sie hob einen Arm vor die Augen, drehte sich um und taumelte blind in Myladys Arme. Ihr Fleisch schien gräßlich bis auf die Knochen vertrocknet, und als Robert ihr Haar betrachtete, sah er, daß es weiß war.

»Schnell!« schrie er. »In Gottes Namen, lauft!« Er taumelte unter dem Bogen durch, wartete dann, um Mylady und die Marquise vorbeizulassen, und schaute noch einmal zurück. Die Dunkelheit im Keller war wieder wie zuvor; kein Gesicht, keine Gestalt konnte er ausmachen. Dagegen hockten die toten Wesen noch immer da, mit brennenden Augen, die Zähne zum grausamen, spöttischen Grinsen entblößt.

Robert hielt sich nicht auf, um nachzudenken, was die Belustigung der Kreaturen bedeuten mochte. Ihm war nur klar, als er mit Emily die Treppe hinaufstieg, daß es, was auch immer es sein mochte, anscheinend der Grund für ihre Rettung gewesen war.

Worin Robert die Hoffnung küßt wie eine brechende Welle

Niemand verfolgte sie, und das Rätsel ihrer Rettung quälte Robert noch, als sie Woodton weit hinter sich gelassen hatten und in einem behaglichen Gasthaus in Salisbury angelangt waren. Doch Emily war bei ihm. Er hielt sie nicht nur in den Armen, sondern konnte auch an nichts anderes denken, so daß seine bösen Vorahnungen an die Ränder seines Geistes verbannt wurden. Er drückte sie fest an sich und trug sie zu ihrem Zimmer hinauf. Böse Träume schienen sie zu quälen, doch bald, so betete Robert, würde sie für immer aus ihnen auftauchen – wenn es ihr nur gutginge ... wenn sich nur alles zum Guten wenden würde ...

Er blieb an ihrem Bett stehen und legte Emily, die noch immer in den Mantel gehüllt war, mit dem er sie zuvor bedeckt hatte, behutsam darauf. »So einen weichen Ruheplatz hättest du in den vergangenen zwei Jahren haben sollen.« Wie zerbrechlich sie wirkte, wie abgehärmt und weiß, und trotz allem schimmerte ihr alter Liebreiz durch, den ihre Gesundheit gewiß wieder voll erblühen lassen würde. Robert legte sein Ohr an ihre Brust, um ihrem Herzschlag zu lauschen. Er strich ihr Haar zurück, dann küßte er sie sehr zärtlich, wie er es zum letztenmal vor fünf Jahren getan hatte.

»Was für ein reizender Anblick! Doch könnte es noch poetischer sein, wenn du ihr das stinkende Zeug abwaschen würdest.«

Robert blickte auf. Mylady beobachtete ihn aus einer dunklen Ecke des Zimmers. Sie hatte das Haar gelöst und ihr Reitkleid abgelegt, so daß er durch ihr dünnes Hemd die Wölbung ihrer Brüste erkennen konnte.

»Ihr habt recht«, sagte er. »Laßt heißes Wasser bringen.«

Mylady zupfte an einem eingebildeten Rock. »Gewiß, Sir«, höhnte sie, »natürlich, Sir, auf der Stelle.«

»Bitte«, sagte Robert. »Streiten wir doch nicht.«

»Dann kommandiere mich nicht herum, als wäre ich ein Zimmermädchen.«

»Es tut mir leid.« Robert wies hilflos und niedergeschlagen auf Emily. »Ich bin in großer Sorge.«

Mylady tat einen Schritt auf das Bett zu. »Wie ist ihr Befinden?«

Robert hob hilflos die Schultern. »Wie könnte das einer von uns sagen?« Er sah Mylady erwartungsvoll an, ob sie widerspräche oder vielleicht ein Heilmittel anböte. Doch sie nickte nur und wandte sich wieder ab.

»Bitte.« Robert ging um das Bett herum. Als er Mylady am Arm nahm, schien sie fast zurückzuzucken. »Bitte«, flehte er noch einmal, »ich könnte nach diesen fünf Jahren fern von ihr nicht ertragen, wenn sie jetzt sterben sollte und mir ein zweites Mal entrissen würde.«

»Fünf Jahre!« rief Mylady verächtlich. »Du hältst das für eine lange Zeit der Einsamkeit?«

»Werdet Ihr mir nicht helfen?«

»Ich staune, daß du glaubst, ich könnte helfen. Haben dich die Jahre deiner Liebesqualen nicht dies gelehrt, daß ich ein Geschöpf bin, das nicht Leben schenkt, sondern nur Tod?«

»Das ist nicht wahr. Was war es denn, wenn nicht Leben, was Ihr mir gabt?«

»Ich gab dir, was ich konnte, Lovelace.« Sie schwieg und blickte auf Emily hinunter. »Nicht mehr.« Sie wandte sich wieder ab und ging auf die Tür zu. »Es tut mir leid.«

Robert folgte ihr. »Dann also die Marquise.« Er eilte hinter Mylady über den Flur. »Sie weiß so viel. Ob sie helfen kann?«

Spöttisch lächelnd blickte Mylady über die Schulter.

»Dann hat sie sich noch nicht erholt?«

Mylady öffnete eine Tür und winkte Robert hinein. »Sieh selbst nach ihr.«

Robert trat an das Bett mitten im Zimmer. Es war verdunkelt worden. Robert zog einen Vorhang auf und blickte hinunter. Die Marquise regte sich nicht, nur die Finger einer Hand zuckten, zupften unaufhörlich am Saum des Lakens. Ihr Gesicht war schrecklich verwelkt und runzlig, das Haar weiß und licht am Schädel, der ganze Leib geschrumpft, so daß sie zusammengekrümmt im Bett hockte wie ein alter Affe. Sogar die Augen schienen trübe und stumpf, Fenster auf unaussprechliche Ängste, und Robert ertrug es kaum, ihrem Blick zu begegnen. »Was hat sie bloß gesehen«, flüsterte er, »in dieser Schwärze, die er heraufbeschwor, das sie mit solchem Entsetzen erfüllte?«

»Ja, was nur? Man denke bloß – *la grande Marquise* – in solch einen Zustand gebracht.«

Erschrocken sah Robert sich nach ihr um, denn Myladys

Stimme klang plötzlich viel schärfer, viel gewöhnlicher – wie schon einmal, als sie und die Marquise bei seinem ersten Besuch in Mortlake gestritten hatten. Mylady selbst schien jedoch nicht zu bemerken, daß ihre Aussprache etwas verraten haben könnte, und Robert hütete sich, sein Erstaunen zu zeigen. Er wandte sich wieder der Marquise zu. »Glaubt Ihr, sie wird die Krankheit bald überwinden?«

»Wie könnte ich das sagen?« Mylady zuckte geziert die Achseln. »Diese Frage zu beantworten wäre die Marquise selbst am besten geeignet.«

»Um so bedauerlicher, daß sie dazu nicht fähig ist.« Robert kniete neben ihr hin. Er versuchte vergeblich, ihre am Laken zupfenden Finger zu beruhigen, und obwohl er sich zwang, ihrem Blick zu begegnen, starrte die Marquise unverändert wie in eine furchtbare Trostlosigkeit hinein. »Was könnte sie uns nicht berichten?« flüsterte Robert. »So vieles hat sie lieber verschwiegen. Wie wenig wissen wir – und wie weit müssen wir noch gehen.« Er seufzte und erhob sich. »Möge sie genesen – und sehr bald genesen.«

Doch war es Emily, die sich rascher erholte. Lange Tage nach ihrer Rückkehr nach London verbrachte Robert an ihrer Seite und pflegte sie, während das Fieber langsam abklang und sie wieder zu Kräften kam. Ein oder zweimal schlug sie die Augen auf und schien ihn zu erkennen, und eines Tages dann flüsterte sie endlich seinen Namen. »Robert.« Sie lächelte matt. »Du erinnerst dich also an deinen Schwur.«

»Schwur?«

»Ja.« Während sie ihn ansah, verging ihr Lächeln langsam, und ihre Augen wurden glasig. »Daß wir uns nie trennen würden«, murmelte sie schließlich. »Du hast es mir versprochen ...« Sie schluckte. »An jenem Tag, an dem meine Mutter ermordet wurde – du hast versprochen ...« Sie wandte sich ab und legte ihre Wange aufs Kissen. Robert glaubte, sie wäre wieder eingeschlafen, aber als er aufstand, blickte sie zu ihm auf und griff nach seiner Hand. Sie drückte sie mit aller Kraft. »Ich habe es nie vergessen«, flüsterte sie. »Diese ganze Zeit ...« Sie sank wieder auf das Kissen. »Nie vergessen ...«

Sie schloß die Augen und sagte nichts mehr. Doch in jener Nacht schien ihr Schlaf nicht mehr so fiebrig, und als sie am folgenden Morgen aufwachte, konnte sie sich im Bett aufsetzen und länger sprechen. Wieder einen Tag später konnte sie stehen und am nächsten sich ankleiden und das Zimmer verlassen. Robert führte sie auf einen Balkon. Lange blieb sie dort stehen, blickte in den Park und auf die Kirchtürme und Zinnen dahinter. Robert mußte daran denken, wie er sich in all den Jahren davor danach gesehnt hatte, sein erstes Staunen über den Anblick Londons mit ihr zu teilen, und nun hatte er an ihrem ersten Staunen teil. »So viele Menschen«, flüsterte sie, »so frei, so lebendig alle.« Dann wandte sie sich um, und während Robert an ihrer Seite durch das Haus ging, schaute sie sich noch immer mit unverhüllter Ehrfurcht um. »Was für ein wunderbares Haus!« rief sie schließlich. »Und doch ist es dein Heim? Hier bist du zu Hause?«

»Und du genauso, hoffe ich.«

»Wie ist das möglich, Robert, daß du in solch ein Haus gekommen bist?«

»Ich teile es mit einer Dame und einem Herrn. Die Dame – du trägst ihr Kleid – ist eine liebenswürdige und großzügige Freundin.«

Emily blickte an sich hinab, auf den Satin der Röcke und die schäumende Spitze um die Arme, und nickte. »Sie muß wirklich großzügig sein, wenn sie mir solche Kleider leiht.«

»Dann komm mit«, forderte Robert sie auf und nahm ihre Hand. »Ich will dich ihr vorstellen. Denn es gibt niemanden auf der Welt, den ich so liebe wie dich und Mylady.«

Er fand sie mit Lightborn bei Tisch und ging auf sie zu. Doch beim Anblick von Mylady schrak Emily zurück, und Robert mußte sie wie ein verschämtes Kind hinter sich herziehen. Er sah Lightborn grinsen, während Mylady vollkommen reglos dasaß und dann den Blick abwandte. Robert drehte sich nach Emily um, die entsetzt den Mund öffnete und die Augen aufriß. »Bitte«, flüsterte Robert verzweifelt. »Hab keine Angst. Sie ist mir wie eine zweite Mutter gewesen.«

»Eine Mutter!« rief Lightborn aus, der es aufgeschnappt hatte. »Hast du das mitbekommen, Mylady?«

Mylady drehte sich langsam um, antwortete aber nicht. Ihr Blick war noch eisiger als zuvor. Dagegen grinste Lightborn noch breiter. »Die beiden Damen scheinen äußerst scheu«, bemerkte er. »Doch wen wundert das? Ist es doch immer eine peinliche Angelegenheit, wenn ein Sohn seiner Mutter eine Geliebte vorstellt.«

Er hob sein Glas zu einem spöttischen Trinkspruch. Doch keiner schloß sich an. »Wein?« fragte er Robert, indem er eine Flasche von tiefstem Rot anbot.

»Danke«, sagte Robert, »aber ich ziehe den weißen vor.« Er nahm die Flasche und schenkte sich ein Glas ein. Sonst sprach niemand. Weder Lightborn noch Mylady aß, und obwohl die Tafel üppig gedeckt war, stocherte Emily nur im Essen herum. Robert war froh, als Mylady sich entschuldigte und als Lightborn ihr folgte und sie allein ließ. Noch immer sprach Emily kein Wort, bis auf die Frage, ob sie nicht aus dem Haus gehen und zum erstenmal durch Londons Straßen spazierengehen könnte. Robert willigte nur zu gern ein. »Denn hier, liebste Emily, damit du es nicht vergißt, hier bist du keine Gefangene, sondern darfst tun, was du möchtest.« Emily blickte ihn merkwürdig an, blieb aber noch immer stumm. Erst als sie das Haus hinter sich gelassen und ein Stück auf der Mall zurückgelegt hatten, wandte sie sich ihm endlich zu.

Sie legte die Hände an seine Wangen und schaute ihm lange in die Augen. Endlich hellte sich ihre Miene auf. »Ich betete, es dürfe nicht sein«, flüsterte sie, »daß du einer von ihnen geworden bist.«

»Einer von ihnen?«

»Du weißt schon.«

Robert blieb stehen und schüttelte den Kopf. »Sie sind nicht wie Faustus.«

»Sie töten aber doch, oder nicht?«

Diesmal antwortete Robert nicht. Emily wandte sich von ihm ab und starrte hinüber auf die Bäume. Es nieselte leise und silbern. Sie legte den Kopf in den Nacken, um den Regen auf den Wangen zu spüren. Wie lange war es her, fragte sich Robert, daß sie zum letztenmal im Regen gestanden hatte? Er betrachtete sie, während sie die Augen schloß. Wegen des Nieselregens hätte er nicht sagen können, ob sich Tränen unter die Tropfen auf ihrem Gesicht mischten. Lange sagte sie nichts mehr, dann öffnete sie endlich die Augen. »Ich kann nicht ...« flüsterte sie, »ich kann es nicht ertragen ...« Sie hielt inne und erbebte. Dann nahm sie Roberts Arm. »Ich ertrage es nicht«, sagte sie einfach, »in ihrer Nähe zu sein.«

Robert schüttelte den Kopf. »Dennoch ist sie freundlich«, beteuerte er. »Sie wird dir nichts zuleid tun.«

»Das kannst du nicht wissen«, erwiderte Emily. Sie klammerte sich ungestüm an ihn und begegnete endlich seinem Blick. »Ich weiß, was es bedeutet«, flüsterte sie, »Gier nach meinem Blut zu spüren. Und ich sage es dir noch einmal – ich werde deinen Freunden aus dem Weg gehen.«

Und sie hielt sich daran. Robert überredete sie, in Godolphins Haus zu bleiben. Doch mit Mylady sprach und speiste sie nicht, noch hielt sie sich im selben Raum auf, und Mylady war anscheinend ihrerseits bereit, sich fernzuhalten. Doch selbst wenn sie und Lightborn sich nicht im Haus aufhielten, blieb Emily nervös und angespannt, denn in den Augen Godolphins und der anderen Geschöpfe dort fand sie eine ständige Erinnerung an das, was sie gewesen war, Spiegelungen ihres eigenen früheren Leidens und Zustands. Um ihnen zu entkommen, machte sie Reitausflüge über die Felder und Hügel, die sich außerhalb der Stadt dehnten. Robert begleitete sie gern, denn solche Ausritte erinnerten ihn an die Heldentaten ihrer Kindheit und an eine Zeit, als alles unschuldig erschienen war. Nur an den Abenden teilte er irdischere Freuden mit ihr. Dann nämlich zeigte er ihr, was London zu bieten hatte, Maskenspiele im Palast, Theater und Bälle, einen endlosen, schwindelerregenden Reigen von Vergnügungen, so daß keine Zeit zum Besinnen blieb, keine Zeit zum Erinnern. Doch mitten in dem Strudel blieb Emily selbst der eine Fixpunkt: ein Fenster auf eine Welt verlorenen Glücks und eine Verheißung, so schien es, künftigen Glücks.

Diese Hoffnung nicht zu verlieren wurde Roberts einzige Leidenschaft. Immer stärker machte er sich Emilys Ängste zu eigen und begrüßte Myladys Abwesenheit aus seinem Leben. Allmählich fragte er sich, ob Emily nicht doch recht hatte und sie Godolphins Haus nicht besser verlassen sollten, vielleicht sogar London, um durch die Welt zu reisen, wie sie es sich als Kinder in Woodton gewünscht hatten, wenn sie die Sterne betrachteten und von all den Wundern unter dem Himmel träumten. Aber Robert konnte sich dann doch nicht dazu durchringen, Mylady schon wieder zu verlassen. Er blieb unter demselben Dach wohnen und Emily mit ihm, und währenddessen wuchsen seine Ängste und Träume um so mehr.

Schließlich war es Lord Rochester, der für ihn entschied. Eines Abends trafen sie sich zufällig im Königlichen Theater. Auch Savile war dort – und er war es, der Robert und Emily zuerst bemerkte. Angetrunken rief er ihnen zu und kam aus seiner Loge getorkelt. Er betrachtete Emily gierig und stieß

Robert in die Rippen. »Ein hübsches kleines Luder habt Ihr da«, flüsterte er hörbar. »Verdammte Hure, aber ich mag sie prüde.«

»Ich versichere Euch«, antwortete Robert wütend, »daß diese Dame keine Hure ist.« Er griff nach seinem Degen, spürte aber im selben Augenblick eine Hand auf seinem Arm, und als er sich umschaute, fand er Lord Rochester neben sich stehen. Auch dieser betrachtete Emily – jedoch nicht lüstern, sondern fast so, als würde er sie wiedererkennen. Er verneigte sich höflich. »Ihr seid erst jüngst vom Land hierhergekommen, Mylady?«

Emily lachte auf. »Ich fürchte mich, Euch zu antworten, Sir, damit meine Aussprache mich nicht noch mehr verrät als mein Aussehen.«

»Beider Frische, Mylady, gereicht Euch nur zur Ehre.« Lord Rochester verneigte sich noch einmal vor ihr und wandte sich dann Robert zu. »Darf ich annehmen, Lovelace, daß Eure bezaubernde Begleiterin Mistress Vaughan ist?«

»Dieselbe, Mylord.«

»Ich höre es mit Freude.« Seine schweren Lippen verzogen sich zu einem Lächeln. »Vielleicht erinnert Ihr Euch, daß ich Euch bei unserem letzten Gespräch eine solche Lösung in Aussicht stellte. Denn eine Quelle gewisser Freude brauchen wir alle auf dieser Welt, wollen wir nicht Spielbälle ewiger Rastlosigkeit werden.«

»Wie Ihr seht, Mylord, besitze ich nun ein solche Quelle.«

»Und die Marquise?« Lord Rochester senkte die Stimme. »Hat auch sie erhalten, was sie begehrte?«

Robert lächelte bitter. »Wie ich sehe, habt Ihr es nicht gehört.«

Ein Schatten des Staunens glitt über Lord Rochesters Gesicht. »Bei Christi Wunden«, murmelte er, »sie ist doch nicht verletzt?«

»Schwer«, antwortete Robert. »Allerdings sollte ich über

ihren gegenwärtigen Zustand nichts sagen, da ich nun mehrere Wochen nicht bei ihr gewesen bin.«

»Sehr klug von Euch.« In Gedanken versunken stand Lord Rochester eine Weile reglos da. »Solltet Ihr sie besuchen«, meinte er schließlich, »könntet Ihr erwähnen, daß ich Mumia in meinem Besitz habe.«

»Mumia?« fragte Robert stirnrunzelnd.

»Ihr erinnert Euch – ich erzählte Euch damals von dem Türken, den ich auf meinen Reisen kennenlernte. Er war es ... aber nein.« Lord Rochester schüttelte den Kopf. »Das sollte Euch nicht mehr beschäftigen.« Er warf einen entschuldigenden Blick auf Emily, bevor er eine Hand auf Roberts Schulter legte und ihn beiseite zog. »Wollt Ihr Euch von mir raten lassen, Lovelace?« flüsterte er ihm ins Ohr.

»Ihr wißt, Mylord, daß ich auch früher schon auf Euch gehört habe.«

»Sehr gut. Dann nehmt Mistress Vaughan und verlaßt Eure bluttrinkenden Freunde, geht fort, geht irgendwohin, wo man Euch nicht findet. Ihr habt einen Brocken aus den Trümmern Eures Lebens ergriffen. Klammert Euch daran, Lovelace. Versucht, nicht noch einmal in den Mahlstrom zu geraten. Ich spreche als einer, der selbst darin gefangen ist.«

»Aber ...«

»Werdet Ihr meinen Rat befolgen?«

Eine Weile ließ Robert schweigend den Blick auf Emily ruhen. Dann ging er zu ihr und nahm sie am Arm. »Komm«, flüsterte er. »Vor uns liegt eine Reise.« Er nickte Savile zu, verneigte sich dann im Vorbeigehen tiefer vor Lord Rochester. Als er die Loge verließ und durch die Menge hinunterstieg, spürte er Lord Rochesters Blick auf sich, bis sie den Ausgang erreicht hatten und auf die Straße traten.

Während der Heimfahrt in der Kutsche teilte er Emily mit, daß sie am nächsten Tag abreisen würden. Einen Augenblick lang starrte sie ihn erstaunt an. Dann küßte sie ihn stumm und leidenschaftlich. Robert bemerkte silberne Tränen in ihren Augen, und während der ganzen Fahrt schmiegte sie sich an ihn. Zu Hause angekommen, geleitete er sie zu ihrem Zimmer, um sich dann auf die Suche nach Mylady zu machen. Er fand sie genauso wie an jenem Morgen, nachdem er zum erstenmal die Liebe gekostet hatte, mit einem Glas Wein in der Hand gemütlich an einem Feuer sitzend. Damals hatte er in ihrem Blick, als sie zu ihm aufsah, eine sanfte und träge Ekstase bemerkt, die er nie vergessen würde, jetzt dagegen wirkten ihre Augen stumpf und trostlos. Sie bedeutete Robert, sich neben sie zu setzen. Er erlaubte ihr, zärtlich seine Wange zu streicheln.

»Gehst du fort?«

Robert nickte.

Mylady hörte nicht auf, seine Wange zu streicheln. »Du brauchst mich also nicht mehr«, murmelte sie nach einer Weile.

»Sagt das nicht, Mylady, denn Ihr wißt, daß es nicht wahr ist.« Er hielt inne. »Aber Ihr werdet auch wissen, daß Emily hier nie zur Ruhe kommen wird.«

»Wirst du sie heiraten, Lovelace, dich in einer Kirche trauen lassen?«

»Ja«, antwortete Robert langsam. »Ich möchte sie heiraten.«

Mylady lachte bitter auf. »Und so bist du um meinen Segen zu mir gekommen, als wäre ich tatsächlich deine Mutter?«

»Wen könnte ich sonst um ihren Segen und ihre Liebe bitten, wenn nicht die Frau, die mir, außer Emily, teurer ist als alles auf der Welt?« Robert erhob sich. Er nahm Myladys Hand und küßte sie. »Wenn Ihr mich liebt«, flüsterte er, »dann betet für mein Glück.« Er ging zur Tür hinüber. »Gute Nacht, Mylady.« Dann wandte er sich ab, um über den Korridor fortzueilen, und ließ Mylady mit ihrem Wein am Feuer allein.

Worin ein Engel in brennendem tödlichem Weiß gesehen wird

Robert begab sich sofort zu Bett, doch er fand keinen Schlaf. Vielmehr verspürte er eine quälende Unruhe, war sich aber nicht sicher, ob vor Freude oder vor Furcht. Schließlich gab er ihr nach und trat auf den Balkon. Lange blieb er dort stehen und starrte in die Nacht hinaus, auf die Bäume im Park, die der Wind schüttelte, doch dann, als folge er einer plötzlichen Vorahnung, verließ er den Balkon und eilte zu Emilys Zimmer. Seit sie wieder gesund war, hatte er es bei Nacht nicht mehr betreten. Aber nun stand die Tür, die sie gewöhnlich verschloß, weit offen, und so trat er ein. Sie saß aufrecht im Bett. »Du kannst also auch nicht schlafen«, flüsterte sie.

Robert ging zu ihr. Einen Augenblick lang schaute Emily ihn an, dann streckte sie einen Finger aus und streifte einen Ring ab. Sie gab ihn ihm. »Steck ihn an.« Robert gehorchte. »So«, flüsterte sie. »Wird eine solche Hochzeit genügen?« Sie lächelte und küßte ihn, als Robert sie in die Arme nahm. »Denn sagte uns nicht Mr. Webbe einmal, daß einen nicht ein Priester zu Mann und Frau macht, sondern allein die Liebe?« Wieder küßte sie ihn. »Und so beantworte ich es selbst.«

Erst viel später, während sie an seiner Brust ruhte, bemerkte Robert die Male, zwei an der Zahl, grelle rote Punkte auf der ansonsten blassen Haut von Emilys Rücken. Robert erschrak, und Emily, die seine Anspannung spürte, hob den Kopf und sah ihn schläfrig an. »Was ist los?« murmelte sie.

Als Antwort berührte Robert die Male. »Spürst du sie?« fragte er.

Emily runzelte die Stirn. Sie verrenkte sich, um sie mit den Fingerspitzen zu erreichen. »Es müssen Insektenstiche sein«, erklärte sie.

»Es sind nicht...« – Robert hielt inne und zuckte die Achseln – »vielleicht alte Wunden, an denen du gekratzt hast?«

Emily schaute ihn an. »Kann sein«, sagte sie schließlich. Sie berührte sie noch einmal, dann schüttelte sie den Kopf. »Aber so fühlen sie sich nicht an. Sie wirken irgendwie... frischer.« Sie lächelte Robert matt an. »Aber was könnten sie anderes sein als Insektenstiche?«

Sie umarmte ihn wieder und schmiegte sich im Schlaf an ihn an, und als Robert dem sanften Rhythmus ihres Atems lauschte und spürte, wie ruhig sie auf seiner Brust lag, glaubte auch er, daß sie gewiß recht hatte und nichts zu befürchten war. Allmählich sank auch er in Schlaf, und plötzlich war er wieder wach, denn Emily schien von einem Alptraum geplagt, so heftig warf sie sich hin und her und stöhnte im Schlaf. Die Laken waren durchnäßt, und obwohl Emily fröstelte, glänzte Schweiß auf ihrer Haut. Die zwei Male am Rücken schienen noch röter als zuvor, und als Robert sie erneut betastete, schrie sie und wachte mit einem Ruck auf. Inzwischen zitterte sie noch heftiger. Sie starrte Robert an, als würde sie ihn nicht erkennen. Dann krümmte sie sich zusammen und übergab sich auf den Boden.

Robert beeilte sich, Mylady zu finden. Er entdeckte sie noch immer beim Feuer. »Habt Ihr von ihr getrunken?« schrie er.

Verblüfft sah Mylady ihn an. »Du redest irre, Lovelace.«

»Die Male an ihrem Rücken – war es Lightborn oder Ihr?« Noch immer sah Mylady ihn verwirrt an. Also packte Robert sie beim Arm und zerrte sie hinter sich her. Als sie seine Vorwürfe allmählich begriff, wies sie sie empört zurück, und Robert glaubte ihr. »Lightborn also«, rief er aus. »Dann muß er es gewesen sein.«

Mylady schüttelte den Kopf. »Lightborn war in dieser und der letzten Nacht in Deptford auf Beute aus.«

Erstaunt bemerkte Robert, daß er vor Enttäuschung wütend war. Er hatte gewollt, daß es Mylady war – hatte gewollt, daß es etwas war, was er vielleicht verhindern könnte. »Dann ist es vielleicht nichts als ein Fieber.« Er war vor Emilys Zimmer stehengeblieben. Mylady sah ihn an, das Gesicht einer Maske gleich. »Finden wir es heraus«, erwiderte sie.

Aber Emily war fort. Das Bett war leer, aller Laken beraubt, und die Tür, die auf die Treppe führte, war unverschlossen. Am Fuß der Treppe sah Robert eines der Laken liegen. In selben Moment hörte er von der Halle her eine Tür zuschlagen und rannte, so schnell er konnte, die Treppe hinunter. Aber er kam zu spät, um Emily einzuholen. Denn er folgte ihr zwar durch den Haupteingang auf die Straße, aber als er die Mall auf und ab blickte, erschien sie leer, desgleichen der Park, soweit er ihn überschauen konnte. Mylady trat neben ihn, während er am Rand des Parks vergebens Ausschau hielt. »Diese Stadt ist ein grausamer Ort«, murmelte sie, »wenn man hier jemanden, den man liebt, verliert.« Sie nahm ihn am Arm. »Wir sollten uns ohne Aufschub auf die Suche machen.«

Den ganzen Morgen hatten sie kein Glück. Am späten Nachmittag dann stießen sie auf einen Bettler, der ein in Laken gehülltes Mädchen gesehen hatte, das fröstelnd in einem Eingang am Ende des Drury Lane kauerte. Sofort eilten sie dorthin und fanden andere, die sich ebenfalls erinnerten, sie gesehen zu haben. Emilys Spur führte auf St. Giles zu, mitten in das stinkende Herz des Elendsviertels, und Robert, dem der Metzger einfiel, der ihn dort ausgeraubt hatte, machte sich auf das Schlimmste gefaßt. Doch solange die Spur weiterführte, wußte Robert, daß er weiter hoffen durfte.

Endlich stießen sie zur Kirche hin auf eine große Menschenmenge, die davor versammelt war. Alle starrten zum Himmel empor, manche schrien und stöhnten, andere vergossen Tränen. Sie schienen auf die Schreie eines Menschen zu hören, und als Robert näher kam, wußte er, wessen Schreie es waren.

»Es ist ein Engel, in Weiß gekleidet!« schrie Emily schrill. »Brennendes, tödliches Weiß!«

Robert drängte sich nach vorn und sah, daß Emily, wie die Menge um sie herum, zum Himmel starrte. Ihre Laken waren zerrissen und schmutzig wie Leichentücher, ihr Gesicht mit Flecken und Wunden übersät. »Seht ihr ihn?« schluchzte sie. »Wie er ein Flammenschwert in der Hand führt, jetzt damit winkt – und es jetzt über dem Kopf schwingt!« Die Menge wogte und stöhnte und hielt die Hände über die Augen. Robert trat vor und nahm Emily in die Arme. Sie zitterte, und ihre Haut fühlte sich brennend heiß an. »Wehe!« schrie sie. »Wehe, denn ganz London muß vernichtet werden!«

Die Menschen wichen auseinander, als Robert sie wegführte, als fürchteten sie sich vor ihr. Doch auch nachdem sie an ihnen vorbeigegangen waren, starrten sie noch immer in den Himmel und schluchzten und stöhnten. Auch Emily murmelte vor sich hin und schien Robert nicht zu erkennen. Nun konnte er sehen, wie sich die Flecken über ihren Hals ausgebreitet hatten. Er warf einen Blick auf Mylady – hatte Angst zu sprechen, sie zu fragen, was sie davon hielt. Aber währenddessen erinnerte er sich an Oberst Sextons Warnung und fragte sich, ob sie vielleicht doch berechtigt gewesen war: daß in Woodton tatsächlich die Pest gehaust hatte, daß zu all seinen anderen Leiden das Dorf auch von einer furchtbaren Krankheit befallen war. Während er dies noch bedachte, hörte er von einem Fenster über sich einen schrillen Schrei. Eine Frau zeigte sich; auch ihr Gesicht war mit Flecken bedeckt, grell und rot, mit blauem Rand. »O Tod!« rief sie. »Tod, Tod!« Aus dem Zimmer hinter ihr drang Gejammer wie von einem leidenden Kind.

Emily wurde wieder zu Bett gebracht. Tag für Tag schrie sie im Fieberwahn, als würde der Schmerz, den sie empfand, sie lebendigen Leibes sieden. Es war April geworden. Robert ließ ihre Fenster offen, um die kühlende Brise hereinzulassen. Das unaufhörliche Läuten, das sie vom fernen Turm von St. Giles herübertrug, hallte über eine beängstigende, traurige Stille. Doch Wochen vergingen, und Robert weigerte sich noch immer einzuräumen, daß Emily sterben könnte. Denn er hatte gehört, daß die Kranken von St. Giles binnen Tagen nach der Ansteckung ihren Geist aushauchten, während Emily trotz aller Schmerzen sich noch immer fiebrig ans Leben klammerte. Aber eines Morgens schließlich entdeckte er Schwellungen an ihren Leisten und unter ihren Armen. Sie waren geschwulstartig und schwarz, und nun war es ihm nicht mehr möglich, den Namen ihrer Krankheit abzustreiten. Dennoch weigerte sich Robert, ihn auszusprechen, als könne er mit der Verbannung des Wortes die Möglichkeit von Emilys Tod verscheuchen. So war es Lightborn, der den gefürchteten Namen als erster aussprach. »Die Pest hat sich über St. Giles hinaus ausgebreitet«, sagte er in jener Nacht. »Es ist amtlich bestätigt worden. Auch komme ich ja gerade von Long Acre und habe auf allen Türen rote Kreuze und ein wimmerndes Gebet um Hilfe gesehen. ›Herr, erbarme dich unser‹, kritzeln sie.« Lightborn lachte höhnisch. »Nicht der Herr wird irgendeinen retten, sondern nur wir selbst.« Er winkte Godolphin, der mit einer Flasche Wein bereitstand. Er zitterte, sah Robert, und auf seiner Stirn glänzte Schweiß. »Dreh dich um«, befahl Lightborn. Dann nahm er ein Messer und trennte Godolphins Livree am Rücken auf. »Da, seht«, sagte er. »Er hat die Flecken. Fort, Godolphin, fort mit dir – ich kann dich hier nicht brauchen, sonst steckst du mir noch meine süßen Knaben an.« Er wandte sich an Robert. »Deine Hure oben auch nicht. Ist es jetzt sicher, daß sie die Beulen hat? Schön – sie wollte uns verlassen, und genau das wird sie nun tun.«

»Aber sie ist zu krank, um weggebracht zu werden«, rief Robert zornig aus.

Lightborn zuckte die Achseln. »Was kümmert mich das?« fragte er. »Ich habe dir gesagt, Lovelace – das Weib muß fort.«

Mylady legte eine Hand auf Roberts Arm. »Wir bringen sie in unser Haus im Pudding Lane. Es ist nicht so hübsch eingerichtet, aber ich bezweifle, daß sie in der Stimmung ist, sich deswegen zu sorgen.« Sie wandte sich Godolphin zu. »Laßt die Kutsche vorfahren und die Vorhänge zuziehen. Wir werden durch die ärmlichsten Straßen fahren, wo uns niemand sieht.« Sie hielt inne. Dann blickte sie finster, als sie die Flecken an Godolphins Hals sah. »Es wäre das beste, glaube ich, wenn Ihr auch mitkämet.«

Bald war alles bereit. Die Pest hatte Godolphin so schnell in ihre Gewalt bekommen, daß er sich kaum noch aufrecht auf seinem Sitz halten konnte, während Emily, die nicht einmal zu merken schien, daß man sie fortbrachte, ausgestreckt auf den Sitz gegenüber gelegt wurde. Robert saß bei ihr, um ihr die Stirn abzuwaschen und sie zu beruhigen, wenn sie schluchzte oder vor Schmerzen aufschrie. Einmal waren ihre Schreie so durchdringend, daß Robert einen Blick durch die Vorhänge warf, um sich zu vergewissern, daß keiner sie gehört hatte. Doch niemand auf der Straße drehte sich auch nur um: Alle gingen sehr schnell, mit Tüchern vor dem Mund oder den Blick zum Boden gerichtet. Fast jede Tür, an der sie vorbeifuhren, trug das rote Kreuz, als wäre die ganze Stadt ein sterblicher Leib, auf dem sich die Leichen wie monströse Flecken ausbreiteten.

Doch jenseits von St. Giles gab es nur wenige Zeichen der Pest, und in der City selbst schien das gleiche geschäftige Treiben zu herrschen wie immer, als wäre die Dunkelheit von St. Giles über eine fremde und sehr ferne Welt hereingebrochen. Trotz alledem vergewisserten sich Robert und Mylady, sobald sie vor dem Haus im Pudding Lane angehalten hatten, daß niemand sie beobachtete, während sie Godolphin aus der Kutsche halfen und zur Haustür hineinführten. Als Emily dann hineingetragen wurde, bedeckten sie sie sorgfältig mit einem Laken, damit keine Spur von ihrer Haut zu sehen war. Denn es ging das Gerücht – so hatte Lightborn berichtet –, daß verseuchte Gebäude abgeschlossen und vierzig Tage lang bewacht wurden, und Robert hatte keine Lust, im Haus eingesperrt zu sein. Als er in dem kahlen, hallenden Speisesaal neben Emily stand, war er sich mit Mylady einig, daß über der Pest und ihrem plötzlichen Auftauchen in London ein Rätsel lag, von dem keiner von beiden bisher hatte sprechen wollen und dessen Lösung vielleicht ihre ganze Zeit und Energie in Anspruch nehmen würde.

Robert bückte sich an Emilys Seite. Er preßte eine Hand auf seine Nase, denn ihr Schweiß stank wie Gift, und als er ihr Gesicht berührte, schien das Fleisch faulig. »Wie sehr sie jenen auferstandenen Toten gleicht, die wir in dem Dorf sahen, wo die Pest gewütet hatte.«

Mylady nickte. »Außerordentlich ähnlich.« Sie wandte sich ab und ging zum Fenster, blickte auf die Straßen und den Verkehr draußen. »Das halbe Dorf, so schien es, war ausgelöscht worden«, murmelte sie. »Und nun ist die gleiche Seuche hier. Was für eine Todesfracht wird das hier geben, in einer so mächtigen und volkreichen Stadt wie dieser?«

»Es ist möglich«, antwortete Robert zögernd, »daß es

nicht dieselbe Krankheit ist – daß es gar nicht Emily war, die sie hergebracht hat.«

»Alles ist möglich.« Noch immer starrte Mylady durch das Fenster auf die Straßen. Robert beobachtete sie einen Moment. Dann wandte er sich wieder Emily zu. Er beugte sich hinunter, um ihre schwärzlichen Lippen zu küssen. Dabei stöhnte sie vor Schmerzen auf, und in ihren Augen entdeckte er einen Ausdruck unsäglichen Grauens. Er schien dem Blick sehr ähnlich, mit dem die Marquise ihn angestarrt hatte, als sie im Gasthaus auf ihrem Bett lag, und plötzlich fiel Robert etwas ein.

»Alles ist möglich«, sprach er Mylady nach, indem er aufstand und zu ihr ging. »Was wißt Ihr von einer Arznei namens Mumia?«

»Mumia?« Mylady runzelte die Stirn. »Was soll das sein?«

»Lord Rochester erwähnte sie, als ich ihm sagte, wie die Marquise darniederlag.«

Mylady schüttelte den Kopf. »Davon habe ich nie gehört.«

Robert blickte auf Emily, die schluchzend auf ihrem Bett lag. »Doch wenn Lord Rochester recht hätte und es wirklich ein Heilmittel wäre ...«

»Ja, Lovelace, aber dennoch würde es ihr nicht helfen.«

»Wirklich nicht?« fragte Robert. Er ging zu Emily, hob eine Haarlocke hoch und küßte sie zärtlich. Dann sah er wieder Mylady an. »Denn die Marquise wurde durch etwas krank, das sie in dem Kellergewölbe sah – im selben Keller, aus dem Emily gebracht wurde. Ja.« Er nickte. »Ja, jetzt erinnere ich mich! Als ich an jenem Tag neben Sir Henry ritt, fragte ich ihn, warum er die Wachen auf den Absperrungen hielt und den Dorfbewohnern nicht zu fliehen erlaubte. Er antwortete mir, das würde ich nicht verstehen. Dann ritt er weiter und sagte kein Wort mehr. Es könnte sein, daß der

Mann, der Sprecher für Wolverton Hall gewesen war, die dortigen Geheimnisse besser kannte, als wir ahnten.«

»Welches Geheimnis – daß Leute, die das Dorf verließen, den Pestkeim im Blut trugen?«

Robert nickte. »Denn so wie das tote Wesen ihn in das Dorf brachte, wo wir uns aufhielten, hat Emily ihn jetzt in ihren Adern nach London gebracht.« Vor jäher Verzweiflung lachte er rauh. »Wenigstens muß ich das hoffen – denn welche andere Möglichkeit auf Heilung hätte sie sonst?« Er blickte auf Emily, als sie plötzlich wieder zu schreien begann und an den Beulen kratzte, als wolle sie sie aus ihrem Fleisch reißen.

»Es dauert nicht mehr lang«, murmelte Mylady. »Ihr Schweiß riecht nach Tod.«

»Und wie lang hat sie dennoch durchgehalten«, antwortete Robert, während er neben Emily niederkniete.

»Sehr lang«, stimmte Mylady zu, »was in der Tat bedeuten könnte, daß sie von einem unbekannten, ungeheuerlichen Geist angesteckt wurde, denn ihre Pein ist grausam und anhaltend gewesen. Also komm.« Sie zog die Kapuze hoch und nahm seinen Arm. »Du mußt sofort Lord Rochester und seine Mumia ausfindig machen.«

Robert warf einen verzweifelten Blick auf Emily. »Ich kann sie nicht allein lassen.«

»Du mußt. Denn was auch immer diese Mumia sein mag – ich glaube nicht, daß Lord Rochester sie in die Hände eines Dieners geben wird.«

»Euch würde er sie geben.«

»Ja, aber ich muß nach Mortlake gehen. Denn es könnte sein, daß Madame bereits geheilt ist, und solltest du Lord Rochester nicht finden können, dann wird sie deine einzige Hoffnung sein. Lovelace!« Sie zerrte an seinem Arm.

Aber Robert schüttelte sie ab und bückte sich wieder, um Emily zu umarmen. In seinen Armen hörte sie auf zu schreien.

Sie öffnete die Augen, und einen winzigen Augenblick lang glaubte Robert, daß sie lächelte und ihn erkannte. Aber er konnte sich nicht sicher sein, denn ihre Lippen waren zu zerfressen, ihre Augen zu fiebrig, und so küßte er sie. Dann ließ er sie los und eilte aus dem Zimmer. In der Tür warf er noch einen flüchtigen Blick zurück. Das Licht war im Schwinden, und so konnte er auf dem Bett nichts sehen als einen zusammengerollten Umriß, mit schweißgetränkten Laken umwickelt, so daß der Körper schon in Leichentücher eingehüllt schien. Robert schluckte, dann machte er kehrt und schaute sich nicht noch einmal um. Er folgte Mylady auf die Straße.

Die Kutsche fuhr beide zu den Milford Stairs. Dort bestieg Mylady ein Boot für die Fahrt flußaufwärts nach Mortlake. Als sie von Robert schied, drückte sie seine Hand und flüsterte ihm ins Ohr, daß alles bald gut würde. Aber er konnte ihr nicht glauben; denn er erinnerte sich, wie Lord Rochester ihm einst das gleiche versprochen hatte, als auch sie von den Milford Stairs nach Mortlake aufgebrochen waren, und wie dieses Versprechen ihn in die Kellergewölbe von Wolverton Hall geführt hatte. Und nun lag Emily im Sterben und mit ihr vielleicht ganz London. Verzweifelt drängte Robert den Kutscher zur Eile, und dennoch spürte er in seinem Innern, daß er seinen Atem vergeudete – daß die Hoffnung, wie Emily, bereits gestorben sei.

Als sie sich Whitehall näherten, wurde der Verkehr stärker, und am Charing Cross schien kein Weiterkommen mehr möglich. Die Kutschen waren an den Seiten mit Wappen bemalt, und Robert fragte sich, ob in ihnen Edelleute saßen, die bereits vor den ersten Pestgerüchten flohen. Am Ende des Strand ließ er die eigene Kutsche stehen und ging zu Fuß durch das Verkehrsgewühl zum Palast. Jenseits des Holbein Gate schien der Tumult noch größer zu sein, denn vor kurzem war den Holländern der Krieg erklärt worden, und

Beamte und Sekretäre liefen hektisch umher, schwenkten Papiere, diskutierten die Nachrichten. Aber Robert bemerkte auch Bedienstete, die Truhen und Kleiderstapel aufluden, und sah, daß die Räume einiger Höflinge verlassen erschienen. Er konnte nicht glauben, daß Lord Rochester selbst geflohen sein könnte. Aber er befand sich nicht im Palast, und obwohl Robert seine Diener bedrängte, schworen sie, nicht zu wissen, wo ihr Herr zu finden sei.

Schließlich blieb ihm nichts anderes übrig, als zu seiner Kutsche zurückzukehren. »Pudding Lane«, rief er, »so schnell du kannst!« Seine früheren Ziele – Lord Rochester zu finden, Emily zu retten – schienen nun nichts als bloße Hirngespinste, und das herrliche Schloß seiner Hoffnungen war eingestürzt. Geblieben war nur der Wunsch, Emily lebend vorzufinden. Er hielt sich an der Kutsche fest und betete so verzweifelt wie nie zuvor. Doch als sie in die City fuhren, ließ der Verkehr kaum nach, und als Robert sich aus der Kutsche lehnte, sah er, daß Laternen in den Fenstern schon den Abend ankündigten. Ihm wurde klar, daß er mehrere Stunden fort gewesen war, Zeit, in der mehr vergehen konnte als das Licht des Tages.

Als sie endlich in den Pudding Lane einbogen, streckte Robert den Kopf aus dem Kutschenfenster. Sogleich spürte er, wie eine plötzliche Übelkeit ihn vom Magen bis zur Kehle austrocknete. Denn vor dem Haus standen zwei Wachen, und als er aus der Kutsche sprang, sah er, daß die Vordertür mit einem Vorhängeschloß verriegelt und mit Brettern vernagelt war. Ein rotes Kreuz und ein Gebet um die Gnade des Herrn waren daraufgemalt. Doch Robert bezweifelte, daß Gebete jetzt noch helfen könnten.

Er ging zu einem der Wachposten. »War sie tot?« fragte er. »Das Mädchen hier – war sie tot?«

Der Mann starrte ihn ängstlich an. »Ihr habt sie gekannt?«

Robert nickte, da es ihm plötzlich die Sprache verschlagen hatte, und sofort trat der Wachmann zurück.

»Bitte«, sagte Robert. »Ich muß es wissen.«

Der Wachmann schluckte. In seiner Miene mischten sich Angst und Mitgefühl. »Es waren Schreie zu hören«, begann er endlich, »und es müssen ihre Todesschreie gewesen sein, denn als wir hineingingen, war es mit dem Mädchen zu Ende. Ein Mann im Haus ist noch am Leben, aber es dauert nicht mehr lang. Wenn Ihr uns Geld geben wollt, können wir dafür sorgen, daß er zu essen bekommt.«

Wie betäubt tastete Robert in seinem Geldbeutel und zog ein paar Münzen heraus. Er starrte zu den Fenstern des Speisesaals hinauf. »Ist sie noch drinnen?« fragte er.

Der Mann sah ihn verblüfft an. »Du meine Güte, nein!« rief er aus. »Sie wurde sofort zur Beerdigung weggebracht.«

»Wohin?«

»Nicht hier in der Nähe, sicher nicht, sie wollen nicht, daß die Pesttoten hierbleiben.«

»Wohin dann?«

»Die Toten zu begraben geht mich nichts an.« Er zuckte die Achseln. »Man wird sie nach St. Giles gebracht haben.«

»Wann?«

Zum zweitenmal zuckte der Wachmann die Achseln. »Ich weiß nicht. Lang her ist es nicht.«

Robert machte kehrt und rief voller Angst: »St. Giles!« Er rannte neben der schon anfahrenden Kutsche her und sprang auf den Sitz. Fast war ihm vor Verzweiflung zum Lachen zumute, denn ihm wurde klar, wie er sich geirrt hatte, als er glaubte, seine Hoffnungen seien auf den tiefsten Punkt gesunken. Denn nun war sein einziger Wunsch, daß er Emily tot sehen könnte, nur ein einziges Mal, damit nicht Erde sie auf ewig ungesehen bedecken möge, damit ihr Grab nicht unbezeichnet und ungeweiht durch seine Trauer läge.

Wieder lehnte er sich aus dem Fenster. Sie kamen nun schneller als vorher voran, und die Straßen wurden schon schmaler und dunkler, als sie in die Elendsviertel um St. Giles kamen. Wohin Robert sich wendete, sah er den Fluch der Pest. Häuser waren mit Brettern vernagelt oder standen leer. Unrat häufte sich in vernachlässigten Gassen, und sogar die Luft schien zu stehen und nach Preisgabe zu riechen. Mitunter waren wohl Schreie und Hilferufe zu hören, die aus offenstehenden Fenstern durch die Stille hallten. Doch niemand war unterwegs, nur die Posten, die rotmarkierte Türen bewachten. Vergebens hielt Robert nach dem Pestkarren Ausschau: Die Totenstille schien absolut.

Dann plötzlich, als Robert nahe daran war, die Suche aufzugeben, kam ihm ein widerlicher Gestank unter die Nase, und im selben Augenblick hörte er fernes Räderrattern. Er ließ die Kutsche anhalten, stieg aus, folgte dem Klang der Räder durch eine Seitengasse und weiter durch ein Labyrinth verwahrloster krummer Straßen. Endlich sah er den Karren vor sich, auf halbem Weg in einer Gasse, die zur Kirche führte. Männer schrien zu den Fenstern über ihnen hinauf und fragten nach Toten, oder sie sammelten Särge und nackte Leichen auf, die auf die Straße gebracht worden waren.

Robert rief den Männern zu, sie sollten warten, aber sie achteten nicht auf ihn, denn über ihren eigenen Schreien und dem Knarren des Wagens hörten sie ihn nicht. Er rannte die Straße hinunter. Als er näher zu dem Karren kam, sah er flüchtig seine Fracht – die Leichen weiß und gespenstisch von den Fackeln beleuchtet und fast zum Überlaufen in einem wirren, stinkenden Haufen übereinandergeworfen. Mit einer Hand vor dem Mund stieg Robert hinten auf den Karren auf. Verzweifelt begann er, sich durch die Leichen zu wühlen. Der Kutscher drehte sich um und schrie, er möge damit aufhören. Robert zog den Degen und richtete ihn auf den Mann. »Ich suche ein Mädchen, das heute abend aus einem Haus in der City zu dir gebracht wurde. Erinnerst du dich an einen solchen Leichnam?«

Der Kutscher glotzte ihn erschrocken an. Dann schüttelte er den Kopf. »Keine aus der City.«

»Wo könnte sie dann sein?«

»Sie wurde nach St. Giles gebracht?«

»Das hat man mir gesagt.«

Der Kutscher stammelte etwas und deutete voraus. Dann grinste er plötzlich furchtbar. »Ich will es Euch zeigen.« Er drehte sich um und schüttelte die Zügel aus. Der Karren polterte weiter durch die Gasse und weg von den Häusern auf das offene Gelände vor der Kirche. Wieder zeigte der Kutscher nach vorn. »Dort«, schrie er. Mit zusammengekniffenen Augen starrte er auf den Ring an Roberts Finger. »Dort unten wird Eure Frau sein.«

Langsam kletterte Robert hinten vom Karren. Der Gestank, den er schon vorher gerochen hatte, war hier überwältigend. Er stieg aus einer riesigen Grube, die auf dem Kirchhof ausgehoben war und von einem Kreis aus lodernden Feuern in ein höllisch oranges Licht getaucht wurde. Wankend ging Robert darauf zu. Vor ihm lagen unzählige Leichen, über die ganze Grube verteilt und stellenweise so hoch gehäuft, daß sie bis zum Rand reichten. An diesen Stellen waren Arbeiter damit beschäftigt, sie mit Erde zu bedekken; aber es mußte schnell gehen, und so blieb die Schicht sehr dünn. Robert beobachtete die Männer bei ihrer Arbeit. Dann hörte er ein gebrülltes Kommando und drehte sich um. Der Kutscher lenkte seinen Karren heran, um die Ladung loszuwerden. Ein zweiter Befehl wurde gerufen, und man begann, die Leichen herunterzuzerren. Sie rutschten und sprangen ab, bis sie in der Grube zur Ruhe kamen. Robert sah zu, wie immer mehr Leichen in ihr Grab geschleudert wurden, doch Emily entdeckte er nicht, obwohl er wartete, bis der Karren geleert war. Als alles vorbei war, bückte er sich langsam und hob eine Handvoll Erde auf. Er warf sie in einem Bogen über die Grube. Dann wandte er sich ab und ging fort, an den Feuern vorbei in die Dunkelheit.

Worin ein ernstes Gespräch über Lust und Rache geführt wird

»Es waren keine Erforscher der menschlichen Natur«, verkündete Savile, »die jene Häuser in London schlossen, wo sich ein Mann vergnügen kann. Denn ich erkläre, daß ich meine Vergnügungen nie mehr liebte als in dieser Zeit der Pest.«

»Auf den Tod also«, antwortete Lord Rochester, indem er eine Flasche hob. »Unsere süße Dame Tod.« Er küßte die Flasche zärtlich und warf einen Blick auf Robert. »Nun, Lovelace«, fragte er, »wollt Ihr Euch unserem Trinkspruch nicht anschließen?«

»Der Tod ist keine Dame«, antwortete Robert kalt, »sondern nur eine hopsende Hure, denn ihr Kuß ist verseucht und läßt das Fleisch verfaulen.«

»Gottes Wunden, Lovelace...« Stirnrunzelnd sah ihn Savile mit glasigen Augen an. »Früher am Abend wart Ihr nicht so finster gestimmt. Ihr habt ja auch so heftig gevögelt, daß ganz Greenwich wund sein muß.«

»Glaubt Ihr«, erwiderte Robert, »daß ein Mann, nur weil er auf einer Hure schwitzt und grunzt, davon fröhlich wird?«

»Das habe ich immer angenommen.«

»Dann habt Ihr etwas Falsches angenommen. Denn er mag vögeln und saufen und den Lebemann spielen und doch am Ende auf nichts anderes als Vergessen hoffen.«

Savile zog ein Gesicht. »Und wie nahe seid Ihr diesem Ziel gekommen?«

Robert antwortete nicht gleich, sondern stand auf und trat ans Wirtshausfenster. Er starrte hinaus auf die Themse, folgte mit dem Blick ihrem gewundenen Lauf dem Meer entgegen. Am östlichen Horizont ließ sich nun deutlich ein Wald aus Masten ausmachen – die Kriegsflotte, und dahinter der erste goldene Dunst der Morgendämmerung. »So wie die Sonne der Nacht den Purpur nimmt«, murmelte Robert, »so spült das Verstreichen der Stunden mein Vergessen fort.« Er wandte sich wieder um. »Und mir bleibt statt dessen, über die traurige Wahrheit nachzusinnen, daß Erinnerung um so schlimmer ist, wenn man kurz vergessen hat.«

Lord Rochester sah gespannt zu ihm auf. »Solches Bedauern ist stets die Frucht unserer Lust.« Lächelnd lehnte er sich an den Schenkel einer schlafenden Hure und begann, die Wölbung ihres Bauchs zu streicheln. »Denn Verzweiflung ist ein Bastard, gezeugt von Begierde, jenem bekanntesten Selbstmord, der sich stets von sich selbst nährt und schließlich übersättigt erlischt.«

Robert wandte sich ab, denn Lord Rochesters Worte erinnerten ihn an seinen Traum von Lady Castlemaine, den er lange zu vergessen gesucht hatte. »Doch aus dem gleichen Grunde«, sagte er leise, »muß die Frucht der Verzweiflung ihrerseits Begierde sein.«

»In der Tat«, stimmte Lord Rochester zu. »Und so kommt es, daß ein Wüstling so schnell zum Krüppel wird, denn sein Geist, Gastgeber jenes endlosen Zeugungskreislaufs, muß dadurch notgedrungen abgestumpft werden. Es sei denn freilich ...« – er leerte seine Flasche mit einem einzigen Zug und schleuderte sie beiseite – »er kann ein frisches, unerprobtes Objekt der Begierde entdecken.«

Savile murrte. »Unerprobt, Mylord? Das wird Euch gewiß schwerfallen.«

Lord Rochester warf einen flüchtigen Blick auf Robert, erwiderte aber nichts.

Savile brummte noch einmal und stand schwankend auf. »Gott sei mein Zeuge, ich bin's zufrieden, Huren zu vögeln.« Mit trübem Blick schaute er sich um. »Montagu.« Er stieß einen neben ihm auf dem Boden ausgestreckten Körper an. »Was sagst du? Bist du's zufrieden, Huren zu vögeln?«

Montagu machte ein Auge halb auf. »Was?« murmelte er. »Du willst, daß ich es jetzt tu?« Er ächzte und wandte sich wieder ab. Lord Rochester lachte verächtlich. »Dann ist mein Argument erwiesen, wenn selbst ein so gewaltiger Hurer wie Montagu impotent und ausgebrannt wird.«

»Nicht ganz«, widersprach Savile, »denn das beweist bloß, daß Lust in vielen verschiedenen Formen zu haben ist. Nach der Anstrengung ruhe man – nach dem Huren schlafe man.« Er riß einen Wandbehang herunter, um Montagu zuzudecken. Dann rollte er sich selbst unter einer Decke von einer Bank zusammen. »Und somit eine sehr angenehme Nacht Euch beiden.«

»Gleich wird er schnarchen wie ein Schwein«, sagte Lord Rochester, »und ich werde ihm nicht in den Schlaf folgen können. So wird er doch noch dafür gut sein zu beweisen, daß ich recht habe.« Er blickte zu Robert auf. »Was nun, Lovelace? Kehrt Ihr mit mir nach London zurück?«

Robert schüttelte den Kopf. Er blieb vor einem Spiegel stehen, um seine Perücke in Ordnung zu bringen. Dann griff er nach Mantel und Degen. »Ich muß gehen.« An der Tür blieb er stehen. »Ich habe etwas in Deptford zu erledigen.«

»Deptford?« Neugierig gemacht, setzte sich Lord Rochester auf. »Das ist ein häßlicher Ort für so einen hübschen Gentleman wie Euch.«

»Dennoch wird er von jenen bevorzugt, die viel hübscher sind als ich.«

»Ach wirklich?« Lord Rochester sprang auf. »Ihr trefft Euch mit Mylady?«

Robert nickte.

»Was hat sie dort zu schaffen?«

»Sie – und Lightborn auch...« Er zuckte die Achseln. »Deptford hat die beiden immer merkwürdig angezogen.«

»Aber vielleicht ist es gar nicht so merkwürdig«, meinte Lord Rochester. »Denn so wie Greenwich voll von pestflüchtigen Huren ist, so ist Deptford zweifellos überschwemmt von Seeleuten aus dem Krieg, die betrunken und desto leichtere Beute sein werden.«

»Zweifellos.«

»Und was ist Euer Geschäft dort, Lovelace, so früh am Morgen bei Mylady?«

»Nichts von großer Bedeutung.«

»Verratet es mir.«

»Na schön.« Robert lächelte schief. »Wir müssen eine Entführung planen.«

Er wandte sich ab und polterte die Treppe hinunter. Er eilte am Fluß entlang, aber Lord Rochester verfolgte ihn und packte ihn am Arm. »Ihr könnt mich nicht wie ein schamloses kleines Biest so erregen und mich dann unbefriedigt allein lassen.«

»Und ich muß Euch antworten, Mylord, wie es jedes schamlose Biest tun würde, daß ich eine andere und dringendere Aufgabe habe als bei Euch.«

»Und ich muß Euch meinerseits antworten, Lovelace, daß ich alle Liebchen, die mich sitzenlassen wollen – so behandle.« Dabei verstärkte er seinen Griff, so daß sich Robert, obwohl er sich kurz wehrte, nicht losreißen konnte. »So«, sagte Lord Rochester, »nun wollen wir uns nach Deptford begeben.« Er führte den Weg an, als wäre Robert eine Dame, die er am Arm geleitete. »Berichtet Ihr mir nun«, erkundigte er sich mit ausgesuchter Höflichkeit,

»wer dieses Opfer ist, das Ihr heute nacht entführen werdet?«

Eine Weile ging Robert in eisigem Schweigen weiter. »Eine Dame«, sagte er schließlich.

»Kenne ich sie?«

Robert lächelte grimmig. »Wir haben in der Tat bereits ausführlich über sie gesprochen.«

»Dann bezweifle ich, daß sie eine Dame ist.«

»Sie ist es, das kann ich Euch versichern.«

»Was sind ihre Vorzüge?«

»Makellose Tugenden, unschätzbarer Reichtum ... und das allerbeste« – Robert mußte grinsen –, »das *allerblauste* Blut.«

Lord Rochester kniff die Augen zusammen. »Dann hat sie eine lange Ahnenreihe?«

»In der Tat, Mylord – wie sie für einen Kenner wertvoller als Gold ist.«

Lord Rochester ließ ihn los und ging eine Weile schweigend weiter. »Darf ich dann annehmen«, fragte er schließlich, »daß Ihr beabsichtigt, Miss Malet zu entführen?«

Robert wich seinem Blick aus. »Ihr seid scharfsinnig, Mylord.«

»Eine Tat, die zweifellos auf Bitten der Marquise ausgeführt wird?«

»Wir müssen, wenn wir einen wahrhaft christlichen Geist an den Tag legen wollen, den Wünschen der Schwachen und Kranken entsprechen.«

»Ich habe ihr doch Mumia gegeben. Sie ist von ihrem Krankenlager aufgestanden.«

»Ja, aber noch immer welk und schrumplig, zu schwach, das Haus zu verlassen, geschweige denn ihre Beute zu jagen. Sie glaubt, Miss Malet könne als ... Stärkungsmittel dienen.«

Lord Rochester blieb stehen und betrachtete Robert mit

spöttischem Stirnrunzeln. »Das verstehe ich nicht«, murmelte er. »Ich hatte Eure Grundsätze für zu großzügig und gerecht gehalten, um eine solche Tat zu erwägen.«

»Meine Grundsätze unterwerfen sich schnell der Notwendigkeit.«

»Ein modisches Eingeständnis.«

»Doch war es nicht die Mode, die mich das gelehrt hat, sondern eher die Furcht, zweimal in den gleichen Hinterhalt zu geraten. Denn früher, Mylord, als ich mich nach Woodton begab, glich ich jenen Kavalieren, gegen die mein Vater gekämpft hatte, die unbedacht und sorglos angriffen und leicht geschlagen wurden. Also muß ich ein klügerer und raffinierterer General werden, der seinen Feind so gründlich studiert, wie er kann.« Robert schwieg einen Moment. »Die Marquise hat mir viel verheimlicht, was den Geist angeht, den zu vernichten nun mein einziges Ziel ist.«

»Und wird sie Euch verraten, was sie weiß, wenn Ihr nur Miss Malet tötet?«

»Nicht ich werde sie töten.«

»Worte eines wahren und ehrlichen Heuchlers!«

Robert lächelte bitter. »Mir war nicht aufgefallen, daß Ihr selbst so starke moralische Bedenken hättet, Sir. Aber da Ihr anscheinend entschlossen seid, vor mir den Prediger zu spielen, laßt Euch sagen, daß sich mein Gewissen leicht beschwichtigen läßt. Denn ich glaube, daß vielleicht ganz London gerettet wird, wenn ich Miss Malet entführe.«

»Ein hochfliegender Anspruch, Lovelace.«

»Es bereitet mir keine Freude, daß ich ihn rechtfertigen kann. Denn habt Ihr nicht begriffen, Mylord, daß ich, als ich Miss Vaughan nach London brachte, auch die Pest brachte? Wenn sie bekämpft werden soll, muß ich zuerst wissen, welchen Keim Emily im Blut trug. Diese Aufgabe ist um so schwieriger, als ich... weil ihr Leib... ihr Leichnam nicht gefunden wurde...«

Plötzlich verfiel er in Schweigen, und Lord Rochester, der ihn prüfend betrachtete, schüttelte den Kopf. »Ist es nicht möglich, Lovelace, daß Euer Urteil in dieser Sache von Eurem Gram beeinträchtigt wurde?«

»Gram?« Lovelaces Gesicht verzerrte sich seltsam. Dann brach er in Lachen aus. »Aber ich empfinde gar keinen Gram. In Wirklichkeit empfinde ich überhaupt nichts. Mein Herz ist so tot wie Stein. Nein, Mylord – sprechen wir nicht mehr davon.« Er machte sich los und setzte eilig seinen Weg fort, und mit einem matten Achselzucken folgte ihm Lord Rochester.

Inzwischen waren sie am Deptford Creek angekommen, und London war deutlich vor ihnen zu sehen, scharf abgehoben vor einem blendend blauen Himmel. Aus der Ferne bot sich kein Hinweis auf seine Todesqual, wenn man davon absah, daß der Verkehr auf der Themse fast zum Erliegen gekommen war, als wagten sich die Schiffe nicht näher an die vom Tod befallene Stadt.

»Wie könnt Ihr sicher sein«, fragte Lord Rochester zögernd, »daß die Marquise wirklich am besten geeignet ist, Euch zu helfen?«

»Sicher sein kann ich mir nicht. Aber was bleibt mir anderes übrig?«

»In der Tat.« Lord Rochester lächelte kühl und blickte auf die Jollen, die an der Mündung des Deptford Creek lagen. »Ich würde hier einen Bootsführer nehmen«, sagte er, während er über den Steg ging, der zum Strand führte. Er blickte die Kais auf und ab, dann wieder hinüber nach London. »Überall sonst«, murmelte er, »dürfte es schwerfallen, die Bootsführer zu überreden.«

»Ihr wollt nicht mitkommen, um Mylady zu treffen?«

»Ich möchte mich nicht aufdrängen«, antwortete Lord Rochester, während er auf die Kais zuging. Dann blieb er plötzlich stehen und schaute sich um. »Doch ich finde es merkwürdig«, murmelte er, »daß Mylady Euch überhaupt helfen sollte.«

»Warum?«

»Gewiß würde sie Miss Malet gern für sich behalten?«

»Für sich behalten?« Robert runzelte die Stirn. »Ich verstehe nicht.«

»Wißt Ihr nicht mehr, was ich Euch erzählt habe, als wir auf der Themse fuhren, daß Bluttrinker die Abkömmlinge ihrer eigenen Art lieben dürfen, ohne diese in den Wahnsinn zu treiben? Einen solchen Fang würde Mylady doch gewiß willkommen heißen.«

»Aber sie braucht es nicht«, antwortete Robert. Er lächelte und blickte hinüber auf den Strand von Deptford. Da spürte er ein ganz leichtes goldenes Prickeln in seinem Blut, und vor Leichtigkeit in seinen Adern wurde sein Lächeln breiter. »Was meint Ihr, warum sie mich aufgenommen hat?«

Lord Rochester sah ihn lange prüfend an und erwiderte dann sein Lächeln. »Spürt Ihr sie jetzt?« flüsterte er. »Ihr Vergnügen an Blut?«

Robert atmete tief ein. »Sehr fern«, antwortete er und schloß lächelnd die Augen.

»Ist es so schön wie immer? So kräftig wie früher?«

Robert öffnete die Augen wieder, konnte aber nicht aufhören zu lächeln. Lord Rochester, der ihn gespannt beobachtet hatte, neigte kaum merklich den Kopf. Dann stieg er die Treppe hinunter und ging an Bord eines Bootes. »Ihr seid also fest entschlossen«, rief er plötzlich hinauf, »daß es heute nacht geschehen soll?«

»Heute nacht«, antwortete Robert. Er zögerte. »Nahe Charing Cross. Denn sie speist heute bei Miss Stewart und wird sehr spät noch unterwegs sein.« Mehr wollte Robert nicht sagen, und so machte er kehrt und eilte über die Kais fort. Mit jedem Schritt wurde die Lust in seinen Adern stärker. Geradeaus, vor den Marinewerften, führte eine Reihe ärmlicher Straßen von der Themse weg, und er wußte, daß Mylady sich in einer von ihnen aufhielt. Er fand die Straße; sie war von Lagerhäusern und häßlichen Gasthäusern gesäumt, von der Art, in der Seeleute sich häufig so betranken, daß sie zusammenbrachen und schnarchend im Dreck lagen – leichte Beute in der Tat.

Während Robert weiterging, wurde die Lust fast unerträglich. Dann entdeckte er sie am Ende der Straße, wo sie an einem großen massiven Haus hinaufschaute – einem sehr alten Haus, vermutete Robert, das abseits vom Strand auf den Anger von Deptford blickte. Er fragte sich, welches Interesse Mylady daran haben mochte. Vielleicht hatte sie den Seemann, dessen Blut nun wie Gold in ihren Adern floß, in eines der Zimmer mitgenommen, vermutete er.

Er berührte ihre Schulter. Als sie sich erschrocken umdrehte, zeigte ihr Gesicht nichts von der trägen Leidenschaft, die er zu sehen erwartete. Vielmehr schien es trostlos, fast wild vor sonderbarem Kummer. »Lovelace. Liebster Lovelace. Laß mich dich halten.« Doch mehr sagte sie nicht, und als sie sich endlich von ihm löste, war der Ausdruck verflogen und ihre Miene wieder eisig.

Robert hätte sie gern gefragt, was sie in der Nacht gesehen oder erlebt habe, aber ihr Blick war abweisend, und seine Fragen erstarben ihm auf der Zunge. Dann lächelte sie plötzlich und gab ihm einen Kuß, fast kindisch ausgelassen, als raubte sie ihn wie ein liebeskrankes Mädchen. »Warum sollte ich mich fürchten«, flüsterte sie, »solange ich dich habe?« Sie nahm seinen Arm. »Komm.« Sie führte ihn die Straße wieder hinunter auf die Kais zu. »Wir müssen eine Entführung vorbereiten.«

Es geschah, als die Kutsche ratternd aus dem Whitehall Palace fuhr, daß Robert die Pistole an seinem Kopf spürte. Sehr langsam drehte er sich um. »Ihr stoßt den Plan um, Mylord«, murmelte er. »Nicht ich, sondern Miss Malet soll heute nacht entführt werden.«

»Dabei soll es auch bleiben, denn ich brauche sie für mich selbst.« Lord Rochester grinste. »Bittet Mylady, nichts Dummes zu machen. Keinen ihrer Tricks.«

Robert schwieg. Er hörte, wie die Pistole gespannt wurde, und warf einen Blick auf Mylady. Sie beobachtete ihn und Lord Rochester, die goldenen Augen ruhig und völlig ausdruckslos. Robert nickte ihr zu, und sie wandte sich langsam im Sattel um. Da kam eine Gruppe von Reitern aus dem Dunkel geritten, um in einem Halbkreis am Zugang zum Strand Posten zu beziehen. Alle trugen Masken, und als die Kutsche in die Charing Cross Road einbog, zogen sie die Säbel.

»Beeilen wir uns«, flüsterte Lord Rochester. »Bittet Miss Malet, aus ihrer Kutsche zu steigen.«

Robert blickte über die Schulter. Die Pistole war noch gespannt und zielte auf seinen Kopf. Lord Rochester gestikulierte damit; Robert zog seine Maske hoch und galoppierte los. Die Kutsche war bereits angehalten worden. Er saß ab und ging auf den Schlag zu. Als er ihn aufriß, wurde er von empörten und ängstlichen Schreien empfangen.

Er achtete nicht darauf und bat Miss Malet höflich auszusteigen. »Fahrt in die Hölle!« brüllte ein alter Mann, den Robert für ihren Beschützer hielt. »Was wollt Ihr mit ihr machen, Schurke?«

»Ich?« antwortete Robert. »Seid dankbar, daß ich überhaupt nichts machen kann.«

Miss Malet starrte ihn mit aufgerissenen Augen an. »Für wen arbeitet Ihr dann?«

Robert antwortete nicht gleich. »Für jemanden, der Euch kein Leid antun wird.«

»Was ist seine Absicht?«

»Seine Absicht?« Robert nahm Miss Malets Hand, um ihr aus der Kutsche zu helfen, dann über die Straße, wo eine zweite Kutsche stand. »Nun, ich glaube«, flüsterte er ihr ins Ohr, »daß er beabsichtigt, Euch zu seiner Frau zu machen.« Dann trat er zurück, während ein Lakai die Tür zuschlug und die Kutsche rumpelnd anfuhr. Die Reiter begleiteten sie. Lord Rochester dagegen blieb zurück, bis die Kutsche verschwunden war. Dann winkte er Robert und Mylady fröhlich zu. »Sprecht der Marquise mein Bedauern aus«, rief er, wendete sein Pferd und ritt in scharfem Galopp in die dem Weg der Kutsche entgegengesetzte Richtung.

Indessen hatten sich immer mehr Zuschauer eingefunden, und als Lord Rochester davonritt, riefen sie, er sei der Entführer, und bald verfolgten ihn Reiter aus dem Palast. Mylady schüttelte den Kopf. »Das wird der schlimmste Skandal seit vielen Jahre werden«, flüsterte sie. »Nun wird es keine Gelegenheit mehr geben, Miss Malet zu ergreifen und verschwinden zu lassen.«

»Und das«, antwortete Robert, »war sicherlich die Absicht seiner Lordschaft.«

»Er ist ein höchst furchtloser Schurke. Möchtest du, daß ich ihn töte?«

Robert dachte nach, dann schüttelte er den Kopf.

Mylady lehnte sich im Sattel zurück und zog eine Braue hoch. »Du machst einen höchst kühlen Eindruck, Lovelace, wenn man bedenkt, daß der Mann dich soeben um das Wohlwollen der Marquise und zweifellos um noch viel mehr gebracht hat.«

»Zweifellos.« Robert nickte nachdenklich. »Dennoch frage ich mich, ob er als Gegenleistung nicht etwas zu bieten haben könnte.

»Warum?« fragte Mylady, neugierig gemacht. »Was könnte er wissen, was die Marquise nicht weiß?«

Robert zuckte die Achseln, dann lächelte er, als noch mehr Reiter an ihnen vorbeiritten und die Verfolgung aufnahmen. »Wie es scheint, werde ich bald Gelegenheit haben, ihn zu fragen. Denn welche anderen Pläne seine Lordschaft auch gehabt haben mag, war er zweifellos entschlossen, sich leicht fangen zu lassen.«

Und so kam es. Robert hatte keine Mühe, mit den Neuigkeiten Schritt zu halten, denn die versuchte Entführung war, wie Mylady vorausgeahnt hatte, der Skandal des Tages, und mitten im Krieg und trotz der um sich greifenden Pest konnte der Hof kaum über etwas anderes reden. Lord Rochester war gefaßt worden. Er sollte nach London zurückgebracht und in den Tower geworfen werden. Der König, hieß es hinter vorgehaltener Hand, sei aufs höchste erzürnt. Niemand wußte, welches Los dem auf Abwege geratenen Earl zuteil würde. Auch Robert dachte darüber nach, glaubte jedoch nicht, daß Lord Rochester den König fürchten müsse. Ein Besuch bei der Marquise bestätigte diese Vermutung, denn ihre Wut war viel tödlicher als die eines jeden Königs. Sie reagierte auf Roberts Bitten mit eisiger Verachtung und sprach nur, um Lord Rochester in die Hölle zu wünschen. »Ich werde ihn lehren, was Leiden bedeutet«, zischelte sie, »denn glaubt mir ...« – sie hob die Hand, um ihr gefurchtes, welkes Gesicht zu berühren – »ich weiß jetzt viel besser, wie es sein kann.«

In einem Briefchen schickte Robert diese Warnung an Lord Rochester und wartete auf Antwort. Eine Weile glaubte er, sie würde nie kommen, doch dann bekam er endlich einen mit »R.« unterzeichneten Passierschein für den Tower zugestellt. Auf der Stelle machte er sich auf den Weg. Unterwegs in London konnte er überall die anmaßenden Zeichen der Pest erkennen. Mittlerweile hatten sich die roten Kreuze weit über St. Giles hinaus ausgebreitet, und unter dem brennenden blauen Himmel stank die ganze Stadt nach Sterblichkeit und Angst.

Einmal kam Robert ein Pestkarren vor Augen, und er hielt inne und senkte den Kopf, um für Emilys Seele zu beten. Dann fluchte er in jäher Wut – denn er wußte, daß die Zeit für Gebete längst dahin war. Er eilte weiter zum Tower, wo er zu Lord Rochesters Quartier geführt wurde. Er gab sich nicht weiter mit Höflichkeiten ab, denn er war verzweifelt und ungeduldig und hatte eine dringende Forderung zu stellen.

Lord Rochester beantwortete sie mit dem gewohnten trägen Lächeln. »Ich wünschte nur«, murmelte er, »meine eigenen Absichten so gut zu kennen, wie Ihr sie anscheinend kennt.«

»Hört, Mylord«, sagte Robert ungeduldig, »Ihr schuldet es mir, Euch über meine Bitte nicht lustig zu machen.«

»Ich schulde es Euch?« Das Lächeln wurde kälter. »Aber Ihr irrt Euch schmerzlich, Lovelace. Ich schulde Euch überhaupt nichts.«

»Ach ja? Doch Ihr wißt, was Ihr meinen Hoffnungen antatet, als Ihr Miss Malet raubtet.«

»Ihr wolltet sie geraubt haben, habt Ihr mir doch den genauen Ort und Zeitpunkt genannt.«

Darauf antwortete Robert nicht. Vielmehr wandte er den Blick ab. »Doch Ihr hättet sie nicht entführt«, sagte er bedächtig, »wenn Ihr sie nicht aus Eurem eigenen Grund begehrt hättet. Wir wissen beide, Mylord, was dieser Grund sein muß.«

Lange herrschte Schweigen, das Lord Rochester schließlich brach. »Ich habe mich noch immer nicht entschieden.«

»Aber Ihr seid sehr nahe daran.« Robert wandte ihm wieder das Gesicht zu. »Und wenn Ihr Euch entschieden habt, würde ich gern mitkommen, um mit Eurem Türken zusammenzutreffen.«

»Mit meinem Türken, Lovelace?«

»Habt Ihr ihn mir nicht so beschrieben? Den Türken, den Ihr auf Eurer Kavaliersreise durch Europa kennengelernt habt? Den Türken, der Euch all die Geheimnisse gelehrt hat, die Ihr kennt. Den Türken, der Euch ein fremdes, tödliches Geschenk angeboten hat. Ich muß mit ihm zusammentreffen, Mylord. Ich muß herausbekommen, was er weiß.«

»Und wieso glaubt Ihr, daß er überhaupt etwas weiß?«

»Vom wem könntet Ihr sonst die Mumia erhalten haben? Nicht einmal die Marquise hatte davon gehört. Und doch behob das Mittel das Übel, das sie in den Kellergewölben befallen hatte – das Übel, dem niemand sonst zu begegnen weiß. Ich möchte erfahren, was dieses Übel in Wahrheit ist. Denn ich fürchte – fürchte sogar sehr –, daß ich irgendwie damit angesteckt bin, daß ich, wie die Marquise es ausdrückte, das Brandmal des Teufels trage.«

Lord Rochester starrte Robert schweigend an, die Miene unentschieden zwischen ernst und heiter.

Robert wartete eine Weile. Dann schlug er krachend mit der Faust auf den Tisch. »Sagt es mir!«

»Warum sollte ich?«

»Weil ich wissen muß, was ich bin ...« – Robert zögerte und schluckte – »und was ich werden könnte.« Er schluckte noch einmal, um sich zu fassen. »Bitte, Mylord. Bitte. Es ist meine einzige Hoffnung.«

Langsam erhob sich Lord Rochester und trat ans Fenster seiner Kammer. »Es gibt da eine Schwierigkeit«, murmelte er nach einer Weile, während er hinaus in den Himmel starrte. »Der Türke – der Pascha –, er hält sich in Amsterdam auf.«

»Was macht er dort?«

»Wir hatten vor einer Weile vereinbart, uns dort zu treffen, da der Ort für uns beide bequem liegt.« Lord Rochester verstummte und deutete auf die fernen Masten auf der

Themse. »Leider trifft das gegenwärtig nicht mehr zu – jetzt, da die Marine Seiner Majestät die Blockade verhängt hat.«

»Warum vereinbart Ihr dann nicht, Euch in einer anderen Stadt zu treffen?«

»Der Pascha ist... abgeneigt... Amsterdam zu verlassen.«

»Warum?«

»Er ist... abgeneigt.« Lord Rochester hielt inne und ließ sich nicht weiter dazu aus. Statt dessen lehnte er sich zum Fenster hinaus und neigte den Kopf, als lausche er etwas Leisem im Wind. »Da«, sagte er plötzlich.

»Was?«

Lord Rochester lächelte. »Eine mögliche Lösung unseres Problems.«

Robert trat zu ihm ans Fenster, und dann hörte er es, ein gedämpftes, weit entferntes Donnern. Er runzelte die Stirn. »Kanonenfeuer?« fragte er.

Lord Rochester nickte. »Auf dem Kanal hat eine Schlacht gegen die Holländer begonnen. Ich habe dem König geschrieben – und werde bald zur Flotte stoßen.« Er beugte sich noch weiter hinaus und atmete die Luft ein. »Was meint Ihr, Lovelace?« fragte er. »Wollt Ihr mit mir in den Krieg ziehen?«

Robert sah ihn ungeduldig an. »Es muß einen leichteren Weg geben...«

»Nein«, widersprach Lord Rochester. »Denn bevor ich in Geheimnisse tauche, die mir für immer die Sterblichkeit nehmen, muß ich davon überzeugt sein, daß ich dem Tod, dessen Gewißheit allein uns menschlich macht, Lebewohl sagen will.« Er wandte sich Robert zu. »Glaubt Ihr noch immer«, fragte er unvermittelt, »daß Ihr Eure Eltern im Schoß des Himmels treffen werdet und daß all Eure sterblichen Leiden dort abgewaschen werden?«

»Es überrascht mich«, erwiderte Robert nach längerem Zögern, »daß Ihr eine solche Frage stellt.«

»Wirklich?« Lord Rochester lachte dumpf. »Und doch würden alle Menschen glauben, wenn sie es nur wagten. Denn was bleibt uns ohne Glauben? Eine Welt, deren Bauch ein Sack voll Scheiße ist, deren Fotze ein gewöhnliches Gestade, eine stinkende Mischung aus Kot und Schleim. Es muß uns nach unten ziehen, Lovelace, es muß uns ertränken...« Er schwieg, um wieder in den brennenden Himmel zu starren. »Abgesehen davon, daß noch Hoffnung bleibt, die Hoffnung, die im Tod liegt...«

Robert antwortete nicht. Er erinnerte sich an den Todesschrei seiner Mutter, an ihr Versprechen, daß sie sich jenseits der Himmelspforte wiedersehen würden. So deutlich hatte er ihn seit langem nicht mehr gehört.

In den folgenden Tagen und Wochen hörte er den Todesschrei immer wieder, ungebeten. Lord Rochester wurde, wie er behauptet hatte, bald aus dem Tower entlassen. Er reiste mit Robert an die Ostküste, wo sie an Bord eines Schiffs gingen, um sich der Flotte anzuschließen. Doch sogar auf See hallte der Schrei noch in Roberts Gedanken, und er wünschte fast, er würde verstummen, denn er wußte, daß er seinen Willen beeinträchtigte und seine Entschlossenheit, Rache zu suchen, trübte.

Lord Rochester dagegen war in Todesstimmung, und er wollte nicht von dem Thema des Lebens nach dem Tode lassen. Je näher die englische Flotte der holländischen kam, desto eindringlicher wurden seine Betrachtungen, als wollte er unbedingt glauben, daß Zweifel so ähnlich wie die See sein könne, grenzenlos und stets im Fluß. Dann könnte er sich für immer davon tragen lassen, nur fort von der Begegnung mit dem Türken in Amsterdam. »Und doch fällt es mir schwer, überhaupt einen Zweifel heraufzubeschwören«, murmelte er eines Nachts. »Denn Vernunft und Erfahrung weisen auf dieselbe Wahrheit hin, daß wir nur Bündel von

Gefühlen sind, bloß Stoff, nicht mehr. Es gibt kein Leben jenseits des Todes – nur Vernichtung.«

Einer seiner Gefährten in der Kajüte schüttelte den Kopf. »Sagt das nicht«, murmelte er angsterfüllt. »Denn morgen werden wir vielleicht kämpfen, und ich spüre es ganz stark in meiner Seele, daß es mir bestimmt ist zu sterben.«

Neugierig sah Lord Rochester ihn an. »Aber, aber, Wyndham«, fragte er, »glaubt Ihr wirklich, Eure Seele werde, wenn Ihr getötet werdet, Euren sterblichen Staub überleben?«

»Ich hoffe es, ja.«

»Und doch habt Ihr Angst zu sterben?«

Wyndham zitterte. »Laß uns nicht weiter über dieses Thema sprechen«, bat er. Er langte nach der schwankenden Laterne über ihnen und schützte die Flamme mit den Händen, als würde er damit sein Leben behüten. Lord Rochester grinste. Er wandte sich Montagu zu, der mit ihm und Robert an Bord gegangen war. »Was meint Ihr?« fragte Rochester seinen Freund. »Stimmt Ihr mit Wyndham überein, daß unsere Religion die Wahrheit spricht und der Tod nur eine Pforte zu einem neuen wunderbaren Zustand ist?«

Montagu runzelte die Stirn und antwortete nicht auf die Frage. »Auch ich spüre es«, murmelte er zögernd, als habe ihn das Gefühl überrascht. »Ich spüre, daß ich sterben werde.«

Wyndham starrte ihn mit aufgerissenen Augen an. »Es kann nicht sein«, flüsterte er.

»Und wenn es doch wahr sein sollte?« drängte Lord Rochester. »Wenn Ihr beide sterben solltet, was dann?«

Montagu blickte ihn fragend an. »Ich verstehe nicht.«

»Ich muß es wissen«, flüsterte Lord Rochester, indem er sich vorbeugte. »Wir alle wollen es wissen.«

»Was wissen?« fragte Wyndham und leckte sich die Lippen.

»Was uns in Wahrheit erwartet.«

»Was schlagt Ihr vor?«

»Daß wir einen feierlichen Eid ablegen. Wir alle, gemeinsam, jetzt an diesem Ort.«

»Was sollen wir versprechen?«

»Daß wir, sollte morgen einer von uns sterben, den andern erscheinen und ihnen den künftigen Zustand kundtun...« Rochester hielt inne. »Oder durch Nichterscheinen beweisen, daß er gar nicht existiert.«

Montagu warf einen Blick auf Wyndham und nickte. »Ich bin einverstanden.«

Eine Zeitlang saß Wyndham reglos da und starrte auf die Laterne, die mit dem Schlingern des Schiffs hin und her schaukelte. Dann endlich schloß er die Augen und nickte ebenfalls langsam.

Sofort ergriff Lord Rochester ihre Hände. »Schwört es«, flüsterte er. »Schwört es auf die teuersten Beweise unserer Religion. Schwört zurückzukommen, wenn es wahr ist, daß es in der Tat ein Leben, einen Zustand jenseits des Todes gibt.« Alle legten den Schwur ab, auch Robert. Danach legte sich Lord Rochester hin wie nach einem wilden Ausbruch der Sinnenlust und lächelte. »Und nun«, murmelte er, »müssen wir alle abwarten. Es wird sich, glaube ich, als höchst wertvolles Experiment erweisen.«

Am nächsten Tag griffen sie in die Schlacht ein. Robert stand mit seinen Gefährten auf Deck, verfolgte den Fortgang des Gefechts, und ihm wurde bald klar, daß er Zeuge einer katastrophalen Niederlage war. Denn die englischen Schiffe wurden zusammengedrängt und konnten kaum manövrieren, so daß sie bequeme Ziele für die holländischen Kanonen waren. In das Kreischen des Sturms mischten sich bald die Schreie der Verwundeten und der Sterbenden, und die Wellen waren übersät von auf und ab tanzenden Leichen. Doch auf Robert und seine Gefährten und ihr ganzes Schiff wurde kaum gefeuert. Als die Schlacht vorbei war und die englische Flotte sich zurückgezogen hatte, entdeckte man in der Tat, daß von den Hunderten an Bord nur vier ums Leben gekommen waren. Zwei von diesen vier waren Montagu und Wyndham. Sie waren von derselben Kanonenkugel getroffen worden, so daß sie unmittelbar neben Lord Rochester in einen einzigen Haufen aus Gliedmaßen und Eingeweiden verwandelt wurden und seinen Mantel bespritzten. Einen Moment hatte Lord Rochester auf die Leichname hinuntergeblickt. Dann hatte er sich, die eine Augenbraue hochgezogen, an Robert gewandt. »Jetzt«, hatte er gemurmelt, »heißt es abwarten.«

In den nächsten beiden Nächten warteten sie. Robert schritt die Decks ab und blickte auf die aufgewühlte See hinaus oder zum Himmel hinauf, als erwartete er, im Sturm die Geister der Toten zu sehen. Aber außer Gischtnebeln trugen ihm die Winde nichts zu, und er wußte, daß die Geister nicht erscheinen würden. Gewiß, er hätte gern gewußt, was Lord Rochester vielleicht gesehen hatte, aber er konnte nicht fragen, weil seine Lordschaft in einer geheimen Sache beim Admiral war und erst drei Tage nach Montagus und Wyndhams Tod endlich wieder auftauchte. Eine ganze Weile stand er eingerahmt von der Kabinentür und begegnete Roberts prüfendem Blick. Dann lachte er plötzlich auf und schüttelte den Kopf. »Man hat oft gesagt«, verkündete er, »daß die Wahrheit am besten in Schweigen aufgehoben ist – und nun haben Montagu und Wyndham bewiesen, daß dies zutrifft.«

Robert trat auf ihn zu. »Ihr seid also entschlossen?«

Lord Rochester kniff die Augen zusammen und antwortete nicht gleich. »Wir haben uns in den vergangenen Tagen die Köpfe zerbrochen«, murmelte er schließlich, »wie wir am besten mit diesen schlammbewohnenden Holländern umgehen. Man hat darauf hingewiesen, daß wir nicht die

Schiffe besitzen, um sie zu verprügeln, wie sie es verdienen. Es wurde die Ansicht geäußert, daß wir einfach ein wenig Zeit brauchen – daß wir einen dauerhaften Waffenstillstand aushandeln sollten –, vielleicht Gespräche führen sollten oder Gespräche über Gespräche. Natürlich alles unter äußerster Geheimhaltung.«

Robert nickte nachdenklich. »Der äußersten – natürlich.«

»Ich habe mich freiwillig in den Dienst eines solchen Plans gestellt und habe mir die Freiheit genommen, Lovelace, Euren Namen ebenfalls zu nennen. Ich hoffe, Ihr seid einverstanden.«

»Was würde ich nicht im Dienste meines Königs tun?«

»Eure Treue ehrt Euch.« Lord Rochester nickte knapp. »Also gut. Wir brechen heute nacht mit einem kleinen schnellen Schiff auf, in größter Heimlichkeit, wie ich erwähnt habe. Wir laufen nach Holland aus, und wenn wir ankommen, treten wir an den Statthalter der holländischen Republik heran.«

»Und wo, Mylord, ist der Statthalter anzutreffen?«

»Das, Lovelace, ist schwer festzustellen. Tatsächlich ist es möglich – nein, wahrscheinlich –, daß es uns nicht gelingen wird, ihn überhaupt ausfindig zu machen.«

»Das wäre eine große Tragödie.«

»Eine außerordentlich große«, stimmte Lord Rochester zu.

»Doch sollten wir nicht zulassen, daß unsere Angst vor einem Mißerfolg unsere Entschlossenheit schmälert.«

»Ganz gewiß nicht.«

»Denn wer weiß, ob unsere Reise nicht andere Früchte bringen mag?«

»Eine sehr positive Einstellung. Wer könnte das wohl wissen?« Plötzlich lächelte Lord Rochester. »Und so vorbereitet, Lovelace, wollen wir nicht länger säumen. In einer Stunde brechen wir nach Amsterdam auf.«

»Es paßt zu einem Mann«, bemerkte Robert, »der sich hoch über seine sterbliche Niedrigkeit aufschwingt, daß Ihr nach Amsterdam gekommen seid, wo so viele Wunder und Reichtümer auf solchem Dreck errichtet sind.«

»Es ist in der Tat«, bekräftigte Lord Rochester, »eine wahrhaft bluttrinkende Stadt.« Er schwieg und schaute sich um. »Es erstaunt mich nicht, daß der Pascha herkam, um zu genesen.«

»Zu genesen?« fragte Robert.

Lord Rochester blickte ihn scharf an. »Habe ich nicht erwähnt«, murmelte er, »daß der Pascha krank gewesen ist?«

»Nein, Ihr habt es nicht erwähnt.«

Lord Rochester tat es mit einem kleinen Achselzucken ab. »Das war sehr nachlässig von mir.« Aber weiter sagte er nichts und lehnte sich statt dessen im Boot zurück, während er die Finger durch das Wasser gleiten ließ, als wäre er in tiefe Betrachtungen versunken.

Robert wandte sich von ihm ab, um wieder geradeaus zu blicken. Eine ganze Weile hatte er, je näher das Boot an Amsterdam herangekommen war, immer weniger von der Stadt sehen können, denn die Sicht war durch einen mächtigen Wald aus Schiffen behindert, neben dem die Schiffe Londons einem bloßen Gehölz glichen, so riesig war die Ausdehnung des Hafens. Obwohl es Nacht war, konnte Robert noch ein Durcheinander von Rufen und Befehlen von den Kais her hören, und die leichte Sommerbrise trug ihm tausend verschiedene Düfte von Parfums und Gewürzen aus allen Ecken des Erdballs zu. Darunter mischte sich jedoch der heimische Schlammgeruch, der stetig zunahm, als die Kais passiert waren und das Boot in das Netz der Kanäle einfuhr. Weiter weg vom Hafen schienen das Wasser dicker und die Dunkelheit tiefer, und plötzlich war es Robert, als führten sie geradezu in den Leib der Stadt hinein und trieben auf ihrem Blut. Er schaute sich nach seinem Gefährten um. Lord Rochester beugte sich jetzt vor, und seine Miene war gespannt und hellwach. Er sagte etwas zu den Ruderern, dann zeigte er voraus auf das rechte Kanalufer.

Auch Robert starrte nach vorn. Jetzt erkannte er, daß das Ufer von ungewöhnlich prächtigen Gebäuden gesäumt war, von Lagerhäusern, Wohnhäusern mit verzierten Giebeln, die sich vor den Sternen scharf abzeichneten, und frisch gestrichenen Fassaden, die in der Dunkelheit wie bleiches Fleisch schimmerten. Robert erinnerte sich an die Leichen in Wolverton Hall und fröstelte trotz der kribbelnden Hitze. Er warf sich einen Umhang über und blickte mit doppelter Furcht und Hoffnung geradeaus. Nur eines der Häuser am Kanal schien verlassen, und neben dem Glanz seiner Nachbarn fiel die Ruine um so mehr ins Auge. Es überraschte ihn nicht, daß das Boot langsam darauf zuhielt. Einige Stufen, glitschig vor Moos, führten zum Wasser hinunter. Das Boot trieb langsam heran und wurde an der Treppe festgemacht. Dann stieg Robert hinter Lord Rochester auf das Ufer hinauf.

Die Tür des Hauses öffnete sich, als die beiden Männer darauf zugingen. Lord Rochester trat ein, und Robert folgte ihm. Von dem Diener, der die Tür geöffnet haben mußte, war nichts zu sehen, und Robert hätte das ganze Haus für leer gehalten, wären an den Wänden nicht große Fackeln angezündet gewesen, die mit kalten, aschfahlen Flammen brannten. Sie beleuchteten eine Szene von erhabener Einsamkeit, einen Raum, der sich in Dunkelheit verlor und nichts enthielt als nackte Dielen und eine einzige Treppe, die sich nach oben schwang und ebenfalls im Dunkel verschwand. Lord Rochester ging auf die Treppe zu, wobei seine Schritte durch die ungeheure Stille hallten, und stieg hinauf.

Robert hielt einen Augenblick inne, bevor er ihm folgte, denn er bemerkte, als er sich umschaute, daß die Proportionen des Raums unglaublich groß waren. Er starrte seinem Gefährten nach, dessen Gestalt kaum noch zu erkennen war. Dann begann auch er, die Treppe hinaufzusteigen, immer höher.

Nach einer Weile blieb er noch einmal stehen und blickte die Treppe hinab und in den Raum, den er verlassen hatte. Er schien noch größer und leerer als von unten, und Robert rieb sich die Augen und schüttelte den Kopf, denn er fürchtete sich, darüber nachzudenken, was für einen Ort er betreten hatte. Doch zum Umkehren war es zu spät, und so stolperte er weiter hinauf, bis er plötzlich durch das Halbdunkel eine Wand und eine offene Tür vor sich sah. Lord Rochester ging soeben hinein. Robert umklammerte das Kruzifix, das er um den Hals trug, und näherte sich der Tür. Er ging hindurch ... und sogleich krümmte er sich vor Schmerzen, wie er sie seit dem Korridor von Wolverton Hall nicht mehr gespürt hatte.

Er fiel auf den Boden, krallte die Hände in den Bauch, als könne er die Höllenqual herausreißen. So sengend war der Schmerz, daß er nichts mehr um sich herum wahrnahm. Aber verschwommen, durch die Nebel der Schmerzen, hörte er eine betörende silbrige Stimme. »Die Arznei. Gebt sie ihm. Schnell.« Er spürte, daß ihn jemand in den Armen hielt, und dann wurde eine Flasche zwischen seine Lippen gedrückt. Er schluckte. Eine beißende, brennende Flüssigkeit verbrühte ihm die Kehle. Er schluckte noch einmal, versuchte, nicht zu würgen, und fühlte den Schmerz in seinen Eingeweiden allmählich taub werden.

»Es scheint«, sagte die Stimme, »daß uns das gleiche Leiden verbindet, Euch und mich.«

Robert sah sich um. Er befand sich in einem Raum, dessen Fenster sich zu den Sternen öffneten. Er war luftig und groß, und ihm war, als wäre er in die alltägliche Welt zurückgekehrt, nachdem er durch die Tür gegangen war. Doch die Einrichtung des Raums machte auf ihn, als er sich genauer umsah, einen exotischen und fremdartigen Eindruck: Überall waren Kissen aufgehäuft und dicke gemusterte Teppiche; in mit Edelsteinen besetzten, goldenen Rauchfässern brannte Räucherwerk; außer niedrigen, seidebezogenen Couchen gab es keine Möbel. Auf einer davon lag zusammengekrümmt ein Mann, dessen Körper verdreht war, als litte er furchtbare Schmerzen, so daß er sich kaum regen konnte, und Robert wußte, als er vor ihn trat, daß dies nur der Pascha sein konnte. Denn er hatte die Augen eines Bluttrinkers, glühend und unergründlich, und seine Haut schimmerte wie Seide, die von innen erleuchtet wurde, sich aber straff, sehr straff, über die Umrisse seiner Knochen spannte. Er wäre schön gewesen, wäre sein Gesicht nicht so abgezehrt erschienen, so totenbleich, daß er kaum wie ein Türke aussah. Doch noch immer schienen durch sein Leiden die Merkmale der Weisheit und unermeßlichen Alters hindurch, so daß Robert spürte, als er neben dem Pascha kniete, daß er einem mächtigen Engel nahe war, aus dem Himmel gefallen, doch noch immer durch die Größe seines früheren Standes gekennzeichnet.

»Kein Engel«, murmelte der Pascha, »sondern nur ein Mensch, vor vielen Jahren – Jahrhunderten – einem Jahrtausend.«

Erschrocken starrte Robert ihn an. »Ihr könnt meine Gedanken lesen?« fragte er. »Und ich hatte doch geglaubt, meine Gedanken wären Eurer Rasse verschlossen?«

Der Pascha lächelte kaum merklich. »Wie ich Euch gesagt habe, sind wir durch ein gemeinsames Leiden verbunden – und, so scheint es, noch durch etwas anderes.«

»Dann sagt mir...« Robert sah ihn mit plötzlicher verzweifelter Hoffnung an. »Sagt mir, was es ist... sagt mir, was Ihr wißt...«

»Zuerst...« Die Stimme des Paschas klang heiser vor Schmerz und ging im rasselnden Atem unter. Er versuchte, nach einer hohen, geriffelten Flasche zu greifen, doch war sein Arm zu schwach, und Lord Rochester mußte sie für ihn hochheben. Sie enthielt eine zähe schwarze Flüssigkeit, in der Robert am Geruch dieselbe erkannte, die er bekommen hatte, als er den Raum betrat. Wie ein Priester mit einem Kelch Kommunionwein hob Lord Rochester die Flasche an die Lippen des Paschas und neigte sie behutsam, als der Pascha zu trinken begann.

»Es muß eine wunderbare Arznei sein«, bemerkte Robert, als er beobachtete, wie sie den Pascha zu beleben schien, »daß sie uns so schnell und leicht heilt.«

»So wunderbar«, erwiderte Lord Rochester, »wie sie auch geheim und selten ist. Und doch habe ich sie vor Euch erwähnt, Lovelace, denn dies ist die gleiche Mumia, die ich der Marquise gab.«

Gebannt starrte Robert auf die Flüssigkeit. »Und was ist es«, murmelte er, »das solche Wirkung üben kann?«

Lord Rochester lächelte ihn kalt an und deutete auf einige Flaschen, die an der Wand aufgereiht standen. Robert ging hinüber. Jede einzelne war mit einer klaren, dickflüssigen Substanz gefüllt, und in jeder schwebte ein Stück verschiedener Gliedmaßen. Vor der vordersten Flasche kniete Robert nieder. Sie enthielt eine Hand, so schwarz und geschrumpft, daß sie fast einer Kralle glich, die schwerfällig in der Flüssigkeit schwebte wie irgendein blindes Meerestier.

»Es wird zerstoßen«, erklärte der Pascha, »und mit Wein gemischt, damit es leichter getrunken werden kann und der Geschmack überdeckt wird.«

»Und...« – Robert starrte wieder angeekelt auf die schwebende Hand – »und sie werden von den Leichen Eurer Opfer abgetrennt?«

Der Pascha schüttelte den Kopf. »Wenn es nur so wäre«,

antwortete er, »würde es mir viele Mühen und Kosten ersparen, denn tatsächlich gibt es auf der Welt nichts, was so wertvoll und so schwer zu finden ist.«

»Was zeichnet sie denn aus, das sie so unbezahlbar macht?«

Der Pascha lächelte. »Ihr dringt in dunkle, uralte Mysterien ein, mein Freund.«

»Ich dringe ein?« Robert lachte böse. »Nein. Ich habe mich längst mitten in ihnen verirrt.«

Das dünne Lächeln des Paschas wurde breiter. Er hob die Flasche mit der Flüssigkeit an seiner Seite hoch, hielt sie ins Mondlicht und betrachtete sie eine Weile. »Ich nenne sie Mumia«, murmelte er endlich, »denn dies ist der Name, unter dem sie bestellt werden muß, wenn ich mit den Kaufleuten spreche, die sie mir aus den Gräbern Ägyptens bringen. Denn Ihr solltet wissen, Lovelace, daß es bei den Alten Brauch war, ihre Toten einzubalsamieren – und daß diese Toten geraubt und auf den Basaren Kairos verkauft werden, um in Arzneien verwendet oder als unnütze Amulette getragen zu werden. Es ist für mich also ziemlich leicht, sie kaufen zu lassen – und doch ist in Wahrheit kaum eine unter unendlich vielen Leichen, die meinen Zwecken dienlich ist.«

»Warum, Sir?« fragte Robert. »Welche Eigenschaften verlangt Ihr von ihnen, die so schwer zu entdecken sind?«

»Ein Geheimnis, das vor langem in Staub versunken ist, in Tempeln zurückgelassen, verloren unter dem Sand und vergessen, so viele Jahrhunderte nun vergessen. In Ägypten wurde es gehütet und in Ur und Hindustan, wo man noch Leichen finden und aus modrigen Gräbern zerren kann. Die alten Hindus nannten solche Leichname *Raktavija* – ›Samenblut‹ – ein passender Name, Lovelace, denn die Blutlinie wurde von den Priestern von Generation zu Generation gepflegt und geschützt, so daß das Blut jedes Elternteils dazu diente, das des Kindes zu säen. Die Linien sind nun seit langem tot; doch sie waren königlich, und so können ihre Grüfte manchmal ungestört entdeckt und an diejenigen verkauft werden, die ihren Wert begreifen.« Der Pascha zeigte auf die Fenster und das große Heer der Masten, das sich von den Kais weit hinaus ausbreitete. »Und deshalb«, flüsterte er, »warte ich in Amsterdam, dem großen Weltmarkt, wo am Ende alles und jedes gekauft werden kann.«

Robert saß schweigend da und betrachtete die Reihe Flaschen mit ihren Stöckchen aus verwelktem Fleisch. Dann wandte er sich wieder um und blickte in die schmerzgequälten Augen des Paschas. »Und zu welchem Zweck«, flüsterte er zögernd, »wurde dieses ›Samenblut‹ erzeugt?«

»Um als Zauber und als Gegengift zu dienen.«

»Wogegen?«

»Könnt Ihr es nicht erraten?«

»Sagt es mir.«

Der Pascha seufzte und starrte lange schweigend durch das Fenster auf den Mond. »Er hat viele Namen«, murmelte er schließlich. »Seth nannten ihn die alten Priester, der Geist der Dunkelheit, der die Wüsten heimsuchte und sich mit den brennenden Winden der Nacht erhob. Azrael nennen wir Muslime ihn jetzt, den Engel des Todes. Auch Eure eigene Religion hat Namen für ihn. Ihr werdet nicht verlangen, daß ich Euch alle wiederhole.«

»Und so ist er also wirklich ...« – Robert schluckte und schlug die Arme um sich – »ist er wirklich der, als den ihn die Marquise bezeichnet hat?«

»Der Höllenfürst?« Der Pascha lächelte und zuckte die Achseln. »Es ist wahr, er trägt seine eigene Hölle mit sich herum, denn er ist böse, Lovelace, und tödlich, fast unfaßbar tödlich. Und doch ...« – der Pascha schwieg einen Moment – »wir müssen uns darauf verlassen, daß er kein Gott ist.«

»Welche Gründe habt Ihr dafür?«

Der Pascha zeigte auf die Mumia. »Würde ein Gott sich

von einem Klumpen Fleisch und Wein in Schach halten lassen?«

Robert starrte ihn mit jäher fiebriger Hoffnung an. »Und was noch?« flüsterte er. »Da muß noch mehr sein. Bitte – ich muß es wissen – denn ich habe geschworen, ihn zu vernichten.«

Der Pascha lachte auf, und Robert spürte eine Aufwallung aus Wut und zugleich Verzweiflung. »Ist mein Ehrgeiz denn so verachtenswert?«

»Verachtenswert nicht«, antwortete der Pascha, »aber vielleicht geht er zu weit.« Er griff nach einem Messer und schlug sein Gewand auf, um seine nackte Brust zu zeigen. Er zog die Klinge über seinen Brustkorb, und eine dünne Flüssigkeit, so wäßrig, daß sie fast frei von Rot war, tropfte an seiner Seite herab. »Mein Blut«, flüsterte der Pascha, »war einst so kräftig rot und dick und unbezahlbar, denn ich war – ich bin – der Größte meiner Art. Doch seht!« Er berührte seine Wunde und hob den Finger zu den Sternen. »Ich wurde schwer verwundet«, flüsterte er unbeteiligt, wie zu sich selbst. Er warf einen Blick auf Lord Rochester. »Ihr erinnert Euch, Mylord, als Ihr mich auf der Straße entdeckt habt – war ich nicht beinahe ein Leichnam?«

Lord Rochester senkte den Kopf. »Das kann man sagen«, antwortete er, »ein Ding aus Haut und Knochen.«

Der Pascha lächelte bitter, während er noch einmal sein Blut auftupfte und den Finger wieder zu den Sternen hochhielt. »Auch ich«, murmelte er, »habe wie Ihr, Lovelace, versucht, Azrael zu besiegen – sogar bis zur Schwelle des Todes, wie Ihr seht. Und da ich lebendig aus unserem großen Kampf hervorging – wenn auch nur mit knapper Not –, hatte ich eine Zeitlang gehofft, mein Feind wäre an meiner Stelle gestorben.« Nachdenklich leckte er seine Fingerspitze ab. »Und dann schrieb mir Lord Rochester. Er teilte mir die Neuigkeit seiner Begegnung mit Euch mit.«

Er schwieg, und seine Augen weiteten sich. Sie begannen zu lodern, und Robert fühlte sie plötzlich tief in seine Gedanken eindringen, als wäre sein Geist eine Dunkelheit, die mit Laternen abgesucht würde. Ungebeten sah er seine Mutter, von tanzenden Flammen verzehrt, seinen Vater schaukelnd, während der Strick in der Brise schwang, hin und her unter dem Deckstein, hin und her, während langsam das Blut herabtropfte. Dann plötzlich schrie Robert auf und hielt den Arm vor die Augen, denn er stellte sich vor, daß sich vor ihm eine höllische Gestalt erhob, deren Form aus ihrer geschmolzenen Fleischhülle auftauchte, und daß sie ihn suchte, nach ihm griff, ihn erfrieren ließ. Er schrie gellend... Wieder spürte er den Schmerz im Leib wie eine schneidende Scherbe aus Eis, und dann drückte jemand, wie schon einmal, die Flasche an seine Lippen.

Er trank die Mumia, und der Schmerz ließ allmählich nach, verweilte aber noch in seinem Blut wie das Echo eines Fieberschauers. Er öffnete die Augen. Lord Rochester kniete an seiner Seite, und die Augen des Paschas waren wieder halb geschlossen.

Robert stand auf.

»Ihr wollt aufbrechen?« murmelte der Pascha.

»Wenn keine Hoffnung besteht«, antwortete Robert, »sehe ich keinen Sinn darin, hierzubleiben.«

»Ich habe nicht gesagt, daß es keine Hoffnung gibt.«

»Ihr habt selbst eingeräumt, daß er nicht vernichtet werden kann.«

Der Pascha zuckte schwach die Achseln. »Vernichtet vielleicht nicht. Aber verletzt, Lovelace, fast bis zur Vernichtung verletzt.«

»Nein.« Robert schüttelte energisch den Kopf. »Ich habe ihn bei den Steinen gesehen. Er war genesen, wiederhergestellt. Was für Wunden Ihr ihm auch zugefügt haben mögt, jetzt sind sie vollkommen verheilt.«

»Nicht ganz – noch nicht.«

»Glaubt mir, ich habe ihn gesehen.«

»Und ich sage Euch, wenn er nicht noch an seinen Wunden litte, wären Euer ganzes Land und noch weit mehr Landstriche bereits in Meeren aus Blut untergegangen, und Überlebende würden auf das Gemetzel schauen und sagen, daß die Zeit der allgemeinen Verwüstung angebrochen, die Apokalypse gekommen sei. Also bitte – nehmt Platz.« Der Pascha deutete auf eine Couch, und dabei stöhnte er auf und schien wieder vom Schmerz überwältigt zu werden. »Ich habe Euch viel zu berichten.« Dann krümmte er sich vor Qual zusammen und konnte nicht weitersprechen, bis er die Flasche Mumia bekommen und bis auf den Bodensatz geleert hatte.

Endlich legte er sich zurück und schloß die Augen. Stille füllte den Raum, schwer wie das Parfum der Weihrauchwolken. »Es gibt keine Schwäche«, murmelte der Pascha schließlich, »es sei denn, man duckt sich und verzweifelt, weil man sich für schwach hält. Solange der Wille unbesiegt bleibt, ist man stark, denn solange hält der Wunsch nach Rache an. Ihr seht mich, Lovelace« – er schlug sein Gewand zurück und zeigte auf die Wunde – »ich spreche nicht aus Unwissenheit. Denn wie Sterbliche für meine Rasse Spielbälle unserer Launen und Gelüste sind, so sind wir dies vielleicht für über uns stehende Wesen. Dennoch wäre es der niederträchtigste Verzicht, nicht daran zu glauben, daß ich sie am Ende übertreffen und damit viel Gutes erreichen könnte – viel Gutes ...«

Während er sprach, trübte sich allmählich der Schimmer in seinen Augen, und seine Stimme verlor sich wieder in Schweigen. Robert beugte sich vor und leckte sich die Lippen. »Was für Wesen sind es denn«, flüsterte er, »die mächtiger sind als Ihr?«

»Ich kann mir nicht sicher sein«, antwortete der Pascha,

»ob sie überhaupt existieren, denn es mag sein, daß selbst Azrael einst ein Geschöpf wie ich war und die Gerüchte und heimlichen Bemerkungen über sie, die ich gehört habe, nichts anderes als Echos auf meine eigenen Gedanken und Ängste waren.«

»Doch Ihr glaubt es nicht?« fragte Lord Rochester.

Der Pascha schüttelte den Kopf. »Was auch immer sie sein mögen – Engel, Dämonen, die entthronten Götter der Antike –, mir bleibt nichts übrig, als zu hoffen, daß sie gefunden werden, denn was könnte ich mit ihrer Weisheit, ihren Kräften nicht alles tun? Ich könnte meinem Blutdurst entkommen, ich könnte lieben, anstatt die Seelen derer, die ich liebe, zu zerstören. Ich könnte die Stärke gewinnen – wer weiß? –, sogar Azrael zu besiegen und für immer zu vernichten.« Er blickte Robert an. »Ein angemessener Lohn«, flüsterte er, »meint Ihr nicht auch?«

Robert saß wie erstarrt da. »Und seid Ihr auch nur ein kleines Stück näher daran«, fragte er zögernd, »ihn zu gewinnen?«

Noch immer lächelte der Pascha. »Mag sein«, flüsterte er.

Die Stille wirkte mit einemmal lähmend. Robert zwang sich, den Mund zu öffnen, zu sprechen. »Keine Geheimnisse mehr«, sagte er leise. »Sagt mir alles! Bitte.«

Der Pascha regte sich unter Schmerzen, um ein Kissen aufzustellen, damit er seinen Kopf darauf betten konnte. Dann zog er seinen Umhang fester um sich und begann mit seiner Geschichte.

Worin erzählt wird, wie die Dunkelheit des Ghettos merkwürdige Geheimnisse birgt

»In den späteren Jahren des vorigen Jahrhunderts«, begann der Pascha, »traf es sich, daß ich in Paris Gast der Marquise de Mauvissière war. Wir waren – ich will nicht sagen ›Freunde‹ – aber vielleicht Partner gewesen, die gemeinsam versuchten, die Rätsel unserer Natur zu durchdringen. Damals war die Marquise noch nicht, was sie seither geworden ist, eine Sklavin ihres Aberglaubens, denn ihre Studien sollten sie erst noch zu ihrer gegenwärtigen Überzeugung bringen, daß es einen Höllenfürsten gebe, der der Gott der ganzen Welt sei – und so konnten wir uns einbilden, gemeinsame Interessen zu haben. Die Marquise erzählte mir von Berichten, die sie von Tadeus erhalten hatte, einem Priester von kühnem und ehrgeizigem Wesen, den sie nicht lange zuvor auserkoren hatte, aus ihm ein Geschöpf gleich uns zu machen. Dieser Tadeus hatte ihr aus seiner böhmischen Heimat geschrieben und von seltsamen Seuchen und Gerüchten, die auf dem Land umgingen, berichtet – aber dunkel, als wolle er nur ungern näher auf die Gerüchte eingehen. Ich war nicht sonderlich interessiert. Der Mann war, wie gesagt, einst Priester gewesen – da war es stets seine Aufgabe, aus einem Nichts Geheimnisse zu erfinden. Da ich aber plante, in den Osten zurückzukehren, und ohnehin durch Böhmen reisen mußte, beschloß ich trotz allem, einen Abstecher von meiner Reise zu machen und ihn zu besuchen, um festzustellen, ob doch etwas an seinen dunklen Andeutungen sein könnte.«

Der Pascha hielt inne und schien nicht weitersprechen zu wollen. Doch obwohl seine Lippen sich nicht mehr bewegten, konnte Robert seine Worte noch hören – sie klangen, bildete er sich ein, aus den Tiefen seines eigenen Gehirns. »Tadeus«, hörte Robert den Pascha scheinbar sagen, »hatte aus einem Ort namens Melnik nördlich von Prag geschrieben. Ich kam schließlich an einem Winternachmittag dort an.« Sofort sah Robert im Geist ein Bild dieses Ortes: Es gab ein Schloß und eine Kirche auf einem großartigen Felsvorsprung und ein ärmliches Dorf, das sich unregelmäßig den Berghang hinunterzog. Eine merkwürdige Aura des Leidens und Elends schien in der Luft zu hängen, und Robert spürte sogleich, daß es von irgendeinem schlimmen Übel betroffen war. Er blinzelte und rieb sich die Augen, und als er sie wieder aufschlug, schien der Pascha in eine weite Ferne zu blicken.

»Ich näherte mich der Kirche.« Wie vorher sprach der Pascha, ohne die Lippen zu bewegen. »Ich konnte sehen, daß der Eingang zur Krypta offen war, und hörte ein sonderbares Geräusch, wie wenn etwas geschabt wird, das aus der Tiefe aufsteigt. Ich saß vom Pferd ab und betrat die Krypta. Vor mir sah ich etwas Bleiches schimmern, und dann bemerkte ich, während ich die Treppe hinabstieg, daß die Krypta mit Skeletten gefüllt war, so daß sie beinahe überquoll von Schädeln und aufgehäuften Knochen. Zwei Gruppen von Männern hielten sich in dem Beinhaus auf, und von ihnen kam das schabende Geräusch, denn sie hatten große Leichenberge vor sich und schälten das Fleisch ab, um die Knochen freizulegen.«

»Warum machten sie das?« fragte Robert.

Der Pascha lächelte matt. »Natürlich fragte ich sie sofort«, antwortete er. »Sie schienen vor Angst halb wahnsinnig, was sie vielleicht auch waren, und kaum in der Lage zu sprechen. Ich winkte einen Mann aus der ersten Gruppe zu mir. Als er nervös aufstand, sah ich, daß er den gelben Hut eines Juden trug. Ich musterte ihn erstaunt und überlegte, was er an einem solchen Ort des Todes zu schaffen hatte, so weit weg vom Ghetto und dazu in einer christlichen Kirche. Als ich ihn fragte, stotterte er, daß er und seine Genossen auf

Befehl ihres Rabbis in Prag arbeiteten, und als fürchtete er, ich würde ihm nicht glauben, wandte er sich an die zweite Gruppe der Männer und bat sie um Bestätigung. Keiner von ihnen antwortete, aber ich wußte, daß der Mann die Wahrheit gesagt hatte, denn ich konnte nun sehen, daß die zweite Gruppe aus Bauern aus der Gegend bestand, die ohne Befehl niemals Juden in ihre Kirche gelassen hätten. Also ging ich zu ihnen hinüber und fragte sie, wer ihnen den Auftrag erteilt hatte. Der mir zunächst stehende Mann schluckte und flüsterte: ›Pater Tadeus.‹ Ich nickte und fragte ihn, wo der Pater zu finden sei. Darauf blickten sich Bauern wie Juden gegenseitig ängstlich an. Dann nannte einer der Bauern den Namen eines Dorfes. ›Aber die Pest ist dort schlimmer als überall sonst‹, rief er. ›Geht nicht dorthin, denn es trägt das Zeichen des Teufels!‹ Seine Warnung machte mich neugierig, und ich fragte ihn, ob die Knochen, über denen er hockte, Pestopfern gehörten. Er nickte, und sofort nahmen beide Gruppen ihre Arbeit mit doppelter Energie wieder auf. Denn die Knochen, so erklärte einer der Juden, mußten von dem verdorbenen Fleisch gesäubert werden, damit sich die Pest nicht ausbreiten und die ganze Welt anstecken würde.

Ich fragte mich, was sein Rabbi ihm gesagt hatte, daß er eine solche Katastrophe befürchtete und glaubte, sie könne aufgehalten werden, indem man das Fleisch von den Knochen der Opfer schabte, und noch mehr wunderte ich mich, was der Rabbi mit einem christlichen Priester – und Bluttrinker obendrein – zu schaffen haben mochte. Ich wußte jedoch, daß Tadeus solche Fragen selbst am besten würde beantworten können, und so verließ ich die Kirche und machte mich auf, ihn zu finden. Es war kein weiter Weg. Dennoch war er schwierig, denn immer wenn ich mich nach der Richtung erkundigte, schüttelten die Leute den Kopf und sahen weg oder schienen von dem Dorf überhaupt nie gehört zu haben. Auch hatten sie nicht unbedingt gelogen, wie ich bald herausfand. Denn als ich merkte, daß ich mich dem Ort endlich näherte, entdeckte ich, daß die Straße zugewachsen war, als wäre sie seit vielen, vielen Jahren nicht mehr benutzt worden.« Er schwieg, und Robert malte sich eine Szene der Verwüstung aus, die er sofort wiedererkannte. »Nichts regte sich«, fuhr der Pascha leise fort, »nicht einmal ein Tier, nicht einmal ein Vogel zwischen den Bäumen, und das Dorf war von einem Kreis aus Pfählen umgeben und einer mächtigen Mauer, die gebaut war, als sollte sie die Welt draußen halten.«

»Und die im Dorf als Sklaven«, sagte Robert. »Denn ich habe das gleiche gesehen, als ich nach Woodton reiste – zugewachsene Straßen und eine Mauer um das Dorf.«

Der Pascha erwiderte ungerührt seinen Blick. »Lord Rochester hat es mir berichtet«, sagte er. Er regte sich und beugte sich von seinem Lager vor. »Dann hört«, zischte er. »Erfahrt, was Woodtons Schicksal sein könnte. Ich entdeckte, daß es hinter der Mauer kein Dorf mehr gab – nichts als eine Wüstenei aus Schutt und Asche. Halb verweste Leichname lagen über die Felder verstreut. Ein Schloß stand noch, aber als ich darauf zuritt, empfand ich jene Aura der Stille, des Bösen und des Todes, die ich zum erstenmal in der Kirche von Melnik gespürt hatte und die nun unerträglich stark war, als hätte ich den Kern eines sich ausbreitenden Rings aus Dunkelheit erreicht. Ich betrat das Schloß. Sogleich erfaßte mich ein Grauen, wie ich es seit vielen, vielen Jahren nicht mehr erlebt hatte – seit Jahrhunderten vielleicht. Aber es ist nicht nötig, daß ich es für Euch heraufbeschwöre, Lovelace. Ich weiß, daß Ihr ein solches Grauen selbst empfunden habt.«

Robert nickte, ohne zu antworten, dann atmete er tief ein. »Und im Schloß?« flüsterte er. »Was habt Ihr entdeckt?«

»Es stand leer. Was auch immer dort gewesen, war spurlos

verschwunden – und doch sollte ich entdecken, daß es erst kurz zuvor verlassen worden sein konnte.« Der Pascha hielt inne und lächelte kalt. »Als ich von dem Ort aufbrach, stieß ich auf Tadeus. Ihn hatte es wie mich zu dem Dorf gezogen, weil er vermutete, es hätte vielleicht ein Geheimnis geborgen, und tatsächlich hatte er es nur wenige Wochen vor mir zu erreichen versucht. Damals jedoch, sagte er mir, hatte er es nicht finden können – denn das Dorf und das Schloß galten als verloren.«

»Verloren?« Lord Rochester runzelte die Stirn. »Wie meint Ihr das?«

Der Pascha zuckte kaum merklich die Achseln. »Daß es von der Erdoberfläche verschwunden war.«

»Wie war das möglich?«

Wieder zuckte der Pascha die Achseln. »Die Straßen, die einst dorthin geführt hatten, waren nicht mehr aufzufinden. Es war, als hätte sich das Dorf in Luft aufgelöst.«

»Doch als ich nach Woodton ging«, sagte Robert verwirrt, »bereitete es mir keine Schwierigkeit, es zu finden.«

»Ja.« Der Pascha nickte. »Ihr hattet keine Schwierigkeiten. Aber hätte die Marquise sich dem Dorf genähert und Ihr wärt nicht bei ihr gewesen – wie wäre es wohl dann gewesen? Hätte sie es allein entdecken können?«

Robert schüttelte den Kopf. »Wie soll ich das verstehen?« fragte er.

Der Pascha blickte auf die Mumia, dann wieder in Roberts Augen. »Wir wissen durch allerlei Beweise«, sagte er zögernd, »daß Ihr nicht wie andere Sterbliche seid, daß Ihr irgendwie gezeichnet seid. Ihr seid gewiß nicht so ängstlich, Lovelace, daß Ihr dies vor Euch selbst leugnet?«

Wie erstarrt saß Robert da. Wieder spürte er die Kälte im Magen. Er ballte die Fäuste und strich mit den Knöcheln über die Lippen.

»Warum würde ich jetzt sonst mit Euch reden?« fuhr der

Pascha in eisigem Flüsterton fort. »Denn es ist nicht meine Art, dieses Thema mit Sterblichen zu erörtern, als wäre die Welt ein Leichnam, der in einem Hörsaal ausgestellt ist, und ich ein Arzt, der die Oberfläche aufschneidet und abzieht, um die Verästelungen des Geheimnisses darunter freizulegen, die so tief verlaufen, daß nicht einmal ich sehen kann, wohin alle führen mögen.«

»Ihr könnt nicht sehen...« Robert blickte finster, dann schüttelte er den Kopf. »Was bedeutet das dann in einfachen Worten? Daß Ihr mir nicht sagen könnt, was dieses Zeichen ist, das mir, wie Ihr sagt, aufgeprägt worden ist? Daß Ihr mir nicht sagen könnt, was es bedeuten oder ankündigen könnte?«

Der Pascha antwortete nicht.

Robert stand langsam auf.

»Was wir nicht wissen«, flüsterte der Pascha, »müssen wir versuchen zu entdecken.«

Robert drehte sich schnell um, das Gesicht verzerrt vor Enttäuschung und Verachtung. »Wie denn?« rief er. »Was für eine Chance habe ich, wenn nicht einmal Ihr es wißt?«

»Überhaupt keine«, antwortete der Pascha, »wenn Ihr nicht die Geduld und den Mut aufbringt, still zu sitzen und die Geheimnisse zu hören, die ich offenbaren kann. Ich habe Euch gesagt, Lovelace – und fühle mich zu schwach, meinen Atem zu vergeuden, um es noch einmal zu sagen –, daß die Gefahr zwar furchtbar ist, aber ein schwacher Hoffnungsschimmer bleibt.«

Mit einer Handbewegung zeigte er auf den Platz neben sich. Robert starrte den Pascha eine Weile stumm an, dann ging er hinüber und legte sich auf die Kissen. Er holte tief Luft. »Ihr habt von Geheimnissen gesprochen.«

»Wie es Tadeus mir gegenüber tat, mitten auf den verdorrten Feldern, wo einst das Dorf gestanden hatte – von den Beweisen eines großen, tödlichen Geheimnisses.«

»Und was für Beweise waren das?«

»Vielleicht seid Ihr nicht so unwissend, wie Ihr meint, Lovelace – denn ich bin davon überzeugt, daß sie Euch schon bekannt sind. Die Pest hatte Tadeus in seinen Briefen an die Marquise bereits erwähnt. Aber er erzählte mir auch von einer Brut der auferstandenen Toten – ansteckender noch als die Pest und seiner Befehlsgewalt unzugänglich. Beider Ursprung hatte er auf das verfallene Dorf zurückgeführt und konnte nun, da er endlich in dessen Innerstes vorgedrungen war, nicht mehr daran zweifeln, daß es in der Tat die Stätte eines ungeheuren Übels gewesen war – vielleicht, flüsterte er mir ins Ohr, des Antichrists persönlich. Darüber spottete ich, doch Tadeus schüttelte den Kopf und lächelte verhalten. Er wisse, daß ich ein Ungläubiger sei, höhnte er, doch brauche man kein Christ zu sein, um das Böse zu erkennen. Denn selbst im Ghetto, berichtete er, seien Gerüchte im Umlauf, und es sei ein Rabbi gewesen, der ihm vorgeschlagen habe, wie das Böse bekämpft werden könnte.

Dies weckte meine Neugier, denn mir fielen die Juden in der Krypta ein und daß sie behauptet hatten, für einen Rabbi in Prag zu arbeiten. Tadeus bestätigte, daß es sich um ein und denselben handelte: Rabbi Jehuda Löw ben Bezalel. Ich fragte ihn, wie sie sich kennengelernt hätten. Tadeus antwortete, es sei in einem von der Pest befallenen Dorf gewesen, wo Rabbi Löw wie Tadeus selbst versucht hatte, den Ursprung der Krankheit und der auferstandenen Toten zu entdecken. Ich war erstaunt und fragte, ob Rabbi Löw selbst Bluttrinker sei, um von solchen Dingen zu wissen. Tadeus schüttelte den Kopf. ›Aber er ist ein bedeutender und gelehrter Magier‹, erwiderte er, ›in jedem Zweig menschlichen Wissens bewandert und vielleicht auch in solchen, die nicht menschlich sind. Denn im Ghetto wird gemunkelt, er sei der Meister der Wissenschaft vom verborgenen Namen Gottes, und Vergangenheit und Zukunft seien offene Bücher für ihn. Ich kann es fast glauben, denn wie könnte er sonst wissen, daß man der Pest Einhalt gebieten und die Toten friedlich in ihren Gräbern halten kann, indem man die Knochen aller Verstorbenen vom Fleisch befreit? Ich glaube, das erklärt, Euer Exzellenz, was Ihr in der Kirche zu Melnik entdeckt habt. Jedenfalls steht fest, daß die Pest bereits geheilt ist und daß der Böse Geist, was er sonst auch sein mag, nicht die Macht jenes Gottes Hesekiels besitzt, verdorrte Gebeine auferstehen zu lassen und ihnen Atem einzuhauchen. Denn die Gebeine in Melnik bleiben liegen, wo sie aufgehäuft sind, und auf diese Art ist die tödliche Gefahr abgewendet worden.‹«

Robert schüttelte den Kopf. »Das verstehe ich nicht. Warum sollte sich Tadeus darüber freuen, daß dieser Gefahr Einhalt geboten wurde?«

»Er war noch nicht seinem Ehrgeiz erlegen und ein Anbeter des Bösen geworden.« Der Pascha verzog den Mund zu einem spöttischen Lächeln. »Wie hätte er sonst mit Rabbi Löw zusammenarbeiten können, der nur ein Sterblicher war und obendrein Jude? Doch ich erkannte, daß sich Neid in Tadeus' Bewunderung mischte und daß er die Gelehrtheit des Rabbis nicht nur übelnahm, sondern sie auch für sich selbst begehrte. Anfangs hatte er versucht, dies vor mir zu verbergen, doch je näher wir Prag kamen – wo Tadeus ein Haus besaß und vorgeschlagen hatte, daß wir dort wohnten –, desto deutlicher trat seine Eifersucht zutage. Noch in der Nacht, in der wir in der Stadt ankamen, brachte er mich in eine enge, krumme Gasse im Schatten der Burg, wo die Häuser kaum eine Schulterbreit auseinander standen und der Duft seltsamer Extrakte schwer in der Luft hing. Tadeus schaute sich verächtlich um, dann hinauf zu der gewaltigen dunklen Masse der Burg. ›Ein neuer Kaiser ist nach Prag gekommen‹, flüsterte er, ›der Alchimisten hier versammelt hat, die aus Mondstrahlen Gold spinnen und ihm die Kräfte des Steins der Weisen verschaffen sollen. Denn merkwürdige Gerüchte von Unheil, so heißt es, in schwermütigen Träumen flüchtig erblickt oder durch ominöse Flammen am Himmel angekündigt, hätten den Kaiser aufgeschreckt – und deshalb hat er bei den geheimen Künsten Trost gesucht. Natürlich hat er recht daran getan, denn wie könnte man dem Bösen im Land anders begegnen? Doch was für ein Narr ist er zugleich, daß er diese Bande Scharlatane zusammenruft, wenn die wahre Magie‹ – er holte mit dem Arm aus – ›hier draußen liegt‹?

Ich schaute mich um. Inzwischen waren wir die schmale Gasse hinuntergestiegen, und von unserem Standort sahen wir ganz Prag vor uns ausgebreitet. Jenseits des Flusses, von einer Mauer eingezwängt, lag ein Labyrinth aus baufälligen Häusern und Straßen, gedrängt und schief, wie eine Stadt in einem Traum. Tadeus zeigte darauf. ›Es hieß schon immer‹, flüsterte er, ›daß das Ghetto ein Ort mächtiger Hexerei sei.‹ Er wandte sich zu mir: ›Was haltet Ihr für die Quelle der geheimen Kräfte des Rabbis?‹

Ich blickte weiter zum Ghetto hinüber. ›Ihr habt mir nichts von Kräften gesagt‹, erwiderte ich, ›nur von Gelehrtheit.‹

›Und ist Gelehrtheit nicht Macht?‹

Ich lächelte. ›Wenn Ihr so begierig seid, Tadeus, sie zu besitzen, warum dringt Ihr dann nicht in seinen Verstand ein und plündert seine Gedanken?‹

›Das habe ich bereits versucht‹, antwortete Tadeus.

Ich war überrascht. ›Und was habt Ihr gefunden?‹

›Eine ganze Nacht habe ich in seinen Träumen mit ihm gerungen – und wie jener Engel, der mit Jakob an der Furt kämpfte, konnte ich nicht die Oberhand gewinnen.‹ Er schwieg. ›Ihr‹, flüsterte er dann plötzlich, ›Ihr seid der Größte unserer Art. Ihr könntet den Willen des Juden brechen.‹

›Warum sollte ich das wollen?‹ fragte ich.

›Weil ich glaube, daß er das Werkzeug des Höllengeistes ist.‹

›Und doch hat er der Pest Einhalt geboten.‹

›Ein Trick, Euer Exzellenz, ein Trick. Ihr kennt diese Juden nicht so gut wie wir. Wir müssen ihn vernichten, bevor seine Macht zu groß wird. Denn was mag er mit der Kraft des Bösen Feindes nicht alles probieren?‹

Ich spürte, wie verzweifelt sein Eifer war. Mit äußerst geringer Begeisterung willigte ich ein. ›Ich will ihn bald besuchen.‹

Ich ließ Tadeus allein und jagte die ganze Nacht. In sein Haus zurückgekehrt, fühlte ich mich seltsam müde, und zum erstenmal seit langem schlief ich ein.« Der Pascha hielt inne und schloß die Augen, und im selben Augenblick sah Robert eine unbekannte Szene vor sich, wie die Landschaft eines Traums. Er sah eine weite, leere Ebene, auf der sich nichts regte bis auf eine einzelne Gestalt, nur stecknadelgroß in der Ferne, aber auf ihn zugehend, und mit jedem Schritt, den sie machte, erfüllte sie Robert mit einem seltsamen Grauen. Immer näher kam die Gestalt. Es war ein Mann, mit einem Stock in der Hand. Nun konnte Robert sehen, daß er einen Mantel trug und eine Kapuze tief über das Gesicht gezogen hatte. Mehr als alles auf der Welt wünschte Robert zu sehen, was darunter verborgen war – wie sein Gesicht aussehen mochte. Nun stand er fast an Roberts Seite. Als er die Hand zum Saum der Kapuze hob, spürte Robert mit brennender Gewißheit, daß ihm ein großes und wundersames Geheimnis offenbart werden sollte. Er begann die Kapuze zurückzuziehen. Robert erschrak und streckte die Hand aus, um sie selbst zu fassen. Im selben Moment schien der Traum zu zerrinnen, und der Pascha schlug die Augen auf. Er atmete tief ein. »Genauso erging es mir«, murmelte er. »Ich wachte plötzlich auf.«

Er rührte sich und setzte sich auf. »Ich stand sofort auf«, fuhr er fort. »Ich muß den ganzen Tag geschlafen haben, denn es war schon wieder Nacht, und die Straßen draußen lagen leer und still. Ich verließ das Haus. Doch der Traum schien noch so gegenwärtig, daß ich mich fast fragte, während ich durch Prag ging, ob ich überhaupt aufgewacht war. An der Karlsbrücke blieb ich eine Weile stehen und blickte über den Fluß auf die Ghettomauern. Die Türme und die Dächer der Häuser waren so schief, daß ich wieder dachte, wie sehr sie Gebäuden in einem Traum glichen. Ich betrat die Brücke, um zu ihnen hinüberzugehen. Da verspürte ich einen plötzlichen Schauder von etwas Süßem und Unerwartetem, wie silberne Wellen, die durch mein Blut liefen. Ich blickte zum anderen Ende der Brücke. Sie war leer – bis auf eine einzelne Gestalt, die mir entgegenkam. Wie in meinem Traum trug der Mann einen Mantel und eine Kapuze. Er hielt einen Stock in der Hand, und als er näher kam, konnte ich erkennen, daß seine Schultern von großer Müdigkeit gebeugt erschienen. Wie angewurzelt blieb ich stehen. Als er auf meiner Höhe war, hob er die Hand. Er faßte den Saum der Kapuze, und als er sie zurückzog, wußte ich, daß dies wirklich war, daß ich nicht mehr schlief. Und doch hätte sein Gesicht tatsächlich eine Traumvision sein können, denn es war unirdisch und schrecklich, seltsamer als jedes, das ich jemals erblickt hatte, so daß ich sofort von Abneigung und Ehrfurcht zugleich erfüllt war. Er war kein Geschöpf wie ich, dessen war ich mir sicher, denn seine Augen waren viel heller als meine und unglaublich tief, und obwohl sein Gesicht faltenlos war, schien er sagenhaft alt zu sein, unermeßlich alt – aber wieso ich das wußte, konnte ich mir nicht erklären. Der Wanderer schaute mich durchdringend an, ohne auf seinem Weg innezuhalten, dann ging er an mir vorbei. Ich blieb wie erstarrt auf der Stelle stehen und schaute ihm nach, wie er die Brücke verließ. Dann lief ich plötzlich los und versuchte, ihn zu verfolgen. Aber er war bereits verschwunden, und die leeren Straßen verspotteten mich und ließen meine Rufe widerhallen.

Ich kehrte um und nahm meinen früheren Weg wieder auf. Ich ging über die Brücke und fand mich dann unter der Ghettomauer inmitten enger, buckliger, schmutziger Gassen mit alten Häusern und schwankenden Galerien wieder. Als wäre es ein Strudel, ließ ich mich vom Ghetto davontragen, immer näher in sein Herz, bis ich mich im Schatten einer geschwärzten dreieckigen Mauer befand, und ich wußte, daß ich bei der Synagoge angelangt war. Die Fenster wirkten dunkel, aber als ich die Vorhalle betreten hatte, konnte ich den Schein eines einzelnen Lichts ausmachen, das in einem fahlen Strahl aus dem Raum dahinter fiel. Lautlos schlich ich durch die Tür.« Er hielt inne, und Robert sah die Szene vor sich.

Es war ein Raum aus Stein und Holz, einer Kapelle ganz ähnlich. Er war leer bis auf eine einzelne Gestalt am anderen Ende des Raums, die auf einem hohen, mit einem Stern gekennzeichneten Stuhl saß, über dem die Öllampe trübe flackerte. Der Mann trug einen langen schwarzen Bart und die Gewänder eines Rabbis und umklammerte ein Buch, das offen auf seinem Schoß lag. Seine Augen jedoch waren halb geschlossen, als suche er die Tiefen ferner Gedanken ab.

»Er blickte nicht auf«, sprach der Pascha weiter, »bis mein Schatten auf ihn fiel. Als er sein Gesicht hob, schien es bar jeder Gefühlsregung zu sein. ›So bald?‹ flüsterte er.

›Warum?‹ antwortete ich. ›Habt Ihr mich erwartet?‹

Der Rabbi betrachtete mich genauer. ›Ich bin gewarnt worden, Samael zu erwarten, das giftige Untier... *Havya bescha*...‹ Seine Stimme verlor sich. ›Aber das seid Ihr nicht.‹ Er streckte die Hand aus, um meine Wange zu berühren, und starrte mir in die Augen. ›Ihr seid also ein Blutsauger wie Pater Tadeus.‹ Er seufzte. ›Seid Ihr gekommen wie er, um meine Träume zu stehlen?‹

›Er hat versagt.‹

›Und würdet Ihr es besser machen?‹ Der Rabbi erhob sich. ›Denn laßt Euch warnen, Dämon – Ihr steht in der Gegenwart der Geheimnisse Gottes.‹

Ich lächelte und öffnete die Augen ganz weit. Dann plötzlich, als träfe ich ihn mit einem Messer, packte ich ihn im Geist. Er wehrte sich mit aller Kraft, aber er konnte mir nicht widerstehen, denn meine Stärke war zu groß, und ich spürte ihn allmählich schwach werden, bis seine Gedanken nackt vor meinem Blick lagen. Da wurde mir klar, daß Tadeus mich belogen hatte, denn Rabbi Löw hatte keinen Handel mit dem Geist der Dunkelheit abgeschlossen, sondern war ein mutiger, gelehrter und furchtloser Mann. Wie ein Jäger, der einen Vogel aus einer Falle befreit, gab ich ihn aus meiner Gewalt frei. Er sah mich wortlos an und bewegte sich nicht, außer daß er die Seiten seines Buches fester packte.

›Wer war es‹, fragte ich, ›der Euch warnte, den Engel der Dunkelheit zu erwarten?‹

Der Rabbi runzelte die Stirn. ›Warum macht Ihr Euch die Mühe, mich um etwas zu bitten, das Ihr mir mit Gewalt nehmen könnt?‹

›Weil ich in meinen Träumen und gerade eben auf der Brücke einem Mann mit einem Gesicht so alterslos wie die Zeit begegnet bin.‹

Der Rabbi blieb weiter reglos, die Augen wie im Gebet geschlossen. ›Und warum sollte dieser Mann geholfen haben‹, fragte er schließlich, ›Euch zurückzuhalten?‹

›Weil ich ein großer und mächtiger Geist bin‹, antwortete ich, ›und der Mann auf der Brücke dennoch mächtiger als ich war – und ein solches Wesen habe ich bisher nur einmal kennengelernt. Das war in den Wüsten Ägyptens, als ich auf Lilith traf, die große Metze – und aufhörte, ein Sterblicher zu sein. Seid also gewarnt, Rabbi. Wenn ich Euch verschone, dann deshalb, weil Ihr mich an den Menschen erinnert, der ich einmal war.‹

Der Rabbi begegnete meinem Blick. ›Der Geist, dem Ihr begegnet seid … ihn braucht Ihr meinetwegen nicht zu fürchten, denn er wird mir nichts anhaben. Er ist als der Beschützer der von Gott Erwählten bekannt.‹

›Und ist er deshalb zu Euch gekommen? Als Antwort auf eine Gefahr?‹

›Könnt Ihr Euch das nicht selbst beantworten?‹ Der Rabbi lächelte verhalten. ›Denn er kam ebenso zu Euch.‹

Ich trat einen Schritt vor und beugte mich ganz dicht an die Wange des Rabbis vor, so daß sein Bart an meinen streifte. ›Wer war er?‹ flüsterte ich.

Der Rabbi drückte das Buch an die Brust. ›Wenn ich Euch sagte, was er mit mir zu tun hat, würde ich sein Vertrauen und meine eigenen Aussichten auf Erfolg verraten.‹

›Erfolg, Rabbi? Erfolg wobei?‹

Er schüttelte den Kopf und setzte sich wieder hin.

Ich starrte ihn lange an und dann sein Buch. Endlich wandte ich mich ab und ging von ihm fort, in die Schwärze am anderen Ende des Raums. An der Tür blieb ich jedoch stehen und drehte mich noch einmal um. Die Haut des Rabbi schien im Laternenlicht wie blasses Gold zu schimmern. ›Mein Name ist Vachel Pascha‹, rief ich. ›Solltet Ihr mich brauchen, schickt in Konstantinopel nach mir. Dort werdet Ihr mich finden.‹ Ich neigte den Kopf und wandte mich ab. ›*Schalom*, Rabbi Löw.‹

Er antwortete mir nicht, aber ich vertraute darauf – und befürchtete –, daß er es zu gegebener Zeit tun würde.«

Worin eine Erzählung abgeschlossen und ein Angebot gemacht wird

Der Pascha schwieg und bewegte sich unbehaglich.

»Und was dann?« fragte Robert. »Hat er Euch aufgesucht?«

»Ich hörte von niemandem«, erwiderte der Pascha, »bis auf Tadeus. Wie zuvor an die Marquise, schickte er mir Nachrichten von dunklen Gerüchten und himmlischen Zeichen, Vorzeichen einer drohenden Apokalypse.«

»Was für Zeichen?« fragte Robert.

»In einem Brief«, antwortete der Pascha, »schrieb er von Berichten über den Ewigen Juden, der Christus auf dem Weg nach Golgatha verspottet hatte und zur Strafe für das Verbrechen zu ewiger Rastlosigkeit verurteilt worden war. Ich erinnerte mich an die Gestalt, die ich auf der Brücke gesehen hatte, an das Gefühl seines unermeßlichen Alters, kaum verborgen hinter seinem faltenlosen Fleisch, und ich wünschte, Tadeus wäre in seinem Brief näher auf ihn eingegangen. Aber ich antwortete ihm nicht und forderte keinen genaueren Bericht, denn ich wußte, daß er gierig nach meinem Wissen war, genauso wie er gierig auf Rabbi Löws Wissen gewesen war. Vom Rabbi selbst schrieb Tadeus sehr wenig. Ein Gerücht erwähnte er allerdings: Der Rabbi hatte angeblich ein Monster aus Lehm geschaffen, das ihm als Sklave bei seinen teuflischen Praktiken dienen sollte. Das Monster lebte, so erzählte man sich, im Dachgeschoß der Synagoge und trug auf der Stirn das Teufelszeichen.

Doch Tadeus erwähnte das Monster nicht mehr, auch nicht Rabbi Löw, und seine Briefe wurden allmählich kürzer, bis sie ganz versiegten. Ich erhielt kaum andere Nachrichten, obwohl ich ein oder zweimal mit Spionen zusammentraf, die aus Prag zurückgekehrt waren, um dem Sultan über den Zustand seines Feindes zu berichten. Einer von ihnen erinnerte sich an Rabbi Löw. Es hieß, Kaiser Rudolf habe ihm eine Audienz gewährt – eine beispiellose Ehre für einen Juden! –, und die beiden Männer hätten eine Stunde lang allein miteinander gesprochen. Es ging das Gerücht, fügte der Spion hinzu, der Rabbi habe dem Kaiser von einem schrecklichen Geheimnis berichtet. Doch über die Art des Geheimnisses stimmten keine zwei Quellen überein.

Die Jahre verstrichen. Ich hörte nichts mehr von Rabbi Löw, und schließlich nahm ich an, er müsse gestorben sein. Aber dann wurde eines Tages, als ich in meinem Palast über dem Goldenen Horn saß, ein handgeschriebenes hebräisches Buch bei mir abgegeben, und als ich es aufschlug, entdeckte ich eine Blume. Sie war sehr zart und trocken, und um den Stengel war ein Stück Seide gebunden, auf dem die Verheißung stand: ›Das Gras verdorrt, die Blume verwelkt, aber das Wort unseres Gottes bleibt ewiglich.‹ Behutsam legte ich die Blume beiseite und vertiefte mich in das Buch. Zweifellos hatte es Rabbi Löw selbst geschrieben, denn es berichtete von großen, furchtbaren Geheimnissen, wie sie nur die Auserwähltesten der Gelehrten gewußt haben können. Schon einmal, schrieb der Rabbi, habe es ein großes Sterben gegeben, angekündigt von untrüglichen Zeichen, und diese Zeichen seien von den *Tannaim* gedeutet worden, den Lehrern der Überlieferung, die die Sprache des Buchs der Welt verstanden. Sie hätten darin von der kommenden Zerstörung gelesen, wenn die ganze Welt in Blut ertrinken und der Böse seinen Tempel inmitten des Gemetzels errichten würde. Doch sie hätten auch gelesen, daß die Welt gerettet werden könnte, obgleich Jerusalem zerstört würde und der Tempel des Herrn in Asche fiele, und daß der Böse mit einem Haken herausgezogen werden könnte. Aber sie wüßten nicht, wie dies zu bewerkstelligen wäre; denn nur der Herr könne den Leviathan fesseln, und das Geheimnis seiner Weisheit sei ihnen verborgen. Und damals sei ein Wanderer erschienen, so alt wie der erste der Söhne Adams, und er trüge das Geheimnis bei sich, wie das Untier gefesselt werden könne…

An dieser Stelle brach der Bericht ab – und auf die nächste leere Seite war die Blume gepreßt worden. Noch in derselben Nacht verließ ich Konstantinopel und ritt wie der Wind auf Prag zu. Als ich dort ankam, war die Stadt voller Zeichen der Zwietracht und eines bevorstehenden Krieges. Überall sah man Soldaten, und die Pöbelhaufen, die durch die Straßen zogen oder sich auf den Plätzen versammelten, schäumten vor Haß. Nur im Ghetto schien alles ruhig. Doch es war eine melancholische Stille, und die Ruhe erschien von Trauer und großer Angst durchdrungen. Ich betete, daß ich nicht zu spät käme, und lief noch schneller auf die Synagoge zu. Dort angekommen, fragte ich nach Rabbi Löw. Er sei nicht da, sagte man mir, denn er sei sehr krank. Ich würde ihn in seinem Haus hinter der Synagoge finden.

Er lag in seinem Bett, um das sich seine Kinder und Enkel versammelt hatten. Als ich das Zimmer betrat, wichen sie vor mir zurück, als wäre ich ein Bote des Todes. Aber der Rabbi flüsterte ihnen zu, sie möchten uns allein lassen, und sie gehorchten ihm, wenngleich mit stummem Protest in den Augen. Ich trat auf den Rabbi zu. Sein Bart war nun das reinste Silber, und er wirkte so schwach, daß er sich kaum mehr regen konnte, doch als er zu sprechen anhob, war seine Stimme so klar wie in meiner Erinnerung. Er bat mich, an seiner Seite Platz zu nehmen. Ich folgte seiner Aufforderung und drückte ihm die Blume, die er mir geschickt hatte, in die Hand. Dann legte ich das Buch auf seinen Schoß. Ich schlug die leere Seite auf. ›Eure Heilige Schrift lehrt‹, sagte ich zu ihm, ›daß diejenigen, deren Neugier gereizt wird, ihr immer unterliegen.‹

Der Rabbi lächelte schwach. ›Ich hoffe, Ihr verzeiht mir. Aber ich mußte mir sicher sein, daß Ihr sofort kommen würdet. Mein Tod ist sehr nah.‹

›Dann sagt mir, warum Ihr so lange gezögert habt, mich zu rufen.‹

Ein Ausdruck tiefster Melancholie glitt über das Gesicht des Rabbis. ›Weil mein Versagen‹, flüsterte er, ›erst vor kurzem offenbar wurde.‹

›Euer Versagen? Ihr habt mich also hergerufen, um – was? – Euer Erbe bei einem Auftrag, den ich nicht verstehe, zu sein?‹

Der Rabbi schwenkte seine Hand in einer matten Geste der Versöhnung hin und her. ›Ich will alles aufdecken, was ich weiß, so daß Ihr dann versteht.‹

›Doch ich bin ein Dämon‹, flüsterte ich. ›Ihr habt es selbst gesagt.‹

›Ein Dämon?‹ Wieder schwenkte der Rabbi die Hand. ›In den geheimen Schriften heißt es, daß nicht einmal die Dämonen vollständig verflucht sind. Und das glaube auch ich, Vachel Pascha. Denn warum wäre er sonst zu Euch ebenso wie zu mir gekommen?‹

›Er? Der Wanderer? Dann verratet mir, Rabbi – verratet mir, wer er war.‹

Der Rabbi schien in die Ferne zu blicken. ›In den geheimsten Schriften Judas des Frommen‹, murmelte er schließlich, ›habe ich die Behauptung gefunden, der Wanderer sei Kain, noch immer ein Flüchtiger und Vagabund, der ewig versucht, seine Sünde abzubüßen. Aber ich habe ihn gesehen, ich habe in seine Augen gestarrt...‹ Er hob den Kopf, um meinem Blick zu begegnen. ›Ich glaube nicht, daß er jemals ein Mensch gewesen ist.‹

Ich beugte mich vor. ›Was dann?‹ flüsterte ich. ›Was habt Ihr gesehen?‹

›Er erschien mir‹, antwortete der Rabbi, ›als käme er nirgendwoher – wie es in den geheimen Texten geschrieben stand. Er gab mir ein Buch. Ich schlug es auf. Die Schrift glich keiner, die ich jemals gesehen hatte und ich fragte, wie ich das lesen solle. Er gab mir keine Antwort, sondern lächelte nur, so daß ich am liebsten mein Gesicht mit den Händen bedeckt hätte, denn sein Schweigen war zu groß, als daß sterbliche Augen es ertragen hätten. Aber ich wagte es dennoch, ihn anzublicken und zum zweitenmal zu sprechen. ›Samael‹, fragte ich, ›das giftige Untier – wie soll ich es besiegen?‹ Wieder lächelte der Wanderer, und dann wandte er sich ab und ging, und ich war allein. Aber das Buch hielt ich noch in den Händen, und als ich noch einmal die geheimen Schriftzeichen betrachtete, wurde mir klar, daß der Wanderer Raziel gewesen war, der Engel alles Verborgenen, der mit eifersüchtigem Auge über die Geheimnisse Gottes wacht. Und in jenem Moment, als ich das dachte und das Buch umklammerte‹ – er lächelte mich an – ›erschient Ihr vor meinem Stuhl.‹

›Und das Buch?‹ flüsterte ich zögernd. ›Was enthüllte es?‹

›Seine Bedeutung blieb mir weiter ein Rätsel. Tag für Tag brütete ich in der Synagoge viele Stunden darüber, und jeden Tag bildete ich mir ein, die Schrift endlich verstanden zu haben – doch in Wahrheit glich mein Verstehen einem Kieselstein, den ein Kind schnippt, denn es glitt über die Worte, als wären sie Wasser, und kam nie zur sicheren Ruhe. Jahre vergingen. Ich begann zu verzweifeln. Noch immer studierte ich das Buch so fleißig wie eh und je, doch nun fürchtete ich, seiner Geheimnisse nicht würdig zu sein. Eines heißen Nachmittags dann, als ich allein über meiner Arbeit saß, wurde ich von meiner Enkeltochter unterbrochen. Man hatte ihr gesagt, sie solle mich nicht stören, doch sie war noch so klein, und sie hatte einen Blumenstrauß gepflückt, den sie mir schenken wollte. Ich schalt sie freundlich, nahm aber ihr Geschenk an, und als sie gegangen war, merkte ich, daß ich das Buch nicht mehr studieren konnte, sondern nur noch auf die Blumen starrte. Das Ghetto ist ein Ort aus Staub und

Stein. Nichts wächst hier außer dem Unkraut auf dem Friedhof, und der Anblick der Blumen, zarte Erinnerungen an ländliche Wegränder, traf mich mit der Macht einer Offenbarung, etwas Wunderbares und Merkwürdiges, das ich fast vergessen hatte. Ich bemerkte, daß ich die Äderung der Blütenblätter betrachtete, als ob sie, nicht das Buch, das ganze Geheimnis enthielten; denn sie schienen die Sprache des Alls zu bilden. Plötzlich spürte ich in allem einen erhabenen Sinn. Ich griff zum Buch und bemerkte, daß ich auch die Schrift darin lesen konnte. Die ganze Welt schien darin enthalten: die Vergangenheit und die Zukunft, wo ich saß und darüber hinaus. Ja, ich glaubte, das Buch sei wirklich ein See, dessen Oberfläche so still und silbern wie ein Spiegel war, und ich könne nun endlich unter seine Oberfläche tauchen ...‹

Der Rabbi hielt inne. Dann murmelte er ein Gebet vor sich hin. ›Wie soll ich beschreiben‹, flüsterte er, ›was sich nicht beschreiben läßt? Denn das Buch, wie das Gesetz Gottes, ist vieles. Es ist eine Sammlung von Worten, die zu lesen und zu erfassen sind. Doch es hat auch einen Sinn, der mehr, viel mehr ist als der Wert der Worte, als ob der Text ein Leib und seine Wahrheit eine Seele wäre, weitaus größer als der Stoff, den es enthält. Und es ist angemessen, daß ich das Buch auf diese Weise beschreibe, denn seine Geheimnisse sind die der Schöpfung: des Geistes Jahwes, der in den reglosen Adam gehaucht wurde und Leben aus Staub machte. Was ist der Mensch ohne solchen Atem? Unvollkommen. Unfertig. Ein grober Lehmklumpen ...‹ Der Rabbi schwieg. Dann hauchte er sanft über seinen Handrücken. ›Ein Mensch‹, flüsterte er, ›könnte ein Abbild seiner selbst formen – aber er kann ihm kein Leben geben. Es bliebe bloß eine Mischung aus Erde – denn ihm würde das *neschuma* fehlen, der Geist Gottes. Ein tödliches Gefängnis also, tödlich und dumm – doch wenn irgendwie ein Geist in seinem Lehm gefangen werden könnte ...‹

In den Augen des Rabbis spiegelte sich das fahle Glitzern meiner eigenen. ›Ihr schuft es also?‹ flüsterte ich. ›Ihr schuft solch einen ...?‹

›Golem.‹ Das Wort schien in der Luft zu schweben. Die Stimme des Rabbi war heiser und leise, als er weitersprach. ›Ich beschloß, ja, einen Golem zu schaffen. Aber nicht sofort – nicht bevor alles bereit war –, denn es gab andere Geheimnisse, die ich noch ausloten mußte. Ich habe gesagt, das Buch sei wie die Oberfläche eines Sees gewesen, durch die man tauchte, während man die Worte studierte. Und in der Tat hätte ich glauben können, ich sei in Wasser gesprungen, denn goldene Ströme schwammen vor meinen Augen und Strudel sonderbaren Lichts. Und dennoch sah ich in Wahrheit die Dinge nicht weniger klar, sondern klarer als zuvor, denn mein Blick, vermute ich, war wie der eines Engels geworden – vielleicht wie der von Raziel selbst. Ich sah Linien und Strahlen, manche geringer, manche größer, aber alle mit himmlischer Macht versehen, und ich fühlte, als ich durch sie hindurchging, daß jene Macht meine eigene werden könnte. Doch ich fürchtete, meine Gedanken in ihrem Licht zu färben, denn ich wußte, daß sie Teil einer geheimen Architektur waren, durch die das Weltall selbst erhalten wurde – und ich hatte Angst, in die Geheimnisse Gottes einzudringen. Aber ich wußte auch, daß ich nicht lange warten konnte; denn manchmal fing ich, auf den Strahlen getragen, ein schwaches Gefühl des Bösen auf, einer Dunkelheit, die das Licht verdarb und trübte, und dann fiel mir ein, daß der Engel des Bösen noch überall war. Und während ich Zeit zu gewinnen suchte, schien die Dunkelheit immer mehr zu wachsen.‹

›Dann sagt mir doch‹, bat ich ihn leise, ›was Ihr getan habt.‹

Und er begann, mir von einem Mann namens Dr. Dee zu erzählen. Es mag Euch anrühren, Sirs, zu erfahren, daß Dr.

Dee Engländer war, einer der Hunderte von Alchimisten, die in Prag versammelt waren und alle um den Kaiser schwirrten wie Fliegen um ein Stück Fleisch. Doch Dr. Dee selbst war kein bloßer Scharlatan, sondern auch ein gelehrter und brillanter Mann, der viele Wissensgebiete beherrschte, von denen besonders eines Rabbi Löws Interesse weckte. Denn Dr. Dee hatte von unsterblichen und unsichtbaren Strahlen geschrieben, die durch Erdklumpen und Berg und Tal dringen konnten und im Besitz einer heiligen und wunderbaren Macht waren. Der Doktor führte an, in seiner Heimat hätten die alten Priester Tempel entlang der Linie solcher Strahlen errichtet, und so fragte sich der Rabbi, ob nicht vielleicht in Böhmen das gleiche geschehen sei. Mit dieser Hoffnung hatte er sich an Dr. Dee gewandt und ihm, nachdem er ihn Stillschweigen hatte schwören lassen, das Geheimnis seines Buches enthüllt.

Er wußte, daß er ein Risiko eingegangen war, und so kam es, wie es kommen mußte: Dr. Dee konnte der Versuchung, die so plötzlich vor ihm lag, nicht widerstehen. Ohne Rabbi Löws Wissen kopierte er den Text des Buches, und als er damit fertig war, floh er aus Böhmen zurück nach England. Doch Rabbi Löw machte sich keine allzu großen Sorgen, denn er bezweifelte, daß es Dr. Dee jemals gelingen würde, den Text richtig zu lesen, selbst wenn er ihn korrekt kopiert hatte. Er hatte es nämlich vorher nicht einmal mit Rabbi Löws Hilfe vermocht. Dagegen war es dem Doktor gelungen, in alten Texten die Überlieferung von einer uralten Linie heiliger Macht zu entdecken, die durch das Herz von Prag führte, ja, durch die Mitte der Karlsbrücke, und Dr. Dee war zwar geflohen, die Früchte seines Forschens hatte er jedoch zurückgelassen. Also begab sich der Rabbi mit seinem Buch an den Rand der Brücke. Er begann, die Schrift zu lesen und in die Welt des Geheimnisses, das sie offenbarte, einzudringen. Und da sah er, daß Dr. Dee recht gehabt hatte, daß nämlich die Brücke von einem mächtigen Energiestrom überquert wurde, so rein, daß er kaum gesichtet werden konnte, und von einer Stärke, die er nie zuvor erlebt hatte. Während der Rabbi sich von dem Strom umspülen ließ, wurde ihm bewußt, daß er ihm die beste Chance bot, die er jemals bekommen würde.

Er folgte der Linie über die Grenze Prags hinaus bis zu einem Steinbruch am Ufer der Moldau. An jenem Nachmittag nahm er ein Bad. Dann sagte er Abschnitte aus der Kabbala und den 119. Psalm auf. Als die Nacht hereinbrach, hüllte er sich in eine Kapuze von reinstem Weiß und kehrte mit einer Fackel in der Hand zum Steinbruch zurück. Er kniete am Flußufer nieder, wo der Lehm am dicksten war, und begann, eine menschliche Gestalt zu formen, drei Ellen lang, die er mitten in die große Kraftlinie legte.

Als sie fertig war, erhob sich Rabbi Löw wieder. Er begann, aus seinem Buch zu lesen, und umkreiste dabei die Gestalt des Golem, wobei er die ganze Zeit fühlte, wie er mit der Kraft eins wurde. Nun konnte er die Linie deutlicher erkennen, ein Wirbelwind dunklen Feuers, hell am Rand und bernsteingelb im Kern, und die Welt dahinter war nun verschwommen und matt. Noch immer umkreiste der Rabbi den Golem und las dabei aus seinem Buch, und das Bernsteingelb wurde heller, so daß er nichts mehr dahinter erkennen konnte. Bis zur sechsten Umkreisung war alle Dunkelheit aufgezehrt. Das Bernsteingelb loderte in einer mächtigen Feuerwand, und der Rabbi schrie auf, denn er schien nun mit den Flammen vermischt und mit den unzähligen Lebensfunken, die sie warfen. Und dann lachte er und begriff – daß er nun das Licht war.

Er hörte auf zu lesen und ließ das Buch fallen. Es sandte farbige Wellen aus. Er schaute sich um. Die Welt war wieder um ihn herum, doch sonderbar, wie der Widerschein eines Regenbogens, der auf einen Fluß geworfen wird. Doch der

Rabbi konnte sie beherrschen, konnte bewirken, daß sie der kleinsten Regung seiner Gedanken gehorchte. Er blickte die Kraftlinie entlang, die noch immer loderte, jedoch nun vor flüssigem Kristall, und der Rabbi sah, wohin sie führte, Meile über Meile, so daß riesige Entfernungen zu nichts zu schrumpfen schienen. Er dachte an den Bösen – an Samael, das Giftige Untier. Nichts erschien. Es war nicht möglich, dachte der Rabbi, sich seine Erscheinung auszumalen – sich das Gesicht des Feindes Gottes auszumalen. So zog er in seine Gedanken, als wäre es in nassen Sand, die Buchstaben seines Namens, und währenddessen starrte er in die Tiefe der Linie.

Plötzlich konnte er in ihrem eigentlichen Kern einen Knirps entdecken, eine winzige Silhouette. Er schien sich zu sträuben, doch der Rabbi bannte ihn mit seinem Blick und ließ ihn nicht entkommen. Immer näher kam er, von der Kraftlinie getragen, und der Rabbi sah zu seinem Entsetzen, wie er den Kristall der lodernden Flamme mit seiner Dunkelheit beschmutzte, so daß er selbst, der das Licht war, seine eigene Kraft allmählich schwinden fühlte.

Aber er gab die Gestalt nicht frei – auch dann nicht, als eine Kälte tief in seine Knochen drang und die Dunkelheit wie ein Sturm gellend durch seine Gedanken schrie. Immer schwärzer wurde es, und plötzlich konnte der Rabbi überhaupt nichts mehr sehen. Wie erstarrt stand er da. Der Sturm flaute ab, und die Stille wirkte so eisig, daß sie den Rabbi aufschreien ließ. Immer noch antwortete ihm Stille. Und dann plötzlich stand das Wesen vor ihm, von ungeheurer Größe, eine Masse aus Schatten bis auf die Glut der Augen. Es griff nach dem Rabbi und bog seinen Kopf nach hinten. Dann näherte es seine Kiefer der Seite seines Halses. Der Rabbi schrie ein Gebet heraus. Es tat keine Wirkung. Verzweifelt blickte er zu Boden, wo er das Buch mit aufgeschlagenen Seiten liegen sah. Der Rabbi las sie, eine geheime Zauberformel, und schon zeigten sich wieder Lichtstreifen in der Dunkelheit. Er wiederholte die Zauberformel, und das Wesen taumelte, als wäre es plötzlich verwundet. Doch seinen Griff lockerte es nicht, sondern warf den Rabbi mit einem Schrei aus Qual und Wut auf die Erde. Seine Kiefer klafften noch immer. Als sie sich wieder seiner Kehle näherten, spürte der Rabbi den Speichel tropfen. Verzweifelt drehte er den Kopf herum, versuchte, tiefer in den Schlamm zu sinken. Da erblickte er auf dem Ufer eine Unmenge sich wiegender Blumen. Das Bild seiner Enkeltochter – die ihm vor so vielen Jahren einen Blumenstrauß hingestreckt hatte – erfüllte seinen Geist, und er erinnerte sich, wie überrascht vor Freude er gewesen war, als er der Schönheit jedes winzigen Blütenblatts nachgespürt hatte.

Im selben Augenblick, als er sich daran erinnerte, hörte er das Wesen schreien, nun nicht vor Haß, sondern vor verzweifeltem Schmerz. Der Rabbi spürte, wie es erbebte und dann den Griff auf seinen Armen lockerte. Er wand sich, rollte über den Schlamm beiseite, so daß er inmitten der Blumen zu liegen kam. Er wandte sich um und blickte zurück auf das Geschöpf. Es krümmte sich und schrie, als würde es vom Licht verzehrt. Der Rabbi wandte sich wieder den Blumen zu. Er pflückte einen Strauß, hielt ihn unter die Nase und atmete ihren Duft tief ein. Und die ganze Zeit dachte er an die geheime Magie in dem Buch, durch deren Macht die Bestie gefesselt werden sollte. Wieder hob er den Blick und ging auf das Geschöpf zu. Noch immer konnte er nichts erkennen außer seinem Umriß. Aber dann, als er es im Netz seines Denkens fing, sah er, wie seine Dunkelheit zu glänzen begann, und er bemerkte, daß das Wesen Blut ausschwitzte. Er blickte hinab auf das Modell des Golems. Blut fiel als dikker Regen darauf. Und die ganze Zeit schrie das Geschöpf, während seine Glieder und sein Leib immer mehr vertrockneten und sein Blut von dem gierigen Lehm aufgetrunken wurde. Der Rabbi hob das Buch auf und las, während er mit der anderen Hand noch immer die Blumen umklammerte, noch einmal die geheime Zauberformel. Wie der Hauch eines Windes, der in einem Haus gefangen ist, erhob sich der Schrei des Geschöpfs, um dann in Stille zu verklingen. Haut und Gebeine fielen in den Staub, und der Lehm des Golem glänzte feucht.

Der Rabbi bückte sich neben ihm und zog aus seinen Gewändern einen einzelnen Pergamentstreifen. Er war mit hebräischen Buchstaben beschriftet – mit dem *schem hamephorasch,* dem geheimen Namen Gottes. Er legte ihn in den offenen Mund des Golems, und die Lehmgestalt krümmte sich und bäumte sich auf und wurde dann still, während die Feuchtigkeit verging und der Lehm hart wurde.

Der Rabbi wandte sich dem Staub aus Knochen und Haut hinter sich zu und vergrub alles tief im Schlamm. Dann verließ er den Steinbruch und machte sich auf den Rückweg nach Prag, noch immer mit dem Buch und dem Blumenstrauß in den Händen. Im Ghetto angekommen, befahl er sofort vier Vertrauten, den Golem zu holen und in das Dachgeschoß der Synagoge zu legen. Niemand sah sie, als sie ihren Auftrag ausführten, und sobald der Golem sorgfältig unter Gebetsschals und Büchern versteckt war, ließ der Rabbi die Tür mit Brettern vernageln. Dann sprach er das strengste Verbot aus, den Raum zu betreten: denn er enthielt, wie der Tempel, die Geheimnisse Gottes.«

»Und wie es immer geht«, sagte Lord Rochester gedehnt, »mißachtete jemand sein Verbot?« Er lächelte träge. »Denn sterbliches Fleisch ist dazu da, solche Gebote zu übertreten.«

»Das mag sein«, antwortete der Pascha, »doch der Rabbi war kein Dummkopf. Denn es widerstrebte ihm, daß der Golem vor seinem wachsamen Auge verborgen war, und er wußte, daß das Grauen, das er, obwohl leblos, einflößte, als

Abschreckung genügte. Nur Gewalttätigkeiten der Christen hätten sein Versteck gefährden können, und aus diesem Grund suchte der Rabbi um Audienz beim Kaiser nach. Er offenbarte ihm während ihrer geheimen Unterredung die Wahrheit über den Golem, und Kaiser Rudolf, ein Mann, der so sehr von Vorahnungen böser Zauberei und des Kriegs gequält wurde, glaubte die Geschichte des Rabbis. Er stellte die Juden Prags unter seinen persönlichen Schutz und verlangte dann, den Golem mit eigenen Augen zu sehen. Trotz aller Anstrengungen des Rabbis, den Kaiser davon abzubringen, wollte sich dieser nicht abweisen lassen, und so geschah es eines Nachts, daß Rudolf verkleidet vor der Synagoge eintraf, die Treppe hinaufstieg und befahl, die Tür zum Dachboden zu öffnen. Dann trat er ein und starrte lange in das Gesicht des Golems hinunter.

Als er den Dachboden endlich verließ, befahl er, die Tür wieder zu vernageln, aber noch sicherer als vorher. Ansonsten sprach er jedoch kein Wort. Von diesem Tag an sah man den Kaiser nur noch selten. Es hieß, seine Schwermut habe seinen Verstand aufgezehrt, er sei tobsüchtig, er sei tot. Der Rabbi, der diese Gerüchte ebenfalls hörte, blickte mitunter zu dem einzigen Dachfenster hinauf und betete, ganz tief in seinem Herzen, daß er alles nur zum Besten getan habe. Mitunter blickte er auch, wenn er in seiner Studierstube saß, auf einen Blumenstrauß in einer Vase, um sich zu vergewissern, daß die Blüten nicht welkten. Denn seit jener Nacht im Steinbruch am Fluß waren die Blumen nicht vergangen, sondern frisch geblieben wie damals, als der Rabbi sie pflückte.«

»Aber schließlich welkten sie doch?« fragte Robert leise.

»Es war eine Blume aus dem Strauß, die er mir schickte – in seinem Buch gepreßt.«

»Was war geschehen?«

»Genau erfuhr es der Rabbi nie. Er hatte entdeckt, daß die Blumen in seinem Studierzimmer welkten, war darauf zum Dachboden geeilt und hatte die Bretter vor der Tür von innen zertrümmert vorgefunden.«

»Und der Golem?«

Der Pascha lächelte dünn. »Natürlich verschwunden.«

»War es Faustus?« flüsterte Robert. »Tadeus?«

Der Pascha zuckte kaum merklich die Achseln. »Der Rabbi meinte es nicht – denn er glaubte, der Fehler hätte bei ihm selbst gelegen.«

»Wieso?«

»In jener Nacht, als ich bei dem Rabbi saß und ihn bat, seine Behauptung zu erklären, erzählte er mir eine Geschichte. Er erzählte von Aher, im Talmud wegen seines Unheils berühmt, der einst Elischa ben Abua gewesen war – der gelehrteste aller Lehrer Israels. Aber Elischa war zu tief in den Garten der Erkenntnis eingedrungen, und seine Neugier erwies sich, wie Evas, bald als verhängnisvoll. Er verriet seinen Glauben, er folgte dem Bösen – denn es gibt Geheimnisse, die für den sterblichen Verstand zu gefährlich sind. Rabbi Löw fürchtete, auch er habe solche Geheimnisse erblickt, denn er hatte gewagt, in Raziels Buch einzudringen und seine Macht zu beschwören.«

Robert runzelte die Stirn. »Aber worin bestand seine Sünde?«

»Überheblichkeit. Die Überheblichkeit, die ihn verleitet hatte, den Golem in der Synagoge zu halten, anstatt ihn in Stücke zu schlagen und den Staub in den Wind zu streuen. ›Denn ich konnte nicht glauben‹, verriet er mir, ›daß das Geheimnis gewahrt, die Gefahr gebannt würde, wenn ich nicht selbst über ihn wachte. Und jetzt‹ – er hob die verwelkte Blume aus dem Buch hoch – ›jetzt könnt Ihr sehen, wie mein Stolz seinen Lohn erhalten hat. Der Golem ist zerschmettert, das *schem* ausgespien, die Bestie aus ihren Ketten befreit ... ‹«

»Und hatte er recht?« fragte Robert. »War das Unheil des Geistes zu stark für den Lehm gewesen?«

»So scheint es«, antwortete der Pascha. »Denn wie der Rabbi mich warnte, würde seine Stärke ungetrübt sein – sogar noch größer...«, er hielt inne, »und er hatte recht...«

Lord Rochester beugte sich vor. »Dann habt Ihr das Buch gelesen?« flüsterte er. »Ihr habt die Welt betreten, die seine Seiten erschlossen?«

Der Pascha saß lange in Schweigen versunken. »In derselben Nacht«, sagte er endlich, »las ich, während der Rabbi das Buch las, seine Gedanken. Auf diese Weise war ich fähig, die Schrift zu verstehen.«

Robert schöpfte tief Luft. »Und was habt Ihr gesehen?«

»Viele Dinge.« Der Pascha schloß halb die Augen, als blikke er in die Tiefe seiner Erinnerung. »Viele.« Er schluckte. Dann schlug er die Augen wieder auf. »Wie ich gesagt habe«, murmelte er, »hatte der Rabbi recht gehabt – das Geschöpf war stärker denn je. Denn es nährte sich von dem Bösen, das es zugleich erzeugte, so daß ich allmählich befürchtete, es werde die ganze Welt zerstören und über eine weltumspannende Wüste des Todes herrschen. Lange verfolgte ich es, während Verderben über Prag kam und dann über ganz Böhmen und schließlich weit darüber hinaus – und dennoch konnte ich es nicht finden und zum Kampf herausfordern. Jahre vergingen. Das Land wurde mit Gebeinen gedüngt und vom Krieg versengt, so daß die Zivilisation erstickt unter Unkraut lag und die Wölfe in die leeren Dörfer zurückkehrten, und noch immer verfolgte ich es, jagte das Untier. Allmählich kam ich ihm näher, doch seine Stärke war nun furchtbar, und ich fürchtete mich, noch näher zu kommen. Doch ich wußte, daß ich zweifellos zusammen mit der ganzen Welt zugrunde gehen würde, wenn ich es nicht versuchte, und schließlich tat ich es, ich traf mit ihm zusammen...

Von unserem Kampf«, der Pascha schwieg eine Weile, »von unserem Kampf möchte ich nicht sprechen. Diese Erinnerung ist zu furchtbar, um wachgerufen zu werden. Doch am Ende hatte ich gehofft, das Geschöpf wäre erschlagen, denn ich sah, wie sein Blut vom Golemlehm aufgeschluckt wurde. Den Fehler des Rabbis wiederholte ich nicht. Ich zertrümmerte die Gestalt und verstreute den Staub, so daß er sich mit dem Schlamm am Ufer der Moldau vermischte. Und erst da, als mein Sieg, wie ich glaubte, vollständig war, erst da fühlte ich, wie furchtbar meine eigenen Schmerzen nun waren. Ich beschloß, nach Paris zu reisen, um die Marquise aufzusuchen und mich eine Weile bei ihr auszuruhen, aber meine Wunden erlaubten mir die Reise nicht. Ich brach auf der Straße zusammen und verlor im Fieber jedes Zeitgefühl. Jahr um Jahr muß ich im Dreck gelegen haben, von Krankheit zerfressen, und nur ein glücklicher Zufall brachte mich hierher.« Er streckte den Arm aus und strich weich über Lord Rochesters Hand. Dann sah er wieder Robert an. »Denn es war Lord Rochester, der mich fand und mir half, meinen Weg fortzusetzen – wie ich gewußt hatte –, denn ich hatte es alles schon gesehen.«

»Gesehen?« Robert runzelte die Stirn. »Wie soll ich das verstehen?«

Der Pascha drückte Lord Rochesters Hand fester. »In der Welt des Buches«, sagte er leise, »kann die Zeit selbst, so scheint es, mitunter verzerrt werden. Die Vergangenheit – die Zukunft – beide kann man flüchtig erblicken. Von den Dingen, die ich sah, weiß ich nicht mehr viel, aber ich erinnerte mich plötzlich, als ich mit Lord Rochester zusammentraf, daß ich mich zuvor hilflos und faulend im Schmutz gesehen hatte, und ich wußte, daß mein Retter ein englischer Dichter und Lord sein würde. Und als dies erwies sich Lord Rochester. Denn die Visionen des Buches lügen nicht. Deshalb kann ich mir sicher sein«, er unterbrach sich und erhob sich mit großer Mühe, »deshalb weiß ich...« Er schluckte, dann machte er einen Schritt. Als er wankte, klammerte er sich an Lord Rochester und riß ihn mit, so daß beide zu Boden fielen und der Pascha mit gespreizten Beinen auf Lord Rochesters Brust zu sitzen kam. Er beugte sich vor und küßte Lord Rochester behutsam auf die Lippen. »Deshalb weiß ich«, flüsterte er, »daß er derjenige ist.«

Lord Rochester lächelte. Er streckte die Hände aus und strich über die mageren Wangen des Paschas. Dann zog er ihn zu sich und küßte ihn, drängend nun. Schließlich riß sich der Pascha los und saß mit geschlossenen Augen und nach Luft schnappend da.

»Und wer ist das?« fragte Robert zögernd.

Der Pascha blickte ihn direkt an. »Der kämpfen und Azrael für immer vernichten wird.«

»Dann ist es wirklich möglich – obwohl Ihr versagt habt?«

»Versagt?« Die Augen des Paschas funkelten. »Ihr seid hart, Lovelace.«

»Ihr habt doch versagt.«

Der Pascha lächelte kalt. »Diesmal wird kein Tadeus erscheinen, um den Geist aus seinem Staubgefängnis zu retten.«

»Wie hat er es geschafft?«

»Das muß herausgefunden werden.«

»Und wo ist das Buch – das Buch des Rabbis?«

»Auch das muß gefunden werden. Und zwar bald. Denn solange die Kreatur in Eurem Dorf verweilt, bleibt sie geschwächt, schöpft sie noch Kraft. Aber sobald sie aufbricht...« Seine Stimme verlor sich.

Robert schüttelte den Kopf, denn er erinnerte sich an den Schatten, der in Stonehenge aufstieg, erinnerte sich an die Hölle, die durch seine Augen offenbart wurde, erinnerte sich an das Eis... Welche Hoffnung gab es gegen eine solche

Macht? Welche Hoffnung gar für einen Sterblichen wie ihn? Erneut schüttelte er der Kopf. Er fühlte, wie der starre Blick des Paschas tief in seine Gedanken drang, und umklammerte seinen Kopf, um ihn abzuwehren. »Nein«, rief er plötzlich, »Nein! Ich will es nicht, nein!«

»Seid Ihr Euch sicher?« murmelte der Pascha. Seine Augen waren ungetrübt, und Mitleid und Verachtung mischten sich in ihrem Blick. »Vielleicht noch nicht, Lovelace«, höhnte er, »noch nicht gleich ... Aber bedenkt«, er lächelte, »daß Ihr nichts vor mir verbergen könnt. Ich glaube, Ihr werdet sehr bald darum bitten ... gewiß.« Der Zischlaut schwebte in der Luft wie das Zischeln einer Schlange, und als er dann verhallte, schwand auch sein Lächeln. Der Pascha streckte die Arme aus, und sein Gesicht nahm plötzlich einen furchtbaren Ausdruck an – hochmütig und grimmig und doch von Leid verschattet. »Es würde nicht viel ändern«, murmelte er, »wenn Ihr es dennoch wünschen solltet. Denn ich bin schwach ... zu schwach – und mein Blut ist zu dünn, um mit mehr als einem geteilt zu werden.« Er zog an Lord Rochesters Hemd, riß es auf, so daß die Brust entblößt wurde. Sehr vorsichtig zog er mit dem Fingernagel eine dünne rote Linie. Dann hielt er inne und blickte wieder zu Robert auf. »Geht mit Lord Rochester«, befahl er. »Findet möglichst viel heraus. Und, Lovelace ...«, er lächelte, »ich wünsche Euch viel Glück.«

Robert konnte nun ein Pochen hören, tief ringsum, wie Herzklopfen. Im selben Augenblick wurde jede seiner Sinnesempfindungen von Gold berührt, süß, unaussprechlich süß; sogar das Stechen konnte er in seinen Eingeweiden spüren. Er hörte einen Schrei, und gleichzeitig dröhnten die Lust und der Schmerz in seinen Ohren, und der ganze Raum schien zu beben und sich rot zu färben. Erneut stieg der Schrei auf – jedoch seltsam verändert, so daß er nun fast wie ein Schrei der Ekstase klang. Robert blickte hinüber, wo Lord Rochester lag, ausgestreckt unter dem Pascha, der wie ein raubgieriges Tier an der nackten Brust riß und schleckte, bis alles Fleisch weggerissen war und das Herz nackt unter den offenen Rippen lag. Es zuckte noch, aber inzwischen sehr schwach, und das langsame, leise Pochen des Pulses leerte Roberts Geist, so daß nichts blieb als goldene Lust und der Schmerz. Das Herz blieb stehen, und die Pein in Roberts Leib war nun unerträglich. Verzweifelt wartete er, denn er wußte, daß der Herzschlag wieder kommen mußte, und dann erhob er sich, sehr langsam – der Puls eines Bluttrinkers. Wieder erklang er, und nun hatte Robert die Gewißheit, daß es Lord Rochesters Herz war, wiedergeboren, neu geschaffen. Noch einmal, und das Gold und das Rot vergingen allmählich in Schwärze. Nun regte sich Lord Rochester und erhob sich, beschmiert mit geronnenem Blut, aber Robert konnte ihn kaum erkennen. Die Nebel verdichteten sich; der Schmerz in seinem Leib war nun unerträglich. Im selben Maß, in dem Rochesters Herz schneller schlug, stach der Schmerz immer tiefer, bis endlich alles schwarz war und Robert nichts mehr fühlte.

Worin festgestellt wird, daß die Pestgefahr noch besteht

Erst eine Woche später, als er sich Deptford näherte, erinnerte sich Robert, wo er schon einmal von Dr. Dee gehört hatte. Das Treffen, das sein Vater im Haus von ... Robert schloß die Augen. Mr. Aubrey – das war sein Name gewesen. Derselbe Mann, der Mr. Yorkes Leiche entdeckte, hatte auch von Dr. Dee gesprochen. Angestrengt dachte Robert nach, aus welchem Grund. Seine Erinnerung war sehr schwach. Es war kalt gewesen, als er auf der gefrorenen Erde gekniet und das Ohr an die Fensterscheibe gepreßt hatte. An mehr vermochte er sich kaum zu erinnern. Aber etwas sehr Wichtiges war an jenem Tag besprochen worden – etwas, das ganz dicht unter der Oberfläche seines Gedächtnisses lag...

Beinahe hätte Robert aufgehört, darüber nachzusinnen, wäre ihm nicht plötzlich ein Gedankengang gekommen. Der Anlaß des Besuchs seines Vaters bei Mr. Aubrey hatte, wie er wußte, mit der Mordserie zu tun gehabt – Morde, die im Schatten uralter Stätten begangen worden waren. Robert fiel ein, was der Pascha von Dr. Dee berichtet hatte: daß jener an die Existenz unsichtbarer Strahlen geglaubt hatte, entlang denen die heidnischen Priester ihre Tempel errichtet hatten. Könnte ein solcher Strahl auch die Morde verbunden haben? Waren sie vielleicht begangen worden, um seine verborgene Macht zu beschwören?

Robert kam zu dem Schluß, daß sein Vater eine solche Verbindung zumindest vermutet haben mußte – denn er hatte die Morde bei Old Sarum und Stonehenge erwartet. Wen hätte er sonst in dieser Sache um Rat fragen sollen, wenn nicht Mr. Aubrey, den Altertumsforscher aus Wiltshire? Und wenn das der Fall gewesen war, was mochte Mr. Aubrey sonst noch gewußt haben?

So fasziniert war Robert von der tieferen Bedeutung dieser Fragen, daß er beschloß, sofort nach Wiltshire aufzubrechen. Aber es dauerte nicht lange, bis ihm klar wurde, daß dieser Vorsatz ihn in Schwierigkeiten bringen könnte. In Deptford eingetroffen, eilte er zum Ufer, mußte aber feststellen, daß die Kais nahezu leer waren, und nur durch Zahlung eines Wucherpreises gelang es ihm, überhaupt ein Boot zu bekommen. Das Gesicht des Bootsführers blieb leer vor Furcht, und je näher sie London kamen, desto stärker schien er zu zittern. Bald hörte Robert ein lautes Tosen, das vom Fluß vor ihnen kam. Es war die starke Strömung, merkte er, die sich durch die Bogen der London Bridge zwängte – ein Geräusch, mit dem er normalerweise nie gerechnet hätte, nicht bei dem ohrenbetäubenden Lärm der großen Stadt.

Und erst da wurde ihm bewußt, wie still London lag, auf dem Ufer kauernd wie ein weidwundes Tier, reglos in den Qualen des Todes. Auf den Kais und Straßen schien keine Menschenseele unterwegs zu sein, und nichts störte die Stille außer einem gelegentlichen fernen Schrei.

Als Robert an Botolph's Wharf an Land ging, fand er die Luft widerlich süß und faulig stinkend, und je weiter er sich von der Themse entfernte, desto stärker wurde der Gestank. Da die Suche nach einem Mietkutscher sinnlos wäre, eilte er zu Fuß durch die verlassenen Straßen, wobei er ein Taschentuch fest auf die Nase preßte. Die trostlosen Szenen, die er von St. Giles her kannte, hatten sich inzwischen über die ganze Stadt ausgebreitet, denn wie ein schädliches rotes Unkraut bezeichneten die Kreuze fast jede Tür, und mitten in dem Unrat waren Särge und Leichen aufgestapelt. Von den noch Lebenden war kaum etwas zu sehen, und zwischen den Pflastersteinen sproß schon Gras hervor. Ganz London schien dem Tod überantwortet – und wenn London jetzt, dachte Robert, dann vielleicht bald die ganze Welt.

Er setzte seinen Weg bis zum Hyde Park fort und war nicht erstaunt, als er dort ein provisorisches Truppenlager entdeckte, das die nach Westen führende Straße abriegelte. Dennoch ging er auf die Schranken zu, aber als die Soldaten von seiner beabsichtigten Reise erfuhren, schüttelten sie die Köpfe und lachten ihm ins Gesicht. Denn der König, teilten sie ihm mit, habe seine Residenz nach Salisbury verlegt, und Flüchtlinge aus London seien dort nicht sehr willkommen. Insgeheim verfluchte Robert Lord Rochester. Wäre dieser in London gewesen, hätte es kein Problem gegeben, denn er hätte sich sicher einen Paß beschaffen können. Doch Lord Rochester, der seine Stellung bei Hofe nicht verlieren wollte, war noch bei der Flotte, obwohl er bei ihrer Trennung in Amsterdam geschworen hatte, so rasch wie möglich auf trockenes Land zurückzukehren. Enttäuscht betrachtete

Robert die Absperrungen. Nicht rasch genug, dachte er. Er schaute zurück auf London, so still und tot wie ein Leichnam, der in sein Grab gelegt wird. Bei weitem nicht rasch genug.

Doch während er sich noch selbst verwünschte, überhaupt in die Stadt zurückgekehrt zu sein, wurde er an den Grund erinnert, warum er sich dafür entschieden hatte. Er machte kehrt und verließ die Absperrung, um wieder in die Stille und den Verwesungsgeruch der Stadt einzutauchen. St. James' Park, vor kurzem noch der Lieblingsplatz eleganter Damen und geistreicher Herren, lag nun dem Unkraut überlassen, und auf der Mall zeigte sich kein einziger Reiter. Selbst Godolphins Haus, obwohl kein rotes Kreuz an die Seite geschmiert war, schien von der trostlosen Stimmung angesteckt. Als Robert hineinging, bekam er plötzlich Angst, daß auch Mylady geflohen wäre. Doch welchen Grund hätte ein Bluttrinker haben können, eine Stätte des Todes zu fliehen? Er rief laut ihren Namen. Nichts antwortete ihm außer einer kribbelnden Stille und dem Tanz der feinen Stäubchen, die das Licht einfing. Robert rief noch einmal. Noch immer Stille. Er begann, durch die Flure zu laufen, wobei er immer wieder nach Mylady rief und in der eigenen Stimme den würgenden Ton der Verzweiflung erkannte.

»Sie ist krank.«

Robert hielt auf der Treppe inne. Lightborn stand am oberen Ende. Sein Gesicht war leer, und die Augen glitzerten wie Eis.

»Krank?« Robert starrte ihn entsetzt an. »Wie meint Ihr das, krank?«

»Sie war so dumm und hat verseuchtes Blut getrunken. Denn die Pest in diesen Sterblichen ist wie Gift für uns.«

»Wann hat sie es getrunken?«

»Vor Wochen. Genaugenommen, Lovelace – war es, als

du weggingst, denn damals war sie sehr verwirrt.« Er lächelte dünn, doch sein Blick schien härter zu werden, abweisend und grausam. »Du solltest zu ihr eilen. Vielleicht kannst du ihre Stimmung heben.« Sein Lächeln verging langsam. »Denn in ihrem Fieberwahn hat sie oft von dir gesprochen.«

Robert eilte sofort zu ihrem Zimmer, wo Mylady zusammengerollt wie ein Kätzchen in einer dunklen Ecke gegenüber lag. Ihre Haut schimmerte kalkweiß. Als er neben ihr kniete, strengte sie sich an, sich aufzurichten, wobei sie sehr schnell etwas flüsterte. Sie schluckte und packte seine Hände. Dann schien sie plötzlich sein Gesicht zu erkennen. »Lovelace!« Sie küßte ihn, und die Berührung ihrer Lippen war sengend heiß. Dann ließ sie sich zurücksinken und lag wieder wie zuvor als weiche, zitternde Kugel da. Durch den Schweiß klebte ihr Hemd auf der Haut fest, und erschrocken bemerkte Robert, wie leicht sie geworden war.

Plötzlich stöhnte sie und öffnete den Mund wie ein Säugling, der nach Milch verlangt. Robert schaute über die Schulter und sah Lightborn hinter sich stehen. »Sieh nur«, flüsterte er, »wie sie die Lippen leckt – und es hilft ihr gar nichts, denn ihre Zunge ist verdorrt und trocken wie Sand.«

Verzweifelt blickte Robert auf Mylady und erinnerte sich, wie er erst vor wenigen Monaten genauso auf Emily hinabgeblickt hatte. »Sie ist doch nicht... nicht in Gefahr?«

»Wer weiß?« Lightborn zuckte die Achseln. »Gewiß habe ich so etwas noch nie gehört, daß Blut durch Krankheit für uns gefährlich wird.«

»Was ist zu tun?«

Lightborn grinste. »Was meinst du? Sie muß frische Nahrung bekommen. Und wie die Dinge liegen, habe ich sie die ganze Zeit genährt, während du auf deinen Reisen unterwegs warst.« Plötzlich packte er Roberts Arm, und seine

Stimme wurde scharf. »Was sagst du dazu, Lovelace? Wagst du, ihr zu helfen, wie ich es getan habe?«

Robert antwortete nicht, sondern starrte auf Mylady und schloß die Augen.

»Du willst mir doch nicht erzählen, Lovelace, daß du noch immer das Geschöpf deines wimmernden Gewissens bist?« Lightborn lachte höhnisch. »Hör zu, Mann, es ist nicht schlimmer, als eine Schlange mit Ratten zu füttern.«

»Es war nicht meine Gewohnheit«, antwortete Robert, »Schlangen als Haustiere zu halten.«

»Wie schade.« Lightborn blickte wieder auf Mylady hinunter. »Denn es hätte dich lehren können, daß selbst die tödlichsten Geschöpfe verdienen, mitunter geliebt zu werden.«

In jäher Wut drehte sich Robert nach ihm um. »Verspottet mich nicht, Lightborn, denn Ihr wißt, daß ich sie liebe – daß ich sie aus ganzem Herzen liebe.«

»Dann beweise es«, flüsterte Lightborn. Er packte Roberts Arm fester. »Beweise es mir jetzt.«

Noch am selben Abend gingen sie aus. Lightborn zeigte den Weg durch die dunkelnden Straßen, auf das ferne Lodern gewaltiger Feuer zu. Je näher sie dem Ursprung der Flammen kamen, desto dichter wurde die Süße in der Luft, desto lauter klang das Schreien und Schluchzen. »Londons Fleisch verfault auf den Knochen«, flüsterte Lightborn. »Wäre da nicht die Ansteckungsgefahr durch das Blut, könnte ich die Zeiten herrlich finden. Denn schau, wie der Tod der Stadt mit gierigen Krallen das Herz herausreißt.« Er bog um eine Ecke und machte eine ausholende Armbewegung. Robert blickte auf eine ausgedehnte Grube von der Art, die er in St. Giles gesehen hatte – jedoch zehnmal so groß, so daß er, als er die riesige Menge der Leichname darin sah, deren Verfall von einem Kreis großer Feuer beleuchtet wurde, durchaus glauben konnte, die Zeit der Apokalypse sei nah. Er erinnerte sich an den Bericht des Paschas, wie die Pest in Böhmen zum Stillstand gebracht worden war, indem man das Fleisch von den Gebeinen schälte. Eine solche Lösung wäre nicht mehr möglich, dachte er, als er in die Grube starrte; denn ihm war, als erblicke er das Gemeinschaftsgrab der Menschheit.

Lightborn jedoch schien das alles nicht zu berühren, und tatsächlich sprang er vor Roberts Augen in die Grube. Nun konnte Robert zwischen den Kadavern noch andere Leute erkennen, die sich jammernd an die Leichname ihrer Lieben klammerten oder das stinkende Durcheinander absuchten, wie er es selbst einmal getan hatte. Lightborn näherte sich diesen Menschen der Reihe nach. Er flüsterte mit ihnen, dann ritzte er sie ganz leicht und kostete ihr Blut an seiner Fingerspitze. Nach einer Weile kletterte er wieder aus der Grube und eilte zu Robert zurück. »Ich habe diese Narren davon überzeugt, daß ich Arzt sei«, flüsterte er, »mit einer unfehlbaren Arznei, um der Pest vorzubeugen. Spiel deine Rolle gut, Lovelace. Sag ihnen, daß es wahr ist.«

Er nickte und wandte sich um. Hinter ihm hatten sich inzwischen eine Frau und zwei Männer versammelt, deren Augen rotgeweint und halb verrückt vor Gram waren. »Wird Eure Arznei mein Kind heilen?« heulte die Frau.

»Ganz gewiß«, antwortete Lightborn. Er zeigte auf Robert. »Ihr seht ja selbst, wie gesund sie meinen guten Freund erhalten hat. Sag es ihnen, Lovelace. Sag ihnen, daß es so ist.«

Robert schwieg. Er starrte die unglückliche Frau an, deren Gesicht von Elend und zugleich Hoffnung verzerrt war. »Sechs Kinder hatte ich«, jammerte sie, »und jetzt nur noch eins. Sagt mir bitte, Sir, sagt mir, daß Ihr helfen könnt!«

Noch immer schwieg Robert. Er schloß die Augen und sah sofort Myladys Bild vor sich, wie sie zusammengerollt auf ihren Kissen lag. Dann malte er sich aus, wie sie von

Krankheit zerfressen und in die Grube geworfen würde. Er nickte. »Ja«, sagte er langsam, während er der Frau in die Augen sah. »Ja, ich schwöre es, die Arznei wird dein Kind gewiß heilen.«

Lightborn grinste. »Sehr gut«, flüsterte er. »Gekonnt, als wärst du der unbefangenste Heuchler.« Dann nahm er Roberts Arm und ging der kleinen Gruppe voran. Zu Hause angekommen, stieg er die Treppe hinauf, bis vor die Tür zu Myladys Zimmer. »Darin«, flüsterte er, »wirst du das Ende all deiner Nöte finden.« Die Frau starrte ihn mit wildem Blick an und rannte dann ins Zimmer. Die beiden Männer folgten.

»Laß uns nachsehen«, flüsterte Lightborn, indem er Robert am Arm nahm. »Vergewissern wir uns, daß Mylady ihre Medizin nimmt.«

Robert ging hinein. Die beiden Männer standen reglos da, die Hände an den Kopf gepreßt und mit vorquellenden Augen, als wären sie von der Angst vor einem Alptraum gelähmt, während die Frau stöhnend auf den Knien lag. Mylady blickte sie gespannt an. Obgleich nicht mehr zusammengerollt, wirkte sie dennoch wie eine Katze, aber nun hellwach und mit glänzenden Augen, die ihre Beute beobachtete. Plötzlich schnellte sie vor, und Robert sah, daß sie einen Dolch in der Hand hielt. Die Spitze der Klinge traf die Kehle der Frau, und ein Schauer aus Rubinen ergoß sich in einem Bogen aus der Wunde. Mylady stöhnte auf vor Lust, als sie auf ihr Gesicht fielen: Einen Tropfen leckte sie auf und kostete ihn auf der Zunge, die anderen rieb und strich sie in ihre Haut. Dann umarmte sie die Frau und begann, mit geschlossenen Augen aus der Wunde zu trinken. Das Blut sickerte nun in einem langsamen, schweren Strom heraus, und als Mylady spürte, daß es langsam ihr Hemd verfärbte, keuchte sie begeistert und wand sich auf und ab, bis ihre Brüste und ihr Leib klebrig vom gerinnenden Blut waren.

Als sie endlich aufblickte, wirkten ihre Augen wie berauscht vor träger, satter Lust. »Besser jetzt«, flüsterte sie. »Ja, ich fühle mich – besser.«

Sie schluckte schwer, als bemühe sie sich, die Flut der Ekstase einzudämmen. Dann schaute sie sich im Zimmer um. Dabei flog ein Schatten des Entsetzens über ihr Gesicht, und sie deutete auf Robert. »Du hast es versprochen, Lightborn ... Nicht er ... Nicht auf diese Weise ...«

Lightborn grinste höhnisch. »Aber es war Lovelace, Mylady, der geholfen hat, dir diese Arznei zu bringen.«

»Nein ...« Mylady schüttelte matt den Kopf. Dann umfaßte sie ihre Brüste, um sie sanft zu reiben, und schien sich zu verlieren, während sie mit den Fingern durch das Blut strich. Zärtlich tippte sie einen mit der Zunge an. »Nicht auf diese Weise«, keuchte sie noch einmal und spannte den ganzen Körper, als kämpfe sie gegen die Lust an. Aber ihre Opfer knieten bereits vor ihr, bogen den Kopf zurück, boten die Kehle an. »Du hast es versprochen ... nein.« Dann handhabte sie blitzschnell ihr Messer. Ihre Augen schienen ein Abgrund aus Gold, ihre Zähne feine Messerchen aus Perlmutt. Sie biß zu und trank und keuchte vor Begeisterung wie vorher. »Nein, nein«, stöhnte sie noch immer, während sie sich zu winden begann. Aber sie war nun in ihrer Lust verloren, und ihr leises Schluchzen verklang.

Doch in Wahrheit nahm Robert Mylady bereits so wenig wahr wie sie ihn. Denn als die Lust sie überkam, hatte sie auch in ihm zu pulsieren begonnen, und mit dem Vergnügen war die Qual gekommen. Schlimmer denn je stieg sie aus seinem Innersten auf, als versuche etwas, sich aus ihm herauszunagen, und bevor er ganz in dem schwindelerregenden roten Wirbel seiner Schmerzen unterging, konnte er gerade noch Lightborn zurufen, seinen Mantel zu durchsuchen. Dann war alles Nebel, und erst als er fühlte, wie ihm die Flasche zwischen die Zähne geschoben wurde und der ekelhafte Geschmack der Mumia in der Kehle brannte, schlug er die Augen wieder auf. Lightborn blickte auf ihn hinunter. »Gott«, seufzte er, »Krankheit überall. Wie langweilig es wird.«

Vor Schwäche schwankend stand Robert auf. Er schaute sich um. Die drei Leichen lagen mit verdrehten Gliedmaßen übereinander, während Mylady zusammengerollt inmitten ihrer Kissen schlief. Robert trat zu ihr. Der kränkliche Schimmer auf ihrer Haut war verschwunden, und ihre Wangen und Lippen erschienen wieder rosig. Ein mattes Lächeln der Befriedigung umspielte ihre Lippen, so daß ihre Miene, ruhig entspannt im tiefen Schlummer, dennoch gefährlich und grausam erschien. Robert wurde von diesem Anblick fast schwindlig – und von der Schönheit, die dadurch irgendwie noch erhöht wurde. Er spürte ein schwaches Strömen, das seine Adern leicht machte, und im selben Augenblick das Nagen im Leib. Schnell griff er zur Mumia und nahm einen Schluck.

Lightborn starrte ihn neugierig an. »Was ist das für ein Trunk?« fragte er.

»Die gleiche Arznei, die Lord Rochester der Marquise gab.«

»Hast du mehr davon?«

»In meiner Reisetruhe. Sie sollte im Laufe des Tages eintreffen.«

Lightborn nickte langsam. »Zweifellos«, murmelte er, »sind deine Reisen nicht erfolglos gewesen.« Er bemühte sich um Gelassenheit, konnte aber das plötzliche begierige Funkeln in seinen Augen nicht verbergen. »Berichte, Lovelace. Erzähle mir, was du gefunden hast.«

Robert begann mit seinem Bericht und merkte, daß er sich plötzlich nach dem Grund für Lightborns großes Interesse fragte. Denn obwohl Lightborn völlig ruhig dasaß, konnte er seine Aufgeregtheit nicht verheimlichen, während er der

Geschichte von Rabbi Löw lauschte. »Und das Buch«, flüsterte er am Ende des Berichts, »wo befindet es sich jetzt?«

»Verloren«, antwortete Robert. »Denn als der Pascha aus seinem Ringen zu sich kam, war es nirgendwo zu finden.«

Lightborn nickte gedankenverloren vor sich hin. »Dir ist natürlich bekannt«, murmelte er nach einer Weile, »daß das derzeitige Haus der Marquise einst Dr. Dee gehörte?«

Robert starrte ihn verblüfft an. »Nein«, sagte er langsam, »das war mir nicht bekannt.« Er schwieg, während plötzlich die unterschiedlichsten dunklen Vermutungen seine Gedanken trübten. »Hat die Marquise – oder Ihr – habt Ihr Dr. Dee gekannt?«

Lightborn lächelte dünn. »Er war ein sehr berühmter Mann.«

»Und sein Exemplar ... seine Abschrift ... von Rabbi Löws Buch?«

Lightborns Lächeln schwand, und sein Blick schweifte wieder in die Ferne. »Gewiß«, fragte er schließlich, »ist die Mumia, die aus Amsterdam eintrifft, für die Marquise bestimmt?«

»Ein Teil davon, ja.«

»Dann schlage ich vor, daß du ihr die Fragen stellst, wenn du nach Mortlake reist.«

»Das werde ich tun, wenn ich sie besuche«, antwortete Robert. »Aber ich hatte die Absicht, zuerst Myladys Heilung zu versuchen.«

»Mit der Mumia?« Lightborn runzelte die Stirn. »Warum sollte es bei ihr wirken?«

»Weil es anscheinend gegen das Gift des Todesgeistes wirkt. Die Pest in Myladys Adern – sie wurde ursprünglich aus Woodton hergebracht. Könnte also die Mumia nicht helfen, auch ihre Krankheit zu heilen?«

Lightborn zuckte die Achseln und stand auf. »Hoffen wir, daß du recht behältst.« Er ging auf die Tür zu, blieb aber noch einmal stehen und drehte sich um. »Und während du dich um Mylady kümmerst«, sagte er mit einem plötzlich sehr grausamen Lächeln, »warum fragst du sie dann nicht selbst?«

Er ging, ehe Robert weitere Fragen stellen konnte, und verschwand aus dem Haus, als hätte er sich in Luft aufgelöst. Robert blieb mit Mylady allein, und bis auf die Ankunft der Reisetruhe von den Kais störte sie während der nächsten Tage nichts. In der Truhe befanden sich mehrere Flaschen Mumia, von denen Robert eine für Mylady nahm. Als er ihr zu trinken gab, konnte er beinahe zusehen, wie die Krankheit aus ihren Adern gespült wurde. Bis Lightborn mit weiterer Beute aus den Pestgruben im Schlepptau wiederauftauchte, hatte Mylady sich so weit erholt, daß sie von ihrem Lager aufstehen und Robert bitten konnte, ihr beim Trinken nicht zuzuschauen. Denn in ihren Durst und ihre Lust schien sich ein Schuldgefühl zu mischen, das er früher nie bei ihr bemerkt hatte, und er fragte sich, als er sie allein ließ, was der Grund dafür sein mochte.

Bald jedoch kam mit der Gesundheit auch ihre Gelassenheit wieder, und in der Nacht, als sie zum erstenmal ihr Zimmer verließ und allein auf die Jagd ging, beschloß Robert, ihr von seinen Reisen zu erzählen und sie danach zu fragen, was sie über Dr. Dee wußte. Sie sah ihn merkwürdig an. »Warum?« murmelte sie. »Was hat Lightborn dir erzählt?«

»Nichts, außer anzudeuten, daß Ihr ihn einst gekannt habt – und daß Ihr vielleicht auch etwas von dem Buch wißt.«

Mylady spielte mit ihren Locken, die sie von ihren nackten Schultern nach hinten warf. »Dann will ich es nicht leugnen«, murmelte sie endlich.

»Warum habt Ihr mir nichts davon gesagt?«

»Du hast nie danach gefragt.«

Robert starrte sie enttäuscht an. »Ihr erstaunt mich, Mylady.«

»Ach ja?«

»Gewiß versteht Ihr doch, wie wichtig das Buch sein könnte?«

Sie schüttelte den Kopf. »Es befindet sich nicht mehr in Mortlake. Was glaubst du wohl, warum die Marquise dort wohnt, wenn nicht, um jede Ecke zu durchstöbern und jede Diele herauszureißen? Doch wenn du mir nicht vertraust, Lovelace, solltest du die Marquise selbst fragen.«

Sofort griff Robert nach Myladys schmaler Hand. »Bitte. Ihr wißt, daß es keine Frage des Vertrauens ist – ich will nur um jeden Preis das Buch wiederfinden.«

Mylady lachte. »Und du glaubst, du bist der einzige, Lovelace, der das Buch so verzweifelt sucht?«

Robert blickte sie finster an, und sie mußte erneut lachen. Dann stand sie auf, während sie noch immer seine Hand hielt. »Wir sollten gehen«, meinte sie. »Es ist Zeit, daß wir der Marquise das Geschenk des Paschas bringen. Und unterwegs werde ich dir erzählen, was ich von dem Buch und von Dr. Dee weiß.«

Worin Geheimnisse erzählt werden und andere verborgen bleiben

Sie nahmen den Sechsspänner. Die wenigen Menschen auf den Straßen starrten ihnen verwundert nach, und Robert fragte sich, wann wohl die letzte Kutsche eines Adligen in London gesehen worden war. Am Lager im Hyde Park verlangsamten sie nur kurz ihre Fahrt, aber ein einziger Blick in Myladys Augen genügte, um die Posten zu überreden, die Schranken zu öffnen, und die Kutsche konnte ihren Weg nach Mortlake fortsetzen.

Mylady lehnte sich aus dem Fenster, um zu sehen, wie sie vorankamen. Dann setzte sie sich wieder hin. Aber sie war unruhig geworden und konnte nicht mehr still sitzen.

»Sehr nah war ich mit Dr. Dee nie bekannt«, begann Mylady plötzlich. Ihre Stimme wirkte angespannt, fast unmerklich, doch für Robert, der sie so gut kannte, war es klar, daß sie im Tonfall abgeglitten war, wie es ihr schon ein oder zweimal passiert war. »Lightborn war es, der in solchen Kreisen verkehrte«, fuhr sie fort, »schon Jahre bevor ich ihn kennenlernte, so daß er ein Freund von Ketzern und Spionen geworden war – ein gefährlicher Mann. Deshalb liebte ich ihn, denn ich war sehr jung, und er schien mir eine unendlich aufregendere Welt zu verheißen.« Mylady hielt inne und lachte bitter. »Unendlich in der Tat!«

»Wie habt ihr ihn kennengelernt?« fragte Robert.

»In einem Wirtshaus in Southwark«, antwortete sie, »oder einem Bordell, sollte ich sagen, denn ich war weit davon entfernt, als Mylady angeredet zu werden. Meine Mutter war eine Hure gewesen. Sie war gestorben, als ich noch sehr klein war. Anstatt mich auf die Straße zu setzen, hatte die Bordellwirtin mich im Haus behalten, um die anderen Huren zu bedienen, ihre Kammern zu putzen und ihre Kleider zu flicken. Ich hatte gedacht, sie täte das aus Zuneigung zu meiner Mutter – und erst später wurde mir klar, was ihr wahres Motiv war. Ich ...« Mylady schwieg und schnickte ihren Fächer auf. Sie hob ihn vors Gesicht, als wolle sie die Hitze kühlen, die ihr in die Wangen geschossen war. »Das erste Mal werde ich nie vergessen«, fuhr sie endlich fort. »Ich war mir nicht einmal sicher, was mit mir geschah. Ich war bloß ein Kind. Obwohl ich mein Leben in einem Bordell verbracht hatte, war ich nicht aufgeschlossen für die Vorlieben – die sonderbaren Vorlieben –, die manche Männer an den Tag legen ...«

Robert blickte in das tiefe Gold ihrer Augen. Sie waren jetzt vollkommen klar, aber er erinnerte sich, daß früher einmal Tränen in ihnen gestanden hatten, bei jener ersten Begegnung, als sie ihn auf ihrem Schoß gestreichelt hatte, während sie von Stonehenge wegfuhren. Und plötzlich schämte er sich, daß er seitdem nie daran gedacht hatte, sie nach dem Grund ihrer Tränen zu fragen. Doch selbst jetzt, als er sie anschaute, konnte er es nicht glauben, daß Mylady, die wunderschöne, wundersame Mylady, wirklich verstanden haben könnte, was er erlitten hatte …

Sie lächelte ihn seltsam an. »Fällt dir die Vorstellung so schwer?« fragte sie, als läse sie seine Gedanken. Sie nahm seine Hand. »Als ich ein kleines Kind war«, sagte sie lachend, obwohl sie den Tränen nahe war, »konnte ich nie glauben, daß die Huren auch einmal Kinder gewesen waren.«

Robert nickte langsam. »Genauso ist es mir ergangen«, flüsterte er, »wenn ich Euch ansah.« Und so war es sogar jetzt noch, bemerkte er, denn er konnte sich Mylady noch immer nicht als Sterbliche vorstellen, trotz allem, was sie ihm erzählt hatte, denn auch sie war zu sehr verändert, zu weit entfernt von dem, was sie gewesen war, als daß er das kleine Mädchen in ihrem Gesicht hätte entdecken können. »Wie ging es weiter?« fragte er. »Wie wandelte sich alles?«

»Lightborn«, antwortete sie kühl, »kam eines Abends mit Freunden. Ich hatte ihn noch nie gesehen – erst später sollte ich entdecken, daß er sich nicht viel aus Mädchen machte. Vermutlich war er nur zum Trinken in das Bordell gekommen. Ich servierte ihm sein Glas. Doch irgend etwas – ich sah es in seinen Augen – etwas an mir interessierte ihn. Mag sein, daß er das Kindergesicht unter der Schminke der Frau bemerkte und davon fasziniert war, denn er war immer ein Kenner des Leidens, und meine Angst und Scham müssen einem solchen Mann offenbar gewesen sein. Aber aus welchem Grund auch immer … am nächsten Abend kam er wieder, und am Tag darauf nahm er mich aus dem Bordell mit. Er sei Dichter, erklärte er mir, und inszeniere eine festliche Unterhaltung im Hause eines Gönners. Ich sollte die Rolle der Venus spielen. Ich fragte ihn, warum er mich ausgewählt habe. Er küßte mir die Hand und antwortete ohne erkennbaren Spott, wegen meiner Schönheit verdiene ich es, die Göttin der Liebe zu spielen, denn ich hätte das Gesicht und die Gestalt einer wahren Unsterblichen.

Ich lernte meinen Text und spielte meine Rolle, und als es vorüber war, wurde ich in das Bordell zurückgebracht. In der folgenden Woche suchte Lightborn mich wieder auf. Diesmal sollte ich Hero spielen, ein liebeskrankes griechisches Mädchen. Ich hatte geglaubt, er müßte lachen, als er mir sagte, er habe die Rolle einer Jungfrau mit einer Hure besetzt. Doch wieder küßte er mir nur die Hand – und ich fühlte, wie es sein mochte, nicht verachtet und geschlagen und gezwungen zu werden. Als dieses Mal das Maskenspiel zu Ende war, kehrte ich nicht ins Bordell zurück, sondern wurde von Lightborn in seine eigenen Gemächer mitgenommen. Er sagte mir, ich solle von nun an für ihn arbeiten. Ich wußte, daß er für mich gezahlt haben mußte, und diente ihm wirklich mit sklavischer Hingabe, denn er war nie grausam zu mir, nie boshaft, und obwohl er mich hin und wieder küßte und durch mein Kleid liebkoste, drängte er sich mir nicht weiter auf. Ich trat immer noch in seinen verschiedenen Maskenspielen auf, und manchmal spielte ich auch eine ganz andere Rolle. Denn es gefiel Lightborn zunehmend, sich von mir auch in Häuser begleiten zu lassen, in denen er keine Darbietung auf die Bühne brachte. Bei diesen Zusammenkünften lernte ich, mich so zu benehmen, als wäre ich seine Geliebte oder Gattin, denn er nahm mich auf den Schoß, und während er redete, spielte er mit meinen Locken oder zog mit dem Finger die Konturen meines Gesichts nach.«

»Und bei einer solchen Zusammenkunft«, fragte Robert, »seid Ihr mit Dr. Dee zusammengetroffen?«

Mylady nickte. »Ja – und auch mit der Marquise – in

ebendem Haus, zu dem wir jetzt fahren. In jener Nacht wurde viel über gefährliche Dinge geredet – Magie, Geister, Verkauf der Seele. Besonders Lightborn schien wie besessen von der Idee der Unsterblichkeit, von den Freuden, die sie bieten könnte – und auch von den Gefahren. Denn am meisten sprach er von der Einsamkeit, unsterblich zu sein, doch ohne Liebe, auf ewig allein. Mit einemmal wurde mir klar, daß er nicht scherzte, wie es seine Art war, sondern wirklich glaubte, daß er vielleicht nicht sterben würde, und ich spürte, wie mein Blut erkaltete, als ich überlegte, welche Rolle mir in dieser Phantasie zugedacht war. Ich wich zurück und versuchte, mich Lightborns Armen zu entziehen. Doch er ließ mich nicht gehen und starrte mir lange in die Augen, ohne etwas zu sagen. Dann fühlte ich ihn schließlich erbeben, und er flüsterte mir ins Ohr, ich solle keine Angst haben, er würde sterblich bleiben und sich nicht mehr in Versuchung führen lassen. Und tatsächlich sollte ich später entdecken, daß die Marquise ihm angeboten hatte, ihn in derselben Nacht noch zu verwandeln, und er hatte sein Versprechen an mich gehalten und ihr Geschenk abgelehnt.«

»Was hat sich dann geändert?« fragte Robert. »Denn etwas muß ja doch geschehen sein.«

»Eine große Abrechnung«, sagte Mylady lächelnd, »in einem kleinen Zimmer.«

»Eine Abrechnung?«

Mylady nickte nachdenklich und blickte aus dem Fenster. Die Kutsche verlangsamte nun ihre Fahrt. Während sie schaukelnd zum Stehen kam, saß Mylady völlig reglos da und blickte auf das Silber des Monds über der Themse. »Es geschah am selben Tag«, sprach sie endlich weiter. »Während der ganzen Rückfahrt von Mortlake war er mir gegenüber kalt gewesen – brütend, abweisend und verächtlich –, als wäre es meine Schuld, daß er der Marquise einen Korb gegeben hatte. In seine Wohnung zurückgekehrt, hieß er mich seine Truhe packen, denn er reise am nächsten Tag nach Frankreich ab – und er reise allein.

Was er dort vorhatte, verriet er mir nicht, aber ich wußte es bereits. Ich habe erwähnt, daß Lightborn mit Spionen verkehrte, was nicht überrascht, denn ich hatte bald bemerkt, daß er selbst einer gewesen war. Nicht nur seine Muse hatten seine Gönner gefördert, denn viele Male – während ich in seinen Maskenspielen auftrat und seine Verse vortrug – war er mit weniger erhabenen Dingen beschäftigt gewesen. Und daher wußte ich, daß ein neues Komplott geschmiedet worden war – und daß Lightborn, nachdem er seinen Traum von Unsterblichkeit aufgegeben hatte, nun im Begriff war, auch mich fallenzulassen.

Nach unserer Rückkehr hatte er nur kurz geschlafen und war am selben Morgen fortgegangen. Einige Stunden später kam ein Bote aus Deptford, der mir befahl, ihm die Truhe zu übergeben; keine andere Botschaft, kein Andenken, kein Lebewohl. Also schickte ich die Truhe – und ging selbst mit. Zusammen trafen wir bei einem Wirtshaus auf dem Anger ein. Du hast es selbst gesehen. Lightborn befand sich mit drei anderen Männern oben in einem privaten Zimmer. Auf einem Tisch lagen Karten und Papiere ausgebreitet, und ich erkannte die Männer sofort und wußte, daß es berüchtigte Spione waren. Was sie miteinander zu schaffen hatten, lag auf der Hand, aber neben den Karten standen auch Flaschen auf dem Tisch, und alle Männer schienen stark betrunken. Ihre Augen leuchteten auf, als ich ins Zimmer trat, und einer grinste anzüglich und stand auf. Er versuchte, meinen Arm zu packen, verfehlte mich aber und taumelte, und dann stieß Lightborn ihn zurück, so daß er gegen die Wand fiel. Lightborn trat ihn kräftig und schlug seinen Kopf auf den Boden. Dann wandte er sich an mich. ›Jetzt ist es zu spät‹, flüsterte er. Seine Stimme war zornig und trunken. ›Denn vergiß nicht, Helen – du warst es, die mich überredete. Du schautest mich mit solchem Grauen in den Augen an, so daß ich sehen konnte, was mir aus jedem menschlichen Gesicht entgegenstarren würde, sollte ich nicht vor meinen Begierden fliehen – fliehen über die ganze Welt. So verlasse mich denn, Helen, damit du mich nicht verleitest, meine eigene Maxime als richtig zu beweisen – *daß unser eigner Wille vom Schicksal umgestoßen wird.*‹

Wie angewurzelt stand ich da, von seiner übermächtigen Verzweiflung wie gelähmt. Dann spürte ich plötzlich, wie mich jemand am Haar packte und rückwärts zog. Ich schrie auf, und als ich mich herumwarf, sah ich, daß der Mann, der mich vorher belästigen wollte, wieder auf die Beine gekommen war. Er hatte einen Dolch in der Hand, den er mir an die Kehle hielt. Ich trat ihn mit aller Kraft, und während er laut schrie, riß ich mich von ihm los. Ich sah Lightborn zum Messer auf dem Tisch greifen, doch es war zu spät, denn gerade, als er einen Satz durchs Zimmer machte, holte sein Gegner nach ihm aus, und ich hörte Lightborn gellend schreien, als er zu Boden stürzte. Danach verstummte er, und im ganzen Zimmer war es still.

Dann schrie Lightborn noch einmal auf, einen furchtbaren klagenden Fluch. Ich stürzte zu ihm und bettete ihn in meine Arme. Der Dolch war über dem Auge in den Schädel gedrungen, und wäßriges Blut rann über sein Gesicht. ›Das Buch ...‹ flüsterte er. Dann schrie er wieder, und seine Augen begannen, glasig zu werden. ›Das Buch ... Mortlake ...‹ Seine Stimme verlor sich, und ich fühlte ihn in meinen Armen in sich zusammensacken.

Die drei anderen Männer standen reglos vor stummem Entsetzen da. Ich befahl ihnen, Lightborn hochzuheben, mit einem Laken zu bedecken und ihn dann hinunter zum Fluß zu tragen. So groß war ihre Angst und Erschütterung, daß sie mir gehorchten, ohne zu fragen. Und so kam es, daß ich bald mit Lightborn in den Armen wieder die Themse hinaufgerudert wurde, zurück zu dem Haus, das wir in derselben Nacht erst verlassen hatten. Ich hatte nicht verstanden, was Lightborn mit ›das Buch‹ meinte, aber mir fiel sein Glaube an die Möglichkeit der Unsterblichkeit ein – und ich ertappte mich dabei, daß ich betete, es doch noch zu finden.«

»Und Euer Gebet wurde erhört.«

Myladys Lippen verzogen sich zu einem matten Lächeln. »Sozusagen.«

»Wie meint Ihr das?«

Sie schaute rasch aus dem Fenster, stieß dann die Tür auf und trat vorsichtig aufs Ufer. Robert folgte ihr, aber sie schaute sich nicht nach ihm um, sondern starrte über den Fluß auf das Haus. »Die Marquise war fort«, sagte sie, »als wir endlich eintrafen. Nur Dr. Dee war da.« Sie lachte leise. »Er war alles andere als erfreut und sagte immer wieder, ich solle ihn allein lassen und Lightborn mitnehmen. Er wolle nicht, daß man einen ermordeten Spion in seinem Haus fände.«

»Und was war mit dem Buch?«

»Natürlich fragte ich ihn gleich danach. Dr. Dee verstummte für einen Moment. Dann schüttelte er den Kopf und sagte, es würde nichts nützen. Er habe den Schlüssel noch immer nicht gefunden, er könne die Schrift nicht lesen. Mittlerweile war ich verzweifelt. Ich wußte, daß Lightborn dem Tod sehr nahe war, und bat Dr. Dee, das Buch zu holen. Er brachte es und blätterte kurz darin. Schließlich seufzte er und schlug es mit einem lauten Knall zu. Lightborn stöhnte auf, ein furchtbarer Sterbelaut. Ich griff selbst zu dem Buch. Warum, weiß ich nicht – denn ich hatte nie lesen gelernt. Ich schlug es auf, und ich fand ...« Sie nahm Roberts Hand. »Lovelace ... ich fand ... ich fand, daß ich es trotzdem lesen konnte.«

»Ihr?« Robert starrte sie bestürzt an. »Aber ...« Er schüttelte den Kopf. »Wie nur?«

»Es war nicht...« Mylady kniff die Augen zusammen, »nicht, daß ich es las – vielmehr... daß die Handschrift mich las. Wie kann ich es beschreiben? Nein, ich kann nicht, denn es läßt sich nicht beschreiben. Es war, als ob ich in eine andere Welt geraten wäre, wo alles Wasser war – das ich kräuseln und aufrühren konnte.« Sie senkte den Kopf. »Seltsam«, flüsterte sie. »Schrecklich seltsam.«

»Schrecklich?« Robert runzelte die Stirn. »Doch die Macht des Buchs habt Ihr gewiß gebraucht, um Lightborns Leben zu retten?«

»Er starb nicht, wenn du das meinst.«

»Er erwachte erholt?«

»Bis auf die Narbe.«

»Und das Buch? Mylady, was geschah mit dem Buch?«

Sie lächelte kühl. »Ich konnte es nie wieder lesen.«

»Wie meint Ihr das?«

»Die Schrift... als ich sie wieder betrachtete, am nächsten Tag und am übernächsten, fand ich, daß sie mir nichts sagte, bloß Seiten voller Wirbel und Gekritzel.«

»Wie war das möglich?«

Mylady zog grazil die Schultern hoch. »Und doch«, flüsterte sie plötzlich, »konnte ich es nicht bedauern. Denn geradeso, wie Lightborn im letzten Augenblick dem Tod entrissen worden war, so war auch ich...«, sie schluckte, »so war auch ich verwandelt worden.«

Sie hielt inne, und ihre Stimme, so wunderschön und betörend, hatte einen Augenblick lang so süß vor Schmerz geklungen, daß Robert sie sofort fest in die Arme schloß. »Verwandelt?« flüsterte er ihr ins Ohr. »Was bedeutet das?«

Sie schüttelte stumm den Kopf, während sie weiter über den Fluß blickte. Dann endlich wandte sie sich um und barg das Gesicht an Roberts Brust. »Ich war nicht mehr der Mensch, der ich gewesen war«, flüsterte sie. »Was könnte ich sonst sagen? Meine Unschuld vielleicht, sie war mir genommen worden. Denn ich hatte gefühlt, wie es sein könnte, sich über die Grenzen sterblichen Wissens zu erheben, die Herrin verbotener Empfindungen und Träume zu werden. Lightborns Sehnsüchte hatten sich mit meinen eigenen vermischt. Wir hatten dem Schatten des Todes gemeinsam getrotzt, und wir waren – wir sind – unauflöslich miteinander verbunden.«

Sie atmete tief durch. Dann rief sie dem Kutscher etwas zu, der zu einem Boot hinuntersprang, das zwischen den Binsen vertäut war, und die Ruder einlegte. Mylady nahm im Bug Platz, Robert neben ihr, und die beiden lehnten sich schweigend zurück, während das Boot auf die silbern strömende Themse hinausfuhr.

»Und die Marquise?« flüsterte Robert nach einer Weile, indem er auf das Haus blickte. »Wann hat sie ...«

»Uns zu Geschöpfen gleich ihr gemacht?« Mylady schlug die Arme um sich. »Sehr bald darauf. Mit wenig Mühe überredete Lightborn seine Auftraggeber, vorzugeben, er sei tot. Das bot ihm die perfekte Deckung für seinen Auftrag, nur führte er diesen natürlich nicht aus. Wir reisten bis nach Paris und trafen dort die Marquise. Das Ergebnis?« Sie lächelte und berührte die Diamanten an ihren Ohren. »Ich wurde eine Lady – Mylady der Toten.«

»Und das Buch?« drängte Robert. »Habt Ihr der Marquise gesagt, daß Ihr es gelesen hattet? Habt Ihr ihr gesagt, welche Macht es besitzt?«

Myladys Lächeln wurde breiter. »Warum, glaubst du, sucht sie danach?«

»Und was glaubt Ihr? Ob es noch zu finden ist?«

Mylady zuckte die Achseln. »Bevor wir aufbrachen, wies ich Dr. Dee an, es verbrennen zu lassen. Denn ich wußte, wie gefährlich es war – und verlockend, oh, wie verlockend. Deshalb hätte ich es nie selbst vernichten können. Und was ich empfand ...«, sie hielt inne, »mag auch Dr. Dee empfunden haben.« Sie lächelte kühl. »Aber frage nicht mich, Lovelace, frage vielmehr dich selbst. Was hättest du getan? Hättest du ein so verheißungsvolles Werkzeug vernichtet? Tu einen Blick in deine Seele.«

Ihre Augen funkelten, als wolle sie ihn zu einer Antwort verführen. Robert war erleichtert, als der Bug des Boots mit einem Ruck aufs Ufer stieß. Er stieg aus und bot Mylady den Arm. Schweigend gingen sie zum Haus hinauf. Doch an der Tür blieb sie stehen und reckte sich nach Roberts Ohr. »Liebster Lovelace«, flüsterte sie, »du mußt jetzt sehr vorsichtig sein. Trau der Marquise nicht. Denn vergiß nicht – wenn sie herausbekommt, daß auch du das geheime Buch suchst, wird sie dich nicht mehr als Verbündeten betrachten, sondern als Feind.«

In den folgenden Stunden vergaß Robert Myladys Warnung nicht. Er fand die Marquise noch immer so welk und runzlig vor wie beim letztenmal, die Haut gelb, das Haar schmutzig weiß und in spärlichen Büscheln über ihr Kinn und die schwitzende Kopfhaut verteilt. Nur in ihrem Blick wirkte sie erholt. Ihre Augen flackerten und schossen hin und her wie die Zunge einer Schlange, so daß sie noch zusammengekauert auf ihrem Sessel sitzend den Eindruck unaufhörlicher, gieriger Beweglichkeit machte.

Robert gab ihr die Flaschen Mumia. Die Marquise schenkte sich ein Glas ein und leerte es in einem Zug. Dann sah sie Robert mit einem mißtrauischen und zugleich neugierigen Blick gespannt an. »Dann berichtet mir«, begann sie schließlich, »wie es dem Pascha geht und welche Geschichten er zu erzählen wußte.« Robert folgte ihrer Bitte. Mit gefalteten Händen saß die Marquise da, lauschte aufmerksam, forschte mitunter mit geschickten Fragen nach, bis Roberts Geschichte zum Ende kam und sie offenbar befriedigt nickte. »Ihr werdet also mein eigenes Interesse an dem Buch verstehen«, flüsterte sie heiser. »Viele Jahre lang, während der Pascha das Original in Händen hielt, gab ich mich mit Warten zufrieden – denn den Zorn des Paschas fordert man nicht leichtfertig heraus. Aber nun ist er ... geschwächt.« Sie lächelte furchtbar und berührte ihr welkes Gesicht. »Auch meine Not ist, wie Ihr sehen werdet, etwas gewachsen. Ich hoffe also – ich verlasse mich darauf –, daß Ihr mein Interesse nicht vergeßt.«

Robert stand auf und verneigte sich. »Selbstverständlich, Madame.«

Die Marquise schürzte die Lippen und entblößte ihre zerfressenen Zähne zu einem Lächeln. »Natürlich«, fuhr sie fort, »möchte ich nicht, daß Ihr glaubt, ich meine das als Drohung. *Quid pro quo* – ein Gefallen verdient einen Gefallen, Hilfe verdient Hilfe.«

Robert blickte sie erstaunt an. »Hilfe, Madame?« Er kniff die Augen zusammen. »Hilfe wobei?«

Sie lachte. »Bringt mir das Buch, Lovelace, dann werdet Ihr es herausfinden.«

»Selbst die scheueste Verführerin, Madame, weiß, daß Versuchung mit einem Anblick nackten Fleisches gewürzt werden muß.«

Die Augen der Marquise funkelten, während sie ihn prüfend betrachtete. Dann nickte sie knapp. »*Ma chère*«, flüsterte sie, indem sie Mylady zunickte. »Ich hörte, Ihr seid vor kurzem an pestverseuchtem Blut erkrankt?«

»Ja«, antwortete Mylady finster, »danke, aber ich bin wieder völlig genesen.«

»Was hat Euch geheilt?« erkundigte sich die Marquise. Sie tippte an die Flasche Mumia. »Könnte es dies gewesen sein?«

Mylady blickte noch finsterer. »Ja, aber ...«

»Faszinierend.« Die Marquise zischte das Wort. »Faszinierend.« Sie grinste abscheulich. »Also scheint Tadeus' Behauptung richtig zu sein.«

Allein bei der Erwähnung des Namens fühlte Robert einen Schatten auf sein Herz fallen. »Sagt mir«, flüsterte er, »was für eine Behauptung dies war.«

Das Grinsen der Marquise wurde dünner. »Die Frucht seiner Beobachtungen und Erfahrungen in Böhmen. Sie ist in diesem Band enthalten, den er mir als Zeichen seiner Hochachtung geschenkt hat.« Sie griff nach einem Buch auf dem Tisch neben ihrem Stuhl und blätterte es durch. »Erinnert Ihr Euch daran?« fragte sie. Sie drehte das Buch um. Auf der Seite befand sich eine Tuschzeichnung. Robert erinnerte sich in der Tat daran, denn die Marquise hatte sie ihm schon einmal gezeigt. Jetzt wie damals ließ sie ihm das Blut gefrieren. Es war eine Zeichnung des Bösen – Azraels.

»Ihr seht also«, zischelte die Marquise, indem sie das Buch zuschlug und beiseite legte, »daß es Bücher über Geheimnisse gibt, die ich bereits besitze.« Sie warf noch einen Blick darauf. Dann streckte sie die Hand aus und strich über Roberts Leib. »Wenn Ihr daran teilhaben wollt, Lovelace – wißt Ihr, was Ihr tun müßt.«

Robert schob ihre Hand von seinem Leib. »Es würde meine Gedanken stärken«, sagte er schließlich, »wenn ich nur einen Hinweis hätte, was das Geheimnis sein könnte.«

»Ein furchtbares.«

»Ihr versetzt mich in Erstaunen«, erwiderte Robert kalt. »Gewiß könnt Ihr mir etwas mehr dazu sagen?«

»Ich könnte – aber ich will nicht.« Plötzlich zog die Marquise ihr Umhängetuch weg, um das weit ausgeschnittene Kleid darunter und ihre welken, eingeschrumpften Brüste zu enthüllen. »Leider ist mein Fleisch nicht so blühend, wie es einst war. Aber ich glaube, Ihr werdet zustimmen – ich kann noch immer einen Mann verrückt machen.«

»Gewiß, Madame.« Robert starrte sie noch eine Weile an. Dann verneigte er sich und wandte sich ab. »Gewiß.«

Später kam er zu dem Schluß, daß er nahe daran gewesen war, es der Marquise zu erzählen, hätte sie ihm nicht ihre verhutzelten Zitzen gezeigt. Er warf einen Blick auf Mylady, wie sie im Boot lag, und küßte zärtlich, durch ihren Mantel, ihre vollkommenen Brüste. Dann vertraute er sich ihr statt dessen an. Denn als sie zusammen vom Fluß zum Haus der Marquise hinaufgestiegen waren, erzählte er ihr, war ihm plötzlich die Erinnerung gekommen, wie er das gleiche vor vielen Jahren schon einmal getan hatte – wie er in Broadchalke durch Mr. Aubreys Garten zu seinem Haus hinaufgegangen war. Und im selben Augenblick, als er sich daran erinnert hatte, fuhr Robert fort, war ihm noch etwas anderes eingefallen – etwas, das in Deptford wie im Nebel geblieben war. Mr. Aubrey, der ein Buch aufschlug. Seiten, die mit sinnlosen Zeichen beschrieben waren. Und eine vage Erinnerung an Mr. Aubreys Prahlerei – daß das Buch einst Dr. Dee gehört hatte.

Worin der Herr der Toten um Beistand ersucht wird

Am nächsten Abend brachen Robert und Mylady auf und ritten in scharfem Galopp über die staubige Straße nach Salisbury. Ohne Schwierigkeiten gelangten sie in die Stadt, denn sie entdeckten, daß es dem König längst langweilig geworden war und er sich mit dem ganzen Hofstaat nach Oxford begeben hatte. Doch war er nicht der einzige, der ausgezogen war, wie sich bald zeigte. Denn bei ihrer Ankunft in Broadchalke mußten sie feststellen, daß Mr. Aubreys Haus leer war, und erhielten von einem Diener die Auskunft, er sei auf Reisen.

»Auf Reisen?« fragte Robert bitter enttäuscht. »Wohin?«

Der Diener zuckte die Achseln. »Irgendwohin. Überall. Denn er forscht für seine Bücher, und in solch einer Stimmung ist er nie zu finden.«

Robert schaute sich entmutigt um. Die Regale, bemerkte er, waren abgeräumt worden. Er fragte den Mann, was mit den Büchern geschehen sei.

»Sie sind eingepackt und nach London geschickt worden, denn Mr. Aubrey versucht, dieses Haus zu verkaufen. Seine Mittel sind in letzter Zeit sehr geschrumpft.«

»Wohin in London?«

Der Diener zuckte gleichgültig die Achseln; er wußte es nicht. Mylady nahm Roberts Arm. Dann blickte sie den Diener an, dessen Gesicht sofort blaß wurde. Seine Augen traten hervor, er taumelte und mußte sich an den Tisch lehnen, um sich zu stützen. »Du verstehst also?« murmelte Mylady endlich. »Du sorgst dafür, daß er sich an uns wendet, sobald er zurückkommt?«

Der Mann nickte stumm.

»Gut«, säuselte Mylady. »Er kann uns nach Oxford schreiben.« Sie nahm eine Münze aus ihrer Börse und ließ sie auf den Boden fallen. »An Robert Lovelace, Adresse – der Hof.«

In der Hoffnung, Lord Rochester in Oxford anzutreffen, reisten sie dorthin. »Denn es wäre das beste«, erklärte Mylady, »wenn wir ihm von unserer Suche nach Mr. Aubreys Buch berichteten, da er der auserwählte Erbe des Paschas ist. Wer fände sich sonst, der vielleicht die Gabe besäße, es zu lesen? Und Lord Rochester wird sie wahrlich brauchen, wenn er nach Woodton reisen soll und dennoch hofft, zurückzukehren.« Dies sagte sie, während sie an Stonehenge vorbeiritten und beide zu den Bäumen hinüberblickten. Doch nichts regte sich dahinter, und sie trieben die Pferde an und ließen den Ort hinter sich.

In Oxford angelangt, stellten sie fest, daß Lord Rochester tatsächlich von der Flotte zurückgekehrt und nun bei Hofe ein gefeierter Mann war, von dem alle Welt redete. Denn wie

Savile Robert eines Abends erklärte, sei sein Freund tausendmal zügelloser geworden als vor dem Krieg, obwohl er doch damals schon als ein allbekannter Lebemann galt. »Und so kommt es«, sagte Savile rülpsend, »daß die Höflinge sagen, die Holländer seien zwar schwerfällig, aber dennoch Hebammen des Witzes. Denn je ausschweifender Lord Rochester wird, desto mehr entbrennt sein Blut, und je mehr sein Blut entbrennt, desto mehr scheint sein Witz zu wachsen. Zur Zeit ist es meine Lieblingsbeschäftigung, den Lord betrunken zu machen, allein wegen des Vergnügens, zu sehen, wie ausgelassen er werden kann und welche Orgien er veranstaltet.«

Robert lächelte, denn er bezweifelte, daß es Wein war, was Lord Rochester in Stimmung brachte. Und als sie ihn trafen, bestätigte Lord Rochester seine Vermutungen ganz offen. »Blut!« verkündete er. »Es ist der reinste Genuß, der Geist und Fleisch bekannt ist. Und doch, Lovelace, seht...« Er hob sein Glas, dann streichelte er sich zwischen den Beinen. »Es ist die Eigenschaft dieses erlesensten Genusses, daß er alle anderen Vergnügungen nicht mindert, sondern anregt. Vor unserem Besuch in Amsterdam hatte ich befürchtet, daß meine Gelüste für immer gestillt wären, doch jetzt sind sie mir wiedergegeben, und sie sind heftiger und gieriger denn je.«

»Das freut mich außerordentlich für Euch, Mylord, außerordentlich.«

Lord Rochester kniff die Augen zusammen. »Wie, Lovelace«, murmelte er, »doch hoffentlich nicht eifersüchtig?«

»Auf Euch wäre ich nie eifersüchtig, Mylord – denn ich weiß ungefähr, wem Ihr bald entgegentreten müßt.«

»Gewiß.« Lord Rochester klang plötzlich eisig. »Natürlich wißt Ihr es.« Er stand abrupt auf und rief den Diener, er möge seinen Mantel bringen. Während er ihn anlegte, blieb er still, dann blickte er, wie beiläufig, wieder Robert an. »Ihr laßt mich wissen, wenn dieser Mann, dieser Mr. Aubrey, sich gemeldet hat?«

»Selbstverständlich, Mylord.«

»Schön.« Lord Rochester ging zur Tür, blieb aber noch einmal stehen. »Ach ja, Lovelace, in der Zwischenzeit wäre es das beste, Ihr würdet Euch von mir fernhalten.«

»Was Ihr nicht sagt!« Robert starrte ihn verblüfft und unwillig an. »Aus welchem Grund, wenn ich fragen darf?«

Lord Rochester gähnte. »Weil Ihr mich an andere Dinge als an mein Vergnügen erinnert. Ich habe mir meine Empfindungen nicht zurückgeben lassen, damit Ihr sie mir mit Euren schwarzen Reden stumpf macht.« Er verstummte, um Robert zu reizen, ihn herauszufordern, und wirklich zog Robert, ohne nachzudenken, seinen Degen halb.

Doch Lord Rochester lächelte nur und schüttelte den Kopf, und Robert stieß den Degen errötend wieder in die Scheide. Er blieb noch eine Weile reglos stehen, nachdem Lord Rochester gegangen war. Danach versuchte er die ganze Nacht vergebens, seinen Zorn in Wein zu ertränken.

Als er es später Mylady berichtete, zeigte sie sich nicht überrascht. »Diese Belebung der Gefühle kennen wir alle, wenn wir anfangs unser Verlangen nach Blut entfalten – die ganze Welt scheint nur zu unserem Vergnügen geschaffen. Aber es ist nicht von Dauer.« Sie schwieg, und als Robert ihr in die Augen blickte, sah er eine plötzliche Trostlosigkeit, gleich dem Vergehen der Jahre, die von der Zeit getragen werden wie Wüstensand vom Wind. Er küßte sie auf die Wange und lächelte, als sie in jähem Rot erblühte. Sie sah ihn an, dann senkte sie den Blick.

»Tu, was Lord Rochester dir befohlen hat«, murmelte sie. »Denn wie ich sagte – seine gegenwärtige Stimmung wird nicht lange anhalten.« Sie seufzte und griff nach einem hohen Glas Wein. Sie leerte es mit einem einzigen gleichgültigen Schluck, ließ es auf den Boden fallen und blickte Robert wieder an. Mit dem Finger zog sie die Kurve seiner Lippen nach. »Denn bald wird die Zeit kommen«, flüsterte sie, »wenn seine Freuden so selten und daher wertvoll sind wie meine jetzt. Und dann wird er wie ich, liebster Lovelace, dir gehören.«

Robert lächelte sie an und küßte ihre Hand, und einen Augenblick lang glaubte er beinahe ihr Kompliment. Natürlich wußte er in seinem Herzen, daß Myladys Natur unverändert war, daß sie viel zu tödlich und wundersam war, um jemandem zu gehören – daß ein Wolf, und sei er noch so fügsam, immer Wolf bleiben mußte. Und tatsächlich hörte er sie in derselben Nacht, während er sich schlafend stellte, aufstehen und auf die Straße schleichen. Aber nun erstaunte es ihn nicht mehr so wie früher, daß sie allein auf Beute auszugehen wünschte. Denn er konnte sehen, daß es ihre liebste Phantasie geworden war – daß sie sterblich war wie er, daß sie kein Blut trank, daß sie gezwungen wurde zu töten. Und wenn Robert versuchte, die Verstellung mitzumachen, fand er, daß sie leicht fiel. Denn sie brachte wieder Leben in die verblaßten Geister der Erinnerung – in jene verlorene Welt der Freundschaft, die er einst mit Emily geteilt hatte. Er merkte, daß er früher nicht begriffen hatte, wie schmerzlich er diese Welt vermißte; aber nun, während sie zurückkehrte ... nun begriff er. Seine Freude überraschte ihn, die Freude, daß Mylady, die einst seine Beinahe-Mutter gewesen war, nun seine Beinahe-Schwester war, seine Beinahe-Emily.

Beinahe – weil sie gleichzeitig etwas mehr wurde. Der Poesie bedurfte es nun nicht mehr, um Robert in der Natur der Liebe zu unterrichten. Dennoch war das Gefühl der Verwunderung fast so groß wie damals, als er Ovid gelesen und die Augen geschlossen und geträumt hatte, Emilys Lippen zu küssen. Beinahe-Schwester – und etwas mehr, und Robert spürte wieder, wie vor so vielen Jahren, den köstlichen Kitzel der Schuldgefühls, daß jemand so Nahes plötzlich so verlokkend, so unendlich und seltsam sein sollte. Ihm wurde klar, wie grob seine Vergnügungen geworden sein mußten, da es ihn überraschte, daß Begehren ergötzlicher sein konnte als der Höhepunkt mit einer Hure – als ob sein Verlangen mit einemmal zu kostbar wäre, um erfüllt zu werden, sogar zu kostbar, dachte er, um überhaupt darüber zu sprechen. Obwohl Mylady sich wie er ihres neuen Spiels durchaus bewußt zu sein schien, war auch sie nicht bereit, dessen Existenz zuzugeben, so daß nicht einmal die Regeln ihres Umwerbens definiert wurden, sondern sich uneingestanden und unausgesprochen als Reaktion auf die stummen Muster ihrer Liebe entwickelten, die nun jeden Gedanken Roberts neckte und erfreute. Denn obwohl die Freuden, die sie ihm gaben, feinsinnig waren, so waren sie doch auch unerwartet, schmerzlich reich: der Duft des Parfums auf Myladys Arm; die Art, wie eine Locke sich löste und über ihre Wange fiel; Lachen, dann eine plötzliche stumme Begegnung ihrer Blikke. Unter solchen Einflüssen fand Robert, daß alles andere in seinem Geist verging: die Last der Verzweiflung, der bösen Vorahnung und der Angst, und er begann sich auszumalen, sie würden nie wiederkehren.

Da erhielt er eines Nachts eine dringende Botschaft von Mylady, die ihn zu sich bat. Sie trafen sich unter den Sternen Oxfords, und als er sie küßte, spürte er, wie sich ihre Lippen teilten und ihre Zunge seine berührte. Doch plötzlich wich sie wieder zurück und blickte auf den Boden. Robert mußte lachen, als er sie so sah, als wäre sie ein tugendhaftes, unschuldiges Mädchen vom Lande. Er wollte sie an sich ziehen, doch sie stieß ihn weg und zog einen Brief aus ihrem Dekolleté.

Sie strich ihn glatt. »Mr. Aubrey«, sagte sie, »hat endlich geschrieben. Er befindet sich auf dem Weg nach London. Er hat uns seine Adresse genannt, siehst du, Lovelace – hier.«

Robert nahm den Brief und betrachtete ihn genau. »Wie!«

rief er aus. »Was für eine Schnitzeljagd wir veranstaltet haben! Er wohnt am Strand.«

Mylady nickte. »Und deshalb müssen wir Lord Rochester ausfindig machen und sofort nach London aufbrechen.« Sie nahm den Brief wieder an sich, machte sogleich kehrt und eilte fort. Robert folgte ihr, packte sie am Arm und versuchte, sie noch einmal zu küssen. Aber wieder riß sie sich los, und als sie sich umdrehte, sah Robert, daß ihre Augen leuchteten wie Sonne auf Eis. »Du erstaunst mich, Sir«, zischte sie. »Ich hatte deine Entschlossenheit für stärker gehalten, als dir zu erlauben, in einem Moment wie diesem nur an deinen Stengel zu denken, als wärst du nicht besser als ein brünstiger Hund.« Sie wandte sich wieder ab und lief die Straße entlang, und als Robert sich von seinem Schrecken erholt hatte und sie zu verfolgen begann, sah er sie durch die Tür eines Wirtshauses verschwinden.

Als er ebenfalls eintrat, entdeckte er sie am anderen Ende eines überfüllten, verrauchten Raums gerade noch, wie sie von einer aufgeregt wirkenden Magd die Treppe hinaufgeführt wurde. Robert drängte sich durch die Menge und rannte ihr hinterher. Auf dem Treppenabsatz oben sah er, daß die Magd eine Tür aufschloß. Ihre Hand zitterte, und als die Tür aufschwang, wich sie zurück, während Mylady sich an ihr vorbeidrängte, und Robert, der ihr auf den Fersen folgte, sah Lord Rochester auf dem Bett in einem Knäuel mit vier nackten, rotbeschmierten Huren. Überall lagen leere Flaschen herum, deren Ränder von Blut verkrustet waren. Lord Rochester lachte wild, griff nach einer weiteren Flasche und goß dann langsam ihren Inhalt über die Brüste der vier. »Schneller!« keuchte Lord Rochester plötzlich, »schneller!« Er verdrehte die Augen, ballte die Hände zu Fäusten, und als er nach einer der Frauen griff, packte er so fest zu, daß sie zu schreien begann, und Robert sah Blut, noch mehr Blut, über ihre Arme fließen, das unter Lord

Rochesters Fingernägeln hervortrat. Auch er schrie jetzt, während er das Mädchen näher zu sich zog und gierig das Blut von ihren Brüsten zu saugen und zu lecken begann. Dann griff er nach einer neuen Flasche und trank sie in einem Zug aus. Sein ganzer Körper bäumte sich auf – er wand sich und warf sich hin und her, dann endlich lag er erschöpft da. Auch die Mädchen lagen völlig reglos, und die Stille war klebrig vom Geruch nach Schweiß und Blut.

»Hinaus!« schrie Mylady plötzlich. »Hinaus!« Die Huren rührten sich und standen träge auf, doch als sie Myladys Blick begegneten, wurden ihre Gesichter weiß. Sie rafften ihre Kleider zusammen und stolperten aus dem Zimmer. Mylady ging zu Lord Rochester hinüber und warf ihm sein Hemd zu. »Auch Ihr, Mylord. Vor uns liegen dringende Aufgaben.«

Lord Rochester zog eine Augenbraue hoch, rührte sich aber ansonsten nicht. »Ihr vergeßt, Mylady – ich bin kein Sterblicher mehr, der sich Eurem Willen beugen muß.«

»Von Mr. Aubrey ist ein Brief gekommen.«

Lord Rochesters Miene ließ keinen Schimmer von Interesse erkennen. »In Wirklichkeit«, fuhr er fort, als hätte er sie nicht gehört, »bin ich nun eigentlich Euer Gebieter.« Er begegnete ihrem Blick, und Robert sah, wie Myladys Gesicht plötzlich zu gefrieren schien. Lord Rochester lächelte grausam. »Ihr habt mich unterbrochen, Mylady, mitten in meiner Lust. Ihr habt meine Huren fortgeschickt. Ich könnte Euch mit gutem Recht befehlen, mir an ihrer Stelle zu Diensten zu sein. Könnte ich das nicht, Mylady? Könnte ich Euch nicht zu meiner Hure machen? Genügend Übung habt Ihr gehabt, davon bin ich überzeugt.«

Mylady kehrte ihm mit sichtlicher Anstrengung, ihren Zorn zu zügeln, den Rücken. »Gerade weil Ihr die Kräfte des Paschas geerbt habt«, flüsterte sie, »müßt Ihr jetzt mit uns gehen, um das Buch zu entdecken und zu sehen, ob Ihr es lesen könnt.«

Lord Rochester gähnte. »Ich bin nicht in Stimmung.«

Robert trat vor und stellte sich neben Mylady. Er hielt sich den Leib. Sein Schmerz war zurückgekehrt, getragen auf den Schwingen von Lord Rochesters Lust. »Und doch wißt Ihr«, sagte er kalt, »daß die Zeit knapp wird.«

»Soll sie doch.« Lord Rochester gähnte noch einmal. »Denn wie ich gerade gesagt habe, Signor Teufelsfick – *ich bin nicht in Stimmung.«* Er reckte sich und seufzte, als würde ihn die Langweiligkeit der Sache plötzlich zu sehr bedrükken, um sie länger zu ertragen. »Ihr geht nach London«, befahl er. »Macht das Buch ausfindig. Bewahrt es dort für mich. Die Pest, so heißt es, ist im Abflauen, und der Hof wird bald nach Whitehall zurückkehren – dann komme auch ich. Am besten geht Ihr voraus und bereitet meine Ankunft vor – denn in dieser Weise sollten Lakaien ihrem Herrn stets dienen.«

Mylady atmete tief ein. Robert sah, wie sie die Hand in ihren Mantel steckte, und er dachte an das zierliche Messer, das sie immer bei sich trug, dachte, sie würde es gleich aus der Scheide ziehen. Aber wieder erstickte sie ihren Zorn und wandte sich langsam um und ging zur Tür. Dort jedoch blieb sie stehen und warf noch einen Blick zurück. »Ihr solltet Eure Lust genießen«, zischte sie plötzlich, »solange Ihr es noch könnt, Mylord. Lange wird sie Euch nicht den Vorwand für Torheit und Stolz liefern. Denn Genuß bei unserer Art ist, wenn zu schnell genommen, wie der Stachel einer Biene: einmal verloren, wird der Besitzer zur Drohne.« Prüfend betrachtete sie ihn noch einen Moment. Dann machte sie einen knappen Knicks. »In London also, Mylord. Wir werden Euch dort erwarten.«

Worin festgestellt wird, daß der Wert eines Buches in seinen Worten liegt

Noch in derselben Nacht reisten sie ab. Myladys eisiger Zorn hielt an, doch schien er mit einer nervösen, fiebrigen Erregung vermischt, so daß sie sich unaufhörlich aus dem Kutschenfenster lehnte und voller Ungeduld die Meilen dahinfliegen sah. So aufgeregt hatte Robert sie noch nie erlebt, und er fragte sich allmählich, was sie sich von einem Buch erhoffte, das sie einst lieber vernichtet gesehen hätte. Gewiß war in ihrem Denken kein Platz für ihr Liebesmenuett: Zwar hielt sie ihn manchmal oder bettete seinen Kopf auf ihren Schoß und streichelte sein Haar, aber er sah in ihren Augen, daß das Spiel ausgesetzt, ihr Tanz unterbrochen war. Das Buch, das Buch; sie dachte an nichts anderes als an das Buch. Und so bemerkte Robert, der ihre Zerstreutheit in sich aufnahm, wie auch seine Gedanken dunkler wurden, als wären seine Zweifel und Ängste ein Heuschreckenschwarm, der all seine Hoffnungen auffräße.

Bei der Ankunft in London sah er, daß die Zeichen der Pest in der Tat weniger heftig schienen und die Straßen sich allmählich wieder mit Leben füllten, wie wenn Blut nach langer Zeit wieder durch taube Glieder zu strömen beginnt. Das Abflauen der Pest verblüffte Robert, und er betrachtete es auch nicht ganz und gar erleichtert. Denn er konnte nicht glauben, daß eine in ihrem Ursprung so tödliche Heimsuchung einfach verschwinden konnte, und er erinnerte sich an weitere von der Marquise verheißene Schrecken im Gefolge der Pest. Welcher Art diese sein könnten, wagte er sich nicht auszumalen. Aber er wußte auch, während er sich Mr. Aubreys Haus näherte, daß er noch immer nicht gewillt war, den Preis zu zahlen, den sie verlangte. Denn wozu würden sie die Marquise noch brauchen – falls sie das Buch fänden und falls Lord Rochester die Geheimschrift lesen könnte?

Und Robert wußte, gleich als sie sich Mr. Aubrey vorgestellt und ihm ihren Auftrag erklärt hatten, daß das Buch wirklich das ihre war. Denn obgleich Mr. Aubrey einen leicht verwirrten Eindruck machte und die beiden mit sichtlicher Bestürzung anstarrte, begriff er sofort, welches Buch sie meinten. Er stotterte ein Weile unverständlich, wandte sich dann um und ging in einen mit Kisten vollgestellten Raum. »Ich muß mich entschuldigen«, murmelte er. »Ich bin erst kürzlich in die Stadt gekommen. Noch so viel zu tun und so wenig Zeit, denn ich bin – leider – nie der ordentlichste Mensch gewesen.« Er begann, in den Kisten zu wühlen, so daß Bücher und Blätter bald im ganzen Raum verstreut waren, bis er endlich – als auch der letzte Zettel ausgegraben schien – einen Triumphschrei ausstieß und von den Knien aufstand. »Hier!« rief er aus und schwenkte ein Buch über dem Kopf. »Ist dies das Buch, das Ihr gemeint habt?«

Mylady riß es ihm gierig aus der Hand. »Ja, ja, das ist es.« Aber als sie es aufschlug, schüttelte sie den Kopf, und Enttäuschung verdunkelte ihre begierigen Augen. Sie zeigte auf die Schrift und sah Robert an. Er betrachtete sie eine Weile gespannt und schüttelte dann den Kopf wie sie.

»Ach!« rief Mr. Aubrey, der sich auf eine Kiste hockte, »ich fürchte, es ist hoffnungslos. Niemand ahnt auch nur, was für eine Schrift das sein könnte.«

Mylady kniff die Augen zusammen. »Wenn das so ist«, murmelte sie, »hättet Ihr vielleicht nichts dagegen, wenn wir es ... für eine Weile ... borgten?«

»Tja«, stammelte Mr. Aubrey richtig erschrocken, »ich ... ja, das heißt ... du meine Güte ...«

»Natürlich wären wir bereit«, sie griff in ihren Mantel, »dafür zu zahlen.«

Sie warf ihm die Börse zu, und als Mr. Aubrey hineinsah, traten ihm die Augen fast aus dem Kopf. »Tja ... es borgen, sagt Ihr?« Er schluckte. »Es ist nicht so, daß ich ... es je gelesen hätte, glaube ich. Also ja.« Er nickte still. »Ja! Borgt es, bitte! Denn welchen Wert hat es je für mich gehabt? Keinen. Keinen! Obwohl...«, er runzelte die Stirn und hielt plötzlich inne, »da war, glaube ich, diese eine Gelegenheit damals...«

Robert unterbrach ihn. »Was für eine Gelegenheit, Sir?«

»Ach, es war nichts, überhaupt nichts...« Mr. Aubrey stotterte und lachte. »Aber einmal, erinnere ich mich, war da eine Serie von Verbrechen...«

»Und diese Verbrechen, Sir?« fiel ihm Robert erneut ins Wort, ohne sich Mühe zu geben, seine Aufgeregtheit zu verbergen. »Wurdet Ihr von einem Hauptmann der Miliz gebeten, bei ihrer Lösung mitzuhelfen?«

Verblüffte starrte Mr. Aubrey ihn an. »Ja doch, Sir«, bestätigte er.

»War sein Name Hauptmann Foxe?«

»Ja doch, Sir.« Wieder nickte Mr. Aubrey.

Einen Augenblick lang stand Robert reglos da, und plötzlich fühlte er Tränen in seinen Augen brennen, als er erfuhr, daß sein Vater nicht ganz vergessen war, als er hörte, daß jemand den Namen nach so langer, langer Zeit noch kannte. Robert blinzelte die Tränen fort. »Hauptmann Foxe«, flüsterte er, »war mein Vater, Sir.« Er trat vor und ergriff Mr. Aubreys Arme. »Erinnert Ihr Euch nicht an mich? Mein Name war Robert Foxe. Ich kam einmal mit, um in Eurem Bach Döbel zu angeln.«

Mr. Aubrey betrachtete ihn verwundert und verwirrt. »Ich... Ihr... hm – ich muß schon sagen...« Er runzelte die Stirn. »Ihr habt Euch wirklich sehr verändert, Sir.«

»Allerdings.« Robert lächelte. »Sogar meinen Namen.«

»Ja, ja.« Mr. Aubrey nickte. »Denn sonst hätte ich ihn wohl wiedererkannt, als Ihr ihn meinem Diener nanntet. Und dabei hatte ich gedacht, Ihr wäret tot – denn das hat man mir berichtet, und deshalb...« Er begann in seinen

Taschen zu kramen und zog einen Schlüssel heraus. »Deshalb ...« Er stürzte durch die Tür, rannte die Treppe hinauf, und dann hörte Robert Gepolter aus dem Zimmer darüber, bis Mr. Aubrey endlich wieder eilends die Treppe herunterkam. »Hier, Sir«, rief er und schwenkte ein dünnes Bündel Papiere. »Hätte ich gewußt, daß Ihr noch am Leben seid – das schwöre ich –, hätte ich längst nach Euch gesucht.«

»Nanu«, fragte Robert, als er das Bündel entgegennahm, »was ist das?«

»Ein Brief von Eurem Vater.«

Robert starrte ihn erstaunt an. »Wann hat er ihn geschrieben?«

»An seinem Todestag.« Mr. Aubrey schluckte. Dann lief er feuerrot an und schien sich vor Scham zu winden. »Wenn ich nur ...«, stotterte er, »wenn ich nur gewußt hätte ...« Er langte nach Myladys Börse und drückte sie ihr in die Hand. »Bitte ... das Buch ... es ist nur eine geringe Entschädigung, gewiß ...«

Aber Robert gab ihm die Geldbörse zurück und holte noch eine Börse aus seiner eigenen Tasche. Während er sie ihm zuschob, hob er den Brief seines Vaters an die Lippen. Er küßte ihn zärtlich und spürte, wie sich sein Mut und seine Entschlossenheit gleichsam durch ein Überfließen verdoppelten. Er dachte an seinen Vater, an seinen unverzagten Willen, und er betete, wenigstens einen Teil dieser Gesinnung zu besitzen. Dann legte er ein stummes Gelübde ab, daß er gehen würde, wohin ihn der Weg voraus auch führen mochte, und sei es mitten in die Hölle. Denn nun konnte er sich nicht mehr abwenden.

Robert war fest entschlossen, das Buch vor Lightborn zu verbergen, denn er befürchtete, das kostbare Manuskript würde sonst in die Hände der Marquise gelangen. Mylady war der gleichen Meinung, und so beschlossen sie, anstatt sich in London aufzuhalten, von Mr. Aubrey dessen leerstehendes Haus in Broadchalke zu mieten. Sie unterbrachen nur, um in Whitehall eine Nachricht für Lord Rochester zu hinterlassen, und begaben sich sofort auf die Landstraße nach Westen. Als ihre Kutsche an Mortlake vorbeirumpelte, sah Robert, wie Mylady gleich einer Tigerin, die ihre Beute bewacht, das Buch fest an die Brust drückte. Sie ließ es auch nicht los, bis klar war, daß niemand sie verfolgte und ihr Fund sicher war.

In den ersten Wochen nach ihrer Ankunft in Broadchalke jedoch warf Robert kaum einen Blick auf das kostbare Buch; vielmehr widmete er seine ganze Aufmerksamkeit dem Brief, aus dem er beim Lesen die Stimme seines Vaters herauszuhören glaubte. Denn er nahm an, er sei geschrieben worden, um von jenseits des Grabes zu ihm zu sprechen, um ihn um Hilfe zu bitten, um ihn ins Bild zu setzen und zu beflügeln. Gewiß schien fast alles, was sein Vater schilderte, die Geschichte des Paschas zu bestätigen – und noch etwas mehr anzudeuten. Denn Robert konnte nun sicher sein, daß Stonehenge, wie er bereits vermutet hatte, wirklich der Brennpunkt einer mächtigen Kraftlinie war und daß Tadeus dies gewußt und versucht hatte, sich diese Kraft anzueignen. Die Anregung dazu, glaubte Robert, konnte er nur in Prag bekommen haben, denn dort hatte Tadeus seine Künste ausgeübt und zweifellos auch gedient, um seinen Gott zu retten. Doch blieb die Frage, wie er es getan hatte, unbeantwortet, wie auch andere Rätsel, die der Brief nicht lösen konnte. Denn das Buch selbst war noch ungelesen und blieb somit von allen Rätseln das größte.

Dann kam eines Morgens ein Brief von Lord Rochester, der seine Absicht ankündigte, in der folgenden Woche einzutreffen. Mylady las den Brief mit wilder und unverhüllter Freude vor. Dabei wunderte sich Robert wieder einmal über das Wesen ihrer Besessenheit von dem Buch, denn ihr Eifer wirkte so verzweifelt und raubtierhaft – während sie später das Haus abschritt und Lord Rochesters Ankunft erwartete – wie die Begierde der Marquise. Doch wenn er sie fragte, warf sie den Kopf zurück und stritt ab, etwas für sich zu wollen.

»Es geht nur um dich, liebster Lovelace, nur um dich.« Robert drang nicht in sie, denn ihre Stimmung war seit ihrer Ankunft in Broadchalke reizbar, und sie geriet leicht in Zorn. Doch obwohl er Gegenteiliges befürchtete, schien sie ihn nicht weniger zu lieben, denn sie nahm ihn manchmal in die Arme, während sie arbeiteten, oder überraschte ihn mit einem Kuß, und Robert durfte für eine Weile hoffen, ihr Menuett wäre wieder aufgenommen worden. Doch auch dann drängte er sie lieber nicht, denn wenn er es versuchte, verwandelte sich ihr Blick in geschmolzenes Eis, und sie schüttelte ihn ab und rauschte aus dem Zimmer. Später hörte er dann ihre Schritte in dem Zimmer darüber, und er fragte sich erst recht, welche Hoffnungen sie auf das Buch setzte und warum sie diese mit solcher Ungeduld und Sorge erwartete.

Die Woche verstrich und eine zweite und dann eine dritte, bis Lord Rochester endlich eintraf. Seine Wangen schienen gerötet, und als er das Haus betrat, spürte Robert ein Prikkeln in den Adern und ein Stechen im Leib.

»Ich möchte mich entschuldigen«, sagte Lord Rochester mit einem Blick auf ihn. »Ich hatte vergessen, daß Eure Eingeweide spüren können, wenn ich getötet habe. Doch in Wahrheit blieb mir nicht viel andres übrig, denn ich war in letzter Zeit mehrere Wochen hintereinander betrunken. Wie zum Teufel hätte ich sonst den Dunst aus meinem Kopf vertreiben sollen?« Er warf einen Blick auf Mylady, die am Tisch wartete und das Buch neben sich liegen hatte. »Hoffen wir, daß es mich in die Lage versetzt, das vermaledeite Ding zu lesen.«

Er setzte sich und schlug das Buch auf, aber es war sofort klar, daß er die Schrift nicht entziffern konnte. Stumm starrte er eine ganze Weile in das Buch, dann schloß er es wieder und lehnte sich zurück. »Mag sein«, sagte er schließlich, »daß ich noch einmal töten muß.«

»Ich glaube nicht«, bemerkte Robert langsam.

Lord Rochester seufzte und rieb sich die Augen. »Ich bin, wie ich Euch gesagt habe, furchtbar betrunken gewesen.«

»Wenn Ihr es jetzt nicht lesen könnt, Mylord, wird es auch nicht anders sein, wenn Ihr nüchtern werdet. Es ist bereits klar, daß der Pascha Euch die Fähigkeit nicht vermacht hat.«

Myladys Augen funkelten. »Enttäuschend«, zischte sie. »Fast wie wenn der Abkömmling eines Zuchthengstes nicht zeugungsfähig wäre.«

»Und doch«, fuhr Robert fort, »bleibt Ihr der Erbe seiner Kräfte.«

»Na schön.« Lord Rochester sah Mylady an. »Was würdet Ihr vorschlagen?«

»Wir müssen das Buch nehmen und damit nach Amsterdam zurückkehren.«

Lord Rochester seufzte und schüttelte den Kopf. »Der Pascha ist schon lange abgereist. Als wir mit ihm sprachen, hatte er sich bereits genügend erholt, um zu reisen, und war nur in der Stadt geblieben, um sich mit mir zu treffen.«

»Aber wißt Ihr genau, daß er wirklich abgereist ist?«

Lord Rochester nickte. »Vor einigen Monaten erhielt ich einen Brief von ihm, indem er seine Abreise nach Konstantinopel mitteilte.«

Robert fluchte leise und griff zu dem Buch. »Also gut«, sagte er und nickte, »uns bleibt nichts anderes übrig. Wir müssen statt dessen nach Prag reisen.«

Lord Rochester lachte höhnisch auf. »Nichts dergleichen werde ich tun. Verdammt, Lovelace, seid Ihr noch nicht zufrieden, mich hierhergelockt zu haben. Nun soll ich mich auch noch durch ganz Europa schleppen?«

Doch Mylady nahm Roberts Hand. »Lovelace, warum Prag?«

»Weil dort der Pascha selbst gelernt hat, das Buch zu lesen.«

»Ja«, höhnte Rochester, »von einem Mann, der seit sechzig Jahren tot ist.«

»Wo könnten wir sonst Erben der Lehre des Rabbis finden, wenn nicht unter seinen Anhängern im Ghetto?«

»Wie könnt Ihr Euch so sicher sein, daß er überhaupt Anhänger hatte?«

»Ich kann es nicht. Aber falls Ihr einen anderen Vorschlag habt, Mylord, dann wäre ich nur zu froh, ihn zu bedenken.«

»Gibt es keine Juden oder Gelehrten in London, die Hebräisch lesen können?«

Robert lächelte verkniffen. »Ich verfüge selbst über eine gewisse Kenntnis der Sprache.«

»Dann nutzt sie, Mann, nutzt sie!«

Robert nahm das Buch und blätterte es durch. Dann schüttelte er den Kopf. »Ich kann hier weder Hebräisch noch sonst eine Sprache erkennen.«

»Dann strengt Euch mehr an«, flüsterte Lord Rochester drohend. »Denn ich sage Euch frei heraus, Lovelace, ich gehe nicht nach Prag. Ich kann mir keinen anderen Zweck denken, dem die Reise dienen könnte, als uns in den Sümpfen und Mooren Eurer Grillen zu verirren.«

»Aber wir haben uns doch schon verirrt, Mylord – und es ist möglich, daß uns nicht einmal der Pascha als Führer hätte dienen können.«

»Wie meint Ihr das, Sir?«

»Bedenkt, Mylord, dieses weitere Rätsel, daß der böswillige Geist, der unser Todfeind ist – der vom Pascha bis auf den Tod bekämpft wurde, so daß sogar der Pascha selbst glaubte, er hätte ihn vernichtet –, daß dieser Geist dennoch irgendwie gerettet und in seine alte Macht eingesetzt wurde. Wie? Wir wissen, daß er von Tadeus nach England gebracht wurde, und wir können uns ebenso sicher sein, daß er in einem Leib sterblichen Fleisches gebracht wurde, dessen Name einst Sir Charles Wolverton war. Denn ich selbst habe Sir Charles' Gesicht schmelzen und die Kreatur in ihm durch das Skelett auftauchen sehen. Doch mit welchen Mitteln, durch welche Magie, wurde das Wunder bewerkstelligt? Das müssen wir herausfinden, Mylord, wenn uns gelingen soll, was selbst der Pascha nicht vermochte, nämlich unseren Feind zu vernichten.« Robert verschränkte die Finger, dann schürzte er die Lippen. »Aber hier werden wir die Antworten nicht entdecken. Denn ich sage es noch einmal – sie warten in Prag auf uns.«

Lord Rochester sagte eine Weile nichts darauf, dann fluchte er mit überraschender Heftigkeit. »Ich kann jetzt nicht fort«, murmelte er. »Meine Angelegenheiten sind sehr dringlich.«

»Angelegenheiten?« erkundigte sich Mylady schmeichelnd.

»Ich habe bei Hofe zu tun.«

Mylady lachte verächtlich. »Ein seltener Ehrgeiz unserer Art, vor einem sterblichen König kriechen und katzbuckeln zu wollen.«

»Und doch ist es durchaus nicht so selten, Madame, die Gesellschaft und die Freuden von Sterblichen zu begehren.« Lord Rochester warf einen Blick auf Robert, dann wieder auf Mylady. »Vor allem wünsche ich nicht, wie Ihr zu sein, im Halbdunkel zu kauern und Euer einmaliges sterbliches Spielzeug an die Brust zu drücken. Ich verlange üppigere und abwechslungsreichere Freuden – die besten Frauen, die besten Bälle, die besten Besuche, die besten Genüsse – ein verruchtes Stadtleben.« Er reckte sich und lachte. Dann stand er auf. »Da mir die Zeit hinfort als meine Hure dienen soll – ja doch, ich werde versuchen, sie mit aller Kraft zu vögeln.«

»Und, wie jeder Lebemann, bald impotent werden.«

Wieder lachte Lord Rochester. »Eine hübsche moralische Warnung, ausgerechnet von einem bluttrinkenden Weibsstück.« Er zeigte verächtlich auf Robert. »Ich hatte geglaubt, er wäre der Puritaner.«

»Das war er.« Mylady nickte. »Mag sein, daß er aus diesem Grund dem Pascha besser gedient hätte als Ihr.«

»Was für eine Schande, daß Seine Exzellenz anscheinend nicht der gleichen Ansicht war.«

»Ja«, bekräftigte Mylady. »Für seine Zwecke – eine große Schande in der Tat.«

Es trat Stille ein. Erstaunt sah Robert Mylady an. Sie begegnete kurz seinem Blick. Dann schaute sie weg und stand auf. »Ich habe Euch beide satt«, flüsterte sie plötzlich. Dann wandte sie sich ab und eilte aus dem Zimmer. Bald verhallten ihre Schritte; alles wurde wieder still.

Langsam griff Robert zu dem Buch und starrte darauf. »Was ist Euer Geschäft bei Hofe?« fragte er schließlich.

»Unerledigt«, antwortete Lord Rochester. »Denn ich muß noch meine Frau bekommen.«

»Eure Frau, Mylord? Aber ich glaubte, Ihr hättet Miss Malet.«

»Ich habe mich ihrer bemächtigt, das ist wahr, aber ich durfte sie nicht behalten. Wenn ich sie zu meiner Frau machen und dennoch meinen Platz bei Hofe behalten will, muß ich zuerst den Segen des Königs erhalten.«

Robert nickte langsam. »Und Ihr müßt unbedingt Miss Malet besitzen? Ihr könnt sie nicht gehen lassen?«

»Nein – denn wie Mylady begehre ich sterbliche Gesellschaft, und anders als Mylady verlange ich das Geld meiner Geliebten.«

Wieder nickte Robert bedächtig.

»Ihr braucht keine Angst zu haben, Lovelace, ich werde diese Sache so schnell ich kann erledigen. Und in der Zwischenzeit könnt Ihr Euch die Zeit vertreiben, indem Ihr das Buch studiert.«

»Es hätte keinen Wert.«

»Versucht es«, flüsterte Lord Rochester, »versucht es nur.«

»Und wenn es mir nicht gelingt?«

»Nun, wenn Miss Malet meine Frau ist, machen wir beide uns nach Prag auf.«

»Ihr schwört es?«

»Ich schwöre es – was auch immer das wert sein mag.«

Robert lächelte matt. »Hoffen wir also, daß Ihr bald ein verheirateter Mann seid.« Er blickte wieder auf das Buch, dann griff er plötzlich an seinen Magen. Der Schmerz hatte dort schon gelauert, und während er auf die Schrift starrte, spürte er die Qual in seine Eingeweide wandern. Er atmete tief ein und schlug das Buch zu. »Und hoffen wir«, flüsterte er, fast zu sich selbst, »daß die Zeit uns nicht zu schnell durch die Finger rinnt.«

Worin ein Gesicht erblickt wird, dessen Lippen feucht von Blut sind

Während der nächsten Monate hielt Robert sich an Lord Rochesters Vorschlag und setzte seine Studien fort. Doch wie er befürchtet hatte, machte er bei dem Buch keine Fortschritte. Im Gegenteil – denn er begann, sich einzubilden, wenn er darauf starrte, daß das Buch ihn las, seine Gedanken anzapfte, von seinem Geist zehrte, bis er schreien wollte, denn sein Hirn schien dann wie ausgesaugt. Manchmal versuchte Mylady, ihn zu trösten, aber wenn sie sich gerade erst genährt hatte, machte ihre Anwesenheit seine Qual nur noch schlimmer. Robert nämlich reagierte nun empfindlich auf jeden Schluck Blut, den sie trank, auf jedes Nachglühen ihrer Lust, das er um so süßer empfand, wenn der stechende Schmerz einsetzte. Tatsächlich schien der Schmerz in seinem Leib jetzt ständig dazusein und am schlimmsten, während er die Schrift studierte, als ob die Buchstaben einen scharfzahnigen Parasiten geweckt hätten, der tief in seinen Eingeweiden riß und nagte. Und so gab er seine Studien auf und legte das Buch beiseite – und wartete auf Lord Rochesters Mitteilung, daß er geheiratet habe.

Doch die Monate gingen dahin, und noch immer war der Brief nicht eingetroffen. Weil die Qual in Roberts Leib allmählich brennender wurde, begann er selbst Briefe zu schreiben, in denen er eine Antwort verlangte, und sei es nur die winzigste gekritzelte Nachricht, bis seine Geduld schließlich in seinem Schmerz zerging und er bemerkte, daß er Myladys höhnischer Bemerkung zustimmte, es wäre besser gewesen, wenn der Pascha ihn erwählt hätte.

»Noch ist es nicht zu spät«, dachte er nun häufiger. Denn wenn er wirklich ein Bluttrinker werden sollte, mit aller sich daraus ergebenden Macht, wozu brauchte er dann Lord Rochester, warum sollte er überhaupt auf ihn warten? Denn mittlerweile wollte sich Robert unbedingt auf den Weg nach Prag machen. Seine Qual verschlimmerte sich, und der Sommer neigte sich bereits zum Herbst. Dennoch war er sich mit Mylady einig, daß es unbesonnen wäre, ohne den auserwählten Erben des Paschas aufzubrechen.

Am Ende wurde auf Myladys Drängen beschlossen, daß sie zuerst nach London reisen und Lord Rochester ausfindig machen würden, bevor sie sich einschifften und auf den Weg nach Prag begäben.

Es war jedoch ein Entschluß, den Robert nur zögernd faßte, denn er wußte, daß die Gefahr, entdeckt zu werden, groß war. »Es könnte sein«, flüsterte er, als ihre Kutsche durch den Hyde Park ratterte und bebend zu stehen kam, »daß sie an jedem Schlagbaum Spione haben.« Sogleich zupfte Mylady am Vorhang und blickte hinaus. Dann lehnte sie sich zurück und umklammerte fest das Buch auf ihrem Schoß. Robert lauschte auf die Rufe der Wachen draußen. Instinktiv griff er nach seinem Degen. Aber dann hörte er, wie die Zügel ausgeschüttelt wurden, und mit einem kräftigen Ruck setzte die Kutsche ihre Fahrt fort. »Und dennoch bin ich davon überzeugt«, beteuerte er, »daß sie uns irgendwo anders jagen werden.« Er drückte Myladys Hand. »Paßt auf, besonders bei den Kais, denn vielleicht haben sie daran gedacht, die Schiffskontore überwachen zu lassen.«

Mylady nickte knapp und zog den Vorhang wieder zurück. »Wir nähern uns Whitehall«, flüsterte sie, indem sie ihrerseits Roberts Hand drückte. »Auch du, liebster Lovelace – sei vorsichtig. Denn ich würde sogar dieses Buch lieber verlieren als dich.« Sie küßte ihn zärtlich auf den Mund und gab ihn wieder frei, als die Kutsche ausrollte. Robert stieß die Tür auf und sprang auf die Straße. Er sah Mylady die Vorhänge kurz teilen, sah die goldenen Augen aus dem Schatten funkeln, und dann polterte die Kutsche vorbei. Robert hielt sich nicht auf, um ihr nachzusehen, sondern machte kehrt und rannte auf das Palasttor zu.

Er schlüpfte unangefochten hindurch und eilte dann über die Galerien auf die Ecke von Whitehall zu, wo Lord Rochester seine Gemächer hatte. Aber als er in die Nähe des Holbein Gate kam, hörte er, daß jemand seinen Namen rief, und als er sich umschaute, entdeckte er Lady Castlemaine. Ein Diener folgte ihr mit vier kläffenden Hunden; sie schickte ihn mit einer Handbewegung fort, bevor sie Robert zu sich winkte. »Lovelace.« Sie musterte ihn von oben bis unten. »Ihr seht sehr hübsch aus – allerdings ein wenig blaß.«

Robert verbeugte sich. »Ich habe in letzter Zeit ein wenig gekränkelt, Mylady.«

»Ach wirklich? Ich höre es mit Bedauern. Mir war auch, als hätte ich Euch lange nicht gesehen.«

»Dringende Geschäfte ließen mir wenig Zeit.«

»Und waren es diese Geschäfte, zu denen Ihr gerade schleichen wolltet?«

Robert warf einen Blick über die Schulter. »Ich war auf dem Weg, Lord Rochester einen Besuch abzustatten.«

Lady Castlemaine hob eine dünne Braue. »Da müßt Ihr wirklich krank gewesen sein, Lovelace, daß Ihr so wenig von den Neuigkeiten bei Hofe wißt. Habt Ihr tatsächlich nicht gewußt, daß mein Cousin in See gestochen ist?«

»In See gestochen?« Ungläubig schloß Robert die Augen, dann bemühte er sich um Fassung. »Warum, Mylady? Wohin ist er gegangen?«

»Um ein Held zu werden. Denn man hat entschieden, daß er, um sich als würdiger Gatte für Miss Malet zu erweisen, sich bewähren muß, indem er die Holländer verprügelt.«

»Wann wird er zurückerwartet?«

»Wann immer unsere Flotte siegt. Zum Jüngsten Gericht vielleicht.«

Robert fluchte heftig.

Lady Castlemaine kniff die Augen zusammen. »Nanu, Lovelace«, murmelte sie, »Ihr seufzt so reizend wie alle Damen hier bei Hofe. Tatsächlich seid Ihr auch so bleich wie wir.«

Robert lächelte grimmig. »Lord Rochester wird also sehr vermißt, nehme ich an?«

»Oh, über alle Maßen – es heißt, eine Frau müsse ihm nur in die Augen sehen und ihr Ruf sei unwiederbringlich dahin. Denn er ist nicht nur der schönste und geistreichste Mann bei Hofe; er ist auch der gewissenloseste und gefährlichste für mein Geschlecht.« Lady Castlemaine stieß einen tiefen Seufzer aus. »Ich könnte mir wünschen«, murmelte sie, »auch mir wäre das Geheimnis seiner Anziehungskraft gegeben worden, ist er doch ein Cousin von mir.«

Robert verbeugte sich. »Euer Ladyschaft Bescheidenheit gereicht Euch wunderbar zur Ehre.«

»Und doch ...« Lady Castlemaine lächelte matt. »Es ist wahr, was man erzählt – es liegt Magie in seinen Augen. Man möchte einen solchen Zauber durchaus für sich selbst wünschen.«

Robert antwortete nicht. Er dachte an Mylady, an das Gefühl ihrer Lippen auf seinem Mund und daran, wie sie sich in Oxford seinem Griff entwunden hatte. »Das möchte man in der Tat«, murmelte er schließlich.

Er verbeugte sich noch einmal und sagte Lady Castlemaine Lebewohl. Dann machte er kehrt und ging durch das Holbein Gate hinaus. So aufgewühlt war er, daß er nicht mehr die Nähe von Menschen suchte, sondern durch die leersten, dunkelsten Wege schritt, bis er plötzlich über dem gedämpften Lärm vom Strand hinter sich in den Pfützen eilige Schritte hörte. Er bog um eine Ecke und drückte sich in eine Türnische, während die Schritte platschend durch die Gasse näher kamen.

Als eine dunkle Gestalt um die Ecke bog, trat Robert heraus, stellte ihr ein Bein und packte sie bei den Armen. Dann setzte er ihr ein Messer an die Kehle.

Die Gestalt stieß einen erstickten Angstschrei aus.

Robert runzelte die Stirn und ließ langsam das Messer sinken. »Mr. Aubrey?« flüsterte er.

Die Gestalt nickte verzweifelt. »Mr. Lovelace?« keuchte er. »Ich sah Euch ... als ich meine Wohnung verließ – und ich beobachtete – na ja – es war natürlich dumm, Sir, jemandem durch solche gefährlichen Gassen zu folgen ...«

»Dumm, Sir? Nein, es war allein mein Fehler.«

Aber Mr. Aubrey tat seine Entschuldigungen ab. »Ich war nämlich neugierig, Sir, versteht Ihr – wegen Dr. Dees Buch – und ob es Euch gelungen ist, die Schrift zu übersetzen.«

Robert lächelte betrübt und schüttelte den Kopf.

»Eine Herausforderung, Sir«, bestätigte Mr. Aubrey, »eine unstrittige Herausforderung, die den gelehrtesten Menschen auf eine harte Probe stellen würde. Und in der Tat – gerade in dem Augenblick, als ich Euch eben sah, kam ich auf den Gedanken – daß es wirklich einen Gelehrten gibt, den Ihr vielleicht kennenlernen möchtet.«

Als Mr. Aubrey Roberts zweifelnde Miene bemerkte, nickte er noch heftiger. »Er ist ein höchst bemerkenswert gelehrter und genialer Mann«, behauptete er. »Und wie die Dinge liegen, bin ich für morgen abend mit ihm verabredet.«

Robert zuckte die Achseln. »Wie heißt er?«

»Mr. John Milton«, erwiderte Mr. Aubrey.

Robert nickte nachdenklich. »Ja«, flüsterte er. »Ja, gewiß. Aber warum der Aufschub, Sir?« Er hielt inne. »Warum besuchen wir ihn nicht heute nacht?«

Sie fuhren zuerst zur London Bridge, denn Robert hatte mit Mylady ausgemacht, sie dort zu treffen. Er sah sie im Schutz der Dunkelheit warten, an der Stelle auf der Brücke, wo sie vor vielen Jahren gestanden hatte, um ihm London zu zeigen. Als er aus der Mietkutsche stieg, drehte sich Mylady um und zog die Kapuze ab, die ihr Gesicht verhüllt hatte. »Bitte, Sir«, flüsterte Robert sogleich Mr. Aubrey zu. »Wenn Ihr hier warten möchtet.« Dann warf er den Schlag hinter sich zu und eilte über die Straße.

»Was gibt es?« flüsterte er, indem er ihre Hände ergriff. Er umarmte sie innig. »Was ist geschehen?«

»Lightborn.«

»Wo?«

»Im Pudding Lane.«

»Hat er Euch gesehen?«

»Nein ... ich ...« Mylady schüttelte den Kopf. »Ich glaube es nicht, nein.«

»Was hatte er denn dort zu schaffen?«

»Ich ...« Sie schluckte. Dann schüttelte sie den Kopf und antwortete nicht auf seine Frage. »Er stand oben auf dem Hügel, von wo man die Straße überblickt.«

»Hat er nach Euch Ausschau gehalten?«

Mylady hob matt die Schultern.

»Also schön.« Robert runzelte die Stirn und versuchte nachzudenken. »Das Schiff, Mylady. Ist unsere Überfahrt gebucht?«

Sie nickte. »Nach Lübeck, in drei Tagen. Unser Gepäck wird schon an Bord gebracht. Bis dahin habe ich für uns Zimmer im Delphin am Tower-Kai gemietet.« Sie hielt inne. »Darf ich also schließen, daß seine Lordschaft noch nicht verheiratet ist?«

»Wir müssen uns seine Lordschaft ganz aus dem Kopf schlagen. Und das kann bedeuten« – Robert schluckte – »vielleicht bevor wir abreisen ... da es keine andere Möglichkeit gibt ...«

Seine Stimme erstarb, als wären seine Worte Morgennebel und Myladys starrer Blick eine sengende Sonne. Er blickte auf den Fluß unter ihnen, denn er ertrug das Funkeln ihrer Augen nicht.

»Lovelace«, flüsterte sie. »Keine andere Möglichkeit als ... was?«

Noch immer blickte Robert hinunter auf den reißenden Fluß, der durch die Brückenbögen schäumte. »Aber es ist noch nicht gewiß«, sagte er plötzlich. »Es könnte noch eine andere, eine letzte Chance geben.«

»Lovelace, ich verstehe dich nicht.«

Robert wandte sich um und begegnete endlich Myladys Blick. »Das Buch«, fragte er sie, »habt Ihr es jetzt bei Euch?«

Mylady runzelte fragend die Stirn. »Natürlich«, erwiderte sie.

»Gebt es mir.«

»Warum?«

»Weil...« Robert nahm ihr das Buch aus der Hand und verbarg es unter seinem Mantel. »Mag sein«, flüsterte er, »daß alles doch noch gut wird. Denn wenn es überhaupt jemanden gibt, der die Gelehrsamkeit besitzt, dieses Buch zu lesen, dann ist es der Mann, den ich jetzt besuchen gehe.« Er küßte Mylady. »Betet für gutes Gelingen.«

»Lovelace, warte!«

Aber er hatte sich bereits abgewandt und ging auf die Mietkutsche zu. Mylady rief ihm noch einmal nach, doch er hielt nur inne, als er auf seinen Sitz stieg, um ihr zuzurufen, daß er sie in ihrer Wohnung aufsuchen werde. Dann ratterte die Kutsche den Fish Street Hill hinauf, und er konnte sie nicht mehr sehen.

Während Mr. Aubrey wie gewohnt schnell und abgehackt redete, fuhr die Kutsche weiter durch die Stadt und dann am Bishop's Gate vorbei hinaus aufs freie Feld. Nicht weit ab von der Straße sah Robert eine weite Fläche frisch umgegrabener Erde, und er erkannte darin eine Grube, wo er und Lightborn Opfer für Mylady gejagt hatten. Auf dem Boden wuchsen bereits dünne Grasbüschel, und Robert überlegte, wie lange es dauern würde, bis die Lage der Grube und ihre gewaltige Fracht in Vergessenheit geriete. Und dann mußte er an Emily denken, und er fragte sich, wo sie lag, unbezeichnet, auf immer unter den unzähligen Toten Londons verloren.

Die Kutsche hielt plötzlich mit einem Ruck, und Robert, aus seinen Grübeleien gerissen, bemerkte, daß sie an ihrem Ziel angekommen sein mußten. Er stieg aus der Kutsche und folgte Mr. Aubrey in ein winziges Haus, aus dem Orgelmusik erklang. Ein Dienstmädchen führte sie in einen langgestreckten Raum mit niedriger Balkendecke. Dort waren bereits einige Gäste versammelt, und am anderen Ende des Zimmers spielte ein Mann auf der Orgel. Er saß mit dem

Rücken zu ihnen, doch beim Geräusch ihrer Schritte hielt er inne und drehte sich langsam um. Robert erkannte gleich seinen früheren Lehrer und Beschützer. Sein stahlgraues Haar war silbriger geworden, aber sonst schien er völlig unverändert.

Robert blieb still, während Mr. Aubrey sich und ihn vorstellte. »Lovelace«, brummte Mr. Milton, als er Roberts Hand schüttelte. »Ein solcher Name, Sir, dürfte besser an den Hof passen als an diesen ärmlichen, gemeinen Ort. Ich fürchte, Ihr werdet keine große Belustigung finden.«

Mr. Aubrey unterbrach ihn, um den Zweck von Roberts Besuch zu erklären und das Geheimnis des Buches zu beschreiben. Wieder brummte Mr. Milton. »Aber ich bin blind«, murmelte er. »Wie könnte ich da aus einer unleserlichen Schrift klug werden?«

»Ich hatte mir vorgestellt, Sir«, erklärte Mr. Aubrey eifrig, »daß wir einen Abschnitt in eine Sandfläche kopieren, damit Ihr sie mit den Fingern erfühlen könnt.«

Mr. Milton lachte – auf die schauerliche Weise, an die Robert sich so gut erinnerte.

»Ihr findet meinen Vorschlag«, Mr. Aubrey schluckte unsicher, »lächerlich?«

Mr. Milton schüttelte den Kopf. »Nein, nein.« Er grinste freudlos. »Aber Ihr findet uns hier versammelt, Mr. Aubrey, um eine Lesung aus den Früchten der Arbeit vieler Jahre zu hören, während denen ich versucht habe, die Geheimnisse Gottes zu durchdringen, die lichte Luft des höchsten Himmels auszumessen, und nun – nun wollt Ihr, daß ich im Staub scharre. So sollte unser ganzes Streben belohnt werden, damit wir unsere Demut nicht vergessen. Ich danke Euch, Mr. Aubrey, ich werde tun, was Ihr wünscht.«

Er seufzte und rührte sich. Dann griff er unter seinen Sitz, um ein dickes Manuskript vorzuholen. »Aber zuerst werdet Ihr die Bezahlung entrichten und meinem Gedicht lauschen.« Er verdrehte die Augen, als würde er sich anstrengen, seine Gäste zu erkennen, und wieder lächelte er grimmig. »Keine Eurer höfischen Vergnügungen, Mr. Lovelace. Ich hoffe, die Langeweile wird nicht gar zu groß werden.«

Robert antwortete nicht, denn er erinnerte sich jener langen Nachmittage, als der Dichter am Schreibpult gesessen und an den Fingern die Rhythmen eines geheimen Gedichts gezählt hatte, und wie Mr. Milton am selben Abend, an dem sie später in Haft genommen worden waren, das Manuskript unverschlossen auf dem Tisch liegengelassen hatte. Robert erinnerte sich noch an die Verse. *»Ob das Schlachtfeld auch verloren.«* Er lächelte leise vor sich hin. *»Ist doch nicht alles hin.«* Vielleicht, dachte er, würde Mr. Miltons Gedicht ihn am großen Scheideweg seines Lebens noch einmal leiten und ihm ein zweites Mal den Weg zeigen, den er einschlagen sollte.

Er setzte sich, während Mr. Milton mit den Fingern über das Manuskript strich, als wären die Seiten eine Leier, und aus dem Gedächtnis den Anfang seines Gedichts zu deklamieren begann.

Robert lauschte, erst zweifelnd und dann ehrfürchtig, überwältigt von dem Maß des großen Entwurfs. Denn in der Tat schien es das Streben des Dichters, wie er selbst behauptet hatte, die Höhen des Himmels auszumessen und ebenso den glühenden Schlund der Hölle auszuloten. Nach der Schilderung stürzte Satan in solche Tiefen, die Höllenschlange mit ihrem Rebellenheer, aus dem Himmel ins gräßliche Verderben geschleudert, um zum erstenmal die furchtbaren strafenden Flammen zu schauen. Und doch schien sich in die Not und Bestürzung des rebellischen Engels auch Stolz zu mischen und unabänderlicher Haß, und Robert, der aufmerksam der Schilderung lauschte, empfand plötzlich Entsetzen, als Mr. Milton begann, aus Satans Eröffnungsrede zu lesen, die sich im Trotz an Beelzebub richtete – verwandelt wie er selbst, für immer verwandelt und verdammt. *»Und seist du er? Doch wie gefallen! Wie verändert...«* Mr. Milton verstummte, und Robert stellte sich halb vor, daß seine blinden Augen ihn beobachteten. Dann begann der Dichter aufs neue, um des Bösen Trotz und Qual erklingen zu lassen, bis endlich die Worte kamen, die Robert schon kannte.

»Ob das Schlachtfeld auch verloren.«

Robert zuckte zusammen und sprang halb vom Stuhl auf.

»Ist doch nicht alles hin...«

Jetzt stand Robert auf.

Mr. Milton hielt inne. Dann runzelte er plötzlich die Stirn. »Lovelace?« flüsterte er, als wäre er verwirrt.

»Ihr habt mich überrascht, Sir«, sagte Robert. »Ich hatte nie geglaubt, daß es Satan war... das heißt... daß Satan mit solchem Mut und solcher Entschlossenheit gesprochen haben könnte.«

Die Miene des Dichters wurde noch finsterer. Er neigte den Kopf zur Seite, als versuche er, einen fernen Klang zu erhaschen. »Das Böse«, antwortete er langsam, »ist nie gefährlicher, Mr. Lovelace, als wenn es von der Glut eines vergehenden moralischen Gefühls zum Glänzen gebracht wird.« Wieder machte er eine Pause, und für einen Augenblick schien der Raum erstarrt vom Frost der Stille. Dann legte Mr. Milton langsam sein Gedicht auf den Boden. »Euer Buch, Sir«, flüsterte er. »Wagen wir uns an seine Schrift. Denn es ist gut, meine ich, nach dem Abstieg in die Hölle die frischen Nachtwinde weich auf unseren Gesichtern zu spüren.«

Er stand auf, und Mr. Aubrey eilte schnell zu ihm, um ihm den Arm zu bieten. Zusammen gingen sie in den Garten hinaus, gefolgt von Robert und den übrigen im Zimmer. Mr. Aubrey bückte sich bereits. Er nahm das Buch aus Roberts Hand und kopierte eine Zeile in den Sand. Mr. Milton zog sie mit der Fingerspitze nach. Sichtlich verwirrt, runzelte er die Stirn. »Dies ist keine Schrift, die ich erkennen kann«, murmelte er. Er tastete nach Mr. Aubreys Händen und nahm das Manuskript. »Wo, sagt Ihr, habt Ihr das Buch entdeckt?«

Robert warf einen Blick auf Mr. Aubrey. »Es wurde«, murmelte er, »von einem Juden geschrieben, vermute ich.« Er betrachtete aufmerksam Mr. Miltons Gesicht und griff dann nach seiner Hand. »Aus diesem Grund, Sir«, flüsterte er, »hatte ich gehofft, Ihr könntet es lesen.«

Einen Augenblick lang stand Mr. Milton wie angewurzelt da. Dann begann er, Roberts Gesicht abzutasten. »Ich, Sir?«

»Aber ja«, antwortete Robert. Er schwieg und streckte die Hand aus, um seinerseits Mr. Miltons Gesicht zu berühren. »Denn Ihr wart es doch, der mich gelehrt hat, Hebräisch zu lesen – das ... und vieles andere.«

Wieder erstarrte Mr. Milton, und dann begann er zu lachen, nicht grimmig wie zuvor, sondern fast erstickt, und Robert sah auf seinen Wangen stille Tränen glänzen. »Bist du es?« flüsterte der alte Mann mit heiserer Stimme. »Wirklich du? Master Foxe – der in der freudlosesten Tiefe meiner Nacht zu mir kam ... und der mir dann auf immer verloren schien.« Erneut lachte er und deutete mit den Armen auf den Kreis seiner Freunde. »Denn dieser Junge war für mich, als alles unabänderlich dunkel schien, ohne Hoffnung auf den Tag – er war für mich Licht – und das Versprechen der Hoffnung. Und doch hatte ich nie Gelegenheit ... ihn zu unterrichten, damit ...« Seine Stimme verlor sich. Er atmete tief ein und umklammerte das Buch so fest, daß seine Fingerspitzen sich in die Seiten drückten. Im selben Augenblick schrie er auf, und der Schrei war so unerwartet, so furchtbar, daß alle wie gelähmt wirkten. Langsam schlug Mr. Milton das Buch auf. Er schien es zu lesen. Dann ließ er es plötzlich fallen und stürzte zu Boden.

Sofort schloß sich der Kreis seiner Freunde um ihn, doch Robert drängte sie beiseite und kniete neben dem blinden Mann, um ihn in den Armen zu halten, während Mr. Milton den Kopf wild hin und her warf und sich die Augen rieb, als wolle er sie von einem entsetzlichen Anblick säubern. »Oh, paß auf«, murmelte er, »paß auf!« Er zuckte heftig und tastete mit den Fingern wieder nach Roberts Gesicht. »Denn immer wartet uralte Dunkelheit, danach hungernd, ihren alten Besitz wiederzugewinnen und das Leben in der Natur und alle Dinge auszulöschen.«

»Hier, Sir«, flüsterte Mr. Aubrey Robert ins Ohr. »Vielleicht wird ihm dies guttun.« Er reichte Robert ein Glas Wein, und Robert hielt es an Mr. Miltons Lippen. Der alte Mann nippte unsicher daran. Dann erbebte er und ließ sich ins Haus führen. Sobald er auf seinem Stuhl saß, schickte er die anderen Gäste fort. Robert dagegen wartete und kniete sich neben dem Dichter nieder.

»Was habt Ihr gesehen, Sir?« flüsterte er. »Denn ich weiß, was geschehen ist – Ihr habt die Geheimschrift gelesen.«

Mr. Milton versuchte nicht, es abzustreiten, und seine Miene wirkte kalt wie Marmor. »Ich sah«, antwortete er langsam, »einen Knaben in einem kleinen Zimmer. Der Knabe warst du – und es war mein eigenes Zimmer. Du gingst auf ein Schreibpult zu. Darauf lagen die Blätter meines Gedichts, mein *Verlorenes Paradies*. Du hobst die oberste Seite auf, du lasest sie. Du sprachst die Verse Satans – genau die gleichen Zeilen, die dich heute abend so erschreckten.«

»Und dann, Sir? Denn es muß noch etwas mehr gewesen sein, was Euch aufschreien ließ.«

»In der Tat«, bestätigte Mr. Milton, und sein Lächeln war nun trauriger denn je. »Denn als du zu Ende gelesen hattest, veränderte die Vision sich allmählich.«

»Und was habt Ihr gesehen?« drang Robert in ihn. »Was hat sie Euch gezeigt?«

»Noch immer dich. Aber verändert – oh, wie sehr verändert.«

»Wie?«

Mr. Milton schüttelte den Kopf. »Du warst ... noch wunderschön ... denn du warst vorher schön gewesen, wie ein Engel, von der Schönheit Gottes berührt, mit strahlendem Gesicht und goldenem Haar. Aber nun warst du wie ein Kavalier gekleidet, und dein Aussehen war von tödlichen Leidenschaften verdorben, von Zorn und Haß, Neid und Verzweiflung, so daß, wenn du noch immer einem Engel glichst, es ein gefallener war, für immer aus den Freuden des Paradieses gestürzt – wie Satan selbst, der Rebellenfürst, ausgesehen haben mag. Und während ich dies noch dachte, sah ich, wie deine Lippen vor Blut glänzten und wie du an ihnen lecktest, und mir wurde klar, daß du, der einst so gut gewesen, ein Dämon warst. Und ich wurde von großer Angst übermannt, und so ließ ich das Buch fallen, das mir solche Dinge gezeigt hatte, denn ich ertrug es nicht, noch mehr zu sehen.«

Robert erhob sich langsam. »Das Buch«, flüsterte er, »versucht es noch einmal.«

Mr. Milton schauderte, doch Robert packte ihn fest am Arm und drückte ihm das Buch in die Hände. »Versucht es!« schrie er plötzlich. »Versucht es!« Er packte ihn fester und flüsterte: »Tut es, Sir, denn es gibt Dinge, die ich wissen muß.«

Mr. Milton biß sich auf die Unterlippe, aber sonst war sein Ausdruck wieder vollkommen gefaßt. Sehr gemächlich schlug er das Buch auf und strich es glatt. Mit den Fingern fuhr er über die Seite, aber noch immer zeigte seine Miene keine Gemütsregung. Er klappte das Buch wieder zu und schloß die Augen. »Ich sehe nichts«, flüsterte er. »Nichts als Dunkelheit.«

Einen Augenblick lang stand Robert stumm da, dann entriß er das Buch Mr. Miltons Händen. »Fahr wohl, o Hoffnung«, sagte er nickend zu sich. »Fahr wohl, o Furcht, und fahr wohl auch Reue!«

»Fahr wohl, o Hoffnung?« Der blinde Mann runzelte verwirrt die Stirn. »Ist es also geschehen? Du bist bereits gefallen und das Ding geworden, das ich sah?«

Robert lachte bitter. »Was macht es aus«, antwortete er, »was ich jetzt bin? Denn das Buch lügt nicht. Es hat Euch die Vergangenheit wahrheitsgetreu vorgeführt. Warum sollte der Blick in die Zukunft nicht wahr sein?«

Mr. Milton gab lange keine Antwort. »Tugend kann angegriffen werden«, sagte er endlich, »aber nie verloren. Von ungerechter Macht überrumpelt – aber niemals unterjocht.«

Wieder lachte Robert, mit einer Bitterkeit, in die sich nun Verachtung mischte. »Narr!« stieß er plötzlich hervor. »Alter blinder Narr! Seht Ihr nicht, daß Euer Satan recht hatte und klüger war als Ihr, obwohl Ihr ihm seine Sprache gegeben habt? Ist doch nicht alles hin – es gibt noch Rache und Mut und Haß. Ich danke Euch, Sir, denn noch einmal habt Ihr mir, ohne es zu wollen, gezeigt, wie ich handeln muß.« Er blieb noch eine kleine Weile stehen und betrachtete den blinden Mann, bevor er sich abwandte und ging. Als er an die Tür kam, rief Mr. Milton ihm nach, aber Robert hatte nun entschieden, was er tun mußte. Nur einen winzigen Augenblick hielt er inne, dann setzte er seinen Weg fort. Er warf die Tür hinter sich zu, und Mr. Miltons Rufe waren ausgelöscht.

Worin eine Gefahr entdeckt und ein Freudenfeuer angezündet wird

Zu Fuß eilte Robert durch London zum Tower. Es war jetzt dunkel, aber in seinen Augen schimmerte wohl irgendein Zeichen tödlicher Wirkung, denn obwohl er reich gekleidet und allein war, stellte sich ihm niemand in den Weg, nicht einmal in den ärmlichsten Gassen. Vielmehr wichen die Leute zurück, wenn sie ihm ins Gesicht blickten. Er kam schnell voran, und kaum war er im Schatten des Tower angelangt, entdeckte er auch schon den Delphin, wo er die Stufen zu dem Zimmer hinaufsprang, das Mylady gemietet hatte. Er stieß die Tür auf, und sie erhob sich, um ihn zu begrüßen. Ihre goldenen Augen schienen unglaublich weit, und in ihrem Ausdruck lag eine Fremdheit – ein wilder, gehetzter Blick, der ihn normalerweise zu Eis hätte werden lassen. Aber jetzt beachtete er ihn nicht, sondern ging auf Mylady zu und umfing ihre Wangen. Er küßte sie innig, dann strich er ihre Locken zurück, um ihr ins Ohr zu flüstern. »Da ist etwas von großer Bedeutung, worüber wir sprechen müssen.«

»In der Tat.« Mylady nickte. Sie nahm ihm das Buch aus der Hand und legte es vorsichtig unter ihre Matratze. »Etwas von furchtbarer Bedeutung.«

In plötzlicher Verwirrung starrte Robert sie an. »Wie konntet Ihr Euch so sicher sein, was die Frucht meines Ausflugs sein würde?«

Mylady lächelte ihn matt an und schüttelte den Kopf. »Nicht dein Ausflug beunruhigt uns jetzt, sondern eine viel tödlichere Sache.« Sie legte den Umhang um, und als Robert den Mund öffnete, um zu fragen, was sie meinte, legte sie einen Finger an seine Lippen. »Deine Aufgabe muß warten.«

Er schob ihren Finger beiseite. »Warum«, flüsterte er, »was habt Ihr entdeckt?«

»Ein großes Grauen«, antwortete Mylady. Darauf hob sie ohne ein weiteres Wort eine Laterne hoch und führte ihn mit der anderen Hand aus dem Zimmer und hinaus auf die Straße. Sie rief eine Mietkutsche. »So schnell Ihr könnt«, befahl sie dem Kutscher. »Wir fahren zum Pudding Lane.«

Etwas in ihrer Stimme hielt Robert vom Fragen ab, und er

saß so schweigsam da wie Mylady, blickte geradeaus, bis die Kutsche vor dem Haus ankam, in dem Emily gestorben war. Robert war seitdem nicht mehr dort gewesen, und als er da im Dunkel seines Schattens stand, war ihm, als bliese ein eisiger Wind über seine Seele. Mylady drückte seine Hand. »Ich glaube, ich habe entdeckt«, flüsterte sie, »was Lightborn hier suchte.«

Doch Robert drang nicht weiter in sie, sondern begegnete nur flüchtig ihrem Blick und folgte ihr dann ins Haus. Das Schloß an der Tür war zerschlagen worden, und dahinter schien die Dunkelheit feucht und unangenehm süßlich. Robert glaubte eine solche Dunkelheit nicht mehr gerochen zu haben, seit er in den Kellern von Wolverton Hall gestanden hatte, und als er sie gegen seinen Willen tief einatmete, bildete er sich ein, schales Blut zu riechen. Im selben Augenblick bestätigte ein Stechen im Leib diesen Eindruck, und er krümmte sich. Mylady nahm ihn am Arm und führte ihn weiter durch das Haus.

»Wir gehen«, flüsterte Robert plötzlich, »zu dem Zimmer, in dem Emily starb!«

Mylady sah ihn über die Schulter an, und in ihren Augen schien so etwas wie Mitleid zu funkeln. »Ganz recht«, antwortete sie, »armer Lovelace – ganz recht.« Vor der Tür, die in das Zimmer führte, blieb sie stehen. Die Tür war angelehnt, und sie stieß sie auf. Im selben Augenblick spürte Robert seinen Schmerz verdoppelt, aber er bemühte sich, nicht darauf zu achten. Er stützte sich noch schwerer auf Myladys Arm und folgte ihr ins Zimmer. Sie hob die Laterne, und Robert strengte seine Augen an.

Da kam ein gräßliches, schmerzgequältes Zischen aus dem Dunkel.

Mylady zückte den Dolch. »Sei vorsichtig«, murmelte sie. »Denn du hast gesehen, wie gefährlich sie sind – für meine Art ebenso wie für deine.«

»Was...«, flüsterte Robert, aber die Frage blieb ihm im Halse stecken, als er etwas im flackernden Schein der Laterne erblickte. In einer Ecke des Zimmers kauerte eine Kreatur, duckte sich vor dem Licht und spannte sich dennoch, als sei sie bereit zu springen, und Robert sah, wie die Augen vor Durst brannten und wie die verfaulten Lippen von klebrigem dickem Speichel feucht waren. In ihrem Fleisch wanden sich noch Würmer, und der ganze Leib war mit Schlamm beschmiert, vermischt mit einer sickernden gelblichen Absonderung. Dennoch konnte Robert dort, wo an der Kreatur noch Haut vorhanden war, die unverkennbaren Zeichen und Beulen der Pest sehen. Er blickte der Kreatur wieder ins Gesicht, starrte ihr in die Augen. Und während er hinschaute, sah er den Schimmer des Hungers allmählich vergehen, und in der Hülse des Gesichts erkannte er noch eine winzige Spur von Emily.

Mylady hatte die Reaktion der Kreatur gespannt beobachtet. »So war es auch im Dorf«, murmelte sie. »Du erinnerst dich? Du hattest auch dort die Macht, die Kreaturen zu beruhigen.«

Noch immer blickte Robert in Emilys Augen, die inzwischen völlig gefroren und tot schienen. Er ergriff Myladys Hand und drückte sie fest. »Wo habt Ihr sie entdeckt?« flüsterte er schließlich.

»Als ich von der London Bridge kam«, antwortete Mylady, »nachdem ich dich verlassen hatte. Ich sah sie, ein schmutziges, verwestes Ding, das versuchte, die Tür dieses Hauses aufzubrechen.«

Robert blickte nachdenklich. »Warum könnte sie den Wunsch gehabt haben, hierher zurückzukehren?«

»Es scheint in der Natur dieser toten Wesen zu liegen. Du erinnerst dich doch, Lovelace, wie der Vater des Dienstmädchens im Dorfgasthaus sie ebenfalls aufsuchte?«

Robert nickte zögernd und sah wieder auf das Ding, das

einst Emily gewesen war. »Ihr glaubt also«, flüsterte er, »daß alle andern Opfer der Pest ebenso auftauchen werden wie sie?«

Mylady schüttelte den Kopf. »Nicht aus eigenem Antrieb. Denn es war doch Emily, die die Pest hergebracht hat – und zweifellos ist sie es auch allein, die das Gift in sich trägt, das die anderen Leichen aus ihren Gräbern wecken wird.«

Robert betrachtete sie mißtrauisch. »Wie könnt Ihr das so genau wissen?«

»Weil ich damals im Dorf mit der Marquise darüber gesprochen habe. Ich war neugierig, weil ich solche Ausgeburten nie zuvor gesehen hatte, und wollte erfahren, wie die Kreaturen von den Toten erweckt worden waren. Die Marquise antwortete mir, das erste Opfer müßte die andern nur anstekken, dann würde sich das Gift unfehlbar ausbreiten.«

Ungläubig starrte Robert sie an. »Und dennoch hat die Marquise nie daran gedacht, Euch zu sagen – uns zu sagen –, daß das Gift der Untoten das gleiche war wie das der Pest? Daß diejenigen, die sich mit dem einen angesteckt hatten, auch die andere Krankheit in sich trugen? Sie muß es gewußt haben, ganz gewiß, und sie muß auch gewußt haben, was aus Emily werden würde.«

»Zweifellos«, bestätigte Mylady. »Du erinnerst dich doch, Lovelace, daß sie uns bei unserem letzten Besuch von einem Geheimnis berichtete, das in Tadeus' Buch geschrieben stand?« Sie hielt inne und zeigte auf Emily. »Da ist es, vor uns – das tödliche Geheimnis der Marquise.«

Robert holte tief Luft und zwang sich, das Wesen wieder anzusehen. Dann griff er, ohne sich umzudrehen, nach Myladys Dolch und nahm ihn aus ihrer Hand. Seine Glieder fühlten sich wie abgestorben an, doch zu seinem Erstaunen bemerkte er, daß das gleiche für seinen Schmerz galt. Es war ja nicht mehr Emily, dieses verweste Ding mit den toten Augen. Emily war seit langem dahin, längst zur Ruhe gebettet.

Während er die Kreatur noch anstarrte, begann sie zu winseln, als ob sie in ihm eine schreckliche Macht spürte. Robert hielt kurz inne, um zu überlegen, ob sie ihn erkannt hatte. Dann erstickte er alle derartigen Gedanken und kniete neben ihr nieder. Sie kratzte nun ängstlich an den Wänden in der Ecke, konnte aber den Blick anscheinend noch immer nicht von Roberts Augen abwenden. Plötzlich erstarrte sie wieder. Robert neigte sich weiter vor. Er schluckte seinen Ekel hinunter und küßte die Kreatur auf das klebrige Zahnfleisch. Im selben Augenblick stieß er mit dem Messer zu.

Er spürte, wie die Klinge etwas Weiches durchstach. Darauf rückte er ein wenig ab, um die Brust der Kreatur zu sehen. Schaumig quoll schwärzliches Blut aus der Wunde. Robert stach noch einmal zu. Die Kreatur lag bereits reglos da und schien nicht mehr als ein geschrumpelter Sack voll Knochen zu sein, doch er stach immer noch zu, immer wieder, bis endlich sein Arm müde wurde und er sich fallen ließ, um den Kopf an das Heft des Dolches zu lehnen. Er schloß die schmerzenden und trockenen Augen. Nach einer Weile blinzelte er und stand langsam auf.

»Und so wird Entschlossenheit«, flüsterte er, während er auf das Wesen zu seinen Füßen starrte, »durch Verzweiflung gestärkt.« Langsam drehte er sich um. Lange sprach er nicht; dann ging er auf Mylady zu und strich mit den Fingerspitzen über ihre Hand. »Jetzt ist alles weg«, flüsterte er. »Bis auf die Sache, von der ich schon früher sprach. Denn das, Mylady – das bleibt noch zu tun.«

Mylady antwortete nicht, sondern griff nach ihrem Dolch. Sie nahm ihn an sich und barg ihn wieder unter ihrem Mantel.

Robert drückte ihre Hand fester. »Ihr wißt sehr wohl, wovon ich rede.«

Sie antwortete nicht.

»Na schön, dann muß ich offen sein. Ich möchte, Mylady, ein Wesen wie Ihr werden.«

Mylady schüttelte den Kopf. »Das ist jetzt nicht die rechte Zeit.«

»Wann paßt es besser?«

»Wenn wir das Buch gelesen haben.«

»Warum nicht jetzt?«

»Weil« – Mylady betrachtete ihn noch einen Moment, dann machte sie sich los – »weil wir noch viel zu tun haben.«

»Was denn?«

Sie gab keine Antwort, sondern rauschte aus dem Zimmer und durch das Haus hinaus. Robert folgte ihr, bis sie auf der Straße standen, wiederum vollkommen reglos. Mylady schloß die Augen, dann schnupperte sie die leichte Brise. »Ja.« Sie nickte. »Es hat sich bereits ausgebreitet.«

Robert begegnete kurz ihrem Blick und verspürte tief in seinem Leib wieder, wie sich die Qual verschärfte. Er zog sein Schwert. Auf halbem Weg in der schmalen Gasse konnte er einen Bäckerladen sehen; die Tür hing halb zerbrochen an den Angeln. Aus dem Laden hörte er plötzlich einen Topf klappern, und im selben Augenblick wurde der Schmerz in seinem Leib schlimmer. Er eilte die Gasse hinunter, konnte aber nur taumeln, denn nun schmerzte auch das Atmen, und so war es Mylady, die als erste durch die Ladentür ging. Robert folgte ihr – und sah vor sich eine Leiche, vermutlich die eines Ladenmädchens. Zwei Kreaturen, von der Pest gezeichnet und verwest wie Emily, beugten sich über sie und nährten sich wie Hunde. Sie hatten gezischt, als Mylady eintrat; aber dann, als Robert sich zu ihr gesellte, wichen die beiden Kreaturen zurück, und ihre Augen erloschen.

»Wunderbar«, murmelte Mylady, »die Macht, die du über diese Wesen besitzt.«

Robert lachte hoffnungslos. »Doch wenn das Gift in jeden Pestleichnam in London dringt, was für einen Wert wird meine Macht dann haben?« Er trat vor und zielte mit seinem Degen. »Denn ich kann nicht alle durchbohren, wenn die ganze Stadt von ihnen wimmelt – so.« Er hatte gut gezielt. Die Kreatur, die er durchbohrt hatte, stieß einen leisen Seufzer aus und fiel in sich zusammen. Aber die zweite, durch Roberts Abgelenktheit ermutigt, sprang plötzlich vor, so daß er taumelte und unter ihrem Gewicht zu Boden stürzte. Er wand sich verzweifelt, um den Kiefern der Kreatur auszuweichen, und versuchte, sie zu durchbohren, wie er ihren Gefährten durchbohrt hatte. Aber die Kreatur war zu nah und Roberts Degen zu lang. Schon spürte er klebrig-kalte Finger an seiner Kehle, deren Knochen knackten, als sie sich bogen – und obwohl er sich wieder drehte und wand, gab es diesmal kein Entrinnen. Da hörte er plötzlich einen dumpfen Schlag und das Geräusch von splitterndem Glas, und die Kreatur schrie gellend auf und wurde auf den Boden geschleudert.

Sofort sprang Robert auf und beobachtete, wie auch die Kreatur versuchte, sich aufzurappeln. Für einen Moment schien es, als sollte es ihr trotz der Scherben von der Laterne in ihrem Schädel gelingen. Aber die Flammen züngelten schon an ihrem Leib hinunter, und die Knochen in ihren Beinen begannen, Blasen zu werfen und zu brechen. »Feuer«, flüsterte Mylady und wich zurück. Die Hitze stieg, und die Flammen schienen schmierig vom zergehenden Fleisch. Sie lächelte verhalten, während sie auf die Straße zurück wichen. »Denn welche Hoffnung hätten wir sonst in diesem späten Stadium?«

Schon spien die Flammen Funken in die Nacht, und während Robert noch schaute, sah er ein plötzliches gelbrotes Glühen aus einem Gasthaus gegenüber. Der Hof war mit Spänen und Heu beschichtet worden, und das Feuer breitete sich wie eine Brandungswelle darüber aus. Bald leckten die Flammen an anderen Häusern, und schon hörte man Balken bersten und aus der Ferne erschrockene Schreie.

»Die Stadt ist so trocken«, rief Robert, »daß sie völlig zerstört wird, wenn das anhält.«

»Ja!« rief Mylady ihm zu. Ihre Augen schienen, wie das Gasthaus, mit einem goldenen Feuer zu lodern. »Und wenn die Stadt vernichtet wird – dann auch andere Dinge mit ihr!« Sie deutete die Gasse hinunter, und Robert sah, wie rasch sich die Flammen ausbreiteten. Dann konnte er plötzlich, während er durch die Funken taumelte, drei, vier, fünf dunkle Gestalten ausmachen, und als eine von ihnen vom Feuer eingeholt und umhüllt wurde, sah Robert flüchtig das verweste, von der Pest gezeichnete Gesicht. Dann begann das Fleisch zu zischen, und die Kreatur zuckte und stolperte und ging in Rauch auf. »So wird es allen ergehen«, rief Mylady, »wenn sich das Feuer nur weit genug ausbreiten kann.«

Daran hatte Robert keinen Zweifel. Er wich zurück, denn die Hitze der Flammen war schon unerträglich. Dem Lauf des Feuers folgend, ging er den Pudding Lane hinunter und wartete darauf, daß es die Lagerhäuser und Schuppen an der Themse erreichen würde, wo Öl, Talg und Alkohol gelagert wurden. Da drückte Mylady seine Hand und hob den Mantel schützend vor ihr Gesicht. Im selben Augenblick kam eine ohrenbetäubende Explosion, und eine Flammensäule schoß hoch in den Nachthimmel. Die Funken leuchteten so hell und verstreuten sich so weit, daß auch Robert das Gesicht verhüllte, und als er den Mantel wieder senkte, sah er, daß die London Bridge in hellen Flammen stand.

Nun strömten zahllose Menschen auf die Straßen. Manche schleppten Säcke mit ihrer Habe, schoben Karren, die hoch mit Hausrat und Kleidung beladen waren. Aber die Hitze war bereits so stark, daß die ersten Gebäude barsten und einstürzten, und plötzlich rannten die Menschen los und ließen ihre Habe zwischen den Trümmern verstreut liegen.

Robert packte Mylady am Arm und zog sie verzweifelt fort, denn er hatte bemerkt, daß auch sie Gefahr liefen, vom

Feuer wie in einer Falle gefangen zu werden. Da krachte es auch schon über ihnen, und eine brennende Ziegelsteinmauer brach und fiel wie eine Woge in sich zusammen. Mylady schrie auf. Robert nahm sie in die Arme, und beide warfen sich in den Schlamm. Im selben Augenblick wackelte ein schwerer Balken, und als er krachend herabstürzte, hörte Robert die Funken zischen und spürte sie sengend an seinen Wangen. Er stand schwankend auf und stolperte wieder weiter. Noch immer zog er Mylady hinter sich her, und dann mußte er lachen, denn er konnte den leidenschaftlichen Glanz in ihren Augen sehen, als sich das Flammenmeer Londons in ihrem Blick spiegelte. Selbst fühlte er sich trunken von einer eigenartigen wilden Leidenschaft und küßte sie, und Myladys Lippen erwiderten seinen Kuß hungrig und begierig. Plötzlich machte sie sich los, denn die Hitze wurde immer stärker, aber auch als sie nun schneller liefen, hielten sie sich an den Händen und lachten immerzu.

Nun konnten sie sehen, daß sich das Feuer tief in die Stadt ausbreitete und wie die Mengen sich schlängelten und immer größer wurden, als äfften sie die Flammen nach. Robert und Mylady wurden von ihnen mitgerissen, und mitten in so viel Entsetzen und Verzweiflung fühlten sie noch ihren seltsamen jubelnden Taumel, so daß sie um so mehr tanzten und lachten und sich küßten, während die Flammen immer heller zum Himmel aufstiegen.

Als der Morgen dämmerte, griff das Feuer in einem mächtigen Bogen immer weiter um sich, und nicht eine Regenwolke verunstaltete den blauen Himmel. Robert und Mylady ließen nun das Gedränge hinter sich, denn obwohl das Feuer noch weit vom Tower entfernt war, hatte Mylady sich plötzlich unbedingt vergewissern wollen, daß das Buch in Sicherheit war. Kaum im Delphin angelangt, zog sie es unter der Matratze vor. Dann brach sie mit Robert sogleich nach Wapping auf, wo ihr Schiff für die Weiterreise beladen wurde. Sie gingen an Bord und begaben sich in ihr Logis, wo das Buch wieder sorgfältig versteckt wurde. Dann kehrten sie zum Tower und ihren Zimmern im Gasthaus zurück. Auf den Straßen waren kaum äußere Zeichen von Panik zu bemerken. Aber von den Türmen ferner Kirchen schlugen die Glocken Alarm, und im Westen, hoch über der Stadt, zeigten dicke Rauchwolken das Fortschreiten des Feuers an.

Im Delphin angelangt, nahm Robert Mylady wieder in die Arme. Einen Augenblick lang spiegelte sich das ferne Flammenmeer in ihrem Blick, und sie lächelte, während sie ihn küßtc, und fuhr mit ihren Fingern durch sein Haar. Er versuchte, sie zu sich aufs Bett zu ziehen, aber sie machte sich los und legte eine Fingerspitze auf seine halb geöffneten Lippen. »Einen Moment«, flüsterte sie. Lächelnd verließ sie das Zimmer. Während ihr Robert noch nachsah, spürte er, wie eine schmerzende Müdigkeit durch seine Glieder strömte und ihm die Augen zufallen wollten. Eine Weile strengte er sich noch an, sie offenzuhalten. Aber er wußte, daß Mylady ihn bei ihrer Rückkehr wecken würde, und so überließ er sich seiner Müdigkeit und schlief auf der Stelle ein.

Als er jedoch die Augen wieder aufschlug, schien es ihm seltsam dunkel zu sein. Robert sprang auf. Er schaute sich wild um, aber er war allein im Zimmer. Wo war Mylady? Er eilte ans Fenster, und noch bevor er hinausgeblickt hatte, hörte er schon das Knistern der Flammen. Das Feuer war noch weit entfernt. Aber es breitete sich ungestüm aus und brannte mit einer Farbe, die wie Blut schien. Wieder schaute sich Robert um und fragte sich mit plötzlichem Zorn, wohin Mylady gegangen sein könnte. Er wandte sich wieder zum Fenster um und starrte zum zweitenmal auf den großartigen Feuerbogen. Leise fluchte er vor sich hin. Dann kleidete er sich rasch an und eilte hinaus auf die Straßen.

Schon ging die Sonne hinter ihm auf, aber das Sonnenlicht schien schwach im Vergleich zu dem Flammenmeer vor ihm.

Das Feuer war nun so stark, daß sogar die Tauben, die verzweifelt über ihren brennenden Nestern flatterten, sich die Federn versengten und als kleine Flammenkugeln in das große Feuer stürzten. Nichts würde diesen Feuersturm überleben, dachte Robert, während er auf die Schauer aus Feuertropfen blickte, die den äußeren Rand des Infernos bezeichneten, und er mußte lächeln, als ihm das Entsetzliche einfiel, das so gründlich vernichtet worden war. Gleichzeitig überkam ihn wieder jene ausgelassene Fröhlichkeit aus der vergangenen Nacht, als er mit Mylady durch die Straßen getanzt war, und er fragte sich mit jäher Verzweiflung, wohin sie entschwunden sein könnte.

Er machte sich auf die Jagd, aber er wußte – als er sich im Chaos der vom Entsetzen getroffenen Straßen treiben ließ –, daß seine Suche hoffnungslos war, und so gab er sie schließlich auf und kehrte zum Gasthaus zurück. Von dort beobachtete er das Feuer und wie es sich immer weiter ausbreitete, bis endlich die Sonne sank und die Nacht allmählich anbrach. Und noch immer wütete das Feuer, während die Sterne zu schmelzen schienen und die Flammen zu dem purpurnen Himmel züngelten.

Erst am nächsten Morgen kam Mylady zurück. Robert fragte, wo sie gewesen sei, aber sie antwortete nicht, sondern nahm nur seinen Arm und drängte, gleich an Bord ihres Schiffs zu gehen. Doch an der Röte ihrer Wangen und dem Schimmer ihrer Haut konnte Robert ablesen, was ihr Zeitvertreib gewesen war, und als sie in ihrer Kabine anlangten, deutete sie auf eine Truhe. »In chaotischen Zeiten«, murmelte sie, »gibt es immer leichte Beute.« Robert warf einen Blick auf sie und hob den Deckel an. In der Truhe lagen Reihen über Reihen von Flaschen, und an der Qual in seinem Leib merkte er sofort, was unter den Wein gemischt worden war. »Ich habe immer wieder festgestellt«, sagte Mylady und nickte, »daß man auf Reisen stets ein Stärkungsmittel zur Hand haben soll.«

»Und auch einen Gefährten«, fragte Robert, »mit dem man solche Freuden teilt?«

Mylady antwortete nicht sofort. Vielmehr schloß sie den Truhendeckel und küßte Robert dann zart. »Alles zu seiner Zeit«, murmelte sie endlich, »alles zu seiner Zeit.«

In derselben Nacht reisten sie ab. Das Schiff lief aus dem Hafen aus, an winzigen überladenen Booten vorbei, die flußabwärts flohen, der Dunkelheit entgegen. Hinter ihnen jedoch schien selbst die Themse von Flammen verzehrt zu werden, da die brennende Stadt sich in ihr spiegelte und Funken wie Glühwürmchen über dem Strom wimmelten. Nur nahe der London Bridge, wo das Feuer zuerst ausgebrochen war, schien das Wasser ruhig zu sein. Denn dort am Ufer, wo einst die Häuser des Pudding Lane gestanden hatten, gab es keine Nahrung mehr für die Flammen, nur noch Schwärze. Robert starrte lange auf das Nichts, wandte sich dann zu Mylady um und nahm sie fest in die Arme. Über ihrer Schulter konnte er ganz London vor sich ausgebreitet sehen: seine spitzen und stumpfen Türme, Schornsteine und Dächer, vor seinen Augen zerbröselnd in den tobenden Flammenbogen, Staub, um sich von den Winden tragen und verstreuen zu lassen. Nur St. Paul's, das höchste und herrlichste Gebäude von allen, schien noch unversehrt auf seinem Hügel zu stehen, dunkel über die Flammen ragend, und dann plötzlich flackerte das Feuer auch auf dem Dach der Kathedrale. Das Schiff schwenkte langsam mit dem Lauf der Themse, so daß der Blick auf die brennende Stadt verdeckt wurde und nichts mehr von London zu sehen war, nur noch Flammen, die hektisch über den Himmel strichen. Aber später schwenkte der Kurs erneut, und Robert konnte wieder den Turm von St. Paul's ausmachen, der nun völlig in Flammen gehüllt war.

Und plötzlich, während er noch hinschaute, sah er einen Steinhagel, und ein Teil des Turms fiel in sich zusammen. Robert wandte sich nach Mylady um und küßte sie mit drängender Leidenschaft. Dann machte er sich wieder von ihr los und starrte voraus, in die wartende Stille und die Dunkelheit der Nacht.

Teil IV

Oh, könnte ich mit einem Elixier
Verwandeln Geist und Herz zu Sperma mir:
Die Seele übertrüge ich mit einem einz'gen Stoß
Und schüfe neu mich in dem warmen Schoß!
In Lust getränkt hielt' ich neun Monate dort aus
Und fickte keck mich wieder dann hinaus.

John Wilmot, Earl of Rochester (1647–1680)
»Der Wunsch«

Worin eine Bekanntschaft nach langer Unterbrechung auf merkwürdige Weise erneuert wird

Dämmerung senkte sich über Woodstock Park. Leise erklangen durch die schattige Stille Glocken, die zur Abendandacht riefen. Aber auf dem Rasen von High Lodge tönten sie kaum, denn über den purpurnen Schatten wehte keine Brise, und die Hitze des Nachmittags hing noch immer in der Luft. Nicht einmal die Äste der Eiche regten sich, nicht einmal die Blätter vor den offenen Schlafzimmerfenstern. Nichts, was die Ruhe gestört hätte. Nichts, was Lord Rochesters schlechte Träume unterbrochen hätte.

Und dann plötzlich, sehr fern, der Hufschlag eines Pferdes. Lord Rochester rührte sich. Mit großer Anstrengung hob er den Kopf. Dann stöhnte er. Der Schmerz von seinen eiternden Wunden war stark, sein Rücken so feucht, daß er an den Laken klebte. Er ließ sich wieder auf die Kissen fallen. Die Hufschläge kamen nun näher, und dann waren da auch Schritte, die sich knirschend über den Vorhof bewegten: Diener, die hinausliefen, um den unerwarteten Gast zu empfangen. Dann schwiegen die Hufschläge abrupt mitten im Schwung. Stiefel waren zu hören, die auf den Kies traten, das leise Gemurmel eines Gesprächs und dann das Pferd, das zu den Ställen geführt wurde. Gleichzeitig – Schritte, die auf den Haupteingang zugingen.

Lord Rochester maß sie mit jedem rasend schmerzenden Atemzug, lange bevor er sie wieder hören konnte, weich über den Teppichen, die zu seinem Zimmer führten. Vor seiner Tür hielten sie inne, und im selben Augenblick atmete er tief ein, um zu prüfen, ob er das Blut seines Besuchers erkennen würde. Gebe Gott, nicht mein Sohn, dachte er, gebe Gott, nicht mein Sohn. Doch obwohl er ein zweites Mal einatmete, nahm er nichts wahr und runzelte die Stirn. Blut ohne Duft? Er strengte sich an, sich aufzusetzen, und diesmal gelang es ihm trotz der Schmerzen. Er rief seinem Besucher zu, er möge sich zeigen.

Langsam wurde die Tür aufgestoßen. Augen funkelten aus dem Dunkel, leuchtend und kalt. Die Augen eines Bluttrinkers, hätte Lord Rochester gesagt, hätte da nicht etwas gefehlt. Etwas war merkwürdig ...

Er kniff die Augen zusammen, betrachtete prüfend das Gesicht und erschauerte unwillkürlich vor Staunen.

Sein Besucher trat vor.

Lord Rochester lächelte bleich. »Lovelace.«

»Mylord.«

»Man hatte mir mitgeteilt, daß Ihr tot seid – seit vierzehn Jahren.«

»Und doch stehe ich hier.« Er kam näher. Das Haar golden und gelockt. Die Haut schimmernd in heller Elfenbeinblässe. Volle Lippen, das Lächeln belustigt und grausam. Und dennoch kein Bluttrinker ... also was dann? *Was?*

Lord Rochester vermochte sein Staunen nicht zu verschleiern, und dann plötzlich stieg Zorn in ihm auf, daß er durch das Schweigen eines so rätselhaften und unerwarteten Gastes verhöhnt würde. »Also gut, Sir«, rief er ungeduldig aus. »Ich nehme an, Ihr seid nicht hergekommen – auferstanden aus dem Grabe selbst, wie es scheint –, bloß um dazustehen und mich anzugrinsen.«

Lovelace grinste nur noch breiter. »Nein, in der Tat nicht, Mylord.«

»Also dann – worum geht es? Was ist Euer Auftrag? Denn

daß Ihr Nachricht von einem großen Geheimnis bringt, kann ich an Eurem Auftritt ablesen.« Lord Rochester starrte seinen Besucher wieder an, und wieder konnte er nicht verbergen, wie er vor Überraschung erschrak. »Aber, Lovelace«, murmelte er, »wie gefährlich und grausam Ihr jetzt erscheint. Und doch wirkt Ihr in jeder anderen Hinsicht so völlig unverändert – genauso jugendlich und voll der Schönheit wie eh und je.«

»Während Ihr, Mylord, merkwürdig ekelhaft und runzlig erscheint.« Lovelace lachte und zog einen Stuhl bei, um sich ans Bett zu setzen. Er hatte eine Umhängetasche über der Schulter getragen, die er nun neben seine Füße legte, sehr behutsam, als wäre ihr Inhalt vielleicht zerbrechlich. »Außerordentlich häßlich«, fuhr er fort. »Doch was mag die Ursache dafür sein? Ihr seid grausam betrogen worden, wenn Ihr Eure Seele verkauft habt und dennoch altert.«

»Es gab einen Aufpreis«, sagte Lord Rochester mit einer wegwerfenden Bewegung, »den zu zahlen ich schwierig fand.«

»Was, Mylord, ein Verschwender wie Ihr?«

Lord Rochester zuckte die Achseln. »Vor kurzem bin ich zu meinem Verdruß an einer Überempfindlichkeit erkrankt. Ich erinnere mich, Lovelace, daß auch Ihr einmal an diesen Beschwerden gelitten habt.«

»Ich wurde in der Tat ständig davon geplagt, Mylord.«

»Ihr werdet Euch vielleicht an eine Reise erinnern, die wir einst zusammen auf der Themse machten, als wir über den absonderlichen Durst meiner Art sprachen?«

»Ihr wißt sehr wohl, daß ich es nie vergessen werde.« Lovelace schwieg einen Moment, dann lächelte er. »Und wie geht es Miss Malet – oder vielmehr Lady Rochester? Sie hat ihre Aufgabe erfüllt und für Euch geboren, hoffe ich?«

»Ich habe Kinder, ja.«

Lovelace beugte sich vor. »Ihr habt?« flüsterte er. »Wie, noch nicht gekostet?«

»Ihr wüßtet wohl die Antwort auf diese Frage, Sir, wenn Ihr auch wüßtet, was ich vor kurzem herausbekommen habe.«

»Ach ja?«

»Die Ursache für den Verlust meines guten Aussehens, Sir, für meine runzlige, dünne Haut, meinen schweren zerstreuten Blick ist kein großes Rätsel, wenn Ihr erst ein weiteres Geheimnis begriffen habt – daß nämlich das Blut unserer Verwandten nicht nur wegen seines Geschmacks geschätzt wird. Denn ohne dieses Blut welken wir lange vor der Zeit. Aber trinken wir es einmal – nur ein einziges Mal –, erhalten wir uns durch diese einzigartig wertvolle Kostprobe um so besser.« Lord Rochester schwieg. Er streckte die krallenartigen Finger an seinen Händen aus. »In so mancher Hinsicht also ein unerläßlicher Schluck.«

Lovelace zog spöttisch eine Braue hoch. »Und doch habt Ihr ihn nicht getrunken.«

Lord Rochester zuckte die Achseln. »Vielleicht wären alle Männer Feiglinge, wenn sie es wagten.«

»Wo war dann Eure Feigheit in Amsterdam, als Ihr Euer erstes Opfer austrankt und seinen Leichnam in die Brouwers Gracht warft?«

»Untergegangen in den goldenen Fluten meiner Lust.«

»Und jetzt?«

»Die Fluten sind abgelaufen, und mir ist nichts mehr geblieben als eine ausgedörrte Langeweile, um so hassenswerter, als meine Furcht davor ewig ist. In ihrem Staub kriechen und winden sich merkwürdige Zweifel, wie Würmer der Tiefe, die dem Licht ausgesetzt werden.«

Lovelace lächelte dünn. »Puritanerreden, Mylord – höchst sonderbar und unerwartet.« Er hielt inne. »Dann ist es also wahr, das Gerücht, das ich bei Hofe hörte, daß Ihr Euch in letzter Zeit heimlich mit einem Geistlichen besprochen habt?«

Lord Rochester schwieg. »Ich habe mit einem gesprochen, ja«, gab er schließlich zu.

»Und ihm ... was berichtet?«

»Alles, Lovelace – alles.«

»Befürchtet Ihr nicht, er könnte Eure Beichte verraten?«

»Ihr wißt, daß er das nicht wagen würde.«

»Und was bot er Euch in Eurer Verdammnis als Trost an, dieser Geistliche?«

»Natürlich nichts.«

»Weil nämlich, wie Ihr einst zu Eurer eigenen Genugtuung bewiesen habt, als wir mit Wyndham und Montagu fuhren, Gott selbst ein bloßes stummes Nichts ist.«

»Und doch ist es das Nichts, was ich begehre.«

»Und der Geistliche, behauptet Ihr, kann Euch das geben?«

Um Lord Rochesters Lippen zuckte ein kaum merkliches Lächeln. »Vielleicht nicht einmal soviel. Gewiß habe ich aufgrund seiner Anweisung und Empfehlung seit drei Monaten jedem Genuß von Blut abgeschworen. Denn er bezeichnet mich und meine Art als Dämonen, der christlichen Gemeinschaft so entgegengesetzt wie losgelassene wilde Tiere, und da soviel zumindest unwiderlegbar ist, stärken seine Worte meine angeborene Entschlossenheit. Und doch ...« Lord Rochesters Stimme verlor sich, als er die Hand wieder hob, deren Fleisch schwarz und trocken auf den knotigen Knochen saß. »Und doch ...«, flüsterte er noch einmal, »glaube ich nicht, daß meine Entschlossenheit ausreicht. Die Qual ist zu groß, das Ziel zu ungewiß – denn ich fürchte, daß meine Verdammnis in der Tat ewig ist und ich das Nichts nie finden werde – daß ich immer ich selbst bleiben werde.«

Lovelace stand auf und ging zu den offenen Fenstern hinüber. Die Nacht draußen zeigte sich nun in einem tiefen, silbrigen Blau. »Sagt mir«, murmelte er, »betet Ihr?«

Überrascht runzelte Lord Rochester die Stirn, dann nickte er schwach.

»Und wie antwortet Gott auf Eure hartnäckigen Forderungen?«

»Ich erinnere mich an eine Nacht, als der Geistliche bei mir saß und der Schmerz besonders schlimm war – da beteten wir um Entschlossenheit.«

»Und?«

»Später in der Nacht stand ich unwillentlich im Traum auf. Ich verließ meinen Leib auf dem Atem des Winds. In den Feldern jenseits des Parks fand ich einen Bettler, der sich unter einer Hecke zum Schlafen zusammengerollt hatte. Ich trank ihn leer. Als ich am nächsten Tag erwachte, schien mein Zustand gebessert. Der Geistliche sprach vom Wunder des Gebets.«

Lovelace lächelte, während er noch immer in die Nacht hinausblickte. »Und was wäre«, murmelte er, »wenn Eure Gebete wirklich erhört werden könnten?«

Lord Rochester kniff die Augen zusammen und schwieg eine Weile. »Ich wüßte gern das Mittel«, flüsterte er schließlich, »durch das so etwas erreicht werden könnte.«

Lovelace lachte kalt. »Oh, Mylord«, antwortete er, »zweifelt nicht daran – Ihr werdet das Mittel erfahren und viel, viel mehr. Denn vor uns liegt noch die ganze Nacht.«

»Und ich möchte auch wissen ...«

»Ja?«

»Was die Kosten sein könnten?

Lovelace wandte sich vom Fenster ab. »Ihr könntet es Euch mühelos leisten, Mylord.«

»Wirklich?«

Lovelace zog den Stuhl wieder heran. Dann beugte er sich vor und zischte: »Könnt Ihr es nicht erraten?«

Lord Rochesters Gesicht blieb völlig unbewegt. Dann neigte er sehr schwach den Kopf, einmal nur.

»Dann bin ich froh, daß wir uns verstehen.«

Wieder nickte Lord Rochester. »Und dennoch ist Eure

Torheit wundersam, Sir«, murmelte er, »wenn Ihr wirklich ein Ding wie ich werden möchtet.«

Lovelace lächelte verächtlich. »Ich danke Euch, aber ich habe meine Bedenken ganz gut überwunden.«

Lord Rochester zuckte die Achseln. »Genügend Zeit werdet Ihr gehabt haben.«

»Vierzehn Jahre«, bestätigte Lovelace, »die ich zweifellos besser genutzt habe, Mylord, als Ihr.«

»Wie, Lovelace?« Lord Rochester mußte plötzlich husten und setzte sich, vom Hustenanfall gequält, mit Mühe auf. »Erzählt mir«, keuchte er, »was Euch widerfahren ist. Etwas Schreckliches, fürchte ich, wenn Euer Gesicht so ungezeichnet und Eure Seele doch so schwarz geworden ist.«

Unter wildem Lachen warf Lovelace den Kopf zurück. »Ich habe gesagt, Mylord, daß Ihr alles hören werdet.« Er beugte sich plötzlich vor. »Und dann – wie vereinbart – nehmen wir unseren Tausch vor?« Er wartete einen Augenblick, bückte sich dann und hob die Tasche an seinen Füßen auf. Er legte sie neben Lord Rochester, und sein Grinsen wurde noch breiter. »Und dann nehmen wir unseren Tausch vor.« Nun fragte er nicht mehr, stellte bloß eine Tatsache fest. Er lehnte sich auf seinem Stuhl zurück, und während sein Grinsen kälter wurde und dann von seinen Lippen verschwand, wurden seine Knöchel weiß, und er begann mit seiner Geschichte.

Worin man erfährt, wie ein zweiter Golem geschaffen wurde

»Ihr habt gesagt, Mylord, daß ich sehr verändert erscheine. Und doch war ich schon vor vierzehn Jahren zu meinem gegenwärtigen Weg entschlossen. Freilich überrascht es nicht, daß Ihr Euch daran nicht erinnert. Denn es war ein Weg, auf den ich durch Eure eigene Gleichgültigkeit und Mattigkeit gedrängt wurde und weil ich allmählich begriff, daß nicht Ihr es sein könntet, wenn der Pascha jemals einen würdigen Erben haben sollte, sondern daß ich es selbst sein müßte. Aus demselben Grund hatte ich bereits beschlossen, nach Prag aufzubrechen, ohne auf Eure Rückkehr zu warten, und bat Mylady, noch als wir auf dem Deck Eures Schiffes standen und London brennen sahen, mich zu einem Geschöpf gleich ihr zu machen.«

»Eine Bitte, die sie zweifellos nicht zu erfüllen gewillt war.«

Lovelace zuckte die Achseln. »Ihre Weigerung überraschte mich nicht.«

»Ach, wirklich?«

»Ich wußte, daß sie zunächst das Rätsel des Buches lösen wollte. Und wie hätte ich ihr auch die Vorsicht zum Vorwurf machen können? Schließlich, Mylord, wollte sie nicht, daß ich so würde wie Ihr, durch ständige Gier nach neuen Freuden abgelenkt von meinem Vorhaben. Doch als ich London brennen sah, als ich den Todeskampf einer so mächtigen Stadt beobachtete, hatte ich sehr klar empfunden, was solche Freuden bedeuten könnten – als ob meine Vergangenheit eine Stadt wäre, wie London, die vernichtet werden müßte. Aber während der Feuerschein aus unserer Sicht verschwand, während wir in die kalten schwarzen Wasser der See glitten, fühlte ich auch meine Ungeduld schwinden – und ich war es wieder zufrieden abzuwarten, wie Mylady geraten hatte.«

»Obwohl Ihr nicht sicher sein konntet, was das Buch Euch zeigen würde?«

Lovelace lächelte merkwürdig. »Für einige kurze Augenblicke in der Nacht vor dem Feuer«, antwortete er, »hatte ich es schon gezeigt bekommen.«

Erstaunt starrte Lord Rochester ihn an. »Und was hatte es offenbart?«

Noch immer lächelte Lovelace. »Genügend, um mich

davon zu überzeugen, daß seine Magie echt wahr«, erwiderte er schließlich.

»Wie das?«

Langsam verging das Lächeln auf Lovelaces Lippen. Er schien die Frage gar nicht gehört zu haben. »Wie er mich quälte«, murmelte er, »dieser flüchtige Einblick.« Er kniff die Augen zusammen, als würde er einen sehr weit entfernten Gegenstand fixieren. »Ich habe gesagt, daß die See meine Ungeduld abgekühlt hätte, doch in Wahrheit«, er verzog das Gesicht, »rumorte sie noch in meinen Eingeweiden. Denn dort hielt der Schmerz an, wie ein nagendes, hungriges Ding, und nicht einmal die Mumia vermochte ihn nun zu lindern. Die Schrift, dachte ich – gewiß könnte er mit der Magie der Schrift geheilt werden. Allerdings nicht auf dem Schiff – denn die Nähe des Buches in unserer Kabine, des unergründlichen, ungelesenen, schien meine Qual nur zu verschlimmern, so daß ich es haßte und liebte, es fürchtete und begehrte, wie es einem auch mit der Ursache und der Heilung eines Schmerzes gehen mag. Ich bin mir sicher, Mylord« – er lächelte verhalten –, »Ihr werdet Mitgefühl für solch einen Zustand haben.«

Lord Rochester antwortete nicht.

Lovelace lehnte sich zurück. »Auch Mylady war, selbst von Ungeduld angesteckt, während der ganzen Schiffsreise wie ein wildes Tier hin und her gelaufen, und unsere Route hätte in der Tat sehr viel direkter sein können. Doch es war nicht nur das Geheimnis des Textes, was wir lösen mußten: Es gab noch andere Rätsel, noch immer dunkel und ungelöst, im eigentlichen Kern meiner ersehnten Rache. Und deshalb hatten wir das Schiff nach Lübeck genommen, über die Nordsee und um die Spitze von Dänemark herum, denn nach Lübeck hatte mein Vater Sir Charles Wolverton geschickt.

Aber das war freilich über zwanzig Jahre davor geschehen, und unsere Chance, die Spur aufzunehmen, war sehr gering, soviel war uns klar. Hoffnungslos war es jedoch nicht – denn wir waren bereits vor unserem Abschied von London nach Portsmouth gereist und hatten die Verzeichnisse aller nach Lübeck segelnden Schiffe durchgesehen. Dort stellte sich heraus, daß es nur eines gegeben hatte, auf das mein Vater Sir Charles gebracht haben konnte: es gehörte einem Engländer, einem Kaufmann in Lübeck, und dieser Kaufmann, erfuhren wir, lebte noch, wenngleich betagt. An wen sonst hätte sich Sir Charles, ein mittelloser Ankömmling in einer fremden Stadt, wenden sollen, wenn nicht an einen Landsmann? Und an wen sollten wir, die wir Sir Charles verfolgten, uns anders wenden als an denselben Mann?

Er erwies sich in der Tat als alt, aber noch sehr wach, und ich merkte sofort, als ich ihn fragte, daß er sich an unseren Mann erinnerte. Ich erkannte den Schatten, der über sein Gesicht glitt, denn ich hatte die gleiche Miene zu oft bei meinem Vater gesehen, als sei ihm die bloße Erwähnung von Sir Charles schon zuwider. Jetzt durften wir dem Kaufmann allerdings keine Verschwiegenheit gestatten, und so überließ ich ihn Mylady, die sein Gedächtnis bald geleert hatte. Ja, räumte der Kaufmann ein, er erinnere sich an Sir Charles, der eines Morgens angekommen sei und ihn um Hilfe angefleht habe. Der Kaufmann hatte ihm aus Mitleid ein paar Goldstücke zugesteckt. Darauf hatte Sir Charles seiner Dankbarkeit dadurch Ausdruck verliehen, daß er den Kaufmann ausraubte und aus der Stadt floh. In den Wäldern um Lübeck hatte es viele Flüchtlinge wie ihn gegeben, denn es war jene gesetzlose Zeit, Mylord, von der uns der Pascha erzählt hatte, als Deutschland in den großen Krieg gestürzt war und alle gesellschaftlichen Bindungen sich in Blut aufgelöst hatten. Unter solchen Bedingungen war Sir Charles natürlich aufgeblüht und bald der Anführer einer berüchtigten Räuberbande geworden. Schließlich waren ihre Plünderungen so schlimm geworden, so gefährlich für den Handel der Stadt, daß die Stadtväter sich gezwungen sahen, Soldaten gegen die Bande aufzustellen. Doch obwohl Sir Charles und seine Männer bald darauf abzogen, schien es, daß sie in Wahrheit bestochen, nicht gezwungen worden waren, zu verschwinden. ›Und wohin gingen sie?‹ drang Mylady in ihn. Der Kaufmann zuckte die Achseln. Irgendwohin Richtung Süden, nach Böhmen zu, glaubte er, wo der Krieg am heftigsten gewütet hatte und die Anarchie am schlimmsten war. Aber weiter konnte er nichts mit Sicherheit sagen. Dann schwieg er eine Weile. ›Erkundigt Euch an den Kais‹, riet er, ›an der Untertrave. Falls einer von Sir Charles' Bande nach Lübeck zurückgekommen ist, dann findet Ihr ihn dort. Denn wie ein Misthaufen nimmt die Untertrave den ganzen Schmutz der Stadt auf.‹

Noch in derselben Nacht ging Mylady dorthin. Ich begleitete sie nicht. Wochen waren vergangen, seit sie frisches Blut gekostet hatte, und ich hatte den wohlbekannten Glanz des Durstes in ihren Augen bemerkt. Als sie am nächsten Morgen wieder zu mir kam, schien sie erregt und zufrieden – aber nicht nur wegen ihres Vergnügens, denn sie hatte auch Neuigkeiten mitgebracht. Im allerdunkelsten und hoffnungslosesten Wirtshaus, berichtete sie, hatte sie einen Veteranen aus Sir Charles' Bande aufgespürt, einen uralten Invaliden, der für sich allein dort saß. Sie hatte ihn noch tiefer ins Dunkel gezogen und dann, wie bei dem Kaufmann, sein Gedächtnis ausgesogen. Von direkter Bedeutung hatte er nicht viel enthüllen können. Denn noch bevor die Bande Böhmen betreten hatte, war er verwundet worden, als sie ein Schloß an der sächsischen Grenze plünderten, und war zur Bewachung zurückgelassen worden, während seine Spießgesellen weiterzogen. Nach Monaten war jedoch keiner von ihnen zurückgekehrt, so daß der verwundete Räuber das Schloß allmählich für sein eigenes hielt. Eines Nachts dann war in scharfem Galopp auf der Straße von Prag ein einzelner Überlebender der Bande geritten gekommen: ein gewisser Konrad Haszler, Sir Charles' stellvertretender Kommandeur. Er hatte sofort Wachen aufgestellt und befohlen, das Schloß neu zu befestigen, als ob er täglich die Ankunft eines Feindes erwartete. Doch obgleich seine Furcht so deutlich sichtbar war, hatte er nie darüber sprechen wollen, und wenn sein verwundeter Kamerad versucht hatte, in dieser Sache in ihn zu dringen, war Haszler furchtbar in Wut geraten. Auf dem Höhepunkt eines solchen Wutanfalls hatte er seinen Kameraden auf die Straße werfen lassen, so daß dieser, verkrüppelt, wie er war, nach Hause hatte kriechen müssen. Zum Bettler herabgesunken, hatte der Invalide sich schließlich bis Lübeck durchgeschlagen, und Ihr könnt Euch sicher sein, nicht gerade mit freundlichen Erinnerungen an seinen früheren Waffengefährten. Gewiß hatte es Mylady wenig Mühe gekostet, ihn zu überreden, den Namen des Schlosses preiszugeben. Denn vielleicht hatte er in Myladys Augen eine Spur jener Gefahr aufblitzen sehen, die Konrad Haszler in solche Angst versetzt hatte.

Noch am selben Morgen brachen wir von Lübeck auf. Obwohl mir der Schmerz im Leib noch immer sehr zu schaffen machte, war ich einverstanden zu reiten, denn Mylady saß ebenso gut im Sattel wie ich, und wir wollten unbedingt schnell vorankommen. Kaum hatten wir Lübeck hinter uns gelassen, als die Straßen bald sehr schlecht wurden, und je weiter wir nach Süden kamen, desto schlimmer wurden sie. Auch die Landschaft selbst wirkte verdorrt und geplündert, und als wir Sachsen erreichten, sahen wir bald die Gerippe von Dörfern, die völlig verlassen lagen, die Türme der Kirchen zu Schutthaufen eingestürzt, die Reste von Häusern unter Unkraut verschwunden. Und doch war der Krieg seit über zwanzig Jahren vorbei, und ich wunderte mich über sein Wesen und das Ausmaß des Greuels, daß solche sichtbaren und dauerhaften Narben zurückgeblieben waren. Und ich wunderte mich auch, Mylord, über das, was der Pascha uns gesagt hatte – daß man eine derartige Verwüstung gewiß erneut erleben würde, auch in England, falls der Engel des Todes nicht bald vernichtet werden sollte...« Lovelace unterbrach kurz; sein Lächeln war sehr kalt. »Ich verstehe natürlich, daß solche Erwägungen Eure Lordschaft nie belastet haben, mich dagegen belasteten sie in meiner Schwäche schwer. Als ich die Ruinen erblickte, wo einst Dörfer gestanden hatten, wurde ich an die Greuel erinnert, die ich gesehen hatte, als ich zum letztenmal nach Woodton ging...«

Erneut hielt er inne und schien zu erschauern. »Hinter Pirna«, fuhr er schließlich fort, »wurde die Landschaft noch bergiger. Wir näherten uns nun Böhmen, und während wir höher stiegen, bildete ich mir ein, daß wir durch eine erstarrte Felsenhölle ritten, wo alle menschlichen Spuren in Stein verwandelt waren, denn die Felszacken, die uns überragten, hatten phantastische Formen, als wären sie unter schrecklichen Qualen verdreht und gefoltert worden. Und tatsächlich sahen wir den ganzen Tag keine einzige lebende Seele. Anscheinend war die Verwüstung so vollkommen gewesen, daß nichts der Gewalt der Zerstörung entgangen war bis auf die Wölfe. Hin und wieder hörten wir, wie ihr Heulen aus der schwarzen Tiefe der Wälder ertönte, wie Heulen auf Heulen antwortete, bis alle Berge und Schluchten von dem Lärm widerzuhallen schienen. Dann trieben wir unsere Pferde schneller voran, denn ich fragte mich, was selbst Mylady gegen solche unversöhnlichen Feinde würde ausrichten können.

Doch vielleicht hätte ich nicht so besorgt sein müssen, denn bald sollte ich genügend Beweise für ihre Fähigkeiten bekommen. Der Sonnenuntergang war nicht mehr fern, als wir endlich unser Ziel vor uns sahen – die zerbrochenen Zinnen des Schlosses, die gezackt zum Himmel aufragten, so daß sie so kalt und ungastlich wie die Bergspitzen selbst erschienen. Erneut fragte ich mich, was Konrad Haszler gesehen oder getan haben mochte, daß er an einen so gottverlassenen Ort geflohen war: jedenfalls etwas Furchtbares, denn als wir uns dem Schloß näherten, konnten wir sehen, daß der Torweg frisch wiederhergestellt und das Tor fest verriegelt war. Mylady hielt einen Augenblick inne. Ein kaum merkliches belustigtes Lächeln spielte um ihre Lippen. ›Solche Vorsichtsmaßnahmen‹, murmelte sie. ›Und dennoch muß das schlimmste für ihn sein, daß er wahrscheinlich weiß, als wie schwach sie sich erweisen werden.‹

Dann gab sie ihrem Pferd die Sporen, und wir ritten in leichtem Galopp über den Torweg. Anrufe vom Wachtturm über uns empfingen uns, doch kaum hatte Mylady hinaufgeblickt, hörten sie mitten im Satz auf, und ohne daß sie ein Wort zu äußern brauchte, hörte ich Schritte klappern und dann Riegel zurückgleiten. Langsam schwang eines der Tore einen Spalt auf, und Mylady schlüpfte sofort durch die Lükke. Ich folgte ihr. Sie drehte sich nach mir um und zeigte dann auf einen Turm, der über dem Bergfried aufragte. Ganz oben flackerte ein Licht. ›Dort‹, flüsterte sie. ›Selbst auf diese Entfernung kann ich seine Angst riechen.‹

Und ihre Sinne waren natürlich viel zu scharf, um sich zu irren. Wir fanden Haszler an der Stelle, die Mylady angegeben hatte, am Ende einer langen Wendeltreppe – mit dem Rücken an die gegenüberliegende Wand gepreßt, ein blankes Schwert zitternd in der Hand. Er machte den Eindruck eines angegrauten, rohen, kampfgestählten Mannes. Doch als er Myladys Blick begegnete, winselte er leise, und das Schwert fiel klirrend auf den Boden. Er taumelte zur Seite, und ich bemerkte ein großes Holzkreuz auf einem Tisch, das er zu sich zog und fest an die Brust preßte. ›Er...‹ Der Mann schluckte. ›Er hat Euch also geschickt?‹ fragte er.

›Er?‹ Mylady zog eine Braue hoch. Dann ging sie gemessenen Schrittes auf einen Stuhl zu, den einzigen im Zimmer. Sie setzte sich darauf und streifte langsam die Handschuhe ab. Dann richtete sie ihren starren Blick wieder auf den zitternden Haszler. ›Er?‹ wiederholte sie leichthin. ›Sagt mir bitte, Sir, wen Ihr damit meint?‹

›Ta... Ta...‹, stammelte der Mann. ›Tadeus, Pater Tadeus meine ich.‹

›Tadeus‹, murmelte sie. Dann schüttelte sie den Kopf. ›Nein. Tadeus ist seit mehreren Jahren tot.‹

›Tot?‹ Haszler starrte sie ungläubig an. ›Aber er...‹

›War unsterblich? Ja.‹ Mylady lächelte. ›Wenigstens glaubte er das. Aber er versuchte sich in Dingen, die größer waren, als er wußte. Und aus diesem Grund‹ – sie beugte sich vor – ›sind wir gekommen, um mit Euch zu sprechen.‹

›Aber ich... nie... ich war nie derjenige, der etwas wußte... Es war...‹ Haszler leckte sich die Lippen. ›Ihr sucht nicht mich‹, rief er plötzlich, ›Ihr wollt Wolverton und diesen verdammten Juden!‹

Mylady warf mir einen vielsagenden Blick zu, bevor sie sich wieder an Haszler wandte. ›Nein, nein, nein‹, schnurrte sie. ›Erzählt von Anfang an.‹ Dann sah ich ihre goldenen Augen funkeln, und Haszler schrie verzweifelt auf. Das Kreuz fiel ihm aus den Händen, als er auf den Boden fiel und sich an den Kopf faßte, als wäre Myladys Blick eine Schlange, die durch seine Augenhöhlen schoß und tief in seinem Schädel Gift spie. Darauf lächelte Mylady und lehnte sich zurück, und der Schimmer in ihren Augen war wieder verdeckt. ›Alles‹, flüsterte sie. ›Wir müssen alles wissen.‹

Haszler stöhnte. Er griff nach dem Kruzifix und drückte es wieder an sich. ›Es war Wolverton‹, murmelte er, ›Wolverton lernte ihn als erster kennen.‹

›Meint Ihr Tadeus?‹

Haszler nickte.

›Wie?‹

›Wir waren nach Böhmen... das war, nachdem wir alle Pässe hier in der Gegend ausgeplündert hatten – wir waren nach Böhmen gegangen und trafen dort mit einem Heer aus Söldnern und Schweden zusammen, die nach Prag marschierten. Also taten wir uns mit den Schweden zusammen, weil wir bereits gesehen hatten, wie wenig es auf dem Land noch zu plündern gab, und wir glaubten, es würde uns bessergehen, wenn die Stadt gestürmt werden könnte. Aber die Belagerung war hart, und die meisten aus unserer Bande kamen ums Leben, und dann wurde der Friede unterzeichnet, und das eingedrungene Heer zog ab. Die wenigen von uns, die noch am Leben waren, wollten ebenfalls fort, aber Wolverton weigerte sich. Er hatte immer davon gesprochen, Prag zu besuchen, denn es hatte einen dunklen Ruf für Zauberei, was ihn zwangsläufig anziehen mußte.‹ Haszler schluckte, hob dann das Kruzifix und drückte es fest an die Lippen. ›Denn Ihr müßt wissen‹, murmelte er, ›daß Wolverton von uns anderen immer als ein Meister der geheimen Künste gefürchtet worden war, und er ließ auch wirklich keinen unserer Bande beitreten, bevor der neue Rekrut nicht einen Priester zu Tode gefoltert und mit dessen Blut im Glauben des Bösen getauft worden war. Und tatsächlich schien er für solche Andachten mit Erfolg belohnt zu werden, denn wir waren als seine Gefolgschaft alle reich geworden. Als er in Prag blieb, wollte ich ihn nur ungern verlassen, ich und einige andere, weil wir spüren konnten, glaube ich, daß er in ein großes Vorhaben verwikkelt war.

Worum es sich handelte, wollte er uns allerdings nicht verraten – jedenfalls mehrere Monate lang nicht, während denen wir ihn kaum sahen und unsere Beute, die wir gemacht hatten, allmählich zur Neige ging. Ich glaubte, wir würden aufbrechen müssen, wieder auf die Straße zurück. Doch eines Nachts kam Wolverton zu mir, als hätte er meine

Gedanken gelesen, und warf mir einen kleinen Beutel voll Gold zu. Ich fragte ihn, woher es kam. Wolverton grinste, dann nahm er mich am Arm und führte mich hinunter. Auf der Straße draußen sah ich Kröger warten, die erste Person, die sich mir und Wolverton angeschlossen hatte, und neben ihm im Halbdunkel jemanden, der ein Priester zu sein schien. Das überraschte mich, denn Wolverton war, wie ich erwähnte, kein Freund der Kirche. Aber dann drehte sich der Priester um, und ich begegnete seinem Blick, und mein Blut schien auf der Stelle zu Eis zu werden. Denn sein Blick, Madame ...‹ Haszler schluckte und machte eine Pause. ›Sein Blick, Madame, war Eurem überaus ähnlich.‹

Mylady nickte stumm.

›Und was wollte er von Euch?‹

›Er hatte einen Auftrag.‹

›Was war das?‹

Haszler holte tief Luft und schluckte wieder. ›Er wollte einen Juden.‹

›Warum?‹

›Das verriet er uns nicht, er gab uns nur den Namen. Ein Rabbi – Rabbi Samuel ben Jehuda Löw.‹

Als er diesen Namen nannte, warf ich Mylady natürlich einen Blick zu, mit großen Augen – so wie Eure jetzt, Mylord –, denn ich vermutete, daß dieser Rabbi der Sohn seines berühmten Vaters sei. Aber Haszler schien meine Überraschung nicht bemerkt zu haben, und ich hütete mich, seine Rede zu unterbrechen. ›Natürlich‹, fuhr Haszler fort, ›wollten wir wissen, wie wir diesen Samuel erkennen sollten. Pater Tadeus antwortete, indem er mich am Kinn packte und mich, wie es schien, tief mit seinem starren Blick durchbohrte. Und sogleich bildete ich mir ein, im Ghetto zu stehen, in einer engen Gasse, die von der Synagoge wegführte, und ich sah einen gebeugten weißhaarigen Mann im langen Gewand eines Rabbis auf mich zukommen. Und dann ließ Tadeus mich los – und die Vision war verschwunden. ›Das sei Samuel gewesen‹, flüsterte Tadeus.

Ich wich vor ihm zurück und schüttelte den Kopf. ›Wie kommt es‹, wagte ich zu fragen, ›daß Ihr meine Hilfe verlangt, wo Ihr über solch wundersame und überirdische Kräfte verfügt?‹

Ein Schatten schien über Tadeus' Gesicht zu fliegen, und kurz mußte ich fürchten, ich hätte ihn erzürnt. Dann zuckte er die Achseln. Er sei hier nicht der einzige mit überirdischen Kräften, antworte er. Gerade die Weisheit, die er von Samuel wünsche, schütze auch dessen Gedanken vor seiner eigenen Methode. Doch sei Samuel trotz allem schwach und uns an körperlicher Kraft zumindest, meinte er lächelnd, weit unterlegen.‹

Haszler nickte finster. ›Und das war nur allzu wahr.‹ Er hielt inne und mußte grinsen. ›Samuel war schließlich nur ein alter Mann, und für Kröger und mich war es ein beliebtes Spiel, Leute an Orte zu bringen, wohin sie nicht gehen wollten. Wir hatten ihn nahe der Synagoge getroffen, genau an der Stelle, wo ich ihn in der Vision gesehen hatte, und dann brachten wir ihn, wie einen Teppich über Krögers Schultern geworfen, zu den Ruinen eines Klosters ein Stück Wegs außerhalb von Prag. Es war ein warmer Sommerabend, doch als ich in das Kloster trat, begann ich zu frieren, als wären die Klostermauern aus Eis gehauen. Sie waren alle mit Blut beschmiert, und einige Symbole erkannte ich, denn wenn Wolverton Kirchen entweihte, hatte er die Wände häufig genauso bemalt. Nun wartete er auf uns, und als wir ihn fanden, führte er uns durch das Schiff zum Altar.

Dort erwartete uns Pater Tadeus, im Schatten eines riesigen Kruzifixes, das wie die Wände mit seltsamen Symbolen in Blut bemalt war. Er befahl, Samuel ans Kreuz zu fesseln. Dann nahm er vom Altar einen Hammer und Nägel. Er hielt einen Nagel vor die Augen des Rabbis. ›Ich will wissen‹, flüsterte er, ›wo der Golem gemacht wurde.‹ Dann hielt er den Nagel über Samuels Handfläche und schlug ihn schnell hinein, während Samuel schrie. ›Der Golem‹, flüsterte Tadeus noch einmal, aber Samuel stöhnte nur und schüttelte den Kopf. Tadeus nagelte Samuels andere Hand und beide Füße an. ›Haszler, Kröger‹, schrie er plötzlich. Wir eilten zu ihm. Tadeus deutete auf den Juden. ›Ich habe gehört‹, murmelte er, ›daß Ihr gewisse Fähigkeiten besitzt. Ich wäre sehr dankbar, wenn Ihr mir zeigen würdet, was man mit ihnen erreichen kann.‹

An dieser Stelle verlor sich Haszlers Stimme. Er umklammerte und befingerte wieder sein Kruzifix. Aber mir war klar, daß er keine Gewissensbisse verspürte, nur Angst. Ich tat einen Schritt auf ihn zu. ›Und weiter?‹ bedrängte ich ihn. ›Habt Ihr bewiesen, daß Ihr Euren Ruf verdientet?‹

Haszler schluckte. ›Wir waren sehr ... geübt‹, antwortete er schließlich. ›Samuel hielt besser durch als die meisten, aber ...‹ Er zuckte die Achseln, ›er war alt.‹

›Und dann?‹

Wieder mußte Haszler schlucken. ›Samuel wurde vom Kreuz genommen. Er bekam Branntwein. Und dann – wurde er geheißen, uns zu der Stelle zu führen.‹

›Was er tat?‹

Haszler nickte. ›In derselben Nacht.‹«

Lovelace unterbrach seinen Bericht. Er hatte lange in die Dunkelheit gestarrt, aber nun wandte er sich um und sah Lord Rochester ins Gesicht. »Samuel führte sie zu dem Steinbruch am Ufer der Moldau.« Er nickte. »Ja, Mylord – zu demselben Steinbruch, den der Pascha uns damals beschrieb.«

Lord Rochester begegnete dem Blick seines Gastes. »Nein«, murmelte er. »Das war – wieviel? – über sechzig Jahre nach Rabbi Löws Tod.«

»Wie ich Euch gesagt habe, Mylord – Samuel war sein Sohn.«

»Ja, aber trotzdem«, protestierte Lord Rochester, »wie konnte er davon wissen? Nicht ohne das Buch.«

»Unter den Juden gibt es eine lange Tradition des Wissens, das durch die Generationen weitergegeben wird.« Lovelace wandte sich ab und blickte wieder hinaus in die Dunkelheit. »Es kam mir in den Sinn, während ich Haszlers Bericht anhörte, daß Rabbi Löw Samuel das Buch durchaus gezeigt und ihm erklärt haben könnte, wie man es liest, denn er hatte nicht sicher sein können, daß der Pascha auftauchen würde. Tadeus, nehme ich an, muß das gleiche gedacht haben. Warum hätte er sich sonst damit abgeben sollen, Samuel zu foltern, wenn er nicht vermutet hätte, daß der Jude wissen könnte, was er herausbekommen mußte?«

»Mußte, Lovelace?«

»Ja, Mylord. Er brauchte diese Stelle, wo der Golem geschaffen worden war – wo die Kraftlinie am stärksten war.«

Die Falten auf Lord Rochesters Stirn wurden tiefer, während er schwieg. »Wenn aber Tadeus schon so viel wußte«, sagte er endlich, »warum mußte er dann erst noch Samuel befragen?«

»Ganz recht.« Lovelace hob die Schultern. »Das hat auch mich kurz verwirrt. Aber dann fuhr Haszler mit seinem Bericht fort. Wolverton, so schien es, war auf dem Weg zum Steinbruch in fiebriger Stimmung gewesen und hatte wirr geredet. Er erzählte Haszler viele merkwürdige Dinge, die dieser selbst kaum verstand. Aber als er sie vor mir wiederholte ... ja – da begriff ich sie.«

»Wirklich?«

»O ja, Mylord. Denn Wolverton hatte sich anscheinend damit gebrüstet, daß sein Fleisch den Herrn der ganzen Welt tarnen sollte.«

»Womit er meinte ...«

»Azrael – den Engel des Todes ...« Lovelace hielt inne, dann wiederholte er den Namen flüsternd. »Der genau in diesem Augenblick«, fuhr er fort, »als Staub verstreut lag. Denn erinnert Euch, Mylord – der Krieg in Deutschland war gerade beendet worden. Die Zeiten hatten sich, wenngleich noch schwach, zum Besseren gewendet. Des Paschas Kampf war ausgefochten und am Ende gewonnen worden. Jedoch nicht völlig...« Er schwieg. »Wie Tadeus beweisen sollte...«

Es trat Stille ein. Die Schatten schienen plötzlich zu beben und dunkler zu werden. Lord Rochester bewegte sich unruhig. »Und wie?« flüsterte er. »Wie gelang ihm das?«

Lovelace lächelte verhalten. »Es gibt eine Sage bei den Juden, daß eine Seele von Körper zu Körper weitergegeben werden kann, indem sie ein Geist wird, dem sie den Namen Gilgul gegeben haben. Freilich ist es eine Volkslegende, und doch scheint sie in Prag die Hinweise auf eine höhere und furchtbarere Wahrheit zu verschleiern. Denn was war der Golem schließlich anderes, Mylord, als eine Art Gilgul, in dem eine Masse Erde einen wandernden Geist enthielt? Offenbar hatte auch Tadeus sich solche Weisheit angeeignet – wenn auch, in seinem Fall, dunkler und mit Blut getränkt.«

»Das hat er also getan?« flüsterte Lord Rochester. »Er machte einen Golem aus Sir Charles' Fleisch?«

»Der Geist wurde von der Erde befreit durch Krögers Blut. Tadeus hatte ihn in seinem Blick gefangen und ihm dann ein Messer über die nackte Kehle gezogen. Zweifellos hatte er auch Haszler und Samuel töten wollen, doch die bloße Berührung von Krögers Blut hatte sich als ausreichend erwiesen, denn die Erde begann sich sofort zu regen. Als Sir Charles dies sah, kniete er nieder, schrie jubelnd auf und warf sich zu Boden. Sofort begann die Erde wie ein Schwarm hungriger Flöhe über ihn zu kriechen, bis Sir Charles unter einer schäumenden dunklen Wolke eingetaucht war. Samuel hatte bereits kehrtgemacht, und als Haszler ihn fliehen sah, folgte er ihm rutschend und gleitend. Nur einmal blickte er zurück. Der ganze Steinbruch schien in ein Unwetter gehüllt. Verschwommen konnte Haszler Tadeus ausmachen, der mit ausgebreiteten Armen seltsame Worte zu einer Lehmgestalt sagte, die dort lag, wo vorher Sir Charles gelegen hatte. Dann wandte sich Haszler ab und schaute sich nicht noch einmal um.«

»Also sah er nicht, was als nächstes geschah?« fragte Lord Rochester.

»Es gehört nicht viel dazu, es sich auszumalen. Tadeus dürfte Sir Charles' Leib eingepackt haben und zweifellos auch die Erde vom Flußufer – denn Ihr erinnert Euch vielleicht, Mylord, an den Schlamm, den mein Vater im Keller entdeckte und der an seinen Stiefeln zu saugen schien, wie er schrieb?«

»Ihr glaubt, daß darin noch ein Rest des Geistes verweilt haben könnte?«

»Warum hätte Tadeus sonst so viel Erde transportiert?«

»Aber nach Woodton, Lovelace? Warum so weit?«

»Weil Woodton Stonehenge am nächsten liegt. Das wird Tadeus von Sir Charles erfahren haben. Denn vergeßt nicht, Mylord: Tadeus stand mit der Marquise in Korrespondenz, und die Marquise war eine Freundin von Dr. Dee gewesen. Als Sir Charles ihm die Wunder seiner Heimat schilderte, dürfte Tadeus sie zweifellos als die uralten Zeichen einer mächtigen Kraftlinie erkannt haben. Es hätte keines Buches bedurft, um eine solche Linie zu entdecken, auch nicht der Folterung eines Juden.«

Lord Rochester schürzte die Lippen. »Und als Haszler aus dem Steinbruch floh«, fragte er, »traf er noch einmal mit Samuel zusammen?«

Lovelace lächelte und schüttelte den Kopf. »Sein Entsetzen war viel zu groß. Er war zu nichts anderem als einer verzweifelten Flucht fähig gewesen.«

»In seinen Schlupfwinkel im Gebirge?«

»Wo er dann viele Jahre saß und moderte, stets an die abscheulichen Greuel denkend, die er gesehen hatte – und in Furcht vor der Ankunft eines Wesens wie Tadeus.«

»Es wäre wohl Barmherzigkeit gewesen, einem solchen Dasein ein Ende zu bereiten.«

»Allerdings.«

Es trat Schweigen ein. »Ihr rittet dann vermutlich«, fragte Lord Rochester nach einer Weile, »nach Prag weiter, um herauszufinden, ob Samuel noch am Leben war?«

Lovelace nickte, antwortete aber nicht gleich, sondern lächelte stumm. »Bevor wir nach Deutschland aufbrachen, war Mylady wie Ihr geworden, Mylord – ausgesprochen weibisch, mit neuerlichen Skrupeln. Doch wie Ihr selbst gerade angedeutet habt – es ist die Natur der Barmherzigkeit, daß auch sie manchmal den Appetit befriedigen kann. Dies war die Barmherzigkeit« – er entblößte seine Zähne –, »die Mylady Konrad Haszler erwies.« Das Lächeln verging. Er betrachtete seine Fingernägel. »Und als das vorbei war – ja, dann ritten wir weiter nach Prag.«

Worin eine längst verwelkte Blume gepflückt wird

»Wir näherten uns der Stadt«, fuhr Lovelace fort, »ohne große Hoffnungen, den Rabbi noch lebend anzutreffen. Er war schon alt gewesen, als Haszler ihn vor über zwanzig Jahren kennenlernte, und seine Leiden in jener Nacht waren ziemlich schlimm gewesen. Als wir Prag erreichten, war ich versucht, sofort das Ghetto aufzusuchen, um mir über unsere Aussichten Gewißheit zu verschaffen. Doch als ich dies vorschlug, lehnte Mylady ab. Ihr werdet Euch erinnern, Mylord, wie sehr ihr daran gelegen war, das Buch zu ergründen. Deshalb werdet Ihr mein Erstaunen begreifen, daß sie darauf beharrte, erst einmal Zimmer zu suchen. Ich blickte ihr ins Gesicht und dachte plötzlich für mich, wie erschöpft und nervös sie wirkte. Ich wußte, daß sie durstig war, und dennoch fragte ich mich, als wir durch die Stadt gingen, ob sie nicht von einem Geist in der Luft angesteckt worden war. Es lag etwas Mattes und Freudloses über Prag, als ob der Schatten eines Grauens noch in den Straßen verweilte. Die Schönheit der Stadt wirkte bleich, gequält, entkräftet – wie Ihr es vielleicht kennt, Mylord, wenn Ihr den Liebreiz eines Frauengesichts bewundert, während ihr Leben schon am Verlöschen ist.

In einem Palais im Schatten der Hofburg fanden wir Zimmer, und Mylady huschte sogleich hinaus auf die Straßen. Ich begleitete sie nicht – meine Leibschmerzen waren noch schlimmer geworden. Doch während ich noch zusammengekrümmt auf dem Bett lag und auf Myladys Rückkehr wartete, nahm meine Ungeduld zu. Schließlich schluckte ich meinen Schmerz hinunter und wagte mich hinaus ins düstere Zwielicht. Ich ging über die Brücke und betrat das Ghetto, und dann fühlte ich mich durch die krummen, stinkenden Gassen getragen, genauso wie es dem Pascha ergangen war, bis ich von ganz allein vor der Tür der Synagoge stand. Von drinnen hörte ich das Klagen einer Stimme und dann die gemurmelte Antwort der Gemeinde. Ich trat ein und spähte durch ein Fenster in das Bethaus dahinter. Ich erkannte es sofort, denn ich hatte es zuvor schon in den Gedanken des Paschas erblickt. Aber die Luft war nun von den blakenden Öllampen getrübt, und das Licht, das sie warfen, war so verschwommen und matt, daß ich kaum die Umrisse der Menschen ausmachen konnte. Allerdings verstand ich die Worte, die sie sangen, eine Klage um die Zerstörung Jerusalems – zu jener Zeit, als der Wanderer schon einmal erschienen war. Und nun stand ich da, wo er zum zweitenmal erschienen war, mit dem Geschenk eines Buches in seinen Händen, und ich erschauerte bei dem Gedanken daran und an die Geheimnisse, die es enthalten mochte.

Ich drehte mich um. Vor mir befand sich eine Treppe, bei deren Anblick ich mein Herz erbeben spürte. Ich ging darauf zu und begann hinaufzusteigen. In der Dunkelheit über mir konnte ich den Schatten einer Tür erkennen. Ich erreichte sie, öffnete sie und trat ein. Sofort spürte ich den Schmerz wie eine Wand aus Messern und gleichzeitig, schlimmer noch, eine erstickende Wolke über meinen Gedanken, die ich erst nach einer Weile als große Angst erkannte. Alles, was ich um mich herum sehen konnte, waren jedoch Truhen und Bücherstapel, deren Formen von bleichen Staubschleiern umhüllt waren. Ich bückte mich und berührte den Fußboden. Sofort spürte ich den Schmerz schlimmer werden, und die Welle irgendeines Schreckens strömte tief in mein Blut. Ich wankte und taumelte dann zur Tür hinaus. Da konnte ich von unten wieder das klagende Lied hören, und es erschien mir mit einemmal so traurig, so voller Verzweiflung, daß meine schreckliche Angst sich in ein Gefühl äußerster Trostlosigkeit verwandelte und mir zumute war, als müßte ich ersticken, wenn ich nicht entkommen könnte.

Ich stieg vom Dachboden hinunter und hinaus in die Nacht. Ich atmete hastig, und dabei erkannte ich die Süße von Blut. Wieder der Schauder der Panik. Ich drehte mich schnell um. Da sah ich, daß die ganze Straße von Metzgereien gesäumt war, und bei ihrem Anblick begann ich zu lachen. Ich wandte mich um und eilte weiter, noch immer bemüht, das Entsetzen aus meinen Lungen zu pressen, aber die Luft war verpestet, wohin ich mich auch wandte, denn die Gassen waren stinkend und bedrückend ohne Ende. Neben einem Bordell kam ich an einer Einweichgrube vorbei und dann an einer dichten Reihe von Gerbereien, hinter denen ich schließlich auf ein einziges schmales Tor stieß, und dann befand ich mich plötzlich und unvermutet auf einem offenen Platz.

Ich schaute mich um. Verschwommen konnte ich merkwürdig geformte Tafeln erkennen, die anscheinend fast überall aus dem Boden ragten. Ich ging weiter und bemerkte, daß ich mich in einem Durcheinander von Gräbern befand, dicht an dicht und schief wie die Zähne im Kiefer eines alten Mannes. Mir blieb nichts anderes übrig, als mich an den gewundenen Pfad zu halten, denn die Erde zu beiden Seiten war aufgehäuft und erhöht, und es erstaunte mich nicht, daß in den engen Lücken zwischen den Steinen silbern schimmernde Spinnweben hingen. Ich atmete tief ein. Wenigstens erschien hier die Luft wunderbar klar. So blieb ich einen Moment stehen und atmete sie wieder ein. Dann schloß ich die Augen und lehnte mich an ein Grab, damit sich mein rasender Herzschlag beruhigen könnte.

›Obwohl dies ein Ort des Todes ist, wird er auch *Beth-Chaim* genannt, das Haus des Lebens.‹

Erschrocken öffnete ich die Augen. Ein Mann stand vor mir: ein Rabbi, schloß ich aus seinem Bart und der Kleidung. Einen Augenblick lang überlegte ich, ob es wohl Samuel ben Löw sei, aber dann merkte ich, daß er es nicht sein konnte, denn er war viel zu jung.

›Zweifellos‹, antwortete ich ihm zögernd. ›Ich habe herausgefunden, daß Leben und Tod leicht verwechselt werden können.‹

›Leicht? Dann fürchte ich, mir auszumalen, was Ihr gesehen habt.‹ Sein Miene wurde finster, und ich bemerkte, daß er mich sehr aufmerksam betrachtete. ›Warum‹, murmelte er, ›seid Ihr gerade eben auf den Dachboden der Synagoge gestiegen?‹

›Ist es verboten?‹

›Es ist unmöglich. Seit dem Tod eines früheren Rabbis hat niemand mehr den Mut gehabt, diese Tür zu öffnen und hindurchzugehen.‹

›Ja‹, flüsterte ich nach einer Weile. ›Ich spürte es selbst … wie der Schatten des Golem dort noch verweilt.‹

›Ihr habt von Rabbi Löw gehört?‹

›Gewiß. Ich bin nach Prag gekommen, um seinen Sohn aufzusuchen.‹

Der Rabbi lächelte dünn. ›Dann seid Ihr allerdings hier am rechten Ort.‹ Er nahm meinen Arm und führte mich auf dem Pfad weiter. Dann blieb er an einem Grab stehen, das viel größer als die benachbarten war, wie ein Bogen geformt und so lang wie ein Mensch. Mein Begleiter senkte den Kopf. ›Dies ist das Grab von Rabbi Jehuda Löw. Und dies‹, er deutete auf ein Grab daneben, ›ist das seines Sohnes.‹ Er sah mir ins Gesicht, um das Maß meiner offenkundigen Verzweiflung abzuschätzen, dann bückte er sich nach einer Handvoll Steine. Er legte einen kleinen Stapel davon auf beide Gräber, stand wieder auf und verneigte sich noch einmal.

›Wann‹, fragte ich heiser, ›starb Samuel?‹

›Vor elf Jahren ...‹

›Bloß elf?‹ rief ich aus. ›Dann war es nicht Haszler ...‹ Ich verstummte schnell.

Das Schweigen verdichtete sich wie Nebel. Der Rabbi musterte mich halb mißtrauisch, halb verwirrt und deutete dann auf Samuels Grab. ›Ihr seht‹, fragte er plötzlich, ›wie schmal es ist?‹

Ich blickte hin und nickte. Es schien in der Tat so schmal, als wäre es sehr eng zwischen die benachbarten Gräber eingekeilt worden.

Die Stimme des Rabbis klang merkwürdig zögerlich. ›Es war Samuels teuerster Wunsch, neben dem Grab seines Vaters bestattet zu werden. Doch da war kein Platz, und Samuel war völlig verzweifelt, denn er glaubte – so schlimm stand es um sein Gewissen –, daß er als Strafe für einen einige Jahre zuvor begangenen Verrat von der Gesellschaft seines Vaters ausgeschlossen würde. Doch als er starb, bewegte sich das Grab seines Vaters, ein kleines Stück nur, und schuf so den Raum für Samuels Grab.‹

›Eine hübsche Geschichte‹, bestätigte ich und starrte auf das Grab hinunter. ›Und doch bin ich froh, daß der Rabbi für den Verrat des Wissens nicht bestraft wurde, denn es war keine Sünde, was er tat, da die Folterer für einen Dämon wie Tadeus arbeiteten, der in der Tat durcheinanderbrachte, was Leben und was Tod war.‹

Zunächst gab der Rabbi keine Antwort, zog nur seinen Mantel fester um sich, denn ein eisiger Wind blies nun über die Gräber. ›Was ist Eure Absicht hier?‹ murmelte er schließlich.

›Begraben‹, gab ich zurück, indem ich auf Samuels schmales Grab deutete.

›Das Buch‹, fragte er mich plötzlich. ›Wo ist es?‹

Erstaunt wandte ich mich zu ihm.

›Kommt, Sir‹, flüsterte er. ›Das Buch, das der Wanderer Rabbi Löw brachte.‹

›Wie könnt Ihr wissen, daß ich es besitze?‹

Der Rabbi packte mich am Arm. ›Weil ich der Erbe dieser beiden bin‹, flüsterte er, indem er erneut auf die Gräber deutete. ›Ich bin Aaron Simon Spira, Hoher Rabbi von Prag und deshalb in Rabbi Löws Schriften bewandert. O ja‹, bekräftigte er, ›er hat geheime Aufzeichnungen hinterlassen – einen wahren Bericht all dessen, was er getan hatte... Und auch eine Anleitung für das, was noch eintreffen könnte.‹

›Und diese Anleitung‹, fragte ich ihn, ohne mich zu bemühen, meine plötzlich aufflackernde Aufgeregtheit zu verschleiern, ›was besagte sie?‹

›Daß er Euch gesehen hatte.‹ Der Rabbi umklammerte meinen Arm fester und begann, mich über den Friedhofspfad zurückzuführen. ›Einen Fremden aus einem fernen Land, in viel größerer Gefahr vielleicht, als Ihr vermutet – und dennoch das geheime Buch des Wanderers mitbringend.‹

›Und Ihr könnt es lesen?‹ drang ich in ihn. ›Ihr könnt die Schrift verstehen?‹

Der Rabbi blieb stehen und schüttelte den Kopf.

›Aber es gibt jemanden – oder eine Möglichkeit... Es muß vorausgesehen worden sein...‹

Meine Stimme verlor sich. Der Rabbi führte mich schweigend weiter, bis wir unter der schmalen Friedhofspforte standen. Dann wandte er sich wieder zu mir. ›Die Schriften endeten‹, flüsterte er, ›mit einer einzelnen Beschreibung eines Fremden, der auf dem Friedhof steht. Aber dann, zwischen zwei leeren Seiten gepreßt – noch etwas‹, er hielt inne, ›eine verwelkte uralte Blume.‹

Ich blickte ihn finster an. ›Was bedeutete das?‹

Der Rabbi lächelte betrübt. ›Ich hatte gehofft, Sir, Ihr könntet es mir sagen.‹

Ich atmete tief ein, während ich über die stillen, schweigenden Gräber blickte. ›Dann ist alles verloren.‹

›Und doch hat es geheißen‹, erwiderte der Rabbi langsam, ›daß selbst in der kleinsten und geringsten Blume noch immer große Rätsel und Geheimnisse gefunden werden können.‹

›Sir‹, fragte ich mit zusammengekniffenen Augen, ›was meint Ihr damit?‹

›Habt Ihr das Buch?‹

›Nicht hier bei mir.‹

›Dann holt es und kommt zu mir in die Synagoge. Ich werde dort auf Euch warten.‹

›Hört‹, rief ich ihm nach, ›was erhofft Ihr Euch?‹ Aber seine schwarzen Gewänder wurden bereits eins mit der Dunkelheit, und ich hätte ihn zwar aufhalten können, ließ ihn aber gehen. Eine kleine Weile blieb ich noch stehen und blickte auf die Gräber. Dann wandte auch ich mich zum Gehen.

Doch das Buch war nicht mehr an seinem Platz, als ich zurückkehrte. Ich starrte auf die Stelle, wo es gelegen hatte, und spürte, wie Ungläubigkeit, dem Schierling gleich, langsam meine Glieder betäubte. Mylady – wo war Mylady? Noch immer nicht zurück. Ich begann, wie wahnsinnig ihren Namen zu rufen, dann jeden Winkel unserer Zimmer zu durchsuchen, obwohl ich wußte, daß ich das Buch da nicht finden würde, und wenn ich alles auseinandernähme, daß Mylady – oder sonst jemand – es mitgenommen hatte. Schließlich ging ich auf die Straße zurück und suchte die dunkelsten Ecken Prags ab, alle Orte, wohin Mylady vielleicht gegangen sein könnte. Doch ich entdeckte sie nicht. Einmal, als ich laut ihren Namen rief, blieben zwei Gestalten vor mir stehen und wandten sich um. Ihre Augen schienen wie die von Bluttrinkern zu schimmern. Doch dann drehten sie sich wieder um und stahlen sich davon, und obwohl ich ihnen schnell folgte, konnte ich sie nicht aufspüren. Bald hatte ich mich zwischen den Palais der Kleinseite verirrt, bis ich mich endlich am Flußufer wiederfand und sah, daß am östlichen Himmel bereits der Morgen graute. Ich hatte Mylady die ganze Nacht gejagt. Plötzlich wurden mir die Glieder wieder schwer, und der Schmerz in meinem Leib klopfte stark. Ich kehrte um und ging zu meinen leeren Zimmern zurück ...

Doch waren sie jetzt nicht mehr leer. Mylady saß auf der Bettkante – das Buch in den Händen.

Halb zornig, halb ungläubig trat ich vor sie. ›Wo seid Ihr gewesen?‹ fragte ich sie mit sehr ruhiger Stimme.

›Ich hatte zu tun‹, antwortete sie, ohne aufzublicken.

›Zu tun?‹ wiederholte ich mißtrauisch.

›Ich habe hin und her überlegt‹, murmelte sie, während sie fortwährend auf das Buch starrte, ›die ganze Nacht über, ob ich dieses Ding nicht vernichten sollte – völlig vernichten, Lovelace, damit nichts davon bleibt. Denn soviel ich auch davon erhoffe – so habe ich auch Ängste.‹ Endlich hob sie den Kopf, und mein Zorn schmolz durch ihren Blick sofort dahin. Denn ihr Gesicht wirkte unerklärlich zart und verletzlich, die Augen trübe, die Nervosität noch offenkundiger als zuvor. Ich nahm ihre Hände und küßte sie sehr zärtlich. Dann beugte ich mich vor und flüsterte ihr ins Ohr. ›Wir müssen uns jetzt aufmachen und zur Synagoge gehen.‹

Ich spürte, wie sie zusammenfuhr, und bemerkte, wie ihre Augen langsam wieder zu schimmern begannen. ›Du hast etwas gefunden?‹ fragte sie.

›Vielleicht.‹

›Was?‹

Ich zuckte die Achseln.

›Sag!‹ schrie sie plötzlich, die Augen lodernd nun, das bleiche Gesicht vor fremder, hungriger Leidenschaft zuckend. ›Was hast du gefunden?‹

›Wir werden es erst erfahren‹, antwortete ich kalt, ›wenn wir, wie ich gesagt habe, in die Synagoge gehen.‹

Mylady begegnete meinem Blick, und eine Weile sprach keiner von uns beiden. Dann zuckte sie matt die Achseln, und ihr Gesicht wirkte plötzlich blaß vor Erschöpfung. ›Also schön.‹ Sie nickte und drückte das Buch fest an die Brust. ›Gehen wir.‹«

Lovelace hielt inne, und seine Lippen verzogen sich zu einem ironischen Lächeln. »Ich weiß nicht, was wir erwartet hatten. Sobald wir ihn in der Synagoge getroffen hatten, führte uns der Rabbi nicht zu einem Lagerraum für alte Papiere, nicht an irgendeinen gefährlichen, unheimlichen Ort, sondern zu einer alten Frau, die ans Bett gefesselt war. Ihr Gesicht, so zerfurcht es war, bewahrte noch Spuren einer alten Schönheit, aber ihr Verstand schien halb verloren, desgleichen ihr Gehör. Der Rabbi mußte meinen Gesichtsausdruck gesehen und verstanden haben, denn er lächelte, als er ans Bett der Greisin trat. ›Dies ist Jemima‹, sagte er, während er einen Stuhl beizog. ›Rabbi Löws Enkelin – Rabbi Samuels Nichte.‹

Ich sah das Aufflackern meines Interesses in Myladys

Gesicht gespiegelt. ›Ihr glaubt also‹, fragte sie und trat näher ans Bett, ›daß sie ihr beigebracht haben könnten, die Geheimschrift zu lesen?‹

›Eigentlich kann ich es nicht glauben‹, antwortete der Rabbi. ›Doch von allen, die Rabbi Löw kannten, lebt nur noch Jemima.‹ In stummem Gebet neigte er den Kopf. Dann streckte er die Hand nach dem Buch aus. Doch Mylady wollte es nicht aus den Händen geben, sondern hielt es noch eifersüchtig fest, als sie die Seiten aufschlug und es auf das Bett legte. Jemima starrte zunächst weiter geradeaus, als nähme sie das Buch überhaupt nicht wahr, doch dann legte sie eine zitternde Hand auf seinen Rand. Sie blickte darauf, und ihre Lippen begannen sich zu bewegen. Für einen kurzen Augenblick wallte Hoffnung in mir auf, aber sie blinzelte und schüttelte den Kopf, während sie noch immer unverständliche Worte vor sich hin murmelte. Mylady schlug das Buch zu, und ihr schönes Gesicht war von wildem Zorn und bitterer Verzweiflung verzerrt.

Im selben Augenblick fiel mir ein, daß auch Rabbi Löw Verzweiflung erlebt hatte, als auch er glaubte, das Buch könne nie gelesen werden, und wie das Geheimnis eines heißen Nachmittags – vielleicht in demselben Raum, wo wir jetzt alle versammelt waren – plötzlich durch ein hereinstürmendes Kind gelöst worden war. Ich wandte mich an den Rabbi. ›Ihr spracht von einem Buch, einem Buch, in dem Rabbi Löw mein Auftauchen vorausgesehen hatte ...‹

›Ja ...‹

›Könnt Ihr es holen?‹

Er wirkte verwirrt, dann lächelte er ein wenig. ›Das ist nicht nötig.‹ Er griff in seinen Mantel und zog ein kleines Lederbändchen heraus. Gierig riß ich es ihm fast aus der Hand, als er es mir hinhielt, und blätterte es durch, bis ich an die Stelle kam – die Blume, noch darin. Einen Augenblick lang saß ich wie erstarrt und blickte darauf. Dann gab ich

Jemima behutsam das Bändchen. Sie nahm es, runzelte die Stirn, als sie die Blume sah.

›Ich erinnere mich...‹, sagte sie plötzlich, indem sie ihre Tränen fortblinzelte. ›Ich erinnere mich – an den Tag, an dem ich diese Blume pflückte.‹ Sie hob sie an die Nase. ›Der Duft ist längst verschwunden.‹ Sie weinte nun hemmungslos, wischte über ihre Wangen, und im selben Augenblick mußte sie plötzlich lachen. ›Ich erinnere mich‹, bekräftigte sie, ›ich schenkte sie meinem Großvater. Ja. Mein Großvater...‹ Sie rang nach Luft, dann lachte sie wieder.

Ich starrte Mylady an. Sie nickte zögernd, als begänne sie zu begreifen. Sie strich die Seiten des Buches in ihrer Hand glatt und gab es Jemima. Die alte Frau ließ das Bändchen, das sie schon hielt, fallen, und dabei zerbröselte die Blume in winzige Bruchstücke, die als purpurner Staub durch die Luft wirbelten. Aber Jemima schien es kaum wahrzunehmen, denn ihre ganze Aufmerksamkeit richtete sich nun auf die Schrift, die geheimnisvolle, rätselhafte, unlesbare Schrift. Ich sah ihre Augen vor Staunen groß werden; dann schien ihr Gesicht, wie von innen heraus erleuchtet, in blassem Silber zu schimmern. Im selben Augenblick hörte ich einen Laut des Erstaunens von Mylady, ein zischendes, triumphierendes Atemholen. Ich beobachtete sie, wie ihre Augen funkelten, und mir war klar, daß sie Jemimas Gedanken an sich riß. Plötzlich stöhnte sie leise und schloß die Augen; dann öffnete sie sie wieder, und ihr Gold schien wie Feuer zu lodern. Sie griff gierig nach dem Buch. ›Ja‹, keuchte sie, während sie auf die Schrift blickte, ›Lovelace, Lovelace, ja, ich kann es lesen!‹

Ich lächelte sie matt an. ›Das freut mich‹, erwiderte ich. Dann spürte ich den Schmerz in meinem Leib wie eine rote Brandungswelle über mich brausen. Das Zimmer begann sich zu drehen... Ich merkte noch, daß ich zu Boden stürzte.

Verschwommen, durch rote Schwaden des Schmerzes, blieb ich meiner bewußt. Wie lange freilich, wie viele Stunden, konnte ich unmöglich sagen, denn jedes Zeitgefühl, jeder Ortssinn schienen aufgelöst. Mitunter streiften mich Träume, wie Phantome flüchtig durch einen Nebel erblickt. Dann sah ich Mylady, das Gesicht vor Entsetzen verzerrt, wie sie die Hand in den Leib eines Leichnams preßte, so daß das Fleisch sich teilte und die Schlingen der Eingeweide freigelegt wurden, und dann sah ich, daß ich selbst der Leichnam war. Zu anderen Malen hörte ich das Wimmern eines neugeborenen Kindes und erblickte es verschwommen, gekrümmt, noch blutig, wie das winzige Ding, das aus Hannahs Schoß gerissen worden war, um von meinem Vater gefunden und in seinen Mantel gehüllt zu werden. Nur konnte ich, so angestrengt ich auch hinschaute, nie sein Gesicht sehen, denn wenn ich mich näherte, begann der Traum zu verblassen, und ich bildete mir statt dessen ein, mich auf der Salisbury Plain verirrt zu haben. Dichte Schneeböen stachen mein Gesicht, und ich suchte nach Stonehenge, damit ich den Heimweg fände – und dann begriff ich, daß ich mich geirrt hatte, daß ich gar nicht in der Nähe von Stonehenge war, sondern auf einem entlegenen, unfruchtbaren Berghang, und vor mir sah ich eine gewaltige Felswand, die wie das Profil eines Greisenkopfes geformt war. Wie ich mich danach sehnte, sie zu erreichen!« Lovelace hielt inne und lächelte matt. »Denn während ich noch hinstarrte, begann das Bild zu zerfließen; aber obwohl ich weitertaumelte, wurde ich bald blind vom Schnee, denn die Flocken schienen klebrig und rot vor Blut, und mein Schmerz kehrte zurück. Immer wieder der Schmerz, der tief aus meinem Leib strömte, tief, sehr tief – bis keine Träume mehr kamen und ich endlich aufwachte.

Mylady saß an meiner Seite. Das Buch lag geschlossen auf ihrem Schoß. Sie streckte die Hand aus, um meine Stirn zu berühren. ›Du bist krank gewesen.‹ Ihr Lächeln wirkte abweisend, sehr traurig.

›Habt Ihr das Buch gelesen?‹

Sie nickte matt.

›Was habt Ihr darin gesehen?‹

Ein merkwürdiger Ausdruck, in dem sich Mitleid und Ekel zu gleichen Teilen mischten, zog wie ein Schatten über ihr Gesicht. ›Ich sah‹, flüsterte sie, ›viele seltsame Dinge ...‹ Sie legte das Buch auf den Boden. ›Ich habe Angst‹, flüsterte sie. ›Angst vor seiner Macht. Angst, daß ich nicht erfahren werde, wie man eine solche Macht beherrscht. Und doch, liebster Lovelace ...‹ Sie küßte mich plötzlich. ›Und doch ...‹ Sie wandte den Blick ab.

›Und doch was, Mylady?‹

Den Kopf schüttelnd, stand sie auf. Sie hatte Essen für mich bereiten lassen. Ich aß es. Wir sprachen nicht. Doch war uns stets bewußt, daß das Buch wartete, wo Mylady es hingelegt hatte. *›Ich habe Angst.‹* Ihre Stimme schien noch immer durch meine Gedanken zu rieseln. Was hatte sie gesehen? Was fürchtete sie?

›Du solltest schlafen‹, sagte sie schließlich. ›Du hast lange im Fieber gelegen.‹ Sie ließ mich allein. Ich legte mich hin und schloß die Augen. Eine Stunde verging. Dann hörte ich sie herbeischweben, hörte ihr Kleid rascheln, als sie sich neben meinem Gesicht bückte. Nach einer kurzen Stille richtete sie sich wieder auf, und ich hörte sie weggehen. Sehr leise wurde eine Tür geöffnet und wieder geschlossen. Alles war wieder still. Ich sprang aus dem Bett. Das Buch. Ich sah sofort, daß es vom Boden aufgehoben worden war. Ich sah mich um. Es war nirgends zu sehen. Dies überraschte mich nicht, denn ich wußte, wohin es verschwunden war. Hastig zog ich Stiefel und Mantel an. Dann ging ich hinaus zur Treppe, wie Mylady es getan hatte, und hinunter in die Nacht.

Worin festgestellt wird, wie Geheimnisse an denen zehren können, die sie lösen

Ich konnte Mylady vor mir erkennen, gerade noch mit Mühe, konnte aber nicht mehr tun, als Schritt mit ihr zu halten. Sie ging den Hügel hinab auf den Fluß zu, und als sie sich der Brücke näherte, hielt sie an deren Zugang inne und flüsterte in die Dunkelheit. Zwei Gestalten tauchten aus dem Schatten auf. Sie waren in Mäntel gehüllt wie Mylady, doch konnte ich trotzdem, als sie auf Mylady zugingen, ihre Augen glitzern sehen, und mir fielen die beiden Gestalten ein, die ich in der Nacht zuvor gesehen hatte. Einer von ihnen nahm Mylady in die Arme, und als er die Kapuze nach hinten schob, um sie zu küssen, konnte ich für einen Moment Lightborns Gesicht erkennen. Dann sah ich ihn unter ihren Mantel langen und etwas herausziehen, und trotz des tiefen Dunkels war mir klar, daß es das Buch war. Mylady riß es sofort wieder an sich, jedoch nicht bevor Lightborn es an die Lippen gehoben und mit fröhlich triumphierendem Lachen geküßt hatte. Sein Gefährte flüsterte etwas, und ich bildete mir ein, während ich im Schatten näher schlich, die Stimme der Marquise erkannt zu haben. Sie wandte sich um und ging auf die Brücke zu. Lightborn und Mylady folgten ihr Arm in Arm.

Ich konnte ihnen nur bis zum Tor folgen, denn auf der Karlsbrücke selbst gab es keine Deckung, doch verhalf mir dies auch zu einem ungehinderten Ausblick. Mylady blieb in der Mitte der Brücke stehen. Sie zog das Buch heraus und schlug es auf, und dann merkte ich, daß sie zu lesen begann, denn ich konnte plötzlich den Schmerz in meinen Eingeweiden spüren, der sich wie stets in einer Welle hob und meine Gedanken überflutete. Aber mir war klar, daß ich mich nicht davon forttragen lassen durfte, denn ich konnte sehen, daß Lightborn und die Marquise die Augen geschlossen hatten und ihre Gesichter die gleiche ferne Verzückung ausdrückten, die Myladys Miene verraten hatte, als sie Jemimas Gedanken in sich hineinschlang. Und mir war auch klar, daß es Myladys eigene Gedanken waren, an denen sich die beiden nun nährten. Dann schienen Lightborn und die Marquise zu keuchen und zu erschauern, und die Marquise riß plötzlich das Buch an sich. Sie starrte auf die aufgeschlagenen Seiten, und ich bildete mir ein – wenngleich ich nicht sagen könnte, wie –, Strudel reinen und unsichtbaren Lichts zu sehen, die in einer Linie über die ganze Brücke flossen. Sie schienen den Schmerz in meinen Eingeweiden zu berühren und mit ihm eins zu werden, und ich spürte meine Gedanken schmelzen, als gingen sie in dem Wirbel auf. Dann aber begann der Schmerz so plötzlich abzuebben, wie er angeschwollen war, und der gewaltige Lichtstrom schien in die Sterne zu verrinnen.

Nach Luft schnappend, taumelte ich weiter. Mylady rief der Marquise etwas zu. Ich strengte mich an, es zu verstehen. Sie deutete in die Ferne, und dann ergriff sie plötzlich das Buch und lief über die Brücke auf das andere Ufer zu. Lightborn folgte ihr und dann auch die Marquise, und als sie weiterging, bemerkte ich, daß ihr Rücken noch krumm und ihr Gang ein häßliches Humpeln war. Sie brauchte mehrere Minuten, um das andere Ufer zu erreichen. Dann überquerte ich selbst die Brücke und verfolgte sie weiter durch die Gassen.

Ihre Langsamkeit sorgte dafür, daß ich sie nie verlor, bis ich Milady und Lightborn unmittelbar außerhalb der Stadt auf Pferden warten sah und die Marquise dann mit Mühe auf den Sattel eines dritten stieg. Die drei wendeten und galoppierten davon. Ich rannte weiter. Der Weg, den sie eingeschlagen hatten, war schmierig vor Matsch und die Spur der Hufabdrücke ziemlich deutlich. Doch als ich mich an die Verfolgung machte, überkam mich ein Gefühl lähmender

Hoffnungslosigkeit, denn ich mochte gar nicht daran denken, wie weit die Hufspuren mich führen könnten. Ich versuchte zu laufen, aber ich war noch sehr schwach, und so schlurfte und rutschte ich eher durch den Matsch. Er schien dicker zu werden, und bald saugte und klebte er an meinen Stiefeln. Als ich um eine Ecke bog, führte der Pfad am Ufer der Moldau entlang, stieg zu einem kahlen Gehölz auf und senkte sich dann über einen von Steinbrüchen zerfressenen Hang. Ich rannte nicht mehr, sondern kroch verstohlen weiter. Der Schmerz verschlimmerte sich wieder. Es überraschte mich nicht – denn mir war klargeworden, was vor mir lag. Und aus dem gleichen Grund wußte ich auch, daß es keine Umkehr gab. So setzte ich trotz des Schmerzes meinen Weg fort, auf die Bäume zu. Drei Pferde waren dort angebunden, und vor mir konnte ich die drei Reiter am Fluß versammelt sehen. Sie sprachen erregt miteinander – stritten, so schien es. Um sie herum erstreckte sich eine nackte Fläche aus Schlick und Lehm.

Ich sammelte mich, denn ich wußte, daß ich mich der Stelle näherte, wo der Golem geschaffen und wo der Geist des Bösen vom Pascha zu Staub zerschmettert worden war. Aber ich war begierig zu erfahren, warum Mylady mich verraten hatte, und so biß ich die Zähne zusammen und stieg langsam hinunter. Immer grausamer nagte nun der Schmerz an mir, aber noch immer bemühte ich mich, ihn zu übergehen, bis ich den Baum erreichte, der dem Fluß am nächsten stand. Dort ließ ich mich vor Qual zwischen das Gewirr der Wurzeln sinken. Von meinem Versteck aus konnte ich den Streit nun deutlich hören. Anscheinend sträubte sich Mylady, das Buch aus der Hand zu geben. ›Ihr versprecht‹, zischte sie, ›Ihr versprecht also, Madame, daß Ihr Euch feierlich an unsere Abmachung haltet?‹

Die Marquise lachte verächtlich. ›Ich habe Euch gesagt, Mylady, daß all Eure unterwürfigen Wünsche wahr werden sollen.‹ Ihre Stimme klang rauh und brüchig. Verstohlen blickte ich um den Baum herum. Der Marquise war die Kapuze vom Gesicht gerutscht, und ich konnte sehen, daß sie noch genauso häßlich wie zuvor war – genaugenommen noch häßlicher, denn ihre Miene schien von verzweifelter Gier verzerrt, und ihre Augen brannten wie hungrige Kohlen. ›Kommt, Mylady.‹ Sie grinste boshaft. ›Gebt es mir.‹

›Wie könnte ich Euch trauen?‹ flüsterte Mylady. ›Wie kann ich wissen, daß Ihr wirklich Wort haltet?‹

›Ihr könnt es nicht‹, antwortete die Marquise, ›aber habt Ihr eine andere Wahl? Denn Ihr erinnert Euch, Mylady, was zuvor geschah – als Ihr das Buch zu beherrschen suchtet und es nicht vermochtet.‹

Diese Worte erschreckten mich, und ich fragte mich, was sie bedeuteten. Jedenfalls widersprach Mylady ihnen nicht, sondern blickte wie in Verzweiflung auf das Buch hinunter. ›Aber ich fürchte‹, sagte sie schließlich, ›daß auch Ihr, Madame, zu schwach für seine Macht seid.‹

›Meine Kenntnisse und Kräfte sind viel größer als Eure.‹

›Ja – aber auch Eure Habgier.‹

Die Marquise seufzte müde. ›Ich habe Euch versprochen, Mylady, daß ich, bevor ich meine Wünsche in dem Buch verfolge, erst Eure erfüllen werde, wie wir in London vereinbarten. Also kommt.‹ Sie tat einen Schritt vor. ›Gebt mir das Buch.‹

Mylady atmete tief ein. Als ich sie damals anschaute, glaubte ich, sie selten schöner gesehen zu haben – wenn ich es auch nicht erklären könnte, warum ich dies mit so jäher Stärke spürte, wo ich doch gerade den Beweis für ihren Verrat an mir in ihren Händen sah. Ich beobachtete, wie sie das Buch übergab. Die Marquise ergriff es. Sie schlug es auf und begann sofort zu lesen. Und daraufhin schien, wie zuvor, meine Existenz zu schmelzen.«

Lovelace unterbrach sich. »Wie soll ich es beschreiben?«

Er schüttelte den Kopf. »Da war die mächtige Kraftlinie, die um uns wirbelte, jedoch noch reiner, noch unsichtbarer, als sie auf der Brücke erschienen war, so daß die sichtbare Welt unkörperlich und unwirklich wurde und ich mich selbst aus ihr verschwinden sah, während mein Schmerz in die Kraft zu bluten und zu schmelzen begann. Mir ist klar, Mylord, daß ich unverständlich rede. Doch was ich empfand und sah, läßt sich nicht in sterbliche Worte fassen. Alle Zeit, alle Erfahrung schienen in jenem Augenblick aufgehoben, so daß ich in einem einzigen Augenblick eine Myriade verschiedener Dinge verstehen konnte – und dennoch muß ich jetzt, in meinen Schilderungen, in Teile zerlegen und zerstückeln, was damals ein Ganzes war.« Er kniff die Augen zusammen. »Da war mein Schmerz ...«, flüsterte er. »Gottes Wunden, da war mein Schmerz – und während ich mich von ihm zerrissen fühlte, sah ich auch Bilder, die ich zuvor in den Alpträumen meiner Krankheit erblickt hatte: mich als Leichnam, meine Eingeweide bloßgelegt; ein winziges Kind, blutbesudelt. Nun jedoch, Mylord, konnte ich das Gesicht des Kindes sehen: tote Augen, Madengesicht, gierige Kiefer, und als ich diese Kiefer sah, krümmte ich mich vor Qual zusammen, weil ich mir einbildete, daß sie am Fleisch meines Magens nagten. Ich bildete mir ein, daß mir aus jeder Öffnung Blut flösse, das in jenen mächtigen Wirbel aus Licht strömte, so daß nun, was vorher rein war, geschwärzt und dick erschien, sich wie ein Strudel auf einen einzigen Punkt der Dunkelheit zubewegte. Und ich wußte, daß dieser Punkt die Stelle war, wo man den Golem erschaffen, wo der Pascha seinen großen Feind in Staub verwandelt hatte, das innerste Herz der großen Kraftlinie, wo Schwärze hell erschien und Feuer kalt wie Eis. Die Marquise stand darin, die Arme erhoben, und sie lachte. ›Seht‹, schrie sie, ›seht!‹ Sie streifte die Kapuze ab, und ich sah, daß ihr Gesicht leuchtete, daß ihr die frühere Schönheit wiedergegeben war, wiedergegeben und mehr, denn ihre Schönheit war nun schrecklich anzusehen.

›Euer Versprechen!‹ hörte ich Mylady schreien.

Die Marquise erbebte und schien in der gierigen Dunkelheit zu flackern.

›Euer Versprechen!‹

›Nein!‹ Wieder flackerte die Marquise, als wäre sie nun ein Teil des Feuers. ›Denn was könnt Ihr wohl verstehen? Ihr könnt es nicht sehen, nicht fühlen, was ich tun, was ich werden könnte!‹ Noch immer flackerte sie und verging nun schnell. ›Ich erblicke die Ewigkeit vor mir.‹ Sie schrie gellend. ›Ich habe es – hier – es ist mein eigen – in meinen Händen!‹

Sie hielt das Buch, und dann verschwand es, und die Marquise ebenfalls: Feuer, ausgelöscht im heftigen Angriff eines Sturms. Wo sie gestanden hatte, war ein dunkler Spalt, und ich spürte meinen Schmerz und mich selbst und die ganze Welt hindurchgehen. Jenseits des Spalts bemerkte ich das Profil eines Gesichts, und ich wußte, daß es die Felswand war, die ich vorher in meinen Träumen gesehen hatte. Nun jedoch drehte es sich, um mich anzustarren, und ich sah, daß das Gesicht gar nicht aus Stein war. Es blickte finster, als es meinem Blick begegnete, und die Dunkelheit wurde plötzlich von einem blendenden Licht erhellt. Dann herrschte wieder Dunkelheit, und ich fand mich in einem Feuersturm aus Schmerz verloren, und sonst gab es nichts mehr, überhaupt nichts mehr.

Wie zuvor schon hatte ich kein Zeitgefühl. Erst als mir eine Flasche zwischen die Lippen gezwängt wurde und mir der Geschmack von Mumia in der Kehle brannte, bildete ich mir ein, wach zu sein und dem Schmerz zu entkommen. Doch die Erleichterung war nur vorübergehend, meine Sinne immer noch getrübt. Wohl bemerkte ich verschwommen das Rumpeln einer Kutsche, und ich erinnerte mich an das Rumpeln einer Kutsche vor langer Zeit, als ich ebenso auf einem in Seide gehüllten Schoß gelegen und die Finger einer Dame über mein Haar streichen gefühlt hatte. Eingelullt von ihrer Zärtlichkeit, ließ ich mich in gnädige Vergessenheit sinken, bevor der Schmerz sehr bald wieder durch meinen Schlaf zucken würde, wie Flammen sich auf einem Ölsee ausbreiten. Für alles andere blieb ich fast unempfindlich, außer daß ich mit der Zeit manchmal glaubte, flüchtig Myladys Gesicht zu erblicken und, mir gegenüber, Lightborns kalten, spöttischen Blick. Dann spürte ich undeutlich Wind an meinen Wangen und dann ein Rollen und Stampfen wie auf einem Schiff. Doch solche Dinge spielten sich unter der Schwelle meiner Sinne ab, denn es schien eine allzu große Herausforderung meines Willens, meiner Entschlußkräfte, etwas anderes zu sein, als ich schon war – die Beute und der jämmerliche Sklave meines Schmerzes.

Und dann spürte ich wieder Mumia in meiner Kehle. Während ich sie schluckte, glaubte ich, sie schon sehr, sehr lange nicht mehr gekostet zu haben. Dann bemerkte ich, daß es Möwen waren, die über mir kreischten, und unter mir spürte ich ein schwaches, sanftes Wiegen hin und her. Ich regte mich. Ich schien auf nackten Holzbrettern zu liegen. Als ich die Augen aufschlug, befand ich mich praktisch im Dunkeln. Aber an meiner Seite erkannte ich Lightborn, dessen bleiche Haut kalt schimmerte. Ich starrte ihn an. Er lächelte mir zu, doch sein Blick war nicht freundlich. »Endlich aufgewacht?«

›Wo sind wir?‹ murmelte ich.

›An Bord des tüchtigen Schiffes *Treuer Pilger.*‹

›Wo haben wir festgemacht?‹

›In Deptford.‹

Ich war so erstaunt, daß ich kaum sprechen konnte. ›Wir sind in London?‹ flüsterte ich. ›Wir sind so weit gereist?‹

›So weit und so lang. Es ist viele Tage her, seit wir Prag verlassen haben.‹

›Ich erinnere mich ...‹

Lightborn zog fragend eine Braue hoch.

›Ich erinnere mich – eine dunkle Spalte ...‹

Lightborn nickte kühl. ›Kein Wunder.‹

›Wirklich?‹

›Sie vernichtete die Marquise.‹

›Sie ist tot?‹

›Tot und verschwunden – wie auch das Buch verschwunden ist.‹

Ich starrte ihn an, und der Schmerz kehrte zurück. ›Dann ist alles verloren.‹

›In der Tat.‹ Lightborn hielt inne. Noch immer zuckte das Lächeln ganz schwach auf seinen Lippen. ›Und vielleicht noch mehr, als du schon begriffen hast.‹

Ich runzelte die Stirn. ›Wie meint Ihr das?‹

Lightborn griff nach der Flasche Mumia. Er reichte sie mir. ›Trink noch einmal.‹

›Antwortet mir erst.‹

›Trink.‹

Ich lag einen Augenblick reglos da, dann nahm ich die Flasche und hob sie an die Lippen. Lightborn beobachtete mich. ›Zweifellos‹, murmelte er, ›warst du einigermaßen überrascht, zu entdecken, daß ich und die Marquise uns in Prag aufhielten.‹

Ich legte die Flasche hin. ›Einigermaßen‹, stimmte ich zu.

›Du solltest Mylady nicht tadeln, denn – leider! – sind alle Verleumdungen wahr: es ist stets die Natur der Frau, verräterisch zu sein. Sei also dankbar, Lovelace, daß Myladys Falschheit der Bastard ihrer großen Liebe zu dir war.‹

›Ihr Bastard? Wirklich? Woraus geboren?‹

›Nun, aus dem gebärenden Schoß ihrer Angst.‹

Ungläubig starrte ich ihn an. ›Angst, Lightborn?‹

›Daß sie dich verlieren könnte.‹

Ich lachte bitter. ›Das ist allerdings unnatürlich, daß ihre Falschheit die Frucht solcher Furcht gewesen sein soll.‹

›Und doch stand mehr auf dem Spiel, ja, mehr sogar als du.‹

Ich runzelte die Stirn. ›Das verstehe ich nicht.‹

Lightborns Lächeln wurde breiter. ›Monate davor hatte die Marquise Mylady dringend geraten, daß sie nach London zurückkehren sollte, und ihr beide kamt auch pünktlich an. Einen Grund nannte ihr die Marquise nicht, und als Mylady mich also im Pudding Lane entdeckte, war sie in deiner Abwesenheit zu einer Zusammenkunft bereit, denn sie wollte natürlich unbedingt mehr erfahren. Über die Bedingungen war man sich schnell einig. Mylady sollte, wenn sie die Schrift lesen gelernt hätte, das Buch an uns abliefern. Im Gegenzug sollte die Marquise Mylady verraten, wo Emily zu finden wäre und mit welchem Mittel die an Pest Gestorbenen vernichtet werden könnten. Ein ehrenwerter Handel, Sir, meinst du nicht?‹

Ich schüttelte den Kopf. ›Warum hat Mylady mir nicht alles erzählt?‹

Lightborn zuckte die Achseln. ›Das kann nur sie beantworten. Allerdings‹, er machte eine Pause, ›kann ich eine Vermutung wagen.‹

›Ja?‹

›Weil sie dich zweifellos nicht vor Entsetzen lähmen wollte.‹ Er blickte auf das Glas Mumia. ›Denn die Marquise hatte im Pudding Lane noch etwas anderes enthüllt.‹

›Über mich?‹

›O ja.‹ Lightborn hielt inne und spielte mit meiner Furcht. ›Über die Ursache...‹, murmelte er, ›die Ursache deines Schmerzes.‹

Ich preßte die Hände auf meinen Leib und versuchte, mich aufzusetzen. ›Sagt es mir.‹

›Es war vielleicht etwas, das nur das Buch hätte heilen

können. Und deshalb war zwischen Mylady und der Marquise vereinbart worden, daß es die erste Tat der Marquise sein sollte, dich zu heilen, sobald die Macht des Buches zugänglich und seine Geheimnisse gelesen wären. Leider jedoch‹, Lightborn hob die Schultern, ›hielt sie nicht Wort . . .‹

Seine Stimme verklang. Ich wußte, daß er mich sehr genau beobachtete, und wandte den Kopf ab. Ich konnte nicht vor ihm kriechen, konnte ihm nicht die Freude gönnen, mich betteln zu sehen. ›Sagt‹, fragte ich plötzlich, ›warum konnte Mylady das Buch nicht selbst verwenden?‹

Ich spürte, wie Lightborn sich anspannte. ›Sie hatte nicht die Kraft‹, murmelte er endlich.

›Ja‹, sagte ich und nickte. ›Denn jetzt fällt mir ein, wie die Marquise sie mit der Erinnerung an etwas verhöhnte, das früher geschehen war, als sie das Buch zu lesen suchte und Euch dadurch ins Leben zurückholte.‹ Ich starrte ihn wieder an. ›Was, glaubt Ihr, könnte die Marquise gemeint haben?‹

›Um Mylady würde ich mir jetzt nicht allzu viele Sorgen machen. Du hast genügend eigene Probleme.‹

›Ach ja?‹

Plötzlich lachte Lightborn auf. ›Soll ich es dir also verraten?‹ fragte er.

›Ich wünsche es, Sir, ja.‹

Er beugte sich vor und flüsterte mir ins Ohr. ›Der Samen jenes . . . Wesens . . ., mit dem du in Stonehenge zusammentrafst – er liegt tief in dir begraben.‹

Ich starrte ihn in stummem Staunen an, und obwohl ich den Kopf schüttelte, wußte ich, daß er die Wahrheit sprach.

›Du bist schwanger‹, fuhr er fort, ›mit einer großen Fracht des Bösen. Denn der Samen wächst und muß bald geboren werden.‹

Wieder schüttelte ich den Kopf. ›Geboren?‹

Lightborn lachte vor plötzlicher, unverblümter Freude.

›Ja, Sir – und aus eigener Kraft. Denn die Zeit wird kommen, da dein Baby, Lovelace – dein süßes, süßes Kind – sich seinen Weg hinaus bahnen wird, durch den Unrat deiner Eingeweide, wo es sich all die vielen Jahre versteckt hat und gewachsen ist. Was glaubst du, was deine Qualen anderes gewesen sind als Vorzeichen der Geburtswehen, die du bald fühlen wirst?‹

Ich schloß die Augen. Ich legte meine Hände auf meinen Leib. ›Lieber Gott‹, flüsterte ich. ›Was ist also zu tun?‹

›Du mußt fortgeschickt werden.‹

›Es gibt keine Hoffnung?‹

›Keine. Denn bevor das Buch vernichtet wurde, während du dich in deinem Zimmer in Prag in Alpträumen hin und her warfst, las Mylady die Schrift und wendete ihre Kräfte an. Sie starrte auf den Fötus in deinem Leib. Sie sah, daß die Marquise die Wahrheit gesagt hatte – und daß sie das Geschöpf erkannte, so ungeformt es noch war.‹ Lightborn unterbrach sich und beugte sich wieder dicht über mich. ›Hast du nicht, Sir, als du in Wolverton Hall warst, tote Wesen erblickt, die dort in der Dunkelheit krochen und dich listig anlächelten, als sie dir ins Gesicht blickten?‹

›Ja, das ist richtig‹, flüsterte ich.

›Zweifellos Lächeln des Erkennens.‹

›Glaubt Ihr wirklich, daß ich so ein Ding trage?‹

›Nicht ich glaube es, sondern Mylady.‹

›Dann muß ich . . .‹ Ich schluckte und schloß die Augen. ›Ich muß . . . töten . . .‹ Ich preßte die Hände auf meinen Leib. ›Ich muß . . . dieses Ding erstechen, dieses Geschöpf, wo es liegt.‹

›Ich bezweifle, Sir‹, antwortete Lightborn, ›daß du es jetzt ermorden könntest. Denn bedenke: All deine Kräfte, all die Merkmale, die aus dir etwas Besonderes gemacht haben – welchen Zweck hätten sie gehabt, wenn nicht, dein Kind am Leben zu erhalten?‹

›Dennoch können wir uns nicht sicher sein. Es ist gewiß den Versuch wert?‹

›Ja, Sir, aber nicht hier.‹

›Warum nicht?‹

›Weil das Ding, das du trägst ... von der tödlichen Natur seines Erzeugers durchdrungen ist. Zum Beispiel ist es selbst für mich tödlich – sogar für Mylady. Angenommen also, daß dein Tod es nicht auch tötet? Nein, Sir, nein ...‹, Lightborn schüttelte den Kopf, ›ich kann nicht zulassen, daß du weiter in unserer Nähe bleibst.‹

Ich antwortete ihm nicht.

Plötzlich lächelte Lightborn und reckte den Arm, um einen Ladebaum über seinem Kopf zu tätscheln. ›Dieses Schiff legt binnen einer halben Stunde in Richtung Amerika ab. Dort gibt es genügend Wildnis, will ich hoffen, in der du dich mit deinem Bastard verirren kannst. Und sollte sich dies als unmöglich erweisen – na ja, die Amerikaner sind alle fromme, christliche Menschen. Wer könnte der Teufelsbrut besser begegnen als Gottes Auserwählte?‹

›Nein‹, sagte ich plötzlich, ›ich gehe nicht dorthin. Ich gehe nicht nach Amerika.‹

Lightborn tat meinen Protest ab. ›Du hast keine andere Wahl.‹

›Mylady ...‹

›Mylady?‹ Lightborn lachte. ›Aber sie ist mit mir einig, Lovelace, daß es bei weitem das klügste ist.‹

›Jetzt ist sie nicht hier?‹

›Du kennst ihre Liebe zu dir. Sie hätte es nicht ertragen, dich abreisen zu sehen.‹

›Ich möchte sie erst sehen.‹

›Das geht nicht.‹ Mit diesen Worten zog Lightborn ein Messer. Ich versuchte auszuweichen, aber ich war zu schwach, um mich zu bewegen, und er richtete die Spitze der Klinge auf meine Kehle. ›Du fährst nach Amerika, Sir‹, zischte er. Da drang plötzlich Lärm vom Kai herauf, und Lightborn reckte den Kopf. Dann steckte er das Messer wieder in den Gürtel. ›Es ist später, als ich dachte‹, sagte er unbekümmert. ›Gleich legt dein Schiff ab.‹ Er stand auf, hielt dann unvermutet inne und griff in seinen Mantel. ›Hier‹, murmelte er, indem er noch eine Flasche Mumia herauszog. ›Mehr ist nicht übrig.‹ Er legte die Flasche vor meine Füße.

Vom Deck über uns hallten wieder Rufe, und ich fühlte, wie das Schiff schaukelte und sich in Bewegung setzte. Ich blickte zu Lightborn auf. ›Ihr sagt ihr ...‹

Er nickte, während er mir schon den Rücken kehrte und ging. Ich sah ihm nach. ›Ihr sagt es ihr?‹ rief ich ihm noch einmal nach, aber er war schon fort, und falls er mich hörte, drehte er sich nicht um. Ich umklammerte fest die Flasche, während ich mich zusammenkrümmte – allein.

Worin festgestellt wird, wie die Neue Welt alten Sünden Zuflucht gewähren kann

Die Wirkungen der Mumia hielten einige wenige Tage an, so daß ich wenigstens aufstehen und an andere Dinge als meinen nagenden – ewig nagenden – Schmerz denken konnte. Die *Treuer Pilger* war kein großes Schiff, und doch befanden sich mehr als hundert Seelen an Bord, alles Puritaner auf dem Weg in eine Neue Welt. Ihr Anführer war ein knochiger, schwarzgekleideter Mann, der sein Volk gern mit den Israeliten und London mit einem von Pest und Feuer verfluchten Ägypten verglich. Der Name dieses selbstgesalbten Moses war Mr. Fortitude Sheldon, und er erinnerte mich ein wenig an einen Mann aus Wiltshire, den ich gekannt hatte – einen alten Freund meines Vaters, Mr. Webbe. Doch Mr. Sheldon hatte für sich die beste Kabine des Schiffs genommen – was der Freund meines Vaters nie getan hätte –, und in der Heftigkeit seines Hasses, der Strenge seines Urteils lag wenig von dem Mitgefühl, an das ich mich bei Mr. Webbe erinnerte.

Auch als sich mein Schmerz wieder verschlimmerte, legte Mr. Sheldon nicht mehr Erbarmen an den Tag. Ganz im Gegenteil – denn als er meine Schwäche bemerkte, führte er sich immer herrischer auf, bis er mir schließlich Befehle gab, als wäre ich sein Diener oder ein Kind. Über seine Unverschämtheit erzürnt, schlug ich ihn. Der Schlag war schwach, und dennoch strauchelte er, und sein schmales Gesicht wurde sehr blaß. Dann fluchte er auf mich und rief den Brüdern zu, sie sollten mich ergreifen und auf Deck festbinden. Meine Kleidung wurde mir heruntergerissen und in die Wellen geworfen. ›Denn es sind die Seidenstoffe Babylons‹, schrie Mr. Sheldon, ›die in ein Bordell gehören, nicht auf dieses von Gott gesegnete Schiff.‹ Dann sah er meine nackte Brust und schluchzte ein Stoßgebet, und alle versammelten Brüder begannen auf der Stelle zu stöhnen. Ich blickte an mir hinunter und sah zum erstenmal, daß meine Brustwarzen ein wäßriges Blut absonderten. ›Oh, habt acht!‹ rief Mr. Sheldon. ›Habt acht! Denn was sind diese Zeichen, wenn nicht des Antichrists? Laßt seinen Rücken die Peitsche spüren und so tüchtig, daß die Streifen von unserer liebenden Inbrunst zeugen!‹

Es geschah sofort, wie Mr. Sheldon befohlen hatte. Später wurde ich, nun in das grobe schwarze Tuch gekleidet, das alle Brüder trugen, in seine Kabine geschleppt und vor seine Füße geworfen. Mr. Sheldon betrachtete mich mit einem Ausdruck frommen Beifalls. ›So wird Euch geschehen‹, bekräftigte er, ›bis alle Flecken Eures früheren Lebens weggewaschen sind und Ihr so rein seid wie Naaman durch die Wasser des Jordans.‹

Ich hielt meinen Bauch und lachte trotz meiner Qualen. ›Ihr könnt nicht wissen, was Ihr sagt.‹

Er blickte mich stirnrunzelnd an. ›Also seid Ihr so abscheulich befleckt, daß Ihr wirklich nicht reingewaschen werden könnt?‹

›Ich weiß, Sir‹, antwortete ich ihm, ›daß ich von Eurem Gott nicht erlöst werden kann, vielleicht auch von keinem anderen.‹

Wie zuvor, als ich ihn geschlagen hatte, wurde sein Gesicht sehr bleich. ›Ich sehe, Sir‹, zischte er, ›daß Ihr als Schlange eingeschmuggelt worden seid, in den Schoß unserer göttlichen Gemeinschaft. Nun gut‹, er beugte sich dicht neben mir herab, ›Eure Ziele müssen im Keim erstickt werden. Wir wollen sehen, was harte Arbeit bei Euch erreichen mag, segensreiche Arbeit und die Führung des Gebets. Und solltet Ihr Euch dann immer noch als unverbesserliche Spreu erweisen – nun denn, Sir, dann müßt Ihr den Flammen übergeben werden!‹«

Lovelace hielt inne und lächelte verhalten. »Natürlich«, fuhr er mit einer kleinen wegwerfenden Geste fort, »hätte ich ihn leicht noch einmal schlagen können. Aber ich entschied mich dagegen – und tatsächlich nahm ich in den kommenden Wochen das Joch seiner frommen Tyrannei auf mich, arbeitete und betete, wie er mir befahl, bis er beinahe glaubte, ich könnte wirklich vor dem letzten Fegefeuer bewahrt werden. Mag sein, daß ich selbst in meiner schlimmsten Qual die Kraft fand, über Lightborns Scherz zu lachen, der so geistreich, so grausam eingefädelt war und dafür gesorgt hatte, daß ich wieder wie früher in grobe Wolle gekleidet war und auf Knien zu meinem früheren Gott betete – obwohl ich im Leib meine höllische Last trug. Und es mag auch sein, daß ich mich mit der Zeit darüber freute, die vertraute heilige Schrift nachzusprechen, die Worte, die ich im Haus meiner Eltern einst gelernt und – wie jene – wirklich geglaubt hatte. Doch keiner dieser Gründe hätte ausgereicht, mich zurückzuhalten, hätte es nicht noch einen wichtigeren gegeben: daß ich Mr. Sheldon nicht zu Drohungen verleiten wollte – daß ich nicht zu sterben wünschte.«

Lord Rochester lachte. »Also ist es, wie ich gesagt habe. Wir wären alle Feiglinge, wenn wir nur den Mut hätten.«

Lovelace zuckte die Achseln. »Vielleicht. Und doch war es nicht allein aus Feigheit, daß ich mich ans Leben klammerte.«

»Wie meint Ihr das?«

»Ich kann mir nicht sicher sein«, murmelte Lovelace. »Und doch erinnere ich mich, daß ich im selben Augenblick, als sie begannen, mich zu schlagen, über die Wellen hinausblickte, die vom Sturm gepeitscht waren, und dachte, wie verloren ich wäre, wenn ich in ihnen versänke... Warum nach einer Wildnis der Berge und Wälder suchen, dachte ich, wenn vor mir eine sehr viel schrecklichere Wildnis liegt? Und als ich schon entschlossen war, ins Meer zu springen, kam mir als ungebetene Erinnerung das Gesicht aus meinen Alpträumen in Prag in den Sinn, das aus Felsgestein geformt schien und sich dennoch umwandte, um mich anzustarren und meinem Blick zu begegnen. Und nun bildete ich mir ein, dies wiederhole sich, und mir war sogleich klar, als ich es durch den Sturm sah, daß ich nicht versuchen würde, mich dem Ozean zu überlassen.«

»Warum?« Lord Rochester sah mich fragend an. »Das verstehe ich nicht.«

»Ich empfand...« Lovelace hielt inne, und sein Blick wurde fern und fremd. »Ein Gefühl von... Vorsehung vielleicht, von einer Ordnung der Dinge – sehr fein mit unsichtbaren Fäden gesponnen... so daß ich mich plötzlich danach sehnte zu sehen, wohin solche Fäden führen könnten.«

»Aber wie konntet Ihr wissen, daß es nicht der Wunsch der Vorsehung war, Ihnen in die Tiefen des Ozeans zu folgen?«

»Ich konnte es nicht, Mylord, und tatsächlich begann ich

mich zu fürchten, daß solch ein Schicksal noch auf mich warten könnte. Denn mit den Wochen verschlechterte sich Mr. Sheldons Laune allmählich, wurde ungestüm und eisig wie die Winterstürme und fast, so schien es, ebenso gefährlich. Denn die Auspeitschungen, die zu kosten ich als erster das Vergnügen hatte, wurden nun noch häufiger und strenger, und oft entschied sich Mr. Sheldon, selbst die Peitsche zu schwingen. Vor allem war er fest entschlossen, jeden ehebrecherischen Gedanken auszurotten, und es bedurfte nur eines sündigen Blickes, der beobachtet wurde, oder eines Errötens der Wangen, und schon wurde der Schuldspruch ordnungsgemäß verkündet. Und eines Tages dann, als wir schon über neun Wochen auf See waren und die Küste Neuenglands täglich erwarteten, wurden ein Mann und eine Frau beim Akt des Ehebruchs entdeckt. Mr. Sheldons Zorn war schrecklich anzublicken. Er schien von einem Fieber besessen, denn seine Augen funkelten, und sein ganzer Körper begann zu zittern. Rasend vor Empörung befahl er, daß auch die Ehebrecherin öffentlich ausgepeitscht werde, und schwang selbst die Peitsche mit starkem, göttlichem Arm. Mit dem Ehebrecher verfuhr er in gleicher Weise, dann ließ er ihn fesseln und in die Wellen senken. ›Laßt uns sehen‹, schrie Mr. Sheldon, ›ob diese Taufe nicht die Geilheit, die in seinen Lenden brennt, abkühlen wird!‹ Und sie hätte gewiß die glühendste Brunst gefrieren lassen, denn wir befanden uns nun mitten im Winter, und als wir auf dem Deck standen, machten uns Schnee und Hagel blind. Wir hörten den schuldigen Mann schreien, als er in die Wellen getaucht wurde, und dann begann er anscheinend um sich zu schlagen, und die beiden, die ihn hielten, rutschten aus und stürzten plötzlich. Sie wurden weggerissen und tauchten in den Wellen unter, und obwohl wir nach ihnen suchten, blieben sie und der Ehebrecher verschwunden.

Danach wurde niemand mehr beim Ehebruch ertappt,

und für mich war es Glück, daß die Frauen alle so reizlos waren. Und doch hätte ich trotz meiner Nüchternheit noch ertrinken können, ich und das ganze Schiff mit mir, denn in den folgenden Tagen wurden die Stürme immer schlimmer, und wir hegten kaum noch Hoffnung, jemals die Küste zu erreichen. Doch eines Tages dann flaute der Wind ab, und gleich darauf erhoben sich Rufe, daß wir die Massachusetts Bay erreicht hätten. Ich taumelte an Deck und sah, daß wir uns wirklich dem Land näherten. Doch ich sah auch von Norden schwärzere Wolken heranziehen, als ich jemals gesehen hatte, und mir war klar, daß es ein Wettlauf mit der Zeit würde, wollten wir den Hafen sicher erreichen. Die Brüder hatten gehofft, in Salem an Land zu gehen, wo es den Auserwählten Gottes gutging, wie man sich erzählte. Aber als wir schon die ersten schwachen Lichter der Stadt erblickten, wurden wir vom Kurs abgedrängt, wieder in die Bucht hinaus und dann herum auf glänzende Felsen zu, als der Wind umsprang, so daß unser Verhängnis nun gewiß schien. Dann sahen wir plötzlich wieder Lichter und Häuser am Strand und den Umriß eines Hafens – und ich wußte, daß wir endlich in Sicherheit waren.

Wir erfuhren, daß wir in eine Fischerstadt namens Marblehead gekommen waren. Doch kaum hatten wir am Kai angelegt, war klar, daß die Brüder dort nicht lange bleiben würden. Denn von Heiligkeit war in dem Ort nichts zu spüren: nur rauhe, rückständige Wildheit, so schroff wie die Felsen, auf denen die kleinen Häuser hockten, oder die Stürme, die Gischt von den haushohen Wellen herübertrugen. Eine Nacht verbrachten die Brüder in Marblehead auf ihrem Schiff, zitternd vor Kälte und auch vor frommem Entsetzen, denn an Land gab es Wirtshäuser und auf den Straßen Betrunkene. Am nächsten Tag legte sich der Sturm, und die Brüder setzten ihre Fahrt fort. Ich dagegen fuhr nicht mit, denn beim Anblick der Betrunkenen war ich sofort an Land geschlichen.

Ich verbrachte einige Tage in Marblehead, in einem Zimmer über einer trüben, übelriechenden Schenke. Ich bemühte mich nach Kräften, Vorräte zusammenzubringen; doch richtige Pläne, wohin und wann ich gehen sollte, hatte ich nicht. Ich hatte halb gehofft, bis zum Frühjahr warten zu können, denn die Stürme wurden immer schlimmer, die Schneewehen höher, und ich bezweifelte, daß ich unter solchen Bedingungen weit würde reisen können. Doch mein Schmerz hatte sich wieder verschlimmert: das Blut, das meine Brustwarzen absonderten, war nun dicker, und mein Unterleib selbst zeigte eine bläulichrote Verfärbung, als würde das Fleisch von innen gequetscht. Mit Mühe konnte ich mich zurückhalten, von der Mumia zu trinken, und doch war die letzte Flasche fast leer, und ich wußte, daß ich sie nicht austrinken durfte – nicht, wenn ich überhaupt noch eine Chance wahren wollte, tief in die Wildnis zu gelangen. Und so blieb ich, wo ich war, zusammengerollt in meinem Bett, und allmählich wünschte ich, ich wäre doch schiffbrüchig geworden.

Und eines Nachts dann, kurz vor dem Einschlafen, bildete ich mir ein, das Felsengesicht wiederzusehen. Wie damals öffneten sich langsam seine Augen, und im selben Augenblick hörte ich einen durchdringenden Schrei. Erschrocken wachte ich auf. Ich konnte den dumpfen Lärm aus der Schenke unter mir hören, und während ich ihm lauschte, hörte ich wieder den Schrei. Ich schloß die Augen. Die Vision war fort, und auch die Schreie schienen verstummt. Ich stand auf und wankte die Treppe hinunter. Die Stimmung in der Schenke wirkte gewalttätig und grausam, die Männer redeten und lachten wild miteinander und starrten auf eine offene Tür, die im Wind schwang. Ein großer, dünner Mann stand neben ihr, in einem schweren Mantel, den Hut so tief ins Gesicht gezogen, daß ich es nicht erkennen konnte. Als er mich erblickte, schien er zu erschrecken. Dann wandte er sich ab und ging in die Nacht hinaus. Ich drängte mich durch die Schenke und folgte ihm nach draußen. Das Schneetreiben war außergewöhnlich dicht, aber ich konnte ihn gerade noch erkennen, wie er sich durch den Schneesturm auf einen Hügel hinter dem Dorf zubewegte. Ich wußte, daß es auf dem Hügel nichts gab, nur Gräber. Und dann ganz plötzlich, aus dem Nichts, spürte ich ein ... Zerren – als ob mich etwas – zöge, ja – an unsichtbaren Fäden ...« Lovelace hielt kurz inne. »Es ist schwer zu beschreiben«, murmelte er. »Doch was immer es gewesen sein mag, es schien wirklich, Mylord, sehr wirklich und merkwürdig ... Und ich machte unwillkürlich kehrt, ohne richtig zu wissen, warum, und rannte in mein Zimmer. Ich raffte meine Vorräte zusammen, griff zu meiner Flasche Mumia. Ich zögerte kurz, bevor ich sie bis auf den letzten Tropfen leerte. Dann ließ ich die Flasche fallen und eilte wieder hinaus.

Noch immer fiel dichter Schnee, aber ich sah nun – wenngleich sehr schwach –, daß es mehrere Fußspuren gab, denen ich folgen konnte und die alle zu dem Friedhof auf dem Hügel führten. Ich ging darauf zu und begann, den Hang hinaufzuklettern. Doch dann hielt ich plötzlich inne, denn ich bildete mir ein, vor mir Hochrufe und Gelächter zu hören. Ich kroch wieder weiter, dankbar, daß der Schnee, der die schiefen Grabsteine einmummte, auch das Geräusch meiner Schritte dämpfte. Ich konnte nun Gestalten vor mir sehen, die im Kreis unter einem Baum versammelt waren, und vor ihnen, auf einem Grab, wurde einem Mädchen Gewalt angetan. Es war das Mädchen, vermutete ich, dessen Schreie ich vorher gehört hatte. Aber nun war sie still, hatte die Zähne zusammengebissen und die Augen geschlossen, während sie die Arme nach hinten streckte, um sich an dem Grabstein festzuklammern. Ich schlich noch näher und schloß aus der Art ihrer Kleidung und dem dunklen Haar, daß sie sicher eine Indianerin war. Sie war sehr schön, und trotz der Wildheit ihrer Tracht und ihres Aussehens hatte sie etwas an sich, das mich an Mylady erinnerte. Ich beobachtete, wie der Vergewaltiger fertig wurde und ein anderer Mann vortrat. In diesem Augenblick mußte ich wieder an Mylady denken, an die Tausende von Meilen Ozeans zwischen uns, und dann daran, wie auch sie einst benutzt worden war, Nacht auf Nacht, wie diese Männer nun das Indianermädchen benutzten.

Fast ohne zu überlegen, griff ich in meine Tasche. Ich trug eine Duellpistole, die ich in meinem Reisegepäck versteckt hatte. Vorsichtshalber hatte ich sie geladen, und nun zog ich sie heraus und trat im selben Augenblick vor. Niemand hörte mich oder schaute sich um. Alle lachten höhnisch über den Mann, der noch immer über dem Mädchen stand, heftig bebend und mit geballten Fäusten. Nun erkannte ich in ihm den Mann, den ich vorher in der Schenke gesehen hatte, und während ich ihn beobachtete, wurde mir mit einemmal klar, wer er war. Mit einem erstickt gestöhnten Gebet warf er den Hut beiseite. Dann fiel er über das Mädchen her, und sein Hintern bewegte sich unter seinem Mantel hart auf und ab. Im selben Augenblick richtete ich die Pistole auf seinen Kopf und trat vor. ›Laßt sie in Ruhe!‹

Der Mann erstarrte auf dem Mädchen, sah sich aber nicht um. Die anderen Männern dagegen drehten sich alle nach mir um. ›Das schadet nicht‹, sagte einer von ihnen schnell. ›Ihr begreift nicht.‹

›Ach ja?‹ Ich lachte kalt. ›Was gibt es hier, was nicht zu begreifen wäre?‹

›Es gibt Dämonen hierherum.‹

Wieder lachte ich. »Sind sie nicht überall?‹

›Nein, Sir, denn wie ich schon sagte – Ihr begreift nicht. Man hat hier Leichen gefunden, völlig blutleer, mit Wunden, wie sie nur Indianer zufügen.‹

Da stutzte ich und betrachtete das Mädchen mit plötzlichem Interesse. Mir ging durch den Kopf, daß sie selbst eine Bluttrinkerin sein könnte, doch dann schüttelte ich den Kopf. ›Sie ist kein Dämon.‹

›Aber sie ist eine Heidin, die Dämonen anbetet und deren Bosheit nährt.‹

›Während Ihr, wie ich sehe, alle gute Christen seid.‹ Ich spannte die Pistole. ›*Ihr werdet sie gehen lassen.*‹

Mr. Fortitude Sheldon erhob sich langsam und wandte sich zu mir. Er begegnete meinem Blick, dann neigte er den Kopf, als betete er. In diesem Augenblick stand auch das Mädchen auf und zog so schnell, daß niemand auch nur zu sehen schien, was sie tat, ein Messer heraus und stach den Prediger in den Rücken. Noch einmal begegnete er meinem Blick, die eigenen Augen weit aufgerissen. Dann taumelte er vorwärts und brach im Schnee zusammen. Ich sah ihn fallen; da drängte sich das Mädchen an mir vorbei und ich lief hinterher, den Hügel hinab. Ich hörte wütendes Geschrei hinter mir und das weiche Stapfen eiliger Schritte, die mir durch den Schnee folgten. Mir war klar, daß ich, obgleich bewaffnet, sicher eingeholt würde. Noch spürte ich das Glühen der Mumia in mir, gewiß, aber ich fragte mich, wohin und wie lange ich würde laufen können. Und dann plötzlich, aus der Dunkelheit vor mir ragend, sah ich die Umrisse von Pferden, die am Fuß des Hügels an einen Baum gebunden waren. Das Mädchen sprang schon auf den Sattel des einen; sie schnitt die Zügel mit dem Messer durch und dann ein anderes Paar Zügel. Als ich bei ihr war, reichte sie mir die Hand. Ich stieg auf den Sattel des zweiten Pferdes, und dann ritten wir in scharfem Galopp, fort von Marblehead und in die Dunkelheit.

Wir ließen nicht nach in unserem scharfen Ritt, denn dank den Lichtern eines Dorfes, das wir umgehen mußten, konnten wir sehen, daß uns noch ferne Verfolger auf der Spur waren. Aber wir kamen an keinen Dörfern mehr vorbei, nicht einmal mehr an bebauten Feldern, und bald war auch kein richtiger Weg mehr zu erkennen, nur noch tiefe Waldesdunkelheit zu beiden Seiten. Nun wußte ich, daß wir in Sicherheit waren, zumindest vor unseren Verfolgern. Wir hatten die Grenzen der Zivilisation hinter uns gelassen, und vor uns erstreckte sich, über endlose Meilen, dunkel und urzeitlich, die gewaltige Wildnis. Und immer noch galoppierten wir weiter, so daß ich allmählich in meinen Fieberphantasien glaubte, das Reich des Todes selbst könne nicht düsterer oder frostiger sein...

Dünn und wäßrig wie die ärmlichste Hafersuppe brach endlich die Morgendämmerung durch die Äste der schneeschweren Bäume. Die Wirkung der Mumia ließ jetzt nach, und während ich in die unendlichen Schatten des Waldes blickte, erschauerte ich, als mir plötzlich mein Schmerz bewußt wurde. Die Indianerin zügelte ihr Pferd und sah mich stirnrunzelnd an. Dann band sie ihren Umhang auf. Sie bot ihn mir an, doch ich schüttelte den Kopf und deutete auf meinen Bauch. Sofort nickte sie und rutschte vom Pferd. Sie verschwand in den Schatten, und nach einer Weile kam sie mit einer Handvoll Wurzeln zurück, die sie mir zu essen gab. Eine Zeitlang war mein Schmerz tatsächlich ein wenig betäubt, kam aber bald um so heftiger wieder, und während wir weiterritten, begann der Wald vor meinen Augen zu verschwimmen. Ich muß vom Sattel gerutscht sein, denn als ich wieder aufwachte, befand ich mich auf dem Pferd der Indianerin, in ihre Arme geschmiegt, während das andere Pferd mit meiner Tasche auf dem Rücken folgte. Es schien schon wieder dunkel zu werden. Ich erinnere mich undeutlich, daß ich danach wieder Wurzeln bekam und dann hörte, wie Pferdehufe durch Wasser spritzten. Aber wie lange wir ritten oder wie weit, hätte ich nicht sagen können. Denn wie in Prag war auch jetzt nur noch der Schmerz da.

Er verließ mich nie, weshalb ich auch nie richtig schlief. Dennoch erwachte ich einmal, als etwas anderes in mein Bewußtsein drang, ein jäher Strom von Gold in meinen Eingeweiden. Die Qual war sehr brennend, aber auch die Lust, und ich wußte, daß ein Bluttrinker in der Nähe war.

Ich schlug die Augen auf ...

Er beobachtete mich. Anscheinend befanden wir uns allein in einem fellverkleideten Zelt. Über den Schultern und den Haaren trug er ein Wolfsfell. Sein Gesicht war mit grellroten Kreisen bemalt. Zweifellos war er eine Rothaut, und doch wirkte sein Gesicht unter der Bemalung sehr blaß. Seine Augen, Mylord, brannten so hell wie Eure.

›Ich sehe‹, bestätigte er, ›Ihr wißt, was ich bin.‹ Sein Englisch war weich und sehr musikalisch betont. ›Doch was Ihr seid‹, meinte er stirnrunzelnd, ›kann ich nicht sagen.‹

Er wandte sich ab und hob etwas auf, und während er dies tat, schrie ich auf, denn ich spürte im Leib sowohl die Lust wie den Schmerz verdoppelt. Die Rothaut hielt mir einen Becher an die Lippen. Ich merkte, daß er Blut enthielt, und schüttelte den Kopf. ›Ihr müßt‹, murmelte er. ›Denn Ihr habt etwas in Euch. Es schreit danach.‹ Er neigte den Becher und zwang mich zu trinken. Das Blut war kalt und sehr dick. Der Salzgeschmack reizte mich zum Würgen. Aber ich überwand mich, es zu schlucken, und sofort – allerdings sehr schwach – schien die Qual nachzulassen.

Die Rothaut starrte mich gleichmütig an. ›Es gibt Sagen‹, begann er langsam, ›von einer Menschenrasse wie Euch. Nach diesen Sagen zieht Ihr Verderben nach.‹

›Dann tötet mich‹, flüsterte ich, ›tötet mich. Ich würde den Tod willkommen heißen.‹

Aber die Rothaut schüttelte den Kopf. ›Ihr müßt Ketan ausfindig machen.‹

›Ketan?‹

›Ihr schwebt in großer Gefahr vor den rachsüchtigen Geistern der Dunkelheit und des Todes. Nur Ketan kann Euch führen. Nur Ketan kann Euch Hilfe anbieten.‹

›Und wo finde ich – Ketan?‹

›Er wohnt für sich in der Geisterwelt.‹

Ich lachte mutlos. ›Dann müßt Ihr mir sagen, wo ich diese finde.‹

Auch die Rothaut lachte, allerdings sehr leise. ›Ich kann nicht.‹ Er beugte sich vor, und seine Miene war plötzlich wieder so gleichgültig wie zuvor. ›Denn obwohl es wahr ist, daß ich älter als die ältesten Bäume in diesem ganzen Wald bin, daß ich tödlicher und flinker als die wildesten Wölfe bin und daß ich meinem Volk als Gott erscheine, nicht als Mensch – bin ich dennoch kein Gott. Vielmehr bin ich geringer als bestimmte weise Männer meines Stammes, denn es ist mir nie gelungen, mit Ketan zusammenzutreffen.‹

›Dann laßt mich mit diesen weisen Männern sprechen.‹

›Sie sind tot – seit langem tot.‹

Verzweifelt schaute ich ihn an. ›Was soll ich dann tun?‹

Seine Augen funkelten, und dann stand er auf und trat vor den Vorhang, der den Eingang zum Zelt verdeckte. Er zog ihn beiseite und blickte zum Himmel empor. ›Es ist jetzt‹, murmelte er, ›der Mond der großen Kälte. Zu dieser Jahreszeit, erinnere ich mich, wollen die weisen Männer Ketan begegnet sein. Sie behaupteten, daß sie sehr weit wanderten, bis sie zu den Bergen kamen, und dort warteten sie dann allein, mitten im Schnee. Wenn der Geist bei ihnen war, spürten sie keine Kälte. Und dann vielleicht nach vielen Tagen, vielen Wochen . . .‹

›Dann kam Ketan?‹

›Manchmal. So sagten sie.‹

›Und dann? Was vollbrachte er?‹

Die Rothaut blickte mich stumm an, dann wandte er sich ab und schaute wieder durch die Zeltklappe in die Nacht. Ich fühlte mich wieder fiebrig. So griff ich nach dem Becher mit Blut und leckte ihn aus. Dann stand ich wankend auf und trat neben die Rothaut.

Der Mond wirkte in der Tat bitterkalt. Er tauchte die kleinen Wellen eines breit strömenden Flusses in Silber. Über das Ufer verstreut sah ich weitere Zelte – nicht mehr als zwanzig vielleicht, und einige freie Flächen, die zwischen den Bäumen gerodet waren. ›Das Mädchen‹, fragte ich plötzlich, ›ist sie hier sicher angekommen?‹

Mein Gefährte nickte und zeigte auf ein Zelt.

›Was hat sie so weit weg von zu Hause gemacht?‹

›Zu Hause?‹ Die Rothaut lachte mit unvermuteter Bitterkeit. ›Aber hier ist nicht ihr Zuhause. Das war Massebequash – das die weißen Männer jetzt Marblehead nennen und in Besitz genommen haben. Manchmal mache ich Jagd auf sie, denn wie ein Wolf, der eine dahingeschwundene Wildnis heimsucht, gebe ich mein altes Reich nicht leichten Herzens auf. Das Mädchen muß mir gefolgt sein – denn auch sie muß etwas vom Geist des Wolfs haben.‹

›Es ist schwer‹, bestätigte ich langsam, ›die Heimat seiner Jugend zu verlieren.‹

Die Rothaut warf einen Blick auf mich und kniff die Augen zusammen. Ich wußte, daß er meine Gedanken nicht lesen konnte. Doch einen Augenblick lang fühlte ich, daß er sie dennoch verstanden hatte. ›Es war Glück‹, murmelte er, ›daß sie Euch begegnet ist.‹

›Glück?‹ fragte ich matt. Und dann erinnerte ich mich meiner Vision, der Vision, aus der mich die Schreie des Indianermädchens geweckt und zu dem Wald geführt hatten, wo ich dann stand. Ich schilderte meinem Gefährten die Vision: den Berg mit dem Gesicht. Und während ich sie beschrieb, sah ich, wie sich sein Ausdruck veränderte, so daß sich Entsetzen auf seltsame Weise mit Ehrfurcht mischte. Dann drehte er sich um und schlich fort und ließ mich allein. Die ganze Nacht über fragte ich mich, was er wissen mochte.

Sehr früh am folgenden Morgen führte die Rothaut mich aus dem Lager. Bevor wir aufbrachen, gab er mir einen Becher mit dem Blut eines frisch erlegten Hirsches und befahl mir, es zu trinken, denn wir hatten, sagte er mir, einen weiten Weg vor uns. Mehr wollte er nicht sagen, aber ich war mir nun sicher, daß er wußte, wo der Berg zu finden war, denn wir folgten dem Flußlauf stromauf, und eines Tages sah ich durch die Bäume flüchtig schneebedeckte Gipfel schimmern. Ich hoffte, ich würde nicht zu schwach werden, bevor ich sie erreichte. Denn mein Begleiter ging zwar jede Nacht jagen und brachte mir frisches Blut, aber die Linderung, die es meinem Schmerz brachte, wurde immer geringer. ›Menschenblut‹, sagte er dann, indem er meinen Leib berührte. ›Es dürstet nach Menschenblut.‹ Aber es waren keine Menschen zu sehen, keine Siedlungen, nur die Tiere und Vögel der Wildnis. Und eines Morgens dann verließen wir den Fluß, der inzwischen nur noch ein Bach war, und stiegen nun über große Findlinge einen Berghang hinauf. Bald schienen wir auch die Tiere und Vögel hinter uns gelassen zu haben.

Mitten auf den kalten nackten Schneeflächen kehrte mein Fieberwahn zurück, und meine Beine wurden allmählich unter mir weich. Wie oder wo ich durch das Gebirge weiterkam, weiß ich nicht. Mein Führer muß mich viele Meilen getragen haben, denn ich erinnere mich nur, wie ich in seinen Armen aufwachte und den Geschmack seines Blutes auf meiner Zunge fand. Er hatte seinen Puls aufgeschnitten und an meine Lippen gepreßt, und obwohl es mich, als ich es kostete, wieder zum Würgen reizte, zwang ich mich, es hinunterzuschlucken, um meinen Schmerz zu dämpfen. Aber ganz wollte er nicht nachlassen, und als ich unter meine Pelze griff, bemerkte ich, daß mein Hemd klebrig von Blut war – nicht nur von meiner Brust, sondern auch von meinem Bauch. Ich betrachtete meine feuchten Fingerspitzen, dann blickte ich wild um mich. ›Wie weit‹, rief ich, ›wie weit ist es noch?‹

›Nicht weit‹, antwortete die Rothaut. Er half mir auf die Beine und führte mich aus unserem Versteck wieder in den Schnee. Ich hörte nun ein Brüllen, wie unaufhörliches Donnergrollen, und als wir um einen Felsen bogen, sah ich einen Wasserfall vor mir – wild und blendend weiß wie der fließende Schweif des bleichen Pferdes des Todes. Mein Begleiter blieb stehen und zeigte auf die Dunkelheit, die dahinter lag. ›Dort‹, sagte er zu mir, ›dort werdet Ihr das Berggesicht finden, das sich Euch gezeigt hat.‹

Ich ging voran und blickte mich um. Der Indianer hatte sich nicht von der Stelle gerührt. ›Kommt Ihr nicht mit?‹ fragte ich.

Die Rothaut schüttelte den Kopf. ›Nicht weiter‹, sagte er. Wie vorher im Lager schien über sein Gesicht ein Schatten zu fallen, halb Staunen, halb Furcht. ›Ich möchte Ketan nicht begegnen.‹

›Warum?‹ fragte ich ihn. ›Was gibt es zu fürchten?‹

›Ich erinnere mich‹, antwortete er, ›der weisen Männer meines Stammes – sie suchten Ketan auf, denn sie wußten, daß er ihnen die wahre Natur der Dinge offenbaren konnte.‹

›Und ist es übel, die Wahrheit zu kennen?‹

Der Schatten über dem Gesicht der Rothaut schien sich zu vertiefen. ›Wenn ich mit Ketan zusammenträfe‹, murmelte er schließlich, ›würde ich ihm eine Frage stellen. Ich würde ihn fragen, ob es, wie ich fürchte, wahr ist, daß mein ganzes Volk sterben muß, daß die Naumkeag in die Dunkelheit der Dinge eingehen müssen, daß sie als verstreute Knochen unter den Straßen des weißen Mannes liegen müssen. Das alles würde ich ihn fragen, und Ketan würde mir antworten.‹ Der Indianer schwieg, und dann plötzlich schüttelte er den Kopf und schrie zum Himmel. ›Aber ich will ihn nicht hören! Ich will es nicht wissen!‹ Das Echo hallte über die unfruchtbaren Schneeflächen, und dann rief er noch etwas – in seiner eigenen Sprache, vermutete ich, denn ich verstand die Worte nicht, und auch sie hallten über den Schnee und die Schluchten, bevor sie in der Kälte verklangen und alles still war. ›Möget Ihr wenigstens finden, was Ihr sucht.‹ Er wandte sich um und verließ mich, und bald war er nur noch ein ferner Punkt mitten im Schnee.

Worin die Überlieferung geprüft wird, daß Visionen erblickt und die Wahrheit inmitten des Schnees gefunden werden kann

Eine lange Weile blieb ich reglos stehen. Der Schrei der Rothaut schien noch durch meine Gedanken zu hallen. Plötzlich spürte ich eine Hand auf meiner Schulter. Ich wandte mich um; ich bildete mir ein, meine Eltern vor mir zu sehen: meine Mutter, lächelnd, die Hand nach mir ausstreckend, mein Vater, sehr fein, wie er stets gewesen war. Dann begann es zu schneien, und als mir der erste Wirbel ins Gesicht wehte, schienen meine Eltern zu entschwinden. Ich ging vorwärts. Wo sie gestanden hatten, war nichts. Ich setzte meinen Weg fort, auf das Tosen des Wasserfalls zu und dann daran vorbei – einer Reihe von Felsenspitzen entgegen, die ich undeutlich im Unwetter ausmachen konnte.

Die Wirkung des Blutes der Rothaut begann abzuklingen, und das Fieber kehrte mit dem Brüllen des Sturms wieder.

Ich bildete mir ein, ein Flattern in den Ohren zu hören, sehr schwach zuerst, dann allmählich klopfend wie ein winziges Herz. Immer lauter wurde es, bis ich den Sturm nicht mehr hörte und mir die Ohren zuhielt und in den Schnee sank. Ich schrie, und sofort hörte das Klopfen auf. Ich schaute mich um. Es war dunkel. Nun war mir klar, daß ich sterben würde. Denn die Rothaut hatte unsere Decken mitgenommen, und ich hatte nur eine Kürbisflasche Schnaps und zwei Taschen mit Essen. Welche Hoffnung blieb mir also an einem solchen Ort, bei dieser Kälte? Aber ich taumelte weiter und wartete, daß das Klopfen in meinem Leib wiederkäme.

Ich wanderte die ganze Nacht und hörte nichts außer dem Sturm. Auch brach ich nicht zusammen, sondern setzte meinen Weg wie vom Wind getragen fort, denn mein Sein war wie in Geist aufgelöst, und meine Glieder schienen aus dahinbrausender Luft zu bestehen. Der Morgen dämmerte herauf. Schatten lösten sich aus dem Schnee, und alles schien in eisiges, goldenes Blau gegossen. Ich drehte den Kopf nach Osten, um die Sonne zu betrachten – denn ich hatte nicht geglaubt, sie jemals wieder aufgehen zu sehen. Und dann plötzlich blieb mein Blick an einem sich bewegenden Punkt hängen. Er kam hinter mir her, und als ich angestrengt hinschaute, erkannte ich, daß er meinen Spuren durch den Schnee folgte. Mein erster Gedanke war, daß es die Rothaut sein mußte, daß er seine Meinung geändert haben mußte. Denn nun konnte ich sehen, daß die Gestalt die Pelze eines Wilden trug, mit Federn im Haar und greller Bemalung im Gesicht. Aber dann kam er näher, und ich schaute in seine Augen. Sie waren heller als alles, was ich jemals gesehen hatte, wie Diamanten brennend, und sein Gesicht schien, obgleich faltenlos, unermeßlich alt. Ein Schauder der Freude durchfuhr mich, und ich erinnerte mich, Mylord, wie vielleicht auch Ihr, an die Vision des Paschas vom Wanderer. Ich wußte, es war derselbe Mann – dasselbe Ding – vor mir. Im Vorbeigehen starrte er mich an, und ich bemerkte, daß mein Schmerz nachließ und dann verschwunden war. Ich sehnte mich danach, auf ihn zuzugehen, sogar laut zu rufen, aber ich schien völlig erstarrt, und der Wanderer hielt in seinem Schritt nicht inne. Ich beobachtete ihn, während er seinen Weg fortsetzte, und dann war er plötzlich verschwunden, und ich konnte mich wieder bewegen. Ich rannte durch den Schnee. Nicht einmal Fußabdrücke zeigten, wo er gegangen war. Ich schaute mich um. Auf einer Seite erstreckte sich ein See, Felswände befanden sich auf der anderen. Doch nichts regte sich, weder auf dem Wasser noch auf den Felsen. Ich taumelte weiter, während meine Rufe von ihrem eigenen klagenden Echo verhöhnt wurden, und dann auf einmal sah ich es: das Gesicht des alten Mannes.

Wie in meinen Träumen war es ein Profil aus Stein, das sich vom Berghang abhob. Ich ging voran: es schien zu verschwinden. Ich kehrte an die Stelle zurück, wo ich vorher gestanden hatte: es war wieder da. Ich faßte an meinen Leib, hob die Hände. Das Blut glänzte klebrig und hell. ›Und jetzt?‹ rief ich. ›Jetzt? Wo bist du?‹ Nichts antwortete mir. Und dann hörte ich, sehr schwach, das Pochen eines Herzens – sehr klein, unbarmherzig, tief aus meinen Eingeweiden.

Ich sank in den Schnee, konnte mich nicht mehr regen. Wie lange ich da verharrte, kann ich nicht sagen. Jedes Gefühl meiner selbst schien mich völlig verlassen zu haben. Es gab nur noch die Kälte und das Klopfen des Herzens und das Gesicht auf dem Berghang, das Profil aus Stein. Mag sein, daß ich wie die weisen Männer des Indianerstamms viele Tage oder sogar Wochen auf das Gesicht starrte. Denn daß Zeit verstrich, merkte ich an dem Herzen, das mir immer lauter in den Ohren klang, wie das Herz eines Kindes, das zum Leben erwacht. Doch auf eine Weise, die ich nicht erklären kann, erschien dieses Vergehen der Zeit erstarrt und totgeboren. Ich stellte sie mir nämlich auf eine einzige Sekunde geschrumpft vor: meßbar nicht an einem endlosen, sondern an einem einzigen Herzschlag. Er stieg auf, pulsierte und verging, und auf dieser Stille schwoll mein Schmerz unendlich an. Aber ich verlor nicht das Bewußtsein, wie es mir seit Prag häufig widerfahren war. Eher war es die Qual – und die Welt –, was aus meinem Bewußtsein zu fallen schien. Am Ende blieb nur noch das Gesicht. Nur das Gesicht.

Langsam drehte es sich, wie ich es in meinen Träumen gesehen hatte. Jetzt lebte es, war nicht aus Stein. Ich begegnete dem Blick des Wanderers. Seine Rothautbemalung war verschwunden, ebenso die Felle und die Federn im Haar. Eher schien er nun wie ein Bettler gekleidet, von der Art, wie man sie auf jeder englischen Landstraße treffen kann. Sein schwarzer Mantel war schmutzig, die Kleidung alt und geflickt. Zwischen den Zähnen hielt er eine dünne, gedrehte Pfeife.

Er starrte mich lange an, ungerührt, während Ranken aus purpurfarbenem Rauch von seinen Lippen aufstiegen. Endlich senkte er die Pfeife. Noch immer schien seine Miene so starr und ewig, wie das Gestein selbst gewesen war. ›Warum‹, fragte er mich langsam, ›sollte ich dir geben, was du wünschst?‹

Sein Tonfall war wunderbar melodiös; wunderbarer noch, Mylord, als der Eure. Er ließ mir alle Worte, die ich eingeübt hatte, auf der Zunge gefrieren. Ich schluckte. ›Aus dem gleichen Grund‹, flüsterte ich, ›warum Ihr zu Rabbi Löw gekommen seid.‹

Der Wanderer nahm einen kräftigen Zug aus seiner Pfeife. ›Wirklich?‹ gab er als Antwort, während er den Rauch ausblies.

Ich faßte an meinen Leib. Er schwitzte noch immer Blut aus, doch schien mir die Berührung irgendwie meine Willenskraft zurückzugeben. ›Ihr wißt, was hier ist‹, sagte ich,

›der Samen des Bösen. Seid Ihr nicht vor dem Juden erschienen, um ihn und die Welt vor dieser Krankheit zu retten?‹

Belustigt hob und senkte der Wanderer die Schultern. ›Es gibt genügend Krankheit auf der Welt, wie die Dinge liegen.‹ Er machte eine Geste mit dem Arm, und wo vorher anscheinend überhaupt nichts gewesen war, konnte ich nun wieder den Berg und den See sehen und weites Waldgebiet. ›Wie lange‹, fragte er, ›werden die Rothäute mich hier noch aufsuchen, wie Ihr es getan habt? Nicht lange. Wie Nebel vor der Morgensonne müssen sie sich zurückziehen und dann vergehen. Das ist der Zustand der Dinge – die Krankheit der Welt.‹

Ich schüttelte den Kopf und hielt meinen Leib noch fester als vorher. ›Dennoch seid Ihr zu dem Juden gekommen.‹

Der Wanderer lehnte sich zurück und blickte gleichgültig. ›Warum nicht?‹

›Ihr habt ihm ein Buch gegeben.‹

›Worauf wollt Ihr hinaus, Sir?‹

›Es wies den Weg in eine verborgene Welt – denn die Welt der Menschen ist, wie ich erfahren habe, nur ein Schatten der Wahrheit. In der verborgenen Welt – Eurer Welt – gibt es Traumgeschöpfe. Ich weiß nicht, was Ihr seid, Sir – ob ein Engel, ein Gott oder selbst ein Dämon –, aber daß einige von Euch Dämonen sind, habe ich nur allzu deutlich gesehen.‹

Der Wanderer lächelte spöttisch. ›Dämonen? Wen meint Ihr da wohl, Sir?‹

›Ihr wißt es.‹

Sein Lächeln blieb, aber er schüttelte den Kopf. Er erhob sich und trat zu mir. Dann nahm er meine Hände. ›Es ist wahr‹, flüsterte er mir sehr leise ins Ohr, ›daß es auf dieser Welt Kräfte voller Macht und großer Merkwürdigkeit gibt – gewiß seltsamer, als Ihr jemals erfahren werdet. Denn wir können von Sterblichen nicht begriffen werden – nein, auch nicht von Bluttrinkern, die selbst einst Sterbliche waren. Die

Kreatur, von der Ihr sprecht – er ist sehr groß, aber er ist nicht so groß wie ich. Er ist kein Traumgeschöpf, wie Ihr es ausdrückt. Und doch – versuchte er, dies zu sein. Er versuchte, es zu sein ...‹

Ich fühlte ein großes Grauen durch meine Adern kriechen, doch im selben Augenblick auch Jubel. ›Und dieses Begehren‹, flüsterte ich, ›dieser Ehrgeiz – hat ihn das zu dem gemacht, was er ist?‹

›Wie Motten von einer Kerzenflamme versengt werden, so werden Seelen schwarz, die unserer Welt zu nahe kommen.‹

›War er einst sterblich?‹

›Ein Sterblicher, der zum Bluttrinker wurde, und nun – zu einem namenlosen Ding.‹

›Doch selbst Bluttrinker – ich habe es gesehen – können vernichtet werden.‹

›Dann laßt Euch warnen – denn Ihr seid nicht einmal einer von ihnen. Kommt nicht zu nahe.‹

›Sterben muß ich ohnehin, wenn Ihr mir nicht die Kräfte schenkt, die Ihr Rabbi Löw geschenkt habt.‹

Der Wanderer starrte mich an und lachte auf.

›Schenkt mir die Kräfte‹, zischte ich, ›und ich werde ihn töten, wie er meine Eltern getötet und meine Welt zerstört hat.‹

Wieder lachte er. ›Warum sollte mich kümmern, was Ihr tut?‹

›Das kann ich nicht sagen‹, antwortete ich und dachte einen Moment lang nach. ›Und doch kümmert es Euch.‹

Das Lächeln schwand von den Lippen des Wanderers, und er beugte sich so weit vor, daß seine Wange meine berührte.

›Warum wärt Ihr sonst zu dem Juden gekommen‹, fragte ich ihn zögernd, ›wo es doch so viel anderes auf dieser Welt gibt, wie Ihr gesagt habt, das krank ist? Warum hättet Ihr ihm das Buch geschenkt? Warum hättet Ihr ihm die Macht verliehen?‹

Ich wandte den Kopf, um ihn anzusehen.

Er antwortete nicht.

›Um den Dämon zu vernichten‹, gab ich mir selbst die Antwort. ›Soviel ist klar. Doch warum? Warum sollte es Euch kümmern? Ist es vielleicht möglich …‹ – wieder sah ich ihm ins Gesicht –, ›daß Ihr für seinen Sturz irgendwie verantwortlich wart?‹

Der Blick des Wanderers schien unermeßlich tief.

›Wer war er?‹ flüsterte ich. ›Wie stürzte er?‹

›Das‹, murmelte der Wanderer, ›steht auf einem anderen Blatt.‹

›Und doch nicht ganz‹, erwiderte ich. ›Denn wenn Ihr seinen Sturz verursacht habt, dann habt Ihr auch meinen verursacht.‹

Der Wanderer erhob sich langsam. ›Ihr könnt nicht verstehen, was Ihr erbittet.‹

Ich holte tief Luft. ›Dennoch bitte ich darum.‹

›Dann laßt Euch warnen‹, sagte er eindringlich, ›damit Ihr nicht wie das Ding werdet, das Ihr zu vernichten sucht.‹

›Dieses Wagnis will ich mutig auf mich nehmen.‹

Der Wanderer lächelte kaum merklich. ›Und so geht es immer‹, flüsterte er. ›Verbotene Früchte werden immer gepflückt.‹ Er beugte sich über mich und preßte seine Hände auf meinen Leib. Dann hielt er sie vor mein Gesicht.

Ich starrte auf das Blut, mein eigenes, an seinen Fingern. ›Was‹, flüsterte ich, ›würdet Ihr mir raten?‹

Sein Lächeln wurde breiter. ›Aber‹, lachte er, ›haben Eure eigenen Heiligen Schriften Euch nicht gelehrt, daß das Blut das Leben ist?‹

Er wandte sich um und entfernte sich langsam von mir. Ich sah ihm hinterher, und während ich noch hinschaute, schien er zu verblassen. ›Was soll ich tun?‹ schrie ich. Doch er hielt nicht inne. Er zerschmolz nun in einen Wolkenschatten. ›Was soll ich tun?‹ schrie ich zum zweitenmal. Er löste sich immer mehr auf und schaute sich nicht um. Nun schien er nichts mehr als ein Hauch von Bergnebel. Da kam sehr schwach, wie ein Echo, seine Stimme. ›*Das Blut ist das Leben.*‹ Und dann war er verschwunden.

Im selben Moment hörte ich wieder den Herzschlag tief aus mir heraufsteigen und spürte eine eisige Feuchtigkeit aus meiner Haut austreten. Ich berührte sie. Mein Blut verdickte sich, es schien fast schwarz. Ich teilte meine Lippen, ich streckte die Zunge heraus. Dann hob ich einen Finger hoch und leckte die Spitze ab.

Auf der Stelle schienen die Berge zu erbeben. Die Feuchtigkeit breitete sich nun über meinen ganzen Körper aus. Die Herzschläge dröhnten ohrenbetäubend laut. Als ich versuchte aufzustehen, merkte ich, daß ich in einer sich ausbreitenden Pfütze aus Blut saß. Ich langte hinter mich. Blut strömte wie aus einer offenen Wunde. ›Nein‹, schrie ich, ›nein!‹ Ich bog den Kopf zurück, während meine Muskeln zu zerreißen schienen. Immer schneller pulsierten die Herzschläge, immer lauter, während sie aus dem Schmerz hinausschlüpften. Ich umklammerte meinen Leib, der sich nun pulsierend hob und senkte, in Blut getränkt, und ich begann, verzweifelt an meinen Fingern zu lecken, am Blut zu saugen. Während ich dies tat, erbebten die Berge wieder. Sie wanden sich und schmolzen und verschwanden. Ich schaute mich um. Ganz kurz sah ich die Formen riesiger aufrechter Steine, und dann waren auch sie fort, und da schien nichts mehr als Licht zu sein, Licht in brennenden Strahlen, die durch meine Gedanken strömten, wo ich da in ihrer Mitte lag. Das Licht war mein, bemerkte ich; ich konnte es steuern, wie ich wünschte. ›Lindere den Schmerz‹, und der Schmerz ließ auf der Stelle nach. ›Reinige mich – reinige mich restlos!‹, und ich schien zu schimmern und mein eigenes Fleisch zu verlassen. Ich konnte meinen Leib vor mir liegen sehen, und ich beschloß, mein eigener Anatom zu sein. Doch ich brauchte kein Messer; ich erzwang es durch Willenskraft, und es geschah – mein Leib wurde aufgeschnitten. Da, tief in den Eingeweiden, saß der nagende Fötus. Er drehte den leichenweißen, dickadrigen Kopf, und dann zischte er und spuckte, als wäre er entsetzt von meinem Blick. Und vielleicht zu recht, denn ich hatte noch nie ein Ding gesehen, das ich so haßte. Ich riß es heraus, blutig und ungeformt, und hörte dabei wildes Schreien, das nicht mein eigenes war, und ich fand mich wieder in der Hülle meines eigenen Fleisches. Doch wieder hörte ich den Schrei, und wieder war es nicht mein eigener.

Und dann verklang er, und da war nur noch Stille, und dann, sehr bald, nicht einmal mehr das.

Worin mehrere langersehnte Ziele erreicht werden

Endlich erwachte ich wieder und spürte die Sonne auf meinem Gesicht. Ich blinzelte mühsam. Der Himmel zeigte sich sengend blau, weiter unten breiteten sich die Bäume in lebhaften Grüntönen aus. Vom Schnee gab es keine Spur mehr. Ungläubig blinzelte ich noch einmal. Wie viele Tage, wie viele Monate mochten vergangen sein?

Ich stand auf, und dabei spürte ich, daß meine Kleider durchnäßt waren. Ich schüttelte meinen dicken Mantel ab und fuhr mit den Fingern zwischen meine Schenkel, die feucht und klebrig vor Blut waren. Ich runzelte die Stirn. Wie war das möglich, falls wirklich Sommer war, daß das Blut noch frisch war? Ich sah mich um. Da war noch mehr Blut, in Pfützen zwischen den Felsen, und ich konnte sehen, daß es mit Gallertbrocken durchsetzt war, und dann fand ich hinter mir eine dicke Spur von dem gleichen Zeug. Sie führte zu einem Hügel aus irgendeiner Masse – als ob eine Kreatur, unter dem Schleim verborgen, vergebens versucht hätte, sich wegkriechend davon zu befreien. Ich ging zu dem Hügel hinüber... stieß ihn mit der Zehe an. Und dann glaubte ich mich vor Ekel übergeben zu müssen – denn der Hügel, konnte ich nun sehen, war ein kleines Kind gewesen.

Ich atmete tief durch und drehte den Leichnam um. Wieder spürte ich, als ich hinunterschaute, einen Brechreiz. Denn das Ding schien weniger ein Kind als ein Homunkulus zu sein, ein kleines, vollkommen ausgeformtes Ungeheuer, mit messerscharfen Zähnen in einer beleckenden Grimasse und einem Gesicht, das selbst in der Totenstarre die widerlichste Grausamkeit und Gier auszudrücken schien. Ich erinnerte mich sofort, wo ich solche Gesichter schon gesehen hatte – in der Dunkelheit der Keller von Wolverton Hall –, und ich richtete ein Dankgebet zum Himmel, daß das Ding vor meinen Füßen nun niemals ihre Reihen verstärken würde.

Ich kniete neben ihm nieder und streckte meine Finger aus. Das Blut, das die Kreatur umhüllte, sickerte unter meiner Berührung, und im selben Augenblick schienen die Luft aufzuleuchten und die Berge zu pulsieren. *›Das Blut ist das Leben.‹* Ich berührte einen Finger mit der Zungenspitze. Sogleich wurde die Helligkeit noch brennender, und ich spürte sie liebkosend durch meine Gedanken rieseln. Mir wurde klar, daß ich mir, wenn ich es nur wünschte, ihre Macht zu eigen machen könnte. Aber ich erinnerte mich auch an die Mahnung des Wanderers, sein Geschenk nicht zu verschwenderisch einzusetzen, und so erhob ich mich und spürte, wie die Helligkeit allmählich schwand. Ich ging zu meinen Pelzen zurück und zog unter ihnen die Kürbisflasche und die Beutel mit Essen vor. Ich packte soviel wie möglich in einen der zwei Beutel um, dann füllte ich die Flasche aus den Blutpfützen und legte den Fötus in den leeren Beutel. Als das erledigt war, wandte ich mich um und begann den Abstieg, den wunderbaren grünen Bäumen und einem fernen silbernen Bach entgegen. Ich verspürte eine seltsame, frohe Kraft in mir und bildete mir ein, während ich dahinwanderte, daß meine Adern mit Licht gefüllt seien.

Bald traf ich auf den Bach und folgte ihm durch Schluchten und über riesige Felsen. Ich erinnerte mich von meinem Weg flußauf, daß ein Indianerdorf am Fuß der Berge gelegen hatte, und als ich dorthin kam, gelang es mir, frische Nahrung und ein Boot zu stehlen. Danach kam ich schnell voran – glücklicherweise, wie sich herausstellte, denn ich traf weder auf andere Siedlungen noch überhaupt auf Indianer. Es gab Rodungen, gewiß, aber sie waren alle überwuchert, der Boden oft verkohlt, und allmählich fragte ich mich wieder, wieviel Zeit vergangen sein könnte.

Eines Abends sah ich zu meinem Erstaunen einen Staketenzaun vor mir auf dem Ufer und dahinter die ausgebrannten Ruinen von Blockhäusern. Ich legte an und schlenderte durch die verlassenen Straßen. Genauso wie die Rodungen waren sie verkohlt und überwuchert, und dennoch war ich mir sicher, daß wir auf unserem Weg flußaufwärts nie an diesem Fort vorbeigekommen waren. Denn in den Wäldern hatte außer Indianern niemand gelebt.

Ich war nun nicht mehr weit von der Stelle entfernt, von der aus der Bluttrinker und ich in die Berge aufgebrochen waren. Es überraschte mich nicht, als ich dort ankam, den Ort ebenso verlassen wie alle anderen Siedlungen vorzufinden. Inzwischen war es spät geworden, und so machte ich mein Kanu fest und bereitete mich für die Nacht vor. Aber ehe ich mich hinlegte, band ich den Beutel auf und legte ihn geöffnet auf den Ufersaum. Eine leichte Brise raschelte durchs Gras. Ich hoffte, sie würde den Duft davontragen.

Die Rothaut kam in tiefer Nacht zu mir. Ich erwachte plötzlich und fand ihn, wie schon einmal, an meiner Seite sitzend vor, während er auf mich herabstarrte. ›Ihr habt ihn also getroffen‹, murmelte er. ›Ihr habt Ketan getroffen?‹

Ich erhob mich halb und zeigte auf den Beutel.

›Es ist lange her, seit ich Euch im Schnee allein ließ.‹

›Wie lange?‹ flüsterte ich.

Er schaute sich nach allen Seiten um. ›Seit damals‹, murmelte er, ›sind zwölf Winter vergangen. Und mit diesen Wintern sind auch andere Dinge vergangen.‹ Er hob eine Handvoll Staub auf und streute ihn in den Wind. Er betrachtete den Fluß, der vom Schmutz gesprenkelt war, und murmelte seltsame Worte, die ich nicht verstand. Dann blickte er wieder zu mir auf. ›Für immer und ewig‹, flüsterte er, ›muß ich es zu mir selbst sagen, wenn ich in meiner eigenen Sprache verstanden werden soll.‹ Er schwieg einen Moment. ›Nun wünsche ich, ich wäre mit Euch gegangen, Ketan zu treffen.‹

Ich verriet ihm nicht, was der Wanderer mir über die Zukunft seiner Rasse gesagt hatte, griff aber nach dem Beutel und reichte ihn ihm. ›Kostet davon‹, forderte ich ihn auf.

Er blickte mich zweifelnd an. ›Warum?‹

Ich erklärte ihm das geheime Wesen seiner Macht.

›Es riecht faulig‹, murmelte er. Aber er tauchte dennoch den Finger in das Blut...«

Lovelaces Stimme schien sich plötzlich in ein Lächeln aufzulösen. Er nahm den Beutel, den er auf das Bett gelegt hatte, und stellte ihn statt dessen auf seinen Schoß. Dann beugte er sich vor und kniff die Augen zusammen. »Der Geschmack, Mylord, bewirkte, daß er zu würgen begann. Er grinste mich vor jähem Schmerz und Zweifel an, dann stöhnte er, taumelte und stürzte vor meinen Füßen hin. Dabei kratzte er die ganze Zeit an seiner Kehle, als wolle er sie aufreißen und im Wind kühlen.«

»Wirklich?« Lord Rochester warf einen Blick auf den Beutel. »Wäre Blut nicht vielleicht ein einfacheres Mittel gewesen?«

»Natürlich probierte ich diese – blutigere – Alternative

aus.« Lovelace zuckte die Achseln. »Was die Rothaut für mich getan hatte, tat ich nun meinerseits, indem ich mein Handgelenk ritzte und an seine Lippen preßte. Doch er brauchte mehr. Er konnte mir ins Ohr keuchen, solange er noch Herr seiner Sinne war, daß wenige Meilen flußabwärts ein Fort liege. Dann kamen seine Krämpfe wieder.«

»Es ist Euch gelungen, die Medizin zu entdecken?«

»Ich machte einen Vorrat ausfindig. Doch es kostete viel Zeit, und als ich zu der Stelle zurückkehrte, wo ich die Rothaut im Boot gelassen hatte, schien das Fieber so stark, daß ich mir sicher war, er würde ... sterben.«

Das letzte Wort schien in der Luft zu schweben, und Lord Rochester blickte wieder auf den Beutel. Dann schüttelte er plötzlich den Kopf und grinste höhnisch. »Er starb aber nicht, oder, Lovelace? Am Ende starb er doch nicht? Denn er war unsterblich – ein Bluttrinker. Er hätte nie sterben können.«

»Das könnt Ihr nicht wissen, Mylord. Ich sah seine Zukkungen und seine Übelkeit mit eigenen Augen. Hätte ich ihm nicht rechtzeitig frisches Blut gebracht, dann, ja, dann wäre er gestorben.«

Lord Rochester lachte verächtlich. »Und auf diese Behauptung, Lovelace, stützen sich Eure Prahlereien?«

»Diese Behauptung, Mylord – und was ich hier in diesem Beutel habe.« Er hob ihn hoch und küßte ihn sehr zart. Dann legte er ihn wieder neben seine Füße. »Denn ich brauche Euch nicht zu sagen, welches Geheimnis er enthält.«

»In einem Punkt hat Euer Wilder gewiß recht – es stinkt nach Fäulnis.«

Lovelace lachte spöttisch. »Ihr seid also nicht versucht, seine anderen Wirkungen zu erproben?«

»Aber ja, Lovelace, ganz gewiß, wenn Ihr Euch nur dafür verbürgt, daß Ihr irgend jemanden von meiner Art durch einen Schluck davon habt sterben sehen.«

»Ich habe Euch berichtet, Mylord, daß die Rothaut überlebte, und trotz alledem kann ich schwören, daß eine Probe Euch vernichten wird.«

»Wie könnt Ihr das wissen?«

»Auch wenn das Gift allein sich nicht als tödlich erweisen würde ... nun«, Lovelace zuckte die Achseln, »es gibt auch andere Möglichkeiten.«

»Und wenigstens für diese Möglichkeiten könnt Ihr bürgen?«

»In der Tat, Mylord. Doch Geduld.« Lovelace hielt eine Hand hoch. »Denn ich bin mit meiner Geschichte noch nicht fertig.«

»Also gut.« Lord Rochester ließ sich wieder in die Kissen sinken. »Wir haben alle Zeit der Welt. Fahrt fort. Ihr habt zuletzt gesagt, glaube ich, daß die Rothaut nicht starb?«

»Nein, er starb nicht.« Ein Lächeln schimmerte schwach über Lovelaces Lippen. »Denn vergeßt nicht, Mylord, daß er nur durch eine winzige Kostprobe vergiftet war – und mit einem Siedler frisch aus dem Fort, an dem er sich stärken konnte, war bald für Genesung gesorgt. Schließlich stand er auf und machte frisches Blut ausfindig, und ich sagte ihm, während er sich nährte, daß ich am folgenden Tag aufbrechen wollte, da ich begierig darauf war, sofort nach England und zu Mylady zurückzukehren. Die Rothaut nickte, ermahnte mich dann aber, vorsichtig zu sein, da noch immer Männer unterwegs seien, die mich jagten. Als ich ihn fragte, was er meine, antwortete er, ein Mann aus New York sei vor kurzem zu dem Fort gereist und habe sich erkundigt, ob jemand mich gesehen habe oder von meinem Schicksal wisse. Diese Neuigkeit verwirrte mich, denn ich konnte mir nicht denken, welches Interesse es für einen solchen Mann haben konnte, daß vor über zehn Jahren in Marblehead ein Mord begangen worden war. Ich fragte die Rothaut, wohin der New Yorker gegangen sei. Die Rothaut lächelte. Er stand von seinem Mahl auf und führte mich ein kurzes Stück vom Fluß fort zu einer Straße. Auf der anderen Seite, im Schutze einer Höhle, zeigte er auf eine Leiche. ›Da‹. Die Rothaut lächelte. ›Er wird Euch nicht mehr finden.‹

Ich beugte mich zu der Leiche hinab. Um den Hals des Mannes hing eine Ledertasche, dick mit Schimmel überzogen, aber noch erhalten. Ich löste sie. Darin fand ich einen Bogen Papier, gefaltet und versiegelt. Doch als ich den Brief aufbrach, mußte ich feststellen, daß die Tinte verlaufen und vor Feuchtigkeit verblaßt war. Ich ließ den Brief fallen und fühlte noch einmal die Tasche ab. Bis auf einen Ring fand sich nichts anderes darin. Ich holte ihn vor und hielt ihn ans Licht; da verkrampfte sich mir vor Staunen der Magen. Mein erster Gedanke war, daß ich mich irren müsse – doch während ich ihn noch ein zweites Mal ans Licht hielt, wußte ich, daß dem nicht so war, denn die Bedeutung eines Rings vergeht nicht so leicht wie Tinte. Er leuchtete noch so hell wie damals, als ich ihn gesehen hatte, gesehen und geküßt an Myladys Finger.«

Bei der unerwarteten Erwähnung des Namens fuhr Lord Rochester zusammen. »Und sonst fand sich kein Hinweis bei der Leiche«, fragte er stirnrunzelnd, »welchen Auftrag der Bursche gehabt haben könnte?«

»Nichts außer dem Ring und dem Siegel am Brief.«

»Was habt Ihr dann gemacht?«

»Was meint Ihr wohl, Mylord? Ich ritt sofort nach New York.«

»Und was habt Ihr dort entdeckt?«

»Daß es zu meiner Erleichterung ein Klacks von Stadt war. Ich hatte starke Prahlereien darüber gehört und befürchtet, es werde sich als große Metropole erweisen. Doch es gab nur einige wenige Straßen mit hübschen Häusern, ganz ähnlich anzusehen wie in Amsterdam, an der Spitze einer Insel oder eines Felsens zusammengedrängt. In einem so kleinen Ort war es keine schwierige Aufgabe, das Siegel identifizieren zu lassen. Binnen einer Stunde nach meiner Ankunft in New York kannte ich den Namen der Leiche, die es getragen hatte – und hatte darüber hinaus Zutritt in sein Haus erhalten. Er war Holländer gewesen, stellte ich fest, erst zwanzig Jahre alt, der Sohn reicher Eltern, die von seinem Schicksal ungerührt schienen. Er war weggelaufen, erzählten sie mir, um mit seiner Hure zusammenzuleben, und sie hatten beschlossen, daß sie von ihm nichts mehr sehen oder hören wollten. Sie wußten weder, was er in den fernen Wäldern des Nordens gesucht, noch warum er sich für mich interessiert haben könnte. Als ich sie fragte, wo ich seine Geliebte finden könnte, schauderten sie und wurden allein wegen der Frage ungehalten. Doch als ich das Haus verließ, lief mir eine hübsche junge Bedienstete nach. Sie war in Tränen. ›Auf Long Island‹, flüsterte sie, ›hinter dem Dorf Breuckelen. Ein Bauernhof mit Pfirsichbäumen. Dort wohnt seine Geliebte.‹

Noch am selben Abend begab ich mich auf die Fähre nach Long Island. Die Tageshitze hing noch in der Luft, und die Sterne prickelten wie silberne Schweißtröpfchen. Sie warfen ein gespenstisches Licht, als ich durch Breuckelen wanderte und dann, an einer kleinen, häßlichen Kirche vorbei, auf ein Feld mit übervollen Pfirsichbäumen. Ich eilte zwischen ihren Schatten durch. Plötzlich sah ich vor mir den Umriß eines Gebäudes, vor dem anscheinend eine weite Rasenfläche lag. Ich ging langsamer weiter, denn ich konnte nun Stimmen murmeln hören. Ich blieb stehen. Im selben Augenblick hörte ich leises, weiches Lachen, und ich wußte, daß es Mylady war. Ich schlich wieder weiter und blickte über den Rasen.

Sie stand da und drückte einem jungen Mann die Hände. Sie küßte ihn sehnsüchtig. Dann trat sie zurück und löste die Schließe ihrer Halskette. Ich erkannte die Kette sofort: wir hatten sie einst zusammen auf einem Jahrmarkt in London gekauft. ›Und wenn du ihm begegnest‹, wies sie den jungen Mann an, ›vergiß nicht, ihm dies zu geben.‹ Sie reichte ihm die Kette. ›Denn erst dann wird er wissen, daß du wirklich von mir kommst.‹ Sie küßte ihn noch einmal und schickte sich an zu gehen. Aber der junge Mann taumelte ihr nach, und ich bemerkte zum erstenmal, wie abgezehrt er wirkte, wie bleich und gehetzt. ›Bitte!‹ flehte er sie an. ›Nur einen noch – einen letzten Kuß!‹ Aber Mylady schüttelte den Kopf und stieß ihn spielerisch mit dem Fächer fort. ›Nur wenn du mir Lovelace bringst‹, flüsterte sie. Sie lächelte. ›Geh jetzt.‹ Der junge Mann stieß etwas hervor. Dann verneigte er sich plötzlich, wandte sich um und floh. Mylady sah ihn wegrennen. Dann trat sie leise vor, um in die Nacht hinauszublikken: auf die fernen glitzernden Lichter von New York und die unermeßliche und leere Dunkelheit jenseits der Stadt.

Ich lächelte für mich, und indem ich ihren Ring vorholte, trat ich zwischen den Bäumen hervor und warf ihn so, daß er einen Bogen über ihren Kopf beschrieb und direkt vor ihr ins Gras fiel. Sie erstarrte, trat einen Schritt vor und hob den Ring auf. Sie betrachtete ihn kurz, dann wandte sie sich mit großen Augen um. Wieder stand sie reglos, dann lachte sie erstickt. ›Lovelace!‹ Ich trat vor. ›Lovelace.‹

Ich streckte die Arme nach ihr aus, ihre Lippen trafen sich mit meinen. Ich hielt sie, fühlte sie, die weichen Linien ihres Körpers. Noch immer lachte sie, sogar durch unsere Küsse, und schluchzte auch, und ich machte mich endlich los, um ihr die Tränen von den Wangen zu wischen. Sie blinzelte zu mir auf. Ich konnte die Muster unzähliger verschiedener Empfindungen über ihr Gesicht ziehen sehen. ›Wie unverändert du erscheinst‹, sagte sie schließlich. Sie lachte wieder und schüttelte dann den Kopf. ›Wie ist das möglich, Lovelace‹, flüsterte sie, während sie den Arm reckte, um mein Haar zu streicheln, ›daß du noch so jugendlich und schön bist wie damals, als ich dich zum letztenmal sah?‹

Ich schaute sie an. Das Haar voll und schwarz, die Lippen sehr weich, die Augen lieblicher als das glänzendste Gold. ›Ihr auch, Mylady‹, flüsterte ich ihr ins Ohr. ›Auch Ihr seid unverändert.‹

›Ja, Lovelace‹, antwortete sie, ›aber du weißt, was ich bin.‹

Ich starrte in ihre Augen, dann blickte ich über ihre Schulter in die Dunkelheit hinter ihr. ›Ich habe viele Wunder gesehen‹, murmelte ich nach einer Weile. ›Viele merkwürdige Kräfte erworben.‹

Sie nickte zögernd. ›Soviel scheint wenigstens klar.‹

Ich lächelte. ›Jetzt gehören sie Euch, Mylady.‹ Dann versuchte ich, sie vom Rasen zur Haustür zu führen, aber sie wollte nicht mitkommen und nahm mich statt dessen wieder in die Arme. Ihre Augen glänzten, während sie prüfend mein Gesicht betrachtete, aber sie wirkte gleichzeitig verwirrt.

›Was quält Euch?‹ fragte ich.

›Ich muß wissen, was geschehen ist. Ich muß Gewißheit haben, daß du es bist.‹

›Wieso?‹ Ich zuckte die Achseln. ›Wer sollte ich sonst wohl sein?‹

›Ich weiß nicht.‹ Sie lächelte verkniffen. ›Und doch war ich mir sicher, süßer Lovelace, sicher, daß du tot bist.‹

Ich warf einen Blick auf den Ring, den sie wieder auf den Finger gesteckt hatte. ›Waren diejenigen, die mich finden sollten, auch davon überzeugt?‹

Mylady warf die Haare zurück, als wäre sie ungehalten über die Frage. ›Natürlich nicht. Denn ich bin immer, wie du weißt, eine zärtliche Geliebte gewesen. Bedenke doch nur, Lovelace – es wäre eine größere Grausamkeit gewesen, wenn ich sie bei mir behalten hätte. Denn dann wären sie in tiefsten Wahnsinn gesunken, während ihre Liebe sozusagen bloß zu eitern begonnen hätte.‹

Ich lächelte, nahm ihren Arm, und diesmal führte ich sie zum Haus. ›Dennoch hättet Ihr Euch viel Kummer und

Euren Liebhabern viel Umherschweifen erspart, wenn Ihr damals auf der *Treuer Pilger* mitgekommen wärt.‹

Ich spürte, wie Mylady zusammenfuhr. ›Du kannst doch nicht glauben‹, flüsterte sie, ›daß ich wußte, wohin du verschwunden warst.‹

Ich runzelte die Stirn. ›Das hat Lightborn mir gesagt.‹

›Dann log Lightborn. Wie er auch mich belogen hat.‹

Ich blieb stehen und wandte mich zur Seite, um sie anzusehen. ›Aber‹, fragte ich zögernd, ›was hat er gesagt?‹

›Daß du sterben würdest, wenn wir nicht frische Mumia fänden. Wir waren uns einig, daß wir das Getränk nur im Haus der Marquise finden würden. Deshalb begab ich mich sofort nach Mortlake, als wir angelegt hatten.‹

›Ihr hättet besser, glaube ich, in Lightborns eigener Truhe nachgeschaut.‹ Ich lachte. ›Aber wenigstens war er kein solcher Schurke, mir die Flasche vorzuenthalten. Und er muß Euch auch bei Eurer Rückkehr mitgeteilt haben, wohin ich gegangen bin.‹

›Er wollte nicht, daß ich dich fände. Er sagte nur, daß du in eine Neue Welt aufgebrochen seist.‹

›Ach ja?‹ murmelte ich leise. Ich faßte an meinen Leib. Dann griff ich unwillkürlich hinauf, um den Beutel über meiner Schulter zu berühren. ›Dann hat er Euch wenigstens so weit die Wahrheit gesagt.‹

Myladys Blick war der Bewegung meiner Hand gefolgt. Sie blickte auf meinen Bauch und strich sehr zärtlich mit einer Fingerspitze darüber. ›Wie?‹ flüsterte sie. Ihr Gesicht wirkte plötzlich raubtierhaft und eifrig, ihr Blick so verzweifelt wie schon einmal in Prag, als sie zum erstenmal beobachtete, wie das geheime Buch gelesen wurde. Ich packte ihre Handgelenke. ›Wir werden genug Zeit haben‹, flüsterte ich, ›für das alles – was auch immer Ihr noch zu begehren scheint. Aber zuerst, Mylady‹, ich strich mit ihrer Hand über meine Wange, ›haben wir noch anderes hinter uns zu bringen.‹

Fast schien sie zurückzuzucken, und ich spürte, wie sie sich steif machte. Dann küßte ich sie grob, indem ich meinen Mund auf ihre Lippen drückte, und riß sie in die Arme, hoffend, den sonderbaren Widerstand aus ihr herauszupressen. Die Spannung ihres Körpers ließ allmählich nach, und ihre Küsse wurden plötzlich so durstig wie zuvor. Ich fühlte ihre Zähne in meine Lippen beißen; sie leckte das Blut ab und stöhnte, den Kopf in den Nacken geworfen, die brennenden Augen halb geschlossen. Sie drückte sich fester an mich, so daß ich taumelte und stürzte.

Ich mußte lachen und packte sie wieder an den Handgelenken. Dann nahm ich sie in die Arme. Ich stieg die Treppe hinauf und fand auf dem Gang an ihrem oberen Ende eine offene Tür, durch die ich eintrat. Es gab kein Bett, doch auf dem Boden waren Kissen verteilt, wie es Mylady schon immer gefallen hatte, und ein Balkon ließ die Sommernacht herein. Ich bettete Mylady auf die Kissen am Balkon.

›Nein‹, hörte ich sie leise stöhnen, dann küßte sie mich wieder. Ich begann, ihre Kehle zu küssen, dann hinunter, zu der vollkommenen Rundung ihrer Brüste. Ich riß ihr Mieder auf. Mylady zitterte, als ich ihr Kleid herunterzog und über die Arme streifte. Dann ließ ich meine Hand unter ihren Röcken hinaufwandern. Sofort schienen die Muskeln ihrer Schenkel wieder zu erstarren. ›Nein‹, sagte sie plötzlich, ›Lovelace, nein, noch nicht.‹ Rasch setzte sie sich auf und zog ihr Kleid hoch, um die nackten Brüste zu verhüllen.

Na ja, Mylord...« Lovelace schnaubte, dann zuckte er die Achseln. »Was sollte ich davon halten? Natürlich starrte ich sie völlig verdutzt an und ließ meine Hände auf der Wölbung ihrer Schenkel liegen. Dann fragte ich sie sehr eisig, welche Tugend sie wohl noch zu besitzen glaube. Sie gab keine Antwort, sondern lachte verzweifelt und zog die zierlichen Schultern hoch. Also erforschten meine Hände noch ein wenig weiter ihre Schenkel, und dann hielt ich ihr vor, daß es einem Geschöpf wie ihr, so herangereift mit Blut und Todsünde, schlecht anstehe, die spröde Verführerin zu spielen.«

»Und was erwiderte sie auf diesen beredten Einspruch?«

»Sie beharrte darauf, daß ich meine Hände sofort von ihren Schenkeln nähme.«

»Und Ihr habt den Befehl befolgt?«

»Ich bin immer Gentleman, Mylord. Aber ich tat es widerstrebend.«

»Und dann?«

»Sie erinnerte mich an mein Versprechen, daß alle meine neugefundenen Kräfte die ihren sein könnten. Ich starrte sie noch verblüffter an als zuvor. ›Wie Ihr wünscht‹, sagte ich kalt. ›Denn ich, Mylady, ziehe es vor, meine Gelübde zu halten.‹ Ich packte sie an den Haaren und griff zu meinem Beutel. Ich band ihn auf und hielt Myladys Kopf dicht darüber, damit sie den Inhalt besser sehen konnte. Sie atmete tief ein, dann schloß sie die Augen. ›Noch nie habe ich einen so giftigen Gestank gerochen‹, sagte sie schließlich. ›Was muß ich tun? An den Wunden saugen?‹

›Ihr könnt nichts tun‹, antwortete ich ihr. ›Eine Kostprobe davon würde Euch töten.‹

Sie runzelte die Stirn. ›Ich verstehe nicht.‹

›Sagt mir, was Ihr wünscht. Ich werde es Euch dann verschaffen.‹

›Nein.‹ Sie lächelte, aber es war mit einemmal ein leises Lächeln voller Verzweiflung. ›Nein, das ist nicht möglich.‹

›Ich versichere Euch, daß es, wenn Ihr seine Macht wollt, nicht nur möglich ist, sondern Eure einzige Chance. Riecht noch einmal daran.‹ Ich hielt Mylady den Beutel dicht vors Gesicht und schilderte dann, wie die Rothaut beinahe gestorben wäre, als sie davon kostete.

Mylady, der das nackte Elend im Gesicht stand, wandte sich ab. Lange blickte sie in die Nacht, und ich dachte, während ich ihr Profil betrachtete – trotz aller Enttäuschung und Wut, die ich empfand –, wie wunderschön sie selbst im Unglück schien. Ich streckte die Hand aus, sanft nun, um ihren Arm zu berühren. ›Was ist es?‹ flüsterte ich. ›Was ist es, was Ihr braucht?‹

Noch immer wich sie meinem Blick aus. ›Ich hatte gehofft‹, murmelte sie, ›daß du es nach der Anwendung des Buches nie zu erfahren brauchtest.‹

›Das Buch ist vernichtet.‹

Sie lachte voll bitterer Ironie. ›Wirklich?‹ Endlich sah sie mir ins Gesicht. ›Weißt du, warum ich dich wegen des Buches betrog?‹ fragte sie plötzlich. ›Warum ich meinen Pakt mit der Marquise nie aufdeckte?‹

›Ja.‹ Ich nickte. ›Lightborn hat es mir erzählt.‹

›Aber ganz gewiß nicht alles.‹

Mir war, als führe ein eisiger Finger an meinem Rückgrat hinab. ›Wie meint Ihr das?‹

Sie lächelte wieder, das gleiche verzerrte Lächeln wie zuvor. ›Ich hatte die stolzen Prahlereien der Marquise geglaubt, verstehst du, geglaubt und auf sie vertraut, als sie behauptete, die geheimen Kräfte des Buchs zu beherrschen. Denn ich hatte bereits entdeckt, Lovelace, daß ich selbst über diese Meisterschaft nicht verfügte.‹

Ich starrte sie verwirrt an. ›Ihr hattet es bereits herausgefunden?‹

Sie nickte kleinmütig. ›Vor vielen Jahren. Damals in Mortlake, als ich Lightborn das Leben rettete.‹ Sie schwieg eine Weile. Abwesend begann sie, die Rundung ihrer Brüste nachzuziehen. ›Denn ich habe dir schon berichtet, wie Lightborn mich aus dem Bordell holte, um mich als Schauspielerin in seinen Maskenspielen auftreten zu lassen. Bis dahin war es die Wahrheit. Und doch, süßer Lovelace, habe ich dir nicht alles erzählt.‹«

Lovelace schwieg. Auch sein eigenes Lächeln wirkte

plötzlich verzerrt und merkwürdig. »Natürlich«, fuhr er schließlich fort, »bat ich sie zu offenbaren, was diese versteckte Wahrheit gewesen sei. Sie antwortete mir, daß sie auch Bühnenschauspielerin gewesen sei – daß Lightborn nicht nur Maskenspiele geschrieben habe, sondern auch Theaterstücke.« Wieder hielt Lovelace inne. Aufmerksam betrachtete er Lord Rochester aus dem Augenwinkel. »Um sich zu den Schauspielern zu gesellen, hatte er sie ausgewählt – den Schauspielern, Mylord, durchaus nicht den Schauspielerinnen.«

Wie bei einer Schlange, die aus dem Schlummer eines heißen Tages erwacht, bewegten sich Lord Rochesters Lippen und zuckten sehr schwach. »Wie bitte?« fragte er mit ausgesuchter Höflichkeit.

»Ihr habt ganz recht gehört, Mylord.«

Plötzlich begann Lord Rochester zu lachen. »Natürlich«, flüsterte er spöttisch zischend. »Es gab ja keine Schauspielerinnen – keine Mädchen auf der Bühne – nicht vor der Regierung unseres verfickten Königs. Natürlich. *Natürlich!*« Wieder begann er zu lachen, und als er einen Blick auf Lovelace warf, mußte er um so mehr lachen, bis ihm Tränen über die gefurchten, welken Wangen rannen. Lovelace dagegen lehnte sich auf dem Stuhl zurück und machte viel Aufhebens von der Untersuchung seiner Fingernägel. »Ich freue mich, Mylord«, murmelte er endlich, »daß Euer Verfall das angenehme Wesen Eures Witzes nicht beeinträchtigt hat.«

Lord Rochester grinste. »Ihr wollt mir doch gewiß nicht das Vergnügen versagen, über Euch zu lachen, Lovelace, und Euch gehörig zu verhöhnen? Und doch hätte der Spaß in Wahrheit noch lustiger sein können. Gewiß hätte ich, um für mich zu sprechen, lieber eine Geliebte, die sich als Knabe erweist, als daß ich gleich manchen Narren einer Geliebten gestatten würde, Eheweib zu werden. Euer Irrtum war zumindest weniger ungeheuerlich als das.«

»Ihr seid ein tiefsinniger und gelehrter Moralist, Mylord, und liegt mit Eurem Urteil natürlich vollkommen richtig. Ich bedauerte nichts.« Lovelace zuckte die Achseln. »Denn auch als Knabe war Mylady immer noch die hübscheste Frau, die ich jemals kennenlernte.«

»Ihre Brüste, Sir.« Rochester beugte sich vor. »Verdammt, Sir, ihre Brüste. Wie zum Teufel ist sie zu denen gekommen?«

»Wie ich wohl erwähnte, streichelte sie sie in dem Augenblick, als sie mir die Augen öffnete, weshalb ich selbst nicht ohne Interesse war, diese Frage zu lösen. Und dabei hatte sie mir die Antwort natürlich selbst schon gegeben.«

»Das Buch?«

»Ganz recht.«

»Doch wie war sie geschehen – die Verwandlung?«

»Ihr werdet Euch vielleicht erinnern, daß Pater Tadeus sich, als er nach Wolverton Hall kam, den falschen Namen Faustus zugelegt hatte?«

»Ja.« Lord Rochester runzelte die Stirn. »Aber ich verstehe nicht...«

»Es gibt ein Theaterstück mit demselben Namen. Vielleicht, Mylord, habt Ihr es selbst gesehen? Dann werdet Ihr Euch erinnern, daß Faustus ein Gelehrter ist, der seine Seele dem Teufel verkauft und dafür große Kräfte erhält. Ein anregender Einfall. Ich bin mir sicher, daß Ihr zustimmen werdet – besonders wenn Ihr erfahrt, wie es geschrieben wurde...«

»Wirklich?«

»Der Autor, Mylord, war kein anderer als Lightborn – zu einer Zeit, als er sich noch Marlowe nannte. Ob es die Obsession war, die er in Mylady geweckt hatte, oder ob ihre Gedanken sich irgendwie vermengt hatten, kann ich nicht sagen; aber als Mylady das Buch las – während Lightborn sterbend auf dem Boden neben ihr lag –, fand sie, daß ihr die Welt, die sie aufgetan hatte, aus den Händen glitt. Sie konnte ihre Muster reinen Lichts sehen, nicht so stark und mächtig wie jene, die wir in Prag fanden, aber dennoch vorhanden, und Lightborn – Marlowe – noch immer auf dem Boden zusammengekrümmt, vom Strom einer der Linien übergossen. Mylady ging zu ihm, nur war sie natürlich noch nicht Mylady, sondern trotz ihres Kleids und der Lockenfülle noch immer ein Knabe. Sie – er – kniete an Marlowes Seite. Marlowe drehte sich um und grinste ihn grausig an. Dabei schien das Fleisch von seinem Gesicht zu welken. ›Süße Helen‹, flüsterte er. Im selben Moment bildete sich der Junge cin, auf einer Bühne zu knien, und allein der Gedanke genügte, daß es ihm in Wirklichkeit so erschien. Er bildete sich ein, er wäre gekleidet wie so oft, wenn er die Rolle der Helena von Troja gespielt hatte, die von dem lüsternen Faustus aus der Unterwelt heraufbeschworen wurde, um mit Lust die Angst vor der Verdammnis zu versüßen. ›Süße Helen‹, flüsterte Marlowe noch einmal. Sein Grinsen ähnelte nun immer stärker dem eines Totenschädels, denn das Zahnfleisch war völlig weggefault, und die wenigen Fleischfetzen näßten und stanken auf dem Knochen. ›Süße Helen...‹, röchelte er zum drittenmal. Er hielt inne, während seine Augen blind in ihren nackten Höhlen rollten. Dann flüsterte er wie mit dem letzten Atemzug. ›Mach mich unsterblich... unsterblich mit einem Kuß...‹

Der Junge beugte sich vor. Als seine Lippen die Zähne in Marlowes Schädel streiften, begann der Lichtstrom zu zittern und zu brechen, und seine Reinheit löste sich in Myriaden von Farben auf, die sich vor dem staunenden Blick des Jungen verschoben und verwandelten, und er bemerkte, daß sie sich mit den Mustern seiner Gedanken veränderten. Er versuchte, Marlowe damit zu liebkosen, um ihn ins Leben zurückzurufen. Sofort begannen die Lichtbündel, sich von ihm weg in unendlichen Doppelwindungen zu drehen. Irgendwie spürte der Junge, daß er sie seinem Willen beugen sollte. ›*Süße Helen, mach mich unsterblich mit einem Kuß.*‹ Er tat es. Wie er es im Geiste sah, so geschah es vor seinen Augen. Das Fleisch bildete sich wieder auf Marlowes leblosem Schädel, die klaffende Wunde über der Augenhöhle heilte. Und dann verblaßte das Licht allmählich, als würde es auf Marlowes zurückkehrendem Atem verebben. Der Junge blinzelte und sah das Zimmer wieder und Dr. Dees Gesicht und wie der Doktor von Entsetzen und Ehrfurcht zugleich erfüllt schien. Auf dem Tisch stand ein Spiegel. Der Doktor nahm ihn und hielt ihn wortlos hoch. Der Knabe starrte in den Spiegel. Er schüttelte den Kopf – und dann schrie er ...«

»Er?«

Lovelace grinste. »*Er* nicht mehr. Und doch nicht, nicht ganz – mit Stumpf und Stiel – verzeiht das Wortspiel – eine *Sie.*«

»Und das war es also – ihr Schwanz –, wofür sie von Euch Hilfe wünschte?«

»Wer sollte ihr diesen Wunsch besser erfüllen als ich?«

Lord Rochester runzelte die Stirn. »Aber sie wünschte nicht, wieder ...«

»Ein Knabe zu sein? Nein«, Lovelace schüttelte den Kopf, »denn sie war viel zu lange fast eine Frau gewesen, um dies zu wünschen. Schließlich«, er zuckte die Achseln, »warum die Übung eines Jahrhunderts in Röcken wegwerfen?«

»Dann trauerte sie ihrem früheren Leben überhaupt nicht nach?«

»Nur in einer Hinsicht.«

Lord Rochester zog eine Braue hoch. »Ach ja?«

»Ja.« Das Grinsen lag noch auf Lovelaces Lippen, aber plötzlich war es bar jeder Fröhlichkeit. »Sie wünschte«, er zögerte, »wieder sterblich zu sein.«

»Wirklich?« Lord Rochester sprach das Wort ungeheuer langsam aus. Dann nickte er vor sich hin. »Und Euer Erfolg, Sir? Erzählt. Erzählt mir von Eurem Erfolg.«

Lovelace reckte sich und stand dann langsam auf. Er trat ans Fenster. Dort stand er lange vollkommen still und blickte in die Nacht hinaus. »Wunderbar«, flüsterte er endlich, ohne sich umzusehen. »Ich schluckte nicht mehr als einen Mundvoll von dem Blut des Fötus', und doch sah ich sofort die verborgenen Kraftlinien offengelegt und, draußen in der Nacht, Visionen von seltsamem, prächtigem Gehalt. Was vorher dunkel erschienen war, zeigte sich nun mit Lichtern übersät, und auf der Insel Manhattan, denn so weit konnte ich sehen, erhoben sich Türme von unglaublicher Schönheit und Höhe, die an den Himmel selbst zu stoßen schienen und mich mit großer Freude erfüllten, denn ich fühlte, während ich sie anblickte, merkwürdige Kräfte durch meine Seele fließen. Ich wandte mich ab von dem Entzücken über solche Visionen und wieder Mylady zu, und ich sah, wie ihre goldenen Augen zu leuchten schienen, als nähmen sie kommende Freuden vorweg. Was sie für Lightborn getan hatte, tat ich nun für sie: Ich streifte ihre Lippen mit einem magisch süßen Kuß. Dann fuhr ich mit meiner Hand über ihre Schenkel und weiter ... und diesmal – diesmal – rief sie nicht ›halt!‹«

Endlich drehte sich Lovelace um. »Ihr seht also, Mylord, daß alle Dinge möglich sind.«

»Dann ist Mylady ...«

»Sie ist jetzt sogar schwanger.« Er lachte mit plötzlichem Vergnügen. »Ja, Mylord, ja – sie trägt mein Kind.«

Lord Rochester nickte mit Staunen und Furcht in den Augen. Dann erhob er sich halb vom Bett und schluckte hart. »Und ihr anderer Wunsch?« flüsterte er. »Sterblich zu werden? Wurde der auch erfüllt?«

Lovelace schnaubte verächtlich. »Natürlich hätte ich ihn ihr mit Leichtigkeit erfüllen können – also habt bitte in dieser Hinsicht keine Ängste. Doch es war ihrer unwürdig, wie es jetzt Euer unwürdig ist, und so gab ich vor, wenigstens gegenüber Mylady, daß es nicht zu erreichen sei.« Er grinste.

Dann durchquerte er das Zimmer plötzlich mit schnellen, schwerelosen Schritten und setzte sich wieder auf seinen Stuhl, den er so nahe rückte, daß er leise in Lord Rochesters Ohr flüstern konnte. »Denn ich werde für die Reise durch die Ewigkeit einen Gefährten brauchen. Ich möchte Mylady nicht welk und häßlich werden lassen, Sir, wie Ihr.«

Lord Rochester lächelte kalt. »Ihr seid also entschlossen?«

»Unbedingt.« Lovelace lehnte sich zurück. »Denn was glaubt Ihr, warum ich Mylady sonst geschwängert hätte? Der Bastard wird dazu dienen, meine Jugend zu erhalten.«

Lord Rochesters Lächeln verging. »Und Mylady?«

»Was ist mit ihr?«

»Was meint sie?«

Lovelace zuckte die Achseln. »Sie möchte nicht, daß ich ein Bluttrinker werde, das ist richtig.« Wieder zuckte er die Achseln. »Aber warum sollte ich mich darum kümmern? Diese neue weibliche Weichheit bei ihr – vielleicht kommt sie von jener Weichheit, die ihr jüngst zwischen die Beine geschlitzt wurde. Doch aus welchem Grund auch immer – am Ende wird sie meine Entscheidung gelten lassen. Gott weiß«, er lachte, »sie wird genügend Jahrhunderte und mehr dafür haben.«

»Doch sie selbst möchte Euch nicht verwandeln?«

»Ich bin davon überzeugt, daß ich sie ... hätte überreden können. Aber nein, Mylord ...« Lovelace hob den Beutel auf und wiegte ihn in den Armen. »Ihr müßt es sein.«

»Warum?«

»Ihr seid der Erbe des Paschas.«

»Ihr versucht also noch immer, dies selbst zu werden, Sir?«

»Ich würde besser in die Rolle passen, Mylord, als Ihr.«

»Dann ist es noch immer Eure Absicht ...«

»Mit meinem großen Feind zu kämpfen? Ihn zu vernichten?« Lovelace nickte knapp. Das Gesicht plötzlich von wilder und tödlicher Leidenschaft verzerrt, beugte er sich vor. »Jeder Zoll Kraft, den ich habe«, zischte er, »jede Macht, jeder Gedanke sind jenem einzigen Ziel meiner Rache gewidmet. Ihr, Mylord, seid gescheitert; erlaubt mir also, Erfolg zu haben. Gebt mir, was ich wünsche, und ich ...«, er lächelte, »ich werde Euch sterben lassen.«

Nun legte er sehr behutsam den Beutel auf das Bett. Er schnürte ihn auf, um den Inhalt zu enthüllen. »Könnt Ihr es nicht atmen?« flüsterte er. »Den Duft Eures Erlöschens?« Er beugte sich tief über Lord Rochester. Dann legte er sich auf ihn und küßte ihn plötzlich, sehr fest. »So hätte ich Euch kennenlernen sollen«, murmelte, »vor vielen Jahren – als Eure Lippen vielleicht weniger verwelkt und trocken waren. Und dennoch, Mylord, ist Euer Zauber noch sehr groß.«

»Das fügt sich gut, daß Ihr so denkt«, antwortete Lord Rochester, »da alles, was ich habe und bin, bald Euer sein wird.« Er streckte die Hände nach Lovelaces Wangen aus und zog ihn wieder herab. Durch ihre Küsse begann er, an Lovelaces Hemd zu reißen und dann an der goldenen nackten Haut. Lovelace schrie auf, ein Schrei aus Ekstase und Schmerz zugleich. Er erschauerte, sein Körper bog sich, und er stöhnte sehr leise, als er sein eigenes Blut fühlte.

Lovelace drehte sich um, denn er spürte die Welt in die Flut seiner Wunden schmelzen, und er wünschte Symmetrie, sein eigenes ewiges Leben im Augenblick von Lord Rochesters Tod geboren. Er tauchte die Finger in den Beutel, dann saugte er an dem Blut. Er lachte leise, denn nun konnte er es fühlen: wußte, er würde Erfolg haben. Unter dem donnernden Dröhnen seines eigenen nackten Herzens beugte er sich wieder vor, um Lord Rochesters Lippen zu berühren. Einen Moment lang hörte er ein zweites Herz mit seinem eigenen klopfen, und dann begann der Klang zu schwinden, zu pulsieren und zu verebben, so daß am Ende Stille war und sonst nichts – unglaublich still, als ob das Universum selbst ins Nichts verblaßt, als ob die ganze Schöpfung mit dieser Stille gestorben wäre.

Und dann – endlich – aus der Tiefe dieser Stille: ein Pulsschlag wieder – das Klopfen eines Herzens.

Aber es war ein einzelnes jetzt: einzeln und allein.

Teil V

Fahr wohl, o Hoffnung,
Fahr wohl, o Furcht, und fahre wohl auch Reue!
Für mich ist alles Gute hier verloren,
Das Böse sei mein Gutes.

John Milton (1608–1674)
Das verlorene Paradies

Worin Lovelace die Beweise seiner Wandlung vorführt

»Der Nachmittag des ersten Mai. Ich hätte mir gewünscht, Mylady, Ihr wäret früher gekommen.«

Mylady lächelte mit eisiger Höflichkeit. »Hätte ich gewußt, wie sehr du nach den Freuden meiner Gesellschaft verlangst, Sir, wäre ich deinem Ruf noch schneller gefolgt.«

Lovelace grinste. »Ihr seid Euch sehr wohl bewußt, Mylady, wie ich jeden Moment dieser langen Monate, die Ihr nicht an meiner Seite wart, bedauere. Und es tut wirklich gut«, er öffnete den Kutschenschlag und stieg ein, »Euch wiederzusehen.« Er nahm sie in die Arme und küßte sie, gerade so lange, bis er spürte, wie sie sich seiner Umarmung überließ. Dann gab er sie frei, doch während er sich bequem hinsetzte, hielt er ihre Hände fest und begann, die schlanken Finger der Reihe nach zu küssen.

Mylady beobachtete ihn einen Augenblick. Dann zog sie ihre Hände weg.

Lovelace schaute auf, als wäre er zutiefst verletzt. »Die Liebe einer Frau, sagt man, ist immer so flüchtig und unwirklich wie ein Traum.«

»Nicht ich habe unsere Liebe verraten.«

»Ach ja?« Lovelace grinste noch breiter und schlug an einen Pfosten. »Findet Ihr mich nicht verbessert durch meine Verwandlung?«

»Du scheinst jetzt ein ebenso tödliches und grausames Wesen zu sein wie ich.«

»Oh, schlimmer, Mylady, schlimmer. Denn vor mir steht nun eine solche Aufgabe, eine Aufgabe der Rache, wie ... ja, wie Ihr in Kürze bald selbst sehen werdet.« Er nickte nachdrücklich. Dann lehnte er sich aus dem Fenster und schlug mit der Hand von außen an die Kutsche. Während das Gefährt durch die Straßen Salisburys ratterte, lehnte er immer noch hinaus und reckte den Hals, um sich zu vergewissern, daß der Wagen, der ihnen folgte, nachkam. Erst als sie das Stadttor hinter sich gelassen hatten, nahm er wieder seinen Platz ein. »Er ist also genauso beladen«, fragte er, indem er durch das Fenster nach hinten deutete, »wie ich es erbeten habe?«

»Bis ins kleinste.«

»Außer ...«

Mylady hielt den Kopf schräg.

»Wie ich bemerkte, habt Ihr eines, worum ich bat, nicht mitgebracht.«

Mylady antwortete nicht, sondern wandte sich ab.

Lovelace beugte sich vor und faßte sie am Kinn an. »Und wie geht es ihr?« flüsterte er. »Was macht unsere kleine Tochter?«

»Ich habe sie nicht mehr zu Gesicht bekommen«, antwortete Mylady abweisend. »Seit sie geboren wurde. Es war schon Versuchung genug, ihre Gegenwart in meinem Schoß zu riechen. Aber du, Lovelace, wenn du dich nicht verwandelt hättest, *du* hättest sie hüten können.« Sie blickte ihn mit großen Augen an. »*Du* hättest unserem Kind ein Vater sein können.«

Nun wurden auch Lovelaces Augen groß. »Ist das Vergnügen an ihrem Blut«, murmelte er, »wirklich so gefährlich?«

»Es ist nicht zu ertragen.«

»Aber Ihr wißt doch ganz genau, daß ich nicht die Absicht hege, es zu ertragen. Denn es gibt nur einen sicheren Weg, die Versuchung aufzuheben – nämlich ihr nachzugeben.«

Mylady stieß seine Hand weg, aber Lovelace beugte sich noch weiter vor und umfaßte wieder ihr Kinn. »Warum wollt Ihr sie mir verweigern?« fragte er langsam. »Ich habe nicht gesehen, daß Ihr Falten bekämet, Mylady.«

»Nein!« Wieder versuchte Mylady, sich loszumachen, aber Lovelace lockerte seinen Griff nicht.

»Ich möchte sein wie Ihr, ewig jung.«

»Aber mit dem Blut *unseres* Kindes, Lovelace, dem Sproß *unserer* Verbindung? Kannst du es nicht wie ich machen und ein Kind mit irgendeiner abgebrühten Hure zeugen, der es gleichgültig ist, was du mit ihrem Bastard machst?«

»Euer Zartgefühl, Mylady, wäre einer Nonne würdig.« Lovelace lehnte sich noch näher vor und packte sie fester. »Wo ist sie jetzt?« flüsterte er.

»Bei Lightborn.«

Lovelace lächelte unangenehm. »Wie schade ist es dann für seine Zwecke, daß der Bastard kein Junge wurde.«

»Er wird sie dennoch hegen und pflegen – das Kind ist immerhin meine Tochter. Denn er, Sir, liebt mich immer noch, was du nicht mehr zu tun scheinst.« Sie stieß seine Hand fort, und diesmal versuchte Lovelace nicht, sie wieder festzuhalten. Sie lehnte sich ans Kutschenfenster und sprach lange kein Wort mehr. »Ich wünschte«, murmelte sie schließlich, »wünschte von ganzem Herzen, du hättest Lord Rochester nicht besucht.«

»Ihr wißt, daß ich keine andere Wahl hatte.«

Sie wandte den Kopf, um ihn mit zusammengekniffenen Augen anzusehen. »Das frage ich mich.«

»Nein, Mylady. Seid ehrlich zu Euch selbst. Denn in Eurer tiefsten Seele müßt Ihr begreifen, daß ich alle verfügbaren Kräfte und Stärken brauche, wenn ich Erfolg haben soll.«

»Und doch ...«

Lovelace brachte sie zum Schweigen, indem er ihre Hände nahm. Wie zuvor begann er, jeden einzelnen Finger zu küssen. Dann verflocht er sie mit seinen eigenen. »Wartet, bis Ihr in Woodton angekommen seid«, flüsterte er. »Dann werdet Ihr die Früchte meiner Vorbereitungen sehen. Dann werdet Ihr sehen, daß meine Verwandlung nicht vergebens war.«

Mylady öffnete wieder den Mund, doch Lovelace brachte sie mit einem Kuß zum Schweigen. Er wechselte den Platz, um neben ihr zu sitzen, und während er sie ein zweites Mal küßte, begann er, sie mit geübten Händen zu streicheln. »Laßt uns erkunden«, murmelte er, »wie es meinem Geschenk an Euch geht.«

Mylady schnappte nach Luft. Lovelace grinste. So leicht, dachte er, während er ihre Röcke hochschob und Mylady erbeben fühlte. Sie drängte sich fest an ihn und teilte mit der eigenen Hand seine Mantelschöße. So leicht – wie alles ihm seit der Verwandlung leicht erschienen war. Er blickte zum Fenster hinaus. Sie waren noch ein ganzes Stück von Stonehenge entfernt. Mehr Zeit als genug. Er brauchte nicht bis Woodton zu warten, um das ganze Ausmaß seiner neuen Kräfte zu beweisen. Sollte Mylady sie schon jetzt spüren. Und wenn er mit ihr fertig wäre... nun... dann sollte sie sich doch beklagen!

»Na«, fragte er danach, als sie auf seinem Schoß lag, »war das nicht besser als der Fick eines Sterblichen?«

Sie lächelte matt zu ihm auf. »Ich spürte keinen Unterschied.«

Er lachte und sah weg, denn er wußte, daß sie log. Als er zum Fenster hinausschaute, sah er, daß sie an Stonehenge vorbei waren und sich den Bäumen näherten, hinter denen sich Woodton verbarg. »Wir sind fast zu Hause.«

Mylady regte sich und setzte sich auf, als die Kutsche mit einem Ruck anhielt. »Wo sind wir jetzt?«

»An der Pforte. Sie muß geöffnet werden.«

»Ist sie immer noch bewacht?«

»Ja, aber jetzt von meinen eigenen Soldaten.«

»Deinen eigenen?«

»Ich konnte nicht dulden, daß die Dorfbewohner entkämen.«

»Warum? Brauchst du sie denn?«

Lovelace nickte und grinste. »Wie Ihr heute abend sehen werdet.«

Mylady erwiderte Lovelaces Lächeln nicht. Die Kutsche ratterte nun durch das Tor und dann aus dem Wald heraus auf offenes Land, und als sie sich umschaute, fiel ihr nichts auf, was sich verändert hätte. Überall lagen noch Trümmer verstreut, und die Felder wie das Dorf zeigten sich als überwucherte Wildnis. Verwirrt wandte sie sich an Lovelace. »Wo sind die Zeichen der großen Verwandlung?«

Er zeigte auf ein Herrenhaus, das sich jenseits des Dorfes abzeichnete. »Dort steht das Haus, in dem Emily aufwuchs. Wo Sir Henry Vaughan mit seinen Wachen einquartiert war.«

Mylady starrte darauf. »Aber das stand früher hier.«

»Stimmt«, sagte Lovelace grinsend. »Das ist also wenigstens eine Veränderung.«

Mylady kniff die Augen zusammen und bemerkte, daß das Gebäude verlassen war, die Balken vom Feuer verkohlt, die Fenster dunkel und leer. Sie wandte sich wieder zu Lovelace, um ihn zu fragen, was geschehen sei. Der aber lehnte sich aus dem Fenster und rief dem Kutscher zu, er möge anhalten. Als die Kutsche langsamer wurde, zeigte Lovelace auf ein zweites Haus. Es stand am Rand des Dorfangers, genau auf der Stelle, wo man früher drei Galgen errichtet hatte. Die Kutsche hielt daneben. Lovelace stieg aus. Er wartete, um Mylady die Hand zu reichen; dann führte er sie an zwei Wachen vorbei ins Haus.

Als sie sich umsah, fielen ihr einige vertraute Dinge aus Lovelaces Besitz auf, die das Zimmer schmückten. »Wo sind wir hier?« flüsterte sie.

»Mein Elternhaus, wo ich als Junge lebte.«

»Aber, Lovelace...« Sie sah ihn an. »Es wurde zerstört.«

»Wie Ihr sehen könnt«, er breitete die Arme aus, »habe ich es wiederaufbauen lassen.«

»Wie?«

»Es war eine Bedingung, die ich stellte.«

»Bedingung?«

»Ich bin ein bedeutender Wohltäter des Dorfes geworden. Kommt.« Er nahm sie am Arm, führte sie wieder zur Tür und zeigte hinaus. Manner luden Kisten vom Wagen, die sie in einer Reihe um den Rand des Angers aufstellten, während Wachen in zerfetzten Uniformen und rostigen Brustharnischen neben ihnen standen und aufpaßten. »Und wenn Ihr wirklich getan habt, worum ich Euch bat, und die besten Delikatessen, die London zu bieten hat, mitgebracht habt, werde ich bald noch mehr anfordern können. Denn Ihr werdet sehen«, er zeigte auf die Arbeiter, »daß sie zwar voller als früher sind, aber immer noch recht wenig Fleisch auf den Knochen haben.«

»Sind das die armen Teufel, die ich früher auf den Feldern sah?«

»Und aus den Verschlägen in Wolverton Hall.«

»Du hast sie befreit?«

Lovelace grinste verkniffen. »Gewissermaßen.«

»Wie meinst du das?«

»Sagen wir lieber – ich habe sie gekauft. Denn ich begriff, als ich nach meiner Nacht bei Lord Rochester zum erstenmal herkam, daß die Dörfler leicht verführt werden können – nicht durch Reichtum, womit Faustus sie verführt hatte, sondern, einfacher, durch Nahrung. Sie konnten das Dorf nicht verlassen, kein anderer konnte es betreten, nur ich hatte die Macht, zu kommen und zu gehen. Deshalb war es einfach, die Versorgung mit Brot zu kontrollieren.«

»Aber du hast doch gesagt, du hättest die Dorfbewohner *gekauft?*«

»Natürlich – denn wie sie mir selbst vor langem gezeigt hatten, hat jeder seinen Preis.«

»Was hast du verlangt?«

Lovelace preßte kurz die Lippen aufeinander. Haß warf einen Schatten auf sein Gesicht. »Sir Henry Vaughan.«

»Er war noch am Leben?«

»O ja. Er und seine Männer.«

»Doch sie waren bewaffnet.«

»Richtig.« Lovelace grinste. »Und deshalb war es auch ein schweres Ringen für die Sklaven: zwischen ihrer natürlichen Angst und ihrer übergroßen Gier. Doch am Ende wurden einige recht mutig. Sie kamen zu mir, ich versorgte sie mit Waffen, und sie stürmten Sir Henrys Haus. Sie nahmen ihn und alle seine Männer gefangen. Ich gab meinen Männern die herrenlosen Uniformen.« Er deutete durch das Fenster auf die Soldaten draußen. »Wie Ihr selbst sehen könnt.«

»Und die anderen Sklaven?«

»Sie wurden ebenfalls freigelassen. Denn nach allem, was ich erfahren hatte, vermutete ich, daß der Dunkle Geist, mein Feind, sich an irdischem Leiden nährte und daß ich, wenn ich nur dieses Leid linderte, vielleicht auch seine Macht schwächen könnte.«

»Und das war dein einziges Motiv?«

»Grund genug, meint Ihr nicht auch?«

Mylady antwortete nicht gleich, sondern starrte durch die Fenster hinaus auf die klapperdürren Arbeiter, die sich mit den Kisten abmühten. »Und weißt du«, murmelte sie schließlich, »ob deine Annahme sich als berechtigt erwiesen hat?«

»Davon bin ich überzeugt.«

Bei dem triumphierenden Unterton in seiner Stimme drehte sie sich erstaunt um. »Ja, hast du denn Beweise?« fragte sie.

Lovelace nickte und lächelte dünn. »Ich habe, glaube ich, erwähnt, daß Sir Henry und seine Männer meine Gefangenen sind?«

»Dann leben sie noch?«

Lovelaces Lächeln wurde breiter. »Nicht mehr so viele wie anfangs. Jetzt nur noch drei.«

Mylady runzelte die Stirn. »Du hast dich von den andern genährt?«

»Von den Glücklichen, ja. Aber ich erinnerte mich an einige, die sehr früh von Faustus' Gold verführt worden waren und folglich die Anführer bei den Verschwörungen gegen meinen Vater gewesen sein müssen. Für jene fand ich ein grausameres, weitaus passenderes Los. Den ersten tötete ich zu Jul, mitten in einer vorzeitlichen Stätte namens Clearbury Ring.«

Mylady starrte ihn entsetzt an. Lovelace bemerkte ihre Miene und knurrte vor jäher Wut und Verachtung. »Verdreht bitte nicht die Augen, Mylady, als wäre es etwa ein Verbrechen, Blut zu vergießen.«

Mylady antwortete ihm abweisend. »Aber es so zu vergießen, Sir, wie es dein großer Feind getan hat?«

»Und doch, Mylady, erlangte er auf diese Weise seine Größe wieder – und auch ich habe als Folge davon meine eigene Stärke gesteigert.«

»Wie kannst du das wissen?«

»Weil ich, nachdem ich die Leiche auf Clearbury Ring liegengelassen hatte, das Blut der Mißgeburt trank und sofort eine Welle von Macht verspürte, wie ich sie bisher nicht gekannt hatte. Ich ritt direkt nach Wolverton Hall. Ich betrat das Anwesen zum erstenmal, seit ich mit Euch dort gewesen war. Die Bibliothek fand ich gefüllt wie früher. Die Kreaturen erschlug ich – ich erschlug sie, Mylady, was mehr war, als Ihr und die Marquise erreichen konntet. Ihre Opfer befreite ich, und dann verließ ich das Haus, da ich meine Kraft nicht erschöpfen wollte, und brannte es nieder. Die Keller freilich würden bleiben, wie ich wußte, und so tötete ich am Fest der Unschuldigen Kinder einen zweiten Mann und ließ seine Leiche in der Marienkapelle liegen. Ich kehrte in die Keller zurück. Wieder machte ich so viele von den Kreaturen nieder, wie ich die Kraft und Macht zu töten hatte. Doch war mir klar, daß ein weiterer Besuch erforderlich war. Lichtmeß kam. Ich ließ die Leiche diesmal unter Old Sarum liegen. Und bei meiner Rückkehr in die Keller vollendete ich das Gemetzel – ich vernichtete die Kreaturen, die die Dunkelheit genährt hatte, so vollständig, daß kein einziger von ihnen übrigblieb.«

»Und ... der Dunkle Geist?«

Lovelace zuckte die Achseln. »Was waren die Kreaturen, die ich tötete, anderes als die Emanationen seines Bösen und seines eigentlichen Selbsts? Ich weiß, daß es so sein muß – denn schließlich trug ich eine von ihnen einst im eigenen Leib. Und nun sind sie fort. Wieviel schwächer, glaubst du, muß ihr Urheber jetzt also sein?«

»Und doch ist er noch da.«

»Das ist richtig.« Lovelace schwieg eine Weile. »Aber vergeßt nicht – der erste Mai ist gekommen.«

Er sah Mylady noch einen Moment lang in die Augen. Dann wandte er sich abrupt ab und verließ das Zimmer.

»Was hast du vor?« rief sie ihm nach.

»Kommt und seht«, antwortete er. »Denn es ist kurz vor Sonnenuntergang – und alles ist vorbereitet.«

Sie folgte ihm ins Freie. Lovelace ging auf einen Posten zu. Er wechselte ein paar Worte mit ihm, der Posten verneigte sich und drehte sich auf der Stelle um, und dann erhob sich, über den Anger hallend, der unbarmherzige, stetige Klang einer Trommel. In kleinen Gruppen strömten die Dorfbewohner zum Anger und bildeten instinktiv einen Kreis um seinen Rand. Ihre abgezehrten Gesichter schienen verzerrt vor Gier, ihre Nasenflügel zuckten, während sie den leichten Wind schnupperten. Mylady stellte sich neben Lovelace. Sie sah, daß die Kisten von den Wagen geöffnet und die Fleischgerichte, Weine und Leckerbissen ausgebreitet worden waren. Lovelace lächelte sie an und schnalzte mit den Fingern. Sofort wurden zwei Pferde herbeigeführt. »Bitte, Mylady.« Lovelace machte eine einladende Geste. Er sah zu, wie sie auf den Sattel stieg, dann saß auch er auf. Seite an Seite ritten die beiden vor.

Währenddessen verstummte die Trommel, und die Dörfler sanken auf die Knie.

»Fürchtet euch nicht.« Lovelace hob eine Hand. »Denn ihr habt gesehen, was ich euch bringe.« Er zeigte mit ausgebreiteten Armen auf die Speisen, worauf die Dörfler begannen, untereinander zu murmeln. »Bitte!« rief eine schwache, verzweifelte Stimme plötzlich. »Was sollen wir tun?« Ein ganzer Chor wiederholte den Ruf. Lovelace lächelte und hob erneut die Hand.

»Ihr wißt es sehr wohl«, antwortete er. »Ich möchte die Zeichen sehen, die sicheren Beweise eurer Reue für das Verbrechen, das ihr oder eure Eltern begangen habt, als meine Mutter vor über zwanzig Jahren hier verbrannt wurde. Nun?« Plötzlich hob er die Stimme. »Zeigt sie mir! Zeigt mir die Beweise!«

Einen Augenblick lang herrschte Totenstille. Der Kreis der Gesichter, so verzweifelt, so todmüde, schien vollkommen erstarrt. Dann trat eine alte Frau vor und riß an etwas um ihren Hals. Es blitzte golden, dann warf sie die Halskette weg, so daß sie mitten auf dem Anger landete. Lovelace sprengte vor, beugte sich aus dem Sattel hinunter und hob die Halskette auf. Er lachte wild, während er zu Mylady zurücktrabte. Nun glitzerten überall um ihn herum Edelsteine und Münzen, flogen in hohem Bogen und regneten als goldener Schauer auf das Gras. Lovelace nahm wieder seinen Platz an Myladys Seite ein. Er hob die Kette hoch und hielt sie an ihre nackte Kehle. »Ich würde sie Euch schenken«, sagte er, »wie ich Euch die ganze Welt schenken würde, mein teuerster Schatz, aber...« Er hob die Kette wieder hoch und hielt sie in die Sonne. Die letzten Strahlen der sinkenden Sonne fingen sie ein und färbten sie tiefrot. »So wurde sie schon einmal eingefangen«, flüsterte Lovelace. »Blutbefleckt wie in Trauer um die Unschuldigen.« Er machte eine Pause. »Und nun wird sie wieder eingefangen.«

Erneut trat Totenstille ein. Dann nickte Lovelace, und die Trommel setzte wieder ein. Sie wirbelte jetzt langsamer, und die Menge, als spürte sie, was die Trommel vorhersagte, fiel halb auf die Knie wie vorher schon einmal. Einige am Rand des Angers wichen ein wenig zurück, und durch die Lücke, die sie schufen, tauchte eine Kolonne Wachen auf. Mylady trieb ihr Pferd mit einem leichten Druck der Sporen vorwärts. Nun konnte sie sehen, daß die Wachen zwei Männer mit schweren Ketten führten. Sie taumelten voran in die Mitte des Angers. Hinter ihnen, in der Lücke, die in der Menge entstanden war, entdeckte sie einen großen Holzstoß und obendrauf zwei Pfähle.

Die Wachen stießen die Gefangenen vorwärts, so daß sie vor die Vorderhufe von Lovelaces Pferd stürzten. Sie blinzelten und schauten sich um, als wären sie durch Hunger zu entkräftet, um zu wissen, wo sie sich befanden. Lovelace stieß den nächsten mit der Stiefelspitze an.

»Ist es wahr«, fragte er mit schallender Stimme, »was mir die andern hier erzählt haben, daß ihr die ersten im ganzen Dorf wart, die Gold von Faustus annahmen?«

So bestürzt wie zuvor blinzelten die beiden Männer zu ihm auf, während aus der Menge höhnisches und mißbilligendes Gemurmel kam. Lovelace saß die ganze Zeit reglos im Sattel. Dann beugte er sich plötzlich vor und schlug dem vordersten der beiden mit der Halskette übers Gesicht.

»Antworte mir«, zischte er. »Ich will das Schuldbekenntnis von deinen eigenen Lippen hören. Hast du als erster Faustus' Gold genommen?«

Der Mann nickte hastig und murmelte etwas.

Lovelace schlug ihn noch einmal auf die Wange. »Lauter!«

»Ja«, stammelte er, »ja, es ist wahr, wir waren die ersten.«

Sein Kamerad wand sich und schluchzte. »Ja«, sagte auch er. »Wir beide haben das Gold genommen.«

Lovelace richtete sich im Sattel wieder auf und ließ den Blick über die Menge schweifen. »Nun?« fragte er. »Welche Strafe also? Welche Strafe? *Fällt das Urteil!*«

Wieder wurde es still. Dann gaben drei oder vier Stimmen, alle im selben Augenblick, die Antwort: »Verbrennt sie! Verbrennt sie!« Lovelace lächelte. Sofort gab er den Wachen einen Wink. Zwei von ihnen traten vor und rissen an den Ketten. Die verurteilten Männer stürzten, kamen schwankend wieder auf die Beine. Sie wurden über den Anger zu den zwei wartenden Pfählen gezerrt. Die Menge riß auseinander und schloß sich wieder um den Scheiterhaufen.

Lovelaces Grinsen wurde breiter. »Und auf diese Weise«, schrie er plötzlich den Dorfbewohnern zu, »könnt ihr vielleicht dazu beitragen, eure eigene Schuld zu verbrennen. Wer auch immer das Feuer anzündet, der soll sich als erster vom Festschmaus bedienen!« Eine Weile beobachtete er die plötzliche Woge aufgeregter Dörfler, die alle vordrängten, um die Zunderbüchse zu schnappen, dann wendete er sein Pferd wieder. Er sah Mylady an. »Ein hübscher Anblick«, rief er lachend, »ein passendes Thema für die Moralpredigten, die Euch anscheinend jetzt so liegen.«

Sie blickte ihn freudlos an. »Dies ist nicht der Weg.«

»Der Weg?« fragte Lovelace. »Nein – denn dies ist bloß ein Ausflug. Der Weg, Mylady? Der Weg liegt vor uns!« Wieder lachte er. Dann gab er dem Pferd die Sporen und galoppierte die Straße hinunter, die aus dem Dorf führte. Mylady blickte zurück. Über den Beifallsrufen der Dörfler konnte sie kaum die Schreie der sterbenden Männer hören, doch hinter der Menge löschte nun langsam eine schwarze Rauchwolke die Sonne aus. Sie wendete ihr Pferd und folgte Lovelace auf der Landstraße. Weit voraus sah sie ihn im Wald verschwinden und wußte, daß sie, im Damensitz reitend, nicht hoffen konnte, sein Tempo mitzugehen. Sie versuchte es gar nicht erst, denn sie war sich bereits sicher, was das Ziel war und was jenseits des Waldes wartete.

In munterem Galopp ritt sie durch den Wald und an der inzwischen unbewachten Pforte vorbei, und als sie wieder aufs offene Land hinauskam, sah sie die Silhouette von Stonehenge vor sich, schwarz abgehoben vor dem dunkelnden Purpur des Himmels. Es schien von einem Feuerring umgeben, und als Mylady näher kam, sah sie einen Kreis aus Wachen, die Fackeln hielten, und Lovelace, der in ihrem grellen Schein gerade absaß. Er ging zwischen den Wachen durch in den Steinkreis und verschwand im Dunkel. Mylady gab die Zügel frei und ritt auf die Fackeln zu, bis auch sie von ihnen beleuchtet wurde. Bei ihrem Anblick schienen die Wachen zurückzuweichen, doch einer trat vor, um ihr Pferd zu halten. Sie rutschte vom Sattel und folgte Lovelace in den Schatten der Steine.

Zu seinen Füßen lag ein nackter Mann mit dem Gesicht im Gras. Der arme Teufel schrie unbeherrscht, aber so sehr er sich auch wand, konnte er nicht entkommen, denn durch seine Fesseln war ein glänzender Metallhaken getrieben. Der Haken wiederum war mit einem Strick verbunden, und Mylady sah, wie dieser über einen Deckstein verlief und auf der anderen Seite von einer Wache gehalten wurde.

Lovelace gab ein Zeichen, und die Wache begann zu ziehen. Der Strick straffte sich, der Mann wurde über das Gras gezerrt und dann in die Luft gezogen, bis er zappelte und sich wehrte wie ein Fisch an der Angelschnur. Lovelace ging auf ihn zu und packte ihn am Haar. Es war lang, verfilzt und völlig weiß, und als Lovelace den Kopf herumriß, war Mylady nicht überrascht, Sir Henry Vaughan zu erkennen. »Er ist abscheulich alt geworden«, sagte Lovelace, als er ihn losließ. »Seht, Mylady, die ledrige Haut. Das Blut, das er noch hat, wird träge und kalt sein. Und doch«, er zuckte die Achseln, »bin ich mir sicher, daß es nutzen wird.«

»Lovelace.« Mylady trat zu ihm und nahm ihn am Arm. »Tu es nicht.«

»Warum nicht?« Der Glanz in seinen Augen war vollkommen trocken, doch seine Stimme schien nahe daran zu stokken. Er hielt Myladys Blick noch einen Moment fest, dann wandte er sich wieder Sir Henry zu. »Ihr wißt, was er getan hat.«

»Was hat er getan?«

Lovelace atmete schwer. Er zitterte heftig, dann begann er zu lachen.

»Was hat er getan?« Während Mylady die Frage wiederholte, packte sie Lovelace auch am anderen Arm. Er hörte nicht auf zu lachen, und sie schüttelte ihn. »Siehst du nicht«, rief sie mit wachsendem Zorn, »was dir widerfährt?«

»Ich weiß es sehr wohl.«

»Dann bist du es zufrieden, ein zweiter Tadeus zu werden?«

»Nein. Denn ich bin klüger, stärker, größer als er.«

»Doch hör zu, Lovelace, denn ich habe über diese Sache viel nachgedacht. Die Macht des Buches ...«

»Die Macht?«

»Ja, die du inzwischen im Blut jenes Wesens, das du getragen hast, fandest ...«

Sie hielt plötzlich inne, denn Lovelace hatte eine Hand erhoben, um sie zum Schweigen zu bringen, und sein Gesicht schien verzerrt vor Hohn und Verachtung. »Ihr maßt Euch an«, zischte er leise, »mich in dieser Sache zu belehren? Ihr, Mylady? Ihr, die Ihr Euch der geheimen Macht nicht einmal nähern konntet, ohne Euch in das Abbild einer Hure zu verwandeln?« Er lachte bitter, und als sie versuchte, seine Arme festzuhalten, stieß er sie fort. Dann hob er die Hand und schlug ihr ins Gesicht. Sie wurde zu Boden geschleudert und blieb einen Moment liegen. Mit einem Finger berührte sie den Mundwinkel. Sie spürte Blut. Sie leckte es ab und blickte zu Lovelace auf. Er stand vollkommen reglos, sein Gesicht so starr wie einer der Steine. Sie kniff die Augen zusammen. »Du bist wirklich verdammt«, flüsterte sie. »Verdammt, wie Tadeus es gewiß war.«

Lovelace straffte sich, als wäre er sich nicht sicher, wohin er sich bewegen sollte. Dann schüttelte er matt den Kopf und trat einen Schritt zurück. »Nein«, flüsterte er. »Ich werde nicht verdammt. Denn ich komme nicht wie Tadeus, ein schwacher Bittsteller, sondern ich komme, um die Mächte dieses Ortes zu meiner Rache herbeizurufen. Den Geist, der ihn vernichtete, werde ich nun vernichten.«

Wieder straffte er sich, sah sich nach Sir Henry um, der nicht mehr zuckte, sondern schlaff wie ein Kadaver eines Metzgers hing.

»Bitte«, flüsterte Mylady.

Sie sah etwas, einen Schatten, über sein Gesicht zucken. Aber er schüttelte den Kopf. »Nein«, antwortete er. Seine Stimme klang plötzlich merkwürdig zärtlich. »Verlaßt mich, Mylady. Wohin ich gehe, könnt Ihr nicht mitkommen. Bitte geht, geht weit fort von hier, denn Ihr seid alles, was mir vom Leben noch geblieben ist.« Er griff unter seinen Mantel und holte eine Flasche vor. Er zog den Stöpsel heraus, und sofort fühlte Mylady den Gestank in ihrer Kehle beißen. Mit brennenden Augen sah sie, wie Lovelace sie nun sehr traurig anlächelte. Dann hob er die Flasche wie zu einem Trinkspruch. Er setzte sie an die Lippen, begann zu trinken, und als er sie geleert hatte, warf er sie ins Gras. Im selben Augenblick hob er beide Hände an die Schläfen, schloß die Augen und begann zu keuchen.

Worin ein Tod Leben ist und ein Leben dem Tod sehr ähnlich

Noch ehe er begann, die Flüssigkeit zu trinken, wußte er, daß die Vision der Macht, die sie ihm eröffnete, eine gleißende Wand aus grenzenlosem Licht, größer sein würde als alles, was er bis dahin erfahren hatte, größer noch als die allererste, die des Wanderers, die dazu gedient hatte, die Mißgeburt aus seinem Fleisch zu lösen – dasselbe Ding, das er nun ausgepreßt hinunterschluckte. Er trank noch mehr und sah das Licht in tausend Farben schimmern, flackernd und übergehend in eine Linie dunklen Feuers, noch leuchtend um die Ränder und bernsteinfarben in der Mitte. Die stehenden Steine, nicht mehr als eine schattenhafte Fassade, umspannten die Linie ringsum, und dann blinzelte Lovelace, und sie verblaßten und waren verschwunden. Er trank den Rest der Flüssigkeit und wußte, daß die Linie, ihre Macht, ihr Raum, sein waren. Er keuchte, denn er hatte gespürt, wie die Linie durch ihn ging und fast ein Teil von ihm zu werden schien. Er preßte seine Hände an die Schläfen, schloß die Augen und fühlte, wie die Welt sich seinen Gedanken beugte.

Jedoch nicht ganz. Denn selbst als er in der Tiefe seines Denkens das brennende Licht des Universums der Dinge zu erblicken schien, fühlte er auch eine Schwärze, die seinen Glanz besudelte, ein überfließendes Entsetzen, das die Flammen beschmutzte. Er wußte, woher die Schwärze kam – von einer Kreatur, die wie er selbst sich von der Linie nährte und versuchte, das lodernde Feuer der Macht dem eigenen Willen zu unterwerfen. Lovelace spürte den Geist der Kreatur für einen Augenblick verdutzt, dann wagte er, ihr zu begegnen, sich mit ihr einzulassen. Sofort ergoß sich die Schwärze über seine Gedanken, schwer wie Nebel, so daß nur Silberpünktchen von dem hellen Feuer blieben, die matte und gespenstische Schatten warfen, und Lovelace fürchtete, auch diese könnten bald verloren sein. Er suchte sie zu schützen, und sofort schien die Schwärze schwächer zu werden und umzukehren. Ermutigt strengte er sich noch mehr an. Die Konturen der Linie begannen wieder zu schimmern, und in dem Maß, in dem sie stärker wurden, ließ die Schwärze nach und zog sich immer weiter zurück. Lovelace verfolgte sie nicht bis zum letzten – die Zeit dafür würde noch kommen –, aber sie verflüchtigte sich trotzdem an die Ränder seines Denkens. Lovelace lächelte für sich. Nun konnte er sich sicher sein, ganz sicher. Er war bereit. Die Linie gehörte ihm ganz allein.

Er öffnete die Augen wieder und zwang die Welt des Alltags zurückzukehren. Sie erschien vor ihm, unscharf, jedoch unverändert. Sofort wandte er sich um. Sir Henry hing noch an dem Fleischerhaken. Lovelace hob die Hand und gab einer Wache das Zeichen. Ein Messer wurde gezogen und Sir Henrys Kehle durchschnitten. Blut regnete in einem dichten Schauer auf das Gras. Da spürte Lovelace wieder ein Verdichten der Schwärze, die sich nach innen blähte zu dem Fleck im Gras, ein Nebel räuberischer und mörderischer Absicht. Er wußte, der große Augenblick der Wahrheit war gekommen: Denn der Dunkle Geist näherte sich, wieder angezogen – wie Faustus ihn einst angezogen hatte – durch den Geruch des Blutes an jener uralten Stätte der Macht. Lovelace konnte die Gestalt vor sich sehen, schattenhaft noch, aber nun sichtbar, und er wappnete sich für den Moment des Angriffs. Die Linie, erinnerte er sich selbst, gehörte ihm allein. Er nahm seine ganze Kraft zusammen, seine ganze Reserve an Willen und Haß. Dann versuchte er, sich eins mit dem Licht zu machen.

Plötzlich spürte er den Angriff. Die Gegenwart der Kreatur war rings um ihn, und dann sah er die Gestalt aus der kältesten Tiefe seiner Erinnerungen, das Gesicht deformiert und glänzend bleich, die Kiefer weit klaffend, die Augen wie damals ein mitleidloses Zeichen unermeßlicher Macht. Sie schrie, als sie sich vom Licht überspült fand, und Lovelace spürte den Griff ihrer Hände um seinen Hals. Aber der Griff wurde nicht fester, das Licht dagegen noch heller, und der Griff ließ nach. Die Gestalt taumelte zurück, wurde wieder zur Silhouette, und dann sah Lovelace auf ihrem Leib Blut glänzen, und ihre schrillen Schreie waren furchtbar anzuhören, während ihre Glieder zu trocknen begannen und zu Staub zerfielen. Das Blut lag auf der großen Lichtlinie, eine tanzende Wolke hochroter Stäubchen, und Lovelace lächelte, denn nun konnte er sicher sein, daß das Licht noch immer ihm gehörte. Er hob den Blick zu Sir Henry Vaughans Leiche. Ihr Fleisch trank die Blutwolke auf. Die Kreatur schrie noch einmal gellend, dann schrie auch Lovelace auf. Das Licht begann, seinen Geist zu verbrennen, denn seine Helligkeit war zu stark, und die Flut seiner Macht versengte seine Gedanken. Doch er konnte jetzt nicht nachlassen, seine Anstrengungen nicht vermindern, denn die Kreatur war fast zerbröckelt und ihr Blut bald völlig vom Licht aufgezehrt. Lovelace blickte auf den Golem von Sir Henrys Leiche: er zuckte unkontrollierbar. Sehr nahe, Lovelace, dem Erfolg sehr nahe. Doch die Qual in seinem Schädel wurde nun unerträglich. Sein Einfluß auf das Licht ließ nach. Da spürte er einen furchtbaren Schmerzausbruch, und er schrie wieder, denn er wußte, daß sein Einfluß verloren war. Im selben Augenblick wurden die Glieder des Leichnams von innen zerrissen. Blut in einem schwarzen Regen löschte das Licht aus, und Lovelace sah vor sich noch einmal das Gesicht der Kreatur.

Es verweilte einen Moment, ein bleicher Abdruck auf

einer unglaublichen Dunkelheit, und dann verging auch dieser, und alles war vollkommen schwarz. Lovelace schloß die Augen. Er versuchte, die Lichtflut wieder einzufangen. Die Dunkelheit drückte unvermindert, und das Licht kehrte nicht zurück.

Er bildete sich ein, plötzliches Gelächter gehört zu haben.

Er fuhr auf.

Er hatte sich eingebildet, es wäre sein eigenes.

»Hast du nicht begriffen, Sir, daß all deine Rachepläne nur dazu dienen werden, mir beizustehen und mich vollkommener zu machen?«

Lovelace schlug die Augen auf. Die Dunkelheit war noch so dicht wie zuvor, doch schien vor ihm ein Schatten von noch größerer Dunkelheit zu sein, der die Form einer menschlichen Gestalt hatte. Dann drehte sich der Schatten um, und Lovelace sah das Gesicht. Es schien, wie das Lachen und die Stimme, sein eigenes zu sein.

Das Gesicht grinste ihn an. »Hattest du wirklich nicht verstanden, daß Bosheit und Haß es sind, wovon ich mich ernähre? Und was für ein Gericht, was für ein nahrhaftes Gericht hast du mir von beiden gebracht.«

Lovelace schloß wieder die Augen. Noch immer die Dunkelheit; noch immer kein Licht.

Er spürte die Berührung von etwas Kaltem, das scharf um seine Kehle lief, und dann ein dünnes Halstuch aus Feuchtigkeit und die Weichheit einer Zunge. Er versuchte auszuweichen, konnte sich aber nicht regen. Nur die Augenlider ließen sich bewegen. Er öffnete sie flatternd. Vor ihm befand sich eine Gestalt, sein genaues Ebenbild, auf den Knien, an der Wunde leckend. Dann lehnte sie sich zurück, mit feuchten Lippen und sehr kaltem Lächeln.

»Ein wirklich hübsches Gesicht.«

Lovelace starrte voller Abscheu und Ekel auf das Bild seines eigenen Gesichts, und dabei sah er, wie die Stärke des

Bösen zu wachsen schien. Nun konnte er nicht einmal mehr die Augen schließen, hatte keine andere Wahl, als die grinsende Maske anzustarren. Er bemühte sich, sie nicht zu hassen, bemühte sich, seinen Geist von allen Gedanken zu befreien. Aber er wußte, daß es nun zu spät war, und das Lächeln vor ihm wurde stetig grausamer.

Noch immer versuchte Lovelace, seinen Haß zu vernichten.

»Zu spät«, flüsterte das Lächeln. »Zu spät, zu spät.«

Lovelace wußte, daß es die Wahrheit war.

Er strengte sich an, einen solchen Gedanken aus seinem Kopf zu verbannen.

Das Lächeln wurde noch breiter.

Und dann plötzlich aus fernen Tiefen: der Klang von Schritten.

Das Lächeln wankte nicht. »Alles«, flüsterte es, »muß auf sich selbst zurückfallen.«

Wieder die Schritte, immer näher.

Das Lächeln teilte sich, rollte von den Zähnen zurück.

Die Schritte hallten nun auf Fliesen draußen.

Plötzlich regte sich Lovelace und stellte fest, daß seine Lähmung verschwunden war. Sofort wich er vor dem Gesicht zurück. Er spürte Erde unter den Füßen, sehr staubig, und dann hinter sich rauhes Mauerwerk, und als er sich umsah, wußte er, wo er sich befand. Über ihm lagen die Ruinen von Wolverton Hall, hinter ihm die Keller, wo es noch nach den toten Wesen stank, die Wochen zuvor von seiner rächenden Hand getötet worden waren, und vor ihm und ringsum die Höhle und Zuflucht seines Feindes – jener Keller, den er nie zu betreten gewagt hatte. Und der Feind war jetzt da, und Lovelace wußte, daß in diesem Sammelbecken des Bösen und der Macht seine eigenen Kräfte wie nichts wären, daß genausogut eine Fliege versuchen könnte, eine Spinne in ihrem Netz zu vernichten. Und so straffte er sich für das Ende, das sicher kommen würde, für das Ende – oder für einen noch schrecklicheren Anfang.

Da hörte er plötzlich wieder Schritte. Er wandte sich um, als er sie anhalten hörte, und sah in der Tür eine Gestalt stehen, schattenhaft und unscharf, wie alle Gestalten vorher unscharf erschienen waren, wenn er versucht hatte, sie durch den Schleier der Macht zu erblicken. Doch die Macht schien nun zu verebben, denn während Lovelace noch hinschaute, sah er, wie sie davonstrudelte und wirbelte, so daß die Gestalt immer weniger unscharf wurde. Er bildete sich ein, Mylady erkannt zu haben. Doch war er sich nicht sicher, denn er konnte sich einfach nicht vorstellen, daß sie über die Stärke verfügen sollte, die es vermochte, die Macht seines Gegners zu schmälern. Und in der Tat, kaum hatte er auf die Gestalt geblickt, als er im Ohr ein zischendes, höllisches Stöhnen hörte, und während er sich wieder umdrehte, sah er sein eigenes Gesicht, das Lächeln nun ganz verschwunden und die Kiefer weit klaffend. Verzweifelt drehte sich Lovelace und fiel in den Schmutz, während die Kiefer ins Leere bissen. Dann drehte er sich noch einmal und sprang wieder auf. Zu seinem Erstaunen schien die Kreatur plötzlich erstarrt. Lovelace beobachtete, wie das Anziehende von seinem Gesicht schwand. Er konnte nun sehen, daß die Haut aschfahl war und die Augen nicht mehr klar, sondern von tiefem Schmerz verdunkelt. Es wirkte sogar hohler und entstellter als zuvor, so daß er sich plötzlich fragte, welche Wunden er zugefügt hatte, wie nahe er dem Erfolg vielleicht in Wirklichkeit doch gewesen war.

Genauso plötzlich bemerkte er, daß er das ferne Tropfen von Wasser hören konnte, das Geräusch einer Welt jenseits der Kellermauern, und dann, in seinem Rücken, wieder Schritte. Unwillkürlich drehte er sich um. Mylady. Sie war es. Vor Staunen stand er reglos da.

Im selben Augenblick schrie sie ihm etwas zu, und dann

spürte er einen Schmerz über seinen Rücken peitschen, und eine eiskalte Last warf ihn krachend zu Boden. Gleichzeitig hörte er einen durchdringenden Schrei, und er fühlte, wie sich die Last verkrampfte und ihren Griff lockerte. Wieder wand er sich frei und drehte sich um. Er sah Mylady mit ihrem Dolch. Blut tropfte von ihm. Sie hob ihn hoch und stieß noch einmal zu, und wieder verkrampfte sich die Kreatur, als die Klinge tief in sie fuhr. Sie taumelte rückwärts, während Mylady den Dolch herauszog, und wankte wieder, als sie die Klinge über die Kehle zog. Ein Blutstrahl traf Myladys Gesicht. Sie schrie auf und hob die Hände, um die Augen zu schützen. Der Dolch fiel klirrend auf die Steine. Die Kreatur packte sie am Haar, bog ihren Kopf zurück und biß in die nackte Krümmung ihres schlanken Halses. Maßlos trank sie, maßlos und sehr hart, und wankte dann zurück, während Mylady in den Schmutz sank.

»Nein!« schrie Lovelace. »Nein!« Er lief zu ihr. Sie war zu einer reglosen kleinen Kugel zusammengerollt, aber er konnte sehen, daß ihr Blut über den Boden sickerte. Sie stöhnte leise, die Hände noch immer vor dem Gesicht. Lovelace kniete neben ihr und schob zärtlich ihre Hände beiseite. Dann bückte er sich tiefer, um ihr Gesicht zu untersuchen. Es war gräßlich zerfressen: wohin das Blut der Kreatur gespritzt war, so schien es, war das Fleisch bis auf den Knochen zersetzt. Endlich regte sich Mylady und strengte sich an, durch die verwelkten Lippen zu lächeln.

»Lovelace.«

Er blickte auf in die Dunkelheit, dann legte er weich einen Finger auf ihre Lippen.

»Lovelace...«

»Versucht nicht zu sprechen.«

Aber sie schüttelte den Kopf. »Die Macht...« Sie begann zu würgen, und er versuchte, sie zu beruhigen. Sie schluckte schaumig. »Die Macht«, flüsterte sie zum zweitenmal. »Sie wird geboren, Lovelace ... begreifst du es nicht? Die Macht wird aus Liebe geboren.«

»Aus Liebe?« Er starrte sie verwirrt an. Sie hatte die Augen geschlossen. »Bitte«, flehte er sie an. »Ich verstehe nicht.«

Mylady schlug verträumt die Augen auf. »Liebe«, murmelte sie noch einmal. »Das Erstaunen darüber – der Schock ... der wahrste Weg zur Macht ...«

Sie begann wieder zu würgen, heftiger nun, dann plötzlich erbrach sie Blut. Lovelace betrachtete sie hilflos, hielt sie fest in den Armen, während sie zitterte und unter seiner Berührung schwächer zu werden schien. »Das Erstaunen darüber?« flüsterte er. »Über die Liebe?« Er schüttelte den Kopf. Und dann mußte er auf einmal an den Bericht des Paschas über Rabbi Löw denken, dem seine kleine Tochter eine Blume brachte, und an Mr. Milton, der den lange verloren geglaubten Gefährten in seiner Not wiedererkannte, und wie beide plötzlich die Schrift verstanden und in ihren Geheimnissen die Macht gefunden hatten. Und dann dachte er an Mylady, wie die Schwärze, als sie sich näherte, allmählich aus dem Keller gewichen war, und ihm wurde klar, daß auch sie nicht mit Haß bewaffnet gekommen war, sondern mit Liebe.

Wieder erbrach sie sich.

»Nein«, flüsterte Lovelace. Er wiegte sie in den Armen. »Mylady, nein, was muß ich tun?«

Sie lächelte ihn sehr schwach an, sogar noch durch ihre Krämpfe. »Unser Kind ...«, flüsterte sie. »Lovelace, bitte ... unser Kind ... nein.«

»Niemals«, gelobte Lovelace sofort. »Niemals, ich schwöre es!«

Wieder lächelte sie und griff nach seiner Hand.

»Aber Ihr werdet leben«, flüsterte er.

»Nein«, antwortete sie. »Ich ...« Sie versuchte, ihre Finger mit seinen zu verflechten. »Friede, Lovelace, Friede...«

Er starrte sie ungläubig an. »Aber Ihr seid unsterblich, Mylady. Ihr werdet niemals sterben.«

Sie lächelte noch immer, aber während er sie betrachtete, fühlte er den Druck ihrer Finger nachlassen.

»Ihr werdet niemals sterben«, flüsterte Lovelace noch einmal und küßte sie. Ihre welken Lippen waren geöffnet, aber er fühlte keinen Atem. Er küßte sie wieder; dann lehnte er sich auf den Fersen zurück. »Ihr werdet niemals sterben!« schrie er plötzlich. »Ihr *könnt* niemals sterben!«

Nichts antwortete ihm.

Er starrte in die schwarze Stille des Kellers und hob Myladys Kopf behutsam von seinem Schoß. Er griff nach ihrem Dolch. Da sah er, wie ihr Blut noch über den Boden lief, bis es mit einer anderen Blutlache zusammentraf, die aus dem Dunkel floß, breit und schwarz. Lovelace starrte wieder in die Dunkelheit, aber noch immer kam kein Laut von dort, und so steckte er den Dolch unter seinen Mantel, wandte sich um und eilte sofort aus dem Keller. Er bahnte sich einen Weg über die Leichen, die im Gang herumlagen, stieg die Treppe hinauf und tauchte auf in die Nacht und die verkohlten Überreste des Herrenhauses. Schnellfüßig lief er nach Woodton. Der Aschegeruch hing noch über dem Anger, aber Lovelace hielt kaum inne, um einen Blick dorthin zu werfen oder auf die Körper betrunkener Dorfbewohner, die in Haufen schlummerten. Vielmehr ging er in sein Haus, öffnete seine Truhe und zog eine schlanke – die letzte – Flasche Blut heraus. Er hielt sie ins Mondlicht und blickte eine Weile darauf. Dann machte er kehrt und ging denselben Weg zurück zum Herrenhaus.

Am Eingang zur Treppe blieb er stehen und zog das Messer. Selbst für die Augen eines Bluttrinkers schien die Dunkelheit dichter, als sie zuvor gewesen war. Er sah nichts, während er die Treppe hinabstieg und den Weg durch die mit Leichen übersäten Keller suchte. Am Eingang zum hintersten Keller blieb er wieder stehen. Vor sich konnte er nichts erkennen, nur Dunkelheit und den bleichen, kalten Schimmer von Myladys nackter Haut. Er blickte auf die Klinge ihres Dolches: so schlank, so elegant, so wunderschön. Er drückte einen zärtlichen Kuß darauf. Dann zog er die Flasche heraus und leerte sie auf einen Zug.

Sofort schien die Dunkelheit zu strudeln und sich zu verdichten. Lovelace trat in den Keller. Er blickte auf Mylady hinunter und fühlte eine jähe Leichtigkeit durch seine Adern brennen. Er blickte wieder auf und starrte geradeaus. Die Dunkelheit wartete, so dicht wie zuvor. Er straffte sich, dann ging er darauf zu.

Er bemerkte, daß er durch die schwarze Blutlache schritt. Auf der Stelle erstarrte er, denn ihm fiel ein, daß die Berührung damit für Mylady tödlich gewesen war – daß sie die Macht hatte, sogar die Unsterblichkeit eines Bluttrinkers zu verbrennen. Im selben Augenblick hörte er zischendes Stöhnen, und dann zuckte die Dunkelheit, wie sie es schon einmal getan hatte, und er sah den Schatten seines Feindes, der die Hände auf seine Wunden preßte. Sie glänzten sehr hell, und Lovelace war davon überzeugt, daß sie grausam und sehr tief waren und daß Myladys Tod vielleicht doch nicht ganz vergebens gewesen war. Er empfand ein prickelndes Gefühl der Freude und verzweifelten Hoffnung, und indem er vortrat, richtete er den Dolch auf das Herz der Kreatur.

Da zuckte die Kreatur in einem plötzlichen Ausbruch und wuchs, als bestünde sie aus schwarzen Flammen. Lovelace taumelte zurück, denn er fühlte sich von ihrer Berührung überspült, so daß sein Blut zu Eis verwandelt schien und seine Glieder zu Eisen. Wieder taumelte er, dann fühlte er sich straucheln. Ein Blick nach unten zeigte ihm, daß er über Myladys Leichnam gestolpert war. Mylady! Er versuchte, seinen Geist von allen anderen Gedanken zu leeren. Währenddessen fühlte er die Leichtigkeit wieder wachsen und zu einem blendenden Strom anschwellen. Im selben Augenblick hörte er die Kreatur kreischen und sah, wie schon einmal innerhalb der Steine, ein plötzliches Gleißen über der Schwärze ihrer Form und dann in der Luft einen feinen Nebel aus Blut. Lovelace empfand eine zweite Woge der Freude und Hoffnung und sofort darauf wieder die Berührung der Kreatur, so eisig wie zuvor und den Druck von etwas wie Kiefer an seiner Kehle.

Er schrie und versuchte, seinen Hals beiseite zu biegen, aber die Kreatur klebte wie eisiger Schweiß, und während Lovelace sich noch mit schwindenden Kräften krümmte und wand, spürte er die Zähne wieder – und diesmal saugten sie Blut. Wieder taumelte er rückwärts, hinaus durch die Kellertür, so daß er zwischen die Leichen der Erschlagenen stürzte. Aber die Kreatur hing immer noch an ihm, drückte ihn nieder und riß dann an seinem Hals, schleckte an seinen Wunden. Alles begann, fern und matt zu erscheinen, und während Lovelace noch versuchte, sich von dem Gewicht auf ihm zu befreien, wurden seine Glieder immer tauber, so daß er sie zuletzt nicht mehr bewegen konnte, nur noch still liegen konnte, während das Gewicht schwerer und die Dunkelheit eisiger wurden.

Von der Stelle, wo er lag, konnte er die Kellerwände sehen ... Sie begannen zu verblassen. Mit einer merkwürdigen, erregten Konzentration verfolgte er die Muster des Schimmels auf dem Mauerwerk im Bewußtsein, daß sie zweifellos die letzten Dinge sein würden, die er sehen würde. Er folgte mit den Augen einem langen, glänzenden Fleck, vom Rand des Fußbodens bis zum Türrahmen: Da erblickte er plötzlich neben dem Boden ein mit Kreide gezeichnetes Kreuz.

Er starrte es mit verzückter und staunender Ehrfurcht an.

Trotz des Gewichts konnte er sich jetzt wieder bewegen, und da sah er, auf der anderen Seite des Bogengangs, ebenfalls mit Kreide gekritzelt, ein zweites Kreuz.

Wo konnten sie hergekommen sein, fragte er sich, solche Zeichen? Was hatten sie an einem so teuflischen Ort zu suchen?

Das Gewicht auf seiner Brust ließ nach; das Licht kehrte zurück.

Lovelace blickte noch immer verwundert auf die beiden Kreidekreuze, und dann, während er noch hinstarrte, war ihm plötzlich alles klar. Jemand stand vor ihm: die Gestalt eines Mannes in einer Milizuniform, die Schärpe eines Hauptmanns um die Taille gebunden. Die Gestalt bückte sich an dem Bogengang, während sie mit einem Stück Kreide ein Kreuz zog.

»Vater«, flüsterte Lovelace. »Vater.«

Das Abbild von Hauptmann Foxe erhob sich und drehte sich langsam um. Er lächelte noch, als er sich aufzulösen begann. Lovelace schloß die Augen. Die Lichtflut blendete ihn. Er konnte nur fühlen, nicht sehen, wie er den Dolch tief hineinstieß. Aber dann öffnete er die Augen wieder, und als sie sich angepaßt hatten, konnte er die Blutwolke in der Luft erkennen. Er sah zu, wie sie in einem nebelfeinen Regen fiel, fiel und liegenblieb und vom Erdboden verschluckt wurde.

Zwei Tage später, auf dem Ärmelkanal, war der Tag fast angebrochen. Robert Lovelace blickte über das Wasser auf den östlichen Himmel. Er wartete, die Hand bereit. Dann kam der erste Sonnenstrahl, und Lovelace schwenkte die Hand nach unten. Zwei Matrosen kappten die Seile, und der Sarg fiel ins Meer. Er klatschte auf und sank und war unter den Wellen verschwunden. Lovelace wandte sich zum Kapitän um und gab den Befehl. Zurück nach Portsmouth. Sofort zurück zum Land.

Während das Schiff abdrehte, auf die ferne Küstenlinie zu, zog Lovelace ein kleines Kästchen aus seinem Mantel. Er klappte den Deckel hoch und blickte auf die Erde darin. Dann berührte er sie ganz leicht mit der Fingerspitze. Sogleich bildete er sich ein, ihr Saugen an ihm zu spüren, und hielt sie instinktiv von sich weg, als ergriffe er den Kopf einer Schlange, deren Giftzähne naß vom Gift waren. Doch in Wahrheit, dachte Lovelace, konnte es kein Schlangengift mit dem aufnehmen, was er in der Hand hielt. Denn es besaß die Macht, vielleicht sogar Bluttrinker zu töten. Die ganze Nacht hatte er die Erde aus den Kellern weggeschafft: die Erde und die tödliche Fracht, die sie barg. Jede Stunde hatte er den Befehl gegeben, und eine frische Sargladung war in den Wellen versunken. Und alles, was übrig war, hielt er nun in der Hand. Alles, was von dem Blut übrig war, das ihn noch töten könnte.

Denn noch stand es in seiner Macht, dachte er, sofort bei Mylady zu sein – bei Emily – bei seinen Eltern – und der Stille und Ruhe des Todes. Er blickte noch einen Moment auf das Kästchen. »Friede, Lovelace, Friede.« Einen Augenblick lang bildete er sich ein, Myladys letzte Worte zu hören.

Er schüttelte den Kopf. Er wußte, daß er in Wirklichkeit nichts gehört hatte als das Kreischen der Möwen, und als er hinaufblickte zu den Vögeln, die über dem Meer kreisten, schien die Frische und Freude der Wesen von den Winden getragen. Lovelace packte fester zu, während er die Augen schloß, und dann öffnete er sie wieder und riß den Arm zurück. Vorwärts schleuderte er das Kästchen, vorwärts und aufwärts, so daß die Erde in einem Bogen über die Wellen verstreut wurde, bevor das Kästchen auf dem Wasser aufschlug und unterging. Er betrachtete die Stelle, wo es heruntergefallen war, während das Schiff vom Wind weitergetrieben wurde und dann abzudrehen begann. Die Stelle war aus den Augen verloren. Er atmete tief ein. Dann begann er zu lachen.

Er drehte sich um und ging über das Schiff zum Bug. Portsmouth voraus und die Straße nach London.

Und in London – seine Tochter.

Lovelace lächelte, dann lachte er wieder.

Helga Glaesener

Die Rechenkünstlerin

Roman

Heidelberg im Jahr 1389: In den Mauern des provinzlerischen Heidelberg haben sich die fähigsten Köpfe des Prager *studium generale* zusammengefunden, um die erste deutsche Universität zu gründen. Carlotta Buttweiler, geschlagen mit roten Haaren und eher kläglichen Kochkünsten, ist die Tochter des Pedells der neuen Universität. Carlotta versorgt – wie es ihre Pflicht ist – die Scholaren, jedoch gilt die Leidenschaft der jungen klugen Frau der Mathematik. Doch dann gerät plötzlich alles in Bewegung: Carlottas Freundin Zölestine, dumm, hübsch und verheiratet, nimmt sich das Leben. Carlotta wird mißtrauisch: Sollte sich ihre Freundin wirklich umgebracht haben? Was treiben die Scholaren Bertram und Benedikt, wenn sie sich aus der Stadt stehlen? Warum hat Benedikt Alpträume, und was ist das für ein Buch, das Bertram unter seiner Strohmatratze verbirgt? Carlotta macht sich auf die Suche nach Zölestines Mörder und findet dabei unverhofft einen scharfsinnigen Helfer: Jovan Palac, Magister der Jurisprudenz, der bei Nacht und Nebel anreist und zunächst gar nicht so respektabel wirkt, wie man erwarten sollte. Und was anfangs wie ein simples Verbrechen aussieht, entpuppt sich als handfester Skandal um Hexerei und schwarze Kunst. Die Spur führt in die Universität, und diese beginnt zu reagieren ...

Econon | ULLSTEIN | List

B53